20世纪中国文学经典新解读丛书

贺照田　何浩　李超　◎主编

20世纪中国革命与中国现当代文学

河北出版传媒集团
河北教育出版社

图书在版编目（CIP）数据

20世纪中国革命与中国现当代文学 / 贺照田，何浩，李超主编. -- 石家庄：河北教育出版社，2023.7
ISBN 978-7-5545-7466-9

Ⅰ.①2… Ⅱ.①贺… ②何… ③李… Ⅲ.①中国文学－现代文学史②中国文学－当代文学－文学史 Ⅳ.①I209.6

中国国家版本馆 CIP 数据核字 (2023) 第 017381 号

书　　名	20世纪中国革命与中国现当代文学
主　　编	贺照田　何浩　李超

策　　划	丁　伟
出 版 人	董素山
责任编辑	马海霞
装帧设计	李关栋
出版发行	河北出版传媒集团
	河北教育出版社　http://www.hbep.com
	（石家庄市联盟路 705 号，050061）
印　　制	河北新华第一印刷有限责任公司
开　　本	787 mm×1092 mm　1/16
印　　张	31.75
字　　数	410 千字
版　　次	2023 年 7 月第 1 版
印　　次	2023 年 7 月第 1 次印刷
书　　号	ISBN 978-7-5545-7466-9
定　　价	95.00 元

版权所有，翻印必究

返回历史现场　重温中国经典（代序）

◎缓之

2021年9月25日，是星期六，一个阳光灿烂的日子。我受邀参加"20世纪中国革命与中国现当代文学研讨会"，倍感亲切。那段历史，还有那些人、那些事，我耳濡目染，从小就已融化到血液中，永远不能抹去。有机会重温历史，聆听专家发言，我不仅感到亲切，而且还很期待。

洪子诚先生的开场白，把我们带回那个特殊的年代。他首先介绍了日本学者、日本共产党员丸山升面对革命挫折的思考，融入作者个人的生命体验。由此引申，洪先生进一步阐述了20世纪中国革命历史的复杂特性和多重面相，还有历史资源当代转化的多种可能性等问题。从洪先生的演讲中，在座的人无不感受到一种从挫折中反思、在信仰中坚守的力量，也很好地理解了洪先生提出的问题：我们如何面对挫折？这已不仅仅是文学问题，更是人生、历史的思考。

蔡翔先生的发言，金句迭出，印象深刻。我在现场记得不准确，也不全面，但还是愿意和大家分享几句。他说：

经典，不可能百读不厌，而是百说不厌；不是经典好，而是解说得好，解读很重要。

学科过于成熟，必然衰落。新生代起而攻之，新范式取而代之。学科化之后不免僵化，又被取代。

精耕细作，造成学科的内卷；叠床架屋，扼杀思想的创造力。

学者变成商人，结果学术研究成为生意。最大的问题是个人利益最大化，却没有社会责任感。

文学以感性呈现真理，参与塑造时代形象、观念形态、情感结构。

当代文学批评，要尊重当代文学"活"的特性，不稳定，所以有生机。文学是追寻并呈现真理的艺术，很难被驯服。当代文学学科，要有反学科的动力，要有反传统的活力。

总之，蔡翔先生追问的核心问题是，学科发展的动力来自哪里？这个问题很给力，已溢出了现当代文学的范围，涉及文学研究的若干深层次问题。

长期以来，文学研究特别关爱文学的审美感觉，关注作家的思想情感，也很注意经济基础和上层建筑的复杂关系。但是，由于现代学科的划分越来越精细，很多"现实"问题被忽略。什么是"现实"问题？恩格斯在马克思墓前的讲话中提到，马克思最伟大的发现就是"人首先要吃喝住行"，然后才能从事其他活动。鲁迅在《集外集·文艺与政治的歧途》中也说："我以为文艺大概由于现在生活的感受，亲身所感到的，便影印到文艺中。挪威有一文学家，他描写肚子饿，写了一本书，这是依他所经验的写的。对于人生的经验，别的且不说，肚子饿这件事，要是喜欢，便可以试试看，只要两天不吃饭，饭的香味便会是一个特别的诱惑；要是走过街上饭铺子门口，更会觉得这个香味一阵阵冲到鼻子来。我们有钱的时候，用几个钱不算什么；直到没有钱，一个钱都有它的意味。那本描写肚子饿的书里，它说起那人饿得久了，看见路人个个是仇人，即是穿一件单褂子的，在他眼里也见得那是骄傲。我记起我自己曾经写过这样一个人，他身边什么都光了，时常抽开抽屉看看，看角上边上可以找到什么；路上一处一处去找，看看什么可以找得到；这个情形，我自己是体验过来的。"在日常生活中，吃喝住行，是最大的"现实"。在这个强大而迫切的"现实"驱动下，所有的统治思想、制度建设，乃至复杂的社会结构、个人的生存环境等，都不无规律地次第展开，上演了一幕又一幕历史悲喜剧。

都说文学是人学，按照马克思主义的观念，人是一切社会关系的总和。文学是一切社会关系的反映，社会有多复杂，文学也就有多复杂。我们常说经济基础决定上层建筑，但是在解读具体作品时，我们往往忽略这一点。文学史论列了那么多文学家，分析了那么多作品，留给我们的印象，好像这些作家不食人间烟火。英国哲学史家罗素也有这个印象。他在《西方哲学史》英国版序言中说："在大多数哲学史中，每一个哲学家都是仿佛出现于真空中一样；除了顶多和早先的哲学家思想有些联系外，他们的见解总是被描述得好像和其他方面没有关系似的。""这就需要插入一些纯粹社会史性质的篇章。"看来，在文学、历史、哲学的叙述中，社会史的内容必不可少。就文学而言，伟大的文学作品总能通过艺术的形象，可以深刻地反映时代的风貌。就像巴尔扎克，恩格斯说："我认为他是比过去、现在和未来的一切左拉都要伟大得多的现实主义大师，他在《人间喜剧》里给我们提供了一部法国'社会'特别是巴黎'上流社会'的卓越的现实主义历史，他用编年史的方式几乎逐年地把上升的资产阶级在1816年至1848年这一时期对贵族社会日甚一日的冲击描写出来，这一贵族社会在1815年以后又重整旗鼓，尽力重新恢复旧日法国生活方式的标准。……在这幅中心图画的四周，他汇集了法国社会的全部历史，我从这里，甚至在经济细节方面（如革命以后动产和不动产的重新分配）所学到的东西，也要比从当时所有职业的历史学家、经济学家和统计学家那里学到的全部东西还要多。"这就是经典的价值，这就是文学的意义。研究文学经典，就是启发读者，透过现象看本质，将人们习以为常的东西挖出来，解释文学现象背后的"现实"问题。我曾在许多场合讲过，文学研究，就其本质而言，具有历史和文学的双重属性。研究文学史，解读文学作品，必须清晰地、准确地把握作品产生的时代氛围，包括社会结构、人际关系以及物质环境。这就需要回到历史现场，体验作家的体验，感受作家的感受，真正理解文学的复杂性和丰富性。

文学研究所的部分青年科研工作者很早就体悟到这一平凡的真理，并付诸研究实践。

早在2005年，他们自觉地走出文学，自发地组织了"亚洲文化论坛"，试图以亚洲，特别是东亚的历史、文化、社会和思想状况作为出发点，广泛关注当代中国与东亚地区所蕴含的历史与现实问题，着力摸索出一种拓展人文研究的新视野和新方法。论坛汇聚了一批所内外青年才俊，他们是支持者、参与者、组织者，也是受益者。在组织参与的六十多场学术报告会和实地考察活动中，他们初步形成了自己的基本问题意识和方法论追求。

由此进入历史，他们注意到20世纪中国的一个核心概念——革命。1911的辛亥革命，1920年以后的国民革命，以及中国共产党领导的土地革命、民族解放战争、解放战争和社会主义革命和建设等。可以说，20世纪的中国是革命的世纪。中国革命塑造了20世纪中国的思想、文化和文学。这样一些重大的问题，在近几十年的研究中，却有所忽略。与此相关联，近百年来在经历了"数千年未有之巨变"中形成的"中国经验"也有被弱化的倾向。

"亚洲文化论坛"开办五年以后，部分核心人员的关注点开始由文学革命转到革命文学，又一次自发地组织了"中国当代史读书会"。从2010年11月开始，他们每两周组织一次《中国青年》杂志阅读活动，每次有专人导读，集体讨论，再逐步扩展阅读材料以及相关文集、档案或其他报刊等，仔细梳理中华人民共和国成立前后的当代中国历史，考察这一时期与中国革命实践密切相关的一系列文化现象与文学活动。在把握历史肌理基础上，他们要为中国现当代文学的作用与意义重新定位。

读书会成员在进行跨学科探索的同时，走出城市，深入乡间。他们首次选择的考察点是河北饶阳五公村。五公村是共产党领导下的中国农民第一个进行互助合作试验的村庄，也是美国学者弗里曼、毕克伟和赛尔登写作《中国乡村，社会主义国家》的田野点。通过此次调研，读书会与五公村、饶阳县档案馆等建立了联系。此后，他们又到河北保定考察晋察冀边区旧址，到河北邯郸考察晋冀鲁豫边区旧址，到山西长治、晋城，还有湖南常德、益阳、陕西吴堡、西安等地，深入赵树理、丁玲、周立波、柳青等作家生活、工作、写作有关的地区，从文学的真实，努力还原历史的真实。

中国当代史读书会成立那年，我刚接任文学所主要领导工作。读书会的青年同志有热情，有理想。他们的学术理念、研究方法，与我的生活阅历和学习经历存在着某种契合。他们全力以赴投入工作的状态，更让我感动。于是，我把在中国延安干部学院培训期间收集来的资料送给他们参考，全力支持《文学评论》开辟"社会史视野下的中国现当代文学"专栏，请读书会部分成员撰写笔谈，系统阐释这些红色经典研究的意义以及不同以往的研究方法。

为了实现人文研究"接地气"的夙愿，也为了更有效地引导青年同志关注红色经典，文学研究所决定将国情调研基地设在河北保定（主要围绕晋察冀根据地和"白洋淀派"文学作家群）和山西长治（主要围绕太行根据地和以赵树理为核心的"山药蛋派作家群"）。在河北大学，我们组织召开了首届以"社会史视野下的中国文学研究"为专题的讨论会。会后，他们深入基层，注意到晋察冀边区张家口等地保存的革命文艺资料，积极建议整理出版。2017年6月，河北省社会科学院文学所郑恩兵所长来京协商合作研究事宜。我根据读书会的建议，提出整理《华北抗日根据地与解放区文艺大系》的方案。而今，这套大书已告竣工。全书由五个部分组成：第一部分是河北红色经典代表作家代表作品选，第二部分为《晋察冀日报》文艺文献全编，第三部分为晋冀鲁豫《人民日报》文艺文献全编，第四部分是《晋察冀画报》文艺文献全编，第五部分是《晋察冀日报人物志》。全书收录各种文体作品6000余种，包括小说220篇，诗歌569首，文艺评论398篇，戏剧15部，报告文学、散文、文艺通讯2522篇，美术、书法和音乐共328幅（首），文艺史料2500余篇，还有2000多种文艺信息、文艺广告，基本涵盖了华北抗日根据地与解放区的文艺创作情况，具有很高的研究价值。

这些年，读书会先后召开了赵树理、丁玲、柳青、周立波、李准等作家的探讨会，推出了很多科研成果，初步汇成《社会·历史·文学》《新解读》《社会史视野下的中国现当代文学——以柳青为中心》《社会史视野下的中国现当代文学——以周立波为中心》《社会史视野下的中国现当代文学——以李准为中心》等论文集和《20世纪70年代台湾"乡土文学论战"资料集》。这些论文集所收的研究论文，注重历史文献、档案资料、文学文本和实地调研的互相结合，有一分材料说一分话，不做空头文章。这样做，既深入历史，又接触鲜活的历史现场。

中国社会科学院开展创新工程以来，积极鼓励跨学科研究。2017年初，我担任首席专家，组建了"20世纪中国革命和中国文学"创新团队，试图重返20世纪中国革命的历史现场，对20世纪中国文学经验及其经典进行阐释。来自文学所文艺理论室、现代文学室、当代文学室、比较文学室、港台文学室和《文学评论》编辑部等不同领域的萨支山、贺照田、何吉贤、程凯、何浩、李娜、刘卓、李哲、陈思等成为团队成员。从那以后，读书会的学术活动纳入文学所的管理范畴，逐渐走上正轨。

回望当初组织论坛、成立读书会的"青年科研工作者"，而今业已渐近老成。他们的思想，他们的学术，也进入收获的季节。"20世纪中国革命和中国现当代文学研讨会"开幕式上，贺照田、何浩、李超希望我讲几句话，我自知外行，在洪子诚老师的鼓励和启发下，我围绕着如何处理文学史料等问题，谈了三点意见：第一，精致地处理文学史料，拓展时空意识，注重细节解读；第二，重回历史现场，感悟、贯通、宏观；第三，坚守中华文化传统，立足当代中国现实，在研究中展现时代特色和中国经验。

照田表示认可我的观点，希望在论文集编好之后，可以附上一篇引言。再三婉拒无果的情况下，我只能拉拉杂杂，回顾往昔，大致介绍了这个课题组的学术历程，希望有助于读者理解他们的学术成果。至于书中所收论文，已有各位专家的圆桌评议，目光犀利，鞭辟入里，不用我饶舌。借用薛毅先生的话说，这些论文的最大特色是"放弃既有的认识标准和方法，放弃所有的先入之见，将研究主体相对化，虚怀若谷、谨慎小心地进入历史，从而让历史议题呈现出来，看到以前的定见控制下所看不到的具体的丰富的动态的经验"。我赞同这种概括，也想引申发挥，却发现自己无能为力，只好就此打住，恳请照田及广大读者谅解。

2022年3月22日草拟于京城爱吾庐

目录

主题演讲

我们如何面对挫折
◎洪子诚 ……………………………………………… 003

中国当代文学的学科动力来自哪里
◎蔡翔 ………………………………………………… 015

论 文

一个人的"民国的建国史"
——以《朝花夕拾》为中心
◎郭春林 ……………………………………………… 023

"意识的艺术"与胡风文艺思想的生成转换机制
◎吴宝林 ……………………………………………… 064

生活的活力：赵树理小说与根据地基层文化
　　◎范雪 ………………………………………… 096

《讲话》的挑战与"社会"的生成
　　——从《暴风骤雨》和《种谷记》座谈会说起
　　◎何浩 ………………………………………… 116

试析延安文艺中的美学原则之一
　　——"深入群众"
　　◎刘卓 ………………………………………… 165

走向人民的艰难旅程
　　——路翎解放初（1949—1950）的创作转变
　　◎倪伟 ………………………………………… 188

"倾心融合"还是"漠然旁观"
　　——沈从文川南土改行的思想史与文学史意义
　　◎姚丹 ………………………………………… 224

20世纪50—60年代中国文化变革的复调：礼乐与虚拟性
　　◎朱羽 ………………………………………… 246

秦兆阳在1956
　　◎洪子诚 ……………………………………… 268

青年、革命与社会主义治理探索
　　——以《组织部新来的青年人》为中心的考察
　　　　◎董丽敏 ………………………………………… 294

"深山一家人""无产阶级先锋战士"与"炼心"
　　——《创业史（第一部）》第二十二章解读
　　　　◎程凯 …………………………………………… 322

李双双：从更深的土里"泼辣"出来
　　——试探20世纪五六十年代"新型妇女"的一种生成史
　　　　◎李娜 …………………………………………… 378

在社会、历史、文学的互为镜像中反思

"断裂"与"超越"
　　——写在"20世纪中国革命和
　　　　中国现当代文学学术研讨会"圆桌讨论之后
　　　　◎薛毅 …………………………………………… 433

当代文学的"自我损害"
　　　　◎洪子诚 ………………………………………… 444

20世纪60年代现实主义遭遇的困难和浪漫主义的再现
　　　　◎蔡翔 …………………………………………… 450

"热情"与20世纪中国文学的基本情感动力
　　◎何吉贤 …………………………………… 454

在社会史语境和文本情境中理解"文学"
　　◎吴晓东 …………………………………… 462

怎样重新领会"革命诗歌"的传统
　　◎姜涛 ……………………………………… 466

"后革命"语境与当代诗歌研究的"断裂"
　　◎冷霜 ……………………………………… 474

国家与革命：中国现代文学的历史观照
　　◎张武军 …………………………………… 480

后　记 …………………………………………… 490

主题演讲

我们如何面对挫折

◎洪子诚

各位朋友上午好，感谢贺照田带领的创新小组邀请我来参加这个会。刚才萨支山已经说了，上次开柳青的会也邀请过我，但是开会前些天不知道为什么突然晕厥，好几分钟不省人事，就没参加成。刚才小萨也说了，他是蔡翔的"粉丝"，其实我也是。在20世纪80年代，上海、北京的一帮年轻学者和批评家，我都认真读过他们的书。如上海的陈思和、王晓明、吴亮、蔡翔、许子东、程德培等，学到了很多东西。那个时候是知识更新的一个时期，今天能跟蔡翔一起开会很高兴。会议论文我已经提交了，就是《秦兆阳在1956》。这篇文章其实不是为这次会议准备的，而且写得有点辛苦，中间曾三次想放弃，觉得并没有什么学术含量，我的书里，也处理过相关的资料。不过最后还是完成了。其中的动力，主要是过去在读材料的过程中，有一些情感上的积累无法释放，总觉得应该为秦兆阳写点什么。有点像是欠债，感情上的债，应该偿还。文章水分很大，不像论文的样子。大家已经读过，我就不再重复了。我换个题目讲，就是"我们如何面对挫折"。电话里贺照田问我讲什么，我随口这么说出来。后来觉得这个题目不大合适，口气太大，好像我要开药方一样。哪有这样的能力？我们每个人在生活里都会遇到很多挫折，特别是在投身时代激流中、追随革命中，会遭遇许多挫折。但是不同人的反应方式是不一样的，我们不可能有一致的方式。所以，这个题目应该是"丸山升先生是怎么面对挫折的"，这样可能比较实际。这是今天我要谈的一点。

另外一点是，我们今天开会是在北京东南边左安门外的龙爪树。龙爪树这个地方对我来说不陌生，五十多年前我在这里待了将近七个月。1965年10月下旬，我跟北大中文系1963级的学生一起，作为"四清"工作队成员来到这里，住在老乡家里，同吃同住。我在肖村大队，离龙爪树也就几里路，它们都属于小红门公社。20世纪60年代那个时候，北京出了永定门、左安门走不多远，就是农村，就是菜田。现在这里是马路、楼房，没有一草一木可以让我联想起过去，过去的那些痕迹好像都已经擦抹干净了。这当然是飞速发展的成果。这个变化究竟是好还是不好，有时候我也说不清楚。我记得十五年前和吴晓东、钱理群、吴福辉、赵园老师去俄罗斯旅游，在圣彼得堡走在碎石铺的街道的时候，导游有点开玩笑说："大家注意了，我们说不定会碰到拉斯柯尔尼科夫。"我们都知道，拉斯柯尔尼科夫是陀思妥耶夫斯基《罪与罚》的主人公。这位年轻的俄罗斯女导游很有趣，她频繁提到彼得大帝的时候，总是用既亲切又尊敬的口吻说"我们彼得"。"我们彼得"这个称呼不大可能出现在莫斯科。说我们在21世纪初的圣彼得堡可能邂逅19世纪的人物，这是有点胆量、也有想象力的话，重要原因之一是圣彼得堡的城市风貌，它的街道，还有涅瓦河上晚上12点就吊起好让大吨位轮船通过的桥梁，基本保留了一百多年前的样子。但是，我们现在的北京，在西直门、西四、东单，我们有胆量说可能遇到祥子、遇到虎妞吗？这几十年，中国的变化太快、太大了，很多历史痕迹都见不到了。

就是"四清"这个运动，也有点恍如隔世。"四清"究竟是"清"

什么，一时也想不起来。后来查资料，才明白开始在农村是"清账目、清仓库、清财物、清工分"，主要是经济方面的考虑。后来扩展到城市，包括北大也搞过"四清"，名字成为"社会主义教育运动"，内容也变化为"清政治、清经济、清组织、清思想"。我在肖村大队当监察组长，就是牵涉干部的"四不清"问题的。为什么要在这里待六七个月，都干了些什么？回想起来也有点模糊，好像主要是发动群众揭发，提供线索。查干部的"四不清"，最后是查出来一笔购买农资的瞒报款，三十几块钱吧。记得还到北京北郊的昌平沙河、河北永清和山东德州的农村那边去"外调"。和工厂开卡车的一个师傅——也是工作队成员，从北京南郊骑自行车到沙河，一天往返两次穿过整个北京城，当天记得还刮着大北风。那时候我还年轻，有力气，有"革命干劲"。我们经常讲革命这个事情。从1961年年底我毕业参加工作到20世纪80年代，经常会填履历表，里面有一项是"何时参加革命工作"。我开始不知道是什么意思，应该怎样填，问过系里的人事干部。现在回想起来，大概参加"四清"运动，也就是"参加革命"了。

接着我谈这个"挫折"的题目。丸山先生我是熟悉的，也有很多见面、向他请教的机会。他是日本研究中国现代文学的著名学者，左翼革命者。20世纪50年代初，他就读东京大学时，曾参加学生运动，反对美国占领日本，两次入狱。从1991年到1993年，我在东京大学教养学部上课，教养学部在目黑区的驹场，和东大本乡的本部不在一起。当时，丸山升是东大中国文学科主任。但是两年中，我去文学部拜访他只有一次，就是1991年年底，东大在本乡的山上会馆举行外国教师招待会，研究中国近现代史的村田雄一郎教授带我去拜访丸山先生。见面后我们的谈话大概不超过二十句，时间也不会超过一刻钟。其实，丸山先生平易近人，也很亲切，但是我有一种陌生人的恐惧症。

2005年秋天，北京大学的20世纪文化研究中心举办了"左翼的文学世界"的研讨会，会议主题是讨论中国20世纪30年代的文学，探索左翼文学遗产的现实意义，也庆祝丸山先生论著的中文译本《鲁迅·革命·历史》出版。丸山先生和另外几位日本学者都出席了。我也是这个"中心"的成员，却没有去参加。主要是当时没有写出会议论文，加上丸山先生的著作中译本刚出版，还没有来得及读。后来听说会议很成功，论文和讨论质量都很高。最后半天是丸山先生著作出版座谈，结束时与会的不少学者上台一起高唱国际歌，场面热烈感人。我没有亲历其境有些后悔，为了弥补这个损失，便认真读了《鲁迅·革命·历史》这本书，读得很仔细，而且非常感动。我觉得那十几年里头，读理论书里最感动的就是丸山先生的这本书。中译是王俊文——也是北大中文系毕业的，他说，在这本书里面，能够真切感到"那似乎琐细的材料考证背后的热诚"（《鲁迅·革命·历史》译后记）。确实是这样。丸山先生五六十年代得了急性肾炎，没有能治好，到了1976年开始需要做人工透析。在当时的医学条件下人们普遍认为，即使透析也只能维持四五年的生命。在这本书的《后记》里面，丸山先生写道，得知这一情况，"我最先想到的是，我怎么能就这样连一趟中国都没有去过就死呢。其次想到的是，在中国承认'文化大革命'是一场错误那一天之前无论如何我也不能死"。读到这里，真的有点读不下去，以至流下眼泪。因为即使是我这样经历"文化大革命"的中国人，好像也没有这样强烈的情感，这样要彻底弄清真相的强烈欲望。因此，我写了题目是《批评的尊严》的读后感。2007年1月，我请东京大学的尾崎文昭教授将文章转给丸山先生，得到的回复是他已经在2006年12月26日离世。我的敬意竟然未能向他表达。

丸山升、木山英雄、伊藤虎丸是同一个时代的日本研究中国现代文学的学者。他们有一个共同特点，就是他们的专业工作是建立在一种深切的历史关怀上的。丸山升说，他20世纪50年代初选择中国现代文学，是由于对"现实中中国革命的进展"的关注，他试图将日本近代史进程与中国现代史进行对比，从中寻求日本批判的立足点。木山英雄先生也说过同样的话，说他们的学术，"乃是先于学术专业与同时代人之关怀直接联系在一起的"（《人歌人哭大旗前——毛泽东时代的旧体诗》）。这是一个重要的思想情感的基点，是他们选择论题、确定视角和方法的出发点和依据。

在20世纪50年代初，丸山升他们是将中国革命和新成立的共和国当作自己憧憬的对象的，在上面寄托他们的热情。但是，在历史展开的过程中，现实情况发生了变化，这种变化"大幅度"超出当初的想象，甚至发生如丸山升所说的"震撼性"打击。这是他们遇到的严重挫折。外部发生的这些事变，在丸山升心中留下阴影，也提出了让他困惑的问题。

我们常说20世纪是革命、战争的世纪。这个世纪的特征是历史不断出现激烈的变革、转折和断裂，给"时代弄潮者"带来考验。他们都要面对这样的复杂情境，这个情况是无法回避的。在中国、日本，还有西方，左翼知识分子都经历过这样的事变的考验，也分别作出他们不同的反应。这些反应留下了很多的文字记录。比如说茅盾的小说《蚀》，苏联作家帕斯捷尔纳克的《日瓦戈医生》，罗曼·罗兰的日记，阿拉贡、加洛蒂20世纪60年代的文章，美国左翼作家法斯特推出美国共产党的声明，冯雪峰反右运动中的检讨书，韦君宜的《思痛录》，郑超麟、李锐、扬帆（潘汉年）、胡风五六十年代的旧体诗……在座的贺照田的书《当革命遇到危机》，就是研究、讨论这个问题的，里面重点讨论台湾的陈映真的生活道路。我们都知道，陈映真、尉天骢、刘大任开始是同一个斗争阵营的好友，后来也发生分化。遭遇"挫折"的回应，也可以说是一个"20世纪现象"。

丸山升属于这样的情况：中国的反右运动和"文革"这样的"事变"，给他原先对中国的"尊敬而憧憬蒙上了阴影"。对于胡风、丁玲、冯雪峰、萧乾、周扬这些人成为"敌人"，成为"反革命"，可以说完全超出他的想象。但是，他也没有就放弃那个"蒙上了阴影"的"憧憬"，完全修改他的"初衷"。他选择的是要以严肃认真的态度，来对待这一切，要尽力去探求"历史真相"，弄清楚发生这样的历史错谬，根源在哪里。

这是个很大的挑战。为了实现这个可能难以实现的目标，丸山升在他的书里，提出了一些值得我们关注、也很值得我们思考的命题。比如说，他提出要有敏锐的"时间感"，要重视连接思想和现实的"中间项"，提出在个体和时代之间建立"最具主体性的结合方式"。这些问题都值得我们认真讨论。我觉得他提出的这些命题，是指向两个方面。一个指向，是发生这些让"憧憬蒙上阴影"的事变，在思想层面上的根源；另一个指向，是那些想探求"历史真相"的人的"思想构造"问题。丸山升说的"中间项"，不能简单理解成事情的"过程"。他说，在中国和日本都存在这样一种情况：比起将思想当成包含从终极目标到其现实连接点的多重"中间项"的整体，人们往往只重视终极目标的层次，而忽视围绕它产生的特定条件，忽视参与其中的个体的差异性，忽视那些很难看清楚的，涉及个体的细微部分。只重视路线、派别，并简单地将所有的人分配在对立的路线和派别之中，而没有意识到即使有"路线"存在，也是由许多活生生的人来承担，况且，现实中的人的无数实践，有许多其实是"无法全部还原为路线"的。

我觉得丸山先生提出"中间项"的命题和重要性，不仅在回顾历史上有意义，而且也有现实价值。在这个问题上，让我联想起阿拉贡在20世纪60年代初写的一篇文章。阿拉贡是法国著名作家，法国共产党员，也经历了苏共二十大之后的重大事变的考验。20世纪60年代初他写了一篇文章，叫《在有梦的地方做梦，或敌人……》，中译文刊登在内部出版的刊物上，应该是《现代文艺理论译丛》。题目有点怪，为了弄清它的含义和写作背景，我曾经请教过北大法语系的车槿山教授。但是车老师说没有查到。我想，阿拉贡想说的是，在"有梦的地方"还是要做梦，即使有严重的挫折，也还是有可以信赖的理想；不过也要认识、研究"敌人"，而且"梦"与"敌人"之间并不是总有清晰的界线。也就是说，这也是丸山升说的，有时候，历史中的人、事是无法还原为"路线"的。阿拉贡同样认为，不应该将概念、终极目标作为"宗教律令"看待；他在谈到对社会主义现实主义的态度时说，要从"叫什么，就是什么"，转移到"是什么，就是什么"上，从对概念的崇拜，转到对事实的尊重上来。"是什么，就是什么"这个短语，来自阿拉贡1959年出版的一本书，名字叫《我摊牌》，"是什么，就是什么"是书中一章的标题。

丸山升还进一步讨论"思维构造"的问题。他的提问是，投入时代"洪流"的人是否应该建构自身的"主体性"，还是应该全部被"洪流"说淹没，"主体性"消失？这也是中国当代提出的尖锐问题。丸山升的回答是肯定的。他坚持认为，具有左翼立场、视角和行动意志的人，并不意味着要失去个体的"主体性"，而"主体性"的建立，需要通过转化引起他共鸣的思想资源来实现。这些资源，不仅仅是革命的、无产阶级的，也包括那些"非革命""非无产阶级"的部分，这样，才能建构个体与时代之间的"最具主体性"的结合方式（《鲁迅和〈宣言一篇〉》），在多层的参照中，也才能有效防止概念、范畴的固化，防止将概念、范畴的作用无限放大，避免陷入"理论的自我运动"的陷阱之中。

为了说明这一点，丸山升举了鲁迅的例子。鲁迅在丸山升那里，属于思想"原点"的人物。他说,在革命文学论争与"左联"时期,鲁迅对于像日本的厨川白村、武者小路、有岛武郎这样的作家,就不是从阵营、路线出发将他们作为要超越的、毫无用处的"遗留物"来对待。这些当然不是无产阶级的,他们有的是自然主义、纯文学的提倡者、守护者。但是鲁迅从他们那里,发现引起"共鸣"的东西,这就是这些作家的文学要"忠于自己",要发自"本心",要有作家人格的充实,要有内在生命等的论述。这些资源支持鲁迅确立了这样的信念:革命文学"作为文学","只能是作家主体的存在状态,决不放过将文学的存在根据委托给'政治'的""不负责任的态度"。在鲁迅对马克思主义的接受上,在把握世界、把握文学的方式的形成上,丸山升说,这些作家所起的作用"远超出我们今天的预料"(《鲁迅和〈宣言一篇〉》)。这也是上面提到的阿拉贡的看法:"为了洞察一个时期的现实,为了理解它,神秘主义者或银行家的观点,工人或熟读经过审定的教科书的好学生的观点,对我来说是同样必要的。"(《在有梦的地方做梦,或敌人……》)

人们通常说,有了时间距离,有了时间的淘洗和过滤,对历史的理解和判断会变得准确,变得清晰。这当然有道理。在这样的理解上,当代人对同时代的历史叙述常被诟病。但是历史距离也有可能失去丸山升强调的"时间感"。思想、观念、人、阵线等,总是由不同的具体条件所支撑,聪明的后来者在这一点有时也容易失误,导致不同程度失去说明、处理历史现象的能力。失去时间敏感的后来者对历史的观察,有时会出现阿拉贡描述的这种情况,"即便一个反布尔什维克分子,今天也会嘲笑一个1917年的人——不管他是立宪民主党人、孟什维克或社会革命党人——可能有的想法",因为他们"以为自己现在更懂得一切",他们对历史作了"简化"的处理(《在有梦的地方做梦,或敌人……》)。这种"简化"经常发生。"文化大革命"期间,20世纪30年代的周扬、李初梨、成仿吾、钱杏邨他们被批判为"右翼投降主义",受到无情打击,鲁迅则被构造为他们的对立面,是"正确路线"代表。这个时候,丸山升的论述表现了对这种历史"简化"的抵抗。他说:"如同一开始碰到怎样的大课题时闪溅的火花:马克思主义如何接受鲁迅,或者马克思主义是否具有足够的框架和宏大来容纳鲁迅这样的思想家、文学家提出的问题?不论是成仿吾、李初梨,还是钱杏邨,今天想起来,他们都碰到这个棘手的难题,所以我现在不如说对他们感到一种亲切和同情。"(《"革命文学论战"中的鲁迅》)

这种不抛弃"时间"维度的,设身处地的中肯、平实之论,和当时厌弃、激烈的流行论调形成对照。丸山升还说:"如果今天重新将20世纪30年代作为问题还有意义的话,那么尽管它有那么多弱点和缺陷,当时中国最优秀的青年中至少相当一部分(关于这一点我的认识到现在依然不变)还是被这场运动所吸引,他们真的甘愿为此不惜自己的生命,这是为什么、是什么从内心驱动他们?果真不过是幻想吗?如果说是幻想,那不是幻想的又能是什么?"(《鲁迅的"第三种人"观》)

上面我谈了丸山升在探求"历史真相"上的勇敢、执着。不过,我觉得他好像也有一些困惑,甚至有一些悲观。这是个推测,不知道是不是这样。这种"悲观"是隐晦的,不是容易察觉的那种。当然,我的感觉如果有道理,那么这个因素也是次要的。王俊文在《译后记》里用了"热诚"这个词,很恰切。不是"热情",而是"热诚"。"热"是热情,"诚"是诚实和诚恳。诚实面对自己的问题和困惑。虽然说悲观等是"次要"的因素,也很难排除、"降解"。一方面是自然规律,来自晚年体力、精神、生命活力无法逆转的衰减。他说已经没有力气跟踪、把握中国文学现状,为自己没有多大长进,而且文章不断重复过去讲过的事情,他感到了自我厌烦。这一点我特别能够理解,能引起共鸣。七十岁之后,我也常常有"自我厌烦"的情绪。没有新鲜的话可说,词也就那几个词,也不能再到各处走走,即使去一个新的地方,也难以有发现,有新的感受……

不过也不能说这个就一定是老年人的必然现象,比如钱理群老师就绝对不是这样。他总有不能穷尽的精力,每天都有新的发现和新的计划。开个玩笑,这就是前面说的不同个体,不能都归于同一个"路线"。北大中文系研究现当代文学的,有几位老师都出生在20世纪30年代。乐黛云、谢冕、严家炎老师在30年代的头,1931到1933年;孙玉石老师是中间;我和钱理群老师是末尾,1939年。我们可以说都是"同时代人",确实也有一些相同的特点。但是"不同"也是有的。拿和"革命"的关系说,30年代头的他们和我们30年代尾巴的就不同。乐老师在1948年曾经参加北大学生地下运动,散发过传单。谢老师参军,在部队一直待到1955年考大学。严老师也进过华东人民革命大学,参加过土改。我和钱老师与这些"革命",大概更多是一种想象。不过我说过,都是30年代尾巴也不是一个"路线":大家都说我是消极浪漫主义,钱理群是积极浪漫主义。这是高远东总结的,他总结得很到位。钱老师对未来,对自己工作的意义和效果,一直是非常有信心的。

回到丸山先生的困惑、悲观上来,除了年龄、精力因素之外,还有一个不同时代的人的感受,他们的思想情感、精神志向,是否能为他人和隔代的人理解、共享的问题。在这一点上,丸山先生可能有点疑惑。这个疑惑,在他的一句话里无意泄露出来。他说:"希望大家替我们将以我这一辈人的感觉无法感知的问题一个个弄清楚。"这当然是一种殷切、执着的期望,但似乎也有一种隐隐的无奈,而且可能也有对这个嘱托是否能够实现的忧虑。

这个无奈和困惑,在他的朋友木山英雄那里,则以预测自己的书的读者表现出来。他在《人歌人哭大旗前——毛泽东时代的旧体诗》这本书的序言中,很例外地使用了一个有几层限定语的、一口气念不完的长句，说这本讨论"毛泽东时代"的旧体诗写作的书，在日本，它的读者是"不至于完全忘记自古以来就成为日本文学素养之一部分的古典汉文'训读'法所特有的文体和对毛泽东革命的深刻印象的，也便是如我自己一样的即将走向消灭的那一代同胞"。这些读者有这样的三重身份，一个是对中国古典诗文熟悉，一个是对中国革命的密切关注，还有就是年已古稀。木山先生1934年出生的，年长我几岁。记得2016年10月15日，在北京大学人文社会科学研究院举办的《人歌人哭大旗前——毛泽东时代的旧体诗》研讨会上，汪晖先生的发言就是讨论思想精神能否为不同世代、不同生活经历的人共享的问题。他根据木山这本书的中译本在三联出版后热销，一两个月就多次重印的现象，得出了乐观的结论。这当然是有说服力的。但或许也可以解释为个例。这次研讨会，木山先生就在座，听了对这个问题的讨论，他会改变自己的想法吗？我们不得而知。

最后，我读一首诗来结束这个已经超过规定时间的发言。今年的4月30日，有单位在杭州的一所大学组织一次现当代文学青年教师的教学研讨班，他们请了华东师大的陈子善、杭州大学的吴秀明教授讲现代文学的史料问题，也让我讲一课。我讲的题目是当代文学与外国文学的关系。当时我就感觉到这次讲课的失败。听讲的老师大多漠然，没有什么反应，互动阶段也没有人发言、提问。主持人张雅秋是我的学生，怕我下不来台，就说，洪老师也累了，我们让他早点休息。讲课不成功有多种原因，如内容不充实，表达方式的缺点，等等，但也有这里说到的那种不同时代的隔阂。过了半个月，主办方转来一位学员写给我的诗，写到他在听课时感知到的那种困惑和悲观。作者的姓名和任职的学校，我现在仍然不知道。诗有点长，我摘录一段读给大家听：

我感到他的寂寞

一个人坐在时间的彼岸

而白色的时光囚牢

在头顶窥视讲台

那么遥远　而

他决然返回了那青年时代

他清楚台下的

小耳朵们与讲台　与扩音器

隔着大半个世纪的距离

他迟疑而又执拗

让一个人的寂寞　和愉悦

卧在那巨大的耳廓里

温和地燃烧

冷清　无奈

……

中国当代文学的学科动力来自哪里

◎ 蔡翔

这些年，中国当代文学的学科化在许多老师的推动下，获得了很大发展。简要地说，当代文学的学科化努力，使得我们的研究，开始摆脱以往那种过于率性、过于随意、过于表面的言谈，而变得更加严谨、更加理性、更加谨慎地处理各种材料，并向精细化的方向发展。同时，在研究的过程中，种种学科性问题也逐渐形成，并进入研究的过程之中。学科化的发展，有赖于学科性问题的提出并形成，因此，学科性问题永远都是重要的。这些学科性问题不仅使得学科化成为可能，同时也开辟了不同的学术研究领域，所谓的精细化，往往和这些学科性问题密切相关。同时，它也使学术研究因为精细而要求学科内部的分工与合作。这些年，当代文学学科化最重要的成果，可能就是当代文学史料学的崛起，经过众多学者的努力，许多史料陆续被发掘，所谓当代文学的陌生化，正是依赖这些被重新发现的史料，才有可能逐渐形成。而在这一陌生化的过程中，改变，有些甚至颠覆了我们对当代文学许多既有的印象。同时，这一学科化的努力，也开始初步形成我们自己的知识论和方法论，所谓有理有据，正在成为一种共同的言说风格。当然，这一学科化的努力，也使得学术开始成为一种职业，我想，这也没有什么特别的不妥。一种良好的职业习惯可以改变我们的浮夸之气，学术研究有时候是需要一种"工匠"精神的。因此，离开学科化，有时候，所谓"问题性学术"反而会流于空疏。

当然，反过来也一样，离开问题性学术的介入，学科化，尤其是过度的学科化，也会带来一些问题。这些问题主要包括：当分工越来越细致，某种整体性的视野可能也会逐渐丧失；职业习惯的养成，依赖于某种"工匠"精神，但是，对技术的过度推崇，则往往意味着技术背后的动力的丧失。学科化，一方面是精耕细作的学术生产方式，另一方面则是更多的人力投入，因此，它往往会造成学科的"内卷化"倾向，学科的内卷化，形成的结果是叠床造屋，而不是学科的创新，扼杀的是思想的创造力，以及探索的冲动。因为学科化会形成许多成规，这些成规包括方法，极端者则会形成所谓的"家法"。许多学者，以挑战学科的成规开始自己的学术生涯，可是，当他们逐渐被学界所承认，并成为自己所在学科的"立法者"的时候，也就是说，他们也开始制定所谓的学科成规。我不知道这是好事还是坏事。我知道的是，这几乎是一种必然趋势，一种学科化的必然趋势。因此，学科化的极端发展所导致的，大致就是一种文胜于质的趋势，是几近呆板的学科秩序。

而更为令人忧虑的是，在当下的学术体制内，学科化很容易被体制所吸纳，并进一步被异化。这时候，学术不仅仅是职业，更会成为一门"生意"，学者成为商人，追求丰厚的利润回报。又有谁能始终抵挡这一丰厚的利润回报呢？

我们可以看到，当一个学科过于成熟、过于学科化之后，一定是逐渐衰弱的，当蓬勃的创造性逐渐退去，留下的，有可能是满地的平庸。我想，我们谁都不愿意看到这样的学科化。

因此，在我们强调学科化的同时，可能还要强调并寻找一种反学科的动力；在我们强调学科性问题的同时，可能还要继续引入问题性学术的视野，而这一视野，曾经是我们，也即中国当代文学的学科特点。

文学乃是一种追寻并呈现真理的艺术，在这个意义上，文学研究实际上很难被所谓学科化完全驯服，中国当代文学尤其如此。当然，什么是真理，很难说清，言人人殊，但正是关于何谓真理的辩论，恰恰构成了当代文学研究的重要特征之一。我们用力之处可能就在于，在什么时候，什么样的言说被认为是真理，而在什么时候，什么样的真理又遭遇到了挑战甚至颠覆。对真理永无止境的质疑和追寻，才是我们工作的真正意义。

当代文学从它诞生的那一刻起，就和历史、和社会、和我们的存在，宿命般地纠缠在一起。因此，当代文学不可能完全从属于僵化的大学体制，这是它的特点。它一直在发展，文本始终处于一种相对不稳定的状态，也正是这一不稳定，文本才会被不断激活，意义被源源不绝地生产出来。实际上，我并不是特别同意匆忙地给中国当代文学划定下限。这对学科也未必见得有利。让当代文学始终对我们存在的当下语境开放，让新的思想和艺术经验不断地涌入，又有什么不好呢？

当代文学是一门活着的艺术，这就是我们学科的根本特点，我们需要的是尊重这一特点，而不是匆忙地把它变成一门死的学问。当我说，中国当代文学是一种活着的艺术的时候，那是因为，"当代"一直活着。

因为"当代"一直活着，我们就不可能脱离具体的社会—历史语境，脱离我们始终鲜活着的经验和感性，更无法脱离缠绕着我们的各种问题，如何面对并解释这些问题，才构成我们工作的目的。否则，我们为什么要研究当代文学？而在这些众多的问题之中，我们始终追问的，是我们的"当代"，我们的共和国，从哪里来，又可能到哪里去？所谓古今中西之变，正是构成"当代"，构成这七十年的全部发展。而当代的特点，也恰恰是不古不今、不中不西。我们要处理的，不仅是中国革命成功的经验，更需要谨慎处理的，是挫折。这些挫折，有些来自外部，有些则根植于它自身。

在这一意义上，反学科的驱动，恰恰是为了学科更好的发展。文学研究，在其根本的意义上，仍是怎样面对文学文本，史料文献的征集，说到底，也是为了更好地打开文本，而不是本末倒置。因此，当我们强调学科向外部开放，向问题性学术开放，实际上，也正是努力让文本处于一种永远开放的状态，而文本的开放才可能引申出无数值得讨论的话题。坦率说，由于大学的出现，经典的含义已经不再仅仅是"百读不厌"，更有可能的，或许是"百说不厌"了。解读的重要性，在今天已经成为文学研究的题中之义。

我们引入问题性学术的视野，目的只有一个，就是如何更深刻地解读文本，不仅解读它写出来的，还要解读它没有说出来的，但隐藏在文本深处的部分。比如说，当我们思考这个时代，也即我们生活着的"当代"的时候，我们有时候会想，这个时代最重要的逻辑究竟是什么呢？也许，就是所谓的阶层流动了，严格来说，这个流动指的是向上的阶层流动，而不是相反。这一流动，激发出野心和欲望，也引发焦虑和沮丧。沿着这样的问题思路，当我们重新回到20世纪80年代，有些问题就可以重新讨论。比如，四十年来，我们已经习惯于把20世纪80年代和"五四"相提并论。可是我们有没有想过它们之间的差异性呢？"五四"推动的中国知识阶层向下走，为什么并没有在20世纪80年代重新出现？相反，所谓个人，所谓个体优先，实际上却在悄悄地阶层化，一些阶层通过"个人"这个概念，发出强烈的利益诉求，而另一些阶层的声音，却在文本中消失。个中缘由，难道不值得我们思考？这并不是说，文学导致了社会的实际发展，文学没有这样大的力量，但是，文学参与塑造了一个时代的情感结构乃至观念形态，也是不争的事实。这一事实往往在于，我们对许多事情已经习以为常，见怪不怪了。

因此，问题性学术的引进，打破的可能是我们的思维惯性，乃至学术惰性，所要重新建构的是新的学术范式。

但是，这一问题不应该是简单的移植，所有的具体问题都隐藏在文本之中，是在文本内部生长出来的。文学的特性，就在于它以一种感性的范式呈现真理，这就使它的形态斑斓驳杂。我们的态度只能是实事求是，而不是观念先行，人云亦云。这四十年，学界已经形成诸多新的学术常识，而这些新常识多是我们亲身参与建构的。质疑并打破这些新常识，可能是我们今后重要的工作之一。理论引导我们进入文本，但文本呈现的问题却可能挑战我们既有的理论，只有实事求是地应对这一挑战，才可能创造一种新的理论。如此循环，反复不已。

而我们的方法论，也只有在这种问题性学术的关照中，才可能不断地被破坏，又不断地被重新建构。这样，才可能使我们的学科永远朝气蓬勃。比如说，当我们已经习惯于从社会史的角度去讨论文本，那么，如果我们进入 20 世纪 80 年代，这一方法是否依然可行？因为恰恰是这一时代的文学开始呈现挑战社会史的姿态，隐藏在背后的原因是什么，呈现出来的问题又是什么，意义究竟在哪里，我们支持或者反对的，又是什么？在这样一种问题的缠绕和纠葛中，才可能调整或重新创造我们的研究方法。在某种意义上，我们挑战和反对的，永远都是我们自己。

我们应该打开两扇门，一扇门通向学科内部，学科性问题永远都是重要的；而另一扇门，通向学科外部的世界，我们要把那一束光引进我们的学科。因此，学科化和反学科并不矛盾，所谓"大处着眼，小处着手"，它统一在我们对真理的追寻之中。在这方面，洪子诚老师起到了典范作用。

对我们来说，学术不仅是一种职业，更是一种志业。尤其对我们这一代人来说，所谓学术，不过是追寻真理的一种方式而已。我们的写作服膺于一个更高的目的，那就是对真理的追寻。我们永远都在追寻真理的路上，一生跋涉不已。

论 文

一个人的"民国的建国史"[1]
——以《朝花夕拾》为中心

◎ 郭春林

    2021年，鲁迅一百四十周年诞辰，辛亥革命爆发一百一十周年。《药》《阿Q正传》《风波》《头发的故事》等常常被看作鲁迅对辛亥革命不彻底性展开批判的核心文本[2]，而鲁迅对辛亥革命的正面评价，似乎因缺少有体量、容量的文本，一定程度上影响了对辛亥革命之于鲁迅的意义更深入、更复杂的认识之讨论，及由此而引发的鲁迅与辛亥革命复杂关系的探究，更进而影响了鲁迅与现代中国之关系这一重要命题的深入思考。

    本文拟以《朝花夕拾》这一近年逐渐受到关注的文本为中心，探究

---

[1] 学界多将《朝花夕拾》视为鲁迅的回忆散文，但本文认为它是鲁迅一个人的"民国的建国史"，是鲁迅从个人的经验和记忆出发，对"民国的起源"的书写。辛亥革命和随之建立的"中华民国"是鲁迅念兹在兹之所在，但1925—1926年发生的诸多事件使鲁迅强烈地感觉到"中华民国"正在消逝。由此在鲁迅心底所激起的民元和民元前的记忆，是"旧事重提"的内在动力。

[2] 诚然，不彻底性是辛亥革命的一面，但也因此，我们可以看到，鲁迅从没有否定辛亥革命，相反，对不彻底性的批判正是对一场彻底革命的期待，可怎样的革命才是真正的、彻底的革命呢？

鲁迅与辛亥革命这一在其生命中占据重要位置的事件之关系[1],从而延展到鲁迅对理想的"现代中国"的想象。从相当程度上说,鲁迅一生的写作、思考和相关实践,都是为着一个明确的目标:他所理解的理想的"现代中国",正如他在临终前的《因太炎先生想起的二三事》中所说:"我的爱护中华民国,焦唇敝舌,恐其衰微,大半正为了使我们得有剪辫的自由,假使当初为了保存古迹,留辫不剪,我大约是决不会这样爱它的。"[2] "剪辫的自由"既是实指,也是象征,但要紧的是,他将其归结为"中华民国"的成果,虽然这也是事实;而更值得体味的是,他甚至将自己一生的很多努力,所谓"焦唇敝舌",都说成是因为对它的"爱护",而"恐其衰微"的焦虑更令人心神为之震动。在我看来,《朝花夕拾》中就包含了鲁迅对辛亥革命及其成果之"中华民国"的复杂情感和深入思考。

一、题解

自1925年2月至1926年12月,在许多非虚构的文字中,鲁迅不断直接地谈及民元、民国和辛亥革命,其频度之高,超出了任何一个时

---

[1] 本文将"辛亥革命"和"中华民国"的建立视为巴迪欧意义上的一个"事件",而非一般现代史意义上的历史事实,更不是"现代性"等普遍性话语中的意涵。巴迪欧强调"事件"与"情势"的关系,他说:"除非与一个历史性情势有关,否则没有事件,即便历史性情势并不是必然产生事件。"他以"法国大革命"为例,阐述了"作为事件的法国大革命,必须被说成它既是1789年到1794年期间的一系列事实的无限之多,也必须将自己展现为一个内在性的总代表,它自己的多的一之标记。"关于"情势""事件""存在"之关系更详细的论述,请参看《存在与事件》的第四部分"事件:历史和超一"。因此,"辛亥革命"和"中华民国"就不能被看成一般的历史事实,而是自晚清以来诸"情势"积蓄的一个必然结果,一个对现代中国产生重要影响的"事件"。[法]阿兰·巴迪欧:《存在与事件》,蓝江译,南京大学出版社,2018年版。

[2] 鲁迅:《且介亭杂文末编·因太炎先生而想起的二三事》,《鲁迅全集》第6卷,人民文学出版社,2005年版,第576—577页。以下凡引自《鲁迅全集》,皆以此版本为准。

期。可以约略做一个统计，如下表：

1925—1926 年鲁迅涉及民国的文章汇总简表

写作时间	标题	文集
1925.2.9	看镜有感	坟
1925.2.12	忽然想到	华盖集
1925.3.11	致许广平	两地书
1925.3.21	战士与苍蝇	华盖集
1925.3.26	致许广平	两地书
1925.4.3	这是这么一个意思	集外集拾遗
1925.4.29	灯下漫笔	坟
1925.6.16	杂忆	坟
1925.7.1	补白（二）	华盖集
1925.7.29	致许广平	两地书
1925.12.10	这个与那个（捧与挖）	华盖集
1925.12.29	论"费厄泼赖"应该缓行	华盖集
1926.3.10	中山先生逝世后一周年	集外集拾遗
1926.5.25	为半农题记《何典》后，作	华盖集续编
1926.7.7	马上支日记之二	华盖集续编
1926.10.10	致许广平	两地书
1926.12.3	《阿Q正传》的成因	华盖集续编

从上表可以看到，最密集的时间段是 1925 年的 2—4 月，和 1925 年的 12 月。这还不包括更简略提及的文字，如《坟·后记》中说，"他们（引按：指《摩罗诗力说》中的诗人）的名，先前是怎样地使我激昂呵，民国告成以后，我便将他们忘却了，而不料现在他们竟又时时在

我的眼前出现"。[1]而"三·一八惨案"当天完成的《无花的蔷薇之二》，虽然仅仅是在"民国以来最黑暗的一天"这一写作日期中使用了"民国"的名号，但显然不能将这一日期的独特表述仅仅理解为对制造了惨案的北洋政府之愤怒，实际上，我们既可以从这一表述中看到他对民国建立以来的历史的判断，还可以隐约感觉到他对民元和"中华民国"的态度。

1919年3月，鲁迅对黄郛《欧战之教训与中国之将来》就其时社会中普遍存在的"保守性"批评颇为认同，"所谓改革者，决不将旧日制度完全废止，乃在旧制度之上，更添加一层新制度"，比如"贺阳历新年者，复贺阴历新年；奉民国正朔者，仍存宣统年号"。鲁迅进一步引申，"此外如既许信仰自由，却又特别尊孔；既自命'胜朝遗老'，却又在民国拿钱；既说是应该革新，却又主张复古：四面八方几乎都是二三重以至多重的事物，每重又各各自相矛盾"。[2]在1921年5月写就的一篇短文中，鲁迅更直接地联系自己在日本参加光复会活动的经历："大约十五六年以前，我竟受了革命党的骗了。// 他们说：非革命不可！你看，汉族怎样的不愿意做奴隶，怎样的日夜想光复，这志愿，便到现在也铭心刻骨的。……然而近几年来，我的迷信却破裂起来了。我看见许多讣文上的人，大抵是既未殉难，也非遗民，和清朝毫不相干的；或

---

[1]"民国告成以后"，便忘却了那些摩罗诗人的表述，同样是耐人寻味的。是民国告成后，鲁迅觉得已经没有再继续为这些诗人鼓吹的必要了（这也有几种可能，其一是现实好得无须，其一是糟得没有空间，另一种可能是他觉得无论时代好坏，在其时的中国，宣传摩罗诗人都不合适，后者指向的是认识的变化），还是这些诗人被现实挤出了记忆？当然，也还包括，这一表达是一种修辞的可能。

[2]鲁迅：《热风·随感录五十四》，《鲁迅全集》第1卷，人民文学出版社，2005年版，第360—361页。鲁迅绝想不到，八年后，他在广州遭遇"清党"牵连，愤而辞去中山大学一切职务的时候，黄郛正是"清党"的重要谋划者，1933年，他更直接主持了蒋介石国民政府与日本军国主义政府之《塘沽协定》的签订。参看姚守中：《黄郛与"四一二"反革命政变》，载《党史研究与教学》1988年第5期。

者倒反食过民国的'禄'。而他们一死，不是'清封朝议大夫'，便是'清封恭人'，都到阴间三跪九叩的上朝去了。// 我于是不再信革命党的话。"[1] 受骗于革命党，自然是鲁迅惯用的反讽，可其时的革命党，以及后来的分化、蜕化乃至转向绝不在少数，鲁迅将批判的矛头指向他们正在情理之中。需要提醒的是，鲁迅的这段文字不能被理解成狭隘的民族主义，尤其不能被误读为大汉族主义。也许《看镜有感》可以作为对民国较为集中的思考之发端，他说："现今……许多雅人，连记年月也必是甲子，怕用民国纪元。/ 而国粹遂成为屠王和屠奴的宝贝。"问题与几年前完全一样，但其归结却落在国粹和奴性上，而不再是观念和行动的矛盾这样简单而表面的判断。因此，真正需要引起我们重视的，是鲁迅面对革命的第二天、第N天后出现的种种问题的思考方法，他要回到革命发生的时刻，回到革命的过程中，乃至源头去，用革命精神最为高涨、蓬勃的时刻，映照现实的黑暗，在对无望的现实之分析中检讨革命的起源和进程中所遗留的祸根。

实际上，鲁迅自《狂人日记》开始的小说写作，即伊藤虎丸称为"第二次文学的自觉"[2] 的那一刻，就从未忘却，也从未撇开辛亥革命的历史，在很大程度上说，对辛亥革命的先驱者、牺牲者徐锡麟、秋瑾的怀念正是《狂人日记》《药》更为内在的叙事动力。但那毕竟是小说，且叙事的主体并非辛亥革命。就是说，以杂感和散文的形式，直接而频繁地言及辛亥革命这一事件，在鲁迅的写作史上并不多见。他究竟要借这一事件，借他自己的经验，谈论什么问题，他又是如何叙述并思考的？

---

[1] 鲁迅:《集外集拾遗补编·"生降死不降"》,《鲁迅全集》第 8 卷，人民文学出版社，2005 年版，第 121 页。

[2] [日] 伊藤虎丸：《鲁迅与终末论——近代现实主义的成立》，李冬木译，三联书店，2008 年版，第 172 页。

也许正是见多了"怕用民国纪元"的人和类似的事，写完《看镜有感》后的第三天，他就有了更激烈、也更著名的表述。文章不长，含义丰富，且与论题紧密相关，全文照录如下。

> 我想，我的神经也许有些瞀乱了。否则，那就可怕。
> 我觉得仿佛久没有所谓中华民国。
> 我觉得革命以前，我是做奴隶；革命以后不多久，就受了奴隶的骗，变成他们的奴隶了。
> 我觉得有许多民国国民而是民国的敌人。
> 我觉得有许多民国国民很像住在德法等国里的犹太人，他们的意中别有一个国度。
> 我觉得许多烈士的血都被人们踏灭了，然而又不是故意的。
> 我觉得什么都要从新做过。
> 退一万步说罢，我希望有人好好地做一部民国的建国史给少年看，因为我觉得民国的来源，实在已经失传了，虽然还只有十四年！（《华盖集·忽然想到》）

我们无法在这里细致分析文本，概括起来，短文至少包涵了：（1）在1925年的现实中，"中华民国"已经消逝；（2）烈士的血被人们并非故意地"踏灭了"；（3）民国的来源已经失传，因而希望有人认真"做一部民国的建国史给少年看"[1]。无疑，我们可以清楚地看到鲁迅对"中华民国"的深情，对其精神的高度认同，和他对现实的极度愤懑，以及他退而求其次的解决办法。但其中的第三句，需要更细致地体味，才能看到他隐含在其中的另一个意思，即在革命成功后很短的一段时间

---

[1] 直到1928年，反对孙中山国共合作的国民党元老冯自由撰写的上下两编《中华民国开国前革命史》才相继面世，而《革命逸史》更是迟至1936年才出版。

里,他竟有摆脱了奴隶身份的感觉。就表达而言,短文颇有意味的是,几乎每一句都采用"我觉得"这一非常主观化的形式,与开头也很主观的"我想",既构成彼此印证,又隐约地包含着一种不确定性,甚至与客观事实不合的可能。但毫无疑问,这一强烈的"主观真实"从此就盘踞在他的心头,挥之不去,使他不断地回到这个话题,回到"民国的起源"中去。从某种程度上说,鲁迅在1925年及其后的相当一部分写作都是在不同程度、不同侧面地回应这一总体性问题。

也正是在这个意义上,我将《朝花夕拾》看成鲁迅"一个人的'民国建国史'",即他个人所亲历、所体验、所理解的"民国的起源"。

之所以使用"一个人的'民国的建国史'"的表达,并非要突出鲁迅对"个人"的注重这一面向,而是要强调《朝花夕拾》鲜明的个人性,即其写作上的独特性。可以简要表述为:所叙之事,皆其所身历、所眼见或所耳闻;所抒之情,亦皆其内心真切、深厚之情;而其所思所想,绝大部分与前两者,即所叙之事、所抒之情紧密关联。而且,我们从鲁迅独特的书写方式,可以清楚地看到,这一个人性是如何与大历史勾连的,或更准确地说,他是如何书写嵌入在大的时代和社会中的个人经验的。

诚如陈思和的研究表明,《朝花夕拾》是写一个人由童年、少年到青年的教育成长史。……只有把它作为整本书来读,才会清楚地看到,这本书描写了一个典型的中国人的教育成长过程。……反映整个中国从传统到现代转型过程中教育的变化,及其对一代人的影响"。陈文颇有说服力地将《朝花夕拾》有关内容概括为:(1)"自然状态的学习",以此批判"自然界的强食弱肉";(2)"民间文化的学习",以此对应于对"传统教育、开蒙读物、中医以及市民文化等"的批判;(3)"走出故乡以后"的新学学习,"批判的对象是旧教育制度、清王朝封建专制制度和换汤不换药的民国社会"。[1]但是，在鲁迅个人成长史的脉络外，在他将自己的"教育成长过程"公之于众，再现给世人，以实现其批判目的之外，是否还包涵更大更深的指向？

在对《朝花夕拾》的解读中，还有一种比较有影响的读法，即将确实很抒情的这十篇散文的写作视为"无地彷徨"中的鲁迅的"精神还乡"之旅。诚然，在《朝花夕拾》中，我们能看到"故乡寻梦与成长记忆"，能读出渗透在文字间的"亲情意象与往事抒怀"，也能捕捉到鲁迅"重识乡俗与文化寻根"的强烈意向，但这样的解读抓住的只是字面的意义，忽视了《朝花夕拾》"整本书"写作的历史语境，尤其是1926年在鲁迅生命史和精神史上承前启后的特殊性，那些"旧事"，那些"朝华"，绝对不是1926年的鲁迅在精神上回到过去的渡船，更何况鲁迅记忆中的过去，不仅有温馨的亲情，还有刻骨铭心的伤痛，更重要的是，鲁迅绝不会为回忆而回忆，实际上显然是别有寄托，其中蕴含着他对历史、现实和未来复杂关系的深刻思考。[2]

对"旧事重提"和"朝花夕拾"的命名时刻，及其书写过程的考察是重新进入文本的必由之路。

二、从"旧事重提"到"朝花夕拾"

《朝花夕拾》的原题是"旧事重提"，自1926年2月19日写就

---

[1]陈思和：《作为"整本书"的〈朝花夕拾〉隐含的两个问题——关于教育成长主题和典型化》，载《杭州师范大学学报》2021年第1期。

[2]宋剑华：《无地彷徨与精神还乡——〈朝花夕拾〉的重新解读》，载《鲁迅研究月刊》2014年第2期。引文均为宋文标题。类似阐述包括杨剑龙的《"从纷扰中寻出一点闲静来"——论鲁迅的〈朝花夕拾〉》（载《鲁迅研究月刊》2001年第4期）、王晓初的《"思乡的蛊惑"：〈朝花夕拾〉及其他——论鲁迅的"第二次绝望"与思想的发展》（载《学术月刊》2008年12月号）、李怡的《〈朝花夕拾〉：鲁迅的"休息"与"沟通"》（载《首都师范大学学报（社会科学版）》2009年第1期）等。

《狗·猫·鼠》，并特别在日记中记了一笔[1]，随后刊登在 3 月 10 日出版的《莽原》第五期后，至同年 11 月 18 日完成最末一篇《范爱农》，发表于 12 月底出版的《莽原》第二十四期，副题一直是连续编号的"旧事重提"。实质性改名，不早于《范爱农》的写作时间，也不会晚于《朝花夕拾·小引》的写作时间，即 1927 年 5 月 1 日。

对文字极其敏感，且要求极严极高的鲁迅，不会随意改动已经出版的文字，更何况还是书名。理应对其进行必要的分析，但学术界的讨论却并不多，黄子平有一个颇有意思的观点，他认为，"不妨说，《旧事重提》之易名为《朝花夕拾》，乃是为了出让给未来的历史小说集。"[2] 此说有一定道理，但似乎也并不是答案的全部。

《小引》说："前天，已将《野草》编定了；这回便轮到陆续载在《莽原》上的《旧事重提》，我还替他改了一个名称：《朝花夕拾》。"理由是："带露折花，色香自然要好得多，但是我不能够。便是现在心目中的离奇和芜杂，我也还不能使他即刻幻化，转成离奇和芜杂的文章。或者，他日仰看流云时，会在我的眼前一闪烁罢。"残酷的现实使他对当下无法开口；曾经的那些过去，在其时也"不能够"就从笔下流出。用《野草·题辞》中的话说："天地有如此静穆，我不能大笑而且歌唱。天地即不如此静穆，我或者也将不能。""朝花夕拾"无疑比"旧事重提"更具文学性，更富抒情气，也更雅化，甚至与刚刚编定的"野草"还构成了一个"花"和"草"的差别。所谓"差别"，当然不是要将人

---

[1] 查鲁迅 1926 年 2 月 19 日日记，云："至夜半成文一篇五千字。"《鲁迅全集》注称，此文即《狗·猫·鼠》，但《莽原》发表时所标时间为 2 月 21 日，可能正式发表时所署日期是改定的时间。日记见鲁迅：《鲁迅全集》第 15 卷，人民文学出版社，2005 年版，第 609—610 页。
[2] 黄子平：《"灰阑"中的叙述》，上海文艺出版社，2001 年版，第 109 页。他的理由之一是鲁迅《故事新编·序言》中的这段话："直到一九二六年的秋天，一个人住在厦门的石屋里，对着大海，翻着古书，四近无生人气，心里空空洞洞。……这时我不愿意想到目前；于是回忆在心里出土了，写了十篇《朝花夕拾》；并且仍旧拾取古代的传说之类，预备足成八则《故事新编》。"

类社会的贵贱、贫富和尊卑之类的等级观念和制度赋予植物，以为花一定比草好看，也更高级，而是指两者在书写者的情感世界和生命史上的不同意义。固然，"野草"是鲁迅心中积郁的悲愤和迷茫于彷徨的复杂情思的喷发，总体是晦暗、纠结的；而"朝华"则是长期驻留在作者脑海中的记忆，美好有之，沉痛有之，或沉痛与美好并存于一个人一件事上者亦有之。

就《朝花夕拾》的整体来看，在表述风格上，明显地存在着叙事性和抒情性不断增强，议论性逐渐减弱的特点，且一定程度上可以对应于从北京到厦门的行动轨迹。不断增强的叙事性和抒情性需要一个贴合的总题。很明显，鲁迅对风格的不统一是清楚的，《小引》就说："文体大概很杂乱，因为是或作或辍，经了九个月之多。环境也不一……"但我们都清楚，对鲁迅来说，造成文体"杂乱"的原因，肯定主要不是写作过程连续与否，和时间的长短，而是心境和思考的深入。因此，值得深究的一个问题是，风格的变化，乃至题目的变换何以能够没有那么生硬地合成一个整体？如果说至少在完成《从百草园到三味书屋》时，鲁迅对全书已经有明确的写作计划，那么，也可以说，他对全书写作意图的落实是自信的。[1]换言之，改定为"朝花夕拾"的"整本书"，与当初拟定"旧事重提"时的意图，在鲁迅选定新的总题时的判断是一致的，更进而言之，回忆不是目的，它指向1926年初所延续的至少是1925年以来的现实感受和深层思考。而诸文本在形式、风格上的不够统一、和谐，则服从于更重要的思想寄托和精神意义。

总之，在"目前是这么离奇，心里是这么芜杂"的时刻，鲁迅舍

---

[1] 鲁迅致韦素园（261007）："今寄上《莽原》稿一篇，请收入。到此仍无闲暇，做不出东西。……《旧事重提》我还想做四篇，尽今年登完，但能否如愿，也殊难说，因为在此琐事仍然多。"所寄稿件，据《鲁迅全集》注，即当天完成的《父亲的病》。致韦素园（261120）："《旧事重提》又做了一篇，今寄上。这书是完结了。明年……我当另寻题目作文……"分别见鲁迅：《鲁迅全集》第11卷，人民文学出版社，2005年版，第567、623页。

弃了更为直白、朴素的"旧事重提",而选择了温暖、抒情的"朝花夕拾"。这是心境的变化,以及由此产生的编订时的重读对整个文本的新的体会和认识。这一新的体会和认识,从某种程度上说,是在合为一个完整的文本后,更赋以新的意义,但这个意义与原来的意图并无龃龉,而意味却有所不同。就方法而言,对这一增值意义和意味的寻绎,不能仅仅在《朝花夕拾》中寻找,还需要在鲁迅呈现为"星丛"[1]式的写作和思想的复杂聚合关系中发掘。

重新命名,不仅事关文学修辞,更关乎写作心境的变化,而心境的变化则来自环境的不同和世事的变迁;"旧事重提"的意图始终存在着,并未因为书名的改变而发生偏移。无论如何,始于1926年初的写作经历,在《小引》的写作时刻也已经成为回忆,不管它是"花"还是"草",勾起的记忆是温馨,还是冷冽,是甜蜜,还是苦楚,是沉重,还是轻松,抑或是五味杂陈、冷暖自知,都意味着一件事情的完成。也正是在这个意义上,对《朝花夕拾》的整体性分析,就需要回到"旧事重提"的时刻以及更早的历史语境中去,如此才可能准确把握文本潜在的,也是被写作者赋予的深刻意涵。

对于《朝花夕拾》,在何种意义上,"杂乱"的文体可以统合在一个"有机的整体"中这一问题,王瑶近四十年前的讨论,几乎成为研究界的不刊之论:《朝花夕拾》中只有《狗·猫·鼠》一篇可以说是在现实问题直接激发下的近似杂文的作品,其余九篇的内容主要都是叙事抒

---

[1]此处借用本雅明首创、阿多尔诺发扬光大的"星丛"概念,一方面是基于鲁迅思想和写作的复杂性,这一复杂性既可以常常在其单个文本中呈现,也可以在鲁迅同一时期不同文类及作品中发现,这里的"同一时期"并非某一确定的历史时期,而可以说是从原鲁迅开始的全部生命历程的所有时期;另一方面,本雅明和阿多尔诺的"星丛"概念所具有的基本意涵,在某种程度上说,与鲁迅的思考和经验存在着某种相似性。参看:[德]阿多尔诺:《否定的辩证法》,张峰译,重庆出版社,1993年版。另请参看李弢的博士学位论文《非总体的星丛》,或李弢:《非总体的星丛》,上海人民出版社,2008年版。"星丛"概念的一个核心是对同一性的拒绝。

情,追忆往事,怀念故人。"《朝花夕拾》的主要内容是"叙事抒情"固然不错,但说它未曾受到"现实问题的触发"恐怕还是忽视了"旧事重提"潜在的"论战性"。[1]之所以会有这样一个至少不够全面的判断,或许很重要的原因,是基于对"散文"这一文体的本质化认识,即散文总是叙事的、抒情的,或是叙事与抒情的统一,且叙事性又多服从于抒情性这一根本目的。但对鲁迅的《朝花夕拾》来说,这一本质化的散文观无疑存在着一定的局限。一方面,鲁迅在创作时对传统的文体观多有或隐或显的"捣乱"意识,即如《朝花夕拾·小引》开头就颇有些突兀、也并不那么好理解的一句:"中国的做文章有轨范,世事也仍然是螺旋。"鲁迅为什么要将中国的文体规范与世事的发展形式并举?我的理解是,这里显然有他对两者紧张关系的敏锐直觉,螺旋般向前走的历史和现实,需要、也必然突破既有的文章"轨范",即基于本质化的认同而有的写作实践,但鲁迅并非为"捣乱"而"捣乱"[2],所以,他说:"……散文的体裁,其实是大可以随便的,有破绽也不妨。"[3]同时,一个需要特别强调的理由是,"旧事重提"这一原先设定的总题显然不能仅仅当作鲁迅一时冲动的结果,而应该被视为长期积累的情感和思考的"星丛"式表达的体现。

这一"星丛"式表达,在"小引"中,可以经由作者对相关文本写作时间及相关事件的勾连中看出。在极简略的叙述中,鲁迅将《小引》

---

[1] 王瑶:《论鲁迅的〈朝花夕拾〉》,载《北京大学学报(哲学社会科学版)》1984年第1期。事实上,王瑶先生在该文中,这一判断是逐渐增强的,比如论文开始时说:"《朝花夕拾》则不一定每篇都是在现实问题的触发下动笔的,也不一定每篇都是结合现实、针砭时弊的。"

[2] 竹内好就将《狂人日记》的形式视为鲁迅"对一切表现形式的反叛"的开始。《朝花夕拾》另一个被普遍关注的问题是其真实性,在我看来,这一问题也只有在充分注意到鲁迅对传统文体的破坏性冲动和实践,才能更贴近文本,也才能更有效地打开文本。参看[日]竹内好:《从"绝望"开始》,靳丛林编译,三联书店,2013年版,第102页。

[3] 鲁迅:《三闲集·怎么写——夜记之一》,《鲁迅全集》第4卷,人民文学出版社,2005年版,第2页。

的写作时间明确地锁定在"前几天我离开中山大学的时候",更以"朝花夕拾"最鲜明的"回忆"性,带出整个文本完成的时间,尤其是"旧事重提"开始的时间;而它的开始时间正是《华盖集》的结束时刻,也差不多是《野草》的结束时刻;而在"旧事重提"的写作过程中,则又有《彷徨》的出版和《坟》《华盖集续编》等集子的编订。从这些文集的写作时间,就多少能想象它们之间的复杂关系;如果深入文本内部,和这些文本的写作时间及其所关涉的历史与现实,乃至写作者在这一时间所遭遇的人与事,尤其是文本与其所经历的人、事的复杂关系,如果我们仅仅在文本内部分析,恐怕就会遗漏很多实在并非不重要的意义。

正因此,我们需要首先面对这个最基本,也是最迫切的问题:在1926年的2月21日,鲁迅为什么要"重提"那些"旧事",他又将以怎样的方式"重提"?

差不多四个月前,鲁迅完成了《彷徨》的最末一篇——《离婚》,两个多月前,写成《野草》的《这样的战士》《聪明人和傻子和奴才》《腊叶》,在写作《狗·猫·鼠》前六天,校毕《华盖集》,并撰《后记》,四天前他写杂感《谈皇帝》……这当然只是"重提""旧事"的部分写作前史。[1] 逝去不久的1925年,对只剩下十一年生命的鲁迅来说,无疑有非同寻常的意义;而对诞生了十四年的中华民国来说,对现代中国的历史进程而言,1925年的重要性同样非比寻常。但两者并不是简单对应的关系,《华盖集·题记》就明确写道:"……只恨我的眼界小,单是中国,这一年的大事件也可以算是很多了,我竟往往没有论及,似乎无所感触。"却"往往执滞在几件小事情上"。[2] 显然,他知道那些"大事件"。但那"几件小事情"真的是"小事情"吗?在何种意

---

[1] 这一前史自然可以一直往前追溯,而囊括其此前的所有写作,但显然这是另一个以《朝花夕拾》为中心,展开对鲁迅整个写作史的研究题目。
[2] 鲁迅:《华盖集·题记》,《鲁迅全集》第3卷,人民文学出版社,2005年版。

义上，它们是小事情；在何种意义上，它们又并不是小事情？或者，换个问法，为什么鲁迅要"执滞在几件小事情上"？在这个意义上，如果我们将1926年开始的写作看作过去（时间过去了，但事情和由此刺激的心境和思考显然并没有过去，这从《华盖集续编》可以清楚地看到）的延续，更明确地说，1926年初，他"重提"的那些"旧事"与他在《华盖集》及《华盖集续编》中所"议论"的事是否构成了互文的关系，或一种思想的逻辑关系，或一种更为内在的精神脉络和思想的延续性？而在《后记》中，他特别征引了一段别人的文字中引述的他自己的话："讲话和写文章，似乎都是失败者的征象。正在和运命恶战的人，顾不得这些；真有实力的胜利者也多不做声。"[1] 而他"这一年所写的杂感，竟比收在《热风》里的整四年中所写的还要多"[2]，似乎恰恰证明了自己是个大大的失败者。但他所认的"失败者"是在什么意义上的失败者，却是我们需要面对的。

在写于1925年6月中旬、后来收在《坟》（不能忽视的是，《坟》的编订正是在厦门的1926年的10月30日，具体地说，是他完成了《从百草园到三味书屋》《父亲的病》《琐记》和《藤野先生》之后）里的《杂忆》中，鲁迅从东京时期读令他"心神俱旺"的拜伦诗说起，深刻检讨了晚清文学启蒙与辛亥革命的关系。其核心思想可以说是在后"五四"时代对晚清以来的启蒙主义文学的反思和批判，其中也蕴含着自我反思：仅有早年所主张的"诚"和"爱"[3]已经远远不够，如今需要的是"智"和"勇"。"我以为国民倘没有智，没有勇，而单靠一种

---

[1] 鲁迅：《华盖集·后记》，《鲁迅全集》第3卷，人民文学出版社，2005年版。"后记"中所引用的文字，发表在1925年3月8日的《京报副刊》上作为"备考"，并且声明，"那一篇所记的一段话，的确是我说的"。参看鲁迅：《集外集拾遗补编·通讯（复孙伏园）》，《鲁迅全集》第8卷，人民文学出版社，2005年版。

[2] 鲁迅：《华盖集·题记》，《鲁迅全集》第3卷，人民文学出版社，2005年版。

[3] 鲁迅：《致许寿裳（180104）》，《鲁迅全集》第11卷，人民文学出版社，2005年版。

所谓的'气',实在是非常危险的。现在,应该更进而着手于较为坚实的工作了。"从东京时期文学梦的破产,到"革命起来","服了'文明'的药"后,终于"不到一年,情形便又逆转",仿佛一切又回到了革命前,甚至还要更糟下去。虽然并不是要让文学来承担糟下去的责任,但需要清醒地认识到文学的边界:"……便是悲壮淋漓的诗文,也不过是纸片上的东西,于后来的武昌起义怕没有什么大关系。倘说影响,则别的千言万语,大概都抵不过浅近直截的'革命军马前卒邹容'所做的《革命军》。"鲁迅并没有简单否定文学在革命中的作用,但仅有"传播被虐待者的苦痛的呼声和激发国人对于强权者的憎恶和愤怒"的文学是不够的,需要"注入深沉的勇气……竭力启发明白的理性","因为勇敢,这才能勇往直前,肉搏强敌,以报仇雪恨"。只有这样"继续地训练许多年"才可能见效,而这"却是更紧要而更艰难伟大的工作"。[1]这一思考,意味着鲁迅对自己未来文学写作方向的思考,在一定程度上说,它甚至预示着不久的将来对于"彷徨"的告别。

诚然,《杂忆》中,我们仍然可以看到鲁迅所受到的"国民性话语"的影响[2],但我们同样可以清楚地看到,他不是在一般意义上继续国民性批判,而是指向具体的国民教育,以教育的方式解决"智"和"勇"从哪里来的问题,更进一步说,是在"情感教育"中"注入深沉的勇气……竭力启发明白的理性",从而创造出崭新的国民,而不是像辛亥革命成功后那样,仅仅学得一点"洋文明"和"美国法国式的共和",以至于在"不到一年"的时间里就迅速地葬送了革命的成果和革命本身。在这个意义上,《朝花夕拾》的抒情性就绝不仅仅是作者个人情感的表达,而是情感教育的需要,是"更紧要而更艰难伟大的工作"的必

---

[1] 鲁迅:《坟·杂忆》,《鲁迅全集》第1卷,人民文学出版社,2005年版。
[2] 参看刘禾:《跨语际实践——文学、民族文化与被译介的现代性(中国,1900—1937)》,宋伟杰等译,三联书店,2002年版。

要形式。

　　从某种程度上说,《杂忆》正是"旧事重提"的发端。《杂忆》与"旧事重提之八"《琐记》构成一对姊妹篇,互文的两者同时又相互补充,其"旧事重提"性或"朝花夕拾"性都很鲜明。区别正在于《杂忆》是杂文,其中有"杂感",只是回忆的抒情性不那么明显,而《琐记》是颇为纯正的散文,虽间有议论。王本朝注意到了《朝花夕拾》的"杂感笔法",认为这十篇文字,"在回忆往事之中也表达了丰富的现实感受,过去与现在、记忆与批判相互交织,形成了感伤与反讽、抒情与议论相互交融的艺术特点"。[1] 王本朝梳理了写作《朝花夕拾》的1926年里鲁迅所遭遇的"现实的纷扰",正是这些纷扰给了作者"重提""旧事"的动力。这是理解《朝花夕拾》的正途,但尤有不足。"旧事重提"的写作动力不仅仅来自1926年,实际上鲁迅的思考和写作,绝大多数源于一个更长时段的历史感受和更为切近的现实感,是在两者的交织中展开的,而最强烈的感受正来自逝去不久的1925年的诸多人、事,以及在1926年朝更坏处发展的诸如女师大风潮这样的事件。

　　"旧事重提"之一的《狗·猫·鼠》,劈头就将具体的时间指向1925年:"从去年起,仿佛听得有人说我是仇猫的。"看上去是一个日常生活中对某一种动物的态度,但正如许多研究者已经指出的,鲁迅以此回击的是现代评论派的荒谬批评。无论是现在说出来的"仇猫的原因",还是幼年的天性中就有的对于弱者的同情心,包括夏夜纳凉时祖母所讲述的狡猾的猫师傅和性急的虎学生的故事,都是情感教育的材料,也同时指向满嘴"公理""正义",实质不过是"使牺牲者直到被吃的时候为止,还是一味佩服赞叹"的统治术,而惯于使用者正是有文化、然而"堕落"的知识者。这是对《狗·猫·鼠》的共识。但结尾的一段

---

[1] 王本朝:《旧事何以重提:〈朝花夕拾〉的杂感笔法》,载《福建论坛(人文社会科学版)》2017年第9期。

却常常被忽略了:"中国的官兵就常在实做的,他们总不肯扫清土匪或扑灭敌人……"这意思正与《杂忆》中的一段叙述完全相同。1912 年初,鲁迅到南京教育部任职,在"革命政府所在地",鲁迅见到的并非"汉人大大的发挥了复仇手段",而是"格外文明"。在鲁迅看来,正是这"格外文明"的做派断送了革命的成果。然而,对于中国现代文学史来说,更重要的问题是,它同时也使鲁迅的新文学写作延宕到 1918 年。当然,鲁迅不可能独自在 1912 年,或 1917 年前开始新文学的创作,新文学运动的兴起是一个时代和社会中一部分知识者集体推动和实践的结果,但这并不能因此否定辛亥革命的不成功、不彻底,及由此造成的乱象,乃至更恶劣的诸多事件对于他的巨大而深刻的影响。《呐喊·自序》中被鲁迅以极简略的"沉入于国民中""回到古代去"一笔带过的,正是民元后的巨大空白,但这个空白中有他"亲历或旁观过"的"几样更寂寞更悲哀的事"。鲁迅在这里没有说,辛亥革命二十年后,《呐喊·自序》写作十年后,鲁迅有一个较为完整的叙述:"见过辛亥革命,见过二次革命,见过袁世凯称帝,张勋复辟,看来看去,就看得怀疑起来,于是失望,颓唐得很了。……不过我却又怀疑于自己的失望,因为我所见过的人们,事件,是有限得很的,这想头,就给了我提笔的力量。"[1]

因此,汪晖说:"鲁迅的文学根源植根于寂寞,诞生于打破寂寞的愿望被激发的时刻。"只是,鲁迅的寂寞来自历史中的经验,即时代和社会中的体验,它有很具体的内容,那就是《呐喊·自序》等文字中所叙述到的那些在他的生命中占据重要位置的人和事,辛亥革命正是其中不同于其他人、事的一个特殊事件,这一不同就在于辛亥革命对于鲁迅有多重意义。正如汪晖所说,"在鲁迅的世界里,有两个辛亥革命,一个是作为划时代的事件的革命,一个是这个革命的现实展开过程,但后

---

[1] 鲁迅:《南腔北调集·〈自选集〉自序》,《鲁迅全集》第 4 卷,人民文学出版社,2005 年版。

者既是前者的展开，也是前者的背叛。鲁迅忠于前者，忠于在这个革命中产生的梦想、形成的生活态度和时代判断，从而展开了对后者的批判，但他同时也从后者中寻找前者的踪迹"。[1]但鲁迅的世界里，恐怕有三个辛亥革命，除了上述两个之外，另一个就是他亲身所经历过的、短暂的民元经历，和此后在现代中国历史的展开中形成的民元记忆。正是在这个意义上，丸山升说："重要的是寂寞也罢、绝望也罢，一切都无法片刻离开中国革命、中国的变革这一课题，中国革命这一问题始终在鲁迅的根源之处，而且这一'革命'不是对他身外的组织、政治势力的距离、忠诚问题，而正是他自身的问题。……革命问题作为一条经线贯穿鲁迅的全部。"[2]在很大程度上，可以说，民元经历和民元记忆成为鲁迅生命的组成部分，成为其日后思想的参照，精神的故乡，写作的动力。民元的经历中有美好，有全身心的投入，有不愉快，有历史的局限和人为的祸端，甚至有不堪回首的惨痛，它们在经验的河流中不断地浮沉在鲁迅的脑海里，构成其情感的纠结、思想的复杂和精神的明暗的底色。

而1925年正是鲁迅回到民元的经历和民元记忆中去最频繁的一年。因为孙中山的逝世，因为《青年必读书》遭遇的驳难，因为卷入女师大风潮……使他一次次地回想起辛亥革命。十四年来，革命正在或已经变成极其微薄的"遗产"，而继承者更是了了，既然"辛亥革命是他自身的事情，辛亥革命的败北就是他自身的败北"[3]，那么回到自己的成长

---

[1]汪晖：《声之善恶——鲁迅〈破恶声论〉〈呐喊·自序〉讲稿》，三联书店，2013年版，第134、165页。
[2][日]丸山升：《鲁迅·革命·历史——丸山升现代中国文学论集》，王俊文译，北京大学出版社，2005年版，第29页。
[3][日]丸山升：《鲁迅·革命·历史——丸山升现代中国文学论集》，王俊文译，北京大学出版社，2005年版，第39页。

史，从一个"有思想的革命者"[1]的立场出发，重新审视来时路，检视革命者成长中的得与失、助力与阻碍、外部环境与内部资源、知识与情感等因素，在革命的遗产即将耗尽的时刻，清点个人的经验和历史的财富（包括失败的教训），就是革命失败后的革命者的自觉担当，是抵抗个人生理性遗忘的自然选择，是重建集体记忆的使命意识。革命的成功、民元的到来不是一蹴而就的，不是突然降临的节日，除了无数的牺牲者，还有无量的革命者披荆斩棘、筚路蓝缕、惊心动魄、出生入死的革命行动；革命的失败，民国的逝去和被集体遗忘也不是一日之寒，不是瞬息降临的灾难，除了反革命的强大，也应该包括革命者的局限、革命中的失误。个人当然无法独自完成全部经验和教训的总结，但每个革命者的成长道路汇聚在一起，就是留给未来的丰厚遗产。这样的"朝华"值得珍视，它不仅是个人的，也是历史的遗产，是革命传统的组成部分。因此，它是个人的回忆，也是思想者参与建构的创作；它是具体而微的一个革命者的成长史，也是普遍性的革命之起源。

三、从历史的见证者到民国精神的行动者

革命的第二天，总是会有革命者的分化和蜕变，革命者不得不面对这个难题。孙中山逝世后，苍蝇们又嗡嗡地叫起来，他们首先发现了战士的"缺点和伤痕"，并且"以为得意，以为比死了的战士更英雄"，但鲁迅说："有缺点的战士终竟是战士，完美的苍蝇也终竟不过是苍蝇。"一年后，鲁迅又应邀撰写《中山先生逝世后一周年》，赞誉道："他是一个全体，永远的革命者。无论所做的那一件，全都是革命。无论后人如何吹求他，冷落他，他终于全都是革命。"而且说，"凡是自承为民国的

---

[1] 此处借用鲁迅对章太炎"有学问的革命家"的表达，意欲凸显鲁迅对革命的思考与其革命经历的关系。

国民，谁有不记得创造民国的战士，而且是第一人的？"[1]然而现实恰恰是不记得的人很多，而"永远的革命者"更寥若晨星，多的仍然是苍蝇和蚊子。此刻他就正被一群自诩为"正人君子"的人围攻着，从去年年底痛打"落水狗"的主张再次遭到冷嘲和误解后，他一面从容应战，一面倒似乎唤醒了尘封的记忆和经验。显然，这些记忆和经验正是他不仅仇猫，还要痛击"落水狗"的最初的原因。而"正人君子"们大肆地围攻，正因为肇端于1924年，发酵于1925年的女师大风潮。

有论者将鲁迅1925年开始的"杂感文书写实践"视为与孙中山北上相呼应的、应对"共和危机"的方式。[2]事实上，与其说那是"共和的危机"[3]，在中华民国的语境下，不如直接地当作"中华民国"的危机，或简称为"民国的危机"，它指的是中华民国在国家主权和国内政治动荡、经济危机乃至伦理道德等文化领域遭遇和出现的诸种困顿、危急、无序的状态。无论如何，在我看来，这一勾连非常重要，对理解1925年及其后的鲁迅是不可或缺的视角。1924年11月，孙中山在上海面向记者的一场演讲中说："现在中国号称民国。要名副其实，必要这个国家真是以人民为主。要人民都能够讲话。的确是有发言权。象这个情形，才是真民国；如果不然，就是假民国。我们中国以前十三年，徒有民国之名，毫无民国之实，实在是一个假民国。这两三年来，曹、吴更想用武力来征服民众，统一中国。他们这种妄想，到近日便完全失

---

[1]鲁迅:《集外集拾遗·中山先生逝世后一周年》,《鲁迅全集》第7卷,人民文学出版社,2005年版。
[2]参看仲济强:《共和危机的文学应对：孙中山北上与鲁迅杂感文书写实践》,载《西南民族大学学报（人文社会科学版）》2020年第6期。
[3]"共和的危机"是汉娜·阿伦特的一个概念，也是其生前出版的最后一部著作名，收录了她写于20世纪60年代末70年代初的三篇论文，主要是对美国式共和制度在危机时刻，也包括20世纪60年代中期在欧美涌现的大规模学生运动的应对方式的分析，"旨在捍卫共和"。参看[美]汉娜·阿伦特:《共和的危机》,郑辟瑞译,上海人民出版社,2012年版。

败。"[1]鲁迅是否读到这篇演讲稿，目前没有足够的证据，也就是说，我们无法证明上文抄录的、鲁迅写于1925年2月的《忽然想到三》是否受到了孙中山的影响，但他们对中华民国现状的极度不满无疑是高度一致的，他们强烈地感受到了民国的危机，他们也都有强烈的捍卫民国的愿望，虽然两人感受到民国危机的来源不一样，甚至对民国危机的理解也不完全一样，从孙中山的表达中可以清楚地看到他主权在民的政治理想，文学者鲁迅则是以"奴隶""敌人""犹太人"等比喻表达着他的感受。而女师大风潮正是1924年以来的"共和危机"在教育界的体现。在鲁迅看来，章士钊们就是民国的敌人，也只有在这个意义上，鲁迅对章士钊、杨荫榆和陈西滢们出乎很多人意料的愤怒程度才能够理解。

谁是孙中山所说的"人民"？在鲁迅看来，被随意处置的女师大无辜的学生就是他那时看到的活生生的人民之一。但讲"公理"和"正义"的"正人君子"们看不到她们，掌握着生杀予夺之权的章士钊们也顾不得她们，他们的眼里没有弱者，在更大的权力者面前，他们顾影自怜，奴颜婢膝，成了奴才，他们的词典里也没有同情，他们是"凶兽样的羊，羊样的凶兽"[2]。现在，鲁迅告诉他们，他的仇猫正是因为童年时期自己喜爱的小隐鼠被猫吃了的缘故。虽然这是长妈妈"栽赃""诬陷"，但出于儿童天性的、对于弱小者的感情及与之对应的之于恃强凌弱者的愤恨却保留了下来。这一情感早在《文化偏至论》《破恶声论》等文字中已经有颇为充分的表达，在"夫以力角盈绌者，于文野亦何关"[3]的诘问中，青年鲁迅的立场清晰可见；在《破恶声论》中痛斥那些"以冰寒之言"嘲笑"受厄无告如印度波兰之民者"之徒，更将"崇

---

[1]孙中山:《在上海招待新闻记者的演说》,《孙中山全集》第11卷, 中华书局, 1986年版, 第331页。
[2]鲁迅:《华盖集·忽然想到七》,《鲁迅全集》第3卷, 人民文学出版社, 2005年版。
[3]鲁迅:《坟·文化偏至论》,《鲁迅全集》第1卷, 人民文学出版社, 2005年版, 第46页。

侵略者"谥之曰"兽性爱国者",其严厉跃然纸上。[1] 值得注意的是,文本中有两个小地方也常常被忽视,其一是鲁迅不止一次地强调"和我不相干",其一是猫的"吃饭不管事"。前者凸显的是童真,儿童并没有成年人的崇高感和道德追求,只有朴素的、基于自身趣味的判断,并不是个人主义和利己主义;后者一方面是为了带出鼠之真正的天敌和屠伯,另一方面也暗讽,猫不仅有"慢慢地折磨弱者的坏脾气",且"媚态"十足,而又狡猾地不将全部本领传授给徒弟,在交配时竟又不管不顾地"嗥叫",使他不能安静地读书、思想、写作,却居然"吃饭不管事",甚至还"伤害了兔的儿女们"。这哪里是在说猫,分明一幅活生生的奴才相,然而是虚伪又凶恶的奴才。

  1932年,鲁迅应约编选《自选集》,在"勉强可以称为创作的"五种之一的《朝花夕拾》中,他选录了《狗·猫·鼠》《无常》和《范爱农》这三篇。众所周知,编选时刻,鲁迅的生活,乃至思想和情感状态都已经发生了不小的变化,中国的现实状况在某种意义上说也更糟糕了,但耐人寻味的是,他选了这篇绝大多数人认为最不像"朝花夕拾"的文字,他也继续将其定位在"回忆的记事"。他没有直接解释选这三篇的理由,只交代了整体的选择原则,因为"向来就没有格外用力或格外偷懒的作品,所以也没有自以为特别高妙,配得上提拔出来的作品",因此,"就将材料、写法,都有些不同,可供读者参考的东西,取出二十二篇来……但将给读者一种'重压之感'的作品,却特地竭力抽掉了"。"因为现在我相信,现在和将来的青年是不会有这样的心境的了。"这里的信息量颇大,单说与本论题有关的。鲁迅清醒地认识到他的读者多是青年,至少这一次他是为青年编选这本《自选集》的。回到《朝花夕拾》,为什么他认为这三篇是值得向其时的青年推荐的?换一个角度,

---

[1]鲁迅:《集外集拾遗补编·破恶声论》,《鲁迅全集》第8卷,人民文学出版社,2005年版,第34—35页。

在他看来，这三篇能够给当时的青年提供什么？"有些不同"的"材料、写法"似乎是编选原则，但"写法"和"材料"的意义显然不同，鲁迅不会不清楚，写法，从广义上说是写作能力的培养，狭义点讲，则是文学艺术的表现能力的学习，而材料固然有取舍和运用的高明与否，但归根结底是内容的范畴，是经验、情感和生命历程。在这个意义上说，选录《狗·猫·鼠》就特别意味深长，而不仅仅关乎"写法"，按照上文对《朝花夕拾》文体的"杂乱"性的分析，我甚至觉得"写法"问题在这里其实并不那么重要。他分明是在提示读者，"旧事重提"的根本目的是：（1）回击"正人君子"们，使青年们认识"正人君子"们的卑劣；（2）革命者情感的基本倾向从哪里来。换言之，"旧事重提"的意图在1932年依然有其意义。更激进些说，他是不是觉得，在上述的那些意义之外，《狗·猫·鼠》中所表达的对猫的仇恨和对小隐鼠的怜爱之情，比在《长妈妈与〈山海经〉》等文本中传达的情感更重要？正如靳丛林对丸山升的鲁迅研究分析、评论时指出的那样："《朝花夕拾》作为回忆散文也体现了'革命人'鲁迅处理私人世界题材的独特方式……从第一篇《狗·猫·鼠》看来，毋宁说鲁迅是在与现代评论派的激烈论争中忽而自然进入自己的私人记忆之中，这才有了'旧事重提'系列的。"[1]这里的"自然"正是自觉的意思，是情和思水到渠成的结果。

但无论如何，即使正在与"正人君子"们酣战，回忆之闸已经开启，对长妈妈的感情和给予童年无限幻想和美好回忆的《山海经》从笔端汨汨地流淌而出，而与之形成强烈对比和带给他无限恐惧、痛苦之记忆的《二十四孝图》也随之而来。但在对长妈妈的叙述中，作者安排了"长毛"这一常常被忽视，或被简单抽取出来放在其他主题中进行分析的细节。固然，这可能确实是长妈妈所曾经历，且在她的叙述中，我们

---

[1]靳丛林、李明晖等：《日本鲁迅研究史论》，社会科学文献出版社，2019年版，第137页。

还可以发现辛亥革命在绍兴爆发不久鲁迅就写下的文言小说《怀旧》的情节，以及从一个孩童的视角和口气，才可能产生的、对于长妈妈在"长毛"的"革命"中"被掳去"而有的"伟大的神力"之由衷的佩服。这"伟大的神力"与她那些"烦琐之至，至今想起来还觉得非常麻烦的事情"和道理，也与她后来主动替他买来朝思暮想的《山海经》带给"我"的强烈振动，构成了极其鲜明的对比、映衬，而简略却极具个性的对话，更生动地再现了长妈妈的神态。然而，有意思的是，一方面，叙述中居然夹杂着对长妈妈表达不够准确的辩护，另一方面，早已对太平天国及其后的历史熟稔于心的叙述者，却对"伟大的神力"既不置一词，更任其语焉不详，这伟大的神力究竟是长妈妈的，还是将她掳去的"长毛"们的法力呢？而且，"伟大的神力"的故事，看起来更像义和团所为。如果说这不是作者的疏漏，那就可以视为无意识的表露，或竟是有意为之。在我看来，有意为之的目的，既是要实现真实的艺术效果，也是以此凸显太平天国作为辛亥革命的前史之历史事实，其中也包含着作者对太平天国乃至义和团的基本判断。[1]

由带给他无限追怀、悲恸不已的阿长和《山海经》，到令他永难释怀、痛楚不堪的《二十四孝图》，正是情感逻辑的体现。但文章开头对"反对白话，妨害白话者"好一通劈头盖脸的诅咒，虽与正文主题相关，但这完全不加掩饰、控制的激愤之情，似乎很有些气急败坏。吴俊从"个人回忆的切身性"关系，较为合理地解释了本篇"激烈的口吻"。但从《二十四孝图》开始的三篇极为特殊的写作语境，乃至具体的环境，

---

[1] 周楷棋：《旧日的幽灵——论鲁迅的"太平天国"书写》，载《海南师范大学学报（社会科学版）》2020年第3期。周文认为"未能直接与太平天国发生关系的鲁迅，在书写太平天国时的态度总体上是批判的，但批判并不仅在于或止于太平天国本身"。此说可商榷，在我看来，鲁迅对太平天国的态度是比较复杂的，这从鲁迅一系列关于头发的故事的叙述中可以看到，值得一提的是除了长妈妈，鲁迅非常热爱的继祖母也被太平军掳去，但鲁迅并没有简单地否定太平天国运动。

在绝大多数讨论文本时并没有成为分析的切入口，更有很多是脱语境的。[1]

1926年3月18日，鲁迅正在写《无花的蔷薇之二》，得到"三一八"惨案发生的消息，于是就有鲁迅写作史上极罕见的以当天事入文，并且署了写作日期的形式。在此后的几个月里，他一连写了数篇檄文，或揭露段祺瑞政府之凶残，及章士钊、陈西滢等白话文运动的激烈反对者和段祺瑞政府的支持者的丑恶嘴脸和荒唐言论，或抒发胸中悲愤之情，或沉痛悼念牺牲的无辜青年。而他自己的生命也正遭遇危险，不得不离家避难，东躲西藏，终因郁愤不已而生病，然而即便在病中，却依然以笔为枪。即使知道"笔写的，有什么相干？"然而他只有这一支笔。正是在这样的时刻，他写作了《二十四孝图》《五猖会》和《无常》。所以，毫无疑问，《二十四孝图》开头的激愤之辞正是语境作用下的必然结果，是情感和情绪自然的流露。但流淌在文字中的仅仅是情绪吗？那些悲愤之情与回忆的叙事和痛切的思考究竟是什么关系？

段祺瑞政府且不论，单就鲁迅其时笔锋颇为集中的章士钊而言，早年是鲁迅在江南陆师学堂的学弟，入学翌年就发动退学风潮，于是到上海，加入爱国学社，与章太炎、邹容、张继结为兄弟，甚至执行暗杀清廷官员的任务。改革《苏报》，赞誉邹容《革命军》是"今日国民教育之一教科书"[2]，翻译日人著作，颂扬孙中山是"近今谈革命者之初祖，实行革命者之北辰"[3]。因而身陷囹圄，即使出狱后，也还志存"以文学

---

[1] 吴俊：《〈朝花夕拾〉：文学的个人史（之二）》，载《写作》2021年第3期。吴文在系列文章的第一篇从整体上勾连了《朝花夕拾》的写作语境，参看吴俊：《〈朝花夕拾〉：文学的个人史（之一）》，载《写作》2021年第2期。
[2] 李妙根编选：《读〈革命军〉·为政尚异论——章士钊文选》，上海远东出版社，1996年版，第2页。
[3] 转引自白吉庵：《略论章士钊》，载《历史教学》1986年第2期。

为鹄，愿附于嚣俄、摆伦之流，终其身焉"[1]。而在南北议和后，他也曾经坚决反对袁世凯。随着时移世易，晚清以来民族国家的存亡问题，在鲁迅看来非但没有解决，在某种程度上更严重了："中国只任虎狼侵食，谁也不管。管的只有几个年青的学生，他们本应该安心读书，而时局漂摇得他们安心不下。""中国要和爱国者的灭亡一同灭亡。"[2]而章士钊之流如今却成了极端保守主义，竟又执掌政府要职，还要为虎作伥。更有甚者，在鲁迅眼里，一个旧学不通的人却要如此蛮横地反对白话文运动，他怎么能不想，今天的青年应该读什么书，读什么书才能真正使中国不被灭亡？于是，我们看到，在上述一系列针对段祺瑞政府暴行的文字，及"流离中所作"的三篇《朝花夕拾》的篇什外，赫然就有《再来一次》[3]这样专门针对章士钊的文字。鲁迅早就说过，"保存我们，的确是第一义。只要问他有无保存我们的力量，不管他是否国粹。"[4]所以，在《二十四孝图》中，他就以自己的亲身经验，用他的博识，更重要的是用他作为儿童的情感和天性告诉世人，那样的传统不可能承担救亡图存的重任，他之所以走到今天，之所以对《二十四孝图》之类的传统深恶痛绝，之所以成为一个"思想革命""文学革命"的实践者，正是痛

---

[1]章士钊:《慨言》，载《甲寅》周刊第1卷16号，1925年10月，第7页。原文写作并发表于民国元年8月章士钊主编之《民立报》。

[2]鲁迅:《华盖集续编·无花的蔷薇之二》，《鲁迅全集》第3卷，人民文学出版社，2005年版。

[3]鲁迅:《华盖集续编·再来一次》，《鲁迅全集》第3卷，人民文学出版社，2005年版。章士钊刊发旧文是上一年10月，时隔半年多，鲁迅找出未曾收录进《热风》的《"两个桃子杀了三个读书人"》，确"有'打落水狗'之嫌，章士钊于1926年4月确已离京赴津，沉默了半年多后，继续鼓吹"以农立国"等言论。如何评价章士钊一生的成就，是个大题目，但他在女师大风潮中的表现，及其对新文化运动的反对，史学研究领域也有大致的共识。可参看的白吉庵《章士钊传》(作家出版社，2004年版)、郭华清的《宽容与妥协：章士钊的调和论研究》(天津古籍出版社，2004年版)、邹小站的《章士钊社会政治思想研究(1903—1927年)》(湖南教育出版社,2001年版)，特别是日本学者高田淳的《章炳麟·章士钊·鲁迅》(刘国平译，远方出版社，1997年版)。

[4]鲁迅:《热风·随感录三十五》，《鲁迅全集》第1卷，人民文学出版社，2005年版。

切地知道它们对儿童天性的扭曲、斫伤和毁坏。

正"笑着跳着"要去看难得一见的五猖会的小鲁迅，被威严的父亲逼着背诵开蒙的《鉴略》，三十八年后回忆起来，也还是"诧异我的父亲何以要在那时候叫我来背书"。在写《五猖会》的同一天，亦即写了《再来一次》的第二天，鲁迅为刘半农校点的晚清小说《何典》写了题记，意犹未尽，又写了《为半农题记〈何典〉后，作》，而这未尽之意，鲁迅明确说出来的是，"忽而又想到用麻绳做腰带的困苦的陶焕卿，还夹杂些和《何典》不相干的思想"。从字面上，我们确实可以说，是不相干的，但"夜雨潇潇地下着"，情绪已经无法控制，鲁迅也不想控制，索性就让它冲出来："我并非将半农比附'乱党'，——现在的中华民国虽由革命造成，但许多中华民国国民，都仍以那时的革命者为乱党，是明明白白的，不过说，在此时，使我回忆从前，念及几个朋友，并感到自己的依然无力而已。"文末的写作时间也是意味深长："五月二十五日之夜，碰着东壁下，书。"想象一下其时的情景，令人泪下。百感交集中的鲁迅，想起了早逝的严父，想起了生计无着的半农，想起了"以革命为事"却英年横死的陶成章，想起中华民国建立已经十几年，而北京大学却"要关门大吉了"，想起自己近两年因言论招致的各种攻击，乃至眼前被缉捕而"流离"的困迫……那种无力感和绝望之情，童年的记忆非但不能排遣，倒更加逼得他不得不面对革命的失败。于是，由一见"便感到苦痛"的《何典》开启了《无常》的回忆和构思。在这个意义上说，或许可以说，至少《朝花夕拾》中写于北京时期的五篇，并不是早就谋划好的，倒是与其杂感的写法类似，多来自现实的刺激。

"谈鬼物正像人间，用新典一如古典"[1]的《何典》的写法，正是《无常》的写法。但这不是意义的全部，至少，除了将批判的锋芒指向

---

[1]鲁迅：《集外集拾遗·〈何典〉题记》，《鲁迅全集》第7卷，人民文学出版社，2005年版。

如阴间一般的人世外，我们在《无常》中看到的是民众的创造力。从文本的叙述可以清楚地看到，他没有沉浸在个人的回忆中，而是努力去开掘被埋藏的"地火"，去发现"乡下人""下等人""粗人"，那些如阿长一样，连自己的名字都不知道的"穷人"们"灵魂的深"[1]，也就是他们的精神世界和情感世界。"下等人""何尝没有反省"，倒是"正人君子"们虚伪可憎。"人民之于鬼物，惟独与他最为稔熟，也最为亲密"，就因为活无常不仅是"真正主持公理的角色"，而且"爽直，爱发议论，有人情，——要寻真实的朋友，倒还是他妥当"。"爱发议论"云云，简直就是夫子自道了。

木山英雄在其《野草》解读中，发现了一个普遍不被注意，但却隐含在文本中的自我与他者的"函数关系"[2]，而中井政喜在对《离婚》的解读中说："1925年之际，鲁迅为被押（引按：应为压）于大石之下民众辩护的同时，认识到了农民反抗斗争的力量。农村女子爱姑就是恰似在应诅咒的场所与时期的敢说、敢哭、敢怒的存在。即使认为爱姑是泼妇，作为鲁迅对传统国民性之恶的批判并非爱姑般的粗野（其并不能说是面对弱者的）。鲁迅批判的矛头指向是奴隶根性（封建体制中沉默的死相），卑怯的精神和贪欲，不敢正视现实欺骗他人与自己的态度（阿Q的'精神胜利法'等）。从这个意义上讲，鲁迅所描写的民众中，爱姑被认为是率先反抗斗争的民众新类型。"[3] 在《记念刘和珍君》中，鲁迅沉痛地说，"我目睹中国女子的办事，是始于去年的，虽然是

---

[1] 1926年6月2日，也是在东壁下，鲁迅为韦丛芜所译的陀思妥耶夫斯基《穷人》的译本写作了《〈穷人〉小引》。收入《集外集》。参看《鲁迅全集》第7卷，人民文学出版社，2005年版。

[2] [日] 木山英雄：《文学复古与文学革命——木山英雄中国现代文学思想论集》之《〈野草〉主体构建的逻辑及其方法——鲁迅的诗与哲学的时代》，赵京华编译，北京大学出版社，2004年版。

[3] [日] 中井政喜：《论鲁迅〈离婚〉中的民众观——兼谈有岛武郎〈该隐的末裔〉》，载《日本研究》2012年第1期。

少数，但看那干练坚决，百折不回的气概，曾经屡次为之感叹。至于这一回……则更足为中国女子的勇毅……而终于没有消亡的明证了。倘要寻求这一次死伤者对于将来的意义，意义就在此罢。"[1] 所以，"这不是一件事的结束，是一件事的开头"[2]。而对于鲁迅来说，这"一件事的开头"就是重建自我与世界的关系、知识者与民众的关系、革命与革命的主体的关系，而这正是《朝花夕拾》越来越明确的目的。也正是在这个意义上，鲁迅郑重地将其收入《自选集》。

1926年8月26日，鲁迅与许广平离开北京，固然有不得已的原因，但无疑也是重建与现实关系的一种努力，包括与许广平的恋爱关系，都应该在这个意义上理解。他们一路同到上海，继而分乘轮船，鲁迅去厦门，许广平去革命正如火如荼进行中的广州。鲁迅9月4日抵达厦门，10号，在基本安顿下来后，就节译了武者小路实笃的文字，借译文表达心情："自己的路，除了自己工作着，自觉着走去之外，没有别的法。"[3] 9月18日，就在"四无人烟"、可以"眺望风景"的"国学院的陈列所里"[4]，写了脍炙人口的《从百草园到三味书屋》。

在再一次地"走异路，逃异地，去寻求别样的人们"[5] 的时刻，在静寂的厦门岛上，记忆回到了童年，穿越时间的屏障，飞渡空间的阻隔。然而，四十五年的人生，不算漫长，却极其丰富，但这丰富并非仅仅源自自身的命运，而更多却由时代造就。鲁迅的人生，像那个时代很多人的人生道路一样，随着年龄的增长，逐渐卷入历史的洪流。他既被

---

[1] 鲁迅：《华盖集续编·记念刘和珍君》，《鲁迅全集》第3卷，人民文学出版社，2005年版。
[2] 鲁迅：《华盖集续编·无花的蔷薇之二》，《鲁迅全集》第3卷，人民文学出版社，2005年版。
[3] 王世家、止庵：《鲁迅著译编年全集·凡有艺术品》第7卷，人民出版社，2009年版，第262页。文末注"译自《为有志于文学的人们》"。
[4] 鲁迅、许广平：《鲁迅景宋通信集》，湖南人民出版社，1984年版，第117页。
[5] 鲁迅：《呐喊·自序》，《鲁迅全集》第1卷，人民文学出版社，2005年版。

时代裹挟，也是时间长河中的一滴水珠、一线水流，是历史之河流向何方的一股力量之源。虽然一路走来，"后顾不疚"[1]，却也在反顾中省察、选择，而不是任记忆信口开河、肆意流淌。

如同《阿长与〈山海经〉》对长妈妈的记忆一样，它建立了一个孩子与这个世界最基本的情感关系，并在成长的过程中逐渐长成正义这样的价值观，《从百草园到三味书屋》所建立的是与自然（百草园里的植物和蟋蟀、鸟等动物）、知识／教育（私塾所读的书和私塾先生"入神"而读的书，以及《荡寇志》《西游记》等绣像小说）和朋友（闰土及其父亲）的关系。值得一提的有两处，其一是，《荡寇志》等既是事实，也指向晚清日益高涨的抗清风潮，《五猖会》中抄录明代张岱的《陶庵梦忆》，《藤野先生》中提及明遗民朱舜水等也当作如是观；另一个是，文中那些鲜活、丰富而准确的植物学知识，其基础正来自青年鲁迅从东京回到杭州、绍兴时，遍游故乡山水采集标本时的积累，其时正是辛亥革命爆发的前夜。

《父亲的病》及其后的三篇，既是《呐喊·自序》的补充和具体化，又与之构成对话、互文关系，而在《朝花夕拾》的内部则各有侧重，成为一个意义相对独立、自足的文本空间。《父亲的病》当然饱含着对父亲的深情，也是他逃离故乡非常重要的原因，但同时，文本完全可以视为一个隐喻，而不仅仅被把握为个体的真实。父亲的病，整个大家族的衰落，就是晚清帝国的缩影；无力医治而又昂贵的中医治疗，离奇的药引及其背后的理论、观念正是传统文化困境的写照；而少年鲁迅的出走，对新学的向往，恰是三千年未有之变局中无数系心于民族危亡的青年们的代表。于是，文本在虚与实、个人与家国、情与理的交织中，深度再现了变动时代中觉醒者面对历史和现实的困顿和义无反顾的

---

[1] 王世家、止庵：《鲁迅著译编年全集·凡有艺术品》第7卷，人民出版社，2009年版，第262页。

悲壮抉择。

所以，在写完《父亲的病》的第二天，鲁迅紧接着就写了《琐记》。两者的连贯性从《琐记》开头对《父亲的病》的呼应、延续可以清楚地看到，这是情绪和回忆的连续性的体现，但从叙事的效果上说，则是对出走的动力的进一步强调，也即走向新学的情理上的合法性。《琐记》的重要性，一方面是，文本提供了很多南京求学时期的信息，生动而真实地再现了晚清新式学堂的教育状况，以及他自己所接触到的包括《天演论》《译书汇编》等在内的知识状况，特别是后者，倘以近年受到重视的翻译学、阅读史、社会史等跨学科的新方法进入，结合其他文本，或可打开更大的空间，如韩瑞对《全体新论》的研究[1]。在这个意义上说，正是这些处于特定历史时期的西方知识的传译和输入，尤其是传译者处理这些新知识的方式，造就了晚清一代知识者的世界视野，成为革命者思想资源中的重要组成部分，也令有更多期待的如鲁迅这样的青年产生了不满足，所谓"爬上天空二十丈和钻下地面二十丈，结果还是一无所能，学问是'上穷碧落下黄泉，两处茫茫皆不见'了。所余的还只是一条路，到外国去"。[2]鲁迅后来从事翻译，特立独行地提出"硬译"法，与严复讲求"信达雅"的负面效果，不能说全无关系，更重要的是被改造的诸如《天演论》这样产生巨大影响的文本，对至少两代中国知识者有影响。另一方面，在他对"地学""金石学"看似不经意的解释中，仿佛在提醒我们，未收录进《坟》的早期著作《中国地质略论》《中国矿产志》相关文字的存在。《中国地质略论》劈头就是："觇国非难。入其境，搜其市，无一幅自制之精密地形图，非文明国。无一幅自

---

[1] 参看韩瑞:《图像的来世——关于"病夫"刻板印象的中西传译》，栾志超译，三联书店，2020年版；[日]石川祯浩:《中国近代历史的表与里》的第一、第二部分，袁广泉译，北京大学出版社，2015年版。

[2] 鲁迅:《朝花夕拾·琐记》，《鲁迅全集》第2卷，人民文学出版社，2005年版。

制之精密地质图（并地文土性等图），非文明国。不宁惟是；必殆将化为僵石，供后人摩挲叹息，谥曰绝种 Extract species 之祥也。"[1] 这是典型的梁启超"新民体"，据此可见当时梁启超的影响力，及早期鲁迅所受梁氏的影响。这且不论。有意思的是，"文明国"这一表达，既充分体现了其时启蒙主义"文明—野蛮"二元论的深入人心，又一定程度上忽视了启蒙主义话语的普遍主义与个人主义诉求，而与民族—国家理所当然地焊接在了一起，更有意味的是，这一话语与地质学，乃至后来的矿物学等现代西方自然科学知识体系的粘连，而且，可以肯定的是，不仅仅地质学、矿物学如此，植物学、人种学等等，在晚清都是如此，也因此，晚清时期这些自然科学知识如何高度而且有效地被纳入救亡运动之中，成为现代民族—国家建构过程中的力量，但在鲁迅的思考中，尤其不能忽视的是对帝国主义的强烈痛恨，虽然鲁迅并不是唯一一个，却是一生坚持坚决反帝的一个。[2] 更进而言之，这是否意味着，在第三世界国家，知识的政治性与普遍主义之间存在着一种必然的紧张关系？如何处理则成为对第三世界国家现代知识体系建立之考察的重要问题。

值得深入讨论的另一个问题是，青年鲁迅于1903年在《浙江潮》第八期发表《中国地质略论》。《浙江潮》自第二期始，就在卷首刊印"浙江全省十一府地图"，直至第十期。自第四期起，特设"地理"栏目，陆续连载署名"壮夫"的"地人学"，鲁迅的《中国地质略论》也安排在该栏目。而在这之前，鲁迅在第五期"小说"栏发表了《斯巴达之魂》《哀尘》。鲁迅写作《中国地质略论》的语境与其时西方帝国主义在华掠夺矿产有直接关系，因而无疑属于护矿运动的一部分，正如研究

---

[1] 鲁迅：《集外集拾遗补编·中国地质略论》，《鲁迅全集》第8卷，人民文学出版社，2005年版。
[2] 晚清知识界对于帝国主义的认识和态度，详请参看汪晖：《世纪的诞生》，三联书店，2020年版。

者早已指出的那样:"护矿运动是近代反帝爱国运动的一个重要组成部分。《中国地质略论》的写作情况表明,青年鲁迅是这一运动中的一员积极的战士。继护矿运动之后,护路运动也在全国各地掀起,它们共同促进了辛亥革命高潮的到来。"[1] 鲁迅随后与同学顾琅合著的《中国矿产志》也是在这一脉络中展开的。据研究,《中国矿产志》"这本矿业专著还通过了官方鉴定,清政府学部将它列为中学堂参考书;农工商部特下文通饬各省矿业、商务界人员购阅"。[2] 值得注意的是,该书初版面世时,鲁迅虽已经决定弃医从文,但人尚在仙台。由此可以提出一个问题,自1898年5月入江南水师学堂,继而改入矿路学堂,1902年3月赴日本留学,初习语言,1904年4月底结业,9月正式入读仙台医专,1906年2月决定放弃学医,3月中旬获学校批准退学,回到东京"学文艺"。如此不断地改弦更张,究竟意味着什么?选择文艺/文学的根本动力是什么?过去的研究多集中在"弃医从文"上面,这固然很重要。如果说鲁迅当初选择进水师学堂有其不得已,甚至改学矿路,也有只此一家的外在条件限制,而学医是在相对比较自由的状况下主动选择的结果,在这个意义上,似乎可以将学医—弃医从文看作其文学之路的起源。但如果我们将从水师学堂开始的路视为鲁迅一直在寻找最适合自己的方式,探询个人回应现实向他的提问的可能道路,则这一源头理应追溯到《琐记》所叙及的南京时期,以及第一段东京时期(1902—1904)的诸多实践对他最后的选择所造成的影响,借用日本学者"原鲁迅"的表达,即原鲁迅的源头亦不止于东京。在这个意义上,由上述关于《中国地质略论》《中国矿产志》的讨论所带出的、一个颇为重要的研究对象,即是《浙江潮》等知识—舆论空间之于鲁迅的意义,只要看看《浙

---

[1] 杨天石:《〈中国地质略论〉的写作与中国近代史上的护矿斗争》,见鲁迅研究资料编辑部:《鲁迅研究资料》第1辑,文物出版社,1976年版,第307页。
[2] 周楠本:《〈中国矿产志〉版本资料》,载《鲁迅研究月刊》2012年第5期。

江潮》的目录，就多少能够想象可能的研究方向。而从另一个角度看，早期鲁迅介入现实，或曰参与历史行动的方式就颇有些与众不同，而从文艺/文学与政治的关系，或者说从鲁迅所理解的文艺/文学与政治的关系来看，他似乎一直在寻找一种更加吻合于他所理解的政治性的表达形式，即一种既政治，又超越狭隘政治（比如"兽性的爱国"）的政治。或可名之曰：超越政治的政治性。

所以，1934年12月2日，他在回复增田涉来信征求对日文版选集篇目的意见时，就说："《某氏集》请全权办理。我看要放进去的，是一篇也没有了。只有《藤野先生》一文，请译出补进去，《范爱农》写法较差，还是割爱为佳吧。"[1]也就是说，增田涉和佐藤春夫编选了《范爱农》，而没有选《藤野先生》。鲁迅说《范爱农》"写法较差"，当然不是自谦，希望"补进"《藤野先生》，也不是谄媚于日本人。有意思的是，鲁迅并没有明确交代选《藤野先生》的理由，只说了"割爱"《范爱农》的理由，而两年前编《自选集》，却正好相反。如何理解这一矛盾？

1926年10月7日、8日，鲁迅一鼓作气，写了《父亲的病》和《琐记》，双十节，鲁迅给许广平写信，信中盛赞厦门的节日气氛，欣喜之情跃然纸上，甚至连在北京产生的对鞭炮的"恶感"也没有了，学校"先行升旗礼"，然后"有演说，运动，放鞭炮"，"商民都自动的地挂旗结彩庆贺，不像北京那样，听警察吩咐之后，才挂出一张污秽的五色旗来"。他还据此得出结论："此地人民的思想，我看……并不老旧。"[2]但这一好印象和好心情并没有持续多久[3]，在人事纷争的干扰和对未来不

---

[1] 鲁迅：《鲁迅致增田涉书信选》，文物出版社，1975年版，第149页。"某氏集"即指"鲁迅集"。
[2] 鲁迅、许广平：《鲁迅景宋通信集》，湖南人民出版社，1984年版，第154—155页。
[3] 许广平去信说到广州的中山生日纪念活动，鲁迅回信就说："中山生日的情形……即如这里，竟没有这样有生气的盛会，只有和尚自做水陆道场，男男女女上庙拜佛，真令人看得索然气尽。"见鲁迅、许广平：《鲁迅景宋通信集》，湖南人民出版社，1984年版，第233页。

确定性的焦虑中,继续备课、上课,编讲义,校定《华盖集续编》,为《坟》写题记、后记,构思甚至开始创作《眉间尺》[1],完成《〈嵇康集〉考》,当然,还包括与许广平颇为频密的鱼雁传书。也就是在这个过程中,鲁迅基本是按计划完成了"旧事重提",10月12日,写《藤野先生》,11月15日夜陷入前路迷茫中的他,给许广平写信,希望她给他"一条光",未及等到回复,18日,重拾心情,完成《范爱农》,并且明确说,这是"旧事重提"的最后一篇。

有论者已经注意到,至少是在写完《父亲的病》的时候,鲁迅拟订的计划还有四篇,也就是说,在现有的三篇之外,还有计划中的一篇没有写。但作者按照其论述逻辑,"猜测""已有腹稿"的鲁迅发现"第11篇已不宜加入",因为它可能会破坏后五篇已经形成的"时间和空间上承转接续的关系",也可能与《呐喊·自序》产生一定的重复。并因此推论,《朝花夕拾》真正的收尾不在《范爱农》,而在集外的《〈呐喊〉自序》"。[2]但这只是一种可能。

顺序不是根本问题,完全可以将后写的插到相应的位置,鲁迅从来不机械地按照叙事的时空顺序或写作时间来编集子,而是有其更深的考虑。因此,这没有写的一篇多半是因为不能或不愿,或确与原先拟想的主题不一致,比如被陈其美和蒋介石暗杀的光复会领袖陶成章,是不能写的;1934年写成的《我的第一个师父》是主题不甚相合。

正如丸山升所说,"……范爱农的死,对于鲁迅在某种意义上,预示着'中华民国'的前途"[3],但"预示"是后见之明,1912年的周树人还不是"鲁迅"。年初,鲁迅离开光复不久却已经渐入腐败的故乡绍兴,

---

[1]参看龙永干:《〈铸剑〉创作时间考释及其他》,载《鲁迅研究月刊》2012年第7期。我认为龙文对《铸剑》,即《眉间尺》写作于1926年10月的考据论证较为合理。
[2]参看刘彬:《"腊叶"的回眸——重读鲁迅〈朝花夕拾〉》,载《文艺研究》2020年第1期。
[3][日]丸山升:《鲁迅·革命·历史——丸山升现代中国文学论集》,王俊文译,北京大学出版社,2005年版,第34页。

赴南京临时政府教育部就职，5月初随临时政府北迁，到北京就任部员。到北京后收到的第一封信就来自范爱农，却在7月中下旬之交就得到范爱农的死讯。而蔡元培也被逼辞职，几天后的雨夜，下属同乡为其饯别，鲁迅参加，大醉而归，成《哀范君三章》。在鲁迅的民元经验和民元记忆中，范爱农恐怕是最紧密、最重要的一个。1910年8月，鲁迅辞去杭州两级师范学堂的教职，回到绍兴，应陈子英邀请，担任绍兴府中学堂的博物教员，此前不久，"舍监"范爱农因不愿与"有谋害秋瑾之嫌的杜海生"[1]共事而辞职。从鲁迅致许寿裳的信约略可见对范爱农的不甚满意。1911年11、12月间，鲁迅接受王金发的任命，出任山会初级师范学堂监督，范爱农为监学。1912年2月中旬，鲁迅到南京。从不满，到相熟，再到兴高采烈一起上街看光复后的绍兴，更进而至于朝夕相处、齐心协力为革命后的教育事业不辞辛劳，直接参与地方舆论空间的建设[2]，虽然两人的交往时间并不长，只有一年半不到，却因对革命的向往和认识的一致，及性情相投，而成为真正的革命同志。然而，王金发堕落了，背叛了革命，鲁迅走了，狷介的范爱农似乎只能孤寂而死。但与其说是狷介，不如说是对革命的忠诚，鲁迅之所以与范爱农惺惺相惜，这无疑是极重要的因素。[3]因其忠诚，其"华颠萎寥落"[4]才更令人感觉到切肤之痛，才是一个不折不扣的革命的第二天的悲剧，才会在鲁迅的心底长久地保持着鲜活的记忆，也才会在二十四年后由他牵引出徐锡麟、陈伯平、马宗汉等烈士们，一一来到幸存者鲁迅的笔

---

[1]参看鲁迅博物馆、鲁迅研究室：《鲁迅年谱》第1卷，人民文学出版社，1981年版，第227页，"八月十五日"条注释五。
[2]指绍兴进步青年成立越社，并创办《越铎日报》，鲁迅为撰《〈越铎〉出世辞》事。
[3]关于"忠诚"，可参看汪晖《声之善恶——鲁迅〈破恶声论〉〈呐喊·自序〉讲稿》相关论述。而范爱农的狷介性格，确可以从他给鲁迅的信中看到："听说南京一切措施与杭绍鲁卫，如此世界，实何生为，盖吾辈生成傲骨，未能随波逐流，惟死而已，端无生理。"
[4]鲁迅：《集外集拾遗·哀范君三章》，《鲁迅全集》第7卷，人民文学出版社，2005年版。

端，然而，面对牺牲者，幸存者强烈的使命感裹挟着一定程度的愧疚感，使他不惜将自己贬抑到牺牲者的对立面，以凸显烈士们的崇高。于是，我们在开始的叙述中看到的"我"是一个激进有余而思虑不周的幼稚青年，且颇不近人情，某些叙事也略显夸张。[1] 他应该清楚地记得自己是怎么写的，当要向日本读者推荐的时候，即使是八年后，他还是会说"写法较差"。当然，也必须承认，他同时也希望日本读者能够看到，一个中国青年当年曾经受到一个并不知名的老师怎样的关心，和这个青年怎样铭记于心的动人故事。这是双重的超越政治的政治性的体现，既超越民族国家，又超越文学之为情感教育的形式。

而如上文所述，编《自选集》时，鲁迅对主要读者有一个预判，就是中国青年，这使他不得不再次回到中国的现实，回到当初的写作意图，而有一些瑕疵的《范爱农》正是最鲜明实现并体现了这一意图的文本，即使有些冒险，却也还是值得的。

因为，《范爱农》的终结正是辛亥革命的终结，范爱农的死正是革命失败的表征；而对范爱农的纪念就是对辛亥革命的纪念，对民元的追怀，但同时也是对民元后迅速腐败的中华民国和迅速遗忘的国民的批判，因此，文字中无法掩饰的愤激通通毫不含糊地指向迫害者。在《范爱农》中，我们看到的是辛亥革命成功的基础，就是无数像范爱农一样的革命者，和无数像徐锡麟一样的牺牲者创造的，而最初的新气象，也是因为有无数如范爱农一样"实在勤快得可以"的建设者；但同时，我们也看到了辛亥革命失败的原因，范爱农的死因就是辛亥革命失败的根本原因。

三个辛亥革命在同一个文本中同时呈现，体现的正是鲁迅与这一事

---

[1] 如这一段："从此我总觉得这范爱农离奇，而且很可恶。天下可恶的人，当初以为是满人，这时才知道还在其次；第一倒是范爱农。中国不革命则已，要革命，首先就必须将范爱农除去。"

件的复杂关系，他是叙述者，是回忆者，也是革命者、亲历者，同时又是批判者、思想者。他见证了历史，也直接参与了历史的行动。他批判历史，却也在历史和现实中寻找反抗绝望的力量。

> 说起民元的事来，那时确是光明得多，当时我也在南京教育部，觉得中国将来很有希望。自然，那时恶劣分子固然也有的，然而他总失败。一到二年二次革命失败之后，即渐渐坏下去，坏而又坏，遂成了现在的情形。其实这不是新添的坏，乃是涂饰的新漆剥落已尽，于是旧相又显了出来，使奴才主持家政，那里会有好样子。最初的革命是排满，容易做到的，其次的改革是要国民改革自己的坏根性，于是就不肯了。所以此后最要紧的是改革国民性，否则，无论是专制，是共和，是什么什么，招牌虽换，货色照旧，全不行的。[1]

这是1925年3月26日给许广平信中的一段，颇为充分地体现了多重身份的鲁迅对民元和辛亥革命的复杂性体认，虽然因受制于国民性话语而将根本问题归结为"改革国民性"，但倘使从革命的第二天的问题视之，则革命的第二天绝对无法忽视的就是国民的教育事业，而在这其中，革命史的教育则是必不可少的。革命史的教育形式多种多样，而文学则是其中重要的一种。这正是鲁迅从不以文学为目的的根本原因，需要申明的是，不以文学为目的，并不意味着对文学性的弱化，甚至完全弃之不顾，相反，越是要文学发挥作用，越是必须依赖高超的文学性，否则便与《二十四孝图》之类的说教没有什么不同。换言之，情感教育是他念兹在兹之所在，无论是对"伪士"的痛恨，对革命的背叛者的嘲

---

[1] 鲁迅、许广平：《鲁迅景宋通信集》，湖南人民出版社，1984年版，第21—22页。

讽，对奴性入木三分的剖析和刻画，对卑怯者的鄙视，对强权者的愤怒，对传统和历史片面的洞见，还是对牺牲者的崇敬和愧怍，对被压迫者的同情，对被恶制度和坏文化压榨、欺骗、驯化的善良而无知的人们的情感，对青年的希望和无私的扶持，都渗透着他真实的感情。而这也是他对文学的忠诚。当年在东京从太炎先生学，他之不同意太炎先生的一点就是他觉得太炎先生对文学的理解过于宽泛了，尤其是对情感力量的忽视。

但情感和情感教育是有不同向度的，建立在个人主义之上的情感内涵、表达方式，及由此建立起来的自我与世界的关系，显然不同于基于共同体和正义感之上的情感。所以，我们在《朝花夕拾》中看到，十篇作品中，基本上没有纯粹个人性的叙事—抒情，他总是尽可能选择，或创造能够将个人安放在时代和社会关系中的故事和细节，以此再现历史中的现实关系，并以此描画历史的进程。

正是在这个意义上，伊藤虎丸说，鲁迅"通过辛亥革命后的体验（可由《范爱农》等作品窥知）而形成了第二次文学的自觉"。[1] 因此，无论是《呐喊》还是《彷徨》，是《朝花夕拾》还是《故事新编》，包括《野草》和那些杂文在内，都是其第二次文学自觉的产物。

四、结语

1936年10月9日，鲁迅写了《关于太炎先生二三事》，10月17日，写《因太炎先生而想起的二三事》，未完，19日晨5时许，溘然而逝。对太炎先生，自他从"驳斥康有为和作邹容《革命军》序，竟被监禁于上海西牢"得识太炎先生，"所向披靡，令人神旺"并在亲炙后终身敬

---

[1][日]伊藤虎丸:《鲁迅与终末论》，李冬木译，三联书店，2008年版，第172页。

重[1]，但在这个时间点上，是什么令他一而再地谈起？

林少阳在其《鼎革以文——清季革命与章太炎"复古"的新文化运动》中，有一个颇为细致、深入的分析。他说："徒有其名的共和国，构成了鲁迅对其师'章太炎'念念不忘的最为重要的悲剧。他在章太炎故后对'太炎先生'之念念不忘，与其说是悼念章太炎的死，莫若说为了章太炎的'生'，如何让'太炎先生'重新成为现实中革命的思想资源之一，向新的'奴隶主'抗争，以令一个新生却又濒死的民国避免夭折。"[2]确实，诚如高田淳在近五十年前说过的那样："鲁迅难道不正是在革命的鼓吹者、本师章炳麟的身影中而不是在其他人身上看出了在自我心中已经看到的辛亥革命的衰亡吗？我以为，鲁迅正是从章炳麟的绝望和疯狂中，看到了老师思想的终寿，同时也印证出共同经历过的辛亥革命的失败。"在这个意义上，不管太炎先生怎么看，更无论自诩或他封的"章门弟子"如何说，鲁迅都是最明白太炎先生的一个。高田淳在《写在〈章炳麟·章士钊·鲁迅〉中文版出版之际》中对师弟二人有一个极有见地的概括："如果说背负着旧的传统而面向新生这一'挣扎'的建构构成了鲁迅的形象，那么'朴学大师'章炳麟的'姿势'则在于面对新生之物欲提出其在旧有意义上的根据。"[3]他们的汇聚点就是中华民国。在国学热甚嚣尘上的今天，在各种糟粕打着民族文化传统的旗号的时代里，重新认识、思考章太炎之于鲁迅的意义正是最急迫的事情。

在鲁迅逝世纪念年，在辛亥革命纪念年，在鲁迅被不断阐释、过度阐释，甚至蓄意歪曲的今天，在后革命的时代里，如何认识鲁迅与革命

---

[1] 关于鲁迅与章太炎交往更详细的内容，请参看章念驰：《章太炎与鲁迅》，《章太炎生平与学术》，上海人民出版社，2016年版。

[2] 林少阳：《鼎革以文——清季革命与章太炎"复古"的新文化运动》，上海人民出版社，2018年版，第377页。

[3] [日] 高田淳：《章炳麟·章士钊·鲁迅》，刘国平译，远方出版社，1997年版，第3、131页。

的关系成为一个问题。鲁迅说，太炎先生"是有学问的革命家"，借用这一表达，在我看来，鲁迅是有革命精神的文学家，或者更干脆地说，鲁迅是"文学的革命家"。

2021年9月2日草成
2022年3月29日改定于重庆大学虎溪花园

"意识的艺术"与胡风文艺思想的生成转换机制[1]

◎吴宝林

引 言

  1927年12月，胡风自大革命的漩涡中心——武汉逃脱到南昌，与好友朱企霞在此会合。由于江西省党部（改组委员会）是武汉国民党政权在垮台前组建的，因此南昌已成为大革命后期国民党左派及各界人士流亡之地和栖身之所。胡风凭借在武汉时期的人脉和交际关系，落脚后即由陶希圣介绍在《江西民国日报》编辑副刊，后又被安排到江西省党务学校，担任省政府秘书处宣传股出版的《策进周刊》"特约撰稿

---

[1] 大革命失败后，胡风从武汉逃脱到南昌，1928年于江西省国民党党务学校任"特约撰稿员"，在其机关刊物《策进周刊》上发表了《关于"意识的艺术"》等二十余篇诗文。这是一组久未被学界关注和讨论的新文本。不仅因为胡风对此政治经历讳莫如深，更是因其关涉胡风文艺思想的生成转换机制与中国左翼文艺理论的历史展开。"意识的艺术"与"巴尔扎克难题"的结构性关系亦直接影响胡风在抗战时期深入构造自身文艺理论的思想资源和思维方式，构成了理解其文艺思想独特的历史脉络，也实质性地呈现出中国左翼文艺理论多元复杂的历史面貌。本文在长时段视野里通过解读这组新文本以及连带而出的诸多文本，意图在既有文学史殿堂内打开一个新的讨论空间和言说路径。本文系湖南省教育厅科学研究项目青年项目"左翼作家未刊稿及佚作整理与研究"（21B0010）资助的阶段性成果。

员"。除了编辑副刊，胡风此时还参与了《反共日刊》的"版面编排和校对"[1]，以及受到南京时代的高中语文老师穆济波邀请而在第九军政治部担任宣传科科长，为期一个月左右。

学界对《策进周刊》关注极少，更遑论对胡风与之关系以及相关文本的深入研究[2]。梅志的《胡风传》也只提了几句话，如胡风在南昌第二次被捕后，"检查自己到南昌八九个月，只写了几首小诗和在《策进》上写了一两篇对黑暗现象不满的文章"[3]。但实际上，胡风在《策进周刊》上发表了《关于"意识的艺术"》等二十余篇诗文，这些文本对理解胡风文艺思想生成转换机制及其与中国左翼文艺理论的关系至关重要。不过，由于前研究将视角聚焦在胡风的政治问题上，立论在"党派结构"，过于放大了文本的意识形态性，所以目之所及也几乎都是政治党派色彩，行文中多少匮缺了一点"了解之同情"："作为诗人和评论家，胡风在《策进周刊》发表的诗文中有时也写到他当时的'牢骚'，写到'生活底凄凉''人生之渺小'，以及'孤零和沦落底悲哀'（如《别后——寄M》），但他关注得更多的还是政治，即便是政治色彩不太浓的文章中，也趾高气扬，充斥着傲慢和偏见。"[4] 其实，胡风如一大批从武汉跌落和逃亡至各地的文学（政治）青年一样，在腥风血雨的大革命狂潮退散后，大多因"饭碗及头"才混迹于此[5]。有的示人以假面，有的则从此变更了脸面。就青年胡风而言，1926年从清华英文系退学去家乡湖北参加大革命，到深陷革命狂潮退却后"无路可走"的境地，

---

[1]梅志：《胡风传》，北京十月文艺出版社，1998年版，第167页。
[2]目前仅见商金林先生就《胡风全集》文献问题有过扼要说明。虽然还有诸如《死叶》等文因疏漏未收，但2014年《胡风全集补遗》基本收录了《策进周刊》上胡风的诗文。至今却未见学界对此有所关注和细致分析，可以说这是一组新文本。参见商金林：《〈胡风全集〉中的空缺及修改》，载《新文学史料》2009年第4期。
[3]梅志：《胡风传》，北京十月文艺出版社，1998年版，第174页。
[4]商金林：《〈胡风全集〉中的空缺及修改》，载《新文学史料》2009年第4期。
[5]企霞：《过去的革命两时代及与之有关的一时代》，载《北新》1929年第3卷第5期。

就不得不缠结于"党派结构"和"革命衙门"中，不断以"弱者的生活法门"应对世变。这本身即是"五四"新文学所塑造的文学青年主体状态和结构的表征。"文学青年"无法顺畅地转换到"政治青年"，即使从事具体的党务工作，还是一种"隔"，不时地需要"波特莱尔们"来润泽自己。[1]

因此，在关注此类产生于特别的"政治时代"的文本时，倘限于"政治化"的视角，就会忽视了思想理论的内在构造和历史脉络。"政治化"的解读可能会遮蔽了其自身具有的诗学理论要素，反倒会造成一种"去政治化"的理解。有时还会出现因视角限制造成的史实讹误。譬如："1928年12月初，江西省政府成立了'革命文艺研究会'，该会主要成员就是《策进周刊》主要'特约撰稿人'，蓼莪（按：蓼莪）在《革命文艺研究会的成立与江西青年》[2]一文中说：革命文艺运动又是这革命斗争的前夜工作……中国革命文艺的诞生，在这儿，又必然碰着两个顽敌：一是资本主义与封建阶级底临死的病榻呻吟，或缥缈的三更梦呓的自由艺术，一是'违反国情'的共产主义者底无产阶级的'游击艺术'。"[3]1928年，江西省国民党改组派在文艺意识形态上试图拉起"革命文艺"的大旗，与所谓"自由艺术"和"游击艺术"分庭抗礼。但"革命文艺研究会"并不是"江西省政府"创办的，成立时间也不是"1928年12月初"。《策进周刊》上署名毛它的《艺术与革命》一文明确说："约莫是一个半月以前的事，南昌新闻日报在青年会招待该报副刊的投稿者，这天到会的有五十人左右……成立了一个'革命艺术研究会'……最后改成了'革命文艺研究会'。"[4]《艺术与革命》文末没

---

[1] 胡风：《理想主义者时代底回忆》，《文学》周年特辑《我与文学》，上海生活书店，1934年版。
[2] 蓼莪：《革命文艺研究会的成立与江西青年》，载《策进周刊》1928年第3卷63期。
[3] 商金林：《〈胡风全集〉中的空缺及修改》，载《新文学史料》2009年第4期。
[4] 毛它：《艺术与革命》，载《策进周刊》第3卷65期。

有注明写作时间，但发表于《策进周刊》1928年12月24日第65期，属于社论时评栏目。因此，"革命文艺研究会"成立于1928年11月中旬左右，与"江西省政府"似并无直接关系，主要是由南昌《新闻日报》主办，参会者大多是"副刊的投稿者"。而胡风是1928年10月底或11月初即离开南昌到上海，且《略评近年来的文艺论争》写于10月12日[1]，因此与"革命文艺研究会"本身并无关系，而是与《策进周刊》此前几期多次讨论的"革命文艺"有关，主要对话对象是"第三党"刘韵清等人。胡风与刘韵清、胡兰畦等人在南昌交往较多，且"住在党务学校时"，"和陶希圣、廖廓、刘韵清同住在楼上"[2]。

胡风所写的《略评近年来的文艺论争》除了延续《策进周刊》上关于"革命文艺"的讨论之外，主要也是针对"革命文学论争"的隔空回应。而蓼莪的《革命文艺研究会的成立与江西青年》则是对《革命文艺研究会成立宣言》的再阐释。在《策进周刊》第61期上，蓼莪发表过《革命艺术的诞生——兼答碧心先生》一文，文章称："真正的艺术，只有革命艺术的一种……自由主义者底'非难'算什俚，'文艺暴徒'们底讥讽算什俚，'成功可以不必，我们只要伟大好了'。"[3]大革命失败后，在国共分裂对立的局面下，国民党左派及小资产阶级知识分子既反对蒋介石系统的反共屠杀，又不认同中共工农武装暴动激进路线，上述言论是其在文艺策略上的表征，而胡风无疑也处在这一历史脉络中。[4]

因此，胡风并非只是对南昌"革命文艺研究会"或"革命文艺"进行回应，而是远程参与了"革命文学论争"，留下了诸多文本。再者，学界目前主要是从回忆录等二手材料上认识胡风受厨川白村的影响，并

---

[1] 古因（胡风）：《略评近年来的文艺论争》，载《策进周刊》第3卷第55期。
[2] 梅志：《胡风传》，北京十月文艺出版社，1998年版，第166页。
[3] 蓼莪：《革命艺术的诞生——兼答碧心先生》，载《策进周刊》第3卷第61期。
[4] 胡风卷入大革命的三年及后续的历史回响基本囿于此困局。参见李志毓：《中国革命中的小资产阶级（1924—1928）》，载《南京大学学报》2015年第3期。

没有第一手史料的支撑，但这些文本不仅有助于理解胡风文艺思想形成的概念、结构、转换和限制，还提供了理解胡风与"革命文学论争"发生关联的另一条理论路径和历史脉络。同时，在左翼文艺关于世界观与创作方法的"巴尔扎克难题"视野里，从胡风留日时期、"左联"阶段，一直到抗战时期，这一脉络就显示出历史的复杂性与跃动感。

一

1928年7月28日，胡风撰写了《动摇中的死相——零想之三》一文，可以说是对"革命文学论争"的回应："年来，常常看到不少带有凶凶的气味之字，如'潮流'，'血钟'，'前驱'，'落伍'，'新''力'，'光'，等。这些似乎暗示着一个争民族生存的决战正在进行，一个伟大的诞生正遥遥在望，换言之，现在的我们正处在一个动摇中的时代，'大时代'。"[1] 在"大时代"中，胡风着意批评了现代都市文化，其代表就是"上海气"，认为"欧化的生活是现代中国文化（假如说现代中国也算有文化）之一面，它的骨子里是'低级的享乐主义'，笼罩在外人势力支配下的城市，其代表为'上海'"。作为"从田间来"的青年，胡风对现代都市文化可能有一种与生俱来的疏离感，这在其早期诗歌中多有呈现。从其后来的诗学观念中对"泥土气息"和"生活底底里"的强调，也可以看出这一特点。因此，不难理解胡风在南昌"做客"[2] 的心境中会有如此极端的看法，认为"作为文化的底里的现代中国都市生活只两个字可以说明，'骗'，'淫'。作为生活技能的，生产方面是'骗'，

---

[1] 古因（胡风）：《动摇中的死相——零想之三》，载《策进周刊》1928年第2卷第47期。胡风这里的引用应是读过了鲁迅《"醉眼"中的朦胧》。
[2] 在这一时期，胡风有强烈的"漂泊感"，认为"飘泊者的情绪就是这一种'做客'的情绪罢。无论何时，无论何地，始终是抱着'做客'的情怀的人生啊……"。参见古因（胡风）：《死叶》，载《策进周刊》1928年第2卷第38期。

作为生活态度的,享受方面是'淫'",且"社会上已没有'健康的'生活之路"[1]。

在这篇文章中,胡风不仅将早期"革命文学"的代表作品——蒋光慈的《少年漂泊者》与章衣萍的《情书一束》并置在一起,认为这是"从文艺上观察,销行得最多而能使我们少爷小姐们流泪或高兴"的一类作品[2],而且依此逻辑,将鲁迅作品流行的原因归结为"并不在他作品里所表现的什么而在他的'滑稽'(如一般读者所说)","同时,报章杂志上,什么姑娘,革命,血泪,灵的作品,肉的作品,外国诗的仿制,'文坛''园地',等等,闹得不可开交,正如苍蝇之嗡嗡",而这些音乐、文艺和歌舞"依然脱不了'上海气'的倾向,低级享乐主义的倾向,深言之,都是些与生命的底里不发生影响和交流的浅薄而又虚伪的把戏"[3]。由此可知,胡风对当时"文坛"和"革命文学"并无好感,大多持批判态度。这当然是因为存在另一个参照系:"西洋人对于生活态度之主张非常繁多,如生活意志论,信仰意志论,以至权力意志论等等。无一不可以医中国人的粘液质与衰劳病,但我们贵'同胞'皆不要,独独掠取了'享乐主义'的皮毛,而且加上些东方的荒淫色彩,成功了一种极丑陋的生活态度。从这一点看,也应惊叹中国人'同化'力之伟大吧!"无论是叔本华的"生活意志论",威廉·詹姆斯的"信仰

---

[1] 古因(胡风):《动摇中的死相——零想之三》,载《策进周刊》1928年第2卷第47期。
[2] 研究者据此认为"胡风将蒋光慈的革命小说《少年飘泊者》和章衣萍格调低下的《情书一束》混为一谈……不难看出胡风当年所推崇的'比较可宝贵的翻译和沉着的作品',显然不是以鲁迅为代表的新文学"。或许重点不在于是否是"新文学",而是胡风此时所认为的可宝贵的"文学"是何种形态,以及他是如何在"革命文学论争"中参与了对这种文学观的理解之中,在文艺思想生成和展开中,又是如何构造了后来的一系列观念。参见商金林:《〈胡风全集〉中的空缺及修改》,载《新文学史料》2009年第4期。
[3] 古因(胡风):《动摇中的死相——零想之三》,载《策进周刊》1928年第2卷第47期。

意志论"[1]，还是尼采的"权力意志论"，包括后文将要提到的"意志的力（Power of the Will）"，都与胡风此时的文艺思想有密切关系。当然，也与其后来在此基础上转换这种思想资源有关。这些"意志论"随着时局的变化，胡风又自然可以将其转换为"世界进步文艺传统"[2]。

在1928年9月20日的《来自庐山》中，胡风与友人已经非常明确地讨论到了"革命文学"，且以高尔基作为理想目标，这是胡风第一次提到现实主义作家高尔基。文章以询问的口气写道："'等到他们中有人成了高尔基（Gorky），中国才会有革命文学！'这话你还记得么？"[3]显然，这里的"他们"指的是"革命文学"的鼓与呼者。胡风与友人不满于当时中国的"革命文学"，从作家主体的角度思考，认为只有出现类似于高尔基这样的作家，才可以说中国有了革命文学，因此当时的文学作品自然不入法眼。胡风的友人韩起在《克服生活》中提到："据善捧蒋光慈的批评家钱杏邨老说，'我们已经克服了小资产阶级的意识'。"与胡风此时的想法类似，韩起对这种主观上"克服意识"而不是"克服生活"就称之为"普罗"很是反感，因此说"这里我不问什么鸟意识，却只知道营着涂脂生活的就写小白脸的文章都还不失其真挚，直爽，而硬要来谈什么意识，什么普罗，那结果便会更坏。因为一不诚恳，对于生活，那文章，便会口号口号，空洞空洞，漂亮漂亮呵"[4]。也就是说，胡风等人此时已对"革命文学论争"有自己的看法，连对论争中心的

---

[1] 心理学家詹姆斯在《心理学原理》中的核心概念是"意识"或叫"意识流"。詹姆斯把"意识"描述为一种十分积极的现象，它将持续参与对即时经验的原始资料的注意强调、忽视及表述活动。1897年出版的《信仰的意志》，被称为"美国个人主义的最完美的哲学表述"，该书陈述了詹姆斯的深层唯意志论。参见[美]劳伦斯·克雷明：《美国教育史》第三册，朱旭东等译，北京师范大学出版社，2002年版，第445页。

[2] 胡风：《论民族形式问题底提出和争点——对于若干反现实主义倾向的批判提要，并以纪念鲁迅先生逝世四周年》，载《中苏文化》1940年第7卷第5期。

[3] 苦茵（胡风）：《来自庐山》，载《策进周刊》1928年第3卷第53期。

[4] 韩起：《克服生活》，《沉痛的暴露》，南京拨提书店，1931年版，第14页。

"上海"也多持批判态度，且是站在边缘位置的一种认识。

如果说，胡风在上述文章中还只是零星表达了对"革命文学"的看法，那么在1928年10月以后，胡风就准备着手写作一系列文章，而且列出了目录提纲，主要针对的就是当时"革命文学论争"所激发出的文学和理论问题，而这些也将是胡风一生思考的课题。写于1928年10月12日的《略评近年来的文艺论争》是这一系列文章的"引子"。在文章的起始部分，胡风就交代了写作目的：

> 现在在这里所要说到的只是近年来闹得甚嚣尘上的所谓"革命文艺"问题，"文艺"是不是"应该""革命"的这问题。[1]

从上述用语方式就能知晓其对"革命文学论争"的态度。从清华退学投身大革命，胡风的行动本身就是对"革命"和"文艺"关系的一种认知和实践，他在1928年的一篇译后记中就表达过这层意思："因为想沉浸在革命狂潮中，抛弃了学业已经两年了。"[2] 在胡风的意图中，"革命""文艺"和"革命文艺"三者可以分离进行阐释，或者说，"革命+文艺"的方式才是其主要思考点，所以才会说自己"只想就在文艺上加以'革命'二字这一派应有的主张，攻击的与坚持的，提出几个要点来加以解释，当然，就中也得参加一点自己底意见"。[3]

"在文艺上加以'革命'二字"的派别无疑是指后期创造社和太阳社等文艺团体，但胡风如此表述，却无意中又"误伤"到了江西政党政治中有特定意识形态诉求的"革命文艺"派。因此，当胡风写完"引

---

[1] 古因（胡风）：《略评近年来的文艺论争》，载《策进周刊》1928年第3卷第55期。
[2]《译后记》，R. Browning：《绮芙林·荷普》，古因（胡风）译，载《策进周刊》1928年第2卷第43期。
[3] 古因（胡风）：《略评近年来的文艺论争》，载《策进周刊》1928年第3卷第55期。

子"和系列文章的第一篇《关于"意识的艺术"》之后,不得不在文末附上一篇"附记",对此加以解释:

> 发表了《略评近年来的文艺论争》底"引言"以后,很有几位朋友用吃惊的眼光看我,有的以为我不应该用"学者"底态度说话,实在是"书呆子","落伍",有的则生怕我反对"革命文艺",同他们捣乱。其实,我何尝存心反对革命文艺呢?革命文艺是有的,我承认。"学者",不敢当。一向爱诚实,遇事喜欢看看实在,讨厌假,这都是真的。讨论革命文艺问题,也不过这意思。——我以为"事实"和"真实"是不会而且不应该冲突的。
>
> 然而,现在把《关于"意识的艺术"》一节勉强写成了以后,其余的不再写了。一是问题太"浩瀚",讨论起来太吃力。一是分期登起来,零零落落地,未免使读者不快。好在现在这一节是可以独立成一篇小文的,虽然还是太简略。[1]

胡风被指责用"'学者'底态度"发表对"革命文艺"的意见,显然是南昌"革命文艺研究会"生怕其"反对'革命文艺'"。胡风则做出解释,认为自己并不是存心要反对革命文艺,而是从"事实"和"真实"的角度去讨论革命文艺问题。所谓"'学者'底态度",恰恰说明胡风并不是单纯从"政治化"的角度思考"革命文艺"的,这更能帮助研究者认识胡风在早期文艺理论生成的过程中,关于革命与文艺两者关系的思考程度和思维方式。

虽然《略评近年来的文艺论争》这篇"引言"并没有写完,但胡风在文末将所要讨论的子目都列了出来,系列文章"全文底主干大抵是

---

[1] "附记",古因(胡风):《关于"意识的艺术"》,载《策进周刊》1928年第3卷第56期。

这些":

    1. 关于自觉的艺术
    2. 个人意识与社会意识
    3. 个性主义与集体主义
    4. Sentimental 与 Romantics Spirit
    5. 自然与机器
    6. 文艺的或政治的——单元与二元之争
    7. 从大众底怀抱里
    8.……

这些子目已经不单是"革命文学"论争中所涉及的理论课题，更像是一种更具"普遍性"的文艺理论问题，这也是胡风会被人看成是在用学者态度发言的原因，因为其对"革命文艺"的关注，从这些"子目"中能看到的其实只是"文艺"，并没有给"革命"以思考位置。或者说，"革命文艺"并不是其关注重点，"文艺"的规律和一般法则才是胡风真正想表达的内容。

二

1928年年底，从南昌辗转到上海、南通和南京后，胡风终于踏上了留学日本之路。此后他即在不同场合"清算"过去的经验及建筑其上的文学观念。譬如回国后不久，1933年10月，胡风就批评曾经常读的《沉钟》杂志，认为"沉钟社诸君守着孤城，但望着黄沙落日，有怎样的感想呢？没有当年似的单纯的心，多了现实生活的冰冷的磨炼，发展下去，终于要走出自己的花园的罢。只要看新添的是对生活全无勇气的浴兰，就觉得这一次还不能算是沉钟社诸位实诚的人底新生"[1]。胡风此时是自觉到"新生"了，才会发出这种批评。但这种"新生"究竟是如何发生的？作为研究者，需要追问这种生成过程。

之所以单独提出"沉钟社"，是因为胡风恰是从沉钟社的核心成员陈炜谟的《论坡（Edgar Allan Poe）的小说》一文受到直接启发，写成了一篇完整文章《关于"意识的艺术"》，且文章将"革命文艺"与"意识的艺术"并置在一起思考，从而打开了理论构造的空间，并为今后面对"世界观"与"创作方法"的关系问题（"巴尔扎克难题"）奠定了认识基础。可以说，在胡风文学原理与结构的生成过程中，"意识的艺术"与"巴尔扎克难题"之间发生了微妙的关联，也直接影响到 20 世纪 40 年代胡风在抗战时期深入构造自身文艺理论的思想资源，构成了理解胡风文艺理论独特的历史脉络，也实质性地呈现出中国左翼文艺理论多元复杂的历史面貌。

《关于"意识的艺术"》写于 1928 年 10 月 19 日，即《略评近年来的文艺论争》所列"子目"中第一条"关于自觉的艺术"。在胡风的理解中，"意识的艺术"即 Conscious art，而"革命文学论争"背后也是一种"意识的艺术"：

> 文艺上的笔墨官司已经打了好几年了，虽然从前争的是"人生的艺术"或"为艺术的艺术"，现在争的是"为革命的艺术"，但都肯定了一个大前提，"意识的艺术"Conscious art，即"为〇〇的艺术"。[2]

---

[1]《胡风致朱企霞书信选》，陈思和、王德威主编:《史料与阐释》（总第 4 期），复旦大学出版社，2016 年版，第 225 页。

[2] 古因（胡风）:《关于"意识的艺术"》，载《策进周刊》1928 年第 3 卷第 56 期。

Conscious 兼有"自觉"和"意识"之义，所以子目中"自觉的艺术"在行文变成了"意识的艺术"。胡风将"五四新文学"以来的"为人生"与"为艺术"两个派别与"革命文学"统一在"意识的艺术"中，也就是将"文学革命"与"革命文学"都看成是一种"为〇〇的艺术"，即是有目的的文学观。这也从侧面说明胡风此时信奉超功利的文艺观，这显然与厨川白村《苦闷的象征》直接相关。胡风后来常常以"五四革命文学"或"五四革命文艺"来指称"文学革命"和"新文艺"，在 1940 年"民族形式论争"中，胡风是非常自觉地使用这种概念："事实上我们说到'五四新文艺'的时候，从未离开过文艺运动底立场，没有离开过反帝反封建的进步文艺这个心照不宣的含义，有时还特别用'五四革命文艺'或'五四革命文艺传统'和笼统的'五四新文艺'这说法表示了区别。"[1]

那么，"意识的艺术"（Conscious art）为何也是"自觉的艺术"？除了翻译之多义外，更重要也更隐微的是，胡风这一思考是直接来自陈炜谟的《论坡（Edgar Allan Poe）的小说》，这是其理论思考的材源，只不过这一"材源"在文学史上是"消失的脉络"："Edgar Poe 的小说并不是不从观察，即是普通所谓经验，得来的暗示。天生他的那双手，也并不是专门要去做分析的工作，用理智去分析，他有时确乎是理智的。他的艺术确乎是一种 Conscions（自觉的）[2] 艺术。他的著作也从经验；但他的经验是一种奇怪的经验，一种恐怖的，一种神秘的。说是经验，还不如说是一种'世界'罢？他自觉着他的恐怖，用理智去镇压下他的感情，用一种说是科学的，或者还不如说是精细的人所有的冷静去

---

[1]胡风：《论民族形式问题底提出和争点——对于若干反现实主义倾向的批判提要并以纪念鲁迅先生逝世底四周年》，载《中苏文化》1940 年第 7 卷第 5 期。
[2]原刊如此，系手民误植，此处应是 Conscious。

分析他的幻想，在我们的眼前呈展出他的古怪奇兀的世界。"[1] 陈炜谟将Conscious译成"自觉的"，对应的是"理智""分析"，也就是"意识地制作"，所谓"用理智去镇压下他的感情"。这是说一般人对爱伦·坡的小说中"经验"的来源有误读。陈炜谟认为爱伦·坡的小说试图表白的是一种"意志的力"（Power of the Will），其要"捉住的是一种情调"，而这种情调一旦被"移在纸上"，就需要"分析"和"理智"，但这种分析与理智又是常常被误解的："人好像相信只要有了分析和理智就可以整天就自家关在房里制造出整打的小说似的！"不难发现，"情调"与胡风文艺理论中强调的"情绪""分析和理智"与其批判的"客观主义"密切相关。在1946年《关于鲁迅精神的二三基点》一文中，胡风认为鲁迅是把思想变成了自己的东西，"就是在冷酷的分析里面，也燃烧着爱憎的火焰"，话语基调和结构与论述爱伦·坡者可谓同源。

在《关于"意识的艺术"》中，胡风并没有直接提到陈炜谟的《论坡（Edgar Allan Poe）的小说》，但却大段引用了该文内容，并且主要针对的就是"革命文艺"中"意识的艺术"：

> 从"革命文艺"这一派底见地说来，"意识的艺术"应有两层意义：一是作者意识地制作，一是作品内容应该是"社会意识"底表现；前者是关于作者态度的，属于创作心理方面，后者是关于作品内容的，属于文艺哲学（Literary Philosophy）方面。
>
> 爱伦坡（E. A. Poe）是"意识的艺术"底伟大成功者，然而，如某批评家所说，"……他的著作是像罩在雾里的一片风景画，在那远远的地平线，我们仍可以看出东方式的宫殿和城阙，太阳在极辽远处像黄金的骤雨似的洒下来……"这当然不能算为"革命

---

[1] 陈炜谟：《论坡（Edgar Allan Poe）的小说》，载《沉钟》（特刊）1927年7月。

文艺"。所以说"革命文艺"作者必注意第二层意义，即内容必为"社会意识"底表现这意义。[1]

引文中"某批评家"即是陈炜谟。而作家"意识地制作"，其实就是"自觉地制作"，这与作家的创作态度有关，在胡风的理解中，就是一种"创作心理"，是在创作过程中创作主体如何发挥"意识"的问题。陈炜谟认为一般研究者所看出的爱伦·坡"分析的能力"只是一种表象，因为爱伦·坡的"经验"是其自我营造的"世界"，是一种个体的"意识"世界。因此，那些模仿爱伦·坡的作家"失掉了 Edgar Poe 的真精神，仅寻取了一点 Poesque 的方法，造出整打的'结构小说'和'侦探小说'。原因是，他们只看见了一方面的 Poe，那是最容易看到的一面"[2]。胡风在文章中认为爱伦·坡是"'意识的艺术'底伟大成功者"，但却不是"革命文艺"。因为从"意识的艺术"角度出发，"革命文艺"必须包含第二个层次，即"内容必为'社会意识'底表现"。所以根据陈炜谟的看法，爱伦·坡在作品中营造了"美丽中城阙"，而许多研究者却要"专门去寻他的分析的能力，即使不是一种错误，也是一种倒置，把原因来代替结果了"[3]。胡风也据此认为爱伦·坡"意识的艺术"虽然成功，但却是"作者意识地制作"。

有意味的是，胡风在此文后面再次提到的"一位批评家"也还是陈炜谟，而且借助陈炜谟对爱伦·坡的阐释，批判了某些"革命文学"作品：

> 有一位批评家说，"意识的艺术"也是可以有的，但如果作者

---

[1] 古因（胡风）：《关于"意识的艺术"》，载《策进周刊》1928年第3卷第56期。
[2] 陈炜谟：《论坡（Edgar Allan Poe）的小说》，载《沉钟》（特刊）1927年7月。
[3] 陈炜谟：《论坡（Edgar Allan Poe）的小说》，载《沉钟》（特刊）1927年7月。

先没有灵魂可供"分析",则充其量也不过只有按照"小说作法"或"戏剧作法"的法则制造出一些"故事"来而已。我们更可以说,充其量也不过制造出一些"一切打倒,一切取消……""血呵……"等等的"革命诗"来而已。[1]

胡风这段话的"材源"同样来自陈炜谟的文章,不过经过了一番"改造":

如果我们说句武断的话,那么,就美国很少或者竟至没有人懂得 Edgar Poe 是怎么回事。美国人所认识的 Poe,是分析的 Poe,是 Poe 的 Intellect:这结果可以想像。我们可以承认,Conscions Art(按:Conscious)也是好事,但如果在内里没有东西可以寻找的人,本来就没有灵魂可供分析的人若专以分析为事,结果所分出的"Effect",不就是"短篇小说作法"么?[2]

不难发现,胡风对"材源"所进行的理论"改造",是将没有灵魂的"意识的艺术"与某些"革命诗"的创作并置在一起的,思考的重心在于对"革命文艺"的批判。依据陈炜谟的阐释方法,胡风实际上是认为,在"革命文艺"中"意识的艺术"也可以存在,但创作"革命文艺"的作者如果"没有灵魂可供分析",那只能得到一些"技巧"。胡风一直对左翼文艺中的"技巧派""深恶痛绝"。这一认识在 20 世纪 40 年代尤为集中,比如 1942 年 10 月 14 日在致诗人侯唯动的信中,胡风表示,"'技巧',我讨厌这个用语,从来不愿意采用",对于侯唯动说要到学院里"向世界名著学习技巧的提高工作",胡风认为这"就更加坚定

---

[1]古因(胡风):《关于"意识的艺术"》,载《策进周刊》1928 年第 3 卷第 56 期。
[2]陈炜谟:《论坡(Edgar Allan Poe)的小说》,载《沉钟》(特刊)1927 年 7 月。

了我的偏见。从这里，第一，你至少是不知不觉地把诗的创造过程归到了所谓'技巧'的运用上面；其次，你想从世界名著学习的是'技巧'，也就是肯定了有离开内容，离开诗人的主观，说来好像是可以捉住的具体的（但其实是成了抽象的）'技巧'的存在"。因此，胡风忍不住直截了当地说："我诅咒'技巧'这个用语，我害怕'学习技巧'这一类说法，至我觉得一些'技巧论'的诗论家势非毒害了诗以及诞生诗、拥抱诗的人生不止的。"[1] 而所谓"Effect"（效果），与胡风此时文学观念中超功利、非目的论有关，这也是胡风所理解的"意识的艺术"的核心点，尤其是关于"社会意识"的问题。也就是说，上述认知模式处在胡风文艺思想和理论构造的"底层"或"古层"，是往复回荡的"执拗的低音"[2]。

三

事实上，将"革命文艺"视为一种"意识的艺术"，一种有明确目的的文艺创作——这与胡风此时的文学观念是相左的。《略评近年来的文艺论争》中列出的"子目"第二项"个人意识与社会意识"已出现在《关于"意识的艺术"》中，文章也集中阐述了文学创作中"意识地制作"的可能性。在胡风看来，"文艺是内生活对于外生活的反映"，而不仅仅是一种"诉于情感的东西"，因此，要完成这种"内"对"外"的反映，就需要一种"真的作者"，也就是真的主观和主体："真的作者必定是在生活中沉没过和体验过的人，必定是在生活中沉没得很深体验得很深的人，必定是在'生的执着'与'生的解脱'这中间受过或受着大

---

[1] 胡风：《涉及诗学的若干问题》，载《诗创作》1942年第15期。
[2] [日] 丸山真男：《历史意识的"古层"》，《忠诚与反叛：日本转型期的精神史状况》，上海文艺出版社，2021年版。

的苦恼的人,必定是在'生之路'与'生之欲'这中间受过或受着大的磨折的人,否则,他自己先就没有生活,没有灵魂,今天听了别人一句恭维话就觉得大地在微笑,明天欺骗了一个人就觉得世界已屈伏在我底脚下,这样的人,即令他'立志'要'创作'些'革命文艺'出来,又怎么能够呢?"[1]1928年,在"意识的艺术"的思路下,胡风就已经将自己理论思考的焦点置放在"真的作者"身上,其要追问的是作家的生活态度,要求作家在生活中有深的体验,认为那种"先就没有生活,没有灵魂"的作家是无法创作出"革命文艺"的——一方面,从"生之路""生之欲"和"大的苦恼"等语词可以看出厨川白村《苦闷的象征》的理论影响。另一方面,这也与胡风读过的陈炜谟论爱伦·坡一文有关。此外,胡风对"真的作者"的理论思考,与鲁迅在1927年借助托洛茨基理论所表述的"革命人做出东西来,才是革命文学"(《革命时代的文学》),革命人"无论写的是什么事件、用的是什么材料,即都是'革命文学'"(《革命文学》)等说法有异曲同工之处[2],都是"先立主体"的一种理论构造路径[3]。

扩展开来讲,这一路径与胡风文艺思想中的"自我扩张"或"自我斗争"的主题、与思想课题中的知识分子改造问题有关。在后来受到批判的《置身在为民主的斗争里面》一文中,胡风集中将这一理论路径和"思想改造"相互联系,阐述了作家通过艺术创造进行自我改造这样一

---

[1]古因(胡风):《关于"意识的艺术"》,载《策进周刊》1928年第3卷第56期。
[2]关于这一问题的详论可参见[日]长堀祐造:《鲁迅革命文学论中的托洛茨基文艺理论》,[日]藤井省三主编:《日本鲁迅研究精选集》,林敏洁译,中央编译出版社,2016年版,第139页。
[3]胡风晚年在《简述收获》中也明确提到这一"鲁迅传统",认为"用鲁迅说的'革命之爱在大众'这句话可以概括根本精神。也就是'能杀才能生,能憎才能爱,能憎与爱才能文'。他还说,要写出革命作品,首先须得作者是革命人,'喷泉出来的都是水,血管出来的都是血'。这看似唯心论的话,却是提出了战斗的现实主义者最根本的东西"。参见胡风:《简述收获》,《胡风全集》第6卷,湖北人民出版社,1999年版,第611页。

种"主体论"诗学的"理想型":

> 对于对象的体现过程或克服过程,在作为主体的作家这一面同时也就是不断的自我扩张过程,不断的自我斗争过程。在体现过程或克服过程里面,对象底生命被作家底精神世界所拥入,使作家扩张了自己;但在这"拥入"的当中,作家底主观一定要主动地表现出或迎合或选择或抵抗的作用,而对象也要主动地用它底真实性来促成、修改,甚至推翻作家底或迎合或选择或抵抗的作用,这就引起了深刻的自我斗争。经过了这样的自我斗争,作家才能够在历史要求底真实性上得到自我扩张,这艺术创造底源泉。[1]

这一"理想型"类似于现象学意义上对意向性过程的一个动态描述。也就是说,胡风把这个过程扩展成一般的艺术创作和意识斗争的过程,已经超越了"左翼诗学"或革命文艺本身的主流框架,而更多是在左翼文艺的限定性约束中探索文艺创作的一般性法则,对"自我表现"的文艺观和"左翼诗学"的人民立场进行一种双向改造。对文学创作过程的精细把握、体验与表述,也是胡风自始至终关注的内容,是其文艺理论的核心之处。

在某种意义上,胡风又将这一创作过程整体"嫁接"和"移植"到对整体的社会实践和对中国革命的理解上。这就超越了一般文艺思想的范畴,进入思想课题中。正如研究者所言:"胡风是有意把社会历史结构与作品的结构、把人类历史过程与作家的创作过程(认识生活的过程)等同起来。"[2] 不过,从"意识的艺术"出发,这一"等同"是在主体内部完成的,具有不可避免的限度。胡风在留日后接触到日本左翼

---

[1] 胡风:《置身在为民主的斗争里面》,载《希望》1945年第1集第1期。
[2] 高远东:《关于胡风文艺思想的反思》(座谈会发言),载《文学评论》1988年第5期。

文艺和参加相关实践活动，从而对自身早期"观念论的艺术观"进行了转换，其所能找到的使主客观达到统一，找到"主体论"诗学的"客观性"之方法，就是引入"实践性概念"。只有这样，"主体的局限才可能得到克服"[1]。

但是，这里的"实践性概念"究竟是指创作实践还是生活实践，是有模糊地带的。或者说，这是胡风文艺思想与主流左翼文艺理论发生冲突的"争点"之一。从胡风文艺思想生成的历史脉络看，从早期"表现自我"的创作欲求，到经过留日时期接受日本（国际）左翼思潮的转换后，获得"前卫的实践立场"，"使作家能够从全体上去看世界"，在此时期认为"无论在什么环境之下，我们要把'工农大众的生活'当作第一义的题材，这不仅因为大多数既成作家专门徘徊在苍白的世界里面，对于这竭力逃避，主要的原因是，新兴文学运动的基本目标是要使文学属于大众的。大众是以自己的生活为中心去理解世界"[2]。再到20世纪40年代提出"到处都有生活"，"哪里有生活，哪里就有斗争，有生活有斗争的地方，就应该也能够有诗"[3]，其间经过多重生成和创造性转换，但都是以对"主体"的倾心为主脉和转轴，也试图将"实践"的范畴统一于创作和生活。

与《在延安文艺座谈会上的讲话》（以下全书简称《讲话》）相比，胡风文艺理论的"实践性概念"更多是以文艺创作为本位而扩展到生活实践上。如果用西学思想观照的话，这里就有 Praxis 与 Practice 之间的联系和区别。在更多程度上，胡风文艺思想中的"实践性概念"是 Praxis（实践），因为"实践（Praxis）的思想不仅试图对经验进行分类

---

[1] 高远东：《关于胡风文艺思想的反思》（座谈会发言），载《文学评论》1988年第5期。
[2] 谷非：《关于"主题积极性"及与之相关的诸问题》，载《综合》1934年第1期创刊号。
[3] 胡风：《给为人民而歌的歌手们——为北平各大学〈诗联丛刊〉诗人节创刊写》，载《诗联丛刊》1948年第1辑《牢狱篇》。

或反思，还试图改变经验"[1]。胡风文艺思想中描述主客化合时所谓"使作家扩张了自己""自我斗争""精神扩展"，等等，都是一种与对象交织在一起的实践（Praxis）。这种实践（Praxis）就不可能是一次性完成的，也不可能有一个先验的或正确的"世界观"与"意识"去保证其完成，因为这是一定要在与对象交织的过程中，主客体或主体间要发生"融合"和"改变"的，并没有固定的、稳固的模式，而是需要"在过程中"才能实现的。这也是为何胡风文艺思想要始终强调"主观战斗精神"，强调主体与对象的融合过程中会需要情热或激情（passion），也会有巨大的受难感（Psssion）。

在胡风的意识中，改变作家精神世界的实践（Praxis），也能发挥推动现实改造的力量。在1935年著名的《为初执笔者的创作谈》一文中，胡风说："由这样的'主观'把握到的'客观'，当然有推动生活的伟力，那不是客观主义者的'客观'所能够想象的。"[2] 胡风所设想的"推动生活的伟力"是从文艺实践出发推动生活实践，不仅指创作对作家的作用，也指作品对读者的影响。因此研究者认为胡风是想象"创作论与阅读批评论之间呈无耗损的传递关系"，或者说"作者与读者之间的效果传递就是无损耗的"[3]。实际上，这可以说是胡风文艺思想的一个基本限制，即在现实主义框架下对文学书写语言"透明性"的确信或无自觉。如果可以简洁地说出结论，那么延安《讲话》所塑造的革命文艺传统更加注重的是Practice，"经与权"之权，以及由Practice来改造主体思想和精神世界。在后来的文艺实践中，文艺政策的技术路线和阐释规范又与作家自身的理解和创作之间发生各类"实践"的关联。

---

[1] [英]托尼·迈尔斯：《导读齐泽克》，白轻译，重庆大学出版社，2014年版，第23页。
[2] 马荒：《为初执笔者的创作谈》，载《文学》1935年第5卷第6期。
[3] 王丽丽：《在文艺与意识形态之间——胡风研究》，中国人民大学出版社，2003年版，第67、79页。

对胡风来说，在"意识的艺术"层面，在左翼的文学视野和体系内，主体的"真诚"这一诗学脉络几乎贯穿胡风一生主要的文学经历。在抗战时期，在20世纪40年代的中国左翼文艺界，胡风根据鲁迅早期经验中"精神界战士"所提炼的"第一义的诗人"的概念，无疑也处在这一历史脉络中。1942年10月在桂林时，胡风虽然没有直接论述"第一义的诗人"的概念，只是以否定的形式指明何谓"第二义的诗人"[1]。到了1948年"天地玄黄"之际，胡风在一次文学讲座中比较了两者的差异："诗人的存在是和诗的战斗作用并存的。诗人应该是纯洁，热诚，感受丰富，富于战斗的精神，这也就是第一义的诗人。第二义的诗人是指当诗与人还不大统一，起初的诗人，大都是第二义的诗人，然后在斗争中，在创作过程中进步而走向第一义的诗人。"[2]从理论脉络上讲，"真的作者"与"第一义的诗人"，"精神界战士"与"主观战斗精神"之间有着历史关联，在"意识的艺术"的角度下，对创作主体和"战士"的共同要求是"真"（真实、真诚）。而这一"真"（authenticity）又与后文将要论述的"巴尔扎克难题"直接相关。在卢卡奇的论述里，巴尔扎克的文学创作之所以是伟大的现实主义，就是因其"主观意图和客观实践之间的矛盾"，"政治思想家巴尔扎克和《人间喜剧》作者巴尔扎克之间的矛盾"[3]，巴尔扎尔在这种矛盾面前做到了"至诚"，因为"即使这种现实正好违犯他个人的见解、希望和心愿，他也是诚实不欺的"[4]。对卢卡奇来说，伟大的现实主义的两个标志就是真诚与正直。巴尔扎克能够克服自身的阶级地位和政治立场，依据的就是这两点。

换句话说，胡风文艺思想从一开始就是将重点放在"真的作者"身

---

[1]胡风：《涉及诗学的若干问题》，载《诗创作》1942年第15期。此文在《胡风全集》中被拆分为两篇：《关于题材，关于"技巧"，关于接受遗产》《关于人与诗，关于第二义的诗人》。
[2]胡风：《文艺谈片》，载《诗联丛刊》1948年第2期。胡风佚文。
[3][匈]卢卡契：《卢卡契文学论文集》第2卷，中国社会科学出版社，1980年版，第159页。
[4][匈]卢卡契：《卢卡契文学论文集》第2卷，中国社会科学出版社，1980年版，第162页。

上，虽然彼时"真的作者"尚无自觉统一"内生活"与"外生活"的意识，而是致力于表现自我与自我表现："和文艺的交涉差不多只是限于满足自我的欲求，在文艺世界里发现自己，提高自己。"[1]"自我表现"是"五四"时代的文学信念，也是浪漫主义的文学理念。正如厨川白村所言："一切文艺都是创造创作，因而都是自我表现……既不是广告，也不是宣传。创造和自我表现本身才具有意义。"[2]胡风也是将"宣传"排除在文艺思想之外，是一种非功利的创作观。胡风后来当然对这种"自我表现"的文学观进行了自我清算和转换，譬如写于1947年的《A.S.普式庚与中国》一文批判了"把人民当作了自作多情地从容摸抚的身外对象"和"使人民变形为一种自我表现底符号"的文艺观，认为这种文艺"一到被激动的现实斗争所刺激，观念的焦躁就愈强，反而取得了猛烈地反抗封建文化和资产阶级文化的外貌"，但是"绝不可能突入人民生活底深处"。[3]

在胡风看来，文艺创作过程是"一种没入，一种激动，一种'灵魂表白'时的'忘其所以'"，"想真实地掘到他灵魂底深处或描出他生命底色调"，这与刻意进行"意识的艺术"有所不同。前者是"自我表白"，也就是需要"主观真实（真诚）"[4]，后者是"存心作伪"，是"本来没有什么而'意识地'想制出一些什么来"。从革命文艺的角度看，

---

[1]胡风：《文艺笔谈·序》，生活书店，1936年版。
[2][日]厨川白村：《宣传与创作》《近代的恋爱观》，《厨川白村全集》第5卷。转引自[日]中井政喜：《1926年至1930年的鲁迅与马克思主义文艺理论——以托洛茨基等人的马克思主义文艺理论为中心》（上），潘世圣、徐瑶译，载《上海鲁迅研究》2015年6月。
[3]胡风：《A. S. 普式庚与中国——为普式庚逝世一百十年纪念写》，罗果夫主编：《普希金文集》，上海时代书报出版社，1947年版。
[4]研究者认为："在历史与价值，客观真实与主观真实（真诚）、科学性与意识形态的倾向性之间，形成了一系列二律背反，现实主义遇到了挑战，问题的关键在于寻找历史和价值之间的中介，而胡风认为这种中介就在于创作主体。"参见高远东：《关于胡风文艺思想的反思》（座谈会发言），载《文学评论》1988年第5期。

胡风文艺理论的潜在结构就是对"意识地制作"、对从特定世界观出发的文学创作持怀疑态度,认为是"作伪"。这一文学观和理论构造方式从一开始就奠定了。因此,"真实地生活过的人,他作品中的生命必定是为他底灵魂所分化或染织着",这就像是"主观战斗精神"对客体对象的突进,以及在此过程中主体本身的自我分解和重建。在这种认识下,胡风认为"自然主义者(Naturalist)底搜集材料,观察事实等,未来派(Futurist)和象征派(Symbolist)底以'文字'底某种作用来表达他们所要表达的",都不纯粹是一种"意识的艺术",仅仅是"在所谓'手法'上讲,或许是如此"[1]。这里的"手法"也就是前文所述的"技巧",胡风依旧对此充满鄙夷。

四

在"意识的艺术"与"革命文艺"、"世界观"与"创作方法"之间,胡风在此时期最为精彩的提问或许在于:在创作过程中,如果失去意识地控制或主宰,那么"革命文艺"会不会变成其反面,"弄出'反革命'的文艺来"?有意味的是,胡风认为这两者之间并没有直接关系,或者说,决定何谓"革命文艺"的关键并不在于"意识地控制或主宰作用":

> 这,请放心,是不是"革命文艺"的决定并不是完全在这一点上,要说明现在来不及,不得不申明的是,有意识作用不一定创造得出真的革命文艺,反之,不一定是"不革命"或"反革命"的文艺。[2]

---

[1] 古因(胡风):《关于"意识的艺术"》,载《策进周刊》1928年第3卷第56期。
[2] 古因(胡风):《关于"意识的艺术"》,载《策进周刊》1928年第3卷第56期。

这种"不一定"看似游移不决，却恰恰打开了理论与创作空间。在胡风文艺思想生成转换的历史契机上，这个"不一定"所打开的空间相当关键。胡风的结论是，"文艺即生活，真的文艺应该是真的生活底升华物；创作时的意识作用是可以有的，但只是一种'技术'作用，与作品的是不是'革命的'这问题毫无关系"。也就是说，胡风将"革命文艺"与"目的意识"分离了。这也是为何胡风在习得了日本（国际）左翼机械论文艺思想后，又似乎能够自我破除其僵化的认知模式，很快能理解和接受恩格斯关于巴尔扎克伟大现实主义的论述，所谓"巴尔扎克难题"对胡风来说也就不再是难题。

从"意识的艺术"观照，胡风认为"现在一般革命刊物中的'革命文艺'"并不是真的革命文艺，虽然它们有"意识作用"。学界一般认为胡风在20世纪40年代才将茅盾的作品作为客观主义的典型代表进行批评，并且将部分原因归为人事纠葛。事实上早在1928年，在结识茅盾之前，胡风就已经将《动摇》视作客观主义、自然主义或有"意识地控制或主宰作用"的小说。在读完《动摇》之后，胡风表示"深深地感到了真的革命文学出现之不易"。有趣的是，胡风用"了解"这个词来说明茅盾对革命的认知。如果熟悉胡风文艺理论话语的话，"了解"与"观察""观照"是同一层次的概念，是与"体验""表现""体识"相对照，而前者在胡风理论构图中处于贬义层级：

> 无疑地作者是"了解"革命的人，甚至可以说，是"了解"生活的人，但他底《动摇》依然不是一件从生活底底里所产出的作品，处处流露着作者底意识作用，要"描写"那样，又要"描写"这样，这点"材料"放在这里，这点"材料"放在那里……毕竟只是一件"应时"的作品而不是一件"伟大"的作品，换句话说，作

为"革命文艺"看,它不过是一部力量不足的东西。[1]

在胡风看来,这种"处处流露着作者底意识作用"的"革命文艺"只是"应时"的作品。1928年的"应时"这一说法,也出现在1937年胡风的笔下:"作者坐在房子里面凭着无力的想象所铺张出来的应时制品。"[2]而正是这"应时"之说后来遭到何其芳的批判,认为胡风是"用这样的对于抗日战争前夕的整个进步文艺界的污蔑和造谣来作为他的提倡反动的理论的根据的"[3]。不得不说,这本身就是具有象征性的理论和历史脉络。

对胡风来说,要解决"革命文艺"的问题,有一个观念是绕不开的,即"社会意识"。胡风以问答的方式提供的阐释路径颇有意味:"'革命文艺'是不是以'社会意识'为内容?换言之,'文艺'这东西是不是可以表现'社会意识'?(在这里,我是假定'社会意识'这东西是有的。)"换句话说,胡风是想解消掉"革命文艺"与"社会意识"之间的必然性,认为"个人意识和社会意识是两个分离不开的东西。社会意识是个人意识底,波动的形态",但"一切的'社会意识'都得藉'个人意识'表现出来",最关键的是"伟大的个人意识一定是社会意识底代表者。不在生活中搏战是限制个性的活动,不但不能有伟大的个人意识,而且是压抑个人意识,使个人不能完成,反个人意识,所以一切'花园派''蝴蝶派',没有真正的个人意识的"[4]。在这种理论中,"真正的个人意识""伟大的个人意识"与"真的作者"是同一个层面的问题。胡风阐释的重点是:这种"真正的个人意识"所形成的"意识的艺术"

---

[1] 古因(胡风):《关于"意识的艺术"》,载《策进周刊》1928年第3卷第56期。
[2] 胡风:《略论文学无门》,载《中流》1937年第2卷第3期。
[3] 何其芳:《胡风的反动文艺理论批判》,《何其芳全集》第4集,河北人民出版社,2010年版,第123页。
[4] 古因(胡风):《关于"意识的艺术"》,载《策进周刊》1928年第3卷第56期。

能够自然地表现"社会意识"。

胡风引用法郎士的话，称文艺家是"灵魂底冒险者"[1]，这是浪漫主义的主要观念。但当胡风文艺思想经过留日时期的创造性转换和洗脱之后，"灵魂底冒险"的说法也就被抛弃了。1935年与周作人笔战时，胡风就此观念讥讽说："法郎士也是知堂先生所佩服的思想家，记得《自己的园地》里曾认真地向我们介绍了'批评是灵魂的冒险'的说法。"[2] 到了1944年，胡风在"回答一些对于文艺批评的不正确的流行意见和实践态度"时，特别提到"灵魂的冒险"之说：

> 有人说，创作过程是主观的，神来的，批评家无从追躡，好的批评只能是批评家从作品得到的主观的内心的感应，即所谓"灵魂的冒险"，决不能依据什么客观的标准。
>
> 不是这么玄虚的。创作虽然是作家的精神燃烧过程，但总有它的社会根源，总是在某一方式上对于现实人生的反映。批评家虽然要心领神会地深入作家的内心世界，但他总是为了探求那个世界是在怎样的根源上形成，对于现实人生能够发生怎样的作用。批评所追求的一定是只有一个而不能有两个的那个真理。[3]

"社会根源"当然是作为内容的"社会意识"，但胡风彼时却认为"灵魂底冒险者"的文艺家"最先感到社会底不安"，他们"在生活底深处挣扎"，"作品里必会唏嘘着最新的生命"，"必会染着深的人间苦"[4]。

---

[1] [法]法郎士：《在文学杰作中作灵魂的冒险》，转引自梁实秋：《现代中国文学之浪漫的趋势》，载《晨报副刊》1926年3月25日。
[2] 胡风：《霭理斯·法郎士·时代》，载《太白》1935年第1卷第12期。
[3] 胡风：《人生·文艺·文艺批评》，载《群众》1945年第10卷1期。
[4] "人间苦"的概念也是来自厨川白村的《苦闷的象征》。

因此，这"难道还不是'革命文艺'么"？[1]这个反问句可以结构性地移植到胡风回国后进入中国左翼文艺界后再度提出来，即，这"难道还不是'左翼文艺'么？"

胡风认为这样的作品自然会是一种"革命文艺"，实际上是想说作家在创作中"社会意识"的呈现是一种无意识的艺术。因此接下来他才会认为，"文艺家决不会'存心'做社会意识底代表者，因为，虽然他'所表现的'是大家底呼声，社会意识之峰，但在'表现'底过程中只知有他自己，他自己以外的道德，法律，权势，等外力，都不能给他丝毫的牵制，唯其如此，所以能够表达真正的社会意识，必要如此才能够产出真正的革命文艺"[2]。所以，"真正的革命文艺"在这里是"真正的个人意识"的艺术代名词。

由此，胡风在感觉结构上是将"有意识"看成是"目的"，将作品的"意义"或"意识地制作"等同于后来左翼文艺界的"世界观"问题。而胡风在日本反倒在一段时间内接受了机械论文学观，如"主题积极性"等。这种机械论可以帮助他找到社会学的内容，所谓"新的世界感觉"，在感觉结构上变得"粗野"，也就难以回到单纯个体的诗学文学观中。不过对"主体"的探寻却始终是核心。正因为对创作过程的关注，所以可以排除"社会意识"的"干扰"。扩展开来看，也就是可以排除类似于拉普的"唯物辩证法的创作方法"以及各种特定的"世界观"，或"正确的"世界观，或"完成状态"的世界观。在知识分子改造的思想与实践课题下，这种稳定形态或"完成状态"的世界观，在胡风的"三十万言书"中有一个经典的说法，即1944年刘白羽、何其芳奉命从延安解放区到重庆国统区宣讲学习《讲话》时，胡风、冯雪峰等身处国统区的部分进步作家之观感："何其芳同志报告了延安的思想改

---

[1]古因（胡风）：《关于"意识的艺术"》，载《策进周刊》1928年第3卷第56期。
[2]古因（胡风）：《关于"意识的艺术"》，载《策进周刊》1928年第3卷第56期。

造运动，用的是他自己的例子'现身说法'的……会后就有人说：好快，他已经改造好了，就跑来改造我们！"[1]

"意识的艺术"之所以会与"革命文艺"或左翼文艺中的"世界观"问题发生关联，与胡风文艺思想生成的历史契机与转换机制有关。文学史一般认为，中国左翼文艺界在1933年左右开始翻译介绍恩格斯致英国作家玛·哈克奈斯等人的书信，其中关于巴尔扎克保守的世界观和政治立场与其现实主义创作方法之间所发生的裂隙，曾经在苏联和中国左翼文艺界产生很大影响，也引发了很多讨论，形成了所谓"巴尔扎克难题"。学界普遍认为最早引介恩格斯观点的是瞿秋白[2]，譬如1933年4月瞿秋白在《马克斯、恩格斯和文学上的现实主义》中的经典论述。[3] 但最早翻译介绍恩格斯观点的应是聂绀弩、胡风等人，这里有一个微妙的"时间差"。1932年春，胡风、聂绀弩、方瀚等人在日本东京组织新兴文化研究会，并创办油印刊物《文化斗争》（最后一期改为《文化之光》）。聂绀弩在同年12月26日从日本杂志上节译了恩格斯的这封信，题为《恩格斯论巴尔扎克》，发表在《中华日报·十日文学》上。因此胡风等人是很早就有机会接触这一重要文学思想。

更有意味的是，1940年底，吕荧翻译卢卡奇的《叙述与描写》，胡风曾校译过部分内容，且在《七月》上发表了该译作。其中，卢卡奇关于"世界观"的论述有："大多数伟大的现实主义者世界观与创作的联系是远为间接而且错综复杂的。世界观为作家提供着感知和思考的基础，而这一切又有赖于积极参与生活，否则也就会使世界观的问题变

---

[1] 胡风：《关于解放以来的文艺实践情况的报告》，《胡风全集》第6卷，湖北人民出版社，1999年版，第312页。
[2] 刘卫国：《"巴尔扎克难题"与中国左翼文学批评中的世界观论述》，载《文学评论》2008年第2期。
[3] 静华：《马克斯、恩格斯和文学上的现实主义》，载《现代》1933年第2卷第6期。

得抽象了。"[1] 这种"远为间接而且错综复杂",也就类似"意识的艺术"与"革命文艺"之间的"不一定"这种非确定性关系。在《七月》编校后记中,胡风认为"问题也许不在于抹杀了世界观底作用,而是在于怎样解释了世界观底作用,或者说,是在于具体地从文艺史上怎样地理解了世界观底作用罢"[2]。所谓从文艺史上理解,言外之意就是从巴尔扎克、托尔斯泰、罗曼·罗兰等作家身上发现那种"远为间接而且错综复杂"的文学特质。

《叙述与描写》发表之后,很快在1941年1月8日,重庆左翼文艺界就组织了《作家的主观与艺术的客观性》的座谈会,着重要讨论解决的就是"巴尔扎克难题"。虽然该座谈会的主要目的是确定"正确世界观"的"首位性",但胡风在发言中依然从自己的文学理解出发,认为"一般所说的作家的世界观乃是指的成见,政治的立场。政治的立场当然应该贯穿到对于一切事物的认识,但实际上却常常会和对于具体的生活的认识发生分裂"。[3] 这种"分裂"从"意识的艺术"角度看,还是前文多次提到的那种"不一定"所打开的空间。因此,胡风是从具体的文学实践的角度提出问题,而不是从一个固定的视角出发。这其实是一种分层的方法。不过,如果认为胡风的这一看法"得出了和卢卡契一样的结论"[4],那就忽视了胡风文艺思想的生成脉络和转换机制,因为胡风的认识是一以贯之的,并非受到卢卡奇的影响,可以说是内在于中国左翼文艺理论展开过程的在地化的结果。其实,对世界观的不同定义和所指,主流左翼作家大概都是心照不宣的,都明白世界观指的是特定政

---

[1] [匈] 卢卡契:《叙述与描写》,载《七月》1940年第6卷第1、2合期。
[2] 胡风:《〈七月〉编校后记》,《胡风全集》第2卷,湖北人民出版社,1999年版,第695—696页。
[3]《作家的主观与艺术的客观性》(座谈会笔录),载《文学月报》1941年6月第3卷第1期。
[4] 刘卫国:《"巴尔扎克难题"与中国左翼文学批评中的世界观论述》,载《文学评论》2008年第2期。

治立场。胡风当然也明白，但他又是坚持从文艺创作的特点出发去思考其对于文艺创作的机能作用，是以文艺为本位的思考方式，但这个本位又是可以与"诗学政治"的效力相一致的，或许更具"弹性"。

结　语

破除"固定视角"，解消"完成状态"，探索具体过程的思维方式，胡风在1935年把这种"由认识到表现"的过程叫作"艺术的认识方法"[1]。在"意识的艺术"与"巴尔扎克难题"之间，就存在着实践（Praxis）、"艺术的认识方法"与表现方式。胡风在读过苏联文学顾问会的《给初学写作者的一封信》（张仲实译）之后，认为"里面用实例说明了艺术作品'不仅是趋向于理智，而且趋向于感觉的'。这说的也不过是常识，但我们却用得着好好地回味"[2]。如前文所述，"理智"与"感觉"也是胡风文艺思想材源之一的爱伦·坡"意识的艺术"的主题，而爱伦·坡的文学特质素来以挖掘人之深层意识或无意识中的黑暗面著称。

早在1928年的一篇译后记中，胡风就表达了自己的"文学的信念"：

> 诗是叫人"感受"（to feel）而不是要人"懂"（to understand）的东西，诗底功能是象征地表现一种情境，决不是"判断"，"感喟"，或"描写"，这些是评论杂感散文或小说底事，在诗里面只能居于附属而又附属的地位。
>
> 当我每次从能够使我迷然沉入的诗歌里面醒来时，我就发现了

---
[1] 胡风：《关于"文学遗产"问题的补释》，载《文艺笔谈》1936年，第170页。
[2] 马荒：《为初执笔者的创作谈》，载《文学》1935年第5卷第6期。

它所给我的只是一种情绪底波动或境界底憧憬，绝没有一般所说的"目的"或"意义"那类的东西。[1]

在理论结构上，"目的""意义"可以等同于某种稳固的"世界观"，这必然是一种"意识作用"。"情绪底波动或境界底憧憬"，比如要求对主体内在深度的开掘，认为在深处还有深处，则是一种典型的现代主义文学观。有意味的是，胡风后来在思考阿Q的革命要求时，看到的是"支配历史命运的潜在力量"——对主体内在深度的挖掘、把握其意识斗争的过程（"精神发展"），而正是这一理论构造使胡风独具慧眼地看到"精神胜利法的矛盾内容"[2]。从理论溯源看，可以说是"苦闷的象征"中"被压抑的复归"这一精神分析的核心机制。

在上述基础上，胡风认为"艺术底力量却不能够由'政治的杂音'达到"[3]。可以说，艺术是具有自身规律的一种"意识地制作"。从厨川白村与革命文艺之间的联系看，从鲁迅的文学经验出发，鲁迅从厨川白村"跃动"到"革命文学"，这之间有一个没有被放弃的连接点，如日本学者中井政喜所言："鲁迅从厨川白村文艺论而至马克思主义文艺理论，基本上是一种批判性继承、发展和超越的过程……鲁迅既承认文学离不开'自我'（内部要求、个性），又主张'自我'受到社会和历史的规约，并且实现了'自我'的哥白尼式的转换和发展。此外，鲁迅将文学作为一种社会现象来思考，超越了文学与宣传的二律背反（厨川白村）。"[4]

这一"转换和发展"，在胡风文艺思想生成的历史脉络中，也可以

---

[1]《歌——》，古因（胡风）译，载《策进周刊》1928年第2卷第44期。
[2] 胡风：《胡风致耿庸信》，《胡风全集》第9卷，湖北人民出版社，1999年版，第101页。
[3] 马荒：《为初执笔者的创作谈》，载《文学》1935年第5卷第6期。
[4][日]中井政喜：《1926年至1930年的鲁迅与马克思主义文艺理论——以托洛茨基等人的马克思主义文艺理论为中心》（中），潘世圣、徐瑶译，载《上海鲁迅研究》2015年8月。

得到较为切实的把握和理解。或许，这个没有被放弃的"自我"（内部要求、个性），既是理解胡风文艺思想的法门，也是"文学性"的根源，是缠绕和根植于左翼文艺界各种论争的"阿喀琉斯之踵"。因此，通过解读这些文本可以发现胡风较早就展开了其一生不断往复和进击的文艺理论与实践课题，其后来留学日本及回国进入"左联"，又发生了一种可以称之为理论"结构性移植"的"洗脱"过程，在相对长时段的视野里，这一脉络所具有的内在跃动感无疑会在文学史的殿堂里打开一个新的讨论空间和言说路径。

2018年3月初稿；2021年4月、9月修改；2022年3月修改。

生活的活力：赵树理小说与根据地基层文化

◎ 范雪

学界对赵树理的研究有两个重要方向，一是从新中国成立前后赵树理地位的落差讨论延安到新中国的文化政治；[1]二是把赵树理与根据地的具体史实结合起来，由此展现出新视野对打开文学研究的帮助。[2]这篇文章沿着第二个方向，期待在理解根据地基层状况的前提下，以赵树理为路径，讨论关于根据地文艺的一些新发现。赵树理是农村知识分子，他的农村从来不是笼统抽象的东西，他写的故事都是晋冀鲁豫边区晋东南一代的人事与政策。因此，这篇论文使用"基层文化"一词，强调把关注点放在距离人们日常生活最近的有组织的文化问题上。从史的角度说，学界已有研究表明根据地时期的"群众创作"其实是一个不太合格的模式化的概括。[3]这篇论文的目标不是呈现更多的"史"的复杂

---

[1] 旷新年:《赵树理的文学史意义》，载《文艺理论与批评》2004年第3期；李杨:《"赵树理方向"与〈讲话〉的历史辩证法》，载《文学评论》2015年第4期。
[2] 近年成果频出的"社会史视野下的中国现当代文学研究"可视为这个方向的典型代表。新视野下的新的关心与目标可参见程凯:《"社会史视野下的中国现当代文学研究"的针对性》，载《文学评论》2015年第6期。
[3] 程凯:《群众创造的经验与问题：以〈穷人乐〉方向"为案例》，贺照田、高士明主编:《人间思想》第5辑，2016年4月。

性，而是尝试抽出一条"经"的线索，讨论以"群众"为主体的文艺方向背后的某些根本性认识。与中国共产党革命的世界图景相似，这些认识提出了一种文化上的史无前例的新的"正统"。[1]新的"正统"不仅指向文艺的生产、使用、风格和主体性归属等，更要创造全新的文艺生态。文艺生态的变化，指向的是新的风俗，它将对原有农村的意识和习惯去芜存菁，以农民自身的活力和能量建设、充盈共同体的基层文化。

《李有才板话》提出的问题

赵树理发表于1943年的小说《李有才板话》，把一个农民的名字——"李有才"和一种语言才能——"快板"结合起来，做了整篇故事的题目。这两个词也准确表现了小说的要义：农民和他的语言富有能量。这个能量是怎么回事？讨论清楚这个问题，我们会更深地看到赵树理对农民与翻身、正义和权力的关系的安排。

李有才是阎家山一个无产的穷人，也是一个有说快板天赋的人。他这个才能的特点是，快板是"平常话"，却偏能被他说得热闹。与这个才能匹配的环境和它的发生频率也很"平常"，李有才的快板就像下饭菜一样自然自在，弥漫在农民的日常生活里。说快板这个语言才能不是李有才的专业或职业技能，也不是能改变他的个人命运的才华，它不在我们当下熟悉的以写作、唱歌、跳舞等专业才华兑换社会位置的逻辑里，阎家山的快板属于李有才这个人的性格、能力、交往和个人魅力。老槐树底的人喜欢李有才，也是一样的平常事，为的是"热闹""高兴""开心"。换句话说，听快板就是他们日常的消遣，至于再多再深的

---

[1]孙晓忠在他关于赵树理的研究中谈到过新的社会主义文化在"正统"问题上的两难，也指出根据地时期社会主义文化的一种史无前例的理想。孙晓忠：《有声的乡村：论赵树理的乡村文化实践》，载《文学评论》2011年第6期。

意义也没有了。概括地说，小说一开篇展现了非常原生的农村文化。这其中的李有才和他的快板不是外来的，不需要被刻意设计和组织，它是生活的一部分，来自一个有语言才能的普通农民，是像讲话聊天一样平常的东西。

强调平常，不意味着抹消能量。《李有才板话》一共展现了十三段快板。十三段快板出场的环境、内容和功能不尽相同。前五段快板，内容都是品评人物，它们在功能上有把村霸干过的坏事记录在案，并使之广泛流传的作用。"有才窑里的晚会"是呈现这类快板热闹精彩的时刻。赵树理把一堆人围在"土窑"的狭小空间里，又渲染出这个狭小空间里"一炉火"的气氛。"晚会"期间，这个火热的土窑人进人出、有声有色，一会儿嘻嘻哈哈，一会儿义愤填膺。期间还有得贵来通知明天选举内定广聚的桥段。这是一个动态、突发的情节，使有才窑洞的这次晚会，既有老槐树底农民平常生活的模式色彩，又有突发的事件感，并引出后来的事态发展。在如此环境中被说出的快板，是农民闲聊的一部分。所谓闲聊，用小说的话说便是"谈起话来也没有什么题目，扯到哪里算哪里"。从《李有才板话》前五段快板的内容能看出，正是这样的闲聊具有政治性的功能：它实际上可给人物在附近一带农村社会的名声，而名声，说明农民的日常言行能够建立起人们对周边世界基本好坏结构的共识，这其中的农民非但不是沉默的，反而是机灵的、有才的、有活力的、善恶分明的。

"有才窑里的晚会"之后的四段快板的性质和功能，是针砭时弊。与上文谈到人物案底式的快板相似，也有强烈的讽刺、嘲笑作用，很容易引起农民的共鸣。甚至，它们是更及时，也更即时地对变化中的事件的反映，反映出农民不仅有在闲聊中分辨善恶，以讽刺表达不满的能力，更有在具体事件中斗争的意识与作为。不过，农民的自发斗争并不能自然发展成"翻身"革命。一个外来的力量——"干部老杨"将帮助老槐树底的农民实现真正的"翻身"。老杨来到阎家山后发现了李有才和他的快板，快板很快被利用起来，成为鼓动农民参加农救会的利器。快板自身也在斗争过程中有了发展，呈现出被组织、被需要后的变化。在小说第九部分"斗争大胜利"里，李有才编了一首新快板。这首快板的内容不再是闲聊和臧否，它有鲜明的目标。之前的快板虽是农民们有斗争精神的议论，却看不出人们要走向什么样的行动，这一首新作则明确指向了行动。如果没有老杨和他代表的正义的党政力量的降临，李有才的快板在它的自然状态中，很难获取这种改变现实的能力。同时，此前的快板都是自发创作，而这一首是老杨给李有才的命题作文。"有才应许下的新歌"意味着这"新歌"有了"应许"的性质和使命，原本作为农村日常生活一部分的快板，被组织进了乡村权力结构扭转的程序之中，成为一个有详尽步骤的翻身程序的环节。

《李有才板话》的最后一段快板是首"纪念歌"。纪念歌是对最初的快板更高一层的拔高。它是阎家山翻身斗争的赞歌，是一个一切归治的总结，归治之后的阎家山再没有人受气，从村里到野地都是正义复位后的快乐场景。

就此，赵树理给了我们一个根据地文艺与基层政治工作关系的典型，其面貌符合已有认识：文艺是动员群众的重要工具，这个动员不是外部力量的生硬介入，农村的革命顺应农民本来就有的需要，也尊重和使用他们的逻辑与方式。但是，《李有才板话》也留有一个疑虑。阎家山的农民喜欢聚在一起说闲话，这些闲话主要表现为批评和嘲讽，那么当村霸问题解决了，农村有了理想秩序的时候，快板用来做什么呢？是像小说结尾表现的，用来做纪念歌吗？这是一个很大的问题。农民的日常生活对纪念歌的需要远低于东拉西扯的闲谈。从古代流传下来的谣谚和民歌里，能看出男女之情、社会风俗和政治讽喻是民间的主题，赞歌不在民间创作的偏好里。赞歌既不好笑也不解气，不易激起人们的情绪，翻身后的农民也不需要天天沉浸在过去的胜利里。这里提出的恐怕不是"暴露"与"歌颂"的问题。在我们熟知的文学史里，批判性的文艺在1949年之后变得困难，这个困难最早的起源通常被追溯到1942年的延安文艺座谈会，在那次会议上，用集体的眼光写革命事业的面貌和成就与站在小部分人的个人立场上批评集体事业，被明显地区别开来了。但在《李有才板话》里，我们不能说老槐树底农民最宝贵的品质是他们批判政权。阎家山翻身革命的实现有两方面的元素，一是农民自发的不满和斗争意识，另一个是更高一层的行政级别带来的权力。这两者的合作实现了新秩序的建立。在这个过程中，赵树理对革命是不是一定要由底层农民全程主导并不纠结，一个如同洲之内彻所说的突然到来的"救世主"不仅是允许的，而且是正义秩序复位不可或缺的。[1]因此，老槐树底人们翻身故事的重点不是人民推翻统治政权的"民主"故事，快板的讽刺与斗争所指向的也不是文艺如何批判政权。所谓"暴露""歌颂""批评""讽刺"的更本原的载体，是农民的"东拉西扯"，是"闲谈"，是"闲谈"发生的最火热的场景——"有才窑里的晚会"。

"闲谈"属于什么？政治？社会？我想与之更恰当的匹配，是生活。生活的农民和农民的生活本身富有智慧、激情和能量。老槐树底的人们，远非所谓的"沉默的底层"，而是一群叽叽喳喳不断发出声音的基层。这是赵树理给我们的关于农民生活的一个重要印象。在这里，我们会发现快板成为"应许的"之后，一定程度上离开了生活。那首纪念歌带来的真正隐忧是，它似乎远离了小说前半部分的生活气氛，我们无法想象一个"拉扯"的都是赞歌的"有才窑洞里的晚会"。放在解放区

---

[1]日本学者洲之内彻说赵树理的写作不是现代自我意识觉醒后的写作，他的农民"安居乐业，优哉优哉"，"只不过具有社会意义、历史价值的影子而已"，"新的政府和法令，如同救世主一般应声而到。道路是自动打开的"。[日]洲之内彻：《赵树理文学的特色》，黄修己编：《赵树理研究资料》，知识产权出版社，2010年版，第406页。

的环境里，这实际上是问，在一切归治之后，在解放了的解放区里，充满活力和能力、叽叽喳喳、永不停顿的生活的位置是什么？换句话说，如果新政权是要在过去的土地、过去的农村上建设起一个新社会，而我们又不将之简单理解为一个空降的新秩序的话，那么，这土地之上的人的生活构成了这个新社会的什么，就是一个应该被讨论的问题。

基层文化就是物质力量

我用"基层文化"一词概括赵树理所处的那个世界。这里说的"文化"不是有知识、读过书的"文化"，而是关于人的行为、习惯、态度、意识和情感的东西，是整体的生活方式。"基层"一词强调的是像赵树理这样既是从农村中生长出来的，又有政府文化干部身份的人，他们在政权与农村社区发生关系的最前沿的接触面上有怎样的所见所闻、所感所想。由"基层文化"考察上一节末尾提出的问题，我想首先应该讨论当时根据地农村的基层文化是什么情形，基层文化为什么对根据地、对政权是重要的？

赵树理1943年发表的短篇小说《小二黑结婚》讲了两种公正的回归，一是政府惩治土豪劣绅，还村里政治上的清明，二是二诸葛和三仙姑发生变化，改掉迷信，做正经、合适的人。[1] 前一种是政治上的革命，后一种是更深层的文化变革：打破封建迷信，改变农村风气。封建迷信在农村是怎么回事呢？当时主持华北《新华日报》和《新大众报》的王春，总结过封建文化在农村的地位：封建文化占有了农民生活的所有空间，它是做事的总原则、是日常生活行动的总顾问，掌握人命，也

---

[1] 赵树理：《小二黑结婚》，《赵树理全集》第1卷，北岳文艺出版社，1990年版，第154—171页。

负责解释世界和人类前途。[1] 也就是说，封建文化代表了农民的需要。用赵树理的话说，是农民的宇宙观。[2] 这就对要建设新的文化的工作提出了艰巨的要求——在对原有的农村文化去芜存菁的过程中，农村生活中的很大一部分内容会被抽掉——不再相信"万事由命不由人""报应不爽"，不再看《罗经透解》《选择通书》等阴阳书，不再相信巫神能看病，也不再在各种"教"里结成社会关系。但是，"不再相信"不意味着什么都不相信，而是要求有新的东西来填充"相信"。

新政权所要充实的基层生活，与它要建立的新秩序有密切关系。在晋冀鲁豫农村的环境里，这由一些非常具体的要素组成：抗战、生产、土改、治安、信任政府等，封建文化在这些方面都造成了阻力。当时的根据地干部多次指出，战争是根据地首要应对的局面，而迷信的老百姓不关心抗战，命运仍靠天命和神巫解释，启蒙需要抽空迷信的内容，把民族、国家和抗日这类新的信仰与关心填进他们的意识。[3] 王春也提到，不少民间宗教性质的秘密结社有"起事"意味，这些"教"常被日本人和特务利用祸国。[4] "教"对边区治理造成的坏影响，有著名的山西黎城离卦道事件，历史学界对这个事件的真实情况有多种说法，这里我想说的是民间在文化上的取向会形成很大的政治和社会势力，这对边区的基层治理是极大的挑战。干部们看得很清楚，他们在基层替换封建文

---

[1] 王春：《继续向封建文化夺取阵地》，中国作家协会山西省分会编：《山西革命根据地文艺资料》，北岳文艺出版社，1987年版，第278—287页。

[2] 赵树理：《通俗化与"拖住"》，《赵树理全集》第4卷，北岳文艺出版社，1990年版，第147页。

[3]《彭副总司令在晋东南文化界"五四"纪念会上的讲演》《文化战线上的一个紧急任务》（《新华日报》华北版社论）、杨秀峰：《文化工作要配合群众运动》、林火：《深入实际了解群众配合现实斗争》，中国作家协会山西省分会编：《山西革命根据地文艺出版社，1987年版，第9—10、91—94、170—172、172—182页。

[4] 王春：《继续向封建文化夺取阵地》，中国作家协会山西省分会编：《山西革命根据地文艺资料》，北岳文艺出版社，1987年版，第284页。

化、启蒙群众的工作是非常真实的政治和社会活动，基层文化的变革和社会变革是完全统一的。

基层文化因此是一个有高度现实感和实际意义的领域。关于这一点，我想强调，它有着来自马克思的理论支持，当时的文化干部在会议中直接讲了出来：

> 雪峰同志指出，今天我们敌后文化工作的方向，应当是"面向落后群众"，这是有深刻意义的。
>
> 怎样蓄积力量呢？克服群众的落后意识，启发他们的民族觉悟、政治觉悟。
>
> 物质力量要以物质力量去消灭。
>
> "理论一旦掌握了群众，就变成了物质力量。"[1]

这是 1942 年 1 月八路军一二九师政治部和太北区党委召开的太行区文艺界座谈会的记录。群众是物质力量这个说法让人眼前一亮。通过对马克思思想的研究能看到，马克思在发展出普洛塔利亚革命的观点时，给自己提了一个重要问题：通过什么样的方式，批判是管用的？他坚持哲学家的主要武器是批判，同时认为这个批判必须伴随着物质力量。物质力量只能被物质力量颠覆。批判若成为一个社会团体的指导性意识，就可以是物质力量。实践的意义因此将越来越重要。当其他的左翼黑格尔主义者把实践当作绝对知识的影响时，马克思已经认为它有可能完全是"本体论"的发展。马克思找到了一个强大到可以改变世界的群体，这就是普洛塔利亚，他不像圣西门主义者认为人类社会重新组织的工作由社会工程师完成，马克思认定普洛塔利亚是一个历史力量，它

---

[1] 杨献珍：《数一数我们的家当》，中国作家协会山西省分会编：《山西革命根据地文艺资料》，北岳文艺出版社，1987 年版，第 100—114 页。

足以解体迄今为止存在的世界秩序。这个力量，如果批判地开启它的秘密，会使之成为批判的物质武器。[1]这里不是要用马克思原典去解释根据地的革命实践，但需要注意到马克思关于群众物质性的说法，在根据地干部的知识系统中是存在的。同时，依靠回溯马克思原典，我们能更清晰地看到"物质力量"这一认识携带的巨大能量。与群众结合的文化有很强的物质性，这个物质性不是我们通常在文学研究中说的文学生产机制，而是上述马克思唯物主义意义上的力量，也是唯一能够推动真实变革的力量。由此，文艺就不是飘在存在之上的上层建筑，不是反映论的，也不是独立于社会之外、分工分科之后的一个部门。如此定位根据地的文艺是否过于高蹈？赵树理表达过这样的看法：

> 农村的艺术活动正如吃饭活动一样，是正常的事，农民也有对艺术的要求，战争冲淡旧文化造成空白是了不起，发现了某种文艺在历史上的空白也是了不起，新文化正是要发现、填充这些空白，建设农村文艺新的品质。

这其实是说农村基层的文艺活动，需要如李有才的板话一般，本质上就是农民的生活。这样的文艺是改造旧文化，填充农民生活的东西，它与我们过去所知的文艺有重大区别。从当时的史料看，晋冀鲁豫边区的文艺理念和活动已经在实验这种新的文艺，它有别于"五四"的传统、20世纪30年代左翼的传统和现代中国人熟悉的西方经典文学的传统。

陈荒煤的《关于文艺工作若干问题的商榷》是一份明确表达出新文艺理念的文献。这篇文章写在1945年的邯郸，当时任晋冀鲁豫边区

---

[1] Nicholas Lobkowicz, *Theory and Practice: History of a Concept from Aristotle to Marx*, University of Notre Dame Press, 1967, pp.271-292.

文联常务副理事长的陈荒煤正在考虑根据地的文艺传统如何扩大到解放区。他发现离开农村的文艺工作者有嫌弃过去经验的现象。陈荒煤认为，人们普遍容易臣服于已存在的、有国际地位的文学"正统"，离开了农村环境就觉得山沟里那一套不过是战争中权且的，要重新搞一套厉害的文艺去满足"空洞的最高的艺术标准"，而且越有艺术修养的人越容易作茧自缚。但是，根据地的将来是社会主义，是一个谁也没有经历过的人类的未来。根据地不可能通过走学习资产阶级文艺的道路，来实现对资产阶级文学传统的超越。况且，抗战中根据地的文艺实践已经颠覆了资产阶级的好的文学的逻辑，新解放区的文艺一定是在根据地的文艺道路上的继续发展。[1] 陈荒煤的意见很清楚，中国将建设的文艺的根本不是外国名著代表的那种类型，那不是社会主义文学的"正统"。中国会有一种与群众结合的新的人民的文艺，这种文艺不只中国人能理解，西方人同样会对其极其尊敬，而且它将能够和西方的文学比较，并超越它们。这种新文艺的基础，"就是现在轰轰烈烈的农村剧运，地方戏、地方情调的新秧歌剧，群众自己的话剧，群众的创作……"[2]

社会化的文艺

什么是陈荒煤说的从另外的道路超越资产阶级文学传统的新文艺？就是不断贴近老百姓、强调工农兵主体、鼓励民间风格的文学作品吗？这样的描述其实有些难以把握。回到赵树理，他在《李有才板话》里不只描摹了"快板"这样一种源于老百姓自身的文艺的政治性，更重要的

---

[1] 陈荒煤：《关于文艺工作若干问题的商榷》，中国作家协会山西省分会编：《山西革命根据地文艺资料》，北岳文艺出版社，1987年版，第265—278页。

[2] 陈荒煤：《关于文艺工作若干问题的商榷》，中国作家协会山西省分会编：《山西革命根据地文艺资料》，北岳文艺出版社，1987年版，第273页。

是，他提示了全新的文艺生态。

李有才从来不是专业、专职的文艺从业人员。这是新的文艺生态的一个关键。同时，快板有集体创作的性质，不只李有才在编，小顺、小福都能编，这样的快板在人们口里传唱。比起作家创作后被读者阅读的作品，阎家山的板话是活生生的文艺，是被许多人需要并使用着的日用品。1947年赵树理在接受美国记者贝尔登采访时说自己立志用农民的语言写作，写一行字就念给父母听，父母听不懂他就修改，他还经常去书店看看自己的读者群够不够广，农民不识字就多写剧本好以演出的形式被农民看到。[1]赵树理的小说虽还属于作家作品，但他提到的由普通农民筛选文艺的方法已具有革命性。这个方法在当时根据地的文艺实践中也是被推崇的、具有颠覆性和创造性的手段：文艺的社会化。

社会化的文艺，首先是生产上有非专业化、非职业化的特征，并且拒绝分工。这在关于农村剧团的议论中表现得相当充分。陈荒煤明确提出农村剧团要"确定是群众性业余活动，不违农时，照顾生产"，职业性的县剧团在帮助村级剧团时"要注意自己的作风的影响，应力求避免铺张浪费，专演大戏"。[2]朱穆之在晋冀鲁豫边区文化工作者座谈会上更详细地讲了这一点，他说有的剧团沉湎于演戏，家也不回，还从家里背干粮，引起家庭不满，也使很多人怕耽误生产而不敢加入；有的剧团一年演了一百零五天的戏，成了半职业剧团，大家都感到痛苦。[3]要让农村剧团拒绝专业化、职业化，是困难的事，因为他们的所有榜样——县里的、部队的和高级别社团的文艺活动都是专业和职业的。同时，专

---

[1] 赵树理：《和贝尔登的谈话》，《赵树理全集》第5卷，北岳文艺出版社，1994年版，第174—175页。

[2] 陈荒煤：《关于农村文艺运动》，中国作家协会山西省分会编：《山西革命根据地文艺资料》，北岳文艺出版社，1987年版，第304页。

[3] 朱穆之：《"翻身群众，自唱自乐"》，中国作家协会山西省分会编：《山西革命根据地文艺资料》，北岳文艺出版社，1987年版，第441页。

业演员有吸引力。有些剧团成立后，团员就有了身份感、优越感，不参加村里安排的全系统的工作，认为演戏是一种专门的工作，文艺成了农村里一项单独的分工。[1]另外，专业化常常伴随着物质上的精致，旧剧团的一个典型特征就是从戏服到乐器、到舞台，家当多、讲究多，群众自己办剧团时，很难避免对此有追求。[2]

农村剧团需要戒除上述渴望，真实看到自己已经拥有的故事、表演和舞台是最正确的，是新的"正统"。拒绝职业化的文艺与农民的生活是一体的，内容直接与真人真事对接，场景就是日常空间，它不是一种社会分工，因此能把大量群众囊括进来，它是一种集体的、自动的状态。晋冀鲁豫的干部举过不少例子说明这种文艺的样态：

> 剧团演员互助起来，集体行动，边走边对词，休息下就拍戏……[3]

> 成员都是种地的庄户人，也有打仗的民兵，也有下窑的工人，一年四季闹家务，正月间，收罢秋，有了空闲才闹红火，平素之在黑夜唱、路上唱、地里唱……[4]

> 吸收一个真的狗腿来演狗腿，演出中群众直接指认他的错

---

[1]朱穆之：《"翻身群众，自唱自乐"》，中国作家协会山西省分会编：《山西革命根据地文艺资料》，北岳文艺出版社，1987年版，第441页。

[2]陈荒煤：《农村剧团的提高》，中国作家协会山西省分会编：《山西革命根据地文艺资料》，北岳文艺出版社，1987年版，第444—447页。

[3]巩廓如：《戏剧组讨论概况》，中国作家协会山西省分会编：《山西革命根据地文艺资料》，北岳文艺出版社，1987年版，第211页。

[4]志华：《看戏十九天》，中国作家协会山西省分会编：《山西革命根据地文艺资料》，北岳文艺出版社，1987年版，第241—244页。

误……[1]

这些由群众主导的文化活动，它们的效果——宣传、教育、娱乐、社交、丰富文化、活跃精神等，被认为是职业演出无法相比的。从相关材料看，晋冀鲁豫根据地的干部对农村文艺的发展有三步设想：首先，外来的文艺工作者帮助农村破除封建、组织农村的文艺活动；之后，农村文艺的主体是一批乡村知识分子；最后，基层文化将全部是群众自主主持的，这是一个巨大的集体，其创造力和持续力是无尽的。[2]

社会化文艺对专业分工的拒绝，可能是它最革命的特征。我们知道马克思对普洛塔利亚革命的设想建立在他对资产阶级市民社会的批判之上。市民社会的基本特征就是激进地对人的精细划分，它导致狭窄的专门化劳动，也带来捆绑在它身上的阶层的依赖性和痛苦。[3] 马克思认为个人与社会一致化的唯一途径是把个体化的社会原子转变为一类普遍的东西，在这个过程中，人类的自然会获得无尽的发展。同时，他认为人的无限的完满取决于社会互相依赖的程度，而不是宗教或政治的天堂，人和社会的无限的完美需要在人和社会中去寻找。通过回溯马克思的说法，我们能更清楚地看到文艺社会化的革命性所在。职业作家在根本上是个人的，职业化文艺生产的最高标准是符合职业要求的水准，这与整个社会其实无关。当时边区关于文艺运动的文献能充分体现对社会化的认可，这些文章的作者知道农村需要启蒙，但并不想控制农村文化，他

---

[1] 朱穆之：《"群众翻身，自唱自乐"》，中国作家协会山西省分会编：《山西革命根据地文艺资料》，北岳文艺出版社，1987年版，第438页。

[2] 徐懋庸：《文联一九四二年的工作总结及一九四三年的工作计划》、秉圭：《文联扩大执委会发言纪要》，中国作家协会山西省分会编：《山西革命根据地文艺资料》，北岳文艺出版社，1987年版，第161—169、151—161页。

[3] Nicholas Lobkowicz, *Theory and Practice: History of a Concept from Aristotle to Marx,* University of Notre Dame Press, 1967, pp. 259–270.

们相信群众，反对精英主义，他们希望在农村基层的广大空间里，充盈着一种社会化的文化。[1]这其实有高度的反资产阶级市民社会的特征，其逻辑不是分工、分部门地安排农民的生活，也不是要群众制造出某种高级的文艺。文艺与其他活动在农民身上是完整统一的，整个社区的共同体都是农村基层文化行动的主体。正是这样的与群众结合的社会化文艺，如前文所论，有很强的物质性，是革命的真实力量。

生活的活力

社会化的文艺有一个大背景。1942年毛泽东在陕甘宁边区高级干部会议上做了以经济为根本扭转过度强调财政的讲话，提出要在精兵简政、减租减息的基础上坚定"发展经济，保障供给"。[2]发展经济的设想随后逐渐集中到了在肯定私有财产的基础上促进农民合作互助。中共中央此次提出的合作社运动，不同于以往自上而下领导起来的、为政府的合作社，它是由整风开启的新道路的一环，比较强调群众的主体性。[3]1942年后晋冀鲁豫根据地的文艺实践，在这个大政策之下以互助、合作的方式推进文艺的社会化，1943年晋冀鲁豫边区文联的工作任务已明确指出以"新民主主义的民主思想"指导群众性的文艺，以乡村知识分子群体为主力去填充文化生活极度空虚的农村。[4]这些政策使基层

---

[1]朱穆之：《"翻身群众，自唱自乐"》、陈荒煤：《农村剧团的提高》，中国作家协会山西省分会编：《山西革命根据地文艺资料》，北岳文艺出版社，1987年版，第430—444、444—447页。
[2]毛泽东：《抗日时期的经济问题和财政问题》，《毛泽东选集》第3卷，人民出版社，1991年版，第891—896页。
[3][美]马克·塞尔登：《革命中的中国：延安道路》，魏晓明、冯崇义译，社会科学文献出版社，2002年版，第201—228页。
[4]徐懋庸：《文联一九四二年的工作总结及一九四三年的工作计划》、秉圭：《文联扩大执委会发言纪要》，中国作家协会山西省分会编：《山西革命根据地文艺资料》，北岳文艺出版社，1987年版，第151—161、161—170页。

文化的面貌改变了不少。比如，山西晋城地区固隆村的剧团，是由民兵小组和生产互助组组成的，剧团成员白天或下地、下窑，或站岗放哨，晚上就"打起家伙唱起来"。在1944年的大生产中，他们又和北燕村的剧团合并，通过表彰互助生产的"群英会"上的合作成立起阳南（县级）剧团。[1]到了1945年，太行区文教工作的总结称全区较大村庄都已搞了不脱离生产的农村剧团和秧歌队。[2]到了1947年，基层文化伴随着土改和解放区的扩大进一步发展到"群众翻身，自唱自乐"。[3]

　　赵树理本人也许正可看作是被这个政策趋势挑选出来的人，他的几个重要作品也都一面扣得住政策，一面深入群众呈现农民和农村自身的变化。但若把观察再往前推一步，在赵树理的小说和社会化的基层文艺的立场里，我们能发现一个更根本可能也更关键的态度：认可老百姓的生活及其生活的活力。

　　社会化的文艺，其实是一个关心了人的存在主义难题的方案。孙晓忠在《有声的乡村》中谈到"小戏"与塑造日常生活的关系，"小戏"带着它的传统社会的基因，参与了人的生活和熟人社会，因此富有"实感"。正如合作社运动强调认可农民的"真实有效的利益"，社会化的文艺在以群众"自唱自乐"为方法时，相当于承认普通老百姓的世俗欲望、算计与追求。这对中国现代文学来说，不是顺理成章的事。现代文学的一支传统从一开始就与批判国民性关联，另一支突出个人存在和个人意识的传统里，生活往往是疲累、荒谬和疏离的。根据地文艺有启蒙的任务，但它对启蒙的"蒙"的设想比之前更厚实。"蒙"不是让精

---

[1]《阳南剧团的来历》，中国作家协会山西省分会编：《山西革命根据地文艺资料》，北岳文艺出版社，1987年版，第239—240页。

[2]《一九四五年太行区文教工作方针和计划》，中国作家协会山西省分会编：《山西革命根据地文艺资料》，北岳文艺出版社，1987年版，第208页。

[3]朱穆之：《"翻身群众，自唱自乐"》、陈荒煤：《农村剧团的提高》，中国作家协会山西省分会编：《山西革命根据地文艺资料》，北岳文艺出版社，1987年版，第430—444、444—447页。

英垂怜的愚昧和迟钝，也不止于20世纪30年代左翼文艺中形象和性格上的自然与美好。1945年后赵树理作为解放区文艺方向的代表被树立起来，周扬说赵树理："通过人物自己的行动和语言来显示他们的性格，表现他们的思想情绪。关于人物，他很少做长篇大论的叙述，很少以作者身份出来介绍他们，也没有多少添枝加叶的描写。他还每个人物以本来面目。"[1]还人（主要是指农民）本来面目看似平常，但实际上包含着两个重要问题：农民的本来面目有什么值得写的呢？赵树理写出了怎样的本来面目，让人们认可、赞扬他们？

陈荒煤在《向赵树理方向迈进》里指出了还农民本来面目的两个特点：群众的活的语言和看重写故事。比起"小说"的概念，我们在谈赵树理时的确更多使用"故事"这个词。这两者的区别之一也许是：经典小说不是故事所追求的，小说使用的文学化的语言也不是故事的语言。历时性地看赵树理的写作，他其实熟练掌握三套语言风格：文学的（赵树理文学创作的早期）、议论的（公文、政论性质的写作）和故事的。在他的文学发展过程中，赵树理实际上有意地抛弃了文学化的语言，努力于创造另一套说话方式：故事。用陈荒煤的话说，"树理同志的作品故事性都强。也因之，他在结构方面主张第一要'顺'，流畅、有条理、有头有尾，其次要'连'，连结一气，头绪清晰，单纯"。[2]故事写的是一些日常身边的事，即不讨论非常内在和敏感的人的状态，也无意创造史诗。同时，这些故事不奇闻、不荒诞、不魔幻、不神秘、不疏离，不是通常作家所追求的文学。赵树理的这一套写作语言有非常严肃的政治和伦理价值：它们给了老百姓的生活一套独属的语言，且这个生活是被这套语言高度认可、肯定和同意的。

那么，这个生活是怎样的呢？从1943年开始，政府大力强调根据

---

[1]周扬：《论赵树理的创作》，载《解放日报》1943年8月26日。
[2]陈荒煤：《向赵树理方向迈进》，载《人民日报》1947年8月10日。

地要把各类人群组织起来,搞大规模的生产运动,当中出现了我们熟悉的"群英会""生产战绩展览会"和"劳动英雄"等。1944年赵树理就写了一个生产度荒英雄的故事——《孟祥英翻身》。但是,赵树理写的不是她生产度荒的事迹,而是她本人的成长、转变、"从不英雄怎样变成英雄"。[1] 也就是说,赵树理关心的是孟祥英作为劳动生产好手和有能力、有作为的模范人物背后更根本的一些事情——她怎么生活、她的环境怎么样、她遭遇的困难和转机、她的家庭、她的性格。这些方面无疑是关于一个普通老百姓人生的更本质的内容。[2] 在稍后用来教育干部的小说《福贵》里,赵树理写了乡村高利贷和封建文化对福贵人生的伤害。福贵的堕落有一系列指标可追寻:口粮、住所、家庭、消闲活动和人的口碑。正是这些人之存在最基本东西的逐一下滑和失去,导致福贵成了二流子。不过,赵树理为福贵留了一脉活气——福贵是一个精通庄稼活、做工能干的人,吹吹唱唱上更是精通、漂亮,唱得极好。[3] 这其实是说作为人的福贵,他有精气神,他在具体过日子的各个方面都可以是新鲜、活泼、有活力的。这也是这个故事最重要的立场:普通农民的自然状态鲜活、生动,过去农村的不平等和腐朽的文化气氛导致人的堕落,新的政治政策要重新唤回农民原本就有的活力,引导他在富裕和健康的路上发展。应该可以说,延安时期的社会治理已经形成了这样一种伦理态度:认可老百姓生存与生活的基本方向,认为这些生活很有内容、生机勃勃。政治因此跟人的存在、人性和人们的诸多伦理活动紧密关联在一起。政治上的"群众路线"被提出来后,更加促使人们发现老百姓生活中的真实欲望,比如家庭、过好日子、繁衍、娱乐、说话做事

---

[1] 董大中:《赵树理年谱》,山西人民出版社,1982年版,第65页。
[2] 赵树理:《孟祥英翻身》,《赵树理全集》第1卷,北岳文艺出版社,1990年版,第221—236页。
[3] 赵树理:《福贵》,《赵树理全集》第1卷,北岳文艺出版社,1990年版,第381—394页。

的门道等，引导和帮助实现这些欲望是政府的目标。

在赵树理的故事和根据地基层文艺实践中，我们还能发现这样的观点：生活及其活力具有政治意义。这至少有三方面的内容。第一，生活的世俗价值具有根本上的正义性。在《小二黑结婚》里，"迷信"对小二黑、小芹和干部来说是没道理的、蒙昧的，但对二诸葛和三仙姑来说却很有道理。二诸葛认为卜卦算命有理的原因是：这是天命，栽种、结婚都要靠着天命的指示才能安心。三仙姑在迷信活动中的角色，让她有了她个人十分享受的快乐时光。封建迷信带来的安心和快乐，有什么错呢？它们是对，还是错，我们作为研究者是不能评判的。跟着故事的逻辑看，赵树理认为迷信是错的。他凭什么如此认定？因为人的生活被认为需要生活的富足和家庭的完满，这既是共同体的公序良俗，也被认为是人格和人生成立的标志。迷信阻碍了它。这是最根本的。这决定了二诸葛和三仙姑的封建迷信行为，是错的。[1] 第二，生活能改造人。赵树理写过不少改造二流子的事。二流子的问题是生活的要素——生产、财富、家庭、个人身心和情感，在他们那里是空的。换句话说，二流子是没有生活的人。改造二流子就是要求他们回归生活，把世俗向往的正面价值拿回人的生活，从而改变人格。基层文化的主力——剧团里就有很多二流子习惯的遗存，比如抽大烟、不劳动、混饭吃。改造旧戏子的一个重要方法是"建立革命家务"，在剧团里成立集体性的管理生活的机构，该机构在约束个人行为的同时，帮助团体节约、发放福利，并负责

---

[1] 二诸葛算时辰错过栽种时间，说的就是天命妨碍收获。三仙姑的问题是有放荡的毛病。小说讲她长得漂亮，丈夫过分老实，刚做新媳妇的时候就"每天嘻嘻哈哈"，公公骂了她后，索性放荡撒泼。进入中老年后的三仙姑心思都在吸引男性上，她的家庭意识非常淡薄。边区其实相当重视家庭的稳定，特别是女性应当回归、专注家庭。参见《中国共产党中央文员会关于各抗日根据地目前妇女工作方针的决定》，1943年2月26日颁发，收入《中国妇女运动的重要文件》，人民出版社，1953年版，第1—3页。

集结股资经营集体生活，扩大财富。[1] 这是社会化的基层文艺的实例，在精神上集中大家的关心，在经济上通过合作统筹生产与买卖，实现皆获利益。[2] 第三，农民可以并应该为自己的生活而斗争。在赵树理写的最完整的革命故事《李家庄的变迁》里，铁锁走上革命之路，是为了生活。李家庄故事的开端是铁锁因过日子中的纠纷一步步破产，日子过得一天不如一天。生活的破灭开启了铁锁后来的历险。经过在外面世界的困惑、思考和成长后，回到李家庄的铁锁成为村长、区长，带领李家庄农民革命。[3] 铁锁身上生活与斗争的关系，体现的是不会脱离实在生活的斗争的来由。

结　语

赵树理对农村文艺的预期，是取代封建小唱本，塑造农村的新文化。这意味着要往老百姓的生活里注入另一种很能吸引和调动他们，让他们感到愿意、愉快和需要的意识、观念、娱乐和习惯。这是一个去芜存菁的过程，而且一定涉及改造人和改造生活本身。正是在这一点上，农民自吹自唱、自娱自乐的文艺实际上是基层文化的新风俗。称其为风俗，因其是教化人和教化生活的。健康的文艺，首先作为正当娱乐取代了过去不好的娱乐（抽烟、赌博、酗酒、打捶、迷信等），充盈着个人的生活、精神和社会空间。同时，文艺以社会化的方式展开。社会化使

---

[1] 毓明、叶枫：《襄垣农村剧团的改造》，中国作家协会山西省分会编：《山西革命根据地文艺资料》，北岳文艺出版社，1987年版，第225页。

[2] 志华：《看戏十九天》《太岳一中业余剧团》，毓明：《刘振中和寒光农村剧团》，中国作家协会山西省分会编：《山西革命根据地文艺资料》，北岳文艺出版社，1987年版，第241—244、245—247、247—250页。

[3] 赵树理：《李家庄的变迁》，《赵树理全集》第1卷，北岳文艺出版社，1990年版，第243—370页。

文艺是劳动的、集体的、团结互助的，是移风易俗的，并且它属于它所在的共同体。社会化过程本身能建设人格和生活，帮助颓废、迷信、消磨的人进入积极的人生。与之相关的另一点重要认识，是认可百姓生活的活力。这种认识携带着丰富的信息量：生活与人生难分新旧，时光总是那么多，总是要度过，旧日子的问题恰是新风尚的空间；一方水土的"现代"的发生和发展，与此方水土之中的人生有关，这些生活和人生是中国与中国人向现代过渡的真实的土壤。

《讲话》的挑战与"社会"的生成[1]
——从《暴风骤雨》和《种谷记》座谈会说起

◎何浩

一、引言：从两次小说座谈会谈起

在 1949 年前后，革命文艺界召开了两次小说座谈会。一次是东北书店 1948 年 4 月出版周立波的《暴风骤雨》上卷后，东北文学工作委员会（严文井主持）于 5 月 19 日召开《暴风骤雨》（上卷）座谈会。另一次是 1950 年 1 月，在上海锦江饭店召开柳青《种谷记》座谈会（1947 年 5 月，柳青写完《种谷记》）。

1948—1950 年召开的两次座谈会并没有直接的内在关联。相反，在某种意义上，这两次座谈会有着相当大的差异性。比如，1948 年 5 月召开《暴风骤雨》座谈会时，解放战争三大战役（1948 年 9 月 12 日才发动）尚未开始，革命进程还难说胜利在望；而 1950 年 1 月在锦江

---

[1] 感谢"北京·当代中国史读书会"于 2020 年 7 月以来组织的七次关于周立波的讨论和七次关于现实主义理论的讲座，还要感谢贺照田先生多年来为推动"社会史视野下的中国现当代文学"提供的诸多思考，本文从中获益良多。

饭店召开《种谷记》座谈会时，不仅全国大部分地区的解放指日可待，而且第一届全国文代会召开已有半年，上海第一届文代会也将在四个月之后召开。这一历史语境的差异连带着座谈会的主题差异：《暴风骤雨》座谈会侧重讨论小说与政治的配合关系；《种谷记》座谈会侧重新解放区文艺工作者如何学习解放区文学传统。

这也可以从参与这两场革命文艺座谈会的发言人各自的背景差异看出一点端倪。《暴风骤雨》座谈会的发言人有宋之的、草明、金人、赵则诚、黄铸夫、马加、白刃、李一黎、舒群、周洁夫等；《种谷记》座谈会的发言人有巴金、李健吾、周而复、唐弢、许杰、黄源、程造之、冯雪峰、叶以群、魏金枝。相对来说，《暴风骤雨》座谈会的发言人多为解放区文艺工作者；《种谷记》座谈会的发言人主要是国统区文艺工作者。虽然发言人来自不同地区，经验不同，但对待两部作品的态度却颇有相似之处：他们对这两部小说都有诸多不满。解放区文艺工作者对《暴风骤雨》不够及时准确配合政治而感到不满，国统区文艺工作者对《种谷记》的整体艺术水准同样颇有微词。他们都表现出对《讲话》后创作出的这两部小说的不适感。

比如，同为参加过《讲话》和东北土改的作家马加在《暴风骤雨》座谈会上认为：

> ……这书（《暴风骤雨》上卷）所写的故事，是发生在四六年七月到九月间（萧队长回县）。这个时间，正是干部下乡，反奸清算的阶段（煮夹生饭是在十一月以后）。当时到处点火，到处燃烧起斗争，刮了一阵风。斗争不彻底。不彻底的原因，表现在领导干部上右的思想，对地主过多的照顾。未能贯彻群众路线，于是发生包办代替。另一主要原因，群众本身存在着思想顾虑，好人不敢出头，狗腿子钻空子，变成了夹生饭。这夹生饭是带着普遍性的，也

很严重。但是，在这一部书所写的，村子里的工作却是很成熟。接连的进行了三四次斗争，分地分浮，打垮胡子，枪毙韩老六，建立村政权和农会。而一些村干部又是那样的积极，坚定，夹生的程度不多。从运动的阶段上来看，书里所写的生活是否和历史实际有些距离？[1]

马加质疑的重点是，既然《暴风骤雨》故事时间的设置对应于革命现实实践时间，那故事的情节设置为何与革命实践实际走向出入巨大？1946年7—9月的革命实践中明明出现过多照顾地主、领导干部工作不成熟、群众没有被发动的局面，而小说里的情节设置却变成了明确打倒地主、干部态度坚定、工作成熟、群众积极配合，等等，以及由此造成的事件矛盾重心和矛盾化解方式的脱离实际。对于《讲话》所要求的文艺配合政治来说，这样的小说设置，能够具有政治、现在也是小说所要求的效果吗？文艺到底怎样把握现实呢？

在《种谷记》座谈会上，国统区作家许杰认为：

> 我和健吾兄一样，以前看了，没看完就丢下了，后来说要谈这本书（《种谷记》），我才又把它看完的。我看完后，总的感觉是沉闷，无大波澜，人物不突出，故事也不曲折。以题材讲，也只是一个短篇小说的题材。在我想来，作者是为写小说而写小说的；所以，他把自己所熟悉的一切，一切都要写进去。这样一来，就使我们一直看下去，感到故事发展太少，叙述解释过多了。我觉得这是知识分子细磨琢雕的东西，和赵树理的小说不同，和"高乾大"也有些不同的。我怀疑是作者受了西洋小说细腻描写的影响的，所以

---

[1]《〈暴风骤雨〉座谈会记录摘要》，李华盛、胡光凡编：《周立波研究资料》，湖南人民出版社，1983年版，第295—296页。

有些使人家不愿看下去的感觉。但看完了以后倒也觉得有味。不过故事进展少，变化也少。……如果工农兵看了这本书，是否能体会到书中的政治教育意义呢？所以从政治教育意义上来讲，主题不够明显。这本书，写人物还是有点东西的，但不够生动，不够突出。……故事发展没有壮阔的波澜，沉闷。……赵树理的小说一句一句都有故事，而柳青的则很多是空洞的。[1]

与《暴风骤雨》座谈会多质疑小说把握现实的准确度相反，许杰及众多国统区作家对现实主义小说准确反映现实到沉闷的程度，表示困惑，认为作为解放区文艺新探索的《种谷记》在艺术美学上是不成功的。许杰调出他熟悉的认知框架，希望看到如赵树理或欧阳山小说中那种人物突出、故事曲折的长篇小说，而《种谷记》将现实主义发展到这种"沉闷""空洞"的形态，有必要吗？这是不是知识分子过于沉溺于自我的"细磨琢雕"？这种形态的现实主义小说能达到对工农兵的政治教育意义吗？

这就出现了至少三种革命现实主义文学形态的竞争：赵树理、周立波、柳青，以及多种文学标准的交锋：基于现实主义的准确反映现实的艺术要求，不一定基于现实主义的生动反映现实的艺术要求。这是否就是《暴风骤雨》和《种谷记》的新尝试、新突破的问题所在，我们后面还会展开。但就目前而言，评论家们困惑的是如何理解这些现实主义的新发展、新突破？文学与革命、文学与现实之间，到底应该发展出什么样的关系和形态，才最有利于我们感知现实、理解现实、推动实践？看起来，不仅《讲话》后的革命文学实践在探索不同形态，而且它使各种脉络的文学家们都感到疑惑。

---

[1] 孟广来、牛运清编：《中国当代文学研究资料·柳青专集》，福建人民出版社，1982年版，第124—125页。

对于现实主义文学，作家们并非没有认知。就参加座谈会的草明、马加、许杰、巴金、唐弢等人来说，他们都有多年从事文学创作的经验，对"五四"以来的左翼文学发展也娴熟于心。但他们还是对《讲话》后的这些革命现实主义新作品感到不适。20世纪现实主义文学的发展并不是人类历史上的第一次。比如，"五四"以来引进的无论哪种西方文艺传统，都为评论家提供了某些文艺规范，他们可以从人物形象是否鲜明、情节是否引人入胜等标准来衡量作品。但《讲话》后革命对文艺作品的要求，实际上再次挑战了这些既有的文艺标准。

这并不是说政治不再要求人物形象鲜明、情节引人入胜，而是说，政治对于选择什么样的人物以及哪些情节有了新的要求和期待。比如，《讲话》要求文艺首先必须参照现实政治的需要去及时反映现实。而革命政治总是需要面对现实变化来及时调整政策方针，这就使得此时对于文艺的衡量和要求，也需要从某种固定的、易直观掌握的审美标准中脱离出来，重新在一个瞬息万变的现实关系中，甚至需要随时重建这种关系性的动态中来考量革命文艺作品。哪种人物更配合哪个阶段的政治任务，选取或设置哪些情节来表现政治所需，都变得没有定论。对于作家来说，并不是任何生动鲜明的人物都可以无障碍或无中介地适合政治所需。这也是后来革命评论家们会质疑《阿Q正传》的原因之一。但哪种人物才能更精准满足现实政治所需，《讲话》没有明确规定，作家们也没有既定标准可参考。

对于《讲话》后的现实主义来说，作家—现实—作品这一流程中，现在多出了一个"政治"。这是《讲话》后的文艺要求区别于20世纪30年代左翼文艺、也区别于西方现实主义文艺的关键环节。这也是以前的文艺思想很少处理的问题。西方文艺思想没有深入处理过，中国文艺思想在《讲话》之前也没有处理过（即便在理论中有涉及，但具体如何在创作中落实，这是没有定则的）。苏联文艺思想虽有相关规定，但又不能直接对应于中国的现实变化。多加入的这个"政治"到底对文学意味着什么？对中国现当代文学意味着什么？文学要如何准确理解变化着的政治？如何理解政治所着力的现实构成？如何创作出配合政治的文艺？这些都是对作家的新挑战。新标准尚未定型所带来的是创作和评论层面双重的文艺尝试、纷争和调试。

二、20 世纪 40 年代后期革命现实主义内在脉络的分化与发展

考察《讲话》在现实主义内部所引发的震动对于我们理解 20 世纪 40 年代文艺格局、并在差异性格局中把握《讲话》的特别性，也有着关键性作用。就 20 世纪 40 年代中国横向文学发展来说，学界一般依据战争局面将之划分为解放区文学、国统区文学和沦陷区文学。从纵向的左翼文学发展来说，学界一般叙述为 20 世纪 30 年代的左翼文学—20 世纪 40 年代的延安文学—20 世纪 50 年代后的社会主义文学。

较有代表性的是近期钱理群发表的论文中所述：

> （我）提出了 1940 年代作家（知识分子）对于"战争"的两种观察、体验方式：或立足于"国家（民族）本位""阶级本位"，这就能决定了其创作的"爱国主义"的总主题与"抗战"题材的选择；或立足于"个人本位""人类本位"，更关注个体生命在战争中的困境，更具有人类学普遍意义的困惑与矛盾。由此决定了四十年代作家对于战争存在着"英雄主义与浪漫主义的"，和"非（反）英雄主义与浪漫主义的，凡人化的"两种不同的体验方式与审美方式。进而产生了"戏剧化"的小说与"非（反）戏剧化"的小说这样两种小说体式。但这种描述实际上没有推进到对历史内在构成力

量的把握之中。[1]

钱理群将20世纪40年代的三种文学格局区分为具有内在差异性的两种:"国家(民族)本位""阶级本位",或"个人本位""人类本位",并进一步引导出"爱国主义"与人类学普遍意义的个体生命困惑与矛盾的差异。这样的区分暗暗对应于李泽厚所说的"启蒙与救亡"的历史思想主题差异。但即便这样的区分可以成立,那20世纪40年代的民族本位和阶级本位中,是否也包含这一时期某些中国人个体生命的某种内在要求呢?如果是,那更准确的理解是不是可以表述为,为什么20世纪40年代的"阶级本位"具有可以召唤个体生命内在要求的时代内涵?为什么同样的阶级本位,在20世纪30年代,却无法对许多中国知识分子具有感召力?如此一来,我们就需要再深入理解,在解放区的"阶级本位"的历史实践中,开展出了什么样的不同于20世纪30年代的新形态,而不是直接将20世纪40年代的精神思想简化为阶级本位和个人本位的对立。如此一来,20世纪40年代历史和文学格局的形成,就不是一个可以从后设的视野观察到的稳定的、平衡的三分格局,而是在一个巨大体量的历史进程中,中国社会的某些群体在某些区域探索新的历史—社会结构关系,这种探索又尚未扩展及全体,其他区域也在根据自身历史—社会状态探索不同出路而形成的特定历史时期的竞争性、差异性格局。

从这样的动态理解出发,我们需要进一步分析,解放区文艺的新探索到底是在什么样的新的历史关系结构中展开的,为什么会发展出这样的探索方向?国统区和沦陷区的探索又是在什么观念意识和历史结构基础上展开的?对于理解20世纪40年代文学发展的内在脉动来说,不能

---

[1] 钱理群:《"因为我对这土地爱得深沉"——我的1940年代文学研究的历史回忆》,载《中国现代文学研究丛刊》2020年第8期。

直接或只处理此一时期解放区、国统区、沦陷区文艺所直观呈现出来的差异性。比如，钱理群继续谈到20世纪40年代文艺的特质：

> 而现在要对这些实验性作品做文本细读，就不能不注意到："说书人叙述的插入"，"隐含作者的显隐变换"，"中心意象的营造与转移"（萧红）；"耀眼、怪异的、华丽的、雕琢的、繁富的美"的价值（李拓之）；追求"抽象的抒情"，"小说（与诗）的哲理化，语言的具象性与抽象性的融合"（沈从文）；"回溯性叙事中的'儿童视角'"（端木蕻良、骆宾基、萧红）；在民族化声浪铺天盖地之下，"死不媚俗"的姿态，大张旗鼓加强欧化色彩的自觉对抗（路翎）；"在俗白中追求精致的美"，构建"纯净的语体"的语言实验（冯至、赵树理、孙犁）；拒绝"诗化"，追求议论、描写、叙述结合的"散文化小说"新模式（废名）；才华泛滥，过度追求多义性、丰富性、可分析性的"意义的充溢（爆满）"（张爱玲）；诗性的描写语言与质朴的叙述语言，个人话语的压抑与偶尔突显，群体语言中军事、政治斗争与地理政治语汇的游戏化，造成的充满"语言缝隙"的小说文本（卞之琳）等。[1]

---

[1] 钱理群：《"因为我对这土地爱得深沉"——我的1940年代文学研究的历史回忆》，载《中国现代文学研究丛刊》2020年第8期。在钱理群的学生吴晓东的叙述中，20世纪40年代文学中的实验性也被强调：20世纪40年代有相当一部分中国作家在小说观念和形式方面进行了新的探索。早在80年代初，赵园就曾关注过这一时期小说的新"突破"："把文学真正作为文学来研究，你会发现，现代文学正是在四十年代，出现了自我突破的契机。这契机自然首先是由创作着的个体显示的。相当一批作家，在小说艺术上实现了对于自己的超越。"赵园列举的作家包括茅盾、巴金以及老舍等，但她似乎更看重另一批新生代作家创作的"奇书"："契机"还在于，正当此时，出现了一批"奇书"，不可重复、也确实不曾重现过的风格现象，比如钱钟书的《围城》、萧红的《呼兰河传》、路翎的《财主底儿女们》，以及评价更歧异的徐訏的《风萧萧》，张爱玲写于沦陷区的那一批短篇。作为特殊的风格现象，我还想到了师陀的《结婚》《马兰》，上述作品即使不能称"奇书"，也足称"精品"。至少在创作者个人的文学生涯中，像是一种奇迹。

钱理群注意到了学界之前不够重视的20世纪40年代文艺的实验性努力，这一发现对于突破革命文学认知框架来说很有意义。但他的这一理解更多是从国统区、沦陷区作家们创作实践的形式层面来突破革命文学的认知框架，恰恰没有从他试图突破的革命文学的形式实验来突破革命文学的认知和叙述，这就忽视了对于20世纪40年代或对于"五四"以来的整个中国现代文学而言，20世纪40年代文艺最大的实验性之一，是来自于《讲话》对文艺的新要求，以及这种新要求对文艺内部各环节造成的巨大挑战。

这一挑战性不仅在于对诸多民间文艺的探索、赵树理文学中的语言试验等，更大的挑战性在于这些文艺形式的历史构造机制的改变。如果笼统地说，国统区、沦陷区文艺家们的实验性并没有打破作家—现实—作品这一环节流程，那解放区文艺由于政治的加入，却直接撕裂和重构了文艺之前的创作规范，也撕裂和重构了这种创作规范所连带出的文学感知方式、组织和叙述方式。要理解此时的革命文学，则需追问诸多文学之外、又与文学相关的问题，比如，《讲话》前后，在抗战力争生死的情境下为何如此重视文艺问题？为什么诸多出身于"五四"文学传统的文学家会同意要经由此时的中国共产党的政治理念、政治理解来感知和抵达现实？而不是经由国民党的政治理解来感知和抵达现实？作家如何经由这种政治来抵达现实？以及，如丁玲、周立波、柳青这样的作家，为什么会直接在小说中写政治政策？怎样写政治政策才是成功的小说？写特定的政治政策，又要尽力避免成为教条化小说，这对作家感知现实的角度、层面、路径，以及小说的叙述方式、语言、抒情性、结构、人物、情节构造同样提出了巨大挑战。这些小说形式上的新探索，与国统区和沦陷区的诸多探索同样是实验性的。

换句话说，20世纪40年代的小说在不同区域发展的关键问题之一是，解放区文艺在新的历史机制牵动下，对之前的整个文学创作规范提出了新挑战；而国统区和沦陷区文学的发展是在既有文学理解下的新探索。这两方面各有自己的新发展，都值得重视。但不能简单将20世纪40年代小说的实验性发展集中到钱理群先生所认为的文学探索领域和层面之中，而将革命文学统称为延安《讲话》文学，忽视其对整个文学理解和实践的挑战性。

这个挑战性其实还在于，西方现实主义小说理论发展到20世纪，焦虑之一是个别性与总体性的矛盾。卢卡奇在20世纪20年代的主要困惑和工作重心即在回答这一问题。而《讲话》对文艺提出的挑战性之一在于，在个别与总体之间，要加入一个"政治"作为中介。个别与总体之间，不是通过哲学、宗教、直觉、文化，而是通过政治理念和政策来作为链接。政治这一因素被突然提升到"文学—现实—作品"结构中这么重要的结构性位置之中，这实际上会导致作家在面对现实时的整个感觉意识和感受机制、书写机制的全面改变。如此一来，20世纪40年代文学的关键发展环节就不只在于外在战争格局的差异引发的文学内在发展路径的差异，不只在于一个强调民族、阶级，一个强调个体、命运；还在于文艺内在的观念认知和组织结构为什么恰恰在这个时期的解放区发生了这么剧烈的突破和发展？革命文艺为什么会在这个时期发生这种特定路径的变化，以致我们必须以此为节点，需要将革命文艺划分为《讲话》前的左翼文艺和《讲话》后的革命文艺？

如果我们还可以说，20世纪40年代国统区和沦陷区的小说虽然在形式上有着诸多探索，但仍遵循着文学直接面对现实这一构架；那《讲话》后的革命文学却恰恰不再直接面对现实，而是经由政治理念和政策这一中介去面对现实。国统区和沦陷区文学仍是以文学直接面对现实，解放区则经由了特定的政治理念和政治政策这一中介。它甚至不同于身处国统区的胡风所探索出来的"通往新世界有一道'窄道'，需擦破身体付出（甚至生命）代价"[1]，而是在这一"窄道"中，身体不是直接与现实世界摩擦，而是与经由政治实践所开启出来的特定的"窄道"中的现实发生特定的摩擦。

这一文学或小说的发展方向和形态已经不是直接由战争决定。我们需要进一步追问的是，在战争局势的内部，不同地区的政治—社会历史实践到底发生了什么？同样面对战争，为什么众多解放区文艺工作者接受了中国共产党的政治理念这一中介，而国统区、沦陷区文艺工作者们则走另一条路？在20世纪40年代解放区的政治实践中，包含了什么特别的历史内容，使得此刻它具有特别的感召力和说服力？这些由部分中国人在如何面对社会现实的新探索中开展出来的特定路径决定了20世纪40年代文艺发展的不同方向。正是这一路径变化引发和重塑了政治—文学—社会—现实—观念的结构性变化。

从这样的理解来说，20世纪40年代解放区的"延安文学"，其中充满因"政治"被引入文学机制后引发的断裂、竞争和分歧。《讲话》之后革命文学的发展，不仅不同于20世纪30年代的左翼文学，实际上它还内含着多种走向的可能。其实文学经由政治抵达对现实的观察，未必会导致作家们的兴奋和热情。但20世纪40年代《讲话》后的文学发展，的确引发了大量作家的新探索。正是这些大量新探索中所呈现出的这种熟悉而陌生的"新"，使得1948—1950年间的这两场专题座谈会在一定程度上可以看作文艺界对革命文艺内部某种重要发展状况的互相不适和试探。

在1942年《讲话》之后，人们较为熟悉的是"赵树理方向"。赵树理1943年发表了《小二黑结婚》和《李有才板话》，看起来与《讲话》有时间上的衔接性，但实际上赵树理的创作有自己长期摸索而成型的脉

---

[1] 转引自吴宝林：《左翼作家"世界感"的形成及其构造方式》（未完成札记）。

络、方式和风格。他 1943—1947 年间的代表作品其实只有《李家庄的变迁》(1946)，但这篇小说是否能代表《讲话》文艺方式，也并非没有质疑。虽然 1947 年晋冀鲁豫边区文联召开的"文艺工作座谈会"确定"赵树理方向"为文艺为群众服务的代表，但这种方向是否囊括了所有革命文艺的可能性，是否为不同观念意识的作家量身定做好适合他们的创作道路？与"赵树理方向"相比，《暴风骤雨》和《种谷记》既是在《讲话》开启的文学配合政治的原则之内，但又根据作家各自的经验、理解，发展出了不同于"赵树理方向"的文学形态。这一变化跟多种因素相关。

三、《讲话》文艺内含的政治—社会—文学—现实结构

比如，在抗战后期和解放战争初期，大量延安文艺工作者和各根据地文艺工作者根据《讲话》所要求的深入生活，为群众服务，分散到全国各地，投身各种实践之中。如周立波 1944 年 11 月从延安随 359 旅辗转南下、北返，从汉口到北平，经承德到赤峰。1946 年 8 月，周立波时任冀热辽区党委机关报《民生报》副社长。1946 年 10 月下旬，周立波从赤峰奔赴哈尔滨，并急切投入东北局推动的土改之中。[1]1947 年 7 月周立波写完《暴风骤雨》上卷，1948 年初由东北书店出版。而柳青 1943 年 2 月被组织派到米脂县吕家崄村任文书。他领导群众深化减租减息，组织大生产运动。柳青在这个乡工作了三年，他的长篇小说《种谷记》手稿，也是在这里完成的。1945 年 10 月，柳青带着《种谷记》手稿，随军奔赴东北，开辟解放区。1946 年 2 月，柳青到达大连，负责接收、整顿大众书店和印刷厂，开始修改《种谷记》。1947 年

---

[1]虽然毛泽东 1945 年 12 月 28 日已经发表《建立巩固的东北根据地》一文，但中共中央东北局直至 1946 年 7 月才发表《关于形势和任务的决议》，号召干部下乡参加土改。

7月，东北光华书店印行了他的第一部长篇小说《种谷记》。周立波和柳青几乎同时在1947年7月完成各自的第一部长篇小说。跟他们经历类似的作家还有很多。丁玲历经河北怀来温泉屯、阜平、冀中土改后，于1948年6月在河北正定改完《太阳照在桑干河上》；草明从延安到东北后，于1948年出版《原动力》。这些相似又不同的经历，给作家们提供了重新摸索文艺与现实碰撞和结合的空间与基础。

当然，仅仅是这样的实践经验基础并不必然会在20世纪40年代后期出现如此大量的新的文学形态的探索。如果赵树理的创作方式果真包含着《讲话》所指涉的内涵，那这些不同经验也可以按照赵树理的创作方式来展开文学书写。但20世纪40年代后期涌现出的这些创作，明显在诸多方面都既遵循《讲话》原则又有各自的创新。为何在"文艺为政治服务和文艺为人民群众服务"这一原则下，还会出现差异性这么大的文学空间？

文艺为人民群众服务其实有一个发展脉络。自"五四"以来，文艺为民众、大众服务是现代文学隐含着的内在逻辑。"五四"以来文学一直存在着如何在不同历史时期调整作家个人与大众关系的问题。这一问题在20世纪30年代的左翼文艺思想中也被提升为"文艺大众化"的命题。《讲话》后的变化是，文艺为人民群众服务的要求，内含着文学需要经过政治对"人民"的界定、对"大众"的理解再来为大众服务。作家个人与大众的关系再次需要在一个新的结构关系中被重新面对、检讨和反思。文艺为大众服务，现在变成了文艺按照政治政策的理解去为大众服务。正是这一理论前提，使得"赵树理方向"虽然被认为是文艺按照政治政策为大众服务的一种典范，但问题并没有结束。政治在推动实践时，它对大众的理解是在不同历史结构中发生变化的。在一定程度上说，正是文艺如何为政治所要求的群众服务，成为赵树理、丁玲、周立波、柳青、李准以及诸多作家创作差异性的历史深层机制。不只是"深入群众"，而是深入政治所界定的"群众"，成为问题的关键。

由于20世纪40年代的政治在不断应对变化的社会现实，如何为群众服务，也就需要不断变化和调整。甚至对于"群众"的理解，也会随着这些文艺工作者分散到各地而做出变化。这就把"深入群众"推进和转换为深入地方社会的构成脉络之中。比如，山西老解放区的群众与东北沦陷区的群众不一样，与张家口新解放区的群众也不一样。文艺工作者在理解山西老解放区的群众时，观念意识背后有一个不用被直接讲述出的基本历史机制是，根据地经由抗战的摸索打造之后的整个政治—社会实践经验和氛围；而当周立波进入东北根据地，面对经历东北伪满时期和政权真空时期的"群众"，则需要在政治工作的摸索、试错、纠偏等推动中不断重新界定、塑造和辨认出群众。这时对群众的理解和叙述，则需要另一种把握和叙述框架、方式。如何为这些不同群众服务，政治政策需要不断调整有效工作途径，文艺对此时此地（如1946年东北）政治和群众的理解角度和重心，也不同于1942—1943年延安《讲话》时的政治和群众。

正是由于文艺服务于政治、文艺服务于人民群众的这种历史当下性、异质性，使得文艺在面对现实时，必须考虑"政治"和"群众"的具体实践和存在形态，这个具体形态的丰富性和内在肌理才能使得文学将政治肉身化，而不是对政治政策的摹写。并且，政治也不只是抽象的政治理念。中国共产党的政治需要有效作用于中国社会在近现代所遭遇的困局，正是在这一点上，它才在20世纪40年代与国民党的竞争中赢得众多知识分子的信任。政治在实践中打造群众的具体形态，正是在"社会"领域中具体展开的。这个"社会"又不能直接理解为"地方社会"（后文再详细展开）。从历史具体展开过程来说，解放区文学之所以在1942年前后的历史氛围中愿意以中国共产党的政治为中介，恰恰是中国共产党的政治在延安时期的实践中，对"社会"和"群众"都有着基于又远超出 20 世纪 30 年代的理解和激活。20 世纪 30 年代左翼文学所一直渴望的对中国社会、中国现实的努力改造，在解放区政治理念和政治实践的具体形态中看到了诸多现实和可能。从这个历史实践展开方向所引导出的逻辑（不是脱历史的逻辑）上说，正是这个"政治""群众"在中国具体社会形态中不断被展开和被理解，才使得在《讲话》体制下的文学感知机制和叙述机制中，"社会"具有了结构性重要位置。

在这里，"社会"不只是作为等待被客观呈现的对象，而是一个在具体历史实践中可被切实改变和调整的对象，一个前置于革命者的结构性因素。它与主体之间，由于政治实践的推动，变得不是一直存在难以克服和触及的主客隔离的距离，而是处于可被不断认知、修正、推动、牵引、改变的反复纠缠的旋涡之中。社会，既是一个先于政治实践的历史条件性存在，也是一个待构成的历史化存在。事实上，也正是经由政治抵达社会现实，使得愿意配合政治的作家的责任感和热情能够更有机会得到具体落实的途径（如果这时的政治构想和实践有效的话）。这些具体落实于社会现实的形态形成"窄道"，又可以激荡着具体的水纹和音波传导于作家的身体和内心，在主客两方面建立起多种可切实互动的途径。

正是文学服务于政治打造社会的历史实践（不是复写政治，也不是旁观式再现社会）和从历史实践导引出的逻辑，使得文学服务于政治的原则因政治打造社会现实的多途径性而变得多样化，使得文学服务政治和呈现现实变得具有多样性，而不是只有遵从政治原则的规定性。至少在 20 世纪 40 年代中国共产党的政治尚未变得过于强势时，这种多样性空间是存在于众多作家面前的（此时政治要有效应对社会现实的丰富性，才可能在与国民党竞争的格局里对知识分子具有感召力）。也正是由于作家在服务于政治时，需经过他们自身投入实践、转译政治实践对社会的感知和理解，以形成作家自身的感知和理解，再以其文学机制表现现实，这一过程使得文学服务于政治需要经过众多作家自身观念意识、感知方式的回荡和中转，这也使得《讲话》后的文学实际上在政治实践、社会呈现及作家创作机制等结构关系中都蕴含着多种方向和空间。由此我们也看到，赵树理所找到的理解方式，变得并非唯一。事实上，基于革命现实发展和文艺实践探索而创作出的《暴风骤雨》和《种谷记》，有着明显不同于赵树理的创作方式。这几部新小说明显突破了赵树理的创作方式，同时却又仍符合文艺配合政治这一《讲话》原则。由此，这种多样性就不仅是因为他们面对跟赵树理不一样的现实状况，还由于他们对于这些现实状况有着各自的不同观念意识和理解方式，以自己的不同文学理解来把握和切入对《讲话》的理解，以及对实践工作的理解，并基于此展开和探索着新的书写经验的方式。

而就周立波和柳青而言，周立波20世纪30年代活跃于上海左翼组织中心，对现实主义文学理论有着大量译介和阐述。他对《讲话》的理解和接受是基于他自己已有的对于现实主义文学的特定理解，有着自己的意识基础和侧重层面。柳青在接受《讲话》之前，大部分时间都在陕西度过，一定程度上没有太强的理论预设，但也有他自己的文学感觉意识方向。他对《讲话》的理解和对文学新形态的探索，跟周立波有着不同的脉络基础和理解重心。或者说，柳青发展出的革命现实主义是《讲话》政治原则背景下的某一种文学形态，而周立波是发展了另一种基于他自身观念意识的文学形态。

这些在实践中发展出的文学形态不断丰富着《讲话》规定的原则。革命文艺自《讲话》发表之后，至此（1947年）经历了五年多的发展过程。五年间，作家们在辗转奔赴各地的同时，也在发展、调整着各自的现实理解、文学理解。正是这些革命实践和观念意识的拓展，扩大和深化了彼此对于革命—现实—文艺的理解。这五年的革命—文学实践不仅没有统一文艺工作者的认识，没有缝合自20世纪30年代以来的文艺思想差异，反而因这些作家们的不断创新扩展了文学与现实的深度，也扩大了革命文艺内部的差异。那怎么理解这种内在于《讲话》革命要求的"新"？如果赵树理的创作方式和路径不是唯一应对革命形势新进展的方式，那文艺还需要开拓出什么样的方式来及时回应和介入，以推动人们所期待的新社会的新文艺？

真实性是第一位，但真实性不是直接面对客观世界，客观世界我们看不到，是物自体，我们能够看到的是被政治打造后的社会，或社会生活真实性的运转平台是政治—社会—历史。这是《讲话》后的现实主义与之前现实主义的区别，也是现代文学与当代文学的关键区别。

四、柳青：从《地雷》到《种谷记》

不只是周立波[1]，柳青同样在《讲话》前后有巨大转变。我们可以从他的小说集《地雷》和1947年的小说《种谷记》中看到这一转变过程。

柳青的小说集《地雷》收入了他早期从1939年8月到1945年4月的小说多篇。柳青1939年8月到晋西南115师独立支队2团1营、129师386旅771团任文化教员。1940年10月回延安，先后写出包括小说集《地雷》收入的《误会》《牺牲者》《地雷》《一天的伙伴》《在故乡》《喜事》《土地的儿子》七篇小说。对柳青的《地雷》，如人民文学出版社1981年出版的《中国当代文学史初稿》第五章"柳青"中就以当时常用的概括语言写道："柳青的创作活动开始于一九三四年。早期主要写短篇小说，曾结集为《地雷》。这些短篇描写了陕甘宁边区农民和战士的生活，生活气息较浓，人民群众在民族解放战争期间的精神面貌得

---

[1] 关于周立波在《暴风骤雨》中的探索，详细分析请参见拙作《"搅动"—"调治":《暴风骤雨》的观念前提和展开》，载《中国现代文学研究丛刊》2021年第7期。

到了一定程度的反映,在解放区和大后方(国统区)的读者中都产生过影响。但是,这个阶段,由于作家还是个小资产阶级知识分子,思想感情上没有跟自己的描写对象融成一片,对生活尚缺乏深刻的体验和提炼,艺术描写中表面化的东西较多,因而作品缺乏足够的艺术力量。"可对于小资产阶级知识分子(比如作家),尤其在《讲话》后,如何具体在思想情感上跟自己的描写对象融成一片,怎么才算对生活有深刻的体验和提炼,艺术描写怎么才算深入,都没有细密可感的论述。而且,每个小资产阶级知识分子作家跟自己的描写对象疏离的方式并不一致。柳青的疏离方式具体是什么,他在《讲话》后又会怎么调整?

在柳青的第一篇小说《误会》(1939年)中,故事一开始的叙述推动核心都集中在第一人称"我"的各种感官意识的判断。这是第一人称叙述带来的可能,但不是必然。小说中的"我"不断"看",但单凭观察并不能连接起各种片段之间的关联,他还需要不断根据自己感官收集到的信息,进一步"想",才能建立起外部世界的关系和逻辑,并将故事逻辑串联、转折和推展下去。由于"我"并不熟悉这个根据地后方的乡镇,且是考察性的旅行,有时故事的逻辑要靠这个"我"的无坚实根据的判断来建立和支撑,比如认为观察对象是"兵站医院的休养员"等。这种不克制于"看",而是强化运用第一人称的"想"来展开的叙述,原本让人期待着一种对对象和世界逐渐深入、敞开后又热烈拥抱的叙述,小说最后却因某个偶然因素,变成了他与对象的冲突和对抗。这个偶然因素也并不偶然,它源自"我",这个"想写点文章的人"以自认为无邪的态度去冒昧触及别人的伤口。关键是,柳青并不认为这个"我"——想写文章的人过于以自己的"想"来推动和建立与世界关联的方式有问题,他"自认为态度无邪"。柳青实际上是将这次冒失当成了难得的、具有戏剧性的素材。

这种理解和把握现实的文学方式本身也可以是一种继续探索的途

径。不过《讲话》实际上恰恰是在冲击这一文学方式所对应的人的认知方式和状态。《讲话》所要求的是小资产阶级知识分子作家要深入了解群众。在脱离群众这个意义上，柳青这样的实际上并未在大城市生活的人，也缺乏对群众的深入了解，也是小资产阶级知识分子。而之所以缺乏了解，并不是因为没有接触到群众，而是柳青自身的认知方式使得柳青即便与群众接触也无法深入群众。比如他会"自以为态度无邪"，即便因此造成他与群众的沟通不畅，他也会将这造成的冲突和隔膜，当作戏剧化的素材，并把重心放在最后的真诚而空乏的牵手，将之当作难得的温情来叙述和刻画。他身处实践当中，但他的感觉意识的重心并不在于实践，而在于以他既定的方式展开文学工作，即是配合了革命实践。他意识不到他的认知方式才是造成实践困扰的最大障碍，而这是政治此时迫切需要作家做出改变的关键。换句话说，《讲话》之前的文学感知方式恰恰无助于在实践中让众多知识分子投身于社会改造，而真切有效地作为工作者与群众融成一片，带动他们改变自身处境，并真正团结起来才能改变中国社会的困境。此时柳青的文学感知方式也跟随政治实践呈现了"社会"，此时被他呈现出来的"社会"众生相也是"社会"的面向之一。但这一"社会"面向却由于柳青的失焦而将重心位移至戏剧化冲突，而不是将"社会"面向更有力、更直接地组织到政治实践逻辑之中。由于文学的这种感知方式，其对"社会"面向的敏感点和捕捉方向，甚至会将重心导引到无助于政治实践的现实感的准确理解方面。这也是当年的如《中国当代文学史初稿》等著作会认为"由于作家还是个小资产阶级知识分子，思想感情上没有跟自己的描写对象融成一片，对生活尚缺乏深刻的体验和提炼，艺术描写中表面化的东西较多，因而作品缺乏足够的艺术力量"的原因。这也是柳青以文学跟随政治、但尚未以政治为中介来观察社会时的状态。

不过《讲话》后的柳青尝试探索新的方式，尤其是在《种谷记》

（1947年）中。比如这一长段：

> 但这回却不同，它又惹起王克俭最近始终缠绕在心的一些念头。他爸在世时，他们少一半种着自己的祖产，多一半则种本村四福堂财主的租地，由于和四福堂情厚，在秋收以后的农闲时期，又要他们包揽着讨租粟。老人死后，他和小子继续了这份职务，一直到新社会有了减租法令，四福堂财主拿门外的远地同别处的地主兑换成本村和邻村的近地以后，合不着另用讨租粟的人，他才失去了这一笔收入。但他们已经和老人在世时大不相同了，多一半种着自田自地，少一半租种财主的地。这几年驴下骡子，加上新社会一切捐税负担都顶轻，他又添置了一些，统共已有二十六垧；而四福堂财主的地，他是只种五垧半了。他越来越感到腰里有劲，今年正月里公家开始普遍订"农户计划"时，区乡干部竟把他当做富裕中农的典型，订得特别仔细。他们过细地、一项也不遗漏地计算他一年的生产和消费。虽然他时时刻刻没有忘记尽可能低估进项，和他们争执着，一再要求他们稍等一等，以便使他有时间想起一切最微少的支费，但他终归没有对工作人员掩盖了他的富裕。当核算完毕的时候，他们竟宣布他可以做到"耕二余一"。他奇怪了：既是这样，他家里却为什么很少积存呢？他的"农户计划"和节令牌以及落满了蝇子屎的精耕细作的奖状并排钉在墙上，他自己用算盘打过不止一次：不错。唯恐自己又看又打有误，念书的从学校回来的时候，他说："二楞，你念我打！"结果还是不错。那么他的粮食一驮一驮到桃镇卖了，除过买炭、棉花和其他少数日用品以外，还有什么用项呢？在这家里，他可以武断说没有一颗粮食或者一张小票不经过他的手出入。老婆的确够节省，给她一盒洋火，她几乎会用到一年，恨不得一根一根抽给媳妇，两个小子赶庙会要几个零钱，都得

换了衣裳要走时才向他伸手讨。眼下只有一个媳妇,那是外人的老婆养的,更沾不到边儿。他没有理由怀疑家里有什么秘密的漏洞,也不可能伸进来第三只手,但他却无论如何想不透这个奥妙。王克俭在小年冬学里便熟读了《朱子格言》,他差不多可以说完全跟着那格言治家的。但自从订过"农户计划"以后,他对家道的一切用度,便瞅得更紧,并且开始记账,建议教员在学校的课程里增加珠算,以便二楞能够在这一方面帮助他,把他家里的私账弄得像他当行政主任的村内公账一样,一分一厘都不差。正因为这一点,他十分赞成区长的一句话"庄户人糊糊涂涂过日子…"而他的老婆却是那样,你看谁能和她谈论什么计划呢?……想到这里,他又恶狠狠地瞅了她一眼。

旧社会他是个老甲长,只管得十来户人家;保长要粮他收粮,要款他收款。新社会第一次乡选时,四福堂的二财主王相仙竟提议他当本村的行政主任。"对!"众人都说,"他念过两冬书,会写会算;又是从小给四福堂讨租粟的,办事有经验。"于是全举了胳膊。他还以身忙再三推诿,王相仙说:"我闲,我帮助你。"他这才难意地接了事,不管公粮公草、后方勤务、调查统计、民事调解…点点不敢漏空子。只要上面来一封公事,他马上拿到四福堂去了,转出来便风行雷厉地执行。三十一年第二次乡选,他给王相仙说了多少好话,要求不要再提他。"你怕 ?"二财主粗鲁地说,"背后有我,你怕 ?"结果他重选连任了。但刚过了一年,情形突然大变了:公家发动了减租算账的斗争,众人把四福堂斗倒了,他自己也没有靠了,再不敢到二财主那里去请教,有事只好去和农会主任商量。村里整个翻了个过,从前不问一点村事的受苦人握了大权,农会主任、副主任、自卫军排班长…都变成"急紧分子"了,一有点事竭力往人前边挤。又是生产，又是文教，弄得神人不安——不是订农户计划，便是组织变工队；不是动员合作社股金，便是组织妇纺小组、识字班、读报会、黑板报……弄得他昏头晕脑。他自认他不仅不足以领头，便是跟他们也跟不上了。去年以来，他经常想起那句"白地的税，红地的会"的口头话来，觉得还是保甲时代无事，税多是多，但要了便不管你了；而现在，三天两头开会，倘若上边下来工作人员，那便连隔日子的时候也没有了。他这个行政主任的头衔早已变成他的一顶"愁帽"，他是无时不在盼望着下一次乡选快到，好把它揭到旁人头上去。现在，当他耽误了开会而苦恼的时候，他的思想自然又转到这个念头上来了。[1]

柳青克制、耐心地叙述着王克俭千头万绪的生活繁难。这些新旧社会转变之后的繁难看似有无限多，但柳青选择叙述的繁难并不是零散、孤立的，比如他很少写王克俭儿女生病、婚嫁、求学、工作，牲口走失或疾病等等引发的诸多事项，而是选择了大都隐约有着某种被新社会的政治实践所引发的事件脉络中的繁难。比如按理说，新社会的"捐税负担"都少了，王克俭自己的地也多了，愈发"腰里有劲"。但"公家"的"工作人员"为了推动政治构想，越来越多地出现在村里，要定"农户计划"，"他们过细地、一项也不遗漏地计算他一年的生产和消费"。"公家"这种对日常生活的渗透，让王克俭赤裸地计算和审视自己的家底。这样细密的计算开始让王克俭对自己"富足"的生活不信任。他奇怪、怀疑、想不透，从小熟读的《朱子格言》已经应对不了这"神秘"的生活。"内不欺己、外不欺人"还可以做到，但"心无妄念、身无妄动"就有点不确定了。什么算"妄念"呢？对于这个被作为富裕中农的

---

[1] 柳青：《种谷记》，《柳青文集》第1卷，人民文学出版社，2005年版，第8—11页。

典型，执行农户计划的工作人员要细密计算他一年的生产和消费。王克俭生活中的账目其实一清二楚，但他的生活感觉本身并不是在这样的一清二楚基础上展开，他本可以依托于相对稳定秩序下惯常的一清二楚变得"糊里糊涂"，而将重心和精力放在"谦和""诚恳""正派"等其他方面。现在这个"农户计划"让这样的生活即便不是不可能，也是不容易了。政治希望推动"农户计划"，以更加惠及王克俭，但政治要求的一清二楚，似乎让王克俭反而变得昏头晕脑。

更让人头晕的还在减租算账之后："村里整个翻了个过，从前不问一点村事的受苦人握了大权，农会主任、副主任、自卫军排班长……都变成'急紧分子'了，一有点事竭力往人前边挤。又是生产，又是文教，弄得神人不安——不是订农户计划，便是组织变工队；不是动员合作社股金，便是组织妇纺小组、识字班、读报会、黑板报……弄得他昏头晕脑。"

我们不能把柳青这里的叙述简单当作对王家沟村实际状况的直接描述。我们可以把这部分描述看作柳青对于王家沟村（原型为吕家崄村）历史实际经验的再改造，或是以当时某些村庄实践经验的概述作为王家沟村的状况。也即是，柳青在1947年写作《种谷记》时，接受了政治对于村庄实践经验的叙述，将王克俭放置在一个脱离王家沟村实际遭遇的情景中来考察。那就王克俭来说，"谦和"等需要相遇双方一定程度的耐心和从容不迫，才能在彼此相对熟悉的基础上互相从容等待、审视，以及对他人反映方式的预期。但柳青叙述到，与农户计划同步的是整个村庄翻转后人心的急切向上，诸多村民变成了"急紧分子"，"一有点事竭力往人前边挤"。这个"往前挤"恰恰是旧秩序结构被瓦解、新结构正待促生的社会—人心图景。为了表达对新政权的拥护、对新社会的欣喜，或许也为了在新社会中占据更有利位置，积极分子不自觉就在这一情境下容易变成"急紧分子"。在人人急切向前涌的状态中，"谦和"所需的整体氛围基础就变得稀薄，对他人的预期也会变得不可测。王克俭之前立身处世的现实感觉基础会变得晃荡。再加上不断推动的、令人应接不暇的变工队、合作社股金、妇纺小组、识字班、读报会、黑板报……都是让王克俭感到陌生的新组织和新方式，这也会让各种"急紧分子"分化组合。也许，王克俭昨天刚去调解完家庭纠纷的友邻王二愣子，今天可能就是催促他完成合作社股金指标的农会副主任。世道变了，这个世界让人心呈现的路径确实变了，而王克俭心惊肉跳，自顾不暇。

柳青的叙述眼光心无旁骛地直盯着王克俭在新社会政治规划和实践中的遭遇与状况。与《地雷》中的诸篇小说相比，柳青在《种谷记》这部分所调整和呈现的，不只是叙述人称的变化带来的变化。这一长段最为突出的特征是柳青对于对象在历史—经济—社会—现实之中的逻辑状态的克制而耐心地把握和力求精准地呈现。这不只是艺术手法上的变化。革命文学中常用追溯人物自身的历史遭遇和状况来展示革命的合理性。《暴风骤雨》中经常使用这种手法。不过《暴风骤雨》中的方式是在追溯中过度集中于有利于配合阶级论的历史信息。柳青的《种谷记》不一样的地方在于，他在政治所激荡出的实践逻辑中，没有过度使用事先预设的政治理念来替换对象本身复杂的历史—经济—社会—现实关系脉络，而是努力捕捉对象本身的、又与政治实践逻辑结构密切相关的社会生活构成和肌理，尽量将之充分呈现出来，这便于让政治实践去认知、看见、理解和面对。被呈现出的对象的这些社会生活肌理当然也是柳青特定眼光和角度的选择（后文还会谈到），但柳青跟周立波《暴风骤雨》的差异在于，虽然他仍是以政治为中介的视野，但他顺承政治实践落实于社会中的逻辑后，还能相当充分地呈现社会对象自身的脉络。

比如，政治实践逻辑落实到行政主任王克俭，特别着眼于王克俭的特定能力和社会位置（富裕中农）。从政治实践来说，它从自身的政治理解和社会规划，强调和看见的是王克俭作为农业能手，勤俭持家，善于农活儿，并选中他作为富裕中农的典型。政治实践于1943年选中村民王克俭，本身是将之放置在政治对于陕甘宁地方社会的理解和构想之中。在政治的这个理解中，王克俭善于劳作的层面被特别辨识了出来，并将其组织到政治的理解和构想之中。这个政治理解在政治实践中所搅动出来的王克俭的社会性是聚焦于特定层面的。但柳青发现，王克俭的社会性是多方面、多层次的。比如，王克俭的勤俭持家、善于农活背后，还有着一个丰富曲折的历史社会构造机制，以及面对的层层生活，正是这个机制将他这样的社会性塑造出丰富的生活感知层面。比如萦绕着他勤俭持家的生活态度和感知中，有着他从小熟读的《朱子格言》，有他从父辈即开始的与本村四福堂财主的交往，租四福堂家的地，和四福堂情厚，在农闲时包揽讨租粟，等等，逐渐换来财富。新社会后，"捐税负担都顶轻"，自己的地越来越多，"腰里有劲"。但同时，王克俭也战战兢兢，手忙脚乱。这些都是政治实践落实与推动后王克俭社会经济条件变化引发的感觉变化。可当政治实践继续以它所理解的王克俭的状态为基础，为农民订"农户计划"，并将王克俭确立为富裕中农典型，将他的计划定为"耕二余一"，实际上又将没有被它充分理解的王克俭推向了另一个政治实践所要结构出来的社会状态的位置中。

　　这里至少存在两个政治搅动、打造社会的环节。一个是"捐税负担都顶轻"的新社会，一个是"农户计划"。柳青并没有直接展开写这些捐税是如何减轻的，及农户计划制定的历史背景。这原本是最能直接配合政治实践的路径，他反而避开了。他的叙述眼光是顺着政治实践的逻辑所选中和聚焦的人物，去探究、发掘和呈现这些人物的"社会"性的多层次性。这个多层次性，并非自明的，并非政治实践逻辑直接就能呈现出来的。政治着眼于特定层面，比如经济、阶层等来构想政治政策和实践路线。柳青的文学之眼着力于萦绕于这些政治、经济层面的肌理，比如王克俭与四福堂的关系，王克俭成为富裕中农之后的生活形态和感受。王克俭被选中为典型后，并不是直接就配合政治所需展开生产，而是觉得自己生活得捉襟见肘。伴随他生产上的精耕细作，是他过日子中的精打细算，以及被给予他好日子的政治搞得昏头晕脑。政治不理解，为什么他会昏头晕脑，为什么想退出。王克俭想退出的背后是他的社会感不只是被政治搅动出来的和被政治感知到的社会层面。他现在对新社会的感知中还有对政治的不适，而这个不适是政治实践所没有洞察到的社会感的变化带来的。柳青小说的丰富性在于，它呈现和处理了在政治逻辑视野之内的人的社会感受。

柳青的这一探索是一个非常艰难的工作。如果相较于周立波在《暴风骤雨》中的探索路径和方式，我们可以看到，柳青一方面需要努力把握和进入政治实践的逻辑，同时还需靠自身的努力去探索这一实践逻辑在村庄中实际上并未深入、但可以更深入的幽微暗处。他要在这一叙述过程中携带越来越多的甩不掉的泥浆，但这也可能是烹制叫花鸡所必备的泥浆。这一"社会性"的泥浆具体会对王克俭、对政治实践起什么作用，需要很多因素共同配合才能确定。它有可能让人窒息，也有可能让人从中吸取气息，使人源源不绝，获得丰润感。

比如王克俭与四福堂的关系，这并不是中国传统"社会"自然形成的状态。这里面同样有着中国古代政治对于社会现实的理解和构想，并在特定历史时期所演化形成的形态。关于陕北土地的生产效率、地租的税率、贸易经济变化所引发的地主与农民的关系、地主与农民各自的处境及日常交往方式、官府在什么时候介入、其能力能够介入到什么程度，等等，共同塑造出了地方社会的特定形态。在这种社会形态下，如果整个社会结构运转相对稳定，地主四福堂在村庄中也可以发展出相对稳定的、同时也与中央王朝的倡导相配合的伦理道德，在这一伦理道德下又可能由于某些原因与王克俭家祖上形成"情厚"关系。正由于"情厚",四福堂"在秋收以后的农闲时期,又要他们包揽着讨租粟"。在乡村社会中,这个"讨租粟"的活儿让王克俭家实际上变得重要而微妙。是否顺利交租,很可能就决定了租户来年是否能续租。那王克俭在村庄里就成了挺关键的环节。王克俭家实际上可以在这种社会结构中相对获利,这种相对有利的位置也给他的诸种道德品质预留下宽裕的空间。比如他自认"正派","好好种自己的地",不屑与"老雄"这种人为伍。甚至可以说,他可能并不特别依赖新社会的改革。从这一脉络来说,王克俭在新社会"腰里有劲",并不见得能直接建立起"新/旧"与"好/坏"的对应关系,而是他在新社会塑造出的特定方向中的可能。接下来我们会谈到,柳青如何在《种谷记》里既尽量充分呈现王克俭生活世界的多重性,又故意省略王克俭的更多可能。

柳青的女儿刘可风在《柳青传》中叙述了柳青下乡时,如何与王克俭的原型吕能俭互动。柳青后来创作《种谷记》时,对他的这一经验进行了重构。我们还可以通过柳青的改写来看他的处理方式。《柳青传》里谈到:

> 提起三乡大大小小的地主和富人,唯独吕家岭的吕能俭,不论穷富,多数人说好,有时还流露出敬意和赞扬。论家业,吕能俭和常国雄差不多,有四十七垧地,雇了三个长工,两个种地,一个拦羊。他自己除了种地就是放账,一点不含糊,全是高利贷,竟然凭着放账在村里熬出个好人缘来。人们说他为人顶好。他和其他地主富农不同,其他人看人行事,量"利"而为,穷人来借粮借钱,有利可图还得平常"对劲"才行,平常不顺眼,即使眼瞧你一家老少饿死、穷死,也休想借得斤米分文。吕能俭不,上门开口的,不论贫富,不论远近,一视同仁,甚至到期还不出的借主,他也不硬要,态度仍然谦和如初。有利就行,还不起更好,明年多还点。他

比谁都灵醒，他比谁放账所得都多。

吕能俭这人说一是一，说二是二，个子不高，红脸大汉。他认字，能写会算，聪明能干，识眼色，当过多年的正保长，没有流传他不三不四的事情，却流传着他做人正派的赞誉。共产党来了，实行普选，他又选上了行政主任。柳青见他的头几面都是在吕家岘的大路上。他有些腼腆，眼里透出聪慧，两人拉上几句村务，就各奔东西了。……

吕能俭待人诚恳，有事常来找柳青商量，柳青有空时就给他讲讲社会发展的历史方向，共产党革命的目的："我们以后要建立的社会，是要消除剥削和压迫，人人平等，大家都用自己的双手劳动过上幸福生活。我劝你再不要放账了，那是剥削。"

柳青对他，话说得最多，他从不翻脸，柳青也越来越"放肆"，话越说越重："你再断续放账，穷人以后能把你骨头砸碎。""你再买地，当个地主，挨起整看你怎么办！"常银占说："能俭受不了，我听着话有些过了。"柳青说："咱处得长了，要给他说真话哩。亲人出苦言，坏人闲扯淡。"

有一天，吕能俭悄悄告诉柳青："我把拦羊的辞掉了，以后自己拦。"他真的接受了柳青的劝告，不久，又辞掉一个长工，最后，一个也不要了。除了种地，他把许多精力放在工作上，表现得很积极。

在改选行政主任的会上，柳青说："还是让能俭当行政主任吧，只要他工作积极，愿意跟共产党走，就让他干。"马上得到群众响应，一片赞同声。柳青又补充了几句："政策可要穷人掌哩，不敢跟上人家跑。"他用手比画着小孩的个子说："他，从一点点就开始剥削人，能没有剥削思想？一时改造不好，慢慢来。"

后来，柳青曾劝他把粮食分给穷人吃去，故意逗他："放这么多粮食，起了虫发了霉啦。"他没生气，光是笑，他舍不得。这就算是一玩笑话吧。

有一次，柳青发现他还种着吕能排典给他的地，因为吕能排没钱，一直赎不回去。柳青当时就说："你咋还想买地哩，快给人家送回去。"他真的去还了，吕能排倒觉得不好意思，非让他再种一年。

吕能俭一直工作积极，开会、办事样样认真，柳青又搬回麻渠村一年以后，听说他真的主动把粮食分给穷人吃了，这件事几十年被人颂扬，而他总是说："全靠柳青的教育，我解开了道理。"

柳青离开三乡的最后一次公粮摊派会上，还有两斗粮食派谁都不合适，想来想去，最后只好说："能俭，你把这两斗出上。"他只说："嗯。"没有一点难色。

柳青离开陕北时，有的党员问他，吕能俭能不能入党，柳青说："咱们的工作要从实际出发，他嘛，再看看，只要工作积极，一心跟上共产党走，可以发展。"

1948年，柳青从东北回来时，吕能俭已经入党了，乡亲们说他在战争中表现得也好，不管是支前运粮，还是组织群众疏散转移，都起了重要作用。柳青敬佩他的所作所为，特意去看他。可惜在解放初期一次鼠疫流行中他染疾身亡。三四十年以后，和他同一辈的村民们还在念叨，说他为人做事样样好，说他自从跟了共产党以后，至死不渝。[1]

刘可风的叙述侧重突出柳青对吕能俭的耐心启发、多次帮助，以及在1943—1945年间阶级论尚未成为绝对压制性力量、"三三制"被作为

---

[1] 刘可风：《柳青传》，人民文学出版社，2016年版，第73、75—76页。

政权构成方式、1941年绥德地区士绅也受邀参访延安为背景下的乡村状态。比较有意思的是，在《种谷记》中，柳青比刘可风更加突出了王克俭的一些相对丰富的社会结构性信息，但柳青还是按照阶级论来处理人物。比如他没有（或不可能）把富农或富裕中农的王克俭还原为刘可风所叙述的"为人顶好""谦和""正派""诚恳"，而是将他处理为一心想着自己致富、最终受地主影响脱离群众。这也导致柳青《种谷记》中颇为奇怪的一点，他明明看到王克俭在中国社会历史进程中的多种可能走向，但他不让小说中的其他人看到。王加扶看不到，区里的张助理员也看不到。柳青接受中国共产党的政治理解和构想，在这一政治规划图景中，贫农积极分子是核心，富裕中农的典型王克俭只是这一图景中出于某一阶段政治规划所需的某一个要素，但不是政治所理解的现实感觉的核心。要以贫农为中心，但这一中心所需要的核心人物的政治能力和道德品质贫农又并不直接具备，它就需要重新调动和打造。在某些阶段王加扶被耐心培养和教育过，但王克俭没有被耐心培养过。如若以王克俭为中心，就会涉及对整个中国社会构成和中国社会活力的深入理解。也能看到近代以来中国社会的某些特性，但这一社会中的人心凝聚力和活力的构成，不一定是阶级论所能把握住的。柳青的叙述视野实际上故意遮蔽了历史中的多种可能，尤其是遮蔽了通过他的互动，吕能俭实际上可以变得与期待相配合的可能。他以现实主义之名展开叙述，却选择了最能配合政治构想的人间故事。

这样的选择本身也可以是现实主义，甚至可以说是《讲话》逻辑中极具打开和启发的地方之一。尤其在20世纪40年代后期，这样的选择性实际上还是存在多种可能。但柳青在这种现实主义的多样选择性中为什么以及为何选择了这一种，及其所带来的后果，却需要格外警惕。

如果我们叠加柳青和刘可风叙述中关于村庄的信息，我们可以意识到，若柳青在《种谷记》中按照中国共产党的实践逻辑所打开的视野、以及他自己的实践经验来叙述村庄，不在1947年创作小说时过于按照阶级论来处理小说人物，他可以在《种谷记》中把王克俭处理为历史中的吕能俭，而且这实际上也是中国社会中实存的人物状态：在与柳青的多次互动中，他既能致富，同时又能处理好自己与村民租户、佃农的关系。那这样的社会形态就不仅是在历史的实际条件下可以展开的路径，同时还能对中国共产党的政治理解提供新的支点，并与之形成对峙。尤其是在1946—1947年解放战争尚处于焦灼时期，柳青的这一视野对于如何理解中国农村社会，实际上意义重大。如果当时按照柳青的这一探索再来校正自己的政治视野，实际上就可以发现，农村的调整和改造并不必然要依托阶级论叙述来构想和翻转农村。在这样的社会形态里，王克俭不但自身可能变得"腰里有劲"，保持其"为人顶好""谦和""正派""诚恳"，同时也能与邻里形成"情厚"。而这一切并不必然依赖于构造出一个新的"理想"或"理念"，而是在中国社会中既有的社会经济基础、道德伦理基础之上，略作调整，即有可能达成。这时仍然需要政治，但这时的政治，其现实理解的深度、实践的力度和角度，也都与历史实际发生的形态不一样。

即是说，在这一视野中，村庄社会的调整，并不能完全依赖自身，很多问题并不能依赖村庄自身的力量来解决。比如中国近代以来的通商口岸的开放所引发的社会结构变化，在地地主更加减少，移居城市的地主愈发依赖西方商品，这些都会冲击和形塑中国在近代所形成的农村生产贸易体系。近代以来随着武力的扩散，地方社会承受着本不需要承受的负担。再加上近现代转型时，国家的现代规划中诸多脱中国化的设计等。比如杜赞奇讲到，在20世纪20—30年代，很多县政府不是利用不断增加的税收来巩固和提高已有设施和机关的办事效率，而是在省政府的命令下，不断地创立机构，增加"近代化"职能，如警察局、教育局、各种区级行政部门、土地清丈局、卫生局、公路桥梁管理局、党训班等，各局经费极少，使一些有抱负的官员也难施展才能。这都会导致地方社会内在秩序的紊乱。这种紊乱很可能就会引发对村庄的巨大影响。比如保甲制和里甲制的运转中，王克俭（或吕能俭）作为保长，他能够"为人正派"。但他能够在这一时期身为"保长"还能"正派"，本身却是有着与陕西绥德米脂地区政治—社会—经济状况紧密相关的诸多前提。如果他不具备应对这一局面的眼光、意识，他可能就并不能决定自己和村庄所面临的问题。这时可能需要处于社会更高层的人士来构想和调整。一旦这样的人也没有出现，王克俭（或吕能俭）面临自己无能为力的问题，很可能就会动摇他与人相处的"谦和""正派"状态。他很可能还会变得——在秩序相对稳定、伦理价值相对顺畅流荡的乡里社会从容不迫，而当秩序紊乱时退缩到"一心想着致富"。但这个"一心想着致富"并不是他作为诸如富裕中农的固定不变的本质，而是社会空间朝着特定方向的变动和重组所引发的现实理解—行为状态。这是此时的政治在作为主导改造社会的力量时，在面对社会现实状况时，应该具备的现实感知。

也即是，村庄社会的调整还是需要政治力量的介入，但这一政治介入可以依托于村庄自身所具有的活力因素及其社会经济组织方式，而不一定是过于强势地将政治力量直接穿透到村庄组织脉络之中。需要看到的是，王克俭的勉力与无奈、腰上有劲和昏头晕脑都不是他固定的人性品质，而是在历史动荡中的生成物，甚至本身就是政治过度介入的产物。王克俭的问题不是来自他自身，而是来自政治。文学如何通过深入理解和敏锐捕捉，透过人物身体力道的性能、变化来透射钳制其发力方向的历史—政治—社会结构氛围，这实际上是《讲话》打开的空间，也是柳青经由《讲话》后、从《地雷》到《种谷记》的转变中渴望尝试和磨炼的艺术能力。《种谷记》确实已经迈出了一大步，但仍不能说非常成功。我们无需用成功与否来苛求柳青的第一次长篇尝试。而且，这个不成功也不是在《种谷记》座谈会中，众人所说的"冗长""沉闷""过于细腻"等等，而是在《讲话》所开启的挑战性脉络中，柳青还没有完全把握住如何在这一轨道上准确发力。把握这些不同力道在历史中的弹射轨道，本身是一件糅合了认知与敏锐的洞察力。他的认知在被政治激发之后，又过快被回收到政治的视野之内。他的认知过于相信政治和依赖政治，直接跳过了相当多的裹挟着王克俭（吕能俭）的层次和环节。这对于深入理解王克俭（吕能俭）的具体生存状态来说，实际上就错失了很多非常重要的关键视野。比如王克俭（或吕能俭）"谦和""正派""诚恳"的背后，对应着什么样的社会—经济结构组织方式，从这些结构组织方式和构成氛围中生发出的力道，所营造出的社会关系和人的能量会如何变化，一旦这一社会结构氛围在历史中发生变化，政治要做出何种介入和调整，它所希望打造的村庄社会才会被调整为更好的状态，这些问题恰恰在考验作家如何面对现实状况、提出敏锐洞察。从这一点来说，柳青的"冗长"中，还是处理得太快太空泛了。缺乏这些层次和环节，实际上文学对社会、对社会中人的状态的认知也反而容易被政治的"理念"所穿透。这并不是在艺术性层面对柳青的要求，而是关涉到文学如何与政治在历史时刻的理解和决断中形成对峙或互助的问题，关涉到如何以文学（经由政治为中介）的方式，与以政治实践形态所形成的历史认知形成对峙或互助的问题。

现实主义文学的关键能力其实不仅仅在于"细致"，还在于对历史—社会的结构性穿透力。"冗长"等并不必然是问题，或者说，恰恰在如何深入把握复杂的吕能俭、并将之转化为王克俭这一人物的艺术环节上，柳青还不够"冗长"，他在认知上还是太简化地用阶级论叙述处理了这一重要人物的塑造。座谈会诸位所指出的这一"冗长"，不能说就是现实主义的必然手法，恰恰相反，它在压缩、改装吕能俭为王克俭方面，可以说它是非现实主义的。《讲话》后的现实主义在面对世界时，可以变得更加具有创造力和穿透力。但这需要在柳青的基础上做进一步的调整。比如在认知上，如何真正面对政治—社会—现实—经验，如何达到更深入的理解和思考中国社会的构成。一旦在这些环节没有足够的意识和准备，可能就会出现柳青《种谷记》中的状况，吕能俭身上活跃着的历史能量没有在小说中被转换成王克俭更为丰富的人性成长可能，没有被转换为更丰富的历史认知层面。现实主义文学本可能在历史中发挥的巨大掌控力，也就很难发挥出来。

座谈会的诸位都渴望在《种谷记》中看到鲜明的故事情节，渴望文学能直指人心的洞察。但如果这一时期的人心需要面对的不是一个稳定社会状况下的人心，而是如王克俭或吕能俭般不得不面对动荡社会的重构，这时的"直指人心"就需要有一个调整，需要跟随王克俭（或吕能俭）的身影，面对在历史中如何推动社会（或被历史中的社会结构变迁所牵制）、面对这一社会如何成长为一个足以迎接现代挑战的新结构状况的重任。它在鲜明的故事情节之外，可能就需要更复杂的大量铺衍和重新组织。这种铺衍不是弱化历史的紧张，反而是要更具耐力和韧性，在持守中等待，以精准捕获历史走向的关节。这恰恰需要在冗长中磨炼、寻找具体情境中的时机，以精准判断历史巨人转向中的步履。这不是艺术内部风格、美学的要求，而是历史—现实变化对 20 世纪中国人提出的新挑战，它将会形成何种风格，尚不确定。但这种文学如果要关切 20 世纪中国人的命运、直指 20 世纪中国人的人心，它则需要回应更艰难的新挑战。换句话说，这也是 1942 年的《讲话》没有讲明、但其历史逻辑会带出来的挑战，现在被柳青在 1947 年碰到了。也许正是这一尝试和探索，让《种谷记》座谈会的评论家们认为他的小说冗长、乏味（但也有冯雪峰发现的新特质）。他们希望看到更加简洁明快的叙述，更加直观的披荆斩棘。这些柳青还做不到。也许，恰恰是此时的评论家们低估了《讲话》对于柳青的挑战性。

相较于柳青的《种谷记》，周立波在1957年的短篇小说《盖满爹》中，其实已经在探索《暴风骤雨》之外的呈现方式。比如：

"我去查查看，要是真正订得偏低了，是好改的。"

盖满爹细致地解决了这些具体问题以后，张家翁妈欢欢喜喜，重新入社了。

乡上的工作是接二连三的。合作运动才摸了一下，治理洞庭湖的民工的动员工作又下来了，留在乡里的男女劳动力还要修塘坝。

下了几场雪，又扯油凌，气温下降到零下七度。为了抓紧冬天修塘坝，好不误春耕，乡上又开了一夜的会。这会开得短一些，不到鸡叫就散了。路远的，点起杉木皮火把陆续走了。路近而又熬惯了夜的农民都还留着。

享堂里的地上烧着一堆丁块柴，烟焰飞腾。人们团团围住火，有的抽旱烟，有的抽纸烟。松脂油香气，混杂着草烟叶子的辣味，飘满了空间。老派农民头戴有绒球的各种颜色的绒绳子帽子，身穿大襟棉紧身子，腰上系一条围裙。较新的农民穿的是对襟棉袄。后生子们穿着有化学扣子的蓝制服，头上戴顶蓝咔叽布鸭舌帽，上衣的上口袋佩着钢笔，脚上是胶皮底球鞋。

农民谈起今年的雪凌比哪一年都大；资江结了冰；塘里冰块有丁板子厚；田里泥土凌得款散的；虫卵冻坏了；修塘坝的人，挖开塘基上泥土，看见蚂蚁子一堆一堆地冻死了；家家屋檐上，凌杠子有一两尺长，太阳一出，放出灿烂的闪眼的光辉。凌杠子长，禾穗子长，冰天雪地的寒天，预告了来年稻谷的丰收。[1]

---

[1] 周立波：《盖满爹》，《周立波文集》第2卷，上海文艺出版社，1982年版，第369页。

《暴风骤雨》之后，周立波在摸索着呈现社会的不同方式，不过他的方式跟柳青仍然不同。在叙述了政治工作的"接二连三"后，周立波列举了诸多事项，如"合作运动才摸了一下，治理洞庭湖的民工的动员工作又下来了，留在乡里的男女劳动力还要修塘坝"。但周立波戛然而止，转而描写与这些政治工作搅动起来的社会氛围不直接相关的场景。这些场景当然也构成了对此时社会氛围的感知，但对于理解、化解政治搅动和打造的社会生活的直接性和深刻性来说，它们仍然没有凝聚为某种可以直接转化为认知这一政治所搅动起来的特定社会结构的力量。周立波抓住的政治搅动所引发的紧张感，突然又被他消解了。这对艺术家如何理解"社会"，如何把握、捕捉社会现实的精准性实际上提出了新的要求。

五、"社会"的生成与增殖

从对两次座谈会的分析，以及对《暴风骤雨》观念前提、展开路径的描述[1]，对《地雷》和《种谷记》叙述方式及展开方式的分析，实际上可以重返《讲话》之后，周立波创作《暴风骤雨》和柳青创作《种谷记》过程中的一些关键环节，以探究 20 世纪 40 年代《讲话》后政治—文学交锋时内在的碰撞、扦插与再生机制。

这里有几个问题需要辨析。一个是作家与《讲话》的关系。《讲话》本身的逻辑里潜藏着对文学能力的激发，也潜藏着对文学能力的压抑。20 世纪 40 年代的政治实践本身实际上拥有探索多种可能性的空间，此时的政治实践也能多次迅速调整自己的失误。但从 20 世纪 50 年代中后期开始，这种空间逐渐被压缩。每一时期中的文学形态，及《讲话》与

---

[1]关于《暴风骤雨》的详细分析，请参见拙作《"搅动"—"调治"：《暴风骤雨》的观念前提和展开》，载《中国现代文学研究丛刊》2021 年第 7 期。

文学实践之间的关系都需要根据不同时期的诸多观念意识、社会氛围来细致分析。即便对于20世纪40年代的左翼作家来说，认同于《讲话》也不是一个想当然的或一帆风顺的问题。《讲话》不是给出了一个一劳永逸的文学抵达现实深处的方案，反而是给出了一个前所未有的挑战。《讲话》后众多作家的不同探索，实际上也都是在各种历史牵制力中尝试各种可能。《暴风骤雨》和《种谷记》的书写方式都不是革命的必然，而是政治思想叠加上周立波与柳青特定的文学观念、感知方式所生成的特定文本。辨析出这一点，我们才能辨析出《暴风骤雨》和《种谷记》区别于别的小说的特殊之处。

就《讲话》带来的调整和挑战而言，周立波接受《讲话》，不只是接受了政治对中国社会现实的深度认知，以弥补他在20世纪30年代文学观念中所缺失的深入现实的路径[1]。政治还将他置身于千军万马中求一线生机的险境。这是文学接受哲学、宗教或社会理论等其他认知方式对现实的深度认知（如果这些认知方式在20世纪30—40年代发展得充分，也提出对中国社会现实深度结构的阐释）所不会带来的后果。中国共产党的政治理念在20世纪30—40年代的说服力，一方面是来自它的理论叙述，另一方面也是来自它在推动中国社会的实践过程中所积累出来的丰富经验，以及在实践中所打造出的自身状态和社会状态。正是这一经验内涵重构了中国共产党的政治理论的面貌，并在《讲话》中根据其实践要求对文学发出了新的指令。中国共产党的政治理念在20世

---

[1]请参见拙作《"搅动"—"调治"：《暴风骤雨》的观念前提和展开》，载《中国现代文学研究丛刊》2021年第7期。

纪30—40年代的发展所获得的高度成就[1]，的确引发了特别的结构性的连带结果。政治在应对中国近现代困局时先行获得突破，也就对社会各领域形成牵引力。《讲话》即可看作是对左翼文学的牵引。每一种历史牵制因素都有自身的结构力。但这些结构力并非封闭的，它们有自身的历史形态，并在历史实践中不断根据现实状况的变化再拆分组合，以期形成更强的历史塑造力。我们也可以说，是中国共产党的政治理念，推动中国左翼文学朝着一个特定的（而非必然的）方向发展。这的确不是必然。但中国共产党的政治理念之所以能对中国左翼文学具有这种牵引力，本身也是中国共产党的政治有效作用于中国社会后产生的能量。其成败往往在于能否于实践瞬间对该社会构成的内在理路给出准确症断和开阔拓展，并对之慎重整理和反思。

这是中国共产党的政治理念的实践经验之一，也是《讲话》内在逻辑之一。现实主义当然可以有多种把握和抵达现实的途径。比如可以从个人、从边缘、从民族、从性别等开始展开叙述。但政治实践所开展出来的视野有一种对于中国现实的特殊认知能量。当它牵引文学进入实践时，实际上也在推动文学去养成捕捉动态现实关系中特殊认知点的敏感力。这是之前的文学即便关注现实、也不太有处于这一高度张力情境中所养成的敏锐力；也是从别的角度叙述现实所不容易突进和展开的层面。而这些层面如果不能被捕捉、不获得叙述或不能及时进入我们知识讨论的视野，我们所推动的实践也就容易对社会造成误伤。但政治的认

---

[1] 中国共产党的政治理念在1942年能够对周立波具有说服力，这本身是一个很复杂的问题。文学并不必然依赖于政治才能具有抵达现实的深度。可在现代中国，为什么20世纪30年代的现实主义文学没有摸索出有效抵达现实深度的路径，中国现代的中国共产党的政治理念为什么在20世纪40年代开展出能说服文学家的实践经验和状态，文学依托于政治的方式和路径对于把握现实经验到底意味着什么，这些变化背后是一个中国现代政治—社会—文学诸多关系之间的结构性位置的调整和实践探索，都是决定着周立波创作方式和感知方式的决定性问题。可参见拙著《从赵树理看李准创作的观念前提和展开路径——论另一种当代文学》，载《文学评论》2020年第4期。

知有时有它路径、方式等层面的局限，很难保证它精准理解和把握人在历史社会中的舒展和活力。这就需要其他方式的协作和配合。文学（不是预设的文学，而是经由打造磨炼后的文学）往往在这方面可以（只是可以，也不是必然）提供自身独特的能量。《讲话》后的中国现实主义的可贵之处也许正在于，它反复与政治纠缠的过程中，曾开掘和获得某些特别的视野、形态、面貌和能力。也许，《暴风骤雨》《种谷记》以及诸多革命现实主义文学的得失均可从这一角度来理解。这也是理解《讲话》挑战中国现代文学的一个层面。

再次，《讲话》的挑战更深的纠缠还在于政治—文学结构关系中"社会"的生成。如果说中国共产党的政治理念对左翼文学的牵引力主要来自它对中国社会的有效实践，并将左翼文学推向动态和不确定的、充满危机和生机的革命实践之中，那《讲话》后革命文学的主要工作场域则是在政治搅动出的、纠缠着诸多力量以确定历史走向的"社会"层面展开的。文学不是对政治—社会—文化命题的复写，而是在不同作家的感知方式、认知视野、体察能力中，去穿透混杂的历史，尝试对社会重新赋型。

"社会"原本存在，无须生成。但我们对作为政治和文学的打造对象的这一"社会"需要进行区分。

如在上文对《种谷记》和《柳青传》段落的分析中，我们至少可以在这里看到或理解到存在好几个层面的"社会"形态。近代以前的王家沟村（吕家崄村）、国民党时期的王家沟村（吕家崄村）、1943—1945年王家沟村（吕家崄村）的实际状况，以及柳青《种谷记》中所描述的王家沟村。1943—1945年王家沟村的诸多实践是在民国时期的王家沟社会形态基础上、又比民国时期的社会改造还要繁复得多的政治—经济—文化规划和实践，柳青看到了这一点。柳青1943—1945年在吕家崄介入的是中国共产党的政治理念所推动和搅动的"社会"。没有中国共产党的政治理念从特定方向和方式上对中国社会的理解、设计、规划和推动，我们很难想象柳青跟吕能俭之间，会发生如此特别的互动。

在这一时期的政治实践中，实际上"社会"既是一个有着自身脉络的存在体，又是一个有待重新构造的存在物。甚至可以说，民国时期的吕家崄村的"社会"在中国共产党的政治视野中，很可能消失了。它只存在着一些具有阶级身份的农民。如果对中国社会的理解中没有包含民国时期、近代甚至古代时期吕家崄村社会中的很多因素，那它们就很难被呈现，甚至消失。比如"天道轮回""善恶终有报"等等。即便视野中有这部分，如果这部分被放置在诸如"封建迷信"这样的位置，那它们的形态和被感知的样态，以及将会以怎样的形态在新的结构中被呈现，也很不确定。因为这一新的结构并不只是被政治视野所决定，这一新的政治—经济—社会结构的定型，还有待于政治在实践过程中不断面对它的视野中未曾足够有、但又不得不面对的各种社会因素和条件。在这一定型过程中，哪些"社会"因素能被历史当事人（包括深入实践的作家）意识到、把握住，"社会"活力能多大程度上被深入理解，并以这样的"社会"重构来构想历史走向、重构政治视野，就是非常具有挑战性的、充满不确定性的问题。

比如柳青在吕家崄村的实践中实际上经验丰富，但他在《种谷记》中所叙述出来的，是或多或少按照政治实践经验的某种整理和总结的叙述方式展开的，当然也还有不完全能回收到这种叙述之中的社会信息。柳青的文学视野和构造是顺着政治实践要求的"变工队"来整理线索。在这一整理视野中，王家沟村（吕家崄村）的"社会"形态是在政治的打造中被呈现出来的面貌，即便是王克俭、大雄等人物的社会背景，也是在这一视野延长线上被叙述。比如王克俭在如何组织变工队时曾建议，"居民小组便是一变工小组，参议员便是变工组长，让教员填表造册报告上去，往后大家随便变好了"[1]。这一方案是以保甲制作为组织基础。但柳青没有荡开笔墨，根据这一脉络详细讨论其可能的困境和变化，而是直接让区里的工作人员否定了这一方案，并批评王克俭，说他的老甲长作风吃不开了，白白浪费纸张的事再也不能容许，他得转变作风，和贫农积极分子一道好好工作。"王克俭扫兴了"。

王克俭的"扫兴"意味着，王克俭自身的活力以及他所对应的经济—社会结构，这些不同形态的"社会"如何才能在新的历史结构中被呈现，哪些部分能被呈现、思考、讨论，这很难由它自身来决定。但如何认知、理解和呈现"社会"，却关涉千万人的历史命运。党的政治规划若要对整个社会中千万人命运负责，如何深入理解该社会，制定、实施政策，就变得至关重要。而文学若以政治为中介，同样要以自己的方式对这个社会现实负责，实际上也需要深入面对、理解、构想、呈现该历史时刻社会的重要面向。当政治翻转社会时，"打烂捏不新"就不只是小说中组织变工队的难题，也是政治实践在整个村庄面临的挑战。而变工队能否"捏"出新的组织、新的社会形态，且这一社会形态本身各方面的活力能被尽量保留，就成为非常考验作家意识、能力的关键。而柳青的叙述中，虽然相较于《地雷》，他已经做出了巨大尝试和突破，并努力顺着政治的脉络去探索新社会的活力方式，新人的风貌，可他还是不自觉地让王克俭直接变成了一个不断下滑、被甩出去的过程。多层次的"社会"可能性还是没能被放置到重构历史—社会认知的层面来讨论。这对于柳青初次尝试长篇来说，这一点我们不用苛求。只是就我们今天对于《讲话》后的文学实践经验的整理来说，却未尝不是一个很好的反思基点。

换句话说，政治实践所推动和搅动的"社会"部分，仍很可能只

---

[1] 柳青：《种谷记》，《柳青文集》第1卷，人民文学出版社，2005年版，第45页。

是政治实践所能触及的。政治实践的触及范围有时会受制于政治的观念意识和它对现实的理解感知等等。但这些实践经验中有时会有超出政治观念意识表述出来的重要部分，如何对这一部分的重要性在认知上保持高度警惕，则相当不容易。这种不容易还包括，在被政治实践搅动出来的社会形态之外，社会在历史中的其他可能走向。比如刘可风在《柳青传》中所描述的柳青实际上与吕能俭的互动经验，若将之做进一步的描述和思考，是否和如何能在我们的历史—社会—政治认知中处于重要位置。柳青如果在《种谷记》中更基于自身既顺着政治实践脉络、又对之有进一步开拓的实践经验，将之作为认识和思考中国社会、历史的基点，实际上《种谷记》所能提供的对于历史进程的对峙力，就会非常惊人。当文学以政治为中介，而没有充分发展自身对社会的更深入的探索，那文学（或其他方式）所捕捉到的部分，也可能与政治触及的边界重合，甚至更少。这样文学本可以施加于历史的掌控力则会受损。如何能把握和捕捉住这些历史实践中曾出现、但又转瞬即被淹没于诸多叙述中的经验点，并将之作为启发我们认知、撬动和思考历史的资源，这不是对柳青的苛求，而是对我们今天如何重审《讲话》后的现实主义文学的启发。

或者说，在实践和认知上，至少有两个"社会"层面。一个是被政治实践所搅动、推动的社会层面。这是政治的认知视野和实践规划直接作用于社会的部分。《讲话》后的文学实际上也主要是在这一层面展开工作。一个是基于政治实践所搅动，但又超出政治视野的洞察。从这个意义上来说，"社会"是在政治中生成，并进入以政治为中介的文学的视野。革命文学所见的"社会"主要是被政治实践搅动出来的社会。如果说"社会"包罗万象，混杂不一，那这里的"社会"是被特定历史中的政治实践牵引、搅动、推拉、截断、引导以及统合而出的特定形态。这一"社会"不是作为一般文化史意义上的社会，而是作为与政治实践的生死成败息息相关的结构关系。

我们还可以周立波从《暴风骤雨》到《山乡巨变》的转变为例来观察这一紧张感。如果说《暴风骤雨》中白玉山和他媳妇的对话无关土改成败,《种谷记》王克俭相当程度上被处理为从革命巨轮前进的浪潮中抛弃的派生物,但《山乡巨变》中刘雨生和盛佳秀的郎情妾意却事关清溪乡上村合作化的规模和稳定。而且,周立波将政治从山乡空间压缩到刘雨生和盛佳秀的桌前,不只是呈现了政治的社会性,还构造出了一种社会的政治性。

比如在《山乡巨变》中,清溪乡合作化的推进再次打破了新中国成立后当地逐渐平息的波动。互助组的几次起伏,并没有将盛佳秀这样的村民纳入政治视野的范围。政治对合作化的推动则需要处理和考虑对待盛佳秀的有效途径和方式。政治根据自身的现实理解来规划和设定政策,而这也相当程度上决定了政策所能抵达的社会边界。换句话说,政治视野中的"社会"是弹性的、波动的。"社会"的界限在漂移。但还存在一个面对政治不动声色或不轻易表态的"社会"。如盛佳秀在互助组和合作化时期的变化。在互助组时期,她与刘雨生即便暗生情愫,但这种情感的滋生和发展,也不会进入政治层面来叙述和讨论。但在合作化时期,政治视野中的"社会"界限的变化使得政治工作必须将盛佳秀含纳进来。而此时刘雨生与盛佳秀的情感关系,便变得关键而微妙。也可以说,周立波是跟踪政治从互助组到合作社的内在逻辑变化,在政治逻辑的边缘处,调动自己对地方社会(也是他家乡)的自在、从容、娴熟,才得以找到在叙述政治的同时又能展开叙述两人暧昧情生的机会。他将地方社会中的某种暗处姻缘编织进政治的内在逻辑之中,充实、丰盈政治逻辑的神经末梢,并将这种活力传递到政治内部。再换句话说,周立波是随着政治对社会边界的推移而将感知机制拓展到社会(政治视野中的社会)更深的层面,同时又通过自身对社会构成的敏感,将地方社会生活中悠缓绵长的情愫传递回神经过度紧张的政治内部。

这并不是说，周立波对刘盛二人的情感叙述仍是被政治视野所规定，而是说，政治视野中的"社会"范围即便拓展到盛佳秀，但如何处理和对待盛佳秀却并不是政治理念或政策所规定的。它完全可以按照政策将盛佳秀理解为顽固分子而强制执行。但小说将刘盛二人的情感展开方式与政治内在逻辑所需结合起来，这却是周立波作为文学家的敏感和探索。这当中需要作家对政治逻辑、政治逻辑所拓展的社会边界以及政治与社会活力所在具有敏感力。

这实际上也使得刘盛二人的私人情感在这一刻变得社会化和政治化了。周立波眼光追随政治实践逻辑的游走，并根据地方社会生活的纹理拓写、改写政治实践逻辑的生成脉络，同时也使得刘盛二人的情感走向被纳入政治工作的成败考察之中。在邓秀梅和刘雨生的理解里，政治的"公"（动员顽固分子入社）需要靠地方社会中的"适合的人"来黏合，而这个"适合"则有着地方性的社会要求。或者说，新的政治构想需要调动新的社会性因素来装配成新的"适合"。刘雨生此时出面以推动合作化的"公事"，"穿心破胆"劝说盛佳秀，却在锅灶和碗筷的洗洗涮涮声中被架空。架空并不等于消失。架空后由刘盛两人情感流动形成的新的关系性，实际上是以不可被政治穿透的地方社会生活重构了政治逻辑的内涵。也是在这暗潮涌动中，"在言语之间，两个人没有靠拢，但他们的心好象是接近得多了"。

周立波以这种方式在《山乡巨变》中构造出了一种新的社会性。并不是说《山乡巨变》之前的文学不存在社会性，"五四"以来的现代文学也存在社会性。但这种社会性如何能被组织到与该历史时刻的政治实践相关的脉络中，共同思考如何搭配以决定历史走向与命运，这是一个新的挑战。这种社会被引入到政治视野之中，与政治所必须面对的、对某个地区具有统合性引导和推动而形成的张力关系，这种张力关系会重构历史当事人的感知和意识,并对"社会"因素重新选择。比如一些在之前的视野里,觉得有趣的内容,现在可能就需要被重新检讨和打量,在什么意义上有趣?这也考验着政治视野的宽度和深度。在一定程度上,《暴风骤雨》即是如此。它虽然有政治性,但政治性太强,没有呈现足够的、不可轻易穿透的社会性,小说中的诸多有趣也就不具有将基于地方社会的活力繁殖、传递的生产性。

也许可以说,《山乡巨变》里的一些社会性因素,是出现于"政治/社会"关系里的社会性。这种社会性生产出了新的"公私"关系。比如小说的"公",就呈现出多种形态。有的形态是"政治/社会"关系直接生产出来的,它既是政治性的公,也是社会性的公。邓秀梅、刘雨生、陈大春的"私情"就可以被理解为是这种"政治/社会"关系生产出来的观念意识,并成为社会性的"公"。邓秀梅写情书、刘雨生与盛佳秀的情感生成,以及陈大春与盛淑君对感情的叙述(陈大春希望二十八岁,二五计划完成之时才结婚),他们的这些"私",也是在这种"政治/社会"关系中才能被讲述为一种配合"公"的"私"。感情一直存在,但它们被讲述的历史结构不一样,其形态也就不一样,发展动线也不一样。而这种被生产出来的社会性的"公"又会影响政治性的"公"的形态。二者是互生性的。

但还有一些"公"的意识并不是直接来自政治性的推动而生成,比如邓秀梅与秋丝瓜的对话中谈到的"公约"。一定程度上,没有村民基于政治来临之前的地方社会性的"公约",政治的"公"无法与地方村民形成如此顺利的衔接和互动。而这里的"公约"意识的形成,却是跟湖南益阳地区历史传统中多帮会、宗族、各类公共组织有关,而不是政治推动的"公"的理念所生成。没有这种地方社会中的"公约"传统,合作化时期政治的"公"很难与社会形成一种"共"。这种"公"跟陈大春与盛淑君、刘雨生与盛佳秀之间被生产或转换出来的"公"不一样，也是周立波在小说中实际上内在于政治实践逻辑、却没有充分展开叙述的社会内容。

周立波回避的这种社会性很值得注意。这种结构性的视野回避或许跟周立波在《山乡巨变》里对情节和人物构架的设置特征有关系。比如在周立波的设置中，合作化能够迅速启动和完成主要依赖的是干部和青年。邓秀梅、李月辉、刘雨生是干部，而配合干部的村民，真正作为推动合作社的主导性村庄力量的是年轻人，如陈大春、盛清明、盛淑君。与《暴风骤雨》不同，《山乡巨变》并没有强调这些积极分子作为贫民的身份。小说也没有在情节逻辑上过分依赖贫农的政治身份，贫农只是协助性的。而中农都是阻碍性力量。这里面会涉及一个问题：为什么周立波在小说情节构造上会向干部和青年的意识特征倾斜？这样的情节人物设置，背后对应的他对于政治和社会的感觉机制和意识方向会是什么？

这一问题涉及颇为复杂的历史—观念构成机制，此处无法展开。简单来说，周立波仍是接续了中央政治逻辑来构成他的感知方向和理解角度，才使得他的小说情节人物设置会突出某些特定因素。比如干部和青年会更容易形成能配合政治所期待的"公"的意识和形态。比如，由于青年尚未与地方社会经济生活网络建立起复杂羁绊，他们的公私感可以更容易被政治塑造。但这个"容易"里，本身又夹杂着中国传统思想中的"天下责任"感，才会这么快去感知和认知政治理念中的"公"。这使得他们在工作中会更倾向于配合政治理念，而不是在被政治调动出来的这个"公"的意识中，积极去面对和理解地方社会中的"公"，比如小说就会简化处理干部和青年对于秋丝瓜等人的"公约"意识等等。周立波一方面在开掘政治的社会性，但他的开掘还是侧重或留意了社会中的更加被政治激荡出来的某些显现层面，不仅这些被激荡出来的很多显现层面他没有充分处理，他也没有充分开掘和处理地方社会中的其他实存又重要的部分。这就意味着，在周立波所意识到的被政治激荡出来的社会层面之中，本身有被周立波拓展的部分，也有被压抑、被扼制的部分。

与此相关，我们在《种谷记》里还可以看到，当政治对社会的理解变成了以贫农为主重构社会组织，它就撇开了村庄中原本以王克俭这样的人物为中心的组织方式。柳青自身实践经验中所具有的、与吕能俭的相当有效的互动，在他的小说叙述中也被遮蔽了。《山乡巨变》中对此有触及，但也并未充分展开。我们可以说被激荡出来却又被压抑的部分是政治压力所致。当政治压力放松后，比如在周克芹的《许茂和他的女儿们》中，我们则能看到周克芹对政治激荡出来的社会层面的变化有着非常丰富的呈现。这正是我们在讨论《讲话》所开启出来的文学"社会史"视野时，需要特别留意的"社会"的多层次性，尤其是其中的不容易被呈现和被揭示的部分。

六、结语

以政治为中介所开启出来的"社会"，并不是对整个社会的指称，而是特指被政治搅动起来的、因此处于变动之中的"社会"。但由此在结构性张力中被呈现的"社会"形态，我们还可以进一步反思和构想这一"社会"若要发育更良好，需要怎样的政治，怎样的文学？换句话说，"社会"的生成实际上同时是"社会"的未完成、未生成。《种谷记》里王克俭诸多社会信息的被呈现，是需要在政治打造的结构里被放置和表达；但当它被呈现和理解后，又需要重新被放置在政治—经济—道德伦理—文化等因素的共同结构中来再度构想。这时我们又不能把"社会"过于实体化。在这个意义上，如文学等诸多领域会在被政治实践搅动、被政治认知视野引导下形成特定的感知力，这些与政治实践处于紧张关系中的感知力又会基于自身所在的社会脉络和社会生活感觉，捕捉和呈现出社会中的某些因素，以努力生成"社会"来与政治形成呼应或对峙。以政治为中介的文学所展开工作的"社会"，主要指称这部分场域中的这种形态的"社会"，而非无所不包的"社会"。不过我们所期待的良好社会的形成，还包含未被政治实践直接搅动的那部分"社会"的参与。从这样的理解来说，我们可以用"社会史"视野来指称和突显革命文学的历史生成中的这一特征：革命文学以政治为中介，但其作为文学的发力点却在于，在政治—经济—文化—现实诸多因素的历史缠斗和构造中，捕捉和促使"社会"的生成与塑形。

当"社会"在某些历史时期出现困境，政治会发动校正。在新的政治搅动中，社会中的某些有效性实可以被打散而重组。当重组这些因素时，我们意识到"社会"存在可以这种形态来展开，那政治搅动和政治规划的"社会"落实就有可能以新的且伤害性略小的方式来推动。如此，我们可看到三者的关联性：这样的"社会"总是有着自身的历史性构成脉络和所对应的历史情境；而政治的有效性，则是回应和深度理解、把握了"社会"的这一构成面向；文学的精准性也在于——在政治实践的视野中对"社会"的这一构成的精准把握和在新的政治实践中对"社会"构成提出富有启发的构想。我们在《暴风骤雨》座谈会中所看到的作家们对于"精准度"的要求，可以放置在这一问题域中来理解。这一时期文学对精准的要求实际上对应着很复杂的实践经验，但往往又被直接表述为哲学术语"反映论"。而这种抽象的反映论一旦脱离了这些实践经验，实际上对于投身于实践中的作家来理解自身和现实之间的复杂关系，就容易造成简化和概念化。与"社会"照面时的诸多层次、环节，交手时的感觉意识等等，实践主体的丰富层面全都被回收到简化的认知主体之中了。也可以说，"社会"层面的重新打开，也是我们重新打开当年"反映论"在历史实践中所曾经具有的、被掩藏的诸种能量。而"社会"在历史诸多因素缠斗中的每一次生成和显现，如被文学赋形，实则会使得它之外的现实世界随之有了可供瞭望的航标，或靠近，或绕行。这样的文学也随即可以作为确立航标的探测站。

也是从这个角度来说，《讲话》后的革命现实主义文学（如周立波的《暴风骤雨》《山乡巨变》，柳青的《种谷记》《创业史》等）展现了以政治为中介的巨大能量，但并未展现它所有的潜能。或者说，它可以是伴随政治实践而不断拓展和调焦的文学形态。而且，《讲话》后的诸多作家，的确都从不同角度探索和呈现政治实践所激荡出来的"社会"，而并非一开始就在形态上被定位一尊。革命现实主义文学可以在这个为了更好社会的角力场中，训练出更为精准、敏锐的洞察力，积淀出善于捕捉特定社会现实的感知方式。我们可以、也需要从革命文学对中国社会的展开程度，以及这种展开与政治实践的互动程度来考察它的可能性，而不是固守于革命文学自身的形态来理解革命文学的成就。

试析延安文艺中的美学原则之一
——"深入群众"[1]

◎刘卓

"深入群众""深入生活"等提法不是通常意义的文学理论语言，而是在延安文艺座谈会之后围绕《讲话》的主旨阐释产生的一些衍生性的提法。因为这些提法是在党的文艺观点的施行过程中成形，而不是在思辨中推演，也不以概念形态出现，故这些提法更多被视为文艺政策。确实，"深入群众"的提法有很强的实用性，指导行动，但不直接作用于风格、形式等，而是坐落于作家的主体改造、着眼于普通民众如何更充分进入建构革命文化的进程之中。也是由于这些原因，这个最初的政策性提法逐渐内化为延安时期成长起来的一代作家的创作理念，而慢慢具有了思想的形态。在20世纪40年代后期，这个问题更多地呈现为小资产阶级作家的思想改造，出路在于深入群众、深入生活；到了20世

---

[1] 延安文艺座谈会之后逐渐形成了"深入生活""深入群众"为主旨的诸多提法，并作为指导创作的主要准则。柳青认为这不仅是作家思想成长的政治要求，而且也是对于艺术的核心问题的美学回答。本文以柳青于20世纪40年代后期反思自身创作的文字为线索，辨析作为政党组织原则的深入群众何以也是艺术创作的核心命题。

纪60年代，特别是经历了《创业史》的写作甘苦之后，在柳青这里，这个问题呈现为如何写出饱满而不概念化的新人物，柳青认为出路仍然在于深入群众、深入生活。即《讲话》中常被引述的"革命的文学家、艺术家，有出息的文学家、艺术家，必须长期地、无条件地、全心全意地到群众中去"这个提法，并非党建逻辑的简单施用，而是事关艺术创作的核心问题。

柳青是延安时期成长起来的一代作家。《讲话》发表之后，伴随着中国革命的节节胜利以及新中国的成立和发展，对文学发展道路、对这一代作家的思想和创作产生着决定性的影响。这个"影响"之发生作用，不全然是通过理论话语引导和文艺体制规约等外在的方式，更多的是触碰到了创作中的真正问题、不断产生困惑和论争的方式。可以观察到，自新中国成立后到20世纪60年代的文艺领域接二连三的论争，状态不同于新文学时期阵营分明的自由主义与革命左翼的状态。这其中固然有僵化、教条的行政干预，不过源于实际创作领域的论争之产生，与其说是对于"经"的背离，不如说是《讲话》中诸多命题所蕴含的自我矛盾的展开，是革命文学道路所面临的挑战与困境。因此，在柳青身上，"信仰"是以不断思考的方式呈现的。正是因为作家柳青基于自身创作的困惑和反思，而非对《讲话》的简单歌颂，使得《讲话》成为一个不断重临的起点，一个活的传统。下面本文尝试以柳青创作中的第一个突破期——《种谷记》完成之后入手，讨论《讲话》中所提"深入群众"何以成为柳青视野中的艺术的核心命题。

一

1949年第一次文代会前，柳青受邀写作《转弯路上》，收在《中华全国文学艺术工作者代表大会纪念文集》的第六部分"纪念文录"中，与赵树理、草明等作为解放区创作道路的代表介绍经验。收在这一辑的文章大多是个人写作历程的回顾，着意突出座谈会前后的转变，是作为解放区的写作经验，由大会选择推广以配合阐明新中国的文艺发展方向。柳青这篇《转弯路上》大体循此例，有着清晰的方向感。不过他并不自居前进的立场[1]，也少有指点未来的使命感：

> "当时我也有这样一个'计划'，想写个长篇。一九四二年跟旁人'帮助工作'式地搞了个把月选举，听到一些地主千方百计撤佃以报复灭租，农民又如何进行保佃斗争，就是这个'长篇'的内容。党的决定首先使我这'计划'破产了。组织部头一个就调我下去，当时是整风学习思想阶段结束的时候，可是我的思想问题并非从基本上解决，因此还很为这个破产的'计划'惋惜了一气；但是不久之后，我真正接触了实际，我就庆幸我没有机会实行那个'计划'是占了便宜。"[2] 柳青所指的"计划"：是指延安早期的一种创作方式，即"住在文艺团体中，出去跑一趟，搜集一些做客所得的印象，回来加以'想象'，就准备写成作品。在这样的文艺团体里，有人给打水扫地，造预算发东西，这种计划还可以谈个一年半载……"

简而言之，柳青认为《讲话》之前的创作方式是搜集材料，之后是

---

[1] 赵树理受邀写作的《也算经验》也收在这一辑中，赵树理也并没有自居解放区进步作家向大会介绍经验，称"近几年来，过分推崇我的朋友们，要我谈谈写作的经验，可是我一次也没有谈"，也担心被"误会你是摆架子"，所以在经验前面加了"也算"二字，推却了"赵树理方向"的光环。与柳青不同，《也算经验》并没有谈及座谈会的作家思想改造命题，而是更多从个人写作经验出发。

[2] 孟广来、牛运清编：《中国当代文学研究资料·柳青专集》，福建人民出版社，1982年版，第7页。

深入群众中长期工作，区别在于是做客、旁观，还是结成一道工作和斗争。这与文艺政策层面所把握的《讲话》的主旨是一致的，1943年春中共中央组织部和宣传部开始动员、逐步安排作家下乡，从专职的文艺创作转变到参与基层工作中；这与党1939年所确立的党的建设目标也是一致的，要建设"一个全国范围的、广大群众性的、思想上政治上组织上完全巩固的布尔什维克化的中国共产党"[1]。也就是说，深入群众的要求是从党的建设提出来的，是在将作家纳入革命队伍内部并以加强党的领导的思路中被认知的。[2]这个路径中没有直接提及的是文艺工作的特殊性，亦即，深入群众、增强群众性，对于突破文艺创作的困境[3]有什么直接关系。

一般而言，深入群众的着眼点被认为在于思想改造，从文化人的小资产阶级转移到已然被确认为革命力量的工农群众立场上来，原来的写作关系中的作家之于写作对象的，作为进步的、启蒙知识分子的知识分子之于落后的被启蒙对象农民之间的关系，在阶级视野中被改写。作为整风运动中的核心问题之一的党与群众的关系，在很大程度上也是受制于这个阶级叙事。虽然党的理论表述中的复杂性为撑开阶级叙事留下了很大的回旋空间，但仍然遗留了很多问题，特别是在整风运动的同时期环境中，当时作家的思想汇报和创作谈的主要体例是阶级立场的转

---

[1] 毛泽东:《〈共产党人〉发刊词》，《毛泽东选集》第2卷，人民出版社，1991年版，第891—896页。
[2] 参考中共中央文献研究室编:《陈云年谱（修订本）》，中央文献出版社，2015年版，第413页。在座谈会之前，文化相关事务由中央文委（中共中央文化工作委员会）负责。1943年机构调整后，中央文委在政治局和书记处之下的中央宣传委员会管理，就人事、组织相关问题，由组织部和宣传部共同参与意见。这是座谈会之后的一个重要变化。
[3] 这个困境是指往革命的青年知识分子到达延安之后的状态，与延安初期社团林立、在原有的题材和思路上继续创作的状态并不冲突，是指他们面对边区的现实进展失语。

变[1]。柳青的特殊性在于，他并不认为自己是整风运动的改造对象，但是座谈会的精神仍然给他的创作观念以震动，所以他的表述着重点落在了对创作方式的探索上。他理解的深入群众的落脚点，不是阶级立场转变意义上的思想改造，而是一个全新的创作方式，以《种谷记》的成稿而呈现出来的，经由米脂三年褪去早年的那个读外国小说、热爱蒋光慈的文艺青年外壳，而淬炼为一个作家的那种创作道路。

详细来说，柳青的回顾性文字中提及思想上的触动时，他没有直接应用《讲话》中思想改造话语对于作家阶级立场的定位，他不认为自己是座谈会改造的对象：

> 在一九四三年春天我认真确实地下农村做实际工作以前，我一直认为自己是"很革命的"。那时有三个包袱压在我身上：一个是我出身农民阶级，成份好；另一个是我入党的时间比较早，历史纯洁；第三个是我在整风以前写的短篇都没有问题，不管写的好坏，总是歌颂革命，歌颂人民的。所有这些包袱，加上我从未深入实际斗争，没有像毛泽东同志所说的"经过长期的甚至是痛苦的磨练"，使我不能正确地认识自己和自己的工作，有一个时期思想上发生了严重的停滞。我自以为我的阶级观点已经十分明确，因而表现在我的作品里的思想感情也已经"与工农兵大众的思想打成一片"了。这种自满情绪使我大大地忽视了思想修养，而急于求成地要求创

---

[1]在延安文艺座谈会之后，特别是到了新中国成立前后，作家谈创作经验的文字，多数以座谈会为转折点作为基本脉络。这一点不仅来自作家的经验基础，更多与大的环境相关。在延安时期，整风、审干的政治氛围很浓重。到20世纪40年代后期及新中国成立前后，解放区作家作为先进的革命文化的代表，更为自觉地参与到历史转折时期的意义建构中。在第一次文代会上的发言和纪念文集中能够更为清晰地看到该特征。作家的创作谈大多数以延安文艺座谈会作为确立新的自我的起点，这与《讲话》文本之间构成了相互论证的循环。因而，作家的创作谈，特别是其中有关思想转变的文字，往往与大环境的思想改造同用一套话语，不能够直接被解读为个体经验。

作。[1]

　　这一段中柳青对自身分析的三点：出身、历史、文艺观点，都是文艺界整风中的一些重点。柳青并不属于座谈会中需要被改造的群体，因此对于座谈会的深入群众的提法最开始并没有格外震动。他认为自己是革命的，所缺少的只是创作的机会。柳青的这个状态，与当时国统区的左翼知识分子最初接受《讲话》时的状态是相近的。他们也很早就参加革命，身死且不惜，怎么会认为自己不革命？特别是在整风、审干的进程中，《讲话》中的一些基本命题被抽出来作为审查的标准，比如柳青所提到的三点[2]。但是，从这三点其实无法说明《讲话》所提出

---

[1] 孟广来、牛运清编：《中国当代文学研究资料·柳青专集》，福建人民出版社，1982年版，第13页。

[2] 这两者之间的错位，不仅是在柳青身上，在当时的很多座谈会、审干运动中都发生过。只是材料不足，很少能够充分呈现这个争论、批判的具体展开过程。《高鲁日记》中对于这场《丽萍的烦恼》的座谈会有记载，1942年9月28日莫耶说到"那时有个老干部联系我的家庭出身，说我这篇小说是反党的；有个部队的青年干部却挺身而出，不同意他的意见，于是争吵起来。当时，正好作家杨朔路过晋绥，也参加了会议，吓得会议没开完就走出了"。伊杨（杨朔同志）到一二零师政治部开座谈会了，会议情况十分紧张。莫耶同志写了《丽萍的烦恼》，赵戈同志和晋绥军区保卫部的李科长发生了争执。莫耶的态度很好，这是她的一个进步，是她在1942年以来最大的进步。和保卫部李科长发生争执的青年干部叫赵戈。"你想，一个保卫干部亲临一个文艺座谈会督阵，这意味着什么？更奇怪的是在文艺座谈会上发言的文艺工作者却寥寥无几，只有我和我的老社长，当时还很青的欧阳山尊和我两个人。我们当时是抱着真诚的愿望来帮助莫耶的，当然也是真诚的认为莫耶的作品犯下了严重错误。我们发言的共同点认为莫耶的创作方法是自然主义的，不是现实主义，更不是社会主义的现实主义。我们认为发言是很有党性原则的，谁也没料到因此激怒了那位保卫部领导。他拍案申斥：你们这些小资产阶级！冲淡了今天大会的政治气氛，转移了今天大会的斗争目标，我禁止你们发言！赵戈也拍案高喊：我爷爷是工人，我父亲是工人，我也是工人，我是无产阶级，你才是地地道道的小资产阶级！这一下李科长更加震怒，加上国内革命战争'左'倾肃反扩大化的流毒犹存，他怒吼着：你敢造反，把他给我捆起来！"杨朔同志就是在此时离席而去的。我认为他不是被吓走的，他不会那样胆小。有关这一段，莫耶去世后，其家人整理文稿发现1942年的一本日记，记述了当年《丽萍的烦恼》遭批判时她的心境。这本日记收录在叶茂樟：《圣歌未曾止息——莫耶传》，新华出版社，2018年版。

的作家思想改造、深入群众之于新文化建设的必要性，并使得阶级分析教条化，成为出身决定论。给柳青带来真正意义上的思想触动，是他在下乡之后遇到的实际困难，"尝了有生以来未吃的苦"——不是精神上的，而是物质生活上的，身体上的——柳青生了一场大病。当时延安实行供给制，虽然物质条件有限，不过作家在延安城内的生活仍是有保障的，比乡下还是要好一些，特别是在乡下又没有基层组织关系的情况下。《萧军日记》中记载了边区农村生活的困难，他几次写信给边区文委要求生活资助。1943年由中共中央组织部和中共中央宣传部推动的作家下乡，大部分作家在1944年回到了延安。1944年林默涵路过米脂时探访柳青，柳青决定不回延安，继续在米脂工作下去。后来回顾米脂三年时，柳青写道：

> 我在这个时期考虑了许多问题，这些问题在我整个的青年时代没有重视过，或者认为它们是不成问题的。譬如说人为什么活着？真像俗话说的"人活七十，为口吃食"吗？那太俗了，还算什么革命家？你要革命，你就不能只想吃好的。那么我为什么头一回下乡，那么想延安，那么不安心不深入，急于回去呢？难道不是嫌乡下比延安苦吗？比延安寂寞吗？挖到心底，简直是庸俗！从这里我获得了力量，来克服物质生活的困苦。[1]

"人为什么活着？"这似乎是在柳青走上革命道路时就应该已经解决的问题，选择革命就是选择什么样的人生。柳青在乡下生病困顿时，这个问题又一次出现。这个身心交困的境遇引发的思想触动，要大于整

---

[1] 柳青：《毛泽东思想教导着我——〈湖南农民运动考察报告〉给我的启示》，载《人民日报》1951年9月10日，孟广来、牛运清编：《中国当代文学研究资料·柳青专集》，福建人民出版社，1982年版，第20页。

风的政治氛围或者《讲话》中的思想议题的感召，由此产生的反躬自问，大于外在的审查。革命者的继续力量应该从何而来？柳青的反思经由了一个外在的中介——农民的"苦"。柳青这一时期读了大量的斯大林著作、延安整风时期的思想文件，1951年的文章中提及的《湖南农民运动考察报告》也是在这个时期阅读的。柳青从绥德师范时期受到革命启蒙，在西安事变前后参与激进的爱国学生运动，而后到达延安，他下乡时，作为理念的"革命"遇到了革命真正要面对、要解决的，即作为实存的农民的穷困、痛苦和自己的怯弱。柳青在回顾此前的生活时提到，自己或者一般作家的生活都还谈不上是真正吃过苦，米脂三年中柳青是有组织关系的，并不是全然没有生活保障。或许可以说，在下乡的困苦中柳青看到了自己，不过柳青的反躬自问，虽然近于儒家的修身，不过并不是"求放心"，因为不是返回到一个稳定的伦理世界和知识系统中，也没有这样一个超脱于革命进程之外的思想支点和伦理立场。

在以1942年延安文艺座谈会为分水岭的转折叙事中，容易被处理为革命与反革命，从一个阶级立场到一个阶级立场的变化。柳青并没有将自己带入小资产阶级的定位中，不过确实是从与农民、农村实际工作的接触中开始了对于自我的反思，这个反思是整体的，统合在"是否革命"的命题之下，其中一部分是认识到作家之于革命工作的旁观状态。是在这个意义上，而不是在出身的层面，柳青认可自己身上确实有着小资产阶级特征。他的参照系，并不是被视作革命力量的农民，而是党，是党的基层干部。他从作为先锋队的政党理论、政党的基层实践中感受到自己的认识不足和动摇。因而，与其说柳青的思想触动是从一个阶级到另一个阶级的转变，不如放在共产党员成长进程中的"长期的甚至是痛苦的磨练"。在这种转变中，道德感开始凸显，并呈现为内驱力。柳青上面这段话中有很强的自苦、自省的意识。他在对自身现实状态进行思想理论反省的同时，也指向自身的负疚感。这也是延安时期的一个很朴素的党员标准，共产主义的理想信念落实为与贫苦百姓同甘共苦[1]。柳青也谈到这一时期的自省，《悲惨世界》中主人公的精神世界、乡下党员的革命热忱，"在精神上支持了我，使我克制住一切邪念：享受、虚荣、发表欲、爱情要求、地位观念……把我在乡下稳住了"。指出这一点，是想说这个坚定立场的形成过程中不是源于一个抽象的阶级出身，而是有着诸多的精神资源[2]。

在这三年的下乡工作中，柳青加深了对于农民的认知，切身体会了干部与群众之间的关系，尤其重要的是对于自我认知的变化。原有的左翼知识分子下乡"搜集资料""做客"的方式之中并不涉及自我转变，对写作对象的认知是纳入原有的认知系统中，而不是改变作家的自我认定和写作中的农民的呈现方式。因此，柳青从座谈会之后感受到的是文学创作主体及其观念的根本变化。这个变化被柳青区别为，在搜集材料与长期工作时，是采取旁观方式，还是在斗争中结成一道。需要略为辨析的是他与群众的关系，既不是在原有的地方文化的社会关系中，也不

---

[1] 1941年，陈云在讨论党和非党的问题，讨论什么是"为共产主义奋斗到底"，"所谓底字，就是不求升官、发财、名利，以党的利益高于一切，富于牺牲精神"。在这个解释中，关键的问题不仅仅在"共产主义"的思想内涵，而是落在"底"，也就是每个党员行动中所需秉持的逻辑，在同一时期的表述中，陈云将这个称为共产党员应具有的修养。中共中央文献研究室编：《陈云年谱（修订本）》，中央文献出版社，2015年版，第410页。

[2] 黄道炫在《延安整风的心灵史》中以延安时期干部的日记等为主要资料分析了共产党员的坚定信仰，延安时期的政治教育的多种方式。这个分析有效，特别是对于中下层干部的情况而言。就柳青以及部分知识分子革命者的情况而言，这个自省、精神层面的反思、道德感更为凸显一些，这些不是从延安时期的整风、审干等外在的政治氛围和组织要求等引发的，而是融合了传统的士大夫精神和地方文化中的感情，基督教精神、民族认同等不同因素，构成了内生的驱动力，与共产党员的身份互为表里。陈云在1940年检讨他讨论干部工作时过于强调组织原则，而忽视了修养，忽视了思想境界。这个修养，不全然是传统意义上的道德修养，不过它依然是植根于个体修养层面上，虽然不是个人主义的脉络上，千丝万缕都与不同的群体、文化记忆相关联，不过它是不能直接被视为集体主义的。或者说，用集体主义精神来概括共产党调动不同的思想资源，以及在社会革命的实践过程中所塑造的政治文化，是太过粗略了。

是小资产阶级意义上的同情。柳青的下乡不是个人的道德驱动外化，而是要放在根据地边区的党群关系的社会变革中来理解。柳青身上发生的是一个共性的问题，并且也是共产党充分意识到、并在党的组织和思想建设之中寻求解决的问题。陈云观察1938年之后到延安的新知识分子干部的状态后有过一个描述："自己理想中的革命家与现实需要的革命家不相符"。这些新知识分子干部多是"根据过去青年学生运动的经验，往往是高谈阔论的'政治家'，开会演说，游行示威，文艺活动，鼓吹革命"；而现实需要的革命家"要会解决军事、政治、吃饭穿衣的问题"。不相符的原因"就在根据地与非根据地的区别，旧观念与新事实的矛盾"，解决的途径在于"新党员新干部必须从下层实际工作锻炼开始"。陈云反驳了当时"事务主义危险"、政治工作需要同具体工作分开等认识上的误区，并结合中组部干部工作安排中的实际反馈指出："从中组部给陕甘宁边区的几百个新的知识分子干部看，他们到了下层参加实际工作之后，确也能埋头苦干，不仅在工作中积极刻苦，而且在思想意识上也是有极大进步的。他们的吃苦精神并不下于边区老干部，能与老干部团结，能接近群众，在群众中可以取得很好的信仰。因此，深切地感到对于新干部的锻炼必须从下层实际工作开始。"[1]陈云描述的新知识分子干部参加下层实际工作、在接近群众中获得的思想意识进步，与这一时期柳青下乡过程中对农民的认识发生转变的状态是相近的。从柳青这个转变的语言也能够看出来，这些语言与党建的表述方式有着很近的关系。表现在创作领域，我们不能把他与农民之间"情感上打成一片"这一点，理解为与理性认识相区隔的情感动员或情感纽带[2]，它恰恰是建立在一个集体性的政治性思考和组织建设的基础之上的。

---

[1]陈云：《陈云文选》第1卷，人民出版社，1995年版，第256—257页。
[2]参考近期革命史研究中的情感动员等讨论。

二

《种谷记》1947年5月完成，7月由光华书店出版[1]，面向国统区读者。目前留下的较为集中的批评是1950年1月的《种谷记》座谈会，刊于《小说》1950年3卷4期。座谈会的与会者有许杰、黄源、程造之、冯雪峰、魏金枝、以群、唐弢、周而复等，他们同时也是《小说》[2]的作者，其中除周而复之外，都没有直接的延安经验。他们的批评是基于小说文本而提出的。其批评基本集中在描写农民的细节有知识分子气、叙事沉闷，小说结构较弱，最后纳入自然主义／现实主义的框架中。这与《小说》的基本倾向，以及当时国统区的左翼文学的基本

---

[1] 1945年9月，柳青随着第一批到东北做接收工作的干部队伍来到大连，负责大众书店。光华书店成立于1946年10月15日，以出版哲学、政治、文化、文艺、教育类图书为主，是由生活书店、读书出版社、新知书店三家书店派出的党员干部来大连成立的。当时这三家书店在山东、东北解放区开设的书店对内称三联书店，对外则称光华书店。光华书店位于大众书店对面，两家书店离得非常近，地委宣传部委托柳青领导书店的工作，他当时担任大众书店的主编和党支部书记，同时兼任光华书店党支部书记。光华书店从上海运来的图书销售完毕之后，翻印解放区的出版物。与大众书店、旅大中苏友好协会等合作，代销他们出版的图书，也在一定程度上缓解了建店初期图书不足的问题。柳青当时在创作长篇小说《种谷记》，定稿后交给光华书店出版。《种谷记》不是直接面向解放区的读者，而是对解放区之外的读者，对《种谷记》的评论也是首先从国统区作家中出现。

[2] 《小说》月刊最早是茅盾、以群、楼适夷等国统区进步文人于1948年7月在香港创办的，上海解放之后，商务印书馆、中华书局等刊物申请复刊，《小说》属进步刊物，1949年10月1日复刊出版3卷1期。多数编委已赴北京就职，《小说》编务由留沪编委（周而复、以群）共同承担，而后由靳以负责。

命题有关[1]。有关《小说》这本刊物，有研究者认为《小说》的办刊方法、文艺主张和有关"小说"的看法与延安有很大不同[2]。具体到小说而言，以3、4卷为例，它推出的小说包括老舍的《饥荒》、马加的《开不败的花朵》、沙汀的《炮手》、立高的《入党》、萧也牧的《大生产的回忆》等，张均评价："这与其说是'讨论'，不如说是在委婉地给习作

---

[1] 这一时期的理论争论的背景，参考蔡仪《中国新文学史史话》中的一段观察："由于政治黑暗而又不能指摘这黑暗，甚至于不能反映现实的真实，加以资产阶级艺术思想的影响，于是在创作方面曾有追求小资产阶级感伤情调的倾向，而在理论方面也曾有强调艺术性、轻视政治性，强调技巧、轻视思想的论调。只是这种创作倾向和理论论调，在小资产阶级的文学工作者之中虽有深厚的思想基础，然而在创作方面没有成为、也不可能成为主要的倾向，在理论方面没有得到、也不可能得到大的发展。不过有些小资产阶级的作者，为黑暗的反动统治所压迫而丧失了战斗的思想批判力，走上客观的现实主义的道路时，为了纠正这种偏向，在理论上却提出了强调感性、轻视理性，强调主观、轻视客观的论调。特别是主观论者，以马克思列宁主义片断词句装点着唯心主义的中心思想，以积极战斗的姿态掩饰着脱离现实的精神，所以容易迷惑而发生了相当影响。这也正是在黑暗的反动统治之下，小资产阶级知识分子对于革命并没有明确的认识，由烦闷而急躁、由急躁而妄动的精神状态的表现。这些理论偏向，在当时大致受到了适当的批判，然而也或多或少妨碍了新现实主义精神的发展。"
[2] 张均:《〈小说〉月刊的复刊、停刊及其他》，载《文艺争鸣》2015年第4期。"由于'沪版'的实际负责人靳以过于欠缺延安经历及对新文学经验的过分'沉溺'，小说月刊对政权鼎革之后文学形式的'逆转'缺乏深刻认识：一方面，它衷心拥护新中国和党的现代化蓝图，另一方面，它的办刊方法、文艺主张以及有关'小说'的想象却事实上成为新的文学秩序的'异数'，或者它在延安文人权威'版本'之外为当代文学提供了另一种'进步文人版'的'新的人民的文艺'"，究其原因，"上海相对宽松的政治环境（文艺界负责人夏衍比较包容），深厚的海上文化氛围，使《小说》几乎自然地将新文学观念及办刊标准引入它所构想的'新的人民的文艺'。"（这一段中将靳以描述为"对新文学经验的过分沉溺"不太准确，参看《靳以日记书信集》，以及巴金对靳以的回忆，他的文学主张一以贯之，所以后来投入精力编辑纯文学刊物《收获》，虽然他不太懂政治，但是对于新中国的建立是热情的。他的文学主张不能放置在"新文学"和"延安"的对立中来理解，"沉溺"一词隐含的感觉是从文学的立场被动地拒斥新中国的整体文学氛围，成为两种立场，这个描述不太准确）这个评述与研究者对于新中国成立初年华东系统的文学主张的研究和判断有关，如张均:《"新现实主义"和文艺界的"华东系统"——1950—1951年间的〈光明日报〉"文学评论"双周刊》，载《海南师范大学学报》2014年第4期。这个判断中有关华东局与北京的分歧是有史料依据的，不过华东系统的文艺主张应该放在20世纪40年代以来国统区的左翼文艺传统中来考察其思想的渊源和变化，不能直接依据新中国成立之后的人事、地方差异等过于凸显两者的差异，并在压抑与反抗的结构中强调其美学观点的"异见""异数"。

者展示'好小说'的标准：故事现实、细节可靠、充满语言的生动与美。其中几乎没有涉及本质、规律、历史真实等'延安版'的'新的人民的文艺'的必备概念，多少有些'艺术第一'的气味。"[1]《种谷记》座谈会的与会者发言的侧重点大体上一致，强调艺术质地，注重语言和形象。不过，《小说》同人们的立场不全然是艺术第一，他们对于细节、语言的斟酌同样是为了避免停留在表象上，是指向对于写作对象的深层揭示，虽然没有直接地使用"本质""规律"等词汇。所以，这场讨论并不能看成是强调审美或者突出政治的二元划分，应该看成广义的左翼内部论争，它的内部张力要大于外部的、与自由主义的审美立场之间的竞争关系。

这个内部的张力体现在现实主义/自然主义这一框架，作为区别先进与落后，作品的艺术成就高低的标准，在论争中被反复征用。在细节、典型化、小说结构等方面的批评，不仅仅是针对《种谷记》的，而是《小说》群体这一时期的主要观点。现实主义与自然主义的区分不仅仅是文学技巧的，而且也包含着政治立场，即自然主义是作家的被动的、受役于现实、缺少思想能力的反映。这个框架应用于《种谷记》时产生了一个最大的阻力，《种谷记》是来自延安的，他的创作者已然不同于国统区作家的被动状态。为此，座谈会上冯雪峰在发言时特别做了一段辨析：

> 作者是一个革命的人，从事着实际工作，忠诚地为人民服务的，所以从思想观点上说，我们绝对不能把他和自然主义混在一起来谈。因为自然主义主要的坏处就是对客观现实的宿命论的观点。自然主义的被奴役于现象以及烦琐的描写，是从宿命论的思想根源

---

[1]张均：《〈小说〉月刊的复刊、停刊及其他》，载《文艺争鸣》2015年第4期。

出发的。不过，现在我们的作者手法上的这种缺点也有近似自然主义的倾向，这都可以说的。这种缺点，虽只是手法上的，但也影响到作品思想内容之积极的展开，这是特别值得注意的。例如这部作品，作者服从于事实的情景，就显然超过了他服从于主题应有的积极性的展开。因此，这部小说，我觉得，我们读后，都足以引导和鼓舞我们强大的力量，是缺少的。[1]

就冯雪峰的分析脉络而言，他对《种谷记》的"语言""细节"的评述略微有些自相矛盾，一方面，他认为这些细节是如实的，有着社会学意义上的精确和价值。因此，他没有像许杰、程造之那样质疑小说的细节。冯雪峰同样没有到过延安，很难说对于《种谷记》写作中的乡村变工题材有切身的把握。他所赞的"准确"应该是来自作者的身份，这与他强调"作者是一个革命的人，从事着实际工作"是一致的。所以，自然主义的基本预设在柳青身上并不成立。在冯雪峰的这段辨析中，自然主义不再与一定的立场、态度直接对应，而是与写作手法、能力的欠缺有关。换个角度来看，面对解放区的作品，国统区的围绕现实主义/自然主义的区分，在一定程度上失去了阐释的能力。如果说写作技巧决定于作者的立场，那么，解放区的作品中出现的"自然主义"倾向又如何解释？

---

[1] 孟广来、牛运清编：《中国当代文学研究资料·柳青专集》，福建人民出版社，1982年版，第89页。

柳青并没有直接回应《种谷记》座谈会中的意见[1]，可能更需要注意的是柳青自己如何理解《种谷记》的得失。在《转弯路上》一文中，柳青做了如下反思："编者要我写一点关于《种谷记》的什么，我只能写出以上的事情。至于《种谷记》则是失败了，虽然它比我四三年下乡以前计划的那个保佃斗争的'长篇'成功，它却远不能满足党和人民的要求。"[2] 其中"远不能满足党和人民的要求"一句似乎是当时的历史情境中常用的套话，并没有正面表述。到1951年《毛泽东思想教导着我——〈湖南农民运动考察报告〉给我的启示》中也有同样的说法：

> 我在那本小说（《种谷记》）里的歌颂、谴责和鞭挞，都是有限量的。我太醉心于早已过时的旧现实主义的人物刻画和场面描写，反而使作品没有获得足够的力量。我所尊敬的一个同志曾经对我

---

[1]《柳青传》中提到从大连回陕北、到北京的时候，与柯仲平、胡乔木等人讨论过《种谷记》，除东北的光华书店出版外，《种谷记》作为延安文艺座谈会后的作品被收入了柯仲平编辑的中国人民文艺丛书。对照1949年的《转弯路上》和1951年的《毛泽东思想教导着我——〈湖南农民运动考察报告〉给我的启示》，可以看出《转弯路上》只是谦虚地谈到作品的得失，而写于1951年的文章中具体地反思了《种谷记》中的语言、结构等问题。这个变化，比如其中"旧现实主义的人物描写"等提法，该是与《种谷记》的座谈会有关。《柳青传》中对座谈会的发生时间有误记，座谈会是召开于1950年1月4日，发表于《小说》1950年1月的3卷4期。1951年初或许是柳青读到座谈会记录的时间，也就是柳青创作《铜墙铁壁》的时期，《柳青传》称这次座谈会中对作品的批评意见在柳青的心里是"一次不为人知的心灵地震"，这些批评意见使得柳青怀疑自己没有文学天分，以至于想到要改行，去做新闻记者，或者从政。当然，最后的结果是坚定了从事创作的信心。为什么能够坚定信心，《柳青传》中给出的解释有两条，一是不服输的个性，二是经由批评意见转而内省、反思，特别是巴金的鼓励，和叶圣陶有关小说结构的批评，"明确了差距和目标，决心按照认定的方向坚持下去"。《柳青传》中对柳青这一时期的转变略有些含混，一来柳青并没有留下直接回应座谈会的文字，另外一个重要的原因是《柳青传》并不太熟悉这次座谈会的人员背景，仅以柳青在延安时期的交情作为推测的依据，没能把握住20世纪50年代初期的不同文学观念的冲突，而仅仅将这些批评意见从文学技巧的角度来呈现。

[2] 孟广来、牛运清编：《中国当代文学研究资料·柳青专集》，福建人民出版社，1982年版，第11页。

说:"党和人民向你这个有了一些生活经验的共产党员作家要求的,比你在《种谷记》里所给的要更多。"这个批评使我读起那本小说就难过。在这一点上。我在新的小说《铜墙铁壁》里作了最大的努力,有了一些改进;但也不能说我已经彻底改好了,不需要再努力的。[1]

这一段中"党和人民的要求"是和小说写作中的弱点"旧现实主义的人物刻画和场面描写"放在一起的。把1949年和1951年的两篇文章合起来看,"党和人民的要求"不是偶然出现的。它虽然是一个虚指,不过它切实地起着主导作用,构成了柳青自身审视和评断作品的标准。柳青认为《种谷记》的不足在于"有意无意地将自身的思想感情强加在人物身上",这样的结果是因为不够熟悉,因为不够熟悉,即便是歌颂,产生的也是反效果,"反而使作品没有获得足够的力量"。如果说到熟悉,柳青经过三年下乡的"长期工作"的磨炼,他对于实际工作和农民的理解不仅远超一般的作家,就工作能力而言,在基层干部中也是突出的。《柳青传》的采访复原了一些柳青当时的工作状态,柳青所工作的三乡是全区的变工模范。柳青作为三乡文书,"他常来区上汇报工作,讲农民的思想和实际情况,细腻、深刻、风趣、吸引人,大家都爱听,许多看法启发了周围同志,使大家受益不少。比较起来,其他同志对农民的思想了解就不够细致,更多地注意了完成工作。他曾写过一个关于农村变工队的经验报告《米脂县民丰区三乡领导变工队的经验——三乡干部一揽子会上的总结》,米脂县委书记冯文彬上报中央,毛主席看过以后,表扬他们,说这份报告说明了他们的工作非常细致,有效,发展

---

[1] 孟广来、牛运清编:《中国当代文学研究资料·柳青专集》,福建人民出版社,1982年版,第20页。

稳健"[1]。有如此的熟悉程度，为什么柳青仍然会认为在《种谷记》中有"强加"，有"不够农民"，不是农民真正的所思所想？

《种谷记》与《米脂县民丰区三乡领导变工队的经验——三乡干部一揽子会上的总结》写的是同一个主题。对于经验报告，虽然也会提出内容是否符合变工工作实际之类的问题，但是对于小说，它的要求不只是基本情节的真实，而是要贴着生活的表象，贴着人物实际的轮廓写出来。文学的要求要比经验报告能够呈现更多的生活。换言之，作家柳青在写作过程中开始看到了作为三乡文书的柳青在工作过程中尚未省察到的缺失，落笔的时候才知道的"不熟悉"。

这其实是柳青所面临的实际问题：即便是出于颂赞的目的，作家有了正确的立场，有了熟悉的工作材料，但仍然不能写出有足够力量的人物。他在1951年《湖南农民运动考察报告》[2]的学习体会文章的着眼点是，"这个伟大文献还生动具体地给我解决了一个最基本的问题，就是阶级观点（立场）问题和表现在作品里的思想感情问题"[3]，这与他此时的写作上的困惑是相呼应的。此时的柳青已经不再是自陈的思想困惑之

---

[1] 刘可风：《柳青传》，人民文学出版社，2016年版，第69页。
[2] 1951年《毛泽东思想教导着我——〈湖南农民运动考察报告〉给我的启示》中谈及《种谷记》的反思部分，可以辅助我们理解柳青此时的思考状态。柳青虽然也认为《种谷记》存在不足，不过他的分析并不是将自己的创作与文学作品作对照，而是与《湖南农民运动考察报告》这样的党的文献相对照。这个路径不完全是受新中国成立之初学习党的文献、穿靴戴帽式的写法所影响。此时，柳青所思考的核心问题是如何在写作中突破。《转弯路上》写于1949年6月26日，发在《文艺报》第9期，文章不长，文末题记"匆草于北平"。文代会之前，1945年9月，柳青随着第一批到东北做接收工作的干部队伍来到大连，负责大众书店，《种谷记》是1947年5月完成，7月由光华书店出版。而后经内蒙古、冀东、回陕北，到沙家店采访准备素材，1949年4月到北京，7月参加文代会，会后即到秦皇岛开始写作《铜墙铁壁》。之所以列出这一时期的行程，是为了补充理解柳青此时的思想，《种谷记》之后，柳青没有自矜于解放区的作家身份，挂心的问题始终是如何突破《种谷记》时的写作状态，所以他的全部心思是调查、采访，对文代会这样的大事反倒匆匆带过。
[3] 孟广来、牛运清编：《中国当代文学研究资料·柳青专集》，福建人民出版社，1982年版，第13页。

前的旁观式的作家和搜集资料的态度，此时的重心是落在了"表现在作品里的思想感情问题"，即如何表现的问题。如果《柳青传》中记录柳青这一时期的"不为人知的心灵地震"属实的话，那么这个反思并不完全是因为《小说》的评论家带来了一种全新的小说标准和技巧（以柳青对19世纪现实主义小说和少量的现代主义小说的阅读经历来说，应该对此并非全然陌生），更大的震动应该来自延安文艺座谈会之后所选择的道路的反思：这条深入群众的道路是否走得通，是否能够解决艺术上的问题。对于《种谷记》的反思，柳青最后得出的结论仍是深入生活所带来的身份转换，在柳青所述的创作脉络里，这个融合的程度决定着小说人物描写的成败。要而言之，这里的关键问题不是从政治的角度去论证作家深入群众的必要和正当，而是旨在阐释它是支撑一种新的文学创作的前提条件，是人物成功、饱满的一个前提。

　　将柳青的反思与《种谷记》座谈会上的分析路径对照来看，座谈会上其他评论者反复追问的细节、写作者的身份等问题，共享着同样的"真实"的焦虑，即写作者和写作对象之间的鸿沟。冯雪峰给出的修改方案是"典型化"，典型化手法是指把握主要的矛盾，不把握主要的矛盾，也就不够真实，作品的主题就没有强大的力量，作者无法抵达写作对象。这与冯雪峰在20世纪50年代初所写的评论文章，对小说的基本要求是一致的[1]。座谈会上的另外一个方案是通过语言、细节，尽量地贴合写作对象的生活世界。这不仅是生活经验的问题，而是涉及什么叫农民的语言的问题，延安文艺座谈会上提出的让知识分子学习农民的语言，学习农民的语言是否就是方言和喜闻乐见的形式？或者说，学习农民的语言，是否就能够写出随着革命进程变动的农民？20世纪50年代《种谷记》座谈会的评论中隐含的另外一个参考框架，即赵树理和欧阳山。这也是当时国统区对于解放区的一个接受背景：赵树理的语言和故事结构，被认为是更切合农民的身份、生活实际的，欧阳山在《高干大》中使用陕北方言被认为是《讲话》之后贴近农民生活的、民族化的艺术转型。关于怎么写农民，出身延安的一些文艺工作者也未必能够真正理解什么样的叙事才是更为切合延安的革命实践的表达方式，比如在座谈会上，周而复即认为《种谷记》的缺点在于没有写党的领导。

在赵树理和欧阳山的对比之下，《种谷记》既不采用方言，也不借用传统故事结构，这出乎座谈会评论者对延安的预期之外，同时又在他们熟悉的现实主义小说创作的接受之中。因而，他们认为小说受了西洋小说的影响，并沿着现实主义／自然主义的脉络提出意见，这样的批评

---

[1] 冯雪峰的"典型化"不完全是写作手法，他与柳青的理解是相近的。在1947年冯雪峰编选的《丁玲文集》由上海开明书店出版，收入了七篇小说，《梦珂》《莎菲女士的日记》《水》《新的信念》《入伍》《我在霞村的时候》《夜》，冯雪峰写了一篇后记，《从〈梦珂〉到〈夜〉》，冯雪峰认为丁玲只有到了解放区之后才有这样的进步和成绩，冯雪峰认为《水》时期的公式化，是因为生活和斗争经验不深不广，而"作者跟着人民革命的发展，不仅作为一个参与实际工作的实践者，并且作为一个艺术家，在长期艰苦而曲折的斗争中，改造和生长，而带来前后这么大的距离。一个进步的小资产阶级的作家，成为真正人民的无产阶级的革命作家，需要在艺术上有他的标志"。这些作品"可以作为作者对于人民大众的斗争和意识改造及成长的记录，也可以作为作者自己的意识改造及成长的记录"。不过，作家主体的改造在冯雪峰的文学批评，并不凸显为一个独立的脉络，这应该与"世界观与创作方法"的论争相关，世界观的正确不能保证好的文学。不过，这并不意味着冯雪峰站在了创作方法一边，同时"典型化"并不是创作方法。有关冯雪峰的围绕"典型"的相关文学理论，以及与《讲话》的文学观念的差别，还需要再考察。

框架并没有施之于赵树理或者李季等作家之上。柳青早年的阅读多为西方小说,也有一段时间喜爱蒋光慈的革命小说等,他的早期创作中也很少用方言或者传统叙事套路。值得注意的是,在座谈会之后,柳青在文艺形式上并没有选择喜闻乐见的通俗形式,没有如欧阳山、艾青或者周立波等在语言选择和叙事风格上有突出的转变。柳青并不额外地突出语言问题,除了因为柳青是陕北人,没有太多语言的障碍,更为主要的原因是这在柳青是一个整体的考虑,语言是与生活、与工作相关的[1]。在同一个革命进程中来理解农民,不是通过方言或者原有的叙事形式,而是以一个政治性的认知来抵达变动中的农民的真实。

这个根本性的政治认知,所保证的是写作上能够使得农民真正在文学中获得位置。这是现实主义的重要问题,即在写作中将农民从他者的位置上解放出来。这个问题,与革命者组织动员农民进行社会革命的相关进程是一样的。这是一个全新的创作上的要求,要在作品中复现出这个变化的过程。延安时期有关农民的认知发生了重要的变化,农民从"落后"转变为"先进",变化的原因并不仅仅是因为阶级视角的转换,而是对于革命形势的整体把握。从阶级的视角来看,农民并不被认为是革命的力量。在共产党的革命历程中从理论到实践最重要的转变是对于农民问题的准确认识。农民之所以能够被确认为革命力量,并不仅仅因为中国农民人口占大多数这一事实,而是他们有着自觉的对抗意识,是行动的逻辑。它将被动的经验现实转化为自我确证的力量。所以,理解中国的农民革命问题,并不是在特殊性、在民族主义意义上的马克思主

---

[1] 孔厥在《下乡与创作》中回顾这一时期也提到了这个变化,他对比了1938年的下乡和1943年之后的下乡:"我又到延安中区五乡当副乡长。这一回我不再追求语言,追求材料;我勉力追求生活,追求工作!尽可能和农民浆在一起,积极完成工作的任务。事实是,在学习生活中间,倒是真正地学习了语言;在努力工作中间,倒是真正地获得了材料。一个浅显的道理,到那时候才明白:原来语言是跟生活分不开的。"《中华全国文学艺术工作者第一次代表大会纪念文集》,中国文联出版社,2009年版,第440页。

义中国化。要把握它，需要从这个主体行动的逻辑来入手。这也是对小说写作所提出的要求，如果把握不住这个行动的逻辑和感觉，那么对于从"落后"到"先进"的叙事就容易变成公式化的外壳。所以，延安文艺座谈会对于作家强调的"立场"，从表层看起来是一个阶级身份的变化，即从小资产阶级到无产阶级，而更深层则是一个更为动态的立场的保持，以及有赖于与群众的关系的打造。所以阶级的问题，即便转化为政治立场，这个政治立场也并非定点，而是与群众的关系的打造，是在这个关系打造过程的变化和前行中的不断确认。

1944年，柳青与到访米脂的林默涵谈到了"农村斗争的复杂性和他的创作打算"[1]。对于柳青来说，米脂三年的工作并不仅仅是事务层面熟悉农村工作，他感受到的是作为一个党员，以及全党在整风之后的变化。换言之，他理解的艺术的根本命题，或者说何为作家，柳青认为是在《讲话》中确立的。柳青正是延安这一代成长起来的作家。这个源头是从哪里来的？从它的讲述谱系上而言，实际上是通过对《讲话》的阐释。它抓住的核心问题，也就是说，这个"共产党员""作家"之所以能够并称，不是一个组织上的严守纪律，而是一个事关主体的很重要的方面，即在群众中完成自我。这样才是真正认识自己。共产党员的状态和作家的状态是一个问题。这既是现代意义上的作家的核心问题，也是何以为共产党员的问题。构成共产党员的核心质素——从群众中来，到群众中去，这也是现代艺术的核心问题。

1951年学习《湖南农民运动考察报告》一文起始于对共产党的理解，落脚在作家与劳动人民的长期联系："一个作家可能后二者（指马列主义和文学修养）暂时较差，只要他时刻考虑对劳动人民的责任心，不要把文学事业当作个人事业，不要断了和劳动人民的联系，他就有可

---

[1] 参考林默涵回忆文章，1944年的状态已经不同于萧军日记中记载的1942年回延安时的状态。

能不发生停滞和倒退的现象,而逐渐走向成熟。"[1] 这句话的着重点不是作家与党组织的关系,而是作家与群众的关系,作家与群众的关系应以党与群众的关系为样板。在与群众的关系中,"深入"和"长期"就不完全是修饰语,而是关键。它不是以定性的方式给出这个关系的实质,而是要求一个实际的过程,先锋党不是"群众"本身,但是需要不断地与群众融合,增强群众性,与群众的关系不仅是外层上的治理问题,也是内层中的政党属性。从柳青的创作历程来看,"共产党员作家"并不能理解为组织意义上的归属关系,或者作品中的"党性",而是成为共产党员作家的实践过程。

从柳青的思路而言,他的解答并不在现实主义原有的命题范围里,而是从《讲话》的一些基本原则、对于共产党人的实践的深切理解中转化而来。因此,柳青是以"信仰"和"体会"并称,并以此入手论证《讲话》所指示的"深入群众"是能根本上解决"典型化"的理论话语中含混未决的创作风格和方法问题。经过这样的转化,对于《讲话》的理解有了一个重要的转变,以前它是被框定在"政策"的定位上,或者是政党的"理念"形态,即虽然包含了对于新的文学的设想,不过更多是在功用的意义上[2],是暂时的、策略性的。而在柳青的视野中,《讲话》是指示了一种新的文学道路(他所用的词汇是"无产阶级"),不仅是作为理念,也包含实现的路径,立场和方法的统一。这个论证也不同于20世纪90年代以来借用"现代性"等理论话语对于《讲话》和延安文艺实践的性质所做的辩护。相较而言,柳青的辨析并不只是修辞上的区别(现代性、大众文化或者无产阶级文学道路),重要的区别在于柳

---

[1]孟广来、牛运清编:《中国当代文学研究资料·柳青专集》,福建人民出版社,1982年版,第20页。
[2]有关延安文艺设想的"功用性",参看李书磊:《1942:走向民间》,山东教育出版社,1998年版。

青的落脚点在作家的主体成长，而现代性或者大众文化的[1]表述是在文学体制。这个思路从其观点上来看，是《在延安文艺座谈会上的讲话》的核心命题之一，即思想改造，改造作家身上的小资产阶级立场。这个命题常常被理解为思想立场之于作品的艺术成就的决定性作用，从20世纪30年代的唯物论到20世纪40年代的世界观与创作方法之争都是在不同程度地质疑这一因果关系。从柳青的例子来看，《讲话》中所召唤的人民文学并不依托于特定的形式（比如现实主义），或者特定的文艺体制（比如一体化），而是如柳青所言，"最主要的、起决定作用的是作家的生活道路"，即"共产党员作家"的形成上。

---

[1]参考唐小兵:《我们怎样想象历史（代序言）》,《再解读：大众文艺与意识形态》，北京大学出版社，2007年版。

走向人民的艰难旅程[1]
——路翎解放初（1949—1950）的创作转变

◎ 倪伟

1948年8月，路翎在完成《平原》中的最后几个短篇后，暂时停止了小说创作。胡风解释说，这是因为在反动政权临近崩溃之际，"任何发表非谎言的文字的空隙"都没有了[2]，但更主要的原因其实是路翎意识到需要适时地调整自己的创作了。[3]

---

[1] 短篇小说集《朱桂花的故事》和剧作《人民万岁》是路翎新中国成立初期创作上的重要收获，它们表现了普通工人摆脱精神奴役创伤的缠绕、迎接新生活的艰苦努力，显示出路翎主动自我调整以跟上时代步伐的可贵努力。但在文学应以何种方式来把握现实结构，以及怎样表征并建构新中国人民主体等关键问题上，路翎因执守胡风的理论主张而未能在认识上有新的突破，其新作也有着较明显的以前创作的痕迹。路翎在理论和创作上的坚持己见，在当时引起了不少的批评和论争，这凸显了文艺界、知识界内部所存在的认识分歧，也表明新中国人民主体政治的建构必然是一个伴随着众多争议、误解乃至失误的艰难过程。
[2] 胡风:《路翎著〈平原〉后记》,《胡风全集》第6卷，湖北人民出版社，1999年版，第36页。
[3] 1948年8月，在胡风建议下，路翎曾计划在《蚂蚁小集》下出一个大众化的副页，以普通中学生程度的青年民众为对象，形式则力求平易。尽管感到大众化事实上很困难，但他仍觉得这是一个开创的工作，并尝试写了一篇小说。见路翎1948年8月18日、8月25日致绿原信（《路翎致友人书信》，载《新文学史料》2004年第4期），以及1948年8月15日、8月18日、9月11—12日致胡风信（《致胡风书信全编》，大象出版社，2004年版，第179—181页）。

在 1949 年 1 月 22 日致胡风的信中，路翎感叹道："我和我的疲劳奋斗着，要从混乱而灰暗的现实里找出我底形象来，一次又一次地，现在总算能够掌握住了一点。从过去的硬壳里脱出来真是困难的。"[1] 从《求爱》《在铁链中》《平原》这三个短篇集看，路翎的小说创作的确在日趋成熟，不仅对人物形象及其精神内容的把握更深入、更准确，而且在叙事技法上也更老练了。但形势的迅速变化让他面临着新的挑战。1948 年 3 月香港《大众文艺丛刊》上胡绳的批评文章虽然不能让他服膺，却也提醒他需要改变已然熟练掌握的创作模式，以适应新形势的要求。

1949 年 4 月，南京解放，新天地在炮火后突然出现，路翎觉得自己就像"瞎子突然睁了眼"，"感觉上似乎还一时不能适应"[2]，但内心很兴奋，"极想走过广大的新生的平原，见到新的事和新的人"[3]。他听从胡风的建议[4]，积极争取参加实际工作的机会，甚至希望不再干文艺，"最好在工厂里面"[5]。到南京军管会文艺处工作后，他多次要求下工厂

---

[1]路翎：《致胡风书信全编》，大象出版社，2004 年版，第 184 页。
[2]路翎：《致胡风书信全编》，大象出版社，2004 年版，第 184 页。
[3]路翎：《致胡风书信全编》，大象出版社，2004 年版，第 187 页。
[4]胡风在 1949 年 4 月 26 日致路翎的信中劝他，刊物"暂不必弄了"，"马上参加实际工作，做记者也好"（《胡风全集》第 9 卷，湖北人民出版社，1999 年版，第 250—251 页）。对圈内其他友人，胡风也有同样的建议。在 1949 年 5 月 7 日致方然、冀汸、朱谷怀、罗洛等人的信中，他说："我意，解放后你们应尽快参加实际工作，不应浮在文化圈子里面。刊物之类，即令能办，也只应附带地去做，暂时没有束缚住自己的必要。这时代有着火热的内容，只有到实际工作里面才能体验得到。"（胡风：《胡风全集》第 9 卷，湖北人民出版社，1999 年版，第 67 页）
[5]路翎：《致胡风书信全编》，大象出版社，2004 年版，第 186—187 页。在 1949 年 9 月 2 日致胡风的信中，路翎说："在我自己，是已经对文艺家们觉得一种困苦，那空气差不多是腐蚀人的，每走进去都要觉得一种困苦。所以，生活问题倘能基本解决，我当到厂里去，无论怎样都好。……半死不活的这样的'文艺'实在是不要再干了。"（路翎：《致胡风书信全编》，大象出版社，2004 年版，第 194—195 页）

参加实际工作[1]，终于获得去被服厂工作的机会，"开办工人夜校，从识字班做起"[2]。从1949年9月到12月，他一直在被服厂工作，其间还一度搬到厂里去住，"以逃避文化阵地"[3]。在工厂教补习班，他"所付代价颇不小"，因为"厂里面也是各种活动，忙乱之至"[4]，"写东西时间就少了一点"[5]。但也有很多收获，和工人们逐渐搞熟了，谈得不少，就有了创作的材料和念头[6]。除了被服厂，他还去过电厂和浦镇铁路机厂[7]。这些实际工作经验为他写作短篇小说集《朱桂花的故事》以及《人民万岁》[8]和《英雄母亲》这两个剧本提供了丰富的素材。

与路翎以前的作品相比，《朱桂花的故事》和《人民万岁》在题材内容、思想主题乃至叙事技法上都有了新的变化，但路翎创作的基本特征以及被人诟病的一些问题，仍然顽强地存在着。本文试图重新解读这些以往不太被重视的作品，呈现新中国成立前后这一转折时期路翎思想上和创作上的自我调整，同时考察其创作的延续及变化，进而检讨胡风派的文艺思想中某些症结性的问题。

一、现实主义如何表现"政治的风貌"？

1949年1月，胡风从香港到达东北解放区，在那里见闻的一切都

---

[1] 见1949年8月6日、8月15日、8月18日、8月30日致胡风信，路翎：《致胡风书信全编》，大象出版社，2004年版，第190—193页。
[2] 路翎：《致胡风书信全编》，大象出版社，2004年版，第193页。
[3] 路翎：《致胡风书信全编》，大象出版社，2004年版，第199页。
[4] 路翎：《致胡风书信全编》，大象出版社，2004年版，第196页。
[5] 路翎：《致胡风书信全编》，大象出版社，2004年版，第199页。
[6] 路翎：《致胡风书信全编》，大象出版社，2004年版，第200页。
[7] 路翎：《致胡风书信全编》，大象出版社，2004年版，第191—192页。
[8] 路翎从1949年5月开始动笔写《人民万岁》（见1949年5月23—25日致胡风信，《致胡风书信全编》，大象出版社，2004年版，第188页），前后数易其稿。1951年8月，北京天下图书公司出版此剧单行本，改剧名为《迎着明天》。

让他非常兴奋，感觉"好像从严冬走进了和煦的春光里面"，土地与风物都有了全新的香味和色彩，人物也有一种全新的气质。从4月开始，他陆续写下后来收入《和新人物在一起》的几篇散文，试图通过描写新人物的成长以反映祖国日新月异的前进。[1] 基于对新形势的体会，胡风在1949年5月19日的信中指示路翎，《蚂蚁小集》"顶好弄些新形势的报道，特别是关于工人的。但要注意政策，不要招到误解的表现法"[2]；在5月30日的信中，他更明确地提出对作品的三点要求："（一）要写积极的性格，新的生命；（二）叙述性的文字，也要浅显些，生活的文字；（三）不回避政治的风貌，给以表现。"[3]

路翎忠实地执行了胡风的指示。从1949年6月起，他的创作几乎都以工人为表现对象，写出了他们在新中国成立后思想上、性格上以及生活上所发生的变化，像朱桂英（《粮食》）、老荣材（《荣材婶的篮子》）这样积极、明朗、无私的性格形象在他以前的作品中还不曾有过。叙事上他也力求简洁明快，有意识地加强了叙述而减少了描写。或许是因为胡风提醒要"注意政策"，这些作品与《平原》中那些他已驾轻就熟的短篇相比，还是稍拘谨了些。[4] 遵照胡风提出的"不回避政治的风貌"的要求，路翎有意识地在创作中揭示时代政治的面貌。从字面看，"政治的风貌"似指政治得以呈现的具体形态。胡风在《论现实主义的路》中明确指出，伟大的政治事件固然要求得到反映，但这种反映如果只是把原本火热而丰富的生活内容复述为平庸的表面现象，那就不可能"有

---

[1] 胡风:《和新人物在一起·题记》,《胡风全集》第4卷,湖北人民出版社,1999年版,第267—268页。
[2] 胡风:《胡风全集》第9卷,湖北人民出版社,1999年版,第251页。
[3] 胡风:《胡风全集》第9卷,湖北人民出版社,1999年版,第252页。
[4] 在1949年11月1日致化铁的信中,路翎抱怨"现在写一点实在难,要满足这样那样的要求"。要考虑"这样那样的要求",下笔自然就拘谨了。见《路翎致友人书信》,载《新文学史料》2004年第4期。

提高读者，把读者向现实深处推进的思想力量"。他强调政治事件根本是以人的行动为中心，离开了人的意识斗争，政治事件的深刻内容就不可能得到充分表现。[1]因此，"政治的风貌"可以理解为通过人的意识斗争而呈现的时代政治的具体表现形态。在胡风看来，作为政治行动者的人，"他们的生活欲求或生活斗争，虽然体现着历史的要求，但却是取着千变万化的形态和复杂曲折的路径；他们的精神要求虽然伸向着解放，但随时随地都潜伏着或扩展着几千年的精神奴役的创伤"[2]，这才是新文艺所要表现的意识斗争的主要内容。

路翎赞同胡风的观点。他描写工人，更加注重表现他们的这种意识斗争，即他们的思想意识并没有随着新政权的建立而迅速转变，即使有所变化，那些潜伏着的精神奴役的创伤也仍然在无意识或潜意识中制约着他们的感觉方式和行为方式。《劳动模范朱学海》就是一个例子。青年工人朱学海劳动积极，生产成绩优良，被评选为劳动模范，但他之所以表现积极，是因为"仍然害怕掉饭碗"，"看别人积极，努力，他就很是不安……于是拼命地做工"[3]。他觉得自己实在不配当劳模，别人对他的表扬和鼓励在他看来根本就是一种讥嘲，为此他痛苦得禁不住要发怒。路翎把朱学海的这种扭曲心理归因于他过去的悲惨生活。他十三岁进铁匠店当学徒，常常遭到老板的毒打，因而变得疲惫而阴沉。进工厂后，他又曾被流氓监工打耳光，当众羞辱。这些经历使他对一切都丧失了兴趣，变得"思想混沌，精神萎靡"[4]，但他内心又时常"冲动着一股

---

[1]胡风:《论现实主义的路》,《胡风全集》第3卷，湖北人民出版社，1999年版，第541—543页。
[2]胡风:《置身在为民主的斗争里面》,《胡风全集》第3卷，湖北人民出版社，1999年版，第189页。
[3]路翎:《朱桂花的故事》，知识书店，1950年版，第93页。
[4]路翎:《朱桂花的故事》，知识书店，1950年版，第90页。

猛烈的东西"[1]，这是从仇恨、恐惧和绝望中生长出来的一股非理性的破坏力量。新中国成立后，朱学海长期被冰封的心灵开始解冻，那股一直在涌动却又冲不出来的"猛烈的东西"也在伺机寻隙而出。在路翎看来，只有追溯朱学海的个人生活史并探寻其内在的精神创伤，他那些令人费解的乖戾举动，才能得到准确的理解；也只有从这个角度来刻画的人，才是胡风所说的"活的人"，即通过其"感性的活动"反映了"一代的心理动态"的行动着的人。[2]同样被评为劳动模范的女工朱桂花，性格虽然不像朱学海那么阴沉，但她总以为服从丈夫和婆婆是天经地义的，因此从来不敢违逆，封建伦理观念牢牢地制约着她的思想和行为，可见她承受着多么深重的负担了。朱学海、朱桂花这样的劳动模范尚且如此，赵梅英、刘长巧（《粮食》）等落后分子就更成问题了。不仅是工人，连革命队伍里的干部也都有着各自的负担。《锄地》里从部队下来的医务助理员刘良总是和工人们搞不好关系，有时甚至还憎恨他们，因为他看到工人们在物质生活上比他乡下家里好得多，心态有点失衡，"他们农民为了解放中国流了这么多血，工人们舒舒服服地享受革命的果实，还要被称为革命的领导阶级，这是他心里时常想不通的"[3]。《女工赵梅英》里的管理员朱新民大概也有类似的感受和情绪吧，所以像赵梅英这样刁蛮的落后分子在他眼里简直就是阶级敌人。总之，路翎笔下的这些人物，无论是劳动模范、普通工人，还是从部队下来的干部，都不同程度地有着各种各样的历史负担和精神奴役创伤。正是因为强调了这方面的内容，这些作品在后来遭到了严厉的批评。

陆希治就愤怒地指出：

---

[1]路翎：《朱桂花的故事》，知识书店，1950年版，第93页。
[2]胡风：《论现实主义的路》，《胡风全集》第3卷，湖北人民出版社，1999年版，第533页。
[3]路翎：《朱桂花的故事》，知识书店，1950年版，第114页。

> 工人阶级的大公无私，工人阶级的最坚强的集体性、组织性和纪律性，工人阶级高瞻远瞩地为自己的崇高理想而积极斗争的英雄姿态，在路翎的小说中是看不见的。路翎给了我们一些与此恰好相反的人物。他笔下的"工人阶级"是猥琐而癫狂，野蛮而凶暴；他们目无组织纪律，更无远大理想。他们几乎全都思想落后，甚至与新的生活和自己的阶级形成严重的对抗，这些人物可以任性胡为，以致实际上成为流氓无赖和破坏分子。[1]

在陆希治等人看来，路翎对工人阶级形象的正面表现远远不够，反而不恰当地渲染了他们思想和性格中消极灰暗的一面，因而违背了文艺要塑造工农兵英雄形象的时代要求。郭沫若在第一次文代会上所作文艺总报告中明确提出文艺工作者"要深入现实，表现和赞扬人民大众的勤劳英勇"[2]，文代会的《大会宣言》也指出文艺要"表现中国人民中新的英雄人物与英雄事迹"[3]，路翎作为与会代表显然没有吃透会议精神，尽管在创作上也有主动的调整，但根本上还是坚持了胡风的现实主义道路。

1951年8月，在剧作《祖国在前进》的后记中，路翎谈到如何表现工人阶级形象，仍然强调"形式主义地表演优点，也是不符合于现实的活的斗争状况，不能尽歌颂的作用的：只能引起不信任"[4]。"而现实主义所要求的，也就是教育意义所要求的，是要展开人的身上的各种活

---

[1]陆希治：《歪曲现实的"现实主义"——评路翎的短篇小说集〈朱桂花的故事〉》，载《文艺报》1952年5月10日。
[2]中华全国文学艺术工作者代表大会宣传处编：《中华全国文学艺术工作者代表大会纪念文集》，新华书店，1950年版，第41页。
[3]中华全国文学艺术工作者代表大会宣传处编：《中华全国文学艺术工作者代表大会纪念文集》，新华书店，1950年版，第149页。
[4]路翎：《路翎剧作选》，中国戏剧出版社，1986年版，第410页。

的因素的斗争，从而发展出新事物来；因为人的身上的各种因素是被历史环境所造成的，所以，目前的环境的影响或别人的说服只能是这些斗争的必要的诱导力量和推动力量，而且不可能是机械的，因而，这些斗争就会在每一个特定的人身上都具有一个独特的性格。"[1]这种说法看似正确，其实却不无片面之处，恰恰放大了胡风的现实主义理论所存在的缺陷。胡风认为"现实之所以成为现实，正是由于流贯着人民的负担、觉醒、潜力、愿望和夺取生路这个火热的、甚至是痛苦的历史内容"[2]，但历史内容显然不能被狭隘地理解为由历史环境所决定的过往生活经验与记忆，而必须理解为一个统摄了过去、现在与未来的连续性结构，这意味着所谓"人民的负担、觉醒、潜力、愿望"虽然都能从过往历史中寻找其根源，但又必须把它们作为当下的现实来把握。换言之，那些看似具有决定性的历史因素，与其视之为一种客观实存，不如视之为在当下的现实结构中通过观念认知而建构起来并加以把握的对象，也只有在这种现实结构中，伸向未来的愿望才不至于变成空茫的幻想。胡风强调作家需要把人民的负担、觉醒、潜力、愿望和夺取生路的历史内容转化为自己的主观要求，这就是说只有通过创作主体的主观努力，历史内容才能作为一种现实得以把握，但他又强调在人民的生活要求里潜伏着、扩展着几千年的精神奴役创伤，它们构成历史内容的基体，这就很容易造成一种误解，即把历史内容看作在过去时间中生成并累积起来的客观存在，而忽视了它其实是以知识为中介在现实结构中被构造和把握的。正是出于这种误解，路翎错误地把历史环境与目前环境对立起来，认为历史环境才是造成人身上各种因素的决定力量，目前环境则仅仅起到诱导和推动的作用。如果把目前环境理解为一个由时势、制度以及社会互动等因素合力构成的现实结构，则不难看出，与历史环境相比，它才是

---

[1]路翎：《路翎剧作选》，中国戏剧出版社，1986年版，第409页。
[2]胡风：《论现实主义的路》，《胡风全集》第3卷，湖北人民出版社，1999年版，第501页。

影响并决定人身上各种活的因素的最直接的力量。不承认这一点，在逻辑上就会推导出一个危险的结论，即时势、制度以及社会关系的变化根本上不具有改变人的力量。对历史环境决定作用的片面强调使路翎进一步认为，所谓活的因素的斗争决定了每一个特定的人都有着独特的性格。现实主义文学要求人物应有其独特的个性，但这种个性又必须是完整的。仅仅在个人精神心理的层面或是从个人生活史的角度，都无从把握这种完整的个性，只有建立起"作为独自的个人的人与作为一个社会存在、作为共同体的一个成员的人之间的有机的、不可分解的联系"[1]，人物的个性才是既独特又完整的。胡风大概也会赞同这个原则，但他在具体论述中却暴露出某种片面性。他强调，没有"活的人"就没有"活的群众"，"阶级是在活的个别的阶级成员里面，或通过他而存在的；离开了具体的活的阶级成员就没有阶级"，"每一个人是一个性格，一个'感性的活动'，'社会关系的总体'。'从一粒砂里看世界'，是不但可能，而且非如此不可的"。[2] 这就有一点还原论的意味了。阶级内容固然可以通过其个人成员来表现，但阶级本身却不能还原为个别成员，如果说"活的群众"离不开"活的人"，那么"活的人"当然也离不开"活的群众"。只有在社会关系中，在集体性的生活和斗争中，个体的人才能获得其具体性和完整性，从而成为"活的人"。一粒砂若不是在与周遭事物及环境的关系结构中获得其具体性和完整性，从它里面是绝无可能看到整个世界的。[3]

---

[1] Georg Lukács, *Studies in European Realism,* Grosset & Dunlap, 1964, p. 8.
[2] 胡风:《论现实主义的路》，《胡风全集》第 3 卷，湖北人民出版社，1999 年版，第 547—549 页。
[3] 针对胡风所说的"从一粒砂里看世界"的观点，乔冠华曾质问道："真的只从一粒沙中可以看到一个世界吗？真的一个世界只有从一粒沙中可以清楚地看到吗？真是每一粒沙中都有一个完整的世界吗？"乔木（乔冠华）:《文艺创作与主观》，载《大众文艺丛刊》1948 年 5 月第 2 辑，第 9 页。

胡风的这个观点对路翎的创作有直接而深刻的影响。路翎倾向于从个人的内在心理和意识状况入手来表现所谓"活的斗争"，对人物的独特性格及其成因的刻画也多半通过追溯个人生活史来完成。他侧重从内在于人物的角度来表现意识斗争，而对在根本上影响并决定着人物的意识斗争的内容及展开方式的社会关系结构，以及与之相应的社会生活和斗争的表现，则显得相对不足。在表现新中国成立后工人身上所发生的意识斗争时，这个问题就暴露得更充分了。阶级对抗不再构成叙事的主要动力，意识斗争便只能在个人的心理层面上展开，历史内容也只是通过对个人生活历史的回溯来展现。朱学海呆板阴沉的性格主要不是在生产劳动以及日常交往等社会互动中，而是通过对他过去生活经历的补叙来表现。与朱学海有私人交往关系的仅有两人，他的未婚妻李佩兰作为对立面，代表外在的社会压力，老工人陈正光鼓励他走出过去的阴影，但这个同样有着精神奴役创伤和负担的老工人形象，实际上只是朱学海性格的补充和延伸。由于朱学海的"活的斗争"基本上被收束在个人意识层面，而且只从个人生活的角度获得了一定的解释，这种意识斗争就只能以一种单调的、模式化的方式展开，看似感性，实质上却是另一种形式的抽象。耐人寻味的是，真正把朱学海从"过去的惨淡的黯影"中拯救出来的，既不是陈正光，也不是李佩兰，而是工厂响起的有着象征意味的"宏亮而雄壮"的汽笛声，这说明朱学海式的意识斗争实际上只是在象征的层面上而非在现实的层面上获得了解决。

若是把路翎的这些作品与同时期相同题材的剧作《红旗歌》相比较，或许能更清楚地见出其不足。《红旗歌》中的马芬姐是"一个被旧世界的剥削、压榨、凌辱所歪曲了的性格，一个痛苦、孤僻、倔强、甚至有些无赖的性格"[1]，新中国成立后她依然故我，消极劳动，和管理员

---

[1]刘沧浪等集体创作：《红旗歌》，新华书店，1949年版，第2页。

以及工人中的积极分子发生了激烈冲突。马芬姐与路翎笔下的赵梅英很相似,但她的性格形成和思想转变却得到了更有力的表现。在她身上同样有着胡风所说的精神奴役创伤,由于在旧工厂里曾饱受压榨和欺凌,她对工厂怀有仇恨和敌意,不愿意积极干活,她的"顽固""落后"有着某种反抗的意味。犁阳因此认为马芬姐仍然表现了工人阶级的可爱的本质,"她'顽固'、'落后'的进一面,恰恰就是'勇敢'和'顽强'"[1]。马芬姐所承受的过去生活的负担或精神奴役的创伤是以一种扭曲的方式体现了工人阶级的可贵本质,蕴含着自我翻转的潜能,她后来的转变因而也就显得合情合理了。此外,剧作表现马芬姐的思想转变,没有将这种意识斗争局限于其个人意识层面,而是在她身边安排了老刘、金芳、张大梅、万国英等身份、思想和性情都各不相同的人物,这就把她放在了一个相对完整而具体的社会关系网络中,并且通过她在劳动竞赛中与这些人物之间的矛盾和冲突,构造了一个促使她不能不转变的社会情境。正是通过上述内外两个方面的细致刻画,马芬姐的性格获得了具体而完整的表现,其思想转变也才具有了深刻的时代意义。因此,尽管当时也有人质疑马芬姐这个人物不具有现实性,但《红旗歌》还是获得了普遍的好评,周扬称赞它是一部"具有教育人、感动人的力量"的好作品。[2]

---

[1] 犁阳:《评〈红旗歌〉》,载《文艺报》1950年第1卷第11期,第11页。
[2] 萧殷、蔡天心都认为马芬姐这个人物不具有现实性,因为在新中国成立后的工厂里不可能还有这么顽固、落后的工人(萧殷的《评〈红旗歌〉及其创作方法》和蔡天心的《〈红旗歌〉的主题思想》均刊载于《文艺报》1950年2月25日第1卷第11期)。周扬不同意他们的看法,认为"这个人物的落后思想心理是有它的社会根源的,是有它的一定的代表性的……在解放不过半年时间,工人的政治觉悟还没有普遍提高,工人物质福利还没有根本改善的情况下,工人中有象马芬姐这样'顽固''落后'思想是完全可能的、现实的、并不奇怪的。"(周扬:《论〈红旗歌〉》,《周扬文集》第2卷,人民文学出版社,1985年版,第23—24页)

二、歇斯底里:"突击的时代"的"激战点"

路翎笔下的人物几乎都有极端化的情绪表现,他们常常被巨大的愤怒、悲伤或喜悦所挟制,不能自主。这种有着鲜明个人印记的心理描写,招来了很多批评。陆希治评《朱桂花的故事》,就指斥路翎把歇斯底里当作描写人物的"法宝":"作者可以随心所欲地发展和变化着人物的性格:可以走向极端,可以逆转直下……因此而把我们的工人阶级丑化成一群奇形怪状的病态的人,一群怪物!"[1] 事实上早在重庆的时候,文艺圈里就已经有这种批评的声音。胡风曾向路翎转述过向林冰的意见,说他"小说中的人物有着精神上的歇斯底里","写的工人,衣服是工人,面孔、灵魂却是小资产阶级"。[2] 胡绳后来把左翼内部的这种私下的意见写进了他的批评文章,认为路翎惯爱写神经质的人物和疯子,他"有着太强的知识分子的主观",以至于把工人也写成了和知识分子一样的"情绪闪烁的神经质者"[3]。在胡绳之后,很多批评者都喜欢抓住这点不放,这种不究底里的贴标签式的批评让路翎极为恼怒[4]。

路翎的愤怒可以理解。他重视心理描写和对内心剧烈纠葛的揭露,并不是对病态心理有所偏爱,而是基于自己对于时代以及文学的深切

---

[1] 陆希治:《歪曲现实的"现实主义"——评路翎的短篇小说集〈朱桂花的故事〉》,载《文艺报》1952年5月第9号,第26页。
[2] 路翎:《一起共患难的友人和导师——我与胡风》,晓风主编:《我与胡风——胡风事件三十七人回忆》,宁夏人民出版社,1993年版,第475—476页。
[3] 胡绳:《论路翎的短篇小说》,载《大众文艺丛刊》1948年3月第1辑,第67页。
[4] 短篇小说《朱桂花的故事》在《天津日报》上发表后,时任《天津日报》文艺部主任的方纪在给路翎的信中说,他赞同一些人的意见,里面的军事代表有点神经质,这让路翎很生气,忍不住向胡风吐槽:"我简直到处搞些神经质,他妈的!如果不是我害了病,那就是这个世界在打摆子了。"见1950年1月13—15日路翎致胡风信,路翎:《致胡风书信全编》,大象出版社,2004年版,第204页。

体认。他认为"时代和人的心理都有旧事物的重压","在重压下带着所谓'歇斯底里'的痉挛、心脏抽搐的思想与精神的反抗、渴望未来的萌芽",正是他"所寻求而且宝贵的"。在他看来,"歇斯底里,唐突,是一个爆炸点",是人物"心中的和环境的激战点"。胡风赞同他的看法,认为歇斯底里是"一种自反性的反抗与自发的痉挛性","是可宝贵的事物",尤其是在黑暗的重压下。[1] 在《论现实主义的路》里,胡风引用了恩格斯致玛·哈克奈斯信中的观点:"劳动阶级对于压迫着自己的环境的革命的反拨,劳动阶级想获得自己的人的权利的、痉挛性的(convulsive)意识的或半意识的企图,都是历史的一部分,能够在现实主义的领域里面要求席位",[2] 并进而批评说:"这是连痉挛性的半意识的企图都可以要的,但有的'一般性的原则'人,却身在封建性和殖民地性的重压把无数农民逼疯了的社会里,不肯承认这个疯狂正是社会压迫的典型性的结果,以为作家在疯人身上发现出了一种想解除重压的渴望,'只能'算是侮辱了农民,这就不知道是根据什么一条'一般性的原则'了。"[3] 胡风和路翎都认为,歇斯底里、疯狂或是神经质不仅显现了时代和社会的重压给劳动人民所造成的精神奴役创伤,而且也反映了他们的觉醒以及求解放的愿望,写出这种精神心理状况,并不是对他们的侮辱,而是为了写出他们通过"活的斗争"而获得觉醒和成长的道路。但在向林冰和胡绳等人看来,歇斯底里或神经质毕竟是一种病态心理,即便蕴含着反抗的潜能,但由于这种反抗是非理性的,所以尽管看起来很猛烈,内在却是软弱的,不能持久的,只会造成主体自身的毁灭,而不能取得真正的胜利。这与他们所想象、所召唤的人民大众的主

---

[1] 路翎:《一起共患难的友人和导师——我与胡风》,晓风主编:《我与胡风——胡风事件三十七人回忆》,宁夏人民出版社,1993年版,第283—287页。
[2] 胡风:《论现实主义的路》,《胡风全集》第3卷,湖北人民出版社,1999年版,第559—560页。
[3] 胡风:《论现实主义的路》,《胡风全集》第3卷,湖北人民出版社,1999年版,第560页。

体形象是迥然有别的。他们心目中的人民主体形象当然应该是健康的、理性的、坚强的，只有这样的行动主体才能创造新的历史。胡风则认为我们不能"在'优美的'主观憧憬里面去设定人民的面貌"，而必须认识到"觉醒的人民原来是在摆脱着历史负担的过程里面成长起来的"。[1] 但问题是，作为精神奴役创伤之症状的歇斯底里或神经质与胡风所强调的"支配历史命运的潜在力量"之间究竟有何关联？从歇斯底里到觉醒，乃至最终成长为一个清醒而强大的主体，这种转变如何才能实现？这就需要我们对歇斯底里作更深入的分析。

歇斯底里作为一个描述性的范畴，其历史可追溯到古希腊，在此后不同的历史时期和文化背景中，其意指都有所变化。在19世纪后半叶，对歇斯底里的持续探讨直接推动了精神分析学的兴起。虽说在20世纪初歇斯底里已不再作为一种疾病纳入临床诊治，但它作为一个流行词，却被用来指称各种因创伤性经验而导致的身心障碍，并由此衍生出拉康所谓的歇斯底里话语（hysterical discourse）。在文学艺术领域，歇斯底里常常被当作创造性和反叛性的一个隐喻，超现实主义者阿拉贡和布勒东认为："歇斯底里大体上就是一种不可还原的精神状态，歇斯底里的主体相信自己实际上是可以从这个道德世界中解脱出来的，脱离一切昏乱的体制……歇斯底里不是一种病理学现象，它在一切方面都可以被认为是一种最高的表达方式。"[2] 伊丽莎白·布朗芬认为，歇斯底里可以被当作一种语言来解读，"它使主体得以表达个人的以及文化的不满"[3]。

---

[1] 胡风:《论现实主义的路》,《胡风全集》第3卷，湖北人民出版社，1999年版，第557—558页。

[2] Louis Aragon & André Breton, "Le cinquantenaire de l'hystérie. 1878—1928." La Revolution Surréaliste, no.11; 4th year（15 March）. Cited in Elisabeth Bronfen, *The Knotted Subject: Hysteria and its Discontents,* Princeton University Press, 1998, p. 174.

[3] Elisabeth Bronfen, *The Knotted Subject: Hysteria and its Discontents,* Princeton University Press, 1998, p. xii.

这些纠结的主体通常是处于社会的底层或是边缘的人群，如妇女、贫民或是少数族群，他们长期遭受剥夺和凌辱，承受着巨大的身心创伤，既无法直接表述也不能彻底压抑这种无处不在且不可穿透的创伤性冲击，而只能将它转变为各种身心官能症。歇斯底里将精神创痛转变为身体症状，这种转换实际上是在发布一种被编码的信息，它传达的正是脆弱性——"既是象征界的脆弱性（父权律法和社会纽带的错谬），也是身份认同的脆弱性（性别、族群和阶级等方面身份设定的不稳定）；或者，也许首先是身体的脆弱性，因其是易变且必死的"[1]。这意味着作为一种社会病症的歇斯底里的流行，本身即暴露了维系社会的既有象征秩序已在朽坏、崩塌中，它所设定的各种身份以及与之相应的各种规范，已无法迫使广大民众尤其是那些被剥夺最多、受苦最深的人去心甘情愿地接受和认同。

　　路翎坚持表现人物精神上的歇斯底里，也可以从这个角度来理解。在他看来，歇斯底里的"唐突与痉挛"正是能够有力地表现"突击的时代"的一个爆炸点。所谓"突击的时代"，就是旧的象征秩序走向全面崩溃、新的社会力量开始觉醒并不断成长的方生方死的时代。刻画底层工农精神上的歇斯底里特征，不仅能够深刻地揭示他们所遭受的精神奴役创伤，而且也能从一个独特的角度反映"突击的时代"的历史内容。如果把歇斯底里视为一种文化建构，"一种自我表征的策略和一种与知识相关的主体结构行为"[2]，那么就能通过它来把握胡风所说的人民大众的负担、觉醒、愿望与反抗。明乎此，路翎作品中人物的歇斯底里或神经质就并非如众多批评者所说的那样是不可理喻的，他们内心的狂乱和

---

[1] Elisabeth Bronfen, *The Knotted Subject: Hysteria and its Discontents*, Princeton University Press, 1998, p. xiii.

[2] Elisabeth Bronfen, *The Knotted Subject: Hysteria and its Discontents*, Princeton University Press, 1998, p. 40.

乖张的举动不能被简单还原为"一种所谓原始的野性、极端的疯狂性、痉挛性"[1]。就以被康濯严厉批评的《在铁链中》为例，何德祥老汉在强制劳役中所表现出来的沉默和顺从，以及他对前来送红苕的老妻何姑婆的先是冷酷、狂暴继而愧疚、怜惜的态度突转，看似难以理解，但这恰恰真实地反映了主体内在的混乱和纠结。何德祥因欠债而遭此大辱，内心无法抑制的愤怒和绝望使他下意识地敌视整个世界，他在劳役中的沉默和顺从，他对老妻的出人意料的冷酷，都以一种极其反常的方式表现了他对这个不合理世界的憎恨，以及对人们习以为常的所谓合理的行为逻辑的蔑视。但他不能清晰地辨识和理清自己内心涌动着的这些混乱的情绪和感受，更无法用一种知识化的语言来表达，而只能诉诸连自己都不能控制的狂乱行为。他的怀有敌意的反抗终究难以持久，他的态度突转因而可以理解为是从这个世界的既有秩序中短暂脱离后的回归。事实上，路翎作品中那些歇斯底里的人物都能从这个角度获得理解。他们的闪烁着神经质的感觉和意识状态，往往是出于下意识冲动的疯狂的言论和举动，都有着内在分裂的纠结主体所特有的症状，作为一种身体信号，它们传达的正是主体所无法言说甚至不能清晰辨认的感受和冲动。我们必须把这些歇斯底里的症状看作一种"原语言"（protolanguage），探究它们到底言说了些什么。[2] 就路翎的作品而言，我们从所谓的歇斯底里至少可以看到"突击的时代"的两个鲜明特征，即旧的社会结构及其象征秩序的不可避免的崩溃和正在觉醒中的人民起而反抗的潜力。

歇斯底里作为一种精神心理现象，其重要意义在于揭示了主体的失语状态：既无法用语言来表达身心创痛，更不能通过连贯的叙述来完整地理解自己的生活，生活之于他／她遂呈现为不能理解也无法连缀的

---

[1] 康濯：《路翎的反革命的小说创作》，载《文艺报》1955年6月30日第12号，第32页。
[2] Elaine Showalter, *Hystories: Hysterical Epidemics and Modern Culture,* Columbia University Press, 1997, p. 13.

碎片。这种失语实际上反映了知识本身的匮乏。歇斯底里的主体一方面维持了代表父权的人物所宣扬的知识系统,而当这些知识不足以解释其创伤经验时,他/她又会对这些知识及其背后的父权律法的一致性和有效性发起挑战,迫使其证明自身权力的权威性。拉康因此认为歇斯底里者把主人逼到了其知识被发现存在着匮缺的地步,主人要么对一切拒作解释,要么其说理根本就站不住脚。这就迫使他必须通过生产知识来对付,然而其理论又将继续被证明是错误的。[1]正是在这里,歇斯底里的失语显现了一种颠覆和反抗父权律法的潜能。

路翎敏锐地注意到有着精神奴役创伤的底层民众往往存在着类似于歇斯底里的失语状态,他指出"精神奴役创伤也有语言奴役创伤"[2]。"语言奴役创伤"指的其实就是因长期被剥夺而造成的用知识语言来自我表达的能力的丧失。向林冰等人批评他的人物所说的不是群众常用的一般土语,进而认为他写的工人只有衣服是工人的,面孔和灵魂却是小资产阶级的。路翎则争辩说,工农劳动者"内心里面是有着各种各样的知识语言,不土语的",而且正因为上层的流氓、把头、地痞性的小官与恶霸地主许多都使用土语和行帮语,而且他们还不准工农说这些土语和行帮语,所以工农出于反抗,有时便会自发地说着知识的话语。[3]路翎坚持认为,他的人物用知识语言来说话,是他们反抗精神奴役的一种方式,也是这种反抗所必然趋向的结果。然而问题在于他笔下的人物所说的知识语言基本上只表现为一些词汇,如知识分子常用的"灵魂""心灵""愉快""苦恼""事实性质"等较为抽象的词汇,还没有提

---

[1] Bruce Fink, *The Lacanian Subject: Between Language and Jouissance,* Princeton University Press, 1995, p. 134.

[2] 路翎:《一起共患难的友人和导师——我与胡风》,晓风主编:《我与胡风——胡风事件三十七人回忆》,宁夏人民出版社,1993年版,第476页。

[3] 路翎:《一起共患难的友人和导师——我与胡风》,晓风主编:《我与胡风——胡风事件三十七人回忆》,宁夏人民出版社,1993年版,第475—476页。

升到包括认识论和价值观在内的话语系统的层面。即使这些工农在说话中时常会冒出一些现代知识词汇，也不等于说他们已经掌握了与这些词汇相关联的话语系统，并用它们来解释自己所遭遇的创伤经验，他们基本上还是处在一种因失语而引起的近乎疯狂和谵妄的状态。路翎善于描写人物的心理状态，但我们需要把他作品中叙述者对人物的心理描摹与人物内心的意识活动区分开来，前者明显基于一种清晰明确的知识语言，即路翎所持有的从"五四"启蒙思想发展而来的批判话语，后者则因为无法用语言来清晰表述而陷于混乱、冲突和分裂的状态。但遗憾的是，路翎往往不能把两者明确区分开来，从而导致叙述者的声音侵入乃至部分取代了人物的声音，向林冰、胡绳等人批评他把小资产阶级知识分子的东西装到了工人心里面，说的就是这种情况。这的确是路翎的疏忽，他充分表现了工农身份的人物内心的纠结和冲突，但又急于用现有的知识话语来命名和解释他们的极为混乱的意识和潜意识活动，并认为他们自发地说着知识话语正是反抗奴役的一种表现。工农内心确实有着各种各样的知识话语，但它们多半还是那个正在崩溃中的旧的象征体系所生产出来的，不能用来解释工农遭受的创伤经验，正是这种知识匮缺所造成的压抑和焦虑，构成了歇斯底里或神经质的直接诱因。虽说他们通过歇斯底里或神经质的发作来逼迫主人生产知识，但这恐怕未必能起到多大作用，因为在旧的象征体系里所生产出来的，只能是换汤不换药的知识。一种全然不同的新的知识要被他们所理解、掌握并运用，这不是能够轻易实现的，即使在社会的整体结构发生有利变化的情形下，也还需要经过一个缓慢的过程。

在小说集《朱桂花的故事》里，路翎对工人的失语状况以及他们接受新的知识话语的艰难过程，有了更为自觉的认识，也有较为生动的刻画。从乡下来城里做工的朱桂花因为在生产中表现出色被评为模范，但就在正式宣布的前一晚，她却找到军代表，提出要离厂回乡，因为她男人刚从国民党那里逃回家,专程跑来找她,威胁说她再不回去就不要她了。朱桂花是信从传统妇德的,她把婆婆和男人都看作上人,是不能违抗的,所以尽管她舍不得离开工厂,却还是会习惯性地服从。然而在得到军代表同意后,她又觉得很失落,心里很纠结。路翎安排了一个戏剧性的场景来促使朱桂花作出最后的决断。在路过大饭厅的时候,平时憎恶唱歌的朱桂花头一回感到工人们的歌声里有着"一种奇怪的吸力",于是便一阵风似的跑进饭厅,跟着大家一起唱起了《咱们工人有力量》。她唱着歌,心里充满了连自己也说不出来的力量。她决定留下,而她的男人也出于羞愧,主动表态要让她留在城里继续做工,"学着做个人"[1]。在《替我唱个歌》和《锄地》里,路翎同样把唱歌当作解决难题的魔法,在集体合唱中,个人内心的纠结仿佛被熨平,人和人之间的误解和隔膜也被化解了。在集体活动中,唱歌的确能够创造一种特殊的氛围,强化人们对集体的认同。劳伦斯·克雷默认为:"人声作为社会关系的媒介,把听者卷入一种潜在的或虚拟的主体间性,在某些情况下,这种主体间性可以在唱歌过程中实现;作为一种有形的媒介,人声以其感官上的、振动性的丰满对听者的身体发话,从而不仅提供了物质性的愉悦,而且也煽起了幻想。"[2] 在集体歌唱中,个人的声音汇入集体的声音,但每个人的嗓音又都有着独一无二的特征,所以个人仍能强烈感受到自身的存在,而不致被完全湮没在集体中。放声合唱不仅使个人在与他人联结的基础上形成对集体的认同,而且从喉咙中放出的歌声所具有的物质性,也让他憬悟到自身的存在及力量。朱桂花在唱歌时内心感到的那股力量,既是工人阶级的集体力量,也是她自己身上潜伏着的力量,这股被长久压抑的力量在集体力量的冲击下获得了释放。在中国革

---

[1]路翎:《朱桂花的故事》,知识书店,1950年版,第37页。
[2]Laurence Kramer, *Musical Meaning: Toward a Critical History,* University of California Press, 2002, p. 54.

命历史上，唱歌一直是一种有效的宣传和鼓动手段，尤其是在部队中，唱革命歌曲久已形成传统。在解放初期，唱歌被当作发动群众和教育群众的一种手段，在工厂中推广开来。路翎屡屡在作品中写到唱歌，显然是基于这一事实背景。唱歌作为解决难题的魔法，首先暗示了个人的觉醒和转变实际上无法完全依靠自身的内在力量来实现，而需要社会形势的逼迫和集体力量的推动，因此改变人的主导力量仍然是社会环境。其次，唱歌虽然能够增进社会联系、强化集体认同，但其短暂的即时性和虚拟想象的性质却决定了它不可能起到从根本上改变人的作用。朱桂花在唱歌中获得的力量很可能会被日常生活迅速消磨掉，《锄地》中进城的土干部和城里工人之间的隔阂和矛盾，当然也不会因为在一起唱过歌就烟消云散了。这或许也从一个角度印证了胡风和路翎所持有的观点，即几千年的精神奴役创伤是不可能随着社会形势的改变而迅速愈合的。

《女工赵梅英》提供了一个更极端的例子。赵梅英"是小康人家的女儿，又漂亮又有些聪明"，还念过几年书，后来父母去世，"遭到了各种不幸，在生活的打击下几乎变成一个下流的女人"[1]。刚解放的时候，她一度表现很积极，一方面是因为觉得生活变了，一切受苦人都要翻身了，心里高兴；另一方面也是想在工会里捞个职位，过上舒服日子。在希望落空后，又加上看到当行政干部事实上也捞不到什么好处，她就故意把工作做得一塌糊涂，有意刁难朱管理员，大闹一场，还使性子打了对她一直不错的邻居张七婶，然后赌气离开了工厂。好心肠的张七婶领着朱管理员上门和解，赵梅英的态度却乖戾得不合情理。她本来已有悔意，害怕会丢掉工作，心想厂里若是派人来，自己就主动认个错。可一看到朱管理员，她却"心里立刻恢复了敌意和盲目的力量"[2]，不依不饶地说了一通狠话，明知道这不是自己想说的，可就是控制不了。想到这

---

[1] 路翎：《朱桂花的故事》，知识书店，1950年版，第63页。
[2] 路翎：《朱桂花的故事》，知识书店，1950年版，第63页。

些话将使局面变得不可收拾,她禁不住感到害怕乃至绝望,这绝望又让她变得更狂暴,并从中感到了一丝快意。赵梅英看起来像是个不可捉摸的神经质人物[1],她的反常心理和行为也有点歇斯底里。在旧社会她所受的苦虽说没那么深,但她常常被自己所爱的男人毒打并最终抛弃,几乎堕落成下流女人,因此"觉得全世界一切都在欺骗她,甚至想要自杀"[2]。她的创伤主要来自父权制的压迫,不能用新中国成立后建立在阶级政治基础上的主流话语来有效解释,她也不觉得这套话语有什么用,反而把它当作主人的知识加以嘲讽。朱管理员对她说"我们大家是拿的老百姓的钱,替老百姓做事",她马上快活地叫了起来,拦住他的话:

"又是这一套,阿弥陀佛,又是这一套。我背几句给你听听怎么样?——我们工人阶级是国家的主人,"她于是摇头晃脑说了起来:"老百姓翻了身,现在不是国民党反动派,前方战士替我们打仗,我们要支援前线!"她一口气地大声说着,然后她说,"我背的怎么样?不差吧?"得意地笑起来了。[3]

这些话很出格,但并非像陆希治所批评的那样,是"把革命事业辱骂一通"[4],它们只是表达了赵梅英对于主人的知识的不信任而已。虽然她表现出对于一切主人的知识的不信任,但实际上她又不自觉地全盘接受了旧社会的那套价值观。她想当干部,是为了过上舒服日子,而不是

---

[1] 这方面有代表性的批评文章有张明东的《评〈女工赵梅英〉》(载《文艺报》1950年5月25日第2卷第5期)、陆希治的《歪曲现实的"现实主义"》以及尹琪的《路翎的反动小说集〈朱桂花的故事〉》(载《西南文艺》1955年第8期)。
[2] 路翎:《朱桂花的故事》,知识书店,1950年版,第55页。
[3] 路翎:《朱桂花的故事》,知识书店,1950年版,第54页。
[4] 陆希治:《歪曲现实的"现实主义"——评路翎的短篇小说集〈朱桂花的故事〉》,载《文艺报》1952年5月10日第9号,第25页。

为大家服务、多作贡献；因为觉得自己"叫人欺够了"[1]，心里有怨气，就对所有人怀有敌意，一味地逞强撒泼，以为这样才能保护好自己，却认识不到这样只能使自己变得更孤立、更脆弱。由于不信任一切，她就只能在非主即奴的绝对对立结构中来看待自己与他人以及世界的关系。当新的政治话语不能即刻用来有效地解释自己的创伤经验时，她本能地以为这是另一种带有压迫性的主人的知识，却认识不到从这种知识里是可以生长出具有解释力的新的知识的，这种新的知识不是现成的，而需要每个人在这种新的政治话语指引下的生活实践和斗争实践中学习、领会并创造，只有经历了这一过程，有着精神奴役创伤的个人才能真正地在思想上从奴隶变成主人。

  这就是赵梅英这个人物所包含的历史内容。骂她"是一个无耻的流氓无赖"[2]，显然是没能领会到路翎在这个人物身上所寄寓的深刻思考。路翎一直强调"个性解放的要求，是反封建的基本历史要求"，在个人生活范围内展开的这场反封建的战斗"包括着对旧的道德观点，旧的人生情操，自私的哲学，投机取巧的态度，逃避现实的心理，以及各样的妖魔鬼怪的斗争"。[3] 革命的胜利、阶级的解放不会自动地带来个性的解放，但个性解放也不应孤立地进行，而必须"真正的和人民结合"，这样求解放的反叛的个人才能"成为新的性格，成为真正的人，成为真正的这个时代的战斗者"。[4] 赵梅英、朱学海、冯有根、朱桂花等都是因为身受精神奴役创伤而有着明显性格缺陷的工人形象，他们与路翎所期盼的作为战斗者的"新的性格"显然还相距甚远。由此可见，对于广大人民群众来说，翻身得解放并不意味着就能摇身一变成为新人，相反

---

[1]路翎：《朱桂花的故事》，知识书店，1950年版，第62页。
[2]陆希治：《歪曲现实的"现实主义"——评路翎的短篇小说集〈朱桂花的故事〉》，载《文艺报》1952年5月10日第9号，第25页。
[3]余林（路翎）：《论文艺创作底几个问题》，载《泥土》1948年第6期。
[4]余林（路翎）：《论文艺创作底几个问题》，载《泥土》1948年第6期。

主体的自我改造必然要面临各种各样的困难和挑战，这个过程也必定是漫长而艰巨的。这也就是说，革命政治所召唤的人民主体并不会随着革命的胜利而自动降临，而如何想象、建构和区分人民主体，不仅构成了新中国主体政治的核心内容，而且本身也是一个具体展开的政治斗争和政治实践的过程。

三、"人民"的历史内容与主体政治

左翼文艺界内部对胡风"主观论"的批评，主要关涉的是如何认识知识分子作家和人民群众的关系这一根本问题。在"香港批判"中，胡风的"主观论"被作为国统区文艺界的错误倾向之一遭到不点名的批评。在邵荃麟等人看来，强调作家的主观战斗力量，这"仍然是个人主义意识的一种强烈的表现"，因其认识不到"一个革命者的主观战斗力量是从实际革命斗争锻炼出来的，他的革命人格是从他和阶级力量的结合中间建立起来的"[1]。他们并没有否认作家的主观力量，而是强调这种主观力量只能来自和人民大众的结合，那种脱离了阶级基础和历史斗争原则的个人的"自发性的精神昂扬"只能是小资产阶级的主观。乔冠华认为，作家的主观"不过是把人民本来有的东西，加以集中和提炼，再交还给人民而已"，所以问题不在于要不要主观，而在于作家必须"努力去掉小资产阶级的主观而逐渐取得无产阶级的主观"，这就要求"作家必须进行自我改造"。[2] 对"主观论"的这种批评实际上包含着两个相关联的问题：如何看待人民大众？知识分子作家自我改造的正确方式和路径是什么？在这方面，胡风和邵荃麟等人存在着尖锐的分歧。

---

[1] 本刊同人、荃麟执笔：《对于当前文艺运动的意见——检讨·批判·和今后的方向》，载《大众文艺丛刊》1948年第1辑。

[2] 乔木（乔冠华）：《文艺创作与主观》，载《大众文艺丛刊》1948年第2辑。

邵荃麟等人基于当时国内革命形势的发展，认为"今天在我们面前，已经现实地存在着新的人民，新的生活"，新的人民文艺应该"歌颂这些新的人民"，"表现出人民大众今天的要求和意志"。包括"主观论"在内的各种个人主义倾向的文艺却"过高地估计了黑暗的力量，过低地估计了人民的力量"，看不见"在大翻身中间起来的人民真正力量"。[1]他们强调，"人民"已然是真实存在的主体，构成"人民"主体的广大工农劳动群众尽管身上有缺点，但本质上却是"善良的、优美的、坚强的、健康的"[2]。胡风却嘲讽说这只是知识分子对人民的"'优美的'主观憧憬"，他仍然强调人民身上有着沉重的精神奴役创伤，基于解放的要求从精神奴役创伤中突围出来、挣扎向前的生活斗争，才是人民的"活的内容"。双方的分歧在于：邵荃麟等人基于解放区工农兵群众的翻身事实和新的政治形势的需要，着眼于建构一个健康积极的人民主体形象，因而强调人民文艺不仅要写出人民今天的样子，还要写出"他们明天应当如何的样子"[3]，这意味着他们所说的人民更像一个可供人们学习效仿的理想的主体。胡风则基于"五四"启蒙的立场以及他对国统区社会现实的冷静观察，认为人民的觉醒和成长只能在挣脱精神奴役创伤的痛苦搏斗中实现，如果看不到人民所承受的历史负担，那么优美的、健康的人民就只是一个主观憧憬的抽象概念。这两种看法都有着各自的现实依据和理论自洽性，但又都存在着将人民实体化、本质化的倾向，因此才会出现上述基于各自不同的观察和认识而产生的分歧。

当代理论更倾向于"抛弃隐藏在'人民'背后的各种本质论假定，

---

[1] 本刊同人、荃麟执笔：《对于当前文艺运动的意见——检讨·批判·和今后的方向》，载《大众文艺丛刊》1948年第1辑。
[2] 乔木（乔冠华）：《文艺创作与主观》，载《大众文艺丛刊》1948年第2辑。
[3] 本刊同人、荃麟执笔：《对于当前文艺运动的意见——检讨·批判·和今后的方向》，载《大众文艺丛刊》1948年第1辑。

并打开谈论复数的'人民'的可能性"。[1]厄内斯特·拉克劳认为，我们首先需要作出的理论决定，是"把'人民'视为一个政治的范畴，而不是作为社会结构的数据。这不是指某个给定的群体，而是从众多异质性因素中创造一个新的行动者的建构行为"[2]。他还以毛泽东领导的中国革命实践为例，指出：

> "人民"远非有着可使人把它归为（由在生产关系中的明确地位所决定的）纯粹的阶级行动者的同质性，应把它看作是对多种断裂点的接合。这些断裂点是在一个破碎的象征框架——这是内战、日本人的侵略、军阀混战等造成的结果——里产生的，它们的构建有赖于一个有着超越其上的铭文的民众表层。这里存在着我前面提到的两个面向：一方面是要打破现状，打破旧的体制秩序；另一方面是努力在失范和混乱的地方创建一种秩序。[3]

如果放弃对"人民"的本质化认定，而把对"人民"的命名和建构视为政治运作的一种方式，那么这种政治运作就必然包含着对人民这个行动主体的重新想象以及对相应的表征方式的重构。

从这个角度看，胡风对邵荃麟等的不满在于，他不能认同那种对人民的过于乐观的想象和相对单一的表征方式。他的质疑自然有一定道理，因为把人民等同于翻身得解放的工农兵群众，实际上是把人民凝固为一个特定的社会实体，这必然会影响到人民政治的有效运作，妨碍其统合更广泛的社会要求以实现群体的联合。而且事实上，即便是解放区

---

[1] Bruno Bosteels, "The People Which Is Not One", in Alain Badiou, Pierre Bourdieu, et, al. *What Is A People?,* trans. Jody Gladding. Columbia University Press, 2016, p. 2.
[2] Ernesto Laclau, *on Populist Reason.* Verso, 2005, p. 224.
[3] Ernesto Laclau, *on Populist Reason.* Verso, 2005, p. 122.

的工农兵群众，也仍然需要通过教育和改造，才能最终成长为理想的人民主体。胡风强调人民所承受的历史负担，是正确地认识到了打破旧的象征秩序的重要性，但他同样倾向于把人民视为一个固定的社会实体，并强调人民"是活生生的感性的存在"[1]，且就"在你的周围"[2]，而没有认识到人民还是一个有待建构的理想主体，对人民主体建构的同时，也是通过政治运作来建构新的象征秩序的过程。事实上，胡风和邵荃麟等人的分歧远非如他们各自想象的那么不可调和。如果把"人民"的建构视为对各种断裂点的接合，那这种接合就必然是一个破坏与创建同时进行且彼此包容的辩证过程，正是对这一过程中不同面向的不无片面的强调，引发了论争双方的意见分歧。胡风坚持认为人民只有在挣脱精神奴役创伤的斗争中才能获得真正的觉醒与成长，这一观点不能说是错误的，但他过分强调了人民主体与旧的象征秩序之间的联系，却没有充分考虑到革命形势的迅速发展已经使旧的象征秩序趋于全面崩溃，新的历史局面不仅迫切要求通过建构新的人民主体来创建新的政治秩序和象征秩序，而且也为这种政治运作提供了现实基础。由于对人民主体的认知想象缺少了一种前瞻性，他对"五四"启蒙立场的执守，反倒意外地暴露出其思想上的某种保守性。更重要的是，尽管他正确地强调了人民的觉醒与成长是一个痛苦搏斗的过程，却没有在理论上阐明人民得以觉醒的契机是什么，支撑他们不断进行搏斗的力量来自哪里，什么样的道路或斗争方式才能促成他们的成长。这些关键性的问题，显然是不能用人民群众的"自发性的反抗"来解释清楚的。

"自发性的反抗"是胡风理论的一个软肋，屡遭批判。茅盾在第一

---

[1]胡风：《置身在为民主的斗争里面》，《胡风全集》第3卷，湖北人民出版社，1999年版，第189页。
[2]胡风：《给为人民而歌的歌手们》，《胡风全集》第3卷，湖北人民出版社，1999年版，第439页。

次文代会上所作国统区文学报告中不点名地严厉批评道:

> 他们一方面强调了封建统治所造成的人民身上的缺点,以为和人民身上的缺点斗争是作家的基本任务,另一方面又无条件地崇拜个人主义的自发性的斗争,以为这种斗争就是健康的原始生命力的表现,他们不把集体主义的自觉的斗争,而把这所谓原始的生命力,看做是历史的原动力。他们想依靠抽象的生命力与个人的自发性的突击而反抗现实,所以这在实际上正是游离群众生活以外的小资产阶级的幻想。[1]

对自发性斗争的肯定被认为是小资产阶级个人主义思想的一种表现。胡风拒绝接受这种批评,他引用列宁的观点"'自发的成分'实际上无非是觉悟性的萌芽"[2],认为人民群众的自发的反抗自古以来"是广泛的"[3],这种反抗和斗争"是在对于精神奴役的火一样的仇恨这个要求里面开始的"[4]。这种自发性有着"活的真实的内容",它"通过千千万万的脉络和色度或者正向地、或者反向地、或者复杂曲折地和反封建的大斗争联系着"[5],"写这种自发的斗争,正是为了呼唤有组织的斗争,正是为了表现出有组织的斗争是在人民生活中有深厚的基础

---

[1]中华全国文学艺术工作者代表大会宣传处编:《中华全国文学艺术工作者代表大会纪念文集》,新华书店,1950年版,第64页。

[2]胡风:《关于解放以来的文艺实践情况的报告》,《胡风全集》第6卷,湖北人民出版社,1999年版,第262页。此语出自列宁的《怎么办?》,现行译文为"'自发因素'实质上无非是自觉性的萌芽状态",见《列宁选集》第1卷,人民出版社,2012年版,第317页。

[3]路翎:《一起共患难的友人和导师——我与胡风》,晓风主编:《我与胡风——胡风事件三十七人回忆》,宁夏人民出版社,1993年版,第480页。

[4]胡风:《论现实主义的路》,《胡风全集》第3卷,湖北人民出版社,1999年版,第554—555页。

[5]胡风:《论现实主义的路》,《胡风全集》第3卷,湖北人民出版社,1999年版,第558—559页。

的"[1]。胡风反对将个人的、自发的斗争与集体的、自觉的斗争完全对立割裂开来，强调它们之间有着内在的关联，这无疑是正确的，但他没有进一步说明自发性的反抗其实并非完全自发的，而有待于社会力量、局势以及话语等各种因素的接合，否则就不可能产生个人的反抗，即或有，也多半是盲目的、消极的，无法在一定程度上反映出集体的要求以及胡风所谓的"历史的总的冲动力"[2]。比如，如果没有辛亥革命的爆发以及革命话语的流播，即便是阿Q式的反抗，也是绝无可能产生的。描写自发性的反抗若是不能揭示隐藏在个人反抗背后的冲突激荡着的各种社会的、历史的力量，那么它就有可能被还原为基于生命力和生命意志的本能行为。路翎就更加粗率地提出了"人民底原始的强力"这一说法，认为"人民底原始的强力"就是"反抗封建束缚的那种朴素的、自然的、也就常常是冲动性的强烈要求，这种自发性是历史要求下的原始的、自然的产儿，是'个性解放'的即阶级觉醒的初生的带血的形态，它是革命斗争和革命领导的基础"[3]。这种表述很容易使人把"原始的强力"误认为"抽象的生命力"。但事实上，即使是郭素娥这个被认为最能表现所谓"人民底原始的强力"的人物，其反抗也不能说是自发的、冲动性的，如果不是现代工厂的出现搅动了沉滞的乡村生活，如果没有机器工人张振山进入她的生活，郭素娥又怎会表现出如此决绝的反抗呢？因此，对人民的自发性反抗不能过于强调它是朴素的、自然的、原始的，而需要充分揭示使之得以发生的各种社会的、历史的、话语的因素是如何接合的。

理论认识上的这种偏差也直接反映在路翎这时期的创作中。路翎的四幕剧《人民万岁》是胡风很看重的作品，认为它"表现了从血污里面

---

[1] 胡风:《从实际出发》,《胡风全集》第6卷，湖北人民出版社，1999年版，第704页。
[2] 胡风:《论现实主义的路》,《胡风全集》第3卷，湖北人民出版社，1999年版，第554页。
[3] 余林（路翎）:《论文艺创作底几个问题》,载《泥土》1948年第6期。

成长起来的无产阶级的英雄主义,能够对新中国成立后的无产阶级以及千百万人民身上的旧影响作战"[1]。这个剧作在完成初稿后的近一年时间里,虽根据各方所提意见做了多次修改,但最终还是未能上演。这或许是给路翎带来最多痛苦的一部作品。他无法接受来自领导、导演、演员以及部队里的同志们提出的那些在他看来是"公式主义"的意见,但又不能不改,于是在修改的时候就有强烈的抵触情绪,"竭力不使整个的东西弄成虚伪的",这种痛苦让他不免"有一种受摧残的感觉"。[2] 所谓"公式主义"的批评意见主要集中在以下两点:一是男女主人公李迎财和刘冬姑太"坏"了,"一个基本上是妓女,一个基本上是流氓,把他们当成工人阶级的正面人物来歌颂是歪曲历史的";二是写党的领导不够,"工人的斗争,也不能没有党的领导,而完全是自发性的蛮干,这是不真实的"[3]。这两点意见与前面所说的怎么看待作为理想主体的人民及其反抗斗争的问题直接相关。李迎财是一个能读能写、有本事的工人,他相信凭着自己的手艺到哪儿都会有活路,又为自己空有本事却不能发达而怅恨不已;他对工人们进行的护厂和罢工斗争原本就不热心,对厂方和流氓工头的拉拢收买则是半推半就。把这么一个人物说成是流氓,虽说是言过其实,但他确实也不是一个很正面的人物。相比之下,刘冬姑就更"坏"了。这个十四岁就被人糟蹋的女人,身上有着浓厚的风尘气息,她认定这世界上的弱肉强食就是天理,所以尽管厌恶自己的哥哥——流氓工头刘包牙那伙人,却还是会为了一点好处跟他们混在一起。路翎选择这么两个有着明显缺陷的人物作为主人公,显然意在表现"工人的生活矛盾、负担及斗争"[4],或者用胡风的更有概括力的

---

[1] 胡风:《关于解放以来的文艺实践情况的报告》,《胡风全集》第6卷,湖北人民出版社,1999年版,第274页。
[2] 路翎:《致胡风书信全编》,大象出版社,2004年版,第211页。
[3] 吴雪:《事实不容捏造》,载《戏剧报》1955年第3期。
[4] 路翎:《致胡风书信全编》,大象出版社,2004年版,第188页。

说法,是要表现"工人阶级所受的沉重的苦难和非无产阶级思想感情的沉重的负担,但在党的领导和工人群众的斗争要求下面,无产阶级的思想感情终于克服了那沉重的负担,打退了那沉重的苦难,用新生的历史性的胜利的信心迎接了伟大的解放战争"[1]。但遗憾的是,剧作虽然较充分地揭示了人物所承受的历史负担,却没能令人信服地描写出他们克服这种负担而获得觉醒并在斗争中成长的过程。两位主人公最终的觉醒和牺牲都显得很突兀。李迎财因被工人误解而感到灰心,想带刘冬姑一起离开,却被她当面羞辱一番,加上李秀英的死给他的刺激,于是决定留下来继续斗争。在和刘冬姑同居后,他为了厂里的事忙得不着家,生活费也没了着落,刘冬姑便嚷着要分手。身心俱疲的李迎财于是就有了自求牺牲以明心迹的想法,因而才会有后来的鲁莽行动。虽说他对工人逐渐有了认同,但这是基于对朋友的信任以及对一种能够共生死的情谊的渴望,还谈不上自觉的阶级意识和对阶级斗争目标的认同。刘冬姑的觉醒就更勉强了,她的想法和行为始终处在摇摆状态,让人觉得她"性格不可捉摸,玄妙莫测"[2]。只有在直面别人的死亡时,她才会表现出自己身上好的一面。第一次是在垂死的李秀英身边,她表现出了同情、怜悯和友爱;第二次是在得知李迎财的死讯之后,她表现出了复仇的勇敢和无畏。由于没能有力地写出那种决定着人物的生活道路的带有必然性的历史力量以及在其指引下人物在思想上、精神上所产生的合乎情理的变化,李迎财、刘冬姑的觉醒就显得很不彻底,他们的斗争和牺牲也带有某种狂热性和鲁莽性,这就难怪要遭到尖锐的批评,说"这些斗争普遍的一个特征,就是强烈地渲染着原始报复性的和破坏性的色彩"[3]。

---

[1] 胡风:《关于解放以来的文艺实践情况的报告》,《胡风全集》第6卷,湖北人民出版社,1999年版,第356页。

[2] 这是北京青年剧院的演员们提出的意见,见1950年3月7日路翎致胡风信,路翎:《致胡风书信全编》,大象出版社,2004年版,第206页。

[3] 贾霁:《剧本〈迎着明天〉歪曲和污蔑了中国工人阶级》,载《人民戏剧》1951年第8期。

"党的领导不够"所指向的,其实也是同一个问题。胡风在信中转述了《人民日报》副刊主编李亚群的意见,"表现了党的领导太弱"[1],但路翎却"觉得党的领导已经相当地强了"[2]。他大概以为在剧中已经通过张胡子和黄贵成这两个党员写出了党的领导,却认识不到所谓党的领导不仅仅体现在组织和指挥罢工斗争上,更为重要的是对思想的领导权。党作为掌握着先进思想武器的先锋组织,其首要任务是用新的思想、新的知识来启发民众、教育民众,使其能够深刻地认识到自身处境及其历史的、现实的根源,以及所肩负的改变现实、创造未来的神圣使命。在这个意义上,正是因为有了党的领导,作为建构人民主体之必要前提的社会的、历史的、话语的因素的接合才能得以实现。在这方面剧作表现得的确比较薄弱。张胡子、黄贵成二人始终不敢暴露自己的党员身份,李迎财曾私下问黄贵成是不是共产党并表示自己想加入,黄贵成却矢口否认,这使得他在做李迎财思想工作的时候,一直只能使用兄弟情这种带有江湖气的老套话语,或是不那么对景切题的爱国主义话语;张胡子同样只能通过讲自己家里的惨痛往事,来旁敲侧击地启发李迎财。这就难怪李迎财在思想上没能发生脱胎换骨的飞跃了,他的觉醒、斗争和牺牲始终带有一种基于苦闷和愤激的盲目性。和李迎财相比,刘冬姑的思想转变表现得更加不充分。她的牺牲更像是为爱殉身,即使她在临死前喊出了"人民万岁",但这并不能表明她是真正觉醒了,所以连胡风也只能委婉地说,这"是作者替她喊的"[3]。

《人民万岁》暴露出来的这些问题,在路翎此前的作品中当然也是存在的。胡风一直强调现实主义文学要反映人民的负担、觉醒、潜力、

---

[1] 1949年10月24—25日胡风致路翎信,胡风:《胡风全集》第9卷,湖北人民出版社,1999年版,第265页。
[2] 路翎:《致胡风书信全编》,大象出版社,2004年版,第199页。
[3] 胡风:《简述收获》,《胡风全集》第6卷,湖北人民出版社,1999年版,第667页。

愿望和夺取生路这个火热而丰富的客观的历史内容，而且要把它化为作家自己的主观要求。事实上，这种客观历史内容也需要在作品人物的意识层面上获得一定程度的反映，所谓负担、潜力和愿望都必须在与新的话语和知识的接合中才能获得具体的内容，觉醒和夺取生路的斗争也才能获得明确的方向和有效的形式。在蒋纯祖这样的人物身上，体现在主体精神意识层面上的这种话语的、知识的接合乃至斗争，表现得相对较为充分，而在郭素娥、罗大斗这样的人物身上，则鲜有表现了，其结果是负担、潜力和愿望都只表现为一种恍若力比多的压迫性力量，而觉醒和夺取生路的斗争也因为带有很大的盲目性而近乎歇斯底里地发作。在风雨飘摇的国统区，这么写或许还有部分合理性，正如胡风所说，是揭露了这种"盲动"或"自发斗争"的没有出路[1]，但在新中国成立后，就显得不那么合乎时宜了。新中国的主体政治所唤问的是一个大写的人民主体，正如邵荃麟所说，"人民用自己的力量来掌握历史的方向，来创造他们自己的世界。"[2] "新的文艺方向"就是要表现这个创造历史的人民主体，尽管在人民的生活斗争中不可避免会出现一些盲目的、自发性的反抗，但它们只能被表现为有待克服的阶段性现象。从盲目的、自发的反抗到有组织的、自觉的斗争，所反映的正是人民觉醒和成长的过程，以及历史发展的必然方向。

四、结语

在新中国成立后的最初一年里，路翎的创作体现了他在新形势下积极调整自我的主观要求和实际努力。小说集《朱桂花的故事》和《人民

---

[1] 胡风：《从实际出发》，《胡风全集》第6卷，湖北人民出版社，1999年版，第704页。
[2] 本刊同人、荃麟执笔：《对于当前文艺运动的意见——检讨·批判·和今后的方向》，载《大众文艺丛刊》1948年第1辑。

万岁》等剧作，的确展现了一些新的内容、新的特点，但由于他始终恪守胡风的理论，而未能因应时代政治的变化，在理论上和创作上进行深刻的反思和根本的调整，这些作品大体上还是没能摆脱他之前的创作模式。无论是对现实结构的把握方式，还是对新的人民主体政治以及与之相应的表征方式的认识，他都还没有达到一种彻底的理论自觉，这就决定了他的创作难以符合当时所倡导的旨在"表现和赞扬人民大众的勤劳勇敢"的人民文艺的要求。

路翎创作转向的不彻底也暴露了胡风理论中始终没有解决好的一个问题，即知识分子作家怎么才能与人民群众相结合从而完成思想改造？《讲话》指明的道路是"长期地无条件地全心全意地到工农兵群众中去，到火热的斗争中去"，在与群众的结合中逐步完成自我改造。胡风也赞同作家要深入人民，与人民结合，并认为这个深入和结合的过程必然伴随着作家的自我斗争。但他又强调作家必须坚持主观战斗的立场，由于人民身上潜伏着几千年的精神奴役创伤，"作家深入他们要不被这种感性存在的海洋所淹没，就得有和他们的生活内容搏斗的批判的力量"[1]。这意味着作家的自我斗争不是以自我批判和自我否定为起点，而是在从自己的主观出发来体现和克服对象的过程中由于"对象的生命被作家的精神世界所拥入"[2]而引起的自我扩张、自我分解和自我再建。这个观点与《讲话》的精神有细微的差别，《讲话》要求知识分子作家必须无条件地、全心全意地深入群众，这实际上是要求他们必须先放弃自己的主观，即那些先在的观念认知和情感习性，哪怕它们来源于革命的思想和实践，因为这些先在的主观容易造成知识分子与群众之间的隔膜和对

---

[1] 胡风：《置身在为民主的斗争里面》，《胡风全集》第 3 卷，湖北人民出版社，1999 年版，第 189 页。
[2] 胡风：《置身在为民主的斗争里面》，《胡风全集》第 3 卷，湖北人民出版社，1999 年版，第 188 页。

立。只有全心全意地深入群众的生活，忘掉自己与他们的差别，学会以他们的方式来观察、感受、思考和判断，才能真正融入群众，逐渐改变自己的思想、情感和感觉方式，从而在此基础上形成新的主观。[1]而在胡风这里，作家的先在的主观是他赖以体现或克服对象所不可缺少的，是构成他战斗立场的出发点。虽然这种主观也会在作家的自我斗争过程中不断发生变化，但它始终都是一种以我为主的观念—情感构造，也就是说主体和对象之间始终存在着对立和抵抗的关系，而主观的改变在某种意义上只是自我扩张的一个自然结果。由于不是从自我否定出发，也不曾经历过完全融入对象的阶段，身、心、意都没有彻底转化，所以这种因拥入对象而导致的主观的调整和变化，与《讲话》所要求的知识分子的自我改造是有一定距离的。这种认识偏差也与胡风对知识分子的基本看法有关。他认为"知识分子也是人民"，革命知识分子更是"人民的先进的"[2]，虽然他们有着革命性和游离性的二重人格，且其游离性需要在实践过程的搏斗中加以克服，但既然认为作家的创作实践"原就是克服着本身的二重人格，追求着和人民结合的自我改造的过程"[3]，那么长期地深入工农兵群众的生活和斗争，就不是必须无条件服从的要求了，深入自己的生活，同样能达到这个目标。[4]"哪里有生活，哪里就

---

[1] 关于《讲话》所提出的"深入生活"这一根本原则的更详尽的论述，可参阅程凯：《"深入生活"的难题——以〈徐光耀日记〉为中心的考察》，载《中国现代文学研究丛刊》2020年第2期。

[2] 胡风：《论现实主义的路》，《胡风全集》第3卷，湖北人民出版社，1999年版，第526页。

[3] 胡风：《论现实主义的路》，《胡风全集》第3卷，湖北人民出版社，1999年版，第529页。

[4] 胡风认为应该把《讲话》"看成和毛泽东思想整体相联的部分，不能教条式地去应用"（胡风：《关于解放以来的文艺实践情况的报告》，《胡风全集》第6卷，湖北人民出版社，1999年版，第123页）。他大概也把深入工农兵群众的生活看作公式主义教条之一，因此路翎才会极具挑战性地说："不可能也不应该用，'到战场或工农中间去'这把机械的大刀把'任何'小资产阶级作家一律砍掉的。"（余林（路翎）：《论文艺创作底几个问题》，载《泥土》1948年第6期）

有斗争,有生活有斗争的地方,就应该也能够有诗"[1],所表述的正是这个意思。

这一观点在路翎那里得到了更直露也更粗糙的表述。针对胡风的主观论,乔冠华曾指出:"不管一个小资产阶级作家在他的个人生活范围内的主观态度自以为如何正确,对现实人生搏斗的意志自以为如何坚强,假如他不真正的走到工农群众及其斗争中去,他是不能和人民结合的。"[2] 路翎认为这是公式主义的观点,"歪曲了和人民结合这一要求底实质"。真正的战斗的作家"是一开始就和人民血肉地联系着的","他到处都是和人民在一道"。对他们来说,"应该到处都是战场","他们的和工农的更强的结合也不可能是一律地直接地到战场或工农中间去,而是推动他们通过他们的各种道路各种过程来加强他们在生活上在创作上的斗争,也就是和工农的道路的汇合的斗争"[3]。这就是说,战斗的作家其创作实践本身就是与人民相结合的一种斗争,这种斗争与工农的斗争殊途同归,关键是"看他有没有那个从社会斗争底血汁内吸收来的战斗的主观要求"[4]。只要有战斗的主观要求,就到处都是战场,不必非要到战场或是工农中间去了。

正是这种固执的看法阻碍了路翎深入生活的步伐。在新中国成立后,他虽然有机会到工厂工作和生活,但这段短暂的经历除了提供一些创作素材外,并没有使他充分认识到长期地深入人民群众的生活和斗争以完成自我改造的必要性,也没有促成其创作模式发生根本变化。1950年3月,路翎调到北京青年剧院,前后写的几个剧本均因遭到批评而未能上演,报刊上也开始零星有一些针对他的新作的批评。1952年3、4

---

[1] 胡风:《给为人民而歌的歌手们》,《胡风全集》第3卷,湖北人民出版社,1999年版,第439页。
[2] 乔木(乔冠华):《文艺创作与主观》,载《大众文艺丛刊》1948年第2辑。
[3] 余林(路翎):《论文艺创作底几个问题》,载《泥土》1948年第6期。
[4] 余林(路翎):《论文艺创作底几个问题》,载《泥土》1948年第6期。

月间,《文艺报》连续发表了陈企霞和陆希治的文章,严厉批评了他的剧作《祖国在前进》和小说集《朱桂花的故事》,同年10月又发表了舒芜的《致路翎的公开信》,以配合由中宣部牵头组织的关于胡风文艺思想的内部讨论会。路翎因此承受了空前巨大的压力,但他始终很倔强,不愿轻易地背弃自己所信奉的理论主张和创作原则。他这么执拗,当然不是有意要抗拒时代的要求、拒绝自我改造,而是因为他太真诚、太执着,所以不能像有些人那样迅速地转变。1952年年底,路翎终于也走向了他先前所反感的"前线主义",来到朝鲜前线,在那里深入生活半年多,回国后发表的《初雪》《洼地上的"战役"》等作品,虽说还残留着一些他以前创作的痕迹,但内在精神却已经焕然一新。如果不是遭到严酷的政治打击,他原本是有可能通过自我调整而不断前行并写出更出色的作品的,只可惜那个严峻的时代却没给他这个机会。

　　路翎解放初的创作明显带有转折时代的印记,这些作品尽管不太符合新的人民文艺的要求,但毕竟表现了路翎主动地自我调整以跟进时代步伐的努力。而他对自己原有创作模式的坚持,以及由此引发的批评和论争,不仅凸显了当时文艺界、知识界内部存在的认识分歧,而且也揭示了新中国的人民主体政治的建构必然是一个伴随着众多争议、误解乃至令人扼腕的艰难过程。

"倾心融合"还是"漠然旁观"[1]
——沈从文川南土改行的思想史与文学史意义

◎姚丹

作为有代表性的由"旧中国"而"新中国"的作家，20世纪50年代沈从文的自杀未遂、川南土改行、"新小说"写作尝试以及转行研究

---

[1]本论文依托沈从文土改书信，在正视历史严峻性的前提下，力图揭示川南行的积极意义。川南调研，使沈从文初步接受了"封建剥削"这一经典社会历史阐释原理，这直接导致他对过往作品乃"做风景画"的自我批评。本论文廓清沈从文所用"风景画"概念的美学知识源头，指出沈从文在川南经历了自身写作意识的一次转型。痛心于川南农民对"如画山水""土改巨变"的"双重无知"，沈从文发愿以观察者和体验者那种"如游离却融合"的状态倾心融入历史，将个人代入体验与理性认识有机融合，完成对"真的新的中国人民"的"叙录"。这份愿心最终没有顺利实现，其中原因是多方面的。但写作的"不成功"，并没有彻底摧毁沈从文为民族保留些许生活、文化和政治记忆的信念，他将"劳动—心"的观念转化到文物研究中去，回归于"人民""劳动创造"的传统。

文物，都仍然具有诸多可以阐释的空间。[1]把沈从文的后半生做一种悲情化的处理是可行的，但有可能单一化其思想；在正视历史严峻性的前提下，本文希望能够更多地去理解沈从文当时当地的努力。尽量不把这"后半生"定型为一种完全被动的压抑状态，而是理解成一个主动介入而又质疑挣扎的过程。在历史的多个节点沈从文确曾努力地感应其变化，并以自己的方式介入时代中而想最终为民族保留些许生活、文化和政治的记忆。本文所聚焦的川南土改行就是这样一个节点。土改是一份沉甸甸的历史遗产。"暴力""流血""残酷"是其历史面向，农民"翻身""翻心"也是其历史面向；在川南，沈从文选择了自己独特的"如游离却融洽"的观察位置，并将重点放在农民的"翻心"上，因而才有了叙写"真的新的中国人民"的"故事"的信心。本文使用的材料主要是沈从文的书信，这些书信从一个侧面可以体察沈从文执着地由"思"的角度去理解新中国社会变革的艰难、犹疑和欣悦。比起由"信"的角度去体认的同代知识分子，沈氏的思考的确会更深入一些，也更暧昧一些。在我看来，沈从文的思考和观察多少改变了他对中国社会的理解方式和自身的情感方式，也影响了他后来的写作。

一、由川南土改行而获得"人民立场"

1951年11月13日沈从文由内江县城到达第四区烈士乡入驻，从

---

[1]21世纪以来，沈从文进入新中国之后思想、情感、文学写作的变化，依然为学者们所关注。钱理群于2009年写作的《1949—1980：沈从文的坚守》（收入《岁月沧桑》，东方出版中心，2016年版）一文，总结了沈从文与新中国意识形态契合的三个要点："新爱国主义"思想、"新人民"观、"新唯物论"。本文在钱先生有关沈从文"新人民观"研究的基础上，做进一步考察。2014年，张新颖著《沈从文的后半生》（广西师范大学出版社）出版。张著主要依托沈从文书信来结构传记，受张著启发，本文亦以沈从文书信为主要材料着重从"内部"研究沈从文。

这一天起至1952年2月20日工作队离开烈士乡回到内江县城，共计九十四天，他参与了川南土改。他所属的土改工作团共六七人，工作团团长是北京大学哲学系郑昕；工作团秘书长，是北京市党部科长查汝强，才二十六岁，此人是少共，十五岁就已经工作。[1]在这九十四天中，他隔三岔五给张兆和、沈龙朱、沈虎雏写信，仅从内江发出的信就有三十八封，大约有十三万字之多。这是他的有意积累，为自己可能展开的写作进行故事、情感甚至写作方法的储备。回到北京后，他还写有一份一万多字的调查报告《川南内江县第四区的糖房》，沈从文根据自己在当地的调查并参照人民银行、税局的数字，总结了该区最常见的三种剥削方式：土地剥削的"先称后种"，糖房剥削的岔垄制，以及银行、钱庄的高利贷。这份调查报告也许并不包含富于创见的经济学内容，但对沈从文个人而言，意义却极为重大。这份报告表明，他接受了"封建剥削"的理论框架。他也了解到川南的地主是能将"官僚，军官，乡保长，国民党区分部委员，袍哥，恶霸，经理，皇经坛会首……及其他会道门匪特头子等等身份"合于一身，即"集政治、经济、宗教、流氓及各种封建统治势力于一身"，因此得以"在一乡一县独霸称尊"[2]。而这些身份，在沈从文看来"本来有些是相互矛盾，不能并提的"[3]。显然，他心里潜在的比较对象，是湘西。这些调查和结论对沈从文思想和情感的冲击可能是比较大的。

如果把对于中国乡土社会的社会性质和结构的定性理论分为"乡土和谐派"和"租佃关系决定论"这两种的话，那么，沈从文1949年之前显然是"乡土和谐派"。在他原来以"湘西"为基本观察地形成的

---

[1] 沈从文：《沈从文全集》第19卷，北岳文艺出版社，2002年版，第178页。
[2] 沈从文：《川南内江县第四区的糖房》，《沈从文全集》第27卷，北岳文艺出版社，2002年版，第302页。
[3] 沈从文：《沈从文全集》第19卷，北岳文艺出版社，2002年版，第302页。

关于"财主"的认知中,财主并不是农民的盘剥者、地方的施恶者,而是和农民一样用手劳作的,勤勉而又服务于公众的一方"保护者"。在《长河》等作品中,那些"财主"多是"辛劳双手"与"用功头脑"并用,再依靠运气而积攒财富行善于乡里,慢慢由小乡绅而保长、甲长,而财主员外的。这些人的"成功"一半靠打拼一半靠运气,多数愿意在本乡行善作(做)公益事来"建树身份和名誉",为人"慷慨""公平而有条理"[1]。在湘西,"统治者"和"佃户、长工"是能够相安无事的:"凡事有个规矩,虽由于这个长远习惯的规矩,在经济上有人占了些优势,于本村成为长期统治者,首事人。也即因此另外有些人就不免世代守住佃户资格,或半流动性的长工资格,生活在被支配状况中"[2]。但是他们的"生存方式","还是相差不太多",都是"得手足贴近土地,参加生产劳动,没有人袖手过日子"[3]。这些理解和认识,与民国时期"乡土和谐派"的观点十分合拍,"把传统村落视为具有高度价值认同与道德内聚力(原文无'力'字)的小共同体,其中的人际关系包括主佃关系、主雇关系、贫富关系、绅民关系、家(族)长与家(族)属关系都具有温情脉脉的和谐性质"[4]。沈从文所涉及"财主""佃户""长工"乃中国传统社会所习用的语汇,而阶级划分的术语如"贫农、中农、富农、地主"等,则没有出现在他的文本中。大致可以判断,20世纪40年代,他对于中共关于中国农村的分析理论模式是陌生的;直到在川

---

[1]沈从文:《人与地》,《沈从文全集》第10卷,北岳文艺出版社,2002年版,第13—14页。
[2]沈从文:《巧秀与冬生》,载《文学杂志》1947年第2卷第1期。
[3]沈从文:《巧秀与冬生》,载《文学杂志》1947年第2卷第1期。
[4]秦晖:《大共同体本位与传统中国社会·上》,载《社会学研究》1998年第5期。在这篇文章中,秦晖将20世纪以来对中国传统乡土社会的研究模式概括为"乡土社会和谐论"和"租佃关系决定论"两种。民国时期,"乡土社会和谐论"有乡村建设派为代表。乡建代表人物梁漱溟就认为中国农村"不独没有形成阶级的对抗,乃至职业的或经济上同地位的联结,也每为家族的或地方乡土的关系之所掩"(梁漱溟:《乡村建设理论》,《梁漱溟全集》第2卷,山东人民出版社,2005年版,第448页)。

南，才从实践意义上有所了解，并逐渐在理论上有所认同。这一理论即"租佃关系决定论"，也是新中国土改运动展开的理论基础。这个理论"把传统农村社会视为由土地租佃关系决定的地主—佃农两极社会"，"土地集中、主佃对立被视为农村一切社会关系乃至农村社会与国家之关系的基础"[1]，中国的土地制度是"地主阶级封建剥削的土地所有制"，土改后"实行农民的土地所有制"[2]。"主佃对立"的判断与"乡村和谐论"之间的龃龉是明显的，在"和谐论"框架里温情脉脉的"宗族关系、官民关系乃至两性关系和神人关系"，在这个新框架中"都被视为以主佃对立为核心的'封建'关系"[3]，是束缚中国农民的四大绳索，这大概是理论上总的认知背景。而这些认识，有他在当地的调研做佐证。他说土改"影响一个人的思想，必比读五本经典还有意义甚多。有许多文件，如不和这种工作实际结合，甚至于就看不懂，懂不透"[4]。"工作实际"帮助他明确了"蔗糖生产过程和土地人民关系"。在回京后写的报告中，他承认通过了解"三种典型剥削"形式[5]，使自己"认识到川南内江地区地主阶级的真正面貌"[6]。同样的，湘西地主（财主员外）的敛财方式，在新话语结构中，也可以被指出里面至少含有有地租剥削和雇工剥削。因此，这样的认知新框架无疑给沈从文带来思考上的推进和变化。原来在"乡土和谐论"框架里不可解的"家边人"的互戮，在"租佃关系决定论"里是可解的了。

---

[1]秦晖：《大共同体本位与传统中国社会·上》，载《社会学研究》1998年第5期。
[2]《中华人民共和国土地改革法》，人民出版社，1952年版，第2页。
[3]秦晖：《大共同体本位与传统中国社会·上》，载《社会学研究》1998年第5期。
[4]沈从文：《沈从文全集》第19卷，北岳文艺出版社，2002年版，第186页。
[5]沈从文参看的资料如他自己所言有：有关川南地主阶级和农民租佃关系，提到租佃名目和内容的，有三个文件比较具体，且可互相补充：1. 1950年5月20日《人民日报》的报道；2. 林采著《川南田租剥削概述》；3.内江地区土改学习资料《川南租佃》。
[6]沈从文：《川南内江县第四区的糖房》，《沈从文全集》第27卷，北岳文艺出版社，2002年版，第311页。

1952年1月，接近春节，在川南，"生命完全单独，和面前一切如游离却融洽"的沈从文，给张兆和写信回忆三十二三年前在湘西所经历的"创伤性"事件，"这一切均犹如在目前，鲜明之至"。1920年年初，其时还没有从陈渠珍的队伍里出来，沈从文以文书身份去湘西高枧乡下，住满姓地主家，而见闻了围捕杀人之事。大年三十，一个地主（同时也是油坊主人，甲长）"在二十里外老虎洞捕人，用硫黄闷毙了大几十个农民"，"一个壮丁到黄昏时挑了一大担手到团防局"。这样彼此杀戮的景象，对他刺激甚深，因为和他认定的"生命理想太不一致，也和社会应有秩序不相符合"，但由于没有一个有力的"解释框架"，因此，即使在北京开始写作生涯十多年，他都不肯触碰这一题材。直到1945年，他才开始在小说《雪晴》中"复原"这一"创伤记忆"。但那时沈从文仍然认为这一切是不可解的，是愚蠢的负气。而1952年初，当他找到"封建剥削"—"人民立场"的"解释框架"之后，家边人彼此杀戮才变得真正"可解"：这不是"家边人"之间的负气误杀，而是地主阶级对农民（人民）的杀戮。所以他打算重写《雪晴》后五章，"从人民立场看看这个事情的发展，可把这个事件重新认识，有从一个新的观点来完成它"[1]。由此，他对自己的写作也做了总结与憧憬，将包括《边城》《湘行散记》等在内的作品当作"景物画"，或者"风景画"。他认为这种写作方式类似"静物写生"，是以静止的方式记录了时代，"是一种病的情绪的反映，一种长期孤独离群生长培养的感情"[2]"少人民立场"[3]。因此他发愿"将作风景画的旧方法放弃，平平实实的把事件叙述下去"，并相信"一定即可得到极好效果"[4]。

---

[1]沈从文：《沈从文全集》第19卷，北岳文艺出版社，2002年版，第310页。
[2]沈从文：《沈从文全集》第19卷，北岳文艺出版社，2002年版，第313页。
[3]沈从文：《沈从文全集》第19卷，北岳文艺出版社，2002年版，第310页。
[4]沈从文：《沈从文全集》第19卷，北岳文艺出版社，2002年版，第310页。

"风景""风景画""景物画"这些美术"专业"语汇,被终身自诩"乡下人",且小学毕业即混迹军中一生无缘大学文凭的沈从文运用得如此娴熟,其"学术资源"耐人寻味。从沈从文1947年的一封"废邮"中,我们得以了解,或许邓以蛰先生是他的知识来源[1]。邓以蛰认为,中国山水画和西洋风景画是很不同的。二者最大的不同是画家面对自然山水时内心的状态,中国画家胸中"包罗万有",西洋画家是"一无所有"。他说,"西洋画师负了画箧满载颜色与大大小小的刷子,走到山里去描写自然风景",他的胸中除了"颜色,距离,积量"这些"绘画的要素","本人没有什么内在的东西可以表现的"。而中国山水画的特点是"意在笔先",画家在创作之前"先必对于自然景物的变态,涵昧既深,使胸中包罗万有"。沈从文是很熟悉邓以蛰的有关论述的,基本上可以确定,他的有关"风景画"的理解是来自邓以蛰的。虽然邓以蛰的中西风景画的区分理论或可再讨论,但依照邓氏以"胸中无物"作为"风景画"创作的基本前提的这一理论假设,是能够深入领会沈从文1952年在内江土改期间对于自己过往创作的批评的:他所谓的写作"少人民立场",就是写作之前"胸中无物",即缺乏价值取向和分析判断。[2]

沈从文认为自己似乎比从京城同去川南的土改工作者想得更远、更深一些。同行者往往会承认土改使他们认识到"剥削压迫"的存在,从而接受阶级斗争理论。然而,"任务完毕可能即一切完毕,无所恋的离开而去","大致是不会把这地方所得印象,占据生命多久的"。沈从文

---

[1] 在《沈从文全集》中收有一封《给一论文作者》的信,这明显是一封复信。复信对象是一位艺术史(中国画史)论文作者。复信的开篇就将邓以蛰和余绍宋、黄宾虹、张伯驹等人并列为"有眼睛"的"见好画不少"的"论画专家"。很是佩服(沈从文:《沈从文全集》第18卷,北岳文艺出版社,2002年版,第461页)。

[2] 当然如果"较真",也可以说沈从文以前的小说不是没有立场的,而是立场是暧昧的,甚至如郭沫若所说是"反动"的。

自己则倾向于保持"深刻的爱和长久的关心"。他并不满足于停留在对川南的穷困以"过去封建压迫的结果"来解释，他更希望能够看到"在这个对照中的社会变迁，和变迁中人事最生动活泼的种种"；且要"烧着心子"去想象和憧憬"这片土地经过土改后三年或十年，是些什么景象，可能又是些什么景象"[1]。即用"心"来体认农民"翻身"的兴奋以及依然实有的各种痛苦，并最终将这些经过"烧着心子"得来的体验复现为文字保留下来，这是他意识到的"一种责任，一种叙录真的人民的责任"。他并不以理性认识的改变为满足，还要在"心"（情感）的层面有所丰富。

二、"看风景"的"历史代言人"

而沈从文在情感层面的改变，与他自称为"看风景"的行为有着很大的相关：

> 我一天可有点时间到山顶上去看看，好像是自由主义游山玩水看风景，不会想到我是在那个悬崖顶上，从每个远近村子丘陵的位置，每个在山地工作的人民，从过去，到当前，到未来，加以贯通，我生命即融合到这个现实万千种历史悲欢里，行动发展里，而有所综合，有所取舍，孕育和酝酿。这种教育的深刻意义，也可说相当可怕，因为在摧毁我又重造我，比任何力量都来得严重而深远。[2]

于沈从文而言，川南山水与人物有一种中国"山水画"的体认。在

---
[1]沈从文:《沈从文全集》第19卷，北岳文艺出版社，2002年版，第179页。
[2]沈从文:《沈从文全集》第19卷，北岳文艺出版社，2002年版，第180页。

卢音寺脚下的山村，看到一个老农扛了个长柄虾撮下田捞鱼，"神气和夏圭山水画中的渔人一样"[1]；在卢音寺的山顶，也有一个老农，"用一支相当精巧的小钓竿，在山顶小堰塘中钓鱼，用灰面作饵，蹲在那田埂上自得其乐"[2]。"卢音寺钓鱼"的隐逸感，是沟通沈从文与川南山水的最初也是最重要的节点。以至于也是卢音寺山下，斗地主"热闹"的场面，他也能于戈矛在手的刺眼晃动中，看到"集众到一千人，红旗飘飘，从四处丘陵来时一切如画"[3]；于另一处糖房斗争会场，评析"远处山树浅绿和浓绿有层次，完全如在画中。会场景色更如画"[4]。浅绿、浓绿的层次，正是中国青绿山水基本用色的特征。透过现场的喧嚣动荡，沈从文首先感应到的是"如画风景"的美，他把川南山水解码为他可以理解而且喜爱的中国古代山水画，由此迅速捕捉到自己与当地山川在精神、情感上的连接点，具体而言是由"静"所带来的"隐逸"之感的美感[5]。但沈从文并没有完全沉醉于隐逸的脱离于现实的状态中，而是敏感于此地"一切极静"的"自然静默中"，"正蕴藏历史上所没有的人事的变动"。这个变动是赤裸而剧烈的财物易主以及人事关系变动："土地还家，土地回到农人手中"，他预判这"一系列变动过程"，"将影响到地面上每一个人，以及每一个人和其他另一个人的关系"[6]。然而他却不无遗憾地感慨身处历史的巨大变动中，"一群活在这么一个历史画中的

---

[1] 沈从文：《沈从文全集》第19卷，北岳文艺出版社，2002年版，第330页。
[2] 沈从文：《沈从文全集》第19卷，北岳文艺出版社，2002年版，第220页。
[3] 沈从文：《沈从文全集》第19卷，北岳文艺出版社，2002年版，第266页。
[4] 沈从文：《沈从文全集》第19卷，北岳文艺出版社，2002年版，第268页。
[5] 沈从文在川南土改行的书信中明确提到的山水画家是夏圭和石涛。不过他对中国古代画家的了解远不止于这两位。从他1947年的那封书信中，我们了解到他对中国山水画历史脉络是极为熟悉的。信中提到王维的《辋川图》（已亡佚），以及仍存于故宫的卢鸿的《草堂图》，指王卢同属"隐逸画人"。（沈从文：《沈从文全集》第18卷，北岳文艺出版社，2002年版，第461页）
[6] 沈从文：《沈从文全集》第19卷，北岳文艺出版社，2002年版，第172页。

人"，自身"竟没有人注意到这个历史性的变动如何伟大稀有"，而多少有点麻木——"凡事如平常"，这令沈从文"感到一种奇异"[1]。这"奇异"于他激动地面对"如画山水"而发现普通农人的茫然无觉时也感受过："四川人活在画图里，可是却不知用文字来表现，正如本地画家一样，都不善于从自然学习。"[2]

我们有必要为被他诟病的川南人对"美景"与历史变动的双重"无动于衷"略做辩护。百姓对周边山水的"无知无觉"，主要由于他们将山水土地作为自己生产劳动、实践活动的空间，而不是一个审美再现的空间。日本学者在研究中国古代文学中的"风景"时，就精到地分析过《诗经》中"自然"在上古人眼里所具有的实用性质："森林或是狩猎的场所，或是取薪的地方；河川不是被视作逾越的障碍物，就是其水量的情况被首先关注；提到山，常常不是因为采集蕨菜，就是为了其他产物。"他指出，"在《诗经》的世界里，自然只是被人们站在实用的角度、从它与人类的利害关系方面去看待的。"[3]这种对待"自然"的实用主义态度在某一历史时段于古今中外都是如此。对于农人来说，外来者眼里的美丽风景，于他们只是耕作劳动的对象。在恶劣自然条件下劳作的农人，甚至没有"人"的形态："人们可以看到一些野兽，雄的和雌的，黑色的，浅灰色的，给太阳晒得焦黑的，散步在田野里，匍匐在土地上，以百折不回的毅力在那里翻掘；他们发出清晰可闻的声音，当他们站立起来时，方才露出一张人脸……他们夜晚栖身在兽穴里，以黑面包、水和树根糊口。"[4]这是17世纪法国著名文学家和思想家让·德·拉布吕耶尔在1688年对于这群"人们在乡间所能看到的野

---

[1]沈从文:《沈从文全集》第19卷，北岳文艺出版社，2002年版，第172页。
[2]沈从文:《沈从文全集》第19卷，北岳文艺出版社，2002年版，第246页。
[3][日]小川环树:《风与云》,《风与云——中国诗文论集》，周先民译，中华书局,2005年版，第8页。
[4][英]格雷厄姆·罗布:《探索法国》，王梦达译，复旦大学出版社，2016年版，第17页。

兽"的描绘，"是后人在表达对衣不蔽体的贫苦农民的同情时，征引最多的段落"[1]。沈从文所见川南农人的生存当然较之17世纪法国乡村已经改善许多，但也仍然挣扎在饥饿的边缘。沈从文一再感慨，这"锦绣山河"的"土地如此肥沃，人民如此贫困"[2]；虽然人民勤劳——"这里土地几乎无处不可以生产，也无处不为人使用到"——"可是一般生活实在穷困得很"，甚而至于即便作为蔗糖产地，"生产者孩子想吃一点糖也不可能"[3]；一般农民"长年生产尚难图一饱"，"既无从得糖吃，也不会有钱剩"[4]。由于生存的压力，农民根本无暇顾及土地山川的"非生存资料性质"。如果风景是"被盲目与奴役遮蔽的美与自由"的"瞬间显露"[5]，那么由于贫困而无法发现"美与自由"，正是川南人民的日常状态。这就意味着他们没有跳脱出生存状态进行抽象化自我审视的能力。同样的，对于自己身处其中的"土改风景"川南人民也缺乏将其抽象化为"历史巨变"而加以体认、理解的理论自觉。

然而，恰是因为川南人民面对"如画山水""历史巨变"的审美感、历史感上的"双重无知"，为沈从文这样的外来者提供了进行审美描绘和历史分析的机会。在沈从文看来，山顶踽踽独行默默观看的自己，并不是别人所认为的"对事不关心不热心的"漠然"旁观者"，而是"十分关心"且"异常倾心"于一切"发展和动变"[6]，"生命""融合"到"现实万千种历史悲欢里"，通过"综合""取舍"最终"孕育和酝酿"新的认知、情感和表达的在地观察体验者。他可以替代性地理解、想象、融合并表达当地人民由悲惨而幸福的"翻身感"，达到"过去、当

---

[1][英]格雷厄姆·罗布：《探索法国》，王梦达译，复旦大学出版社，2016年版，第17页。
[2]沈从文：《沈从文全集》第19卷，北岳文艺出版社，2002年版，第179页。
[3]沈从文：《沈从文全集》第19卷，北岳文艺出版社，2002年版，第183页。
[4]沈从文：《沈从文全集》第19卷，北岳文艺出版社，2002年版，第345页。
[5][美]W. J. T. 米切尔：《风景与权力》，杨丽等译，译林出版社，2014年版，第12页。
[6]沈从文：《沈从文全集》第19卷，北岳文艺出版社，2002年版，第176页。

前与未来之间的贯通"[1]。这是他作为作家的自我意识和责任感,也是他自认为与其他外来工作者不同的参与历史的方式。

其中他体验最为深刻的,是由年轻农干、青年教员身上表现出来的令他感奋的热情、朝气和献身精神:"这些年青教员,有的还不过十几岁,都一腔热忱的,忍苦耐劳地在教书,一面学习一面克服困难地教下去,大都充满学习勇气和热心,却在物质条件不顺利环境中支持。"[2]那些"日日同在一起的本地土改村中干部,在本质上,心情状态上、言语派头上,工作方式上",都给沈从文留下"极深而好的印象"[3]。他相信他们的代表性和普遍性:"中国目下是有万万千这种好青年各在意想不到的繁忙中进行工作完成任务的。许许多多近于奇迹的建设即由之产生。"[4]沈从文一定在这些"真正""新中国的人民"身上看到了他早年十分挚爱的年轻军官的身影,他们的热忱、无私的生动的朝气,一如他当年所不断呼唤的"划龙船精神",是如此相似,可以说,正是这些"在地"的年轻人在沈从文的"心"中打开了对接"过去"与"现在"的一道至关重要的门。于此,他接纳并体认到中国人民已经悄然发生的重大精神变革。

沈从文对于农民在精神上的这种变化的观察和体认是有着深刻的思想史意义的,这些意义他没有做过多的理论阐释,而他的朋友贺麟,同样是在"参加"土改之后,认识到了在唯物主义的框架里,重视农民精

---

[1]姜涛:《"有情的位置":再读沈从文的"土改书信"》,载《文艺争鸣》2018年第10期。这个判断是在回应李斌对沈从文的批评。李斌认为沈从文的土改行始终是采取静默旁观者的姿态,无法融入当地的具体斗争中,"是参观土改,而不是参加土改"。(李斌:《沈从文的土改书写与思想改造》,载《中国现代文学研究丛刊》2018年第4期)姜涛在肯定李斌对沈从文批评的"深透"之后,婉转地为沈从文做了一点辩护,认为"居高临下的长时段视角,也不只是超然静观的视角,而显现为过去、当前与未来之间的贯通。"姜涛的观点与本文比较接近。
[2]沈从文:《沈从文全集》第19卷,北岳文艺出版社,2002年版,第200页。
[3]沈从文:《沈从文全集》第19卷,北岳文艺出版社,2002年版,第171页。
[4]沈从文:《沈从文全集》第19卷,北岳文艺出版社,2002年版,第192页。

神变化的现实意义。在新社会，对农民情感变化的重视，才是对他们作为"人"的尊严的重视。他指出，"资产阶级与地主阶级，对被剥削者，轻视践踏，冷酷无情。他们不愿也不许被压迫者表示喜怒，流露真情。他们对被压迫者的真心话，情感的呼声，不闻不问"[1]，而"为工农大众服务的辩证唯物论必然要注重被压迫的阶级所共有共鸣的热情和阶级的友爱与仇恨。而且感情属于感性阶段，亦可提高为理性，如正义感"[2]。

三、写作的探索与挫折

假如沈从文的在地观察体验所累积起来的心理经验和事实经验能够顺利地转化成他写作的心理能量和素材，那么，六万、八万的小说的确是可期的。可是，他只留下了这十三万字的书信，和"未完成"的小说《中队部》。《中队部》，既没有使用"封建剥削"的理论框架来作为"意在笔先"之"意"，而且小说也不是故事性的。这篇不到五千字的小说，写得相对"简陋"，终篇多是快节奏的"交代"，夹杂显得突兀的"工作进展报告"；全篇模拟"对话"，而且是单向的"由低向高"——"中队部"向"领导"的汇报性对话。小说叙述多，而描写和褒贬都较少，可以说是一种比较拘谨的"现实主义"——沈从文严格再现他所身处的土改情境：首先，是人与人之间那种不言自明的"等级"；其次，是"中队部"所处理的土改中"家事债务生产情况"的那种"单调""平淡"。"单调""平淡"既是土改实情，也与沈从文对川南人的观察了解有关。在沈从文的眼里，川南人和他所熟知的楚地人民之间，有着个性和才具

---

[1] 贺麟：《参加土地改革改变了我的思想——启发了我对辩证唯物论的新理解和对唯心论的批判》，载《土地改革与思想改造》，光明日报社编印，1951年，第2页。
[2] 贺麟：《参加土地改革改变了我的思想——启发了我对辩证唯物论的新理解和对唯心论的批判》，载《土地改革与思想改造》，光明日报社编印，1951年，第6页。

上的令他感到遗憾的区别。楚人，多少都具有"抒情"的性格特点，与现实的柴米油盐工商政军有着明显的距离，发达的是他们的多幻想的脑子和把热情付诸爱欲情仇行动的身子；而川南人民却实在得多，生活里"缺少一种抒情气氛"，"这里没有歌"，反而培育了"过分发达"的"语言的能力"，即"词辩能力"。沈从文似乎对这种语言能力并无好感，他认为川人"虽会说话却不会说趣话"，四川袍哥"吃茶摆龙门阵，也少架空处，必然和家事债务生产情况有关连"，"才生动熟习"。少幻想，是此地乡村文化成熟（"务实"）之处。作为喜爱"务虚"的小说家，沈从文已经灰心地断言，如实描绘川人写出的作品"想见出点奇光异彩，怕就比较难"，"极少见博大些东西，或新鲜些东西"[1]。我想，这或许才是沈从文写作"失败"的更为内在的"文学性"的原因。就是说，作为富于浪漫色彩的异乡人，要融入川南这样的"务实"的精神系统中是"困难得多，而且缺少共通性"。他对川南土改有切实的认识和体验，但在写作真正落实为文字时，他的个人的审美取向和他的特长，还是构成了一定的障碍。

所以，可以说作为"土改书写"初步尝试的《中队部》是失败之作。但这篇小说的副标题是"川南土改杂记之一"，也许《中队部》只是一个类似于"楔子"的开篇，我们可以期待此后他会继续写出以之二或之三来"讲故事"，描写他最为关心的青年农干、教员的风采，克服自己从前"事多解释少"的缺点，向《李家庄的变迁》看齐，或者说与赵树理较劲角力，写出"叙事朴质，写事好，写人也好"的作品[2]。甚至于期待他兑现"忠忠实实来叙述封建土地制度下的多数和少数人事变迁及斗争发展"，"将现代史一部分重现到文字中"[3]的诺言。这都是未

---

[1]沈从文:《沈从文全集》第19卷，北岳文艺出版社，2002年版，第223页。
[2]沈从文:《沈从文全集》第19卷，北岳文艺出版社，2002年版，第296页。
[3]沈从文:《沈从文全集》第19卷，北岳文艺出版社，2002年版，第313页。

知数，或许具有"无限"可能性。因此，我更倾向于认为，沈从文写作热情的被最终遏制，主要不是因为《中队部》的写作状况，而是由于小说《老同志》的退稿。

在土改行之前，沈从文已开始短篇小说《老同志》的创作，在川南改到第七稿，这篇小说从题材上说与土改无关，可是从"如游离却融洽"的"倾心融入"角度而言，却是沈从文的一个重要努力。较之《中队部》，《老同志》用力较多的是人物刻画。这篇小说与沈从文其时的精神状态是比较接近的，他在四川普通农民特别是青年农干身上所看到的那种富于"主动精神"的主人翁意识，在"老同志"身上体现得也很明显。小说的主人公"老同志"既没有多少文化，也不善于言谈，"手足贴近土地辛苦勤劳五十年，性情成了定型，沉沉默默，只做事，少说话"。"沉沉默默，只做事，少说话"是沈从文最为赞赏的人格类型[1]，他赞美老同志"生命的火和大炉灶中的高热炉火，俨然融合而为一，永远在为一个人类崇高理想而燃烧——全心全意为人民服务"。有一个细节，可以看出沈从文对"老同志"的高度评价。小说写道，老同志和另一个劳模以及高尔基、鲁迅的画像与马恩列斯四大领袖画像并列，"当作人民功臣"挂在饭厅两边的墙上。在这个评价体系里，"老同志"是可以和"领袖"人物平起平坐的。然而《老同志》却没有发表的机会，甚至他直接寄给丁玲，也没有得到推荐和垂青。[2]《老同志》投稿的失败，打击了沈从文刚刚建立起来的"人民美学"，那种"沉默而工作"

---

[1] 这是沈从文1950年5月准备的记者问答（未用）："国家真正的新生，是由万千沉默无言的工作者，充满虔敬和热忱，无私而忘我，从不断学习修正错误，并把点点好处扩大，各在异途同归意义上，完成工作任务的。"（沈从文：《沈从文全集》第27卷，北岳文艺出版社，2002年版，第122页）

[2] 具体情况可参看沈从文1952年8月18日《致丁玲》的信，沈从文：《沈从文全集》第19卷，北岳文艺出版社，2002年版，第353页。沈从文一开始把《老同志》寄给一份报纸，被搁了四个月后退回。稿子被退回后再寄给丁玲，"但此稿后来还是被寄还"（参看张新颖：《沈从文的后半生》，广西师范大学出版社，2014年版，第95页）。

的美学。他意识到在当时的文化环境中，这样"平凡"的人是不会被接纳为"英雄"的。因此，他只能到另外的领域为他最尊崇的"沉默而工作"的劳动人民写心。

四、"劳动"与"历史"

《老同志》结尾处的一段话，是沈从文集中表达他对于"劳动"这一马克思主义概念的认识的：

> 马克思列宁一生关心注意的，讴歌赞美的，对之抱着深刻信任和希望的，特别是中国人民领袖毛泽东认识得极深刻，理解得极透彻，而在一个崭新的光荣伟大时代中，为了完成中国历史任务，要求于万万人民对于劳动热情的新道德品质，老同志所保有的，恰是一个全份。……现在觉醒了，明白的意识到自己作了主人，而且和万万人民来共同创造一个崭新的既属于民族也属于世界的文化。老同志虽不识字，可完全明白这个道理，深信这个道理。因此话虽说得极少，事情总做得极多。中国能够站起来，就是因为在任何地方，在一切平凡单调艰难烦琐工作中，都有和老同志一样的劳动人民，在无私无我的为建设国家而努力。[1]

上面这段话，大致可以看出，沈从文对中国革命意义上的"劳动"观念理解的重点，一是"劳动"的尊严的政治含义，在他的表达里即劳动的道德意义。二是劳动创造历史的历史观，他认同是平凡劳动者沉默而持续的劳动创造了历史以及现实。

---

[1]沈从文：《老同志》，《沈从文全集》第27卷，北岳文艺出版社，2002年版，第477—478页。

从实践和道德的意义上为"劳动"赋予意义，这一思路的源头应当可以追溯到"五四"，很可能是蔡元培的"劳工"观念深刻地影响了他。蔡元培对"劳工"的定义，和经典马克思主义在政治经济学框架中考察"无产阶级"的"劳动"与资本主义生产的关系，还是有区别的。1918年蔡元培在演讲中高度肯定劳工，其"劳工"概念是宽泛的："我说的劳工，不但是金工、木工等等，凡用自己的劳力作成有益他人的事业，不管他用的是体力、是脑力，都是劳工。"[1]沈从文基本上承接的是蔡元培这种宽泛的劳工概念，把体力劳动和脑力劳动都算在内。所以在1950年他会把"工农兵"和"科学家"视作同样的"虔敬和热忱""无私而忘我"的"万千沉默无言的工作者"，他们都从事着"沉闷单调辛苦困难"的劳作。[2]如此抬高"劳工"的价值，其实是蕴含着一定的矛盾的。劳动，从古至今无分中外，确实都是低贱的。中国古代有"劳心者治人，劳力者治于人"的说法；而在西方古典政治哲学中，劳动也始终是处于被蔑视的位置。亚理士多德把人定义为"理性的动物""政治的动物"，这意味着人的本质是追求自由，而参与公共事务又是追求自由的重要表现。正如阿伦特所言，希腊城邦时代"对劳动的蔑视"，"最初源于摆脱生存必须性而追求自由的强烈渴望"[3]。从政治参与度而言，"其主要兴趣在于技艺而不在于广场"的奴隶和匠人，虽然他们的劳动不但解决了自己的生存必需，也帮助自由人解决了生存必需，但因为他们没有进入"公共领域"，参与政治生活，是不具有"人"的政治属性的，因而也是非人的。而马克思"劳动价值论"所揭示的工人在资本主义社会中的为（自己和他人的）生存而劳动的状态，与古希腊奴隶是

---

[1]蔡元培：《劳工神圣》，载《新青年》1918年第5卷第5期。
[2]沈从文：《总结·思想部分》，《沈从文全集》第27卷，北岳文艺出版社，2002年版，122页。
[3][美]汉娜·阿伦特：《人的境况》，王寅丽译，世纪出版集团、上海人民出版社，2009年版，第61页。

相似的。马克思指出，工人的剩余劳动为那些"不劳动的人"提供了两样东西，一是"生活的物质条件"，一是"他们支配的自由时间"[1]，因而"剩余劳动""是除劳动阶级以外的一切阶级存在的物质基础，是整个上层建筑存在的物质基础"[2]。而整个工人阶级却由于繁重的劳动而不可能有"自由时间"发展个人的精神空间。阿伦特认为，正是延续着这种"劳动是非人"的思路，马克思才提出来"革命的任务"是"把人从劳动中解放出来"，"只有取消劳动，'自由王国'才能代替'必然王国'"[3]。从精神生活（包括政治参与）这个角度讲，劳动是被动的、桎梏人的。而沈从文所写的这位"老同志"，他的劳动是否有"低贱"的特征呢？从小说的描写来看，"老同志"是华北革命大学的炊事员，"主要工作是管大灶水火"，说白了，就是厨房里的伙夫。但他"其实整天心手两不闲"：

> 饭上桌子时，端盆拿碗照例一大阵子忙。过后，不是赶紧蹲到炉灶边看火添煤，就得守在热气腾腾大缸开水边等待洗碗。天气那么热，任务来时，两只大手就不断在那缸滚热开水中捞来捞去。一顿饭得洗大小碗盆四百件，过水八百回，三顿饭统共二千四百次左右，不是件简单容易事。工作中圆润额角不免满是大颗大粒汗水。

"老同志"从事的确实是重复单调、技术含金量有限而体力消耗巨大的较为原始的劳动。由于劳动量繁重，而他又自动牺牲看戏时间去做烧水的活儿，无法参与娱乐，而文化程度低又沉默寡言的他也很少和大

---

[1]《马克思恩格斯全集》第32卷，人民出版社，1995年版，第213—214页。
[2]《马克思恩格斯全集》第32卷，人民出版社，1995年版，第215页。
[3][美]汉娜·阿伦特：《人的境况》，王寅丽译，世纪出版集团、上海人民出版社，2009年版，第75页。

家发生精神上的交流。从某种意义上说，他为了"自己和众人"的生存而劳动，而使其他学员有"自由支配"的时间来学习、休息和娱乐。从古典哲学或者马克思的角度看，这样的劳动一定程度上是服从于"必然性"的"非人"劳动；而沈从文却通过"政治参与—道德意义"的建立，以及"历史创造的真正承载者"两个维度，翻转出老同志劳动意义的正面价值。"老同志"，在沈从文的解读里，是通过为公众服务的劳动，而进入公共事务、参与了政治的，这正如蔡元培赞扬的"一战"中国劳工，由于进入欧洲战场、参与公共事业的劳作而改变了自身的政治地位。而"老同志"不仅进入公共事务为大家服务，而且还在道德上提供了"榜样"的作用。在沈从文看来，"老同志"所具有的"新国家主人翁的态度"，是可以"长年不变的为在改造中的知识分子学习示范"。沈从文认为，有着"简质素朴的心""工作谨严认真"而"个人的需要那么少"的"老同志"，"提供到职务上却是无保留的热忱和全部劳动力"。付出多而需要少，这无私的品格正是沈从文所认可的。在沈从文的理解里，历史创造也是涓滴汇流成海的，是坚忍而持续的积跬步以至千里。虽然"老同志"的工作是琐碎的，日常中他又是沉默的，"话虽说得极少，事情总做得极多"，"中国能够站起来，……就是因为在任何地方，在一切平凡单调艰难烦琐工作中，都有和老同志一样的劳动人民，在无私无我的为建设国家而努力"[1]。

"老同志"在某种程度上是沈从文的自我精神写照。小说写道，虽然从内心里，"老同志"对革命道理的认同是很强烈的，"从领导干部口中听来的革命道理，就和自己心腔子里想的一个模样"，但苦于表达不出，而只能以双手的劳作来传达内心的激动。"和自己心腔子里想得一样"，其实也是沈从文在川南土改行中对于"封建剥削"学说等革命道

---

[1]沈从文：《老同志》，《沈从文全集》第27卷，北岳文艺出版社，2002年版，第477—478页。

理的理解的状态。对新的时代和社会，他有发自内心的认同之处，但是他不愿意也无法介入以滔滔不绝的"演说"—"言说"为主要构成物的"政治活动"中。因而，"沉默"而"工作（劳动）"反而成了他在公共生活中的常态。这是沈从文自觉而又无奈的选择，一如他在土改山中的"看风景"，"如游离却又融合"。而这种状态却很难被认为是"积极"的。丁玲以无言的方式拒绝推荐《老同志》就是明证。而在沈从文这里，沉默的美学原是代表着最有建设性的以"劳动创造"融入新中国的安身立命的原则。劳动是辛劳的，是"自然所强加的永恒必然性"，但它又是"最人性的和最富生产性的人类活动"。"老同志"在无私付出的劳动中感到满足，获得自己的主人翁感觉——"个人因工作积极负责任，得到普遍应有的尊敬"。沈从文也想通过自己默默地写作，为普通人写心，既将他们在历史巨变中的所思所行凝定成文字，而自己的工作也在文字凝定中一同进入历史，具有一定的"纪念碑"的意义。这样的设想既遭遇重创，他只好改作他想。

　　新中国文学的领导者为何拒绝这种"沉默美学"，拒绝以双手劳作而非滔滔雄辩来确立自己的主体意识的主人公，是耐人寻味而值得探讨的另外话题。一个可能的解释是，"无产阶级（社会主义）美学"的主人公多以身心双重焕发为特征，而沉默则很难展现"心"之焕发的风采，这从后来"样板戏"的主人公一定要大段自我抒情即可证明。另一方面，沈从文的"沉默"里面包含着一种"冒犯"，是对那些嘴上流利阐发"唯物主义"原理而在日常生活中依然挑剔、懒惰的知识分子（《老同志》）的冒犯，恰如他从事文物研究更重视"物质实物"而轻视"专家"视如珍宝的"纸面材料"，是对专家的冒犯一样。他所自觉归队的是一个底层的手作的沉默的群体。

　　如果说"新人民观"是沈从文"和共产党领导的革命、和新社会最基本的契合点,一个最重要的认同基础"[1],那么再具体一点,我们可以说,"劳动"理论是沈从文"人民观"非常重要的组成部分[2]。如上面论述中已经提到的,"劳动"的意义,首先表现在现实中提升的"劳动者"的尊严感;此外,"劳动"整体改动了历史阐释框架。"劳动创造历史"或者"劳动人民是历史的主人"这些历史唯物主义的命题,为沈从文所热情接受,他的表述是"一切文化成于劳动人民之手"。他的后半生,主要的使命就是要将这样的"提法"落实,以"史实"的方式来证明"一切文化成于劳动人民之手"。他要"从文物出发,来研究劳动人民成就的'劳动文化史'、'物质文化史',及以劳动人民成就为主的'新美术史'和'陶'、'瓷'、'丝'、'漆',及金属工艺等等专题发展史"[3]。沈从文关心劳动人民劳动所创造的物质实存物,不但因为其美,而且因为其中还凝结着创造者全部的生活热情,他"爱好的不仅仅是美术,而更爱那个产生动人作品的性格的心,一种真正'人'的素朴的心"。他认为每一项作品都是劳动者的个人史,包含着"他的勤劳,愿望,热情,以及一点切于实际的打算",是"那个作者"的"生活挣扎形式",也是"心智的尺衡"[4]。这样,他通过研究文物,进入的是劳动人民的

---

[1] 钱理群:《1949—1980:沈从文的坚守》,《岁月沧桑》,东方出版中心,2016年版,第21页。
[2] 关于新中国的劳动理论,蔡翔和黄子平都有过十分深入的讨论。蔡翔侧重"劳动"观念在新中国尊严政治方面的意义,而黄子平更注意劳动所具有的"惩戒"的意味。这些讨论都将"劳动"意涵带入更为复杂而立体的历史情境中。本文讨论的劳动意涵,相对更偏于尊严政治这方面。
[3] 沈从文:《我为什么始终不离开历史博物馆》,《沈从文全集》第27卷,北岳文艺出版社,2002年版,第245页。
[4] 沈从文:《关于西南漆器及其他》,《沈从文全集》第27卷,北岳文艺出版社,2002年版,第22—23页。

"文化创造史"与"心史",而非文人的"抒情史"[1]。的确,沈从文说过在"事功"与"有情"的对立中他倾向于"有情",这是对一切生命"有情",而非仅仅局限于文人之抒情;这是对汲汲于"功利"的蔑视,是对一切沉默工作而筑起历史的无名者深沉的爱。

---

[1] 张新颖总结过沈从文新中国成立初期的精神转变:"沈从文确曾抱着把'单独'的生命融合到'一个群'中的意愿;但最终,'单独'的生命投向了'有情'的传统——他没有明说。"(张新颖:《沈从文的后半生》,广西师范大学出版社,2014年版,第84页)但笔者阅读沈从文书信之后,更重视沈从文融入"群"的努力。这是与张著观点的差异之处。

20世纪50—60年代中国文化变革的复调：礼乐与虚拟性

◎朱羽

"礼乐"范畴最近进入中国社会主义文化设想的研讨之中，这无疑是一个相当值得探讨的现象。汪晖教授在为张晴滟新书《样板戏：文化革命及其最新形式》所写的序言里特别提到：

> 形式上的每一次创新都与创生新的政治有着密切的关系。反过来说，离开了对于文化革命的形式的探究，也不能真正理解文化革命本身。……张晴滟将样板戏理解为中国传统的"声诗"在20世纪文化革命中的演化，并将近代京剧革命视为从"礼乐革命"向"革命礼乐"的过渡。除了强调这一进程中音乐与戏剧的结合、戏曲与歌剧的结合等等形式因素之外，也在暗示文化革命的最新形式是对于"新礼乐"或"革命礼乐"的探索。"礼乐"是一种动态的关系模式，是在人的行动和交往关系中形成的秩序，而"革命礼乐"致力的就是在打破旧秩序之后对于新世界、新人及其伦理/政治秩序的创造。"春风杨柳万千条，六亿神州尽舜尧"或许便是对

于一个革命礼乐世界的憧憬。[1]

"新礼乐"和"革命礼乐"范畴的提出具有新意，也颇具理论上的生长性。张晴滟所讨论对象——样板戏——作为一种体现了洋为中用、古为今用的"大戏"，的确联通了"乐学""曲学"这一古典脉络及其背后的"礼乐"设想，同时又彰显着社会主义区别于资本主义的文化形式追求。[2] 不过，是否也还存在这样一种情况：在 20 世纪 50—70 年代的中国，"礼乐"这一表述确实有过出场，其自身亦已与新的革命文化形成一种微妙的关系（"礼乐"少见于新中国文化表述之中——就算是涉及古典遗产时亦如此，这或许与国民党"制礼作乐"以及中国共产党对之展开的批判有关[3]，亦涉及马克思主义所蕴含的"现代"启蒙价值与平等政治诉求，更是受到 20 世纪 70 年代"评法批儒"的某种规定）。更关键的是，汪晖教授和张晴滟所尝试激活的"新礼乐""革命礼乐"，

---

[1] 汪晖：《序》，张晴滟：《样板戏：文化革命及其最新形式》，台湾人间出版社，2021 年版，第 13—14 页。

[2] 关于具体的近世"乐学"（滥觞于两宋、兴于金元，随着晚明心学更辟出新局面）以及明代尤为兴起的"曲学"与礼乐制度、"师道复兴"之关系的探讨，可参看李舜华：《从礼乐到演剧：明代复古乐思潮的消长》，复旦大学出版社，2018 年版。张晴滟一书中关于样板戏渊源的"雅俗"之变、关于"古为今用""洋为中用"的技术——特别是"样板戏"在唱腔、配乐等形式上的独特创造，被有意识地提升到了社会主义文化象征形式的位置；通过唤出"礼乐"一词，又与古典的礼乐文化形成了一种对话性。当然这里存在着一种普遍性诉求或者说普遍性焦虑：不仅是与历史中的"正统"对勘，而且要与冷战中的资本主义高级文化与通俗文化展开竞争。

[3] 关于国民党"制礼作乐"的历史线索，参见孙致文：《儒家礼制的重省与深化——以 20 世纪 40 年代中央大学学者议定国家礼制管带你为借镜》，见吴震、肖卫民主编：《儒学传统与现代社会》，复旦大学出版社，2019 年版，第 166—183 页。关于中国共产党关于儒学看法的分歧可见韩星的"国共两党关于孔子儒学的意识形态之争"，见韩星：《走进孔子：孔子思想的体系、命运与价值》，福建教育出版社，2017 年版，第 123—128 页。对于戴季陶"制礼作乐"之说的讽刺，可参看蔡尚思："历代封建王朝都制礼作乐；到了民国时代，奉命出来为政府制礼作乐的是戴先生。"蔡尚思：《戴季陶的礼教道统说》，《中国近现代学术思想史论》，广东人民出版社，1986 年版，第 343 页。

如果溢出"样板戏"这一具体的艺术形式，其可能的解释力与解释路径又将如何来把握？乃至在何种程度上"礼乐"可以成为一种中国社会主义的普遍性范畴，进而真正成为重释"文化革命"的线索——即成为"新世界、新人及其伦理/政治秩序的创造"的关键一环？同时，我们也需追问这其中的障碍与困难究竟为何。汪晖教授上述言说里有一点极为重要，或许也是打开"礼乐"当下意义的关键——他明确将礼乐视为"人的行动和交往关系中形成的秩序"。这就提供了一个新的解释框架，甚至可以说方便我们从更为根本的层面——如马克思关于"资本"的理解——出发，来重新讨论特殊的"礼乐"话题。从马克思关于资本主义的分析来看，真正的资产阶级文化革命并不是仅表现为"启蒙"，或者说启蒙还是一种相对"后设"的东西。[1] 真正的革命存在于类似索恩—雷特尔所说的"交换行为"或社会交往关系形态当中。[2] 而反过来看，"礼乐"从根本上来说也是这种形态："人的行动和交往关系中形成的秩序。"也就是说，特殊的礼乐话题与显白的礼乐言谈，最终都需要再次回到这个涉及"生产方式"的地方上来。

我的讨论首先尝试从前三十年的文献里寻找"礼乐"直接呈现的线索。这种"字面"上的出现，或许意味着：一、晚清以来的经学"革命化"脉络对接社会主义文化革命的尝试。二、社会主义文化革命如何对待既往的"主流文化"，或用更通行的话说，如何对待"民族遗产"，如何处理"古今"关系，如何呈现"传统"以及此种呈现的旨归何在。而此种触及"古"之议题与形象的做法，或许可以牵扯出所谓"文化革命"之"复调"的问题。也就是说，在马克思主义语汇显白表述之外

---

[1] 杰姆逊曾在理论线索上对"文化革命"这一范畴进行过梳理，见 Fredric Jameson, *Valences of the Dialectic*. Verso, 2009, pp. 267-278.
[2] 参见索恩—雷特尔：《脑力劳动与体力劳动：西方历史的认识论》，谢永康、侯振武译，南京大学出版社，2015年版。

（这里的"主调"尚须厘清——可整理出一条从列宁、瞿秋白到毛泽东的相关线索，以及1958年高层对之的一般化界定，特别是"大跃进"时期"劳动群众一定要做文化的主人"这一核心表述[1]），尚存在着别样的表达；由这些表达所暗示的"文化革命"，即我所谓的"文化革命"复调或变奏。

熊十力的《论六经》与"社会主义"礼乐论的可能性

我想从刘小枫对于熊十力《论六经》《正韩》的解读说起。熊十力之《论六经》是他1951年写给董必武、林伯渠、郭沫若的一封长信的扩充，并指明"恳代陈毛公赐览"，编者谓之"大体表达了儒家社会主义的乌托邦思想"[2]，而刘小枫则在某种反讽语调中剥离出了熊十力之"心性革命论"[3]———种"消除人性差异，让小民能成为哲人，达至心性平等的自由"[4]的设想。刘小枫的立场在此或许更接近古典政治哲学

---

[1] 关于此一"文化革命"的脉络，可参看朱羽：《社会主义与"自然"——1950—1960年代中国美学论争与文艺实践研究》，北京大学出版社，2018年版，第182—202页。

[2] 景海峰：《编者后记》，熊十力：《熊十力别集 论六经·中国历史讲话》，中国人民大学出版社，2009年版，第124页。

[3] 刘小枫似乎暗示熊十力最终是"心学"后裔。而新近的礼学研究也似乎在重估清儒"汉宋兼采"取向，而对阳明心学却持一种较为批评的看法。见吴飞："清儒的'理礼之辩'是对礼的哲学基础的全面澄清，将朱子后学，特别是明代王学的许多误解纠正了过来……陈澧强调理学即礼学，黄以周强调礼学即理学。他们对'理'的许多理解，与戴震以来的传统一脉相承，但并不因此而否定朱子，反而能够在强调文质与条理的基础上重新讲出朱子的思想体系。"见吴飞：《当前的礼学研究与未来预期》，中国社会科学院哲学研究所编：《中国哲学年鉴2015》，《哲学研究》杂志社，2016年，第96页。吴飞的核心看法是中西传统的哲学基础之区分——即"形质论"（"形式"在"质料"之外、之上）与"文质论"（"文"/纹理离不开"质"）的区分，而他认为礼乐文明尤其是丧服之礼尤能体现"文质论"的要义，"文"即"理"的本意，而"理"与"礼"关系的探讨被视为抓到了礼乐文明的真正内核。

[4] 刘小枫：《共和与经纶：熊十力〈论六经〉〈正韩〉辨正》，三联书店，2012年版，第85页。刘小枫通篇似在嘲讽熊十力，语调暧昧，刘小枫的立场在此更接近一种古典的反思启蒙立场，但或许他的确也指出了熊十力之革命本体论预设的某些困境。

的反思启蒙立场,因此他不会放过熊十力"革命儒学"预设里的"问题"。特别是通过审读熊十力关于韩非的看法,刘小枫点出熊十力有意站在了"今人"一面而放弃了"古人"的前提:"韩非的圣人的确并不'融通'十力的自由人性论。韩非的政治哲学能够注重切实的扬善除恶的政治智慧。"[1] 熊十力仿佛是在"六经"乃至韩非的论述当中辨识出了络绎不绝的"革命"暗流(区分"微言"与"大义"——前者为"革命"之言,后者为"献媚"之言[2]),从而将20世纪50年代初新中国的建设视为某种真正的"复古"。刘小枫在此看到的是"民主"与"独裁"之间的奇妙组合,以及熊式解释与新中国激进文化之间的深刻契合:"(熊笔下的)革命圣人的'知几'和'迎几'所依据的是'物既自倾,天不得不覆亡之,物方自植,天不得不培养之。'从而,民主圣人独裁的正当性就获得了自然本体论的证明:必须强制所有人'化私为公'"。[3] 而且熊十力所想象的理想社会不仅契合于社会主义方案,甚至提出了一种溢出历史唯物论的更高方案:"圣人的最高境界是天人合一,可以把这个'文化团体'恰切地理解为'天人共和国'。"[4]

由此我们便不难理解,为何熊十力在《论六经》中一开始会说:"抗美非难事也,愚谓今之所急,莫如立国立人之精神。"[5] 难道熊十力认为马克思主义旗下的辩证唯物论与历史唯物论尚不足以改造人们的思想?所谓"经济革命取得一定成果后,必须进行全面的教化革命"[6] 一句里的"教化"究竟意味着什么呢?正是在这个脉络里,"礼乐"问题

---

[1] 刘小枫:《共和与经纶:熊十力〈论六经〉〈正韩〉辨正》,三联书店,2012年版,第165页。
[2] 熊十力:《熊十力别集 论六经·中国历史讲话》,中国人民大学出版社,2009年版,第6—7页。
[3] 刘小枫:《共和与经纶:熊十力〈论六经〉〈正韩〉辨正》,三联书店,2012年版,第211页。
[4] 刘小枫:《共和与经纶:熊十力〈论六经〉〈正韩〉辨正》,三联书店,2012年版,第220页。
[5] 熊十力:《熊十力别集 论六经·中国历史讲话》,中国人民大学出版社,2009年版,第10页。
[6] 刘小枫:《共和与经纶:熊十力〈论六经〉〈正韩〉辨正》,三联书店,2012年版,第223页。

出现了。需要注意的是，熊十力虽然解读古人时几乎全凭"形而上学慧眼"[1]，但却不能不说他的解读自成条理（因此熊十力看不上康有为式的"孔子"解释，以为其"学术浅薄"[2]）。熊十力解"六经"以庄子《天下篇》为指引，但他实际的解读顺序则与《天下篇》不同——为《易》《春秋》《乐》《礼》《诗》《书》。显然熊十力将《易》放在最基础、最初始的层面，《春秋》次之，而《周礼》在其余几经中又最为关键。[3]且不论《论六经》讨论"周礼"的部分占去全书一半篇幅，从熊十力讨论六经的次第来看，"礼乐"也是处在人世实践的关键位置，为理想社会所不可缺，且与本体所彰显出的"天人关系"息息相关：

> 礼乐所以理性情，此义宏深广远……故为治之道，必使民毋失其性；欲使民毋失其性，即莫如兴礼乐；礼乐达于天下，而后天下之人人乃有陶情于正、毋害其性，此则治道之极也。礼乐之本立，则功利之图、富强之计皆所以助成礼乐之化，而后人生不至坠退，乃互相得于一本万殊、万殊一本之中，敦分而各足（敦分云者，万殊即有分矣。庶物芸芸，各畅其性，各尽其能，各足其需，此礼之序也），玄同以合爱（达于人生之本源者，即是见性；见性则悟天地万物皆吾一体，故玄同。由此而同体之爱无竭，此乐之和也），是《春秋》太平大同之盛轨也。[4]

---

[1] 刘小枫：《共和与经纶：熊十力〈论六经〉〈正韩〉辨正》，三联书店，2012 年版，第 55 页。
[2] 熊十力：《熊十力别集 论六经·中国历史讲话》，中国人民大学出版社，2009 年版，第 26 页。
[3] 熊十力："《周官》一经，包络天地，经纬万端，堪与《大易》《春秋》并成舆上三大宝物。实行社会主义，犹须参证此经。"熊十力：《熊十力别集 论六经·中国历史讲话》，中国人民大学出版社，2009 年版，第 16 页。
[4] 熊十力：《熊十力别集 论六经·中国历史讲话》，中国人民大学出版社，2009 年版，第 69—70 页。

与其说熊十力希望复兴具体的礼乐制度，不如说他更像是在"抽象"地肯定"礼乐"的结构性位置。事实上，他的确也通过确认"礼者序也"，从而强调"新礼旧礼"虽然具体做法不同但"序"这一根本规定则"新旧无异"。[1] 而他认为"乐"的精义在于："德者，性之端也；乐者，德之华也；金石丝竹，乐之器也。诗言其志也，歌咏其声也，舞动其容也，三者本于心，然后乐器随之。是故情深而文明，气盛而化神，和顺积中而英华外发，惟乐不可以为伪。"[2] 因此，熊十力这一"经学革命化"举措，使"礼乐"问题在新中国第一次直接和革命发生关联。通过刘小枫的思考，我们能看到熊十力的思路与文化革命的一些根本预设确实存在着某种相关性（"六亿神州皆舜尧"的旨归[3]）。——虽然刘小枫更像是在暗讽熊十力：谈"古"但沿用的却是一种激进"启蒙思想"，从根本上说，熊十力是"自由主义者"。[4] 可尚不清楚的是，新中国的"文化革命"是否也只不过是"激进启蒙"思想的流裔？还是说，新中国尚有别一种沟通古今的方式（乃至并非要采用传统的形式）？若暂且搁置这样一种追问，熊十力"礼乐"论或许突显出了这样一个问题：根据周展安对于熊十力之"革命儒学"的解读，熊十力的论说不是简单用"儒学"去单向验证"社会主义"，而是"超越并能引领'社会主义'进至一个更高级的状态"，"是要在马列主义的基础上使'六经'对国人与国家之精神有更高的提振"。[5] 如果此说成立，那么前述疑问或可得到回应，即为何"礼乐"在社会主义国家是可能而且必要

---

[1] 熊十力:《熊十力别集 论六经·中国历史讲话》，中国人民大学出版社，2009 年版，第 23 页。
[2] 熊十力:《熊十力别集 论六经·中国历史讲话》，中国人民大学出版社，2009 年版，第 18 页。
[3] 非常有趣的是，刘小枫在评论熊十力时表述过一个相似的意思，但更加俗白："所谓自由民主的意思很可能是，小民个个都应该成为孟子庄子一类哲人。"刘小枫:《共和与经纶：熊十力〈论六经〉〈正韩〉辨正》，三联书店，2012 年版，第 84 页。
[4] 刘小枫:《共和与经纶：熊十力〈论六经〉〈正韩〉辨正》，三联书店，2012 年版，第 78—79 页。
[5] 周展安:《熊十力"革命儒学"的政治构想及其哲学基础》，载《开放时代》2019 年第 3 期。

的：它能将社会主义生活提振到一种具有"高深理趣"的境地，而一般意义上的马克思主义哲学与政治经济学似乎无法完成这一事业。且不论熊十力究竟对马克思主义有多少理解，"革命儒学"设定问题的方式无疑使之成为中国"文化革命"的一条暗流——暗含着对于过分"历史主义"的不满，对于革命功利生活的意义根基的追问，以及对于古今之间更深层共振的期待。

礼乐的"镜像"：周谷城的《礼乐新解》与生活形态问题

1962年周谷城发表《礼乐新解》(《文汇报》1962年2月9日)，此文与《艺术创作的历史地位》等一起构成了周谷城"辩证法"脉络里的"礼乐"新说（周谷城在新中国成立后曾多次撰文讨论辩证逻辑与形式逻辑问题）。此说的语境显然有"后大跃进"色彩，而其后续的命运则深刻地嵌入在"反修防修"以及"一分为二"与"合二而一"的哲学—政治论辩中。周谷城对于礼乐的解释，一是关乎他关于"祖国遗产"的看法（"古为今用"得首先让古代的东西能为今人接近；孔子的学术思想同民族精神的激发大有关系，它使外来文化不至于如入无人之境)[1]，二是关乎他对于"矛盾"状态的看法以及对于"生活形态"持之以恒的兴趣（从其新中国成立前的著述《生活系统》来看，周谷城已然构造出"无差别境界"的基本序列)。[2] 周谷城的论说使"礼乐"在新中国成立后第一次成为公开的思想话题。与熊十力不同，周谷城的解释不再带有明确的儒学色彩，而是展现为对于生活形态的辩证法式解释。

虽然后"大跃进"时期尤其是1961年以后谈"古"相较于前变得

---

[1] 周谷城：《坚持古为今用》，载《学术月刊》1961年2月号；周谷城：《纪念孔子，讨论学术》，载《学术月刊》7月号。
[2] 莫志斌：《周谷城传》，华文出版社，2015年版，第38页。

更为正当，但周谷城从"祖国美学"里发掘出"礼乐"范畴依旧引人好奇。要知道所谓"古为今用"凸显的是"当下"的绝对重要性，一切谈古都需要厘清自身与"当下"的关系。但细看之后便会发现，周谷城与其说在谈"古"毋宁说是在论"今"，或更确切地说，他在论述一种贯穿历史的基本构造，而他的阐释方式显然假设了今人比古人自己更懂得古人生活的实质：

> 祖国美学原理有最突出的一条，曰由礼到乐。用现在的话来说，就是由劳到逸，由紧张到轻松，由纪律严明到心情舒畅，由矛盾对立到矛盾统一，由对立斗争到问题解决，由差别境界到绝对境界，由科学境界到艺术境界。这条原理可以贯通于一切美术品的创造过程，而得到体现。尤其是在礼与乐的实践中，体现了不少。但古人于此，未必完全意识到了，我们在这里最好用现代话表而出之。[1]

周谷城的一大发明便是将"礼乐"视为相成相连的一个单位，并用辩证法的语汇对之进行了阐释与改写："由矛盾对立到矛盾统一的原则是也。"[2] 在万物皆处于矛盾状态的意义上，礼乐虽是人间之作，却能与自然节律或毋宁说是"规律"相契合。而他终究想要讨论的是"礼乐"的功用为何："第一层在发现规律，统一信仰。……'乐者为同，礼者为异'。为异即分析情况，为同即建立信仰。"[3] 显然，"礼者为异"这一曾被新文化运动批为"别尊卑等级明贵贱之阶级制度"[4]的表述在

---

[1] 周谷城：《礼乐新解》，载《文汇报》1962年2月9日。
[2] 周谷城：《礼乐新解》，载《文汇报》1962年2月9日。
[3] 周谷城：《礼乐新解》，载《文汇报》1962年2月9日。
[4] 陈独秀：《宪法与孔教》，载《新青年》2卷3号。

此转变为中性的措辞，而"乐者为同"则被转化为达成群体一致性的"信仰"问题。"第二层则在根据规律，遵守纪律；改造现实，实现信仰。……遵守纪律，是礼所道的行；改造现实，消去矛盾对立，达到矛盾统一，进入艺术境界，是乐所道的和。"[1]这里我们可以看到周谷城研讨"礼乐"的用心所在。"礼"被拆解为两个环节——符合客观规律以及对这种规律的遵从，而"乐"则被视为整个实践过程——改造现实，消去矛盾，达到统一，进入无差别境界。换言之，"礼乐"论本身似乎可以对等于"实践论"。而礼乐的第三层功用是：

即第一层和第二层上的加工。第一层发现规律，树立信仰；第二层依规律为纪律，化信仰为现实。第三层则于此二者之上加工，使心理习惯倾向于发现规律，遵守纪律；使感情表现，固定于几种方式，自然中和。……节民心的专科教育，可以称之为礼的教育；和民声的感情教育，可以称之为乐的教育。[2]

无疑这第三个层面即形塑主体。令人好奇的是，既然点明礼的教育和乐的教育就是"专科教育"和"感情教育"，为何周谷城依然要坚持使用"礼乐"一语？"礼乐"比起既有词汇术语的增益何在呢？实际上，周谷城使用"礼乐"在根本上是为了给生活"赋形"："礼乐在文献中相连并举，由于它们在生活过程上是相续发生的。人不能一刻无生活，因之也不能一刻无礼乐。"[3]特别是"乐"和周谷城始终念兹在兹的"绝对境界"相关联，仿佛是在连续不断的劳动生产与斗争生活中楔入了一个异样的瞬间："消魂大悦，动静皆定，未尝不令人羡慕。但没有实际斗

---

[1] 周谷城：《礼乐新解》，载《文汇报》1962年2月9日。
[2] 周谷城：《礼乐新解》，载《文汇报》1962年2月9日。
[3] 周谷城：《礼乐新解》，载《文汇报》1962年2月9日。

争,这等境界决不可得;……我们不必高谈这等境界,只要坚持纪律,坚持斗争;解决问题,获得成果;则自然心情舒畅,随时都可进入绝对的境界。而且这样的境界,虽不是永恒存在的,却是常常出现的。"[1] 也正是因为强调这一相对"静态"的境界,周谷城被当时的批评者指责为只是重复了资产阶级美学家的滥调。[2] 在批判杨献珍"合二而一"的火力网中,周谷城的"断而相续"生活形态设想触犯了"一分为二"的"革命辩证法",乃至被认为是与国外"修正主义"强调"和平竞赛"形成合流。

周谷城的"礼乐论"及其背后的"无差别境界"说在1963年以后引发了持久的批判,其中特别值得注意的是与朱光潜往复数回合的笔战。在20世纪50年代的"美学讨论"里表现出积极改造姿态的朱光潜依据毛泽东关于"不断革命论"与"革命发展阶段论"的辩证法,指责周谷城的"无差别境界"否定了矛盾斗争和历史发展[3],而其所鼓吹的不囿于"阶级感情"的"真实感情"实则是超阶级观点。在朱光潜看来,周谷城的一系列"史学与美学"论说只是张扬了黑格尔式的"和解"——因此是阶级调和论的迂回表达,而其"使情成体"无非是"表现主义"的流露。非常有趣的是,朱光潜似乎在周谷城的论说里看到了自己旧形象的"镜像":

从周先生的一系列的美学论文可以看出,他和我过去所受的教育可能有些类似,所读的书可能有一部分叠合,因而思想方式(形而上学)和思想路线(唯心主义)也可能有某些接触点。打开窗子

---

[1] 周谷城:《礼乐新解》,载《文汇报》1962年2月9日。
[2] 茹行:《从哲学观点评周谷城先生的艺术观》,《新建设》编辑部编:《关于周谷城的美学思想问题》第1辑(内部发行),三联书店,1964年版,第153—154页。
[3] 朱光潜:《表现主义与反映论 两种艺术观的基本分歧——评周谷城先生的"使情成体"说》,《朱光潜全集》第10卷,安徽教育出版社,1993年版,第383页。

说亮话，周先生和我都是受过西方资产阶级教育的旧知识分子。作为这样一种身份的一个老年侪辈中的朋友，我愿意向周先生交一交心，尽管我们这些年来受到了党的教育而且自己也还是在认真地学习，"我与任何资产阶级学者的思想界限，都是划得很清楚得"这种包票还是不容易打得。……反映论和表现主义可以说是马克思主义者和资产阶级学者在美学和文艺理论中的一个基本的分界线。这场纠纷对于我来说，这些年一直是一个难关，或者说，最后一道防线。[1]

朱光潜非常积极地征用着其所学到的马列理论与毛泽东的哲学论说，仿佛是在证明自己思想改造的实绩。然而，在"表现主义"信徒的供认之外，朱光潜有意无意遗忘了，自己在20世纪40年代关于"礼乐"曾发表了一些与周谷城可资对比乃至相当类似的言论。这一未被揭示出来的"镜像"才真正值得我们细细考究。

"和"是乐的精神，"序"是礼的精神。"序"是"和"的条件，所以乐之中有礼。……礼之至必达于乐。……乐之中有礼，礼之中也必有乐。"乐自内出，礼自外作"。……乐是情之不可变，礼是理之不可易，……乐是内涵，礼是外现，和顺积中，而英华发外，"乐不可以为伪"，礼也不可以为伪。……礼不可以无乐，犹如人体躯壳不可无灵魂，艺术形式不可无实质。……乐是质，礼是文。绘必后于素，文必后于质。……礼乐本是内外相应，但就另一观点说，也可以说是相反相成。……论功用，乐易起同情共鸣，礼易显出等差分际；乐使异者趋于同，礼使同者现其异，乐者综合，礼者

---

[1] 朱光潜：《表现主义与反映论 两种艺术观的基本分歧——评周谷城先生的"使情成体"说》，《朱光潜全集》第10卷，安徽教育出版社，1993年版，第392页。

分析。……从"序"与"理"说,礼的精神是科学的……[1]

无论是关于"由礼至乐"的路径还是礼乐的"相反相成",抑或解"礼"的精神为科学精神,20世纪40年代的朱光潜和20世纪60年代的周谷城似乎表现出了较大的相似性。而周谷城所谓"遵守纪律""自然中和"的礼乐教育,也早为朱光潜所道出:"礼乐在孔门教育中是基本学科……读《论语》听(孔子)他的声音笑貌,看他的举止动静,就可以想象到他内心和谐而生活有纪律,恬然自得,蔼然可亲。"[2] 不过,朱光潜似乎过于匆忙地将周谷城与自己归为一类知识分子了。周谷城在新中国成立前的经历可远比朱光潜要革命。[3] 然而,20世纪40年代朱光潜发表于《思想与时代》之上的论说(这份杂志本身具有较为鲜明的知识分子立场[4]),与周谷城20世纪60年代的礼乐理解之间仍具有相当大的可比性乃至相似性,则不能不说是一个耐人寻味的问题。这种相似性也可以用当时更加"主流"的批评来确认。殷学东对于周谷城的定位即可为证:

> 礼与乐相连并举是因为两者在维护封建统治秩序方面起着相互配合的作用。……令人惊异的是《礼乐新解》一文,竟然也和古人

---

[1] 朱光潜:《乐的精神与礼的精神》(1942年2月),《朱光潜全集》第9卷,安徽教育出版社,1993年版,第97—98、103页。

[2] 朱光潜:《乐的精神与礼的精神》(1942年2月),《朱光潜全集》第9卷,安徽教育出版社,1993年版,第104页。

[3] 周谷城在20世纪20年代初即与毛泽东有所交往,特别是1927年至武汉到全国农民协会工作,相当于担任了毛泽东秘书的工作,至上海、广州,思想也始终"左"倾,新中国成立后曾担任复旦大学教务长。参看莫志斌:《周谷城传》,华文出版社,2015年版,第48—190页。

[4] 关于《思想与时代》的研究,可参看何方昱:《科学时代的人文主义:〈思想与时代〉》,上海书店出版社,2008年版。

同一口吻，抛去了封建礼乐的阶级性，把它说成是适用于古今中外的普遍真理。……我们认为封建礼乐有其特定的历史特征和阶级特征。今天，随着封建经济基础的消灭，皮之不存，毛将焉附，它已一去而不复返。……周先生可以辩解，他主要强调的是礼乐的形式可以继承，并非仅指礼乐的内容，即所谓旧瓶装新酒是也。但我们的认识却以为就连形式也是不能够抽象的继承的。如果继承了封建礼乐的形式，那么必然也就伴随着形式一起，同时接受了封建礼乐的内容。试看前几年农村中有些地方的反动势力闹复辟，不是都以续家谱、修宗祠等封建宗法形式的恢复为其幌子的么？[1]

令殷学东十分疑惑的正是，如果说朱光潜20世纪40年代大谈"礼乐"与"政教"有其在国共两党政治文化之外寻找第三种可能性的企图的话，那么20世纪60年代的周谷城又为何要召唤出这么一个封建宗法气息浓烈的用语呢？殷学东所秉持的是一种激进的历史主义，"礼乐"因此被具体化为"封建礼乐"。在他看来，作为曾经接受过一轮新文化批判的"幽灵"，礼乐这种"旧形式"本身就足以带出陈腐的内容。除了充作历史研究的材料之外，可谓一无是处——只能造成对于当时农村旧习俗复辟现象的肯定。殷学东的论说无疑处在"五四"延长线上，而且在恩格斯论述的支持下，他进一步将礼乐视为宗教的对等物。他特别抓住了周谷城文中的一个案例加以批驳。周谷城在分析礼乐的第一层功用"发现规律，统一信仰"时举了科学家进礼拜堂的例子，以此来说明礼拜与礼拜堂的性质会随着时代发生变化："礼拜日的上午，大家穿上新衣，携着儿女，到礼拜堂，听听音乐；听完之后，同朋友谈谈闲天，说说笑话；青年男女，还可乘此讲讲爱情。这样的礼拜，性质是完

---

[1] 殷学东：《评〈礼乐新解〉》，《新建设》编辑部编：《关于周谷城的美学思想问题》第2辑（内部发行），三联书店，1964年版，第164—166页。

全变了的；科学家也去参加，自然没有什么格格不入之处。"非常奇妙的是，《礼乐新解》全篇只有这一处提及基督教礼拜的地方涉及了可类比于"礼乐"的仪式性制度，而其关于"礼乐"的具体谈论又显得比朱光潜更为泛化。难怪殷学东以这一处"宗教"之"礼"作为突破口，引入了不可抹除的历史形态问题："礼拜堂里所宣扬的，只能是'上帝创造世界'和宿命论等等宗教迷信观念；礼拜堂的音乐，也只能是'赞美上帝'和祈祷'幸福'的宗教音乐。"[1] 不过，反过来看，"礼拜堂里的礼拜"或许正包含着某种理解周谷城之论说的秘密通道。在周谷城的论述里，"礼拜日"意味着"休息"，意味着"社会性的会聚"的时刻，是"穿新衣""听音乐""谈闲天""说笑话"，乃至"讲讲爱情"。这种休息与社交生活的瞬间，正是周谷城尝试用"礼乐"的辩证节奏予以突出的一个生活的环节。周谷城认为"蔡元培美育代宗教"在新社会中是无的放矢，其"微言"可能在于：社会主义生活世界所需处理的是，旧信念、旧信仰已然随着生产关系的改造而丧失其地位，新的信心、认同和集体性需要在一种新型的社会性交际中生产出来，而这种交际又在很大程度上是发生在闲暇时间之中，它需要一种形式。已有的主流马列话语似乎无法完全捕捉并肯定这一点。

　　周谷城对于"礼乐"的解释的确稀释了这一表述的传统意涵，而且与强调"千万不要忘记阶级斗争"的社会主义教育形成对峙之势。但这种"稀释"，或者说刻意拉开"礼乐"与"封建"之间的关系，在20世纪40年代朱光潜的思考里早已彰显了出来。朱光潜认为马列主义的学习克服了这种抽象思考，但周谷城却在一个看似更加辩证也更加"中性"的维度上重新"恢复"了这种把握方式，从而引来了极大的不满。"阶级分析"成为此种礼乐论遭遇到的硬核性障碍。而在此种更加严格

---

[1] 周谷城:《礼乐新解》，载《文汇报》1962年2月9日。

的要求看来，周谷城的论述必然是"修正主义"的。

从周谷城改革时期关于几篇旧文的重评来看，可以明显感到周谷城的侧重点与"修正主义"之间的相似性。[1] 但若将"礼"把握为"斗争过程"，将"乐"把握为"斗争结果"，也不是不能够推导出更为复杂的辩证关系——虽然周谷城的这一图式的确易流于二元对立。周谷城的确忽略了阶级分析的维度，但并不能说"礼乐"与"阶级斗争"没有关系，只不过这里强调的是某种历史的"统合"状态——无论是从遵守纪律来说还是销魂大悦来说，也并不避讳现实的"不纯"或矛盾的状态。[2] 在这个意义上，理解《礼乐新解》必须把握周谷城此一时期的相关思考，特别是他在反驳姚文元的一文中，把这种由"斗争"形塑出的"统一"讲得十分清楚：

> 不同阶级的不同思想既已进行尖锐斗争，那么自始就已在统一整体之内；不在统一整体之内，便不能进行你死我活的尖锐斗争。古今中外的阶级斗争都不是背对背的，而是面对面的；都不是隔了铜墙铁壁进行的，而是深入彼此的阵地的。……斗争把不同的思想

---

[1] 参看周谷城："在社会政治生活中，这个无差别境界或不矛盾境界，表现为安定、团结、和平、统一。这可能是短暂的、间隙的，却是存在着的，总是人们所热烈追求的，且希望保持得长一些、再长一些，而不是老是斗、斗、斗下去，老是运动、运动、对抗、对抗，没完没了，大乱特乱。……人类……总有个不斗时期，总会产生一个团结合作时期；世界上也不可能永远战争下去，总会斗出个和平时期。最后斗出一个大团结的新世界，或旧话所说的大同世界。"周谷城：《再论"无差别境界"》，载《复旦学报》1979年第4期。

[2] 周谷城：《关于时代精神问题的再讨论：时代精神的解释》，载《南京师范大学学报（社会科学版）》1979年第4期。此文中周谷城提到一段毛泽东1964年6月"关于培养接班人的谈话"中的话："一切事物都是对立的统一。五个指头，四个指头向一边，大拇指向另一边，这才捏得拢。完全的纯是没有的，这个道理许多人没有相通。不纯才成其为自然界，成其为社会。完全的纯就不成其为自然界，不成其为社会，不合乎辩证规律。不纯是绝对的，纯是相对的，这就是对立的统一。扫地，一天到晚扫二十四个钟头，还是有尘土。你们看，我们党的历史上哪年纯过吗？但是却没有把我们搞垮。"（毛泽东：《毛主席论教育革命》，人民出版社，1967年版）

拉在一块，构成对立斗争的统一整体；单纯一致的思想放在一块，自始就不会有斗争，更没有整体可言。[1]

周谷城不放弃"礼乐"这一表述，不经意间带出了这样一种"增益"：这种临时的"普遍性"将固有的强势话语与被批判对象之间的关系复杂化了。通过强化周谷城已然点出的"礼乐"动态相续性（虽然他自己也有陷入新的对立的危险），我们甚至能逼近一种更为严格的马克思主义式"文化革命"理解："某一种新的系统性支配赢得其胜利时刻，仅仅是维持其支配的永久化与再生产之不懈斗争的历时性呈现而已。这种斗争必然贯穿于其整个生命进程，伴随着其他所有时刻——与更旧或更新的生产方式之间有着系统或结构性的对抗关系，后两者抵制被前者吸纳，或者是寻求对之的违背。"[2] 当然，周谷城对于"礼乐"的泛化理解恰恰可能因丧失了历史具体性而使其所指不明，进而会错失真正的矛盾。如果说古典礼乐牵涉从"家"到"国"的一整套政教、人伦秩序，那么在新中国谈"礼乐"就需直面从个体、家户到集体乃至国家的整个生成中的秩序及其矛盾（赵树理在20世纪50年代提出的"户"与"伦理性法律"问题值得重视[3]）。需要在理想性中辨识出物质性，在统一性中辨识出杂音，在同时代性中辨识出多重时间特征。

---

[1] 周谷城：《统一整体与分别反映》，《新建设》编辑部编：《关于周谷城的美学思想问题》第1辑（内部发行），三联书店，1964年版，第171页。
[2] Fredric Jameson, *The Political Unconscious: Narrative as a Socially Symbolic Act*. Routledge, 1983, p.82.
[3] 赵树理说："我认为农村现在急需一种伦理性的法律，对一个家的生产、生活诸种方面都作出规定，如男女成丁，原则上就分家，分家不一定完全另过，只是另外分一户，对外出面，当然可以在一起起灶。子女对父母的供养也有规定。成丁的男女自立户口，结婚以后就可以合并户口。首先从经济上明确，这对老人也有好处；婆婆也不会有意见，因为这是国家法律。"参见赵树理：《在长春电影制片厂电影剧作讲习班的讲话》，《赵树理全集》，北岳文艺出版社，1990年版，第499—500页。

《胡桂花》、虚拟性与移风易俗

本文的主体思路或许可以如此来把握：从新中国"礼乐"话题的出现谈起，以思想史角度（从"六经"这所谓的高级文化）切入，但"文化革命"的又一复调则在于，从高级文化往下层发展，从字面与狭义的"礼乐"往生活世界游走，从"专业"而迈向"业余"；而这也彰显了中国文化革命的一个动力：新中国对于群众创造性的重视。如果说礼乐总是暗示着制礼作乐的自上而下性，那么社会主义"文化革命"所彰显的"新礼乐"则凸显了民众能动的文化实践。

我想讨论的是周立波写在"社会主义教育"大潮里的一篇小说《胡桂花》（创作于1964，修改于1965，未能发表），因为这部作品里的人物口中直接提到了"文化革命"，并且这一"文化革命"与社会主义闲暇时间的安排有关。《胡桂花》这篇未能发表的作品既嵌入社会主义教育的大势，又传递出作者关于乡村之精神生态及其可塑性的深沉思考。周立波的用心非常直白地由动员胡桂花出来演戏的老卜说出："你爱人演的刘兰英，把冯老二的土地菩萨也打倒了，这不是革命，又是什么？这叫做文化革命。我们要用正当的、健康的、高尚的娱乐来革低级趣味的命，革菩萨的命，革牌赌的命。"[1] 这涉及组织群众生活的关键一环：如何组织乡间的闲暇时间。随着1963年以后"千万不要忘记阶级斗争"的宣教，"旧习惯势力"的根深蒂固性与日常生活中"阶级斗争"的错综复杂性不断得到强调。然而在我看来，《胡桂花》展示的却是虚拟与现实之间的相互生产。小说用大部分篇幅来写老卜动员胡桂花出演刘兰英以及演出过程中邹伏生负气而走，却也在剩下将近三分之一的内容里

---

[1] 周立波：《胡桂花》，《周立波选集》第1卷，湖南人民出版社，1983年版，第341—342页。

重点描绘了演出后人们对胡桂花的兴趣,"演员"胡桂花在群众的眼中好像无法和刘兰英相剥离了:

> 两个人正要谈些体己话,不料,大门外面人声嘈杂,脚步声越来越近了。夫妻两个同时朝外面一看,只见黑鸦鸦的一片,来了一大帮子人,有男有女,女的占多数,有老有小,小孩占多数。有几个调皮孩子已经飞进邹家的灶屋,站在桂花面前了。后续部队跟着进来了。到处站满坐满了;水缸架子上也坐好几个,有个年轻堂客首先开口说:"我们是来看一看,你下了装是什么样子。"[1]

接下来"来客们"的"闲谈"既评论胡桂花演得好,也诉说着各自的心事。当一个翁妈子说起自己的媳妇不像刘兰英,以为自己出众而闹离婚时,"大家都叹息,议论,痛贬那个不爱农村,想要离婚的堂客,赞佩戏里的刘兰英,也就称许了生活里的刘兰英"。[2]

胡桂花因饰演刘兰英而获得了一种双重人生,而这人生的叠影不正是社会主义政教—模仿美学机制的具体实现吗?花鼓戏《补锅》里的刘兰英爱上了补锅匠,生活中的胡桂花愿意跟随邹桂生在农村干一辈子,通过在舞台上获得虚拟的身份,她同时被群众辨识为刘兰英(美的典型)与胡桂花(现实中的一个),她获得了肯定,也肯定了自己的选择。更关键的是,邹伏生也感受到了胡桂花身上已然无法剥离的虚拟性与更为完美的一面。这里或许包含着"社会主义美学"至为深刻的一面。以胡桂花这样的业余乡间表演者的表演行为所带出的社会主义美学里的"虚拟性"维度(以美学的方式在"现实"中引入 virtuality)及其"文化革命"方面的潜能,值得我们进一步思考与研讨。这样一种虚拟性既

---

[1] 周立波:《胡桂花》,《周立波选集》第 1 卷,湖南人民出版社,1983 年版,第 342 页。
[2] 周立波:《胡桂花》,《周立波选集》第 1 卷,湖南人民出版社,1983 年版,第 343 页。

搅动了固有的家庭关系（比如邹伏生对妻子去出演心怀芥蒂），但最终又在更高的意义上凝聚了家庭关系，并将之扩展到外部集体。我们从小说结尾的风景与人相融合的场景中便能感受到此种提升：

> 两人再度上路。他们挑起担子，踏着秋天早上的露水，浴着金黄色的太阳光，轻松、舒畅地往军属龙妈家走去。[1]

严肃性与真伪问题：关于社会主义礼乐的临时性思考

梳理"社会主义文化革命"的别样维度从而引出"礼乐"范畴究竟有何意义？这可能涉及"严肃性""生活形式"与"秩序""真/伪"等问题。

如今所谓严肃的活动（政治生活，虽然可以是泛义的——如一般组织生活）变得越来越不可能，症结何在？如何看待当代政治生活的形式主义倾向同时伴随着文化生活的沉迷与投入现象？这可能关乎重新来反思"严肃性"范畴。许多"非功利"活动（当然"参与"本身可能涉及"声誉"与符号资本）——激情地投入，不顾时间成本乃至金钱成本（主要是时间成本），看似是"玩"但却有一种"严肃性"在其中。所以，严肃性的对立面不是"玩"。有"严肃"的玩——投入式的玩。严肃的对立面是玩世不恭、犬儒主义。

资本主义将任何严肃性消解为资本积累，以之为最终的"形式"——"目的"。因此，我们不能简单地认同资本主义有一种神学构造——如果说有这一神学的话，也是一种崭新的东西，不可简单比附，或毋宁说，资本主义的"文化革命"是产生了一种替代神学位置的新的"严肃性"。

---

[1]周立波：《胡桂花》，《周立波选集》第1卷，湖南人民出版社，1983年版，第345页。

从马克思主义来看，真正的资本主义"文化革命"更可能落座于社会交往关系形态当中。"礼乐"实际上从根本也是这种形态："人的行动和交往关系中形成的秩序。"但要注意，"礼"在实践上是可以"伪"的，在某种程度上也是一直包含着"伪"的状态的（或重新组织了"真伪"关系，联想到韦纳论古希腊人是否信他们的神话这一问题[1]），但"乐"不容易"伪"，甚至指向一种更深层与复杂的严肃性。

那么，确保严肃性的是什么呢？对于古人来说，严肃性的出场是否意味着要在一定程度上"绽出"自身，要与诸如"天地"产生某种积极的联系（天人关系）。实际上，有限的肉身的人（包括其情感欲望）如果仅仅是注目于自身的话，特别是卷入一种功利关系的话，严肃性已经是从内部被侵蚀了。而资本积累所提供的严肃性（韦伯为之提供了新教伦理的增补），终究是借道于有限的、肉身式的个体而面对的一个虚无的资本的"死尸"式的世界。

从前三十年关于"礼乐"的批评来说，历史主义与阶级分析成为重构"礼乐"的最大挑战，这一挑战是真实的而且是具有政治意义的。但我们也必须看到，"礼乐"在变动中呈现不变，在斗争中呈现稳定的特质，以及熊十力所谓"高深理趣"与周立波在《胡桂花》中畅想的"移风易俗"，都暗示着一个巨大的"文化革命"场域。社会主义语境下的"礼乐"及其"文化革命"设想，其可能的思路或许是：通过重新考虑建基于新的生产关系的社会交往形式与秩序、此种秩序中活动的严肃性问题，以及超越于有限的个体的视野，建构一个"天地人"的通道，来真正回应当下的文化危机与难题。

我将本文一开首提到的"提振"转化为严肃性问题，从而尝试重新讨论秩序、真伪以及"序"与"和"的辩证法。一个可能的观察角度

---

[1][法]保罗·韦纳:《古希腊人是否相信他们的神话》，张竝译，华东师范大学出版社，2014年版。

是："礼乐"从人民群众自身生活世界的创造中重新诞生的可能性。当然，这种创造必然经历了诸多中介，譬如"乐不可以伪"以及"礼乐"所带出的生活形态的问题，包括基层文艺生活中现实与虚拟的关系，以及"文化革命"中"做人""齐家"与归于"一"（集体/国家）的问题。包括"古人"在"社会主义当下"的意义。——虽然于今往往被庸俗化为知识分子个体移情，但仍然可在历史脉络中予以重解，从而释放出"文化革命"的多元一体形态。

秦兆阳在 1956

◎ 洪子诚

秦兆阳（1916—1994），湖北黄冈人。著有《农村散记》《在田野上，前进！》《大地》等短篇小说集和长篇小说，写有影响极大的论文《现实主义——广阔的道路》。但是他在当代文学中最大的贡献，是文学期刊编辑。在 20 世纪 50 年代和 80 年代，他先后主持重要刊物《人民文学》和《当代》。他自己也说，如果要在他的名字之前加上头衔，他最愿意的是"编辑"。因此，在他离世之后，他的纪念文集取名《编辑大家秦兆阳》[1]。

1956 他担任《人民文学》副主编这个阶段，是他编辑生涯最重要、最有创造力的时期，但也是让他毁誉更替、厄运缠身的时期。尽管在当代，他的声名远不如那些显赫的文学官员和作家，但是我们在回顾当代文学错综复杂的历史时，绝对不应该忘记他。下面的文字，主要记述 1956 年在他身上发生的事情，这些事情有它们的"余波"，因此记述也

---

[1]秦晴、陈恭怀编:《编辑大家秦兆阳》，人民文学出版社，2013 年版，收入作家、批评家、同事孟伟哉、何启治、陈国凯、屠岸、韦君宜、李清泉、蒋子龙、张洁、李国文、胡德培、刘心武、王培元、柯云路、黄秋云、邵燕祥等的纪念文章。

会延伸到1957、1958年。

"修正主义行动纲领"

1955年秋末的一天,刘白羽——他当时任中国作协党组副书记——约秦兆阳谈话,说"《人民文学》这两年办得没有生气……不能再这样下去了,必须改进。因此想把你调到《人民文学》去当副主编",并说,"这是作协党组的决定。至于今后的工作,主要是加强群众性、战斗性……"党组和刘白羽选择秦兆阳,一是他来自解放区,1938年就赴陕甘宁边区参加革命,另外是他有长期的编辑工作经验,也从事小说写作。20世纪40年代先后在根据地和解放区的《黎明报》《前线报》《华北文艺》等报刊工作,特别是《人民文学》从1949年创刊到1952年,他担任该刊的小说组组长。对于这一工作调动,作家康濯说:"如果你真的干起来,可能会犯错误的。"深谙世情也善变而多次逃离险境的康濯,既了解秦兆阳的执着,似乎也发觉他与刘白羽的"加强群众性、战斗性"之间存在的裂痕。但是这个暗示未能得到秦兆阳的重视。他接受了这一委任,很快就把家搬进了北京东单附近的小羊宜宾胡同3号——《人民文学》当年的所在地。这一年他39岁。[1]

1956年《人民文学》的主编是严文井,但据说严文井这段时间"情绪低落",实际编务便落到秦兆阳身上[2]。受这一年中共中央"双百

---

[1] 秦兆阳口述,秦晴、陈恭怀记录整理:《我写"现实主义——广阔的道路"的由来》,载《新文学史料》2011年第3期。

[2] 王培元:《永远的朝内166号 与前辈灵魂相遇》,人民文学出版社,2011年版,第164页。另见秦晴、陈恭怀编:《编辑大家秦兆阳》,人民文学出版社,2013年版,第278页。王培元:"《人民文学》的主编严文井,由于在1954年3月号的杂志上刊登了路翎的短篇小说《洼地上的'战役'》,受到了批评,情绪低落,想撂挑子不干了。作协党组副书记找到萧殷……但萧殷一心想搞创作,没有同意,刘转而又找秦兆阳,让他来干。"

方针"的提出和施行的鼓舞,上任伊始,秦兆阳雄心勃勃,草拟了共18条的"《人民文学》改进计划要点"。这份计划后来受到逐条征引的批驳,我们因此得以获知它的全貌。限于篇幅,择其要者罗列于下:

1. 在文艺思想上,以现实主义为宗旨;但在发表作品上应注意兼收其他流派有现实性和积极意义的好的作品。

2. 以提高质量,树立刊物的独特风格,为今后改进的中心问题。

3. 艺术性和思想性并重,不因政治标准而忽略或降低艺术标准,但在具有特殊性的作品面前可根据具体情况灵活掌握。

4. 提倡严正地正视现实,勇敢地干预生活,以及对艺术的创造性的追求。

5. 提倡题材、风格、样式的多样性,……题材不分新旧、风格不分朴素华丽,均应重视。

6. 决不一般地配合当前的政治任务,对全国性或世界性的重大政治事件和社会变动,要表示热情的关切,但也不做勉强的、一般性的、枯燥无味的反映。

7. 决不发表平庸的、可有可无的作品。

……

11. 在评论工作上,以研究当代的作品和创作中的问题为主;对古典文学和外国文学,主要是从创作的角度研究作家和作品;以论文、创作谈、短论三种形式出现。论文对所研究的问题必须是经过系统深入研究,具有独到的见解。

"要点"其他还有:"加强对新作家的有重点的培养",以及"密切注意当前文艺创作的情况和文艺思想的情况,必须经常参加各种重大问题的研究，经常表示刊物对各种问题的鲜明态度"。

后来对秦兆阳的批判认为，如果说他的论文《现实主义——广阔的道路》是修正主义思想纲领，"《人民文学》改进计划要点"就是修正主义行动纲领或工作方针。[1]这份"计划要点"的要点是：第一，强调面向生活全部复杂性的现实主义，这呼应了他的《现实主义——广阔的道路》的核心观点：在文艺创作上，生活真实和艺术真实是不变的"基本大前提"，"想从现实主义文学的内容特点上将新旧两个时代的文学划分出一个**绝对的**（黑体字为原有——引者注）界线来，是有困难的"。第二，在当代政治、文学的纠缠的紧张关系中，强调对思想、政治的重视不应以降低艺术水准作为代价。第三，作家、文学种类、题材、风格的多样性，和对发现、培养新作家的重视。第四，加强理论、批评的位置，提升刊物回应时代思想、创作现实的主动性和深度。

秦兆阳办刊的灵感和参照的模式，既来自"五四新文学"的重要刊物，也来自19世纪俄国的文学杂志。在一次编务会上，他"不无豪迈和激情地宣称"："要把《人民文学》办成像19世纪俄罗斯的《祖国纪事》和《现代人》那样的一流的文学杂志；编辑要有自己的理论主张；编辑部要有共同的明确的思想倾向；要不断地推出新人新作……"还对编辑部同事表示，"如果办一个可以由自己做主的刊物，我可以再干十年二十年，甚至当一辈子编辑……"，并说，"我若是别林斯基，你们就都是杜勃罗留波夫。"[2]

---

[1]张光年：《好一个"改进计划"！》，载《人民文学》1958年第4期，收入张光年：《文艺辩论集》（作家出版社，1958年版）和人民文学编辑部编：《现实主义还是修正主义？》（作家出版社，1959年版）。
[2]王培元：《永远的朝内166号 与前辈灵魂相遇》，人民文学出版社，2011年版，第165页。另据涂光群：《五十年文坛亲历记1949—1999》，辽宁教育出版社，2005年版，第141页。

20世纪的《祖国纪事》和《现代人》

《祖国纪事》和《现代人》是19世纪在彼得堡发行的文学和社会政治杂志。《现代人》由普希金创刊于1836年，1837年普希金逝世后，由批评家普列特尼约夫[1]接办。1847年诗人涅克拉索夫取得发行权，直到1866年被查封。《祖国纪事》办刊时间是1839至1884年。《现代人》和《祖国纪事》在俄国19世纪文学中，属于托洛斯基所说的"大型杂志"；"大型杂志的统治构成一个时代，当时俄国知识分子正在自己中间创造历史"。"大型杂志"是19世纪俄国独有的"传统"。在社会运动尚未充分展开的时代，它们"作为一定的社会集团的精神核心"出现，是"产生思潮的实验室"，"杂志为知识分子充当了行动纲领，政治书籍和政治组织"：在它们上面，展开着有关俄罗斯未来道路的预测和论争。它们既是优秀文学作品的"集散地"，也是诸如斯拉夫派和西欧派、民粹派和自由派、哲学唯心派和空想社会主义等思想派别展示、论辩的平台。[2]《现代人》《祖国纪事》等的历史，一定程度也可以视作19世纪俄罗斯文学简史。而秦兆阳心仪的别林斯基（1810—1848），1939年任《祖国纪事》"首席批评家"，1846年成为《现代人》的批评家。文学史家米尔斯基称他为俄国"杂志人时代的第一人"[3]。秦兆阳在别林斯基身上，看到可以仿效、获得共振的某些重要品质：对一种"忠于生活，并

---

[1] [俄] 彼·亚·普列特尼约夫（1792—1866），诗人、批评家、出版家。1840—1861年间任彼得堡大学校长。
[2] [俄] 托洛斯基：《大型杂志的命运》，《文学与革命》，刘文飞、王景山等译，外国文学出版社，1992年版，第398—400页。
[3] [俄] 德·斯·米尔斯基：《俄国文学史》，刘文飞译，商务印书馆，2020年版，第227页。米尔斯基（1890—1939），文学史家、批评家、社会活动家，著有《俄国文学史》《俄国社会史》等著作。

同时蕴含具有重大社会意义的思想"的文学的推重；为这种文学理想的高涨奉献无私的激情；呼应时代走向，对同时代作家作品做出有质量的诊断和评判的能力……

不过，无论是"大型杂志"时代，还是"杂志人时代"，托洛斯基和米尔斯基都明确指出，这样的时代在19世纪末的俄国已经结束，文学知识分子、"杂志人"在社会生活和思想领域发挥巨大影响的时代已经过去。至于20世纪的当代中国，就更不可能出现这样的局面。《人民文学》和《现代人》的性质根本不同，作家、"杂志人"与时代，与政治力量的关系已发生很大改变，自主性、个人独立空间（秦兆阳说的"自己做主"）已经极大减缩。他试图当20世纪的别林斯基，事实证明是时间、也是空间"错位"的想象：这一"错位"，导致后来悲剧的发生。

指出这一点，并不是否定秦兆阳可敬佩的热忱，贬低他案牍劳形所取得的功绩。事实上，在他"主政"的短暂时间里，《人民文学》面貌一新，从灰色沉闷中开始发出炫目的光彩。这里说"短暂时间"，是因为秦兆阳的《人民文学》时期其实只有一年多，1957年春他就向"党组"请了创作假，编务由编辑部主任李清泉[1]负责。虽然如此，他确立的办刊方针一直延续到《人民文学》1957年的7月号；后来清算他的"罪责"，1957年上半年《人民文学》发生的事情也归在他名下。这一年多《人民文学》的热点，是理论和创作上对现实主义、"写真实"，对文学揭示社会生活矛盾的倡导。这一编辑理念是在当时的"双百方针"下做出的，也为斯大林去世后苏联社会、思想的变革所推动。更内在因素，则来自秦兆阳对文学现实弊端的忧虑：教条主义、庸俗社会学观念

---

[1] 李清泉（1918—2010），江西萍乡人。1940年毕业于延安鲁迅艺术学院文学系。秦兆阳任《人民文学》副主编期间，李清泉是编辑部主任。在反右运动中被定为右派分子。

的流行，和由此产生的公式主义、无冲突论的普遍现象。[1]为此，他撰写了长篇论文《现实主义——广阔的道路》，刊发了陈涌《为文学艺术的现实主义而斗争的鲁迅》的长文；组织一批针对公式化、概念化现象的文学短论；劳神费心地修改王蒙的《组织部新来的青年人》；推举记者出身的作家刘宾雁，以他作为标杆来提倡"开辟现实主义新路"的，"尖锐提出问题的、批评性和讽刺性"的"'侦察兵'式的特写"[2]……

这种"'侦察兵'式的特写"，除《在桥梁工地上》《本报内部消息》之外，《人民文学》刊载的还有《爬在旗杆上的人》（耿简）、《被围困的农庄主席》（白危）等多篇。这种体裁与通常意义的特写、报告文学不同，为苏联作家奥维奇金[3]在20世纪50年代首创，经与奥维奇金关系密切的刘宾雁"引进"到中国[4]。奥维奇金的解释是，"特写"有两种类型，一种是"严格记录式的"，描写真实的具体人物和事件；另一种则是，"事实的准确性只在所描写的现象的本质，而在其他方面，作者的手法也像在其他任何一种体裁里并不受束缚"。他将后一种称为深思的特写，或研究性的特写。[5]这种体裁，似乎是为了克服文学的"无冲突论"而定制；刘宾雁等的特写就属于后一种。但是，形式从来就不单纯

---

[1] 文学批评的庸俗社会学，和创作的公式化、概念化，在20世纪50年代是困扰文学发展的主要问题。1953年第二次全国文代会的报告，1956年周扬在中国作协第二次理事（扩大）会上的报告，1956年初中国作协创作委员会小说组和诗歌组对创作现象的讨论，1956年《文艺报》开展的关于典型问题的讨论等，都将公式化、概念化问题作为创作"落后现象"着重提出。

[2]《人民文学》1956年第4期《编者的话》。

[3] [苏] 奥维奇金（1904—1968），苏联记者、作家。作品以苏联农村生活题材为主。20世纪50年代发表的《区里的日常生活》等，揭露苏联集体农庄和农业管理上的官僚主义等弊端，在文学界有很大影响。1955年作家出版社翻译出版的《奥维奇金特写集》，收入《区里的日常生活》《在前方》等特写四篇。

[4] 刘宾雁1956年4月访问苏联时，应邀到奥维奇金在库尔斯克的家中做客；奥维奇金来中国访问时刘宾雁担任他的翻译。

[5] [苏] 奥维奇金：《谈特写》，载《文艺报》1955年第6—7期；奥维奇金：《集体化农村中的新事物和文学的任务》，载《文艺报》1955年第23期。这两篇文章均为刘宾雁译。

是形式，这虚构的"非虚构"写作（姑且这样概括）在中国当代文学的命运短促：它不仅要经受来自"本质真实"的考核，也要面临"事件真实"的压力。随着刘宾雁等受到批判，这种体裁也就基本上退出了历史舞台。

这一年中，《人民文学》刊发的揭露生活矛盾的作品，除上面提到的小说、特写，还有《改选》（李国文）、《被围困的农庄主席》（白危）、《爬在旗杆上的人》（耿简）、《灰色的篷帆》（李准）、《马端的堕落》（荔青）、《明镜台》（耿龙祥），以及秦兆阳自己的《沉默》（署名何又化）等，它们在《人民文学》构成一股"干预生活"、揭露现实矛盾的创作潮流。这些作品的思想艺术质量参差不一。虽然在20世纪80年代被誉为"重放的鲜花"[1]，但"鲜花"只是在对"毒草"辩诬时意义才成立，其中有一些难以说是佳作。不论是破旧，还是立新，文学有时候确实需要潮流的冲击。在涌动的潮流中，可能产生精品，但也肯定会泛起泡沫。

对于这个时期的《人民文学》，不管是批判还是赞扬，人们的关注点都在"写真实"和"干预生活"这些命题上，而多少忽略了它另外的重要贡献。一是对文学新人的发现和支持。不少作家均在这个时期的《人民文学》发表他们的处女作或成名作，如林斤澜（《台湾姑娘》）、宗璞（《红豆》）、刘宾雁（《在桥梁工地上》）、李国文（《改选》）、王汶石（《风雪之夜》）、肖平（《三月雪》）、曲波（《奇袭白虎团》），评论家蒋和森（《贾宝玉论》），曾华鹏、范伯群（《郁达夫论》），叶橹（《关于抒情诗》），晓雪（《生活的牧歌——论艾青的诗》）……不错，王蒙之前也发表短篇《春节》（《文艺学习》）、《小豆儿》（《人民文学》），但《组织部新来的青年人》（秦兆阳修改本，并由他郑重推出）奠定了他在当代文

---

[1]《人民文学》的这些作品，连同这一时期发表在《北京文艺》《星星》等刊物上，在反右斗争中被批判的小说、诗，1979年由上海文艺出版社收集在一起出版，书名《重放的鲜花》。

坛的地位。在《人民文学》的重要位置发表长达两三万字论文的叶橹、曾华鹏、范伯群、蒋和森，当时不是大学尚未毕业、就是毕业不久的年轻人。蒋和森[1]1996年去世时，冯其庸有悼诗谈及《贾宝玉论》发表时的情景："论玉一篇初问世，洛阳纸贵忆当时。千金何劳雕龙评，从此蒋郎是脂砚。"

《人民文学》的另一个重要贡献，是有一定生命力的作品的推出，譬如宗璞的《红豆》、孙犁的《铁木前传》等。《铁木前传》完稿后曾交天津的《新港》，鲍昌和张学新[2]看了，都说这样的小说发表对老作家的声望不利，还说没有了孙犁固有的风格。转到《人民文学》，秦兆阳很兴奋，对康濯说，小满写得比肖洛霍夫的路希卡还要美[3]，在1956年12月号上重点刊载。这样，读者从放置在严峻背景下青梅竹马的温情故事中感知："希望是永远存在的，欢乐的机会，也总是很多的。"在20世纪50年代，爱情描写在某种程度上成为禁忌，或者被过度政治化。1956年10月号的《人民文学》刊登了仓央加措（1683—1706）的《情歌》[4]，"历史"和"少数民族"的双重屏障，让六世活佛的情怀有了表达的理由：

---

[1] 蒋和森（1928—1996），江苏海安人。1952年毕业于复旦大学新闻系，20世纪50年代在《文艺报》、中国社会科学院文学所工作。著有《红楼梦论稿》《红楼梦概说》，和历史小说《风萧萧》《黄梅雨》等。

[2] 鲍昌（1930—1989），小说家，著有长篇《庚子风云》。20世纪50年代中期任《新港》编辑部主任。张学新（1925—2012），剧作家、评论家。20世纪50年代中期在天津作协工作。《新港》是作协天津分会主办的刊物。

[3] 王林1957年1月2日日记，见王林著，王端阳、冉淮舟编：《王林日记辑录之一：我与孙犁四十年》，北岳文艺出版社，2019年版，第76页。路希卡是苏联作家肖洛霍夫（1905—1987）1932年出版的长篇小说《被开垦的处女地》中的人物。

[4] 仓央加措的《情歌》20世纪30年代就有于道泉、刘希武等译的多种汉语本。1956年《人民文学》刊登的是苏朗甲错、周良沛的翻译。这些译文收入苏朗甲措、周良沛译的《藏族情歌》，1956年由长江文艺出版社出版。

> 黄昏出去找情人，
> 天明归来，大雪纷纷地落；
> 住在布达拉宫的啊，
> 是仓央加措……

此外，这个时期的《人民文学》还表现了难得的视野，一种开放的文学观念。在它的上面，有常德高腔《祭头巾》、滇剧《借亲配》的整理本，有纳西族长篇抒情诗《游悲》的翻译，有何迟的相声《开会迷》，有潮州民谣《姑娘要出嫁了》……20世纪50年代因各种原因搁笔的作家——启明、沈从文、汪静之、王统照、康白情、汪曾祺、孙福熙、穆旦、端木蕻良、丰村——也在这份刊物上亮相。

接踵而来的打击

1956年多数时间，中国作协对秦兆阳的工作是肯定的，他也成为作协党组成员。但是到了年底，挫折、厄运就接踵而至。12月，他的论文《现实主义——广阔的道路》受到作协另一份重要刊物《文艺报》的批评：头条位置发表了该刊主编张光年的题为《社会主义现实主义存在着、发展着》的文章[1]。秦兆阳的这篇文章和钟惦棐的《电影的锣鼓》[2]，在当时被认为表现了"错误倾向"。这个时候，修正主义还没有被认为是"主要危险"，张光年的批评也没有后来那样的剑拔弩张。他肯定了秦兆阳对我国文艺创作和理论批评长期存在的教条主义的批评不少是正确的，肯定这些批评是希望社会主义文学更好更快发展，他不能同意的是秦兆阳的结论和为达到这个结论提出的论据：

---
[1]《文艺报》1956年第24期。
[2]钟惦棐:《电影的锣鼓》，载《文艺报》1956年第23期。

他们[1]的结论是取消社会主义现实主义；在我看来，这就是取消当代进步人类的一个最先进的文艺思潮，取消工人阶级手中的一个重要的思想武器。

秦兆阳写作《现实主义——广阔的道路》虽然相当审慎，但肯定没有想到讨论这个问题会有危险。因为在社会主义现实主义的"发源地"——苏联，当时在这一问题上也充满争议。1954年12月全苏第二次作家代表大会上，西蒙诺夫的报告就批评了1934年苏联作家协会章程中的社会主义现实主义"定义"存在"不确切的部分"，这次大会还通过了修改1934年"定义"的决议。[2]秦兆阳在这篇文章里（也包括钱谷融的《论"文学是人学"》）就引了西蒙诺夫的观点作为论据。

对于张光年的批评，秦兆阳嗅出了"温和"中的"火药味"——把对这一"主义"的质疑，上升到取消工人阶级思想武器的路线高度。为此他感到无奈，1957年3月下旬给刘宾雁信说："自去年12月以来，我如处在风雨之中"，"我并非大智大勇者，没有韧性"，"只恨没有改变环境的能力"。[3]为此他也感到紧张：1957年初的一次会议上对周扬说，"社会主义现实主义定义，作为一个学术问题，难道不能讨论吗？我希望能将我的想法反映给毛主席……"周扬安慰说："秦兆阳，你不要紧张嘛！"后来，周扬转达了毛泽东的意见："社会主义现实主义这个问

---

[1]"他们"指秦兆阳和周勃。继秦兆阳之后，周勃在《长江文艺》1956年第12期上也发表了质疑社会主义现实主义的论文《论现实主义及其在社会主义时代的发展》。
[2]西蒙诺夫的报告《散文发展的几个问题》，中译刊于《人民文学》1955年第2期，收入《苏联人民的文学：第二次全苏作家代表大会报告、发言集》，人民文学出版社，1956年版。
[3]给刘宾雁的信，引自张光年的批判文章《应当老实些》，载《文艺报》1958年第3期。

题……一时不能搞清楚，可以研究讨论。"[1]

再次的打击来自对王蒙小说的修改。《组织部新来的青年人》1956年发表后的五六十年中，相关的争论、研究文章连篇累牍。有学者收集部分评论和王蒙自述出版了《一部小说和一个时代：〈组织部来了个年轻人〉》[2]一书。书名前半部分反映了这篇小说的时代处境：它的修改、评价连接着当代政治、文艺的变迁。书名的后半部分则值得商榷：与"一个时代"紧密联系的不是《组织部来了个年轻人》，而是《组织部新来的青年人》。虽说小说作者有权力在后来恢复他所谓的"原稿"，但他没有权力决定1956诞生的文本《组织部新来的青年人》的命运；它已经脱离作者而独立。王蒙恢复的"原稿"是20世纪80年代才出世的另一文本。这个问题，已有学者在十多年前做过分析[3]，可惜未被这本书的编者采纳。

王蒙的这个短篇深被秦兆阳看重，为此他精心做了修改。他的劳神费力弄巧成拙，铸成大错。在修改小说这个问题上，他并非无错（至少

---

[1]王培元：《永远的朝内166号 与前辈的灵魂相遇》，人民文学出版社，2011年版，第170—171页。王培元在文章里接着写道，1957年3月全国宣传工作会议期间，毛泽东邀集部分代表座谈，"周扬发言说：'秦兆阳用何直的名字，写了一篇《现实主义——广阔的道路》，有人批评他反对社会主义现实主义，他很紧张。'毛泽东说：'社会主义现实主义这个问题这个会议一时不能搞清楚，可以研究讨论。'秦兆阳很快就从周扬那里知道了毛泽东的意见，一颗悬着的心，这才放下来。"

[2]温奉桥、张波涛编：《一部小说和一个时代：〈组织部来了个年轻人〉》，中国海洋大学出版社，2016年出版.

[3]这册评论集的编纂在思路、编辑方法上存在明显矛盾。书中刊登的《人民文学》1956年9月号发表的王蒙小说，和中国作家协会编的《1956短篇小说集》的书影，这篇小说都是《组织部来了个青年人》，而说明文字却是《组织部来了个年轻人》。书中收入的许多文章也都是围绕《组织部新来的青年人》这一文本，而与20世纪80年代才出现的《组织部来了个年轻人》无关。这一点，郭铁成的《应尊重文学史的基本事实——关于〈组织部新来的青年人〉和〈组织部来了个年轻人〉》（载《文艺争鸣》2005年第4期）有深入分析。

是应该与作者商量），但也绝不至于有"罪"[1]。相关的背景情况是，由于《文艺学习》组织的关于《组织部新来的青年人》的讨论引起普遍关注，中宣部编印的内部刊物《宣教动态》上，刊登有关讨论以及《人民文学》编辑部修改这篇小说的情况报道。"毛泽东看了之后，大为震怒，说这是'缺德'、'损阴功'，主张要公开批评"。[2] 于是，中国作协书记处和作协党组在1957年4月16日和21日，先后开会讨论处理办法，作协书记处书记郭小川也多次与周扬等讨论如何处理，郭小川也给中央写了这个问题的报告。24日，周扬、郭小川、葛洛等商议后，"决定开一次座谈会，发表它的记录"[3]。这便有了4月30日和5月6日书记处主持的两次期刊编辑工作座谈会的召开。5月9日，《人民日报》对会议情况作了报道。秦兆阳在会上受到批评，他也作了检讨，检讨事前经书记处看过。他说，经过他的修改，林震和区委书记的形象受到损害，加重了作品的缺点，"这是一个重大的错误"。整体而言，座谈会的气氛还是为了增进团结，批评也还是与人为善的。关于这次期刊会议，有学者已做过分析[4]，兹不赘言。

秦兆阳的修改是座谈会的主题，讨论提出了两个问题，一是是否应该修改作家的作品，二是如何修改，秦兆阳的修改错在哪里。主持会议的作协主席、书记处书记茅盾认为，除了错字、别字或文法不通，都

---

[1] 据郭小川日记，4月26日的作协党组会上，"韦君宜似乎很同情《人民文学》"。郭小川：《郭小川全集》第9卷，广西师范大学出版社，2002年版，第85页。
[2] 王培元：《永远的朝内166号 与前辈灵魂相遇》，人民文学出版社，2011年版，第171页。王培元的材料，来自1957年4月14日郭小川日记："荃麟告诉我，说毛主席看了《宣教动态》登的《人民文学》怎样修改《组织部新来的青年人》，大为震怒，说这是'缺德'、'损阴功'……主席主张《人民文学》的这件事要公开批评，荃麟说，秦兆阳为此很紧张。"郭小川：《郭小川全集》第9卷，广西师范大学出版社，2000年版，第76页。
[3] 郭小川：《郭小川全集》第9卷，广西师范大学出版社，2000年版，第84页。
[4] 参见王秀涛：《文学会议：文学批评的一种方式——以〈组织部新来的青年人〉为中心》，载《新文学评论》2018年第7期；李频：《〈组织部新来的青年人〉的编辑学案分析》，载《清华大学学报》2012年第4期。

不要改动，应该文责自负，改动也应该与作者商量。应与作者商量这一条不会有不同意见，但"文责自负"在当代有时候就可能"不合时宜"。从20世纪50年代到后来"文化大革命"的演化趋势是，文学写作个体劳动的观念在不断受到挑战，作者、编辑、政治和文学官员的"合力"，被作为一个方向提倡。"集体创作""三结合创作"作为当代文学的新生事物，在改变着"文学生产"的传统方式。玛拉沁夫、陈登科、曲波等的成长，《林海雪原》《红岩》等重要作品的成书过程，常被当作这种集体创作的"成功案例"。[1]

至于如何修改，以及秦兆阳修改的对错，《人民日报》5月7日刊登了由《人民文学》编辑部整理的材料，列举了总共29项的"牵涉到作品的思想内容、人物形象、人物之间的关系等比较重要的修改"[2]。按照整理的材料，"重要的修改"涉及三个方面。一、加强了林震和赵慧文的暧昧感情关系，也删去个别林震自责的语句。二、区委书记在原稿中形象虽然模糊，但赵慧文曾说过他是"可尊敬的同志"，结尾写到他让通讯员找林震三次，这些都被删去，区委书记因此有可能被认为是个官僚主义者。三、最大的修改是对结尾的重写，删去了在党的领导下矛盾解决的暗示，增加了悲观的色彩。

如果说秦兆阳的修改在1957年被一致认为是严重错误，今天持相反看法的也不是没有。搁置评价的争议不说，可以提出的问题是：这一文本及其修改为什么会引发激烈争议和长时间关注？原因在于文本自身和对它的修改，提出了当代文学具有"症候"性意义的问题。正如有批评家指出的那样，从"五四新文学"到当代的"人民文学"（"社会主义

---

[1]编辑可否修改作家的作品，在当代有时是个"伪命题"。1955年批判"胡风集团"时，巴金奉命撰写批判路翎的文章，发表时已被编辑改得"面目全非"，并没有人将这样的修改作为问题提出。"文化大革命"期间许广平批判周扬的文章，其实也是编辑的"捉刀代笔"。
[2]《〈人民文学〉编辑部对〈组织部新来的青年人〉原稿的修改情况》，载《人民日报》1957年5月7日。

文学"），是两种不同的"编码系统"的转换："'五四'所界定的文学的社会功能、文学家的社会角色、文学的写作方式等等，势必接受新的历史语境……的重新编码。这一编码过程，改变了20世纪后半叶中国文学的写作方式和发展进程，也重塑了文学家、知识分子'人类灵魂工程师'们的灵魂。"[1]这种转换，对一些作家来说可能顺利，而在另一些作家的创作中却存在龃龉、争执和冲突。说起来，20世纪40年代丁玲的《在医院中》，50年代王蒙的这篇小说，都是"不纯"的、充满转换中的裂痕和矛盾的文本。在不同社会等级的人物在文本内部位置的分配上，在叙事者的立场上，在"启蒙者"是否心甘情愿地转换为有病的"被治疗者"的角色上，在是否给出矛盾解决方案，为读者提供结论、解除读者的不安上，它们都存在两种叙事"成规"的混杂和冲突。[2]而根本问题在于，修改者秦兆阳并不承认需要区分这两种编码系统，甚至不承认它们的存在。在他的《现实主义——宽阔的道路》中，核心的一段话就是："对于今天资本主义世界里某些现实主义作家的作品，以及中国'五四'以后的某些作品，人们很难说明它们是哪一类现实主义作品，因此，想从现实主义文学的内容特点上将新旧两个时代的文学划分出一条绝对的（'绝对的'下有重点号）不同的界线来，是有困难的。"

"迟到"但漫长的批判

1957年6月反右派运动开始发动，中央和各地的众多文学期刊迅速做出反应。如《文艺报》1957年第12号（6月23日出版）头版，即以"没有共产党就没有新中国"的通栏标题，发表了王瑶的反击右派的

---

[1] 参见黄子平：《革命·历史·小说》，牛津大学出版社，1997年版。
[2] 这一问题，请参见洪子诚：《"组织部"里的当代文学》，《我的阅读史》，北京大学出版社，2011年版。

短文《一切的一切》，一周后的第 13 号，又推出社论《反对文艺队伍中的右倾思想》。但《人民文学》的表现却与众不同。7 月出版的"革新特大号"，刊出一批随后被指认为毒草或有严重问题的作品：《改选》（李国文）、《红豆》（宗璞）、《美丽》（丰村）、《写给诗人的公开信》（李白凤）、《"蝉噪居"漫笔》（徐懋庸）……《文艺报》当时是周刊，《人民文学》是月刊，虽说有编辑出版周期的差别，但在"革新特大号"出刊之后的 7 月中旬，刊物的"几个主事人"还在中山公园的"来今雨轩"聚会，都没有认为有什么问题[1]。在时势激烈变动的关头却浑然不觉，没有及时"转身"：这或者是信念上的固执，或者是政治上的"迟钝"。对于《人民文学》存在的问题，刊物自身直到 10 月才转载了《中国青年报》上的两篇批判文章。文章指出，1956 年以来中国出现的"一股创作上的逆流"，是从《人民文学》的《本报内部消息》开始的；"给这股逆流作过推波助澜的帮手的，主要是《人民文学》编辑部。《人民文学》的某些编者是修正主义理论的首创者，也是这些作品的推荐者和修改者……这股创作上的逆流，能够占领这个全国性的大刊物的园地，也不是一种偶然的现象。因此，我们在'有创作、有理论、有支持者'的后面，加上了一句有'代销的市场'，对于《人民文学》，也不能算是'有意的陷害'"。[2] 秦兆阳在这里被着重提出，但对他还没有指名道姓。

1957 年 7 月到 9 月，中国作协忙于对丁玲、冯雪峰、陈企霞、艾青、罗峰、白朗的批判斗争，不可能顾及秦兆阳。对丁陈"反党集团"的批判结束之后，《人民文学》的问题提上日程，但也只是召开对李清泉等的小型批判会，大约到年底，才开始准备对秦兆阳的批判工作。

---

[1] 李清泉：《半个多世纪的情谊》，秦晴、陈恭怀编：《编辑大家秦兆阳》，人民文学出版社，2013 年版，第 204—205 页。

[2] 李希凡：《从〈本报内部消息〉开始的一股创作上的逆流》，载《中国青年报》1957 年 9 月 6 日。同日该报还刊登了孙秉富的《批判〈人民文学〉七月号上的几株毒草》。《人民文学》1957 年 10 月号两文均转载。

1958年1月23和24日，连续召开了两次党组扩大会对他进行批判，印发了共三集的《秦兆阳言论》的批判材料。[1]1958年3月和4月号的《人民文学》也开设了批判秦兆阳的专栏。对他的批判，延续到7月才结束，期间开了几次会议，缺乏相应资料难以确考。他被定为右派分子是4月12日党组会议决定的。1958年7月12日，《人民日报》刊登了《拔掉文艺界的一面修正主义白旗——中国作协党组扩大会议批判揭露右派分子秦兆阳》的消息：

> 出席和列席会议的有在北京的作家和文学期刊编辑人员等一百多人。在会上先后发言的有张天翼、陈白尘、韦君宜、葛洛、申述、康濯、严文井、黄其云、张光年、郭小川、林默涵、刘白羽等二十多人。中共作协党组书记邵荃麟在最后一次会上作了总结性发言。
>
> 会议指出，从1956年到1957年，在秦兆阳主编"人民文学"的时期，他抗拒党的领导和监督，利用"人民文学"这一阵地，宣扬系统的修正主义文艺思想，大量刊载和推荐所谓"干预生活"的毒草，肆意地污蔑党，污蔑社会主义制度。他纠结一批右派作者，俨然要自成一个反动的"流派"，同党的文艺路线相对抗。这些行动，实际上是和当时国际上的反共逆流相呼应，目的在于取消党对文艺的领导，取消社会主义文艺方向，把文艺引向资产阶级的道路。

在批判会上，刘白羽定性秦兆阳是"彻头彻尾的现代修正主义者"，说与他的斗争"是一场根本不可调和的斗争"，并宣判式地使用了"秦

---

[1] 参见郭小川这个时期的日记，郭小川：《郭小川全集》第9卷，广西师范大学出版社，2000年版。

兆阳的破产"的断语。[1] 会后，已经改组的《人民文学》编辑部出版了秦兆阳批判集《现实主义还是修正主义？》[2]，收入刘白羽、林默涵、严文井、贾霁、朱寨、艾芜等的文章，还有张光年用本名和笔名（"言直""常础"）写的三篇文章。

1958年7月25日，中国作协党组宣布开除他的中共党籍。宣布之前两天，刘白羽告诉他"材料已经交上去"，意味已经板上钉钉。忠诚于革命且热爱文学事业的秦兆阳闻言，"如五雷轰顶，如坠万丈深渊"，一夜痛苦辗转难眠。在天未明时就敲开了刘白羽的家门，企望有转圜的余地——

> 门终于打开了一条缝，刘的半个高大的身子露出来，说了一句：
> "你，还能为人民服务嘛！"
> 秦兆阳的心，猛地沉了下去，浑身发冷，几乎颤抖起来，泪水一下子涌出来……[3]

郭小川——当时主持作协书记处常务工作——1958年的日记，有这样的记载："4月19日……十时多，到荃麟处……秦兆阳问题也研究了一下，似乎不大说（得）清楚为什么要划他右派，这是困难问题，总拿不定主意。"[4] 可是，后来的批判却有如此规模，火力这样猛烈，而且延续这么长的时间，其中确有蹊跷之处。1991年秦兆阳在接受访问时透露了其中的奥秘。他说当年郭小川找他谈话，说，"你在信中为丁玲

---

[1] 刘白羽在中国作协党组扩大会议上的发言题目是《秦兆阳的破产》，刊于《人民文学》1958年9月号，收入《现实主义还是修正主义？》一书。
[2] 人民文学编辑部编：《现实主义还是修正主义？》，作家出版社，1959年版。
[3] 王培元：《永远的朝内166号 与前辈灵魂相遇》，人民文学出版社，2011年版，第178页。
[4] 郭小川：《郭小川全集》第9卷，广西师范大学出版社，2000年版，第301页。

说话，闯了大祸。"[1]

"信中为丁玲说话"，指的是1957年5、6月秦兆阳给当时作协党组书记邵荃麟的两封信[2]。1955年8月到9月，中国作协党组书记周扬、副书记刘白羽主持召开了16次会议，内部批判丁玲、陈企霞，并在年底给中共中央的报告中，将他们定性为"反党小集团"。1956年8月，丁玲向中宣部提交《重大事实的辩正》的申诉书，认为1955年的批判、"揭发"与实际情况不符，要求改正、撤销。1957年5月整风鸣放开始，重新审议丁玲、陈企霞的问题成为主要内容。邵荃麟要求不在北京的秦兆阳返回参加党组整风会，5月31日，秦兆阳给邵荃麟写信表明他的态度：

> ……我的意见很简单，关键在于领导的态度。一切自以为是和舍本求末的办法都只能加深矛盾。我认为周扬、默涵、甚至乔木和陆定一等同志应该参加作协的一定的党内外的会议，该说清楚的事情说清楚，该听的听，该检查的检查。我认为刘白羽同志应该改变过去那种自以为是的作风，切实地虚心地正视问题，承担自己应该承担的责任。我以为，如果这些同志能够抱这样态度，作协的整风是容易进行的，即或是丁、陈的问题，也能够暂时求得——至少是心理上的安定——也就是矛盾的缓和，如果搞好，也可以比较顺利地解决。解铃还须系铃人。如果一些领导同志只是站在幕后，站在缓冲地带，则即或党组全体成员在家，开一百次会议，也是不济事

---

[1] 秦兆阳1991年10月28日接受陈徒手访谈时说："有一天郭小川找我谈话，他首先说个人主义每个人都会有，他又说反丁陈是毛主席定的，你在信中为丁玲说话，闯了大祸。"见陈徒手：《人有病，天知否 1949年后中国文坛纪实》，人民文学出版社，2000年版，第179页。当年郭小川是中国作协书记处秘书长。

[2] 这两封信收入中国作协1958年1月内部编印、供批判用的《秦兆阳言论》第2辑；后由秦兆阳女儿秦晴提供，刊于1996年第2期《新文学史料》。这里的引文据《新文学史料》。

的。目前的党组是不能完全对过去的工作负责的，因此也不能由党组在整风会议中担负一切。

在参加了6月6日开始的头三次党组整风会，听到会上各种揭露丁玲、陈企霞事件相关人的"事实"之后，秦兆阳感到"担心"。14日再次给邵荃麟写信，说这样的"凑事实提疑问"，结果就会造成丁玲、陈企霞与周扬、刘白羽之间明争暗斗的印象。秦兆阳说，周扬、刘白羽自己为什么不谈出来呢？——这样的结果，团结是不能达到的，势必会进入追"阴谋陷害"的根源，"势必形成无法分辨、解释，则将来如何收拾"？他认为"中宣部对此事绝对不能听其自然的态度，陆定一、乔木两同志应该参加和干预，而且应该有所承担，使得事情能够沿着正确的轨道发展，并且容易解决"。对于他自己在这一复杂（至今也说不清楚）的事件中的态度，他表示：

> 我个人在这一斗争中不属于任何一派，我对任何一派都有意见，如果不是为了党的利益，我是不会提这些意见的。
> 如果必要，我希望把这封信转给陆定一同志看看。

这两封信被收入《秦兆阳言论》，在批判中成为"罪证"。写这两封信的时候，他完全没有料到很快风云突变——周扬、丁玲、刘白羽其实也没有这个预见。6月8日第三次会后，中央的反右信号发出，党组扩大会宣布停开。待到7月25日复会时，丁玲、陈企霞就从申诉者变为被批判者，他们与周扬等的矛盾，被确定为关系中国文艺发展的革命与反动路线的严重斗争。这样，这两封信也就成为"胁迫党的领导对丁陈反党集团缴械投降"的证据，而信中指名道姓的批评，不可能不在当事人心中留下怨恨的阴影。

几个月后，秦兆阳被遣送至广西柳州机械厂劳动改造。1961年，农垦部部长王震到广西视察，周扬托他向自治区党委书记韦国清询问秦兆阳的情况，说如果右派"帽子"已摘，工作要是广西方面不好安排，拟调回北京。秦兆阳经过几天考虑，觉得自己生性落落寡欢，与北京某些人也难以相处，回京有可能处于"冠盖满京华，斯人独憔悴"的尴尬境地，决定留在原地到广西文联工作，并把妻子接到广西落户。直到1979年为他平反，恢复党籍，才回到北京主持《当代》的工作。

"应当老实些"

与秦兆阳有较多交往的人，一般都认为他生性耿直、淳朴、淡泊权位。1957年他给作协党组书记邵荃麟写信，就提出撤销他作协党组成员的资格，说因为当初进入党组是代表《人民文学》，现在他离开编辑部，就应该由别的同志来做。据与他深交的朋友回忆，耿直是秦兆阳的性格特征。他用"何直"的笔名发表论文，广西作家陆地的怀念文章取名《耿介一世人》，黄秋耘将他称为"板先生"，"湖北土话'板'就是'迂'和'直'……"[1]，他是湖北黄冈人。

可是，这样的人在1958年的批判中，却受到"不老实"的道德指控！对他的批判有这样的说辞："毫无道义感"，"采用极其阴险卑劣的手段"，"今天说东，明天说西；正面一套，反面一套；前言不顾后语，左右货式齐备"等，并有多篇批判文章专题揭发他这方面的"劣迹"，有一篇文章的题目就叫《应当老实些》[2]。1958年7月12日《人民日报》

---

[1] 黄秋耘：《"板先生"秦兆阳》，秦晴、陈恭怀编：《编辑大家秦兆阳》，人民文学出版社，2013年版，第314页。
[2] 当年集中揭发秦兆阳"卑劣手段"的专题文章有：言直（张光年）的《应当老实些》，载《文艺报》1958年第3期；朱寨的《秦兆阳的身手》，载《人民文学》1958年4月号；常础（张光年）的《秦兆阳的前言和后语》，载《人民文学》1958年4月号。

关于中国作协党组扩大会的报道有这样的描述：

> 秦兆阳为着达到反党反社会主义的目的，采用了极其阴险卑劣的手段。就是肆意修改原稿，把他自己的反动思想强加进别人的作品和文章中去。把别人文章中有积极意义的话删去，而尽量扩大毒素，增添毒素，等到别人文章受批评时，他却佯装不知，也写文章给予批评。耍弄这种卑鄙的两面派手法，是秦兆阳这一右派分子的特色：他一方面发表文章大肆散播修正主义"理论"，另方面，当这种"理论"在社会上遭受批评时，他马上又撰写文章对这种"理论"进行装腔作势的"驳斥"。[1]

这些评语所指的具体事实主要是：1955 年写《论胡风的"一个基本问题"》[2]批判胡风关于"写真实"的观点，可是刚过一年，又在《现实主义——广阔的道路》里宣扬了他批判过的思想；修改王蒙小说加强了它的"消极"因素，在小说讨论中又写文章[3]批评王蒙小说的这些"消极"因素，而且不提他的修改应负的责任；草拟《人民文学》改进计划要点宣言在文艺思想上"以现实主义为宗旨"，过了几个月，《人民文学》1957 年 1 月号"编者的话"，又变成"我们以社会主义现实主义为宗旨"；就在宣言"以社会主义现实主义为宗旨"的同时和之后，又连续刊发违背社会主义现实主义原则的《沉默》《马端的堕落》《改选》

---

[1]《拔掉文艺界的一面修正主义白旗——中国作协党组扩大会议批判揭露右派分子秦兆阳》，载《人民日报》1958 年 7 月 12 日。
[2] 秦兆阳：《论胡风的"一个基本问题"》，载《人民日报》1955 年 2 月 20 日。
[3] 秦兆阳：《达到的和没有达到的》，载《文艺学习》1957 年第 3 期。

等"毒草"……[1]

不是说秦兆阳的主张和《人民文学》的编务没有任何差错,没有可以讨论的地方,但今天也无须针对这些指责去一一澄清,因为这无关事实真相。秦兆阳在《从特写的真实性谈起》[2]中,说到对阻碍文艺发展的教条主义,"应该是从各方面来改变这种状况的时候了",刘白羽对此的批判是:

> 值得注意到:既是"从各方面",那就不仅从文学,而且还要从政治、经济各个方面,来"改变"我们的社会主义生活。所谓是"时候",就是反共、反社会主义逆流已经高涨起来了。所谓"改变",是按着秦兆阳等头脑中的"资产阶级王国"的面貌改变世界,还是按着无产阶级马克思主义的面貌来改造世界?如果前者,结论只有一个,就是粉碎我们的社会主义现状;如是后者,结论也只是一个,就是粉碎秦兆阳等的攻击。[3]

这和"事实"的澄清有什么关系呢?

这里需要补充的,是一些批判者有意遗漏的情况。一、被批判为修正主义"行动纲领"的《人民文学》改进计划要点,曾经在作协党组会上传阅过的,"大家都没有意见"[4]。二、1956年提出贯彻"双百方针"

---

[1] 揭发秦兆阳"不老实"的专题文章有:言直(张光年)的《应当老实些》、朱寨的《秦兆阳的身手》、常础(张光年)的《秦兆阳的前言和后语》、林默涵的《现实主义还是修正主义?》。这些文章均收入《现实主义还是修正主义?》一书。
[2] 秦兆阳:《从特写的真实性谈起》,载《人民文学》1956年6月号。
[3] 刘白羽:《秦兆阳的破产——在中国作家协会党组扩大会议上的发言》,载《人民文学》1958年9月号。
[4] 秦兆阳口述,秦晴、陈恭怀记录整理:《我写〈现实主义——广阔的道路〉的由来》,载《新文学史料》2011年第3期。另据涂光群:《五十年文坛亲历记1949—1999》,辽宁教育出版社,2005年版,第139页。

后,《人民日报》改版,"刘白羽同志很紧张,力催刊物'放'","6月上半月,作协党组召开两次有所属刊物负责人参加的会,会议由刘白羽主持,动员刊物要配合党的方针带头鸣放。三、《现实主义——广阔的道路》初稿完成后,与葛洛[1]字斟句酌研究几次,在《人民文学》编辑部全体会议上征求意见,二稿在编辑部讨论后由葛洛送交刘白羽看过,刘白羽再转送周扬,刘白羽、周扬都没有提出任何意见,返还时信封有刘白羽签名的"稿件已看过"字样。[2]四、1957年5月整风鸣放期间,作协党组到《人民文学》编辑部"督阵",说必须贯彻"双百"方针,"不许照老样子办",连续开了几个晚上的党团员骨干会议,制定规划,"撒开人马出去组稿",这才有了6、7月合刊的"革新特大号"[3]……

至于说到文学观点、主张的改变、前后不一,脱离特定政治语境和具体事件来抽象评议当代这一普遍现象的对错固然没有意义,即使是将之作为"不老实"来加以指摘,也远远轮不到拿秦兆阳来说事。在当代,文艺界被放在"不老实""掩盖真相""两面派""顺风转向"等道德审判台上的,可以开列长长的清单:胡风、冯雪峰、丁玲、陈涌、徐懋庸、黄药眠、钟惦棐、萧乾、邵荃麟、刘白羽、周扬……在批判秦兆阳之前,丁玲就被描画为"极其虚伪,极其狡诈,又极其阴狠的两面派的典型"。而后来,周扬也被批判为"反革命两面派"[4]。这里有着两个令人错愕的现象:一个是追求真相的义正词严的批判者,使用的可能也是"不老实"的、歪曲真相的手段;另一个是指控他人"不老实"的批判者,在另一个时间也会遭到同样罪名的指责。历史上的人、事并非没有正误、美丑、善恶之分,但这些现象更提示给我们的是有关权力和道

---

[1] 葛洛(1920—1994),20世纪50年代任《人民文学》副主编。
[2] 人民文学编辑部编:《现实主义还是修正主义?》,作家出版社,1959年版。
[3] 李清泉:《半个多世纪的情谊》,秦晴、陈恭怀编:《编辑大家秦兆阳》,人民文学出版社,2012年版,第294页。
[4] 姚文元:《评反革命两面派周扬》,载《红旗》1967年第1期。

德的关系。权力的拥有与道德的崇高并不必然地画等号；而在权力与道德关系两者无法分辨的时代，"道德唯有在权力的强制之中并且在实体化之形式下始能存在，而权力也是作为道德权威体系之一始能显现其本身的社会意义"[1]。我在一篇谈及这个问题的文章里曾表达这样的困惑："为什么'道德'拥有'超凡权力'的规范性力量？为什么它具有'终极评价'的地位？谁有资格、权力做出道德评价？审查者在指控他人的道德问题时，是否便证明他的'道德纯正'，而可以使用任何（包括'非道德'）的手段？"[2]

"1956"之外

1979秦兆阳回到北京。当代一位著名作家的小说里有一句话："人怕伤了心。"他不愿回作协而选择任职人民文学出版社，担任该社副总编辑和《当代》杂志主编。他是中国作协书记处书记，是人民文学出版社党组成员，但他依然淡泊名利，极少参加这些领导机构的会议。作协和出版社安排他出国访问，也均婉拒。他只是继续遵循所信仰的介入社会的"现实主义"文学理念，专注、殚精竭虑地发现作者和优秀文本，编发不少具有"新时期文学"标志的叙事作品。

20世纪80年代中后期，因久病体弱，他逐渐脱离具体编务。他原本在鲁艺学的是美术，这时有了时间来写字作画。晚年，在医院病榻上曾笔录零碎感想。据他的好友李清泉文章的提供，摘录下面两则：

> 黄昏，夕阳以它最后的余晖，创造了永恒的美——留在远路归

---

[1][日]丸山真男:《现代政治的思想和行动——兼论日本军国主义》，联经出版事业公司，1984年版，第375页。
[2]洪子诚:《"当代"批评家的道德问题》，《材料与注释》，北京大学出版社，2016年版。

来的人们的记忆里……

　　那时我很年轻，黎明时分，提着一个小破箱子，走在门前池塘的岸上，想要赶上去汉口的轮船，村庄还沉静在睡梦里。我回头一看，大门口站着母亲的身影，手搭凉棚，在目送着我……如今，我已年近八旬，仍然常常记起，原来这目光凝视了我一生。[1]

　　这是对朴素、原初、真实而稳定的事物的回归。这时候，纷扰被摒弃，装饰和喧嚣脱落，犹如冯至《十四行集》中的句子："一切的形容，一切喧嚣 / 到你身边，有的就凋落 / 有的就化为你的静默。"

---

[1] 李清泉：《半个多世纪的情谊》，秦晴、陈恭怀编：《编辑大家秦兆阳》，人民文学出版社，2013年版，第213页。

青年、革命与社会主义治理探索
——以《组织部新来的青年人》为中心的考察[1]

◎董丽敏

伴随着新中国的建立，在类似于"时间开始了"的新的历史意识下，有关社会主义的想象与实践，构成了"十七年文学"的基本书写内容，并指向了一种不同于"现代文学"传统的"当代文学"建构。这一"当代文学"同步于并且内在于"社会主义中国"的实践，因其鲜明的政治激进性而产生了一系列知识、理论乃至美学上的挑战性。如何从历史的"内在视野"出发来把握这些挑战性，在很大程度上构成了理解当代文学何以为当代文学的关键点所在，也是今天要突破"前三十年"与"后四十年"之间的断裂而建构"当代文学七十年"整体研究视野所需要面对的瓶颈问题。

在这样的"当代文学"框架中，类似于王蒙的《组织部新来的青

---

[1] 发展为现貌的本文的前后几个版本，曾先后在上海师范大学光启国际学者中心主办的"从《青春万岁》《组织部来了个年轻人》到《活动变人形》读书会（2018 年）、中山大学主办的"革命叙事·话语实践与中国当代文学"学术研讨会（2019 年）、中国社会科学院文学研究所主办的"20 世纪中国革命与中国现当代文学"学术研讨会（2021 年）宣读。

年人》[1]这样的现象级作品,值得进一步讨论。从作家作为"职业革命家"[2]的自觉指认出发,《组织部新来的青年人》以具有"少年布尔什维克精神"[3]的视角,依托"组织部"这一特定场域,较为深入地呈现了革命与治理、主体与环境、精神与制度等之间存在的各种张力,以及试图克服这些张力的种种成熟或不成熟的努力,提供了"当代文学"之于社会主义治理探索的一种具有鲜明时代特征的回应方案。

值得注意的是,这一方案无论在学界还是在社会中都引发了广泛的关注乃至争议,在某种意义上甚至演变为了王蒙个人创作/命运沉浮乃至当代文学的重要转折点,因而如何在更有历史现场感的社会文化格局中更接地气地来把握文本内外的复杂性,仍需要探索。

一

1980年,以"重放的鲜花"的姿态复出的王蒙这样来谈论《组织部新来的青年人》:"我对于小说中两个年轻人走向生活、走向社会、走向机关工作以后心灵的变化,他们的幻想、追求、真诚、失望、苦恼和自责的描写,远远超过了对于官僚主义的揭露和解剖。"[4]这一看法,一方面通过淡化小说的政治色彩,一定程度上指向了对20世纪50年代以来似乎已成定论并得到其认可的"反官僚主义"[5]阐释模式的反思与商

---

[1] 本文所用的版本是王蒙发表于《人民文学》1956年9月号的《组织部新来的青年人》,该小说后另有题为《组织部来了个年轻人》的版本,但本文并不拟对不同的版本进行辨析。
[2] 王蒙:《〈冬雨〉后记》,载《读书》1980年第7期。
[3] 李子云、王蒙:《关于创作的通信》,载《读书》1982年第12期。
[4] 王蒙:《〈冬雨〉后记》,载《读书》1980年第7期。
[5] 王蒙指出:"我写赵慧文、林震时,做梦也没有想到把他们写成英雄人物。我也知道他们优缺点,反官僚主义胜利不了,但是感情上和他们有相同之处,所以写着写着我就被这两个人物掌握了,而不是我掌握了他们。"王蒙:《给〈北京日报〉编辑的复信》,载《北京日报》1957年4月16日。

权；另一方面，则又试图通过凸显林震们在故事中一直未得到应有关注的"青年"主题，为20世纪80年代之后更受青睐的"青年成长"研究模式的崛起开辟了道路——事实上，当2005年王蒙不无调侃地将娜斯嘉的故事视为"颇有魅力的""廉价的乌托邦"，进而断言林震并非"娜斯嘉式的人物"[1]的时候，可以说，在经历了更多的人情世故的磨砺后，从"青年成长"视角展开的有关《组织部新来的青年人》的研究甚至已经被收缩到了日常生活逻辑的层面，其政治性被进一步消解。

尽管王蒙的上述看法有进一步讨论的空间，但触及了一个相当关键的问题，那就是，无论是20世纪50年代盛行一时的"反官僚主义"分析框架，还是80年代之后渐成气候的"青年成长"研究模式，尽管看起来因汲取不同的时代风尚而反差较大[2]，但实际上彼此又默契地共享了相似的逻辑架构，即主要立足于青年与政治的二元理解模式，并侧重于将其中的一端作为把握小说的切入口。这固然打开了讨论小说的重要面向，但却又在一定程度上忽视了在特定的结构性视野下来考察两者之间更为复杂的交错/互动关系，以及由此形成的对社会主义治理独特性与挑战性的思考。

可以发现，在《组织部新来的青年人》的开头，当年轻的主人公林震一开始从小学教师调动为区委组织部工作人员的时候，就面临了一系列需要调适的问题：从"管孩子"到"给党管家"，意味着需要跨越从业务工作到政治工作的调整跨度；从"熟悉的孩子的世界"进入"电话、吸墨纸和玻璃板"的"有些陌生的环境"，实际上是需要远离鲜活的现实世界而去应对相对抽象琐碎的机关事务；从随身携带《拖拉机站

---

[1] 王蒙：《王蒙自传》第1部，花城出版社，2005年版，第135—136页。
[2] 有关《组织部新来的青年人》不同时代研究重心及方法嬗变的具体论述，可参见朱羽：《成长、革命与常态——〈组织部来了个年轻人〉之批评的批评》，载《中国现代文学研究丛刊》2018年第7期。

站长和总农艺师》[1]这样的苏联"解冻时期"的"干预生活"小说的文艺热血青年,到需要利用会议、调研、文件等各种规范和手段去做政治组织的基层工作人员,"他必须学会判断一切事情与一切人",才能真正成为组织的一分子……显然,到组织部工作并不只是简单的职业改变,更为重要的,是需要以政治的方式直接参与社会主义治理,青年人如何与政治、与体制进行有效链接,从而成为社会主义治理所需要的政治人,由此成为小说关注的重点所在。

有意思的是,与上述新工作的各种挑战形成较大反差的是,作为"革命后"一代,林震却被设定为"孩子般单纯"的形象:"在他的生命史上好像还是白纸,没有功勋,没有创造,没有冒险,也没有爱情。"所谓"白纸"的说法显然具有两面性:一方面,对林震而言,"白纸"般的自我指认意味着革命经历缺失的遗憾:"因为春天来得那么快,而他,却没作出什么有意义的事情来迎接这个美妙的季节",因而,如何尽快地进入现实、进入革命,成为年轻一代由焦虑和憧憬出发的政治主体建构起点所在;另一方面,比照"一张白纸,正好写字"[2]的说法,又可以理解为,小说含蓄地引入代际文化,将林震与其周围拥有丰富革命经验的人(如王清泉、刘世吾等)进行了切割。这种差异性,在很大程度上决定了林震与他的前辈们对于"革命后"的"革命"的目标、内涵和路径理解/选择是不同的;也决定了,当他们都处于同一个治理体制的时候,彼此之间会存在一定的张力甚至碰撞,这显然也是社会主义治理所需要面对的问题之一。

---

[1]《拖拉机站站长和总农艺师》为苏联女作家迦林娜·尼古拉耶娃创作的中篇小说,经草婴翻译,发表在《译文》1955年8—10月号上,当年11月团中央专门发布通知推荐该小说,并由《中国青年》转载,引发了社会轰动。参见彭龄、章谊:《重读〈拖拉机站站长和总农艺师〉》,载《中华读书报》2015年6月10日。

[2]毛泽东:《论十大关系》,《建国以来重要文献选编》第8册,中央文献出版社,2011年版,第265页。

在这样的前提下，在以往的研究中讨论较少的林震与曾经拥有骄人革命资历的麻袋厂厂长王清泉之间的斗争，就有必要得到更多的重视。作为林震组织部生涯的开始，去麻袋厂的调研构成了其将想象中的"革命"与具体现实进行对接的最初尝试，但显然，他对于如何开展工作相当生疏："他看了有关的文件和名叫'怎样进行调查研究'的小册子，再三地请教了韩常新"，并且"密密麻麻地写了一篇提纲"。这一看起来既费劲而又有点幼稚的"纸上谈兵"式的准备工作，正呼应了其"白纸"般的自我形象，暗示了其基于日常生活的具体实践经验的匮乏；但另一方面，"纸上谈兵"却又可以在某种意义上被视为传统德性政治治理方式的一种延续，即将抽象的"道"或者更准确地说"革命信仰"作为评判现实同时也是引导现实的出发点，昭示了其企图以此引领调查研究从而建构通往实践的道路的努力。

当林震带着这样的努力来到麻袋厂的时候，很快就发现了"纸上谈兵"方式的不合时宜——无论是和厂长王清泉极其短暂的接触还是与该厂组织委员魏鹤鸣干巴巴的交流，都表明，尽管他代表上级部门，但他有关党建的调研显然不尽如人意，这既表现在他的偏于知识分子化的表达方式和思维方式上，更表现在他的调研重点与工厂实际状况的明显脱节上，由此暗示了脱离实际就事论事讨论党建其实是有问题的，也并不受欢迎。有意味的是，小说随后通过王清泉与魏鹤鸣之间矛盾爆发的方式，让他能够一定程度上远离调研初衷，以"在场者"的身份突破各种交流障碍，近距离发现了工厂所面临的真正问题所在，那就是作为曾经的革命者的王清泉相当不负责任的工作现状：在因为生活作风问题被处理后，他热衷于开各种流于形式的会议，"吃饱了转一转，躲在办公室里批批文件下下棋"，"对质量不关心，有经济主义思想"；更严重的是，他以高高在上的粗暴倨傲态度甚至引发了基层工人强烈的对立情绪。

王清泉的问题无疑是令人震惊的，但值得注意的是，小说并没有在技术官僚层面上来加以分析，而更多将其理解为是其作为干部在政治方面尤其是工作作风方面出现的问题，也就是政党政治框架中通常所认为的"官僚主义"[1]问题。这一评判标准，折射了社会主义治理的特点所在，即将政治优先于经济而作为治理的核心，将政治化的社会动员作为组织群众的方式，将政治人（干部）作为政治可以延伸贯彻到社会方方面面的一种肉身化了的末梢存在[2]，由此工作作风问题就会格外得到彰显，这不只是指向干部的个人修养，更与民主管理、干群关系、群众路线等息息相关，在很大程度上成为可以支撑政党政治具体展开的制度构成要素了。在这个层面上，王清泉的所作所为就不能简单归结为一般意义上的经营管理者的道德水平问题，而更应被认为是背离了作为革命者意义上的"干部"的内在规定性，某种程度上接近于"革命的第二天"[3]的问题了。

对林震来说，对王清泉问题的发现，不仅为他貌似抽象生硬的组织部工作人员角色规定找到了与现实世界对接的路径，从而为下一步工

---

[1] 1953年3月28日颁布的《中共中央关于在中央一级机关中具体执行〈中共中央关于反对官僚主义、反对命令主义、反对违法乱纪的指示〉的决定》，对"官僚主义"有相当清晰的定义："主要是指某些领导干部，由于不了解情况，不检查工作，不研究政策，缺乏思想政治领导，抓不住工作中的本质问题和关键问题，陷入文牍主义和事务主义的泥坑，脱离实际，脱离群众，因而造成国家和人民的巨大损失的一种官僚主义，以及与这种官僚主义同时存在的无组织、无纪律、本位主义、各自为政的分散主义等不良倾向。"中共中央文献研究室：《建国以来重要文献选编》第4册，中央文献出版社，2011年版，第117页。

[2] 参见[美]詹姆斯·R.汤森、布兰特利·沃马克：《中国政治》，顾速、董方译，江苏人民出版社，1992年版，第21页。

[3] [美]丹尼尔·贝尔提出了"革命的第二天"的观点："革命的设想依然使某些人为之迷醉，但真正的问题都出现在'革命的第二天'。那时，世俗世界将重新侵犯人的意识。人们将发现道德理想无法革除倔强的物质欲望和特权的遗传。人们将发现革命的社会本身日趋官僚化，或被不断革命的动乱搅得一塌糊涂。"丹尼尔·贝尔：《资本主义文化矛盾》，赵一凡等译，三联书店，1989年版，第75页。徐刚、徐勇在《后革命时代的焦虑——历史语境中的〈组织部新来的青年人〉及其论争》（载《海南师范大学学报（社会科学版）》2010年第1期）一文中引入了这一说法作为讨论前提。

作确定了具体的对象和内容；更为重要的，是触碰到了"官僚主义"这一社会主义治理的核心问题，并为年青一代在"革命后"能够理直气壮地参与现实"革命"探寻到了一种合法依据——在很大程度上，"共产党员是在不断同反革命的斗争中去改造社会，改造世界，同时改造自己的"。[1] 这样建立在"不断革命"基础上的共产党员的修养，与彼时青年工作界所热切希冀的"对社会上新发生的种种变化最敏感，最热衷于向人倾吐和表达自己的感情、愿望，最能够大胆地去揭示生活中的冲突和矛盾"[2] 的青年想象，显然具有某种彼此呼应的一致性，可以构成林震这样的青年党员能够有底气以"革命"的姿态与"不革命"乃至"反革命"现象进行斗争的动力源泉所在。

正是在这样的脉络中，才能进一步把握林震其后的惶惑、苦闷以及抗争的实质所在。可以看到，尽管林震对于王清泉这样的官僚主义者相当不满，甚至急于加以处理，但他在正常工作程序内显然并没有太多办法，主要就是逐级向工厂建党组组长韩常新、组织部常务副部长刘世吾反映情况，表达希望加快处理的强烈诉求，但这一诉求却被认为"条件不成熟"并未获得支持。如果仅仅立足于此，林震的遭遇很容易被理解为是个人被规则/体制压制的青年"反成长"的悲情故事，所谓"革命年代培养、积淀的神圣激情与机械化、形式化的生活发生碰撞；浪漫的青春幻想与世俗的日常生活抵触摩擦，而所谓'成长'，却不能不是某种程度的'反成长'、'反神圣'与'反纯粹'——向生活的世俗化、机械化的低头与退让，'成长'因此变得沉重而艰难"[3]；但是，小说有意思的地方，恰恰是在很大程度上溢出了具有"后革命"意味的"现代"

---

[1] 刘少奇：《论共产党员的修养》，中共中央文献研究室、中共中央党校编：《刘少奇论党的建设》，中央文献出版社，1991年版，第94页。
[2] 胡克实：《为社会主义写出更多更好的作品来》，载《中国青年》1956年第7期。
[3] 孙先科：《王蒙〈组织部来了个年轻人〉的精神现象学阐释》，载《中国现代文学研究丛刊》2004年第3期。

治理模式及其对于青年的单向度压抑的经典套路，而以富有争议的方式努力呈现了青年可能嵌入现实政治的空间。可以注意到，在小说的后半部，还着力描写了林震为了促使"条件成熟"，同意魏鹤鸣组织工人们召开提意见的座谈会，尽管为此受到了党小组"严厉的批评"，但仍然积极鼓动魏鹤鸣给《北京日报》写群众来信，最终用党报的力量将王清泉的官僚主义行径公诸天下，推动组织部彻底处理了问题。

在这一过程中，小说显然赋予了林震相当特殊的个人站位，使其既在治理体制之中而又在一定程度上越出了体制既有轨道；也以某种带有理想光环的方式呈现了其迅速成长的秘密——他试图克服教条主义的工作方式，努力从工厂实际出发去了解群众疾苦；也尝试在一定程度上突破科层制规制，自觉参与并发动群众与社会生活的阴暗面进行斗争。林震这一形象，由此在很大程度上指向了与社会主义探索相呼应的"新人"以及新的社会治理形态的探索。在其身上，革命的冲动显然优先于治理的规则，呈现出某种无法被治理范畴所完全收容的激进性，有待于进一步讨论。这样激进的"越轨"行动，很容易被简单理解为"娜思嘉"这样的域外激进资源的复制品，但如果意识到林震走向调查研究的行动本身就包含着对抽象的书本知识尤其是小说所代表的文学想象的一种反思和扬弃的话，那么，就更应该注意到，这样表面上看似"越轨"的行动背后其实隐藏着对中国革命传统的内在呼应，如在理念上就颇得群众运动之精髓："在民众的自动性上去组织民众""在民众的要求上去组织民众""用各种各样的方式去组织民众"[1]等；在方式方法上，使用媒体（党的喉舌）进行监督，也正是革命框架内民主建设的重要组成部分："凡典型的官僚主义、命令主义和违法乱纪的事例，应在报纸上广

---

[1] 刘少奇：《论组织民众的几个原则》，中共中央文献研究室、中共中央党校编《刘少奇论党的建设》，中央文献出版社，1991年版，第75—91页。

为揭发"[1];在路径选择上,则强调自下而上的群众运动在社会变革中的重要性。很大程度上,可以认为,小说着力塑造林震这一激进青年形象,并不是为了在革命/体制之外制造"他者",而仍然是在革命/体制内部的一种探索,是一定程度上以"类群众运动"的方式,试图探索将以群众政治为核心的革命资源引入现实治理,并以此激活渊源于革命的社会主义治理所内蕴的张力与弹性,使之具有蔡翔所说的以"共产主义理念"为引领的"体制内的抗争性政治"的意味:"这一反体制运动更多地可能来源于体制(包括毛泽东)的支持,而且,在某种意义上,它是在共产主义理念和设想的召唤之下,对具体的社会主义实践的一种异议或者抗争"[2],从而在一定程度上导向体制的自我调适与自我修复。

尽管如此,需要指出的是,作为一种激进的矫正现实治理的方式,这种由"革命"的青年政治引发的"体制内的抗争性政治"是非秩序化、非制度化、非常态化的,也是相当富有争议性的[3],这决定了其更多是社会主义治理体制的一种参照或补充,不可能全面取代治理体制而成为一种稳定性的存在;而小说选择林震这一年轻气盛的青年党员以具有冲动意味的行动来承担现实治理矫正的重任,本身就折射了以"组织部"为核心的治理体系的某种内在症候,即以常规手段推进治理可能会是迟滞的甚至是失效的。在这样的情形下,林震在区委常委会上与韩常新等人有关王清泉式的问题是否可以一劳永逸地杜绝争执,就触及了这种以发动群众来处理官僚主义的探索的有效性与持续性的问题——林震与王清泉之间的斗争所产生的经验/教训,如何不只是以"例外"的方式存在,而能转化为社会主义治理制度的正常构成;但与此同时,又能

---

[1]毛泽东:《毛泽东文集》第6卷,人民出版社,1999年版,第255页。
[2]蔡翔:《革命/叙述:中国社会主义文学—文化想象(1949—1966)》,北京大学出版社,2010年版,第7页。
[3]如艾芜批评林震"片面地宣扬了对坏事绝不容忍,而否定了做事须看条件成熟的原则"。艾芜:《读了"组织部新来的青年人"的感想》,载《文艺学习》1957年第3期。

维持自身的活力与能量，不至于被过于成熟而强大的官僚体制所吸纳甚至消解，无疑值得进一步讨论。然而，当"冷静而全面的分析比急躁而片面的冲动好得多"这样一边倒的结论成为体制内主流力量的基本立场的时候，小说分明暗示了，借由"急躁而片面的冲动"青年人所召唤的革命资源而展开的对于社会主义治理复杂性的思考，尤其是如何辩证地处理作为革命主体的群众与作为治理对象的群众之间的关系问题，在很大程度上被体制内部悬置了；而在"冷静而全面的分析"的基础上探寻更为合理的内生性治理资源，才被体制内的主流力量认可为未来努力的方向，由此，社会主义中国是否能够有别于"利维坦"式的"现代"国家[1]，产生出更有活力也更为合理的治理经验，也就值得进一步关注。

二

与上述思考形成某种呼应，《组织部新来的青年人》还以林震带有很强代入感的"青年"视角，从"组织部"这一特定的体制内部思考了社会主义治理所遇到的问题，这成为日后小说饱受争议的焦点所在。在以往的研究中，这种争议，或者被理解成是小资产阶级与无产阶级不同的反官僚主义立场[2]，或者被看作权力的压制与反压制的斗争[3]，或者被阐释为"现代"的专业主义与"革命"的群众路线之间的对峙[4]，不一而足。无论如何，作为讨论的起点，需要在新中国建立初期的特定语境

---

[1] 所谓的"利维坦"式的国家建立在个人权利的放弃基础上："我承认这个人或这个集体，并放弃我管理自己的权利，把它授予这人或这个集体。"[英]霍布斯：《利维坦》，黎思复、黎廷弼译，商务印书馆，1985年版，第131页。
[2] 李希凡：《评〈组织部新来的青年人〉》，载《文汇报》1957年2月9日。
[3] 曹清华：《权力的表达、运作与想象——〈组织部新来的青年人〉及其它"逆流小说"》，载《文艺理论研究》2015年第2期。
[4] 卢燕娟：《"官僚主义"的批判与反批判——从"延安之春"到"百花时代"》，载《文艺理论与批评》2018年第1期。

中去把握"组织部"这一带有现代政党政治特点的治理体系构成在社会主义治理中的特定功能及其运作机制,进而去把握组织部中的"人"如何围绕这一功能而形成不同的角色指认、身份建构以及自我调适机制,由此才能理解青年与政治的链接所面对的挑战以及由此形成的争议实质所在。

可以注意到,在林震带着"一种节日的兴奋心情"的视野中,"组织部"最初给人的印象是异常忙碌而充满活力的:"一个穿军服的同志挟着包匆匆走过,传达室的老吕提着两个大铁壶给会议室送茶水,可以听见一个女同志顽强地对着电话机子说:'不行,最迟明天早上!不行……'还可以听见忽快忽慢的'框哧、框哧'声——是一只生疏的手使用着打字机。"在这里,人们以快节奏的动作、声音乃至氛围,营造了一种生机勃勃而又有某种平等意味的工作生态,电话、打字机等现代传播工具的进入,暗示了组织部具备了作为"现代"行政机构的硬件基础,然而对"生疏的手"的强调,则既表明了人与技术之间事实上存在着的落差,同时,又渲染了努力跟上技术步伐的不屈不挠。尽管如此,随着林震日益深入组织部的日常工作,却发现忙碌的背后情况并非如此乐观,"组织部的干部算上林震一共二十四个人,其中三个人临时调到肃反办公室去了,一个人半日工作准备考大学,一个人请产假。能按时工作的只剩下十九个人",由于严重的缺编,以至于像林震这样的新手仅仅在报到四天后,就需要独立开展工作,仓促上岗的背后,固然有着形势不等人的紧迫性、推动青年人在重要岗位上迅速成长的意图,但从机构活力及治理效能角度说,却是需要进一步深思的。

冯仕政认为,新中国具有独特的"革命教化政体",即"对社会改造抱有强烈使命感,并把国家拥有符合社会改造需要的超凡禀赋作为执政合法性基础",由此出发,"国家官僚机构几乎实现了对整个社会的

'总体性支配'"[1]。依据这样的"革命教化政体"设计，新中国形成了管理与教育一体两面、行政与政治彼此交织、国家与社会相互嵌入的全能型治理格局。以新中国成立初期北京的基层治理为例，一方面，探索出了"区—街道办事处—居民委员会的层级式行政管理体制"，一定程度上具有马克斯·韦伯（Max Weber）所说的"非人格化"的"纯粹的官僚体制"[2]的特点；但另一方面，"区委成为基层政权的核心，是基层政权运转的中枢"，"逐渐地形成了党政互兼、党管干部、重大事务区委决定的运作机制"[3]，希冀通过"以党领政"的方式，推动政治理念有效下沉，以克服"纯粹的官僚体制"所内蕴的专业化倾向与权力等级关系，从而保障基层治理与政治方向的内在一致性。如果说在资本主义社会中，官僚制本身作为一种追求效率的管理工具，其与政治的两分法构成了所谓"现代"治理特征的话，那么把"涉及到社会团体、利益集团、甚至个人与个人之间的利益分配"的政治[4]重新引入官僚体制，以政党为引领探索建构"人民有权且有效的行使"的人民政权[5]，则显然构成了自延安时期以来的中国革命——社会主义治理不同于资本主义治理的新的追求所在。

在某种意义上，可以认为，《组织部新来的青年人》敏锐地捕捉到了上述激进的治理理念/架构的意义及其在具体实践中所面临的难题所

---

[1] 冯仕政：《中国国家运动的形成与变异：基于政体的整体性解释》，载《开放时代》2011年第1期。
[2] 马克斯·韦伯指出，"纯粹的官僚体制的行政管理，即官僚体制集权主义的、采用档案制度的行政管理，精确、稳定、有纪律、严肃紧张和可靠"。[德]马克斯·韦伯：《经济与社会》上卷，林荣远译，商务印书馆，2006年版，第248页。
[3] 黄利新：《新中国成立初期北京市城区基层政权建设》，载《当代中国史研究》2018年第1期。
[4] [美]蓝志勇：《行政官僚与现代社会》，中山大学出版社，2003年版，第49页。
[5] 谢觉哉：《民主政治是救人民的，反民主政治是断送人民的》，《延安民主模式研究》课题组编：《延安民主模式研究资料选编》，西北大学出版社，2004年版，第34页。

在——在小说中，这被形象地命名为"伟大而麻烦的工作"："在区委书记办公室，连日开会到深夜。从汉语拼音到预防大脑炎，从劳动保护到政治经济学讲座，无一不经过区委会的讨论。"作为"以党领政"治理方式的重要组成部分，组织部乃至区委无疑是"伟大"（政治）在基层的首当其冲的承载者和演绎者，但当这样的"伟大"需要以无数"麻烦"的日常工作为支撑的时候，如何有分寸感地处理好两者之间的关系，既使得"麻烦"可以找到对接"伟大"的入口，同时又使得"伟大"不至于被"麻烦"消解甚至湮没掉，成为其首先需要处理的问题。小说以略带调侃的叙事口吻进一步描写了这样的工作场景："第一会议室，出席座谈会的胖胖的工商业者愉快地与统战部长交换意见；第二会议室，各单位的学习辅导员们为'价值'和'价格'的关系争得面红耳赤；组织部坐着等待入党谈话的年青人，而市委的某个严厉的书记出其不意地出现在书记办公室，找区委正副书记汇报贯彻工资改革的情况……"可以看到，组织部乃至区委成为向社会充分敞开的全能型公共场域，政治、经济、社会等各种议题都囊括其中，各种各样的日常事务/诉求纷至沓来，很大程度上会导向一种不同于高度科层化的"纯粹的官僚体制"的扁平化治理形态——这显然是更能体现基层民主的一种探索；但另一方面，"伟大"与"麻烦"也就可能只是简单地绞合在了一起，不仅轻重缓急似乎会在同一个维度上被处理，而且组织部乃至区委很难区分自身与一般行政机构之间的边界，行政与政治的高度重合会出现某种值得讨论的张力感甚至错位感、越位感。无论如何，在这样的情形下，组织部乃至区委的紧张忙碌也就可想而知，所谓的人手不足其实可以被视为这一问题的一种折射。

面对这样的工作状况，组织部乃至区委中的"人"显然成为关键所在，需要负载更多的功能、承受更大的压力以及具备更强有力的处理问题的能力："国家官僚系统中的每个位置都同时具有政治代表和行政服务两种功能，占有这个位置的每个人都应该同时扮演好政治家和公务员两种角色。"[1]换言之，就是体制中的"人"需要同时着眼于"伟大"（政治）与"麻烦"（事务），以多重功能角色去很好地调适甚至消弭两者之间天然存在的紧张关系。然而在小说中，在组织部乃至区委工作极其繁忙且人手相当紧张的情形下，林震所看到的组织部乃至区委中的"人"的状态却是让人心存疑虑的：平时的工作氛围有时是"紧张而严肃的"，有时却是"随意而松懈的"："他们在办公室闲聊天，看报纸，大胆地拿林震认为最严肃的题目开玩笑"；组织部部务会同样让人感觉到反差很大，"大家抽着烟，说着笑话，打着岔，开了两个钟头，拖拖沓沓，没有什么结果"，直到最后半个小时才形成了精彩讨论。这样看起来很不稳定甚至有些分裂的"人"的工作状态，显然值得进一步反思——"伟大而麻烦的工作"是否能以"人"为有效中介成功地实现功能肉身化，从而探索出可以化解甚至超越"伟大"与"麻烦"之间绞合/张力状态的新的结构性空间，构成了另一方面的挑战所在。

在这样的问题意识下，作为组织部中的典型人物之一，韩常新这一形象就需要被重新打开。同样是青年人，韩常新却"比领导干部还像领导干部"：他能够熟练地操持各种政治术语，"迅速地提高到原则上分析问题和指示别人"，会通过建构"中心工作"（党的工作）和"经常工作"（日常工作）的所谓"辩证"而空洞的关系，实际上简单粗暴地将"中心工作"凌驾于一切工作之上，导致其与"经常工作"实际上的脱钩；他习惯于先入为主地从抽象的文件/理论视角去把握、评判现实世界，会将主观的猜测甚至是臆想，简单叠加到数字、百分比等"现代"治理技术上，自以为是地将麻袋厂生产力的提升归结为党建效应，做出"金玉其外"的总结报告；他按部就班、就事论事地据守工作职责，会

---

[1]冯仕政：《中国国家运动的形成与变异：基于政体的整体性解释》，载《开放时代》2011年第1期。

认为王清泉的问题超出了工作范围而熟视无睹，会强调工作繁忙而不能"一下子陷到这里面去"，而向上级部门报送"第一季度的建党总结"更为重要……从表面看，韩常新貌似将政治与工作勾连在了一起，但显然，这种勾连是僵化而生硬的，两者之间出现了显而易见的两张皮情况——政治不但没有激活自身而表现出足够的引领现实工作的能量，反而因为始终停留于概念层面而徘徊在了社会肌理之外；不仅如此，当政治沦为类似于文牍主义式存在的时候，甚至还会遮蔽各种尖锐复杂的现实问题，也会无视群众已有的处理这些问题的经验，从而加固自身与现实的二元分离。

上述问题表明，韩常新并没有足够的能力领会并转化"以党领政"的基本要求，这既是因为他"漂浮在生活上边"的工作作风，使得党建工作出现了一种抽象化同时孤立化的倾向；也是因为，他所固守的工作范围，其实正折射了其"理性政治人"的角色认定，从而暗合了强调专业分工、强调所谓效率至上的"现代"科层制规则，"成功的政治人将是那个选择了最有利做法的人，而不是选择了——根据某种外部的道德规范——最正确做法的人"[1]；更是因为其洞察世事艰难之后所产生的后撤姿态："老韩同志知道缺点的存在是规律，但他不知道克服缺点前进更是规律。"如果说"缺点"代表了现实不完满的一面，而"克服缺点"意味着革命者（干部）应有的面对现实、进入现实的勇气和责任的话，那么可以说，韩常新所产生的畏难情绪以及在此基础上形成的本位主义甚至形式主义工作方式，则证实其不仅丧失了作为青年人直面现实的锐气，而且并没有真正建构起自身作为革命者（干部）的实践主体结构，自然也就不能很好地承担起"伟大而麻烦的工作"，而实际上与"以党领政"的初衷背道而驰。

---

[1][美]戈登·塔洛克:《官僚体制的政治》，柏克、郑景胜译，商务印书馆，2012年版，第166页。

与韩常新相比，另一位年龄稍长的组织部女青年赵慧文的所思所想、所作所为，可以说指向了"伟大而麻烦的工作"在落地过程中可能遇到的又一种棘手问题。作为部队转业干部到地方工作的赵慧文，对许多工作的处理方式"看不惯"。"看不惯"的潜台词显然是丰富的，既有着从紧张激越的战时状态降落到平淡无奇的日常生活的心理落差，有着"热情和幻想"被组织部秘书这样的"事务性工作"所磨蚀的不甘和焦灼，也有着因"看不惯"而对组织部工作提出改进意见没有被采纳的失落与无奈……可以说，"看不惯"作为一种特定的感觉结构，在一定程度上彰显了赵慧文与现实之间的疏离关系，其中既包含着对现实不尽如人意的批评，也暗含了其更愿意以观看者而不是主动进入现实的实践者的角色建构意味在里面。从这样的"看不惯"出发，赵慧文显然是矛盾纠结的，无法对工作产生足够的热情，也无法对自己的生活产生意义感："上班抄抄写写，下班给孩子洗尿布，买奶粉，我觉得我老得很快。""老"作为与"青年"相对的生命状态，折射了赵慧文因方方面面不如意而产生的未老先衰的心境。

进一步讨论赵慧文的"看不惯"，可以发现，这一感受其实与隐身于其身后的王蒙的看法颇为相似："区里有许多做行政事务工作的同事，管伙食、管财务、管物资、管文印、管房产等工作的人员，我为他们感到极大的悲哀，身在革命队伍，不能也不必天天分析斗争形势，不直接关系到马列主义与毛泽东思想学说，不面向群众也未必面向阶级敌人，不讲话不鼓动不批判错误也不鼓吹正确……这能叫什么革命、这能有什么伟大与豪迈？能有什么发展？"[1] 在王蒙看来，机关工作尤其是维持机关正常运转的事务性工作琐碎而乏味，并不能与火热的斗争、宏大的革命事业发生直接关联，因此无法真正安放革命者的身心，更不能使其

---

[1]王蒙：《王蒙自传》第1部，花城出版社，2005年版，第94页。

获得自我成长的空间，只能是一种纯粹的"麻烦"，不可能脱胎换骨为"伟大"的重要组成部分。

可以说，王蒙的看法有一定的典型性，在很大程度上反映了新中国成立初期青年们之于机关工作的普遍排斥心理，《中国青年》就有类似的对当时青年心态的概括："机关工作不重要，不接近群众，平淡无奇，没有斗争，不能锻炼自己，没有明确的指标，成绩不显著等等。"[1]对机关工作的不认可，虽然包含了各种各样的原因，但究其核心，主要还是青年们希冀在革命中建功立业的雄心壮志与机关工作的平淡无奇之间的巨大落差；而机关的特性，又决定了青年们需要心甘情愿地以类似于"螺丝钉"的奉献精神，克服个人英雄主义及其与等级化了的科层制之间可能产生的冲突，使机关得以良性运行："国家机关是一部巨大的、复杂的、工作效率很高的机器……国家机关工作干部的任务，就是要善于在这部巨大的复杂的机器上作一个好零件，使这部机器能够顺利地运转，发挥它的最大的工作效能。"[2]而王蒙笔下的赵慧文，显然并没有在这一张力层面上有足够的思考与努力，而更多将机关事务性工作当作宏大革命事业的一种羁绊或累赘，并沉浸在壮志难酬的情绪中难以自拔。

尽管林震的到来及其所挟带的"天不怕地不怕，敢于和一切坏现象作斗争"的勇气，在一定程度上感染了赵慧文，使她感觉到"我好像又年轻了"，然而赵慧文在一定程度上恢复的热情，并没有直接反馈到日常工作中，而更多是以"生活在别处"的方式呈现出来：暗红色的旗袍，充满俄罗斯风情的油画《春》，柴可夫斯基的《意大利随想曲》，扔得满地都是的荸荠皮，以及两人之间氤氲着的暧昧而朦胧的"感情波流"……这样的生活情趣杂糅了古典浪漫气息、对前革命时代的怀恋以及反理性节制的美学追求，既可以被看作革命的烬余物，也在某种意

---

[1]刘子久：《和青年同志们谈谈机关工作问题》，载《中国青年》1955年第5期。
[2]刘子久：《和青年同志们谈谈机关工作问题》，载《中国青年》1955年第5期。

义上构成了一种"革命后"值得警惕的症候性存在："这些高尚、淡雅、不同流俗的美，这些超然于现实生活的诗化的狂热的梦想，并不是布尔什维克的对待生活的'现实主义'的态度，相反的，却和过去的偏狭的小资产阶级灵魂王国里的人生观和审美趣味，大有相通之处。"[1]虽然李希凡的上述看法不无偏激之处，但赵慧文对个人生活趣味的强调，至少重新明确分割了私人生活与公共空间之间的界限，并试图借助私人生活来稀释、缓冲甚至悬置工作中的失落。这样的做法，固然使得"私人生活"这一在以往革命—社会主义框架中关注较少的领域的重要性得以重新显现出来，但显然并不会因此推动公共领域问题得以解决，反而会使其对公共领域问题的思考和处理出现某种偏差甚至错位。因而，即使赵慧文最后鼓起勇气打算对组织部工作提出书面意见，但当她仍选择以"买一条漂亮的头巾或别的什么奖励自己"的时候，还是可以看到，她其实依然站在了体制之外，并没有做好准备以治理者的角色定位进入体制内部来纾解"伟大"与"麻烦"之间的落差。

三

进一步讨论社会主义治理的难题以及克服难题的探索，会发现，作为区委组织部的实际掌舵人，刘世吾的位置最为微妙而复杂——这不仅是因为他作为基层政权的代表，需要以承上启下的方式直接推动"以党领政"的社会主义治理实践落到实处；也是因为他在组织部内居于权力的核心位置，需要在更为复杂的治理体系中来处理"伟大"与"麻烦"之间的张力问题；更是因为，作为曾经的"青年"革命者，他与林震这样初出茅庐的组织部青年人之间，被认为存在着一种意味深长的镜像关

---

[1]李希凡：《评〈组织部新来的青年人〉》，载《文汇报》1957年2月9日。

系[1]，在某种意义上呈现了青年与政治链接所可能的前景。处在多重关系交织而成的特定社会网络中，刘世吾显然比其他人更能感受到社会主义治理方方面面所面临的挑战，也更为深刻地嵌入了社会主义治理可能性的探索进程中。

在小说中，刘世吾一开始的出场"热情而得体"，但隐含的信息却颇不寻常：他相当清楚组织工作的内涵与意义，可以"纯熟地驾驭"深奥的概念，向林震阐释"为党管家"的重要性；他会主动关心林震"有没有对象"的个人问题，很自然地将超出工作之外的温情传递给了下级，相当到位地演绎了社会主义社会干部应有的角色[2]；更让人印象深刻的是，他居然还主动暴露了自己的文学趣味，对林震携带的小说《拖拉机站站长和总农艺师》相当感兴趣，从而在"影响的焦虑"的意义上与异域的社会主义文学经验构成了某种潜在对话关系……在刘世吾身上，显然交叠着多重身份感受，既有"以党领政"的治理实践所需要的位置感，又有革命共同体内部的同志之间的相互关切，还有值得进一步体味的个人情怀。可以说，刘世吾的这些感受相当杂糅，折射了社会主义治理落实在"人"身上的复杂性；而他在这些角色之间从容而自如的切换，则表现了强大的功能平衡力和场景控制力，其成熟的组织部干部形象可见一斑。

然而，伴随着故事的推进，刘世吾的上述特点被进一步放大，并在很大程度上成为争议点所在，其中，首当其冲的是他关于处理王清泉问题的"条件成熟"论——尽管早已发现了王清泉"工作不努力"，但刘世吾却一直认为他"还没到消极怠工的地步"，"作风有些生硬，也不

---

[1] 孙先科：《王蒙〈组织部来了个年轻人〉的精神现象学阐释》，载《中国现代文学研究丛刊》2004年第3期。
[2] 蔡翔注意到，"关心群众生活"，"历来是革命政治对干部的严格要求之一"。蔡翔：《革命/叙述：中国社会主义文学—文化想象（1949—1966）》，北京大学出版社，2010年版，第101页。

是什么违法乱纪",处理的"条件不成熟"。只有到王清泉的问题被党报加编者按曝光了,刘世吾才雷厉风行,迅速地处理了这一问题,其间的"见"与"不见"相当耐人寻味。应该说,在王清泉问题上,刘世吾并不像韩常新那样熟视无睹,但也不如林震那样即知即办,他所采取的是一种颇有争议性的"延宕"处理策略,这在很大程度上构成了其需要讨论的独特性所在。

对于刘世吾的上述做法,以往的研究者不管秉持何种立场,大多将其定性为"无爱无憎的高度冷漠症"[1],是"隐秘可怕的官僚主义和政治衰退现象"[2],而争议只是集中在这样的书写是真实的还是非真实的、是局部现象还是整体现象上。[3]应该说,这样的认知更多是从对刘世吾问题实质的判断这一结果出发,以后置的方式来讨论其与特定社会历史语境之间的关系,而没有将刘世吾其人其事植入特定社会历史语境中去理解其复杂性及其历史与现实的构成。换句话说,或许只有在社会主义治理的内面去定位刘世吾的行动逻辑而不是简单加以否定,才能更接近历史现场而真正把握刘世吾作为"这一个"所面临的挑战及其症结所在。

可以发现,在小说中,刘世吾之所以选择"延宕",首先指向了其对于处在上级与基层之间的组织部工作人员所面临的双重压力的感知:"现在下边支部里各类问题很多,你如果一一的用手工业的方法去解决,那是事倍功半的。而且,上级布置的任务追着屁股,完成这些任务已经感到很吃力……必须掌握一种把个别问题与一般问题联系起来,把上

---

[1] 唐挚:《论刘世吾性格及其他》,载《文艺学习》1957年第3期。
[2] 康濯:《一篇充满矛盾的小说》,载《文艺学习》1957年第3期。
[3] 如李希凡就认为小说是"用党内生活个别现象里的灰色的斑点,夸大地组成了黑暗的幔帐",参见李希凡:《评〈组织部新来的青年人〉》,载《文汇报》1957年2月9日;刘绍棠等则认为,"王蒙同志没有一点歪曲这个作为典型环境的党组织,他逼真地、准确地写出了这里所发生的一切",参见刘绍棠、从维熙:《写真实——社会主义现实主义的生命核心》,载《文艺学习》1957年第1期。

级分配的任务与基层存在的问题结合起来的艺术。"如果注意到，作为"伟大"与"麻烦"张力结构的重要组成部分，在自上而下的国家治理模式与自下而上的群众政治之间寻找可能的突破口，正是社会主义治理所需要正面处理的难题所在的话，那么可以说，当刘世吾将王清泉的问题搁置在"上"与"下"的扭结点上来把握的时候，在某种意义上，就已经包含了直面难题的意味在里面。就这一点而言，可以说，他显然试图在一定程度上有别于漂浮在生活之"上"的韩常新，也在尝试比仅仅立足于群众政治这样的"下"的林震走得更远。

不仅如此，他还进一步将"个别"和"一般"相结合[1]的"艺术"，作为推动"上"与"下"进行对接的基本方法。在抽象的认识论的意义上，"个别"和"一般"的结合可以被轻易地阐释为光滑的辩证逻辑；但在具体实践展开的层面上，"个别"和"一般"的结合却并非如此简单，它不仅需要在"上"与"下"可能的冲突之间寻找到折中与平衡，而且需要能因此保障问题的解决方向是"往前走"而非"向后撤"。当刘世吾将这样的"艺术"作为自己行为逻辑起点的时候，可以理解为他想召唤出中国革命已有的既超越教条主义又超越经验主义的实践传统[2]，来与社会主义治理进行某种嫁接。问题在于，目前的组织以及组织中的"人"是否能够接得住"个别"和"一般"相结合的"艺术"所提出的要求？

在这样的追问中，就可以发现刘世吾之所以"延宕"的又一重缘

---

[1]关于"个别"（具体）和"一般"（普遍）的逻辑关系论述，一直是党的基层工作的重要原则。如刘少奇在1936年就有这样的论述："当我们解释一般的原则之时，就应该与现实生活中的具体问题联结起来，当我们解释现实生活中的具体问题之时，就要提高到原则的高度。这样才能使一般原则与具体问题统一。"刘少奇：《把一般原则与现实生活中的具体问题联结起来》，中共中央文献研究室、中共中央党校编：《刘少奇论党的建设》，中央文献出版社，1991年版，第18页。

[2]可参看毛泽东：《实践论》，《毛泽东选集》第1卷，人民出版社，1991年版。

由所在：一方面，他提出了"成绩基本论"，试图以此作为支撑工作的支点："我们区委的工作，包括组织部的工作，成绩是基本的呢还是缺点是基本的？显然成绩是基本的，缺点是前进中的缺点……我们伟大的事业，正是由这些有缺点的组织和党员完成着的。"可以说，刘世吾并不讳言"有缺点的组织和党员"与"伟大的事业"之间的反差，但他企图在两者之间建立某种内在逻辑，一种必须将"伟大"降落到有"缺点"的现实并实现其肉身化的必然性——在很大程度上，这可以被视为是"以党领政"的另一种表述方式，同样让人联想到了"山沟沟里的共产主义"这一中国革命经验的生成过程，即革命恰恰是在看似条件不成熟的情境中出发才成为可能；从"缺点"到"伟大"的逻辑构建，在某种意义上，可以视为对这一经验的一种现实回应；然而，有意味的是，另一方面，刘世吾却未能顺着革命的理路完成对这一逻辑的阐释——从"缺点"到"伟大"，其实是要以通过艰苦努力克服"缺点"作为前提，而不是以肯定现有"成绩"作为出发点的；在很大程度上，组织以及组织中的"人"自我反思和清理"缺点"的过程，才是促动客观条件从"不成熟"向"成熟"转化的重要契机所在。因而，当刘世吾更强调"成绩是基本的"时候，可以说封闭了"缺点"在"前进"中被真正"看见"进而被克服的可能性。

这一阐释的中断，或许可以被看作刘世吾在实际工作中所遭遇的挫败感的一种折射。可以注意到，刘世吾已经看到了组织内部逐渐出现的麻木、懈怠、拖沓等症候："第一，某支部组织委员工作马大哈，说不清新党员的历史情况。第二，组织部压了百十几个等着批准的新党员，没时间审查。第三，新党员需经常委会批准，常委会一听开会批准党员就请假。第四，公安局长参加常委会批准党员的时候老是打瞌睡……"也因此对于组织中的"人"的工作状态有诸多疑虑，诸如有对魏鹤鸣是否"别有用心"的疏离与警惕，对韩常新夸夸其谈的怀疑和隐忧，对林震简单冒进的顾虑与担心……为此，他也做过一些干预努力，比如说，会经常含蓄地质疑韩常新提供的数据的准确性，但往往"并不深入追究"，停留在旁敲侧击的层面，"于是韩常新恢复了常态，有声有色地汇报下去"；也会在包括党小组会议在内的各种场合批评林震简单冒进的"青年病"："年青人也容易过高估计自己，抱负甚多，一到新的工作岗位就想对缺点斗争一番，充当个娜斯嘉式的英雄。这是一种可肯的，可爱的想法，也是一种虚妄……"甚至现身说法分享自己以往的革命经历，希望与林震达成某种精神上的默契，但林震除了"惶惑"之外并不领情。显然，在刘世吾看来，即使有所干预，"有缺点的组织和党员"也并不那么容易迅速改观；体现在王清泉事件上，组织部内外各色人等就仍然只能是一盘散沙而难以形成共识，更难以形成多主体共治的结构，处理上的"延宕"由此似乎不可避免。

　　但这并不是全部，更值得关注的是，作为组织部的实际主事人也是处理王清泉事件的实际主导者，刘世吾其实对自己能否从"缺点"到"伟大"的历程中找到前进方向也不是很有信心。尽管他强调要把王清泉的革命历史与目前所犯错误进行明确区分，但当他将王清泉问题的形成解释为与其之前所做的艰苦的地下党工作直接相关的时候，还是可以依稀发现，他对王清泉存在着某种理解之同情。这显然首先是基于同为白区革命者的身份认同意识及隐藏在其后的本人革命经历记忆——作为五二〇事件的亲历者，刘世吾曾被打断了一条腿。这尽管使他领略到了革命斗争的残酷性，但有意味的是，这一事件一直被刘世吾认为铭记了他的"热情""年青"，而成为他在革命胜利之后不断缅怀甚至"恨不得"返回的历史瞬间。这样的细节刻画，一方面确认了刘世吾曾经拥有的"青年"革命者身份，但另一方面也含蓄地传达了他"革命后"面对平淡琐碎的日常生活之时内心的惶恐与困惑："忙得什么都习惯了，疲倦了"，"我们，党工作者，我们创造了新生活，结果生活反倒不能激动我们"。在这样的情形下，曾经的"青年"革命者如何处理好自己的身心及其所嵌入的组织与"革命后"褪去了激动人心的乌托邦光环的现实之间的关系，从而顺利地过渡到社会主义时期并成为其有机组成部分，由此就成为一个问题。可以说，这样的"青年"革命者角色转化——或者更准确地说，在"革命后"的"再政治化"——的惶恐与困惑，正是刘世吾与王清泉这一代经历了历史大转折的革命者/治理者所不同程度遭遇到但以不同方式处理的，也是其与林震这样的"革命后"一代尽管在精神气质上有所契合而在现实判断上存在明显分歧的缘由所在。

刘世吾有意味的地方，是他还企图将"青年"革命者的成长化为这样的自我期许："一个布尔什维克，经验要丰富，但是心地要单纯。"尽管与现实工作相联系的"经验要丰富"受到了重视，但"人心"被格外凸显出来，很大程度上被当作了革命者最重要的素质，来确保"经验"不至于导向复杂甚至变质；而"单纯"作为一种青年文化特质，则在制衡带有中年特征的"丰富"的前提下获得了正当性。如果说在社会主义治理框架中，可以消弭"伟大"与"麻烦"之间落差的关键是落在功能性的"人"的角色上的话，"'理想的'领导的核心问题是，把下属政治人组织起来，使他们尽最大可能地按照其上级的愿望行事"[1]；那么，以"布尔什维克"式的治理者自诩的刘世吾显然意识到了，"人心"才是"人"及其所嵌入的组织能否与"伟大的事业"相匹配的关键之关键所在，正如程凯所指出的："单纯依靠纪律、服从等原则并不能完善地解决相关问题。因为革命需要的不单是'驯服工具'，更需要组织中的每一个个体充分发挥能动性和创造力。"[2] 然而，如何在丰富"经验"的淬炼中保持住单纯"人心"，又如何使单纯"人心"在日常生活中得以赋

---

[1] [美]戈登·塔洛克：《官僚体制的政治》，柏克、郑景胜译，商务印书馆，2012年版，第171页。
[2] 程凯：《组织中的"自我修养"与"团体修养"》，载《平顶山学院学报》2015年第2期。

形,从而能与丰富"经验"相抗衡并规约其往正确的方向前进?

对刘世吾而言,如果说"党工作"是其锻造经验的必由之路的话,那么在繁忙的工作之余学习"拼音文字之类的具体知识",尤其是大量阅读《静静的顿河》《拖拉机站站长和总农艺师》《被开垦的处女地》这一类的俄苏文学作品,显然就成为他"梦想一种单纯的、美妙的、透明的生活"的主要路径。尽管他自嘲"党工作者不适合读小说",但显然两者之间的张力正构成了他对现实世界中"经验"与"人心"关系的一种想象性处理方式。这一处理,将"人心"问题从高度政治化的社会领域腾挪到了个人文学修养领域,进而转化为了不直接接触现实的异域文学阅读行为。这样的转化,很容易让人联想到林震以及其背后王蒙本人独特的文学趣味——即"文学"在很大程度上被当作了一种可以平衡甚至对抗平庸的日常生活的救赎力量:"文学使我更加热爱生活与事业,热爱与自己情投意合的朋友,文学又使我开始冷淡直到厌倦太普通太实际太缺少创造的浪漫与风险的日常生活。"而这,又与其当时作为体制中人的不愉快的现实体验直接相关:"我的日常工作渐渐让我看到了另一面,千篇一律的总结与计划,冗长与空洞的会议,缺乏创意新意的老话套话车轱辘话。"在这样的情形下,"文学"甚至因为在某种意义上寄寓了理想与理想主义,而被看作革命的另一种表达形式;"革命需要文学,需要文学的理想、批判、煽情鼓动。文学心仪革命,心仪革命的理想主义与批判锋芒"[1]。

如果将刘世吾有关文学功用的理解与林震及其背后的王蒙的文学观参照起来看的话,可以发现,在将"文学"定位为"一种单纯的、美妙的、透明的生活"想象方面,他们的诉求是相似的;分歧在于,在林震及其背后的王蒙的视野中,文学与现实在政治层面上被看作具有内在

---

[1] 王蒙:《王蒙自传》第1部,花城出版社,2005年版,第118—119页,第121、144页。

同一性的，因而以"对坏事绝不容忍"这样的理想方式介入现实，就会被认为是社会主义治理理所当然的努力方向；而对于刘世吾来说，文学与现实却是以各自的相对独立性来形成彼此之间的制约和意义的——刘世吾所谓"赶明儿我得了风湿性关节炎或者犯错误受了处分，就也写小说去"的说法，相当理性地中止了将文学想象以政治的方式直接介入现实，很大程度上规避了林震式的带有乌托邦意味的激进社会治理矫治可能带来的种种问题；但另一方面，却又使得在此基础上形成的所谓单纯"人心"是高悬在大地之上而自我封闭的，并不面向现实打开而具有某种去政治化的倾向——刘世吾经常重复的"就那么回事"的口头禅正表明，"人心"与"经验"之间可能的相通性乃至彼此成全性或许在很大程度上被中断了，因而单纯"人心"只能是抽象的、静止的，无法伴随现实一起成长。

当王清泉问题的解决还要借助类似于党报这样既代表上级权威声音，但又非组织系统内生的"另一种"力量不期然的出现来推动的时候，某种意义上就印证了，刘世吾在从"缺点"到"伟大"可能道路的探索中，其"热情""年青"其实已经被封了起来，并未找到合适的进入现实的通道而实现其与社会主义现实相匹配的"再政治化"，使其成为真正具有现实决断力和行动力的历史实践主体。刘世吾的"延宕"，就不能理解为是基于"继续革命"的目的而产生的"斗争智慧"[1]，而应该说，这确实在很大程度上体现了他"逃避责任，躲开斗争"[2]，"正在从革命者蜕变为世故、圆通的官场的'油子'"[3]。因而，尽管刘世吾最后还是成功处理了王清泉，但搁置在由外而内的动力格局中，这更多只

---

[1] 徐刚、徐勇：《后革命时代的焦虑——历史语境中的〈组织部新来的青年人〉及其论争》，载《海南师范大学学报（社会科学版）》2010年第1期。
[2] 林默涵：《一篇引起争议的小说》，载《人民日报》1957年3月12日。
[3] 何西来：《睁开单纯的眼睛——〈组织部来了个年轻人〉赏析》，转引自温奉桥、张波涛编：《一部小说与一个时代：〈组织部来了个年轻人〉》，中国海洋大学，2016年版，第196页。

是一个机智的机会主义者在科层化的治理体制内部等待到"条件成熟"契机的亡羊补牢的故事而已，而并非是一个曾经的青年革命者成功转型为成熟的社会主义治理者的励志传奇。

小 结

作为一部具有"从个人品质的角度来创作和判断一种整体生活方式的性质"[1]的现实主义小说，《组织部新来的青年人》以林震的视角，切入了对新中国初期区委组织部工作的考察，借助王清泉事件，呈现了不同类型的青年以不同的姿态进入社会主义治理探索的努力。这其中，既有"后革命"青年林震以激进的革命姿态对现实治理工作的非常态推进，有"漂浮在生活上边"的体制内青年韩常新对于"纸面治理"的热衷，有承担事务性行政工作的女青年赵慧文在"伟大"与"麻烦"之间的辗转徘徊，也有曾经的革命青年刘世吾企图在"经验"与"人心"新的辩证处理中探寻"缺点"到"伟大"的治理逻辑构造……

上述"青年与政治"链接的探索，在很大程度上触及了社会主义治理的复杂性与挑战性，展现了"以党领政"的理念/实践对既有的治理体系、治理方法以及治理者产生的方方面面的影响，其核心问题是如何有效处理革命与治理之间的关系。小说一方面依托"白纸"般的青年林震，试图召唤出"调查""群众""伟大的事业"等中国革命传统要素以及《拖拉机站站长和总农艺师》等俄苏文化资源，以"不断革命"的姿态来保证社会主义治理内在的活力，但其激进性与超前性也因此饱受争议；另一方面，则通过对刘世吾、韩常新等相对"成熟"的治理者工作状态的描述，揭示了自上而下与自下而上进行治理对接的障碍、组织内

---

[1][英]雷蒙·威廉斯:《漫长的革命》，倪伟译，上海人民出版社，2013年版，第295页。

部科层制治理模式带来的挑战以及治理者自身作为历史行动者其主体结构生成的艰难，尤其还深入隐秘的"人心"深处，呈现了其与"伟大的事业"之间的落差以及"再政治化"的困难。可以说，这样的刻画，不只是深描了所谓的官僚主义者，更为重要的，是借此把握到了社会主义治理的深层肌理及其有待于进一步处理的难题所在。

尽管《组织部新来的青年人》对于青年"政治人"的形塑以及社会主义治理难题的破解有很大的争论空间，甚至可以说是未完成的，但其试图在中国革命的内在脉络中去汲取经验、超越一般意义上的"现代"治理逻辑的努力，在今天仍然值得进一步思考。

"深山一家人""无产阶级先锋战士"与"炼心"
——《创业史（第一部）》第二十二章解读

◎ 程凯

  《创业史》第一部的第二十二章是全书非常特殊的一章。柳青在第一部基本定稿，部分章节已在《延河》杂志连载的情况下，坚持将这一章重写，不惜推迟了小说的"献礼"出版计划[1]。而且，为了重写"进山割竹"这部分，柳青在 1959 年 4 月专门长途跋涉深入秦岭考察砍竹路线。刘可风所著《柳青传》中较为详细地介绍了这一过程，把它作为柳青坚持现实主义创作原则、注重把握经验"实感"的代表事例[2]。

  的确，对比初刊本（《延河》1959 年连载章节）和初版本（中国青

---

[1]《创业史》的责编王维玲曾提到：《创业史》第一部的出版本来已列入中国青年出版社纪念新中国成立十周年的"献礼"作品，应赶在 1959 年出版。但"一九五九年四月，《创业史》正以《稻地风波》的名字在《延河》上发表时，柳青忽然发现有若干章节要改写或重写，他毫不犹豫，立即决定推迟向出版社交稿的时间"，并为此写信恳请编辑谅解："故事的第一部，如果草率从事，出书后发现遗憾很多，我如何能写好以后的主要部分，心情如何能好，对读者也是不负责任，不尊重的……作者认真，对出版者绝无坏处，绝不是给出版社为难。请你们从第三季度的计划里抹掉，改在明年第一季度。"（王维玲：《柳青和〈创业史〉》，蒙万夫等编：《柳青写作生涯》，百花文艺出版社，1985 年版，第 129 页）

[2] 参见刘可风：《柳青传》上卷第九章"进山"一节，人民文学出版社，2016 年版。

年出版社，1960年），改动最大的就是这一章，篇幅增加了近一倍。不过，仔细比较会发现，增补内容远不止于细化了进山过程、景物和行动细节，而是从立意、重心、叙述基调、人物要素，乃至矛盾构成与情节主线关系等多个层面做了大幅调整，使这一章的改写不是"修补"式的，而是带有"重构"的意味。并且，这个重构的方向预示了《创业史》接下来的写法和后来对第一部的再修改。因此，无论是《创业史》第二部的写法，还是第一部修改版中的一些关键改写（如第十六章梁生宝与杨书记、王书记的对话）都应该以第二十二章的改写为其考察起点。

　　此章改写完成后，柳青曾将其冠以《深山一家人》的标题在《延河》1960年3月号上单独发表，说明柳青满意其修改后的完成度。《创业史》第一部出版后，从评论文章中可以看出，这一章因其充分描绘出"新人"的认识水平和精神高度、体现出社会主义主体的可能性受到普遍赞扬，其被提及的频率超过后来广受赞誉的"梁生宝买稻种"一章。可与此构成对照的是，在严家炎对梁生宝形象提出质疑的著名文章中，关于主人公思想过于成熟、脱离农民身份所举例证其实也主要来自这一章[1]。之所以正反两方的聚焦点都落在这里，是因为无论1959年柳青的

---

[1] 严家炎在《关于梁生宝形象》中指出："作家把更多篇幅用在梁生宝能够处处从小事情看出大意义上，这是为了显示人物思想上的成熟。他从农民争要稻种的行动中，想到'党就是根据这一点，提出互助合作道路来的吧？'从某村哥俩吵架中，立即看到了'私有财产——一切罪恶的源泉'；从进山的行动中，看出了这是'积蓄着力量，准备推翻私有财产制度'的革命；从有人说'梁生禄互助组长没进山来，打发他叔伯兄弟领进来了'这句话，立即体会到'小农经济的汪洋大海里头，富裕中农是受人敬重的人物'；从山中的劳动，看到了'改造农民的主要方式，恐怕就是集体劳动吧？不能等改造好了才组织起来吧？要组织起来改造吧？'从贫苦农民在山中的团结一致，体会到'这贫雇农恐怕就是乡下的领导阶级吧？要不然你在乡下哪里去找工人阶级呢？'……总之，哪怕是生活中一件极为平凡的事，梁生宝也能一眼就发现它的深刻意义，而且非常明快地把他总结提高到哲学的、理论的高度，抓得那么敏锐，总结得那么准确。这种本领，我看，简直是一般参加革命若干年的干部都很难得如此成熟如此完整地具备的。"（西北大学中文系现代文学教研室编：《〈创业史〉评论集》，陕西人民出版社，1980年版，第264—265页）其所举例证除前两个之外都来自第二十二章。

重写还是 1960 年后的评论都处于 20 世纪 50 年代末到 60 年代初"社会主义革命"运动冲高回落的连续状况和历史语境中。农村社会主义改造从合作化转向集体化及其弊端的暴露，对社会主义新人应具备的主体状态、精神高度的要求与期待，对带头人和群众关系的理解，对制度改造与人的改造关系的设定，对中间阶级转化条件、步骤的设想，"革命现实主义"与"革命浪漫主义"相结合原则的凸显，写"两条道路斗争"和写"人民内部矛盾"的要求，表现"新的英雄人物"和"现实主义深化""中间人物"的论争——所有这些在政治和文艺思想领域展开的构想、实践与意识斗争构成《创业史》修改、接受与批评的土壤、背景。因此，对这一章的解读有必要把它作为一种历史转换节点上的状况性产物，从这个交叉点上去观察、剖析 20 世纪 50 年代的"社会主义改造"如何向更激进的"社会主义革命"形态迈进，以及当激进化遭遇挫折后对主体期待的变化与提出哪些新的要求。

《创业史》第一部基本可以视为 20 世纪 50 年代的产物——无论从其表现的历史阶段，对农村社会主义改造基本原则的把握，对群众带头人和社会主义新人的理解，还是从"社会主义现实主义"的写作范式角度讲都是如此。而它的最终修改——集中体现于 1959、1960 年从初刊本到初版本的修改上，出版后的评论（集中于 1960 年到 1964 年）以及围绕梁生宝形象展开的论争（1963、1964 年）则特别体现出从 20 世纪

50年代语境向60年代语境转换的特征。[1]因此，关于《创业史（第一部）》二十二章的讨论同样可以看成追踪、勾勒这一变化的起点。

"生活故事"、社会矛盾与典型冲突

要讨论二十二章改写实践的意涵，有必要先理清它在第一部下卷的结构性功能。"进山割竹"这章大致相当于"梁生宝买稻种"一章（第五章）在上卷的位置，即前面以四章的篇幅充分铺展蛤蟆滩各方矛盾后再让主人公出场。这不单为了起到"千呼万唤始出来"的效果，更重要的是体现柳青自己的写作步骤：那就是先从日常的生活矛盾入手，通过对具体生活冲突、人物关系的耐心描写呈现背后暗流涌动的社会动向、社会矛盾，再赋予这些社会动向、社会矛盾以政治意味，显露阶级矛盾，由此达到对深层矛盾的整体表现。为此，他的长篇开头通常从"低点"、内景写起，比如，《种谷记》从王克俭家的晚餐写起，《创业史（第一部）》上卷从梁三老汉一早在家里憋气、与老伴吵嘴写起，下卷从王二瞎子写起。这些先出场的人物通常是中间或反面人物，但别具现实厚度。通过对这些收束到一家一户内部纷扰和人物状态的准确描写能使

---

[1] 在"梁生宝形象论争"中，很多评论都将梁生宝形象放置在"大跃进"之后的语境和20世纪60年代初的英雄形象系列中加以对比、把握。比如，陈辽的《时代变了，人物变了，作家的笔墨也不能不变——关于塑造社会主义新人形象的几个问题》中就做了这样的列举："新的时代特征和阶级特征并不是某种抽象的概念。它们在社会主义新人身上有着多种多样的表现。比如：在李双双身上，表现为'大公无私，敢于斗争，见义勇为'；在梁生宝身上，表现为'感到党的无比伟大，服服帖帖想听党的话，努力捉摸党的教导，处处想按党的指示办事'……在《雷锋之歌》中的雷锋身上，表现为革命的彻底性、自觉性和强烈的爱憎感，努力学习，身体力行；在《夺印》中的何文进身上，表现为高度的革命警惕，高度的阶级观点，群众路线的工作作风，朴素、踏实的阶级本色；在《年青的一代》中的萧继业身上，表现为以教育帮助同志为幸福，以艰苦奋斗生活为光荣；在《霓虹灯下的哨兵》中的鲁大成身上，则表现为爱情观念强烈，爱憎观点分明，党指向哪里，就奔向哪里。"（西北大学中文系现代文学教研室编：《〈创业史〉评论集》，陕西人民出版社，1980年版，第368页）

整部作品的现实质感尤显扎实，同时也让"矛盾"首先扎根在有实感的日常生活场景中，然后再沿着生活的自然脉络去揭示社会矛盾的存在与构成——像梁三老汉为排解郁闷去旁观"上梁"带出对村中各色人物的"巡礼"。虽然在政治眼光中，阶级关系、阶级矛盾是根本构成要素，但柳青坚持的写法是不去直接写阶级关系、阶级矛盾，而是全力写那个作为"表象"的生活矛盾。毕竟，从现实主义的原理来说，生活"现象"的精准对焦、呈现本身就包含着对"本质"的理解，或者说，现实主义对现实本质的表现一定要通过足够精确、足够充分地对"现象"（生活冲突）的停留、描摹。所以柳青曾说现实主义写作的难度最终要体现在表象的精准上。[1]

柳青在小说初刊本的题头中曾把《创业史》第一部称为"生活故事"："这不像长篇小说，也不是诗。我希望读者不那么计较形式。我实际上在编写很长的生活故事。"[2] 而他亲自撰写的"出版说明"则宣称："现在出版的第一部是全书开头的部分，而不是一部完整、独立的小说。贯穿全书代表各方面的主要人物，紧紧围绕着社会主义革命这一中心，大部分已经出现或提到了，但矛盾斗争还在酝酿阶段，有待于逐步展

---

[1] 柳青在《艺术论》中曾讲："读者能否通过精神感觉与艺术形象同在。……在叙事文学中最具有这种魅力的还不是作家的文学语言，而是人物对话和内心独白的生活语言。这是生活的感觉和艺术的感觉结合的焦点。而人物的语言能够和人物的社会意识（阶级的）特征、社会生活（职业的）特征和个性特征完全相贴切，这就并不是作家离开生活远一点也可以办到的事情了。"（柳青：《艺术论（摘录）》，蒙万夫等编：《柳青写作生涯》，百花文艺出版社，1985年版，第73页）而在《关于理想人物及其他》一文中，柳青提到现实主义所要求的真实的三个层次：一是情节发展不违反客观规律；二是人物的行动符合社会生活特征和个性心理特征；三是"情节和细节是通过这个或那个人物行动、语言、感觉、思维和情绪的角度来描写，而不是作者直接对一个人物或众多人物进行面对面的和平列的客观叙述"。在他看来："这三样真实，一样比一样更难做到。要是都做到了，就达到了逼真的程度。崇高的理想一旦与逼真的描写相结合，就会产生强大的艺术威力，可以震撼千百万读者的心灵。"（蒙万夫等编：《柳青写作生涯》，百花文艺出版社，1985年版，第99页）

[2]《延河》1959年4月号。

开。"[1] 换句话说，如果说"社会主义革命"或"社会主义制度的诞生"是整部作品的本质"内容"的话，那柳青认为第一部写出的部分仅仅是矛盾斗争尚未真正展开的"前史"，是为后面的矛盾展开准备人物的"生活故事"阶段。

这当然是柳青较为谦虚的说法，甚至或许是自我保护（打预防针）的说法。因为在作品刊发、出版的1959、1960年，对"社会主义革命"内涵、方式的认定已经和"两条道路斗争"，和尖锐的阶级矛盾、阶级斗争捆绑在一起，并且斗争形式被认定应该是显豁的、"面对面"的。以此衡量，《创业史》第一部那种以潜在的此消彼长、暗中较劲方式体现的阶级变化与力量争夺就显得过于隐晦、暧昧。严家炎的评论中就拿"两结合"的标准来批评作者没有让主人公"在跟资本主义势力面对面搏斗中露锋芒"，弱化了"矛盾冲突"。而柳青自我辩护道："政治思想的冲突，在文学作品中，最好是通过人物性格冲突表现出来……即世界观和道德观在性格特征上尖锐的对立。"[2] 这意味着，人物不能成为观念、身份、立场的直接外化，不能以政治性冲突的界定直接构造人物冲突，那是一种庸俗化的"典型冲突"，真正的典型冲突"需要将对立的政治思想，正确地融贯在对立的人物性格冲突中，引起读者感情上的激动"[3]。因此，一方面，典型冲突（"我认为有理由把典型环境解释为典型的冲突"[4]）要具象为典型性格在生活世界中的行动与矛盾关系，另一

---

[1]《创业史（第一部）》的"出版说明"落款是"中国青年出版社编辑部"，但根据王维玲回忆，这段话实际上是柳青自己改写的。王维玲：《柳青和〈创业史〉》，蒙万夫等编：《柳青写作生涯》，百花文艺出版社，1985年版，第131页。

[2]柳青：《艺术论（摘录）》，蒙万夫等编：《柳青写作生涯》，百花文艺出版社，1985年版，第67页。

[3]柳青：《艺术论（摘录）》，蒙万夫等编：《柳青写作生涯》，百花文艺出版社，1985年版，第67页。

[4]柳青：《艺术论（摘录）》，蒙万夫等编：《柳青写作生涯》，百花文艺出版社，1985年版，第62页。

方面，典型性格的把握、确立又决定于对特定历史阶段、现实状况下社会矛盾、阶级矛盾的实质与形态的认识、体会，尤其是这些深层矛盾、冲突在生活层面所展现出的形式。所以柳青很明确地讲："如果拿生活现象说，'正面冲突'指的是向对立面人物做斗争，那么，第一部还来不及从这方面写主人公，……但是如果拿文学现象说，《创业史》的'正面冲突'指的是社会主义革命中农村两条道路的斗争，那么，我的确没有采取阴晦曲折的艺术手法展开情节和发展情节。在这个意义上说，冲突是针锋相对的，尖锐的，比主人公与各个对立面人物的面对面斗争，更加具有政治上的深刻性。"[1]

事实上，在第一部里，作者对所写生活背后阶级关系变化的"实质"及其时代背景有很清晰的界定：即，从革命政治的角度看，这是一段处于从土改运动结束到合作化运动启动两个群众运动高潮之间的过渡期，也是低谷期。土改运动为打倒地主阶级而诉诸贫雇农与中农的广泛联合，因此，农会作为权力机构的组织方式是将除地富之外的农民尽量广泛地包纳进来。而随着土改运动结束和查田定产（意味着分田到户稳定下来），"天下农民是一家"的阶级联盟趋于分化、瓦解，有发家能力的新老中农或取得、或恢复了经济和政治上的优势，开始争取、维护、扩大自己的力量，彼此间的矛盾、争夺渐渐公开化。但新旧双方的恶质化其实形成一种潜在的"合流"趋势，共同构成对革命政权根基的侵蚀。同时，随着能力不足的贫农、贫困户失去庇护，"基本群众"的力量大大削弱。《创业史》第一部就是力图展现1953年农村社会矛盾的实质在于原有阶级联盟瓦解、分化造成的政权基础的动摇。这一动摇并非直接显现为政治性的，而是首先弥散在社会性变化中——富裕中农建屋时大家羡慕的眼光、活跃借贷遭遇富户抵制……小说对社会性变化中

---

[1]柳青：《艺术论（摘录）》，蒙万夫等编：《柳青写作生涯》，百花文艺出版社，1985年版，第68页。

"典型冲突"的择取和描摹都是力图将这一政治性趋势、危机予以"显影"。问题是,在农村社会主义改造的路线明确化后(1953年6月确定以"一化三改"为内容的"过渡时期总路线"),这段变化的起因、过程、后果都被归入"两条道路的斗争"图式。但这种将社会矛盾过程从"思想实质"、阶级定性角度予以概括的方法无形中将社会矛盾的肇因、演化、动力关系高度抽象化,虽然它看上去一针见血地指出了"实质",却遮蔽着社会生活层面诸多具体、复杂的作用因素。事实上,若要准确体会、描述这一时期社会生活、政治经济关系变化的"潜流""暗涌",深入每一条支流的自身脉络是不可减省的。所谓"每一条支流"就是一个村落社会的每一个具体家庭,乃至每一个人物。当现实主义的写作帮助作家进入每个家庭、人物的生成脉络,从他们的生活世界、生活道路、生活矛盾来观察、体验社会的矛盾、变化时,作家就不再能满足于表面、静态、抽象的典型环境和典型性格。这也是为什么柳青在阐述现实主义写作原则时坚持一种"人物性格"中心论:

> 马克思主义作家认为,政治思想的冲突,在文学作品中,最好是通过人物性格冲突表现出来。如果作品里没有写出来人物的性格冲突——即世界观和道德观在性格特征上尖锐的对立,那么在作品里,代表各种政治思想的对立面人物的动作和言词冲突,即使每一章都很激烈,也不是很有力量的。……需要将对立的政治思想,正确地融贯在对立的人物性格冲突中,引起读者感情上的激动。[1]

更重要的是,要解决这些现实矛盾,尤其需要因地制宜地深入各个"支流"具体的脉络中,一把钥匙开一把锁。单纯遵照"两条道路斗争"

---

[1] 柳青:《艺术论(摘录)》,蒙万夫等编:《柳青写作生涯》,百花文艺出版社,1985年版,第67页。

的规定认识首先会阻断进入对象脉络的路径,同时,"两条道路斗争"的设定还规范了解释、处理现实矛盾的方式,像是从典型示范、团结争取、精雕细刻的群众工作变为诉诸面对面的思想斗争、公开批判和群众运动。而《创业史》第一部所描写的恰是"两条道路的斗争"提出前夕的农村社会波动和"生活故事",即使其写作不免受到"两条道路斗争"模式的影响,但柳青仍有意避免按照后来的"斗争"理解去构造情节和人物状态,而尤为注意还原特定时段、特定社会政治条件下"斗争"原则的规定性:

> 民族革命时期的阶级斗争和英雄行动的历史内容和表现形式与社会主义革命时期有原则的区别。具体地来说,民主革命时期的阶级斗争的历史内容是剥削和反剥削、压迫和反压迫为敌对阶级争夺社会统治地位的斗争。在这个斗争中应该强调群众自己解放自己,反对恩赐观点,所以面对面的斗争具有特殊重要的意义。但是,社会主义革命时期,特别是合作化运动初期,阶级斗争的历史内容主要是社会主义思想和农民的资本主义自发思想两条道路的斗争,地主和富农等反动阶级站在富裕中农背后。在这个斗争中,应该强调坚持社会主义思想在农村的阵地、千方百计显示集体劳动生产的优越性,采用思想教育和典型示范的方法,吸引广大人民走上社会主义道路,孤立坚持资本主义道路的富裕中农和站在他们背后的富农,……根据矛盾的这个性质和特点,互助合作的带头人以自我牺牲的精神,奋不顾身地组织群众集体生产,以身作则坚持阵地和扩大阵地,在两条道路的斗争中,就具有特殊重要的意义。[1]

---

[1] 柳青:《提出几个问题来讨论》,蒙万夫等编:《柳青写作生涯》,百花文艺出版社,1985年版,第94页。

在这个阐释中，虽然"合作化运动初期，阶级斗争的历史内容主要的是社会主义思想和农民的资本主义自发思想两条道路的斗争"，但实际上，"社会主义思想""集体劳动生产"与"资本主义自发思想"在现实中的存在比例是高度不对称的。前者只是以相当脆弱的"萌芽"形态存在，而后者则占据着统治地位。这两者间几乎无法形成阵营对垒式的冲突。因此，如果说存在所谓"两条道路斗争"的话，这个"斗争"其实是一种尚在生成中的、处在争夺关系中的未来可能性与现实惰性之间的斗争。这个斗争如果成立，首先要面对的不是它与外部矛盾的冲突，而是它自身能够在什么样的现实条件中萌生出来，又如何能应对外部环境变化、社会矛盾发酵对"萌芽"造成的压力以及带来的摩擦和考验。因此，这个"斗争"是"萌芽"作为一种可能的社会主义主体克服各种自身困难、局限和外在挑战而艰难成长的过程。柳青曾说《创业史》是在写"社会主义制度的诞生"[1]。以此概括四部的整体构想或许贴切，但仅就第一部而言，它描写的是一个无论从制度、思想或实践形式上都还尚未"成形"的社会主义萌芽的破土过程。这个萌芽不是扎根在阶级身份上或体制形式上，而是扎根在"互助合作的带头人"以及少数积极分子的主体状态上——"互助合作的带头人以自我牺牲的精神，奋不顾身地组织群众集体生产，以身作则坚持阵地和扩大阵地，在两条道路的斗争中，就具有特殊重要的意义"。

因此，《创业史》第一部的写法是一方面充分铺陈一个村庄内部阶级关系、社会矛盾的变化涌动，另一方面则把重心落在梁生宝互助组的艰难成长道路上，并且努力使后者取得足以同前者相抗衡的分量与意义。从一开始梁生宝和他的互助组在村里被轻视，到通过买稻种、分稻种取得初步影响，到活跃借贷失败后梁生宝承担起救助贫困户的担子，

---

[1] 柳青：《关于理想人物及其他》，蒙万夫等编：《柳青写作生涯》，百花文艺出版社，1985年版，第106页。

再到组织队伍进山割竹，互助组是通过一系列行动逐步显现为村中一股结构性（构成性）力量，改变了村中的矛盾构成方向。其身后固然有党组织和政权力量的扶植、指导，但所有指示、支持都必须转化为梁生宝们的行动、实践才能产生实效。而梁生宝及其伙伴们的行动不是单纯对上级指示的落实，其首先要面对、克服的是互助组各家各户基于单薄的生产生活条件而遭遇的困难。换句话说，互助组的"先天不足"是梁生宝们要首先处理的问题。在主人公亮相出场的"买稻种"一章中，梁生宝的种种思虑均指向互助组成员和他们家庭的困境。而更扩大的、有阶级意义和政治意义的矛盾——梁生宝与郭振山两类带头人之间的分途、富裕中农郭世富与互助组的竞争、姚士杰的敌对行为等——则与互助组的成长构成并行而交织的矛盾线索。

  活跃借贷失败后，梁生宝勉为其难地把贫困户拉进割竹队伍，开启了改造互助组并使其作用扩大到政治层面的关键一步。然而，促成梁生宝跨出这一步的是其不能见危不助的朴实心性，至于以贫雇农为主体的组织方式到底有何政治意义于他而言并不明确。直到第十六章，杨书记在听说这一自发行动之后，惊喜之余向梁生宝抛出了关于互助组组织原则的根本问题：互助组是离不开中农、迁就中农，还是应该以贫雇农组成中心后再团结中农？梁生宝不仅肯定了后者，还进一步指出互助组现存矛盾具有的普遍意义："这如今的互助组和土改不同哩！土改中间，贫农和中农没矛盾，一股劲儿斗地主。这如今互助组里头，贫农和中农矛盾才大哩！"[1]这实际是在讲，土改结束后阶级矛盾的关键变化在曾经是同盟的中农和贫农的分化与冲突，而"正确"的阶级立场和解决方式应是以贫雇农为主体组织互助合作，再将中农团结进来。也就是说，互助组、合作社不单是解决生产问题的组织，更是重新确立贫雇农

---

[1] 柳青：《柳青文集》第2卷，人民文学出版社，2005年版，第205页。

优势地位的组织形式、实践形式。这背后的一层意义本不是梁生宝所能把握的——小说中他是依据自己互助组内的现实经验提出要依靠贫农团结中农[1]——却通过领导的肯定、发挥变成了基层带头人能与中央精神心意相通的例证:"一个工厂里的工人,一个连队里的战士,一个村子里的干部,他们一心一意为我们的事业奋斗,他们在精神上和思想上,就和马克思、列宁相通了。他们心里想的,正是毛主席要说的和要写的话。"[2]由此,进山割竹这一行动被提前赋予了超高的政治意义——"这形式上是种地、跑山,这实质上是革命嘛!这是积蓄着力量,准备推翻私有财产制度哩嘛!"[3]

相比之下,第五章的"梁生宝买稻种"也是主人公为解决互助组生产问题挺身而出,但在其意识中,行动的意义首先是满足互助组乡亲们的需求,其次出于对贫雇农与中农生活差距的"不平服",至于再扩大的意义则借由区委王书记的话来点明:"就说稻地麦一亩只收二百斤吧!全黄堡区五千亩稻地,要增产一百万斤小麦哩!"[4]这里凸显的只是增产本身的意义,而这一品种改良是由互助组带头,由此将加强互助组影响力则未加以挑明,似乎也没进入梁生宝的意识,反而是通过之后写"分稻种"时群众的羡慕来展现。那一刻,梁生宝才有了认识上的"提升":"这给生宝很大的鼓励:庄稼人尽管有前进和落后、聪明和鲁笨、诚实和奸猾之分,但愿意多打粮食、愿意增加收入,是他们的共同点。这就使得互助合作有办法,有希望了。大概党就是根据这一

---

[1]"王书记,你该知道俺互助组的情形吧?有万是贫农,生禄是中农,我是共产党员。我代表咱党。我不能靠有万去团结生禄嘛,两个人老矛盾哩。我一定是靠有万他们把互助组撑架起来,我又想办法叫大伙和生禄团结。"(柳青:《柳青文集》第2卷,人民文学出版社,2005年版,第205页)
[2]柳青:《柳青文集》第2卷,人民文学出版社,2005年版,第206页。
[3]柳青:《柳青文集》第2卷,人民文学出版社,2005年版,第213页。
[4]柳青:《柳青文集》第2卷,人民文学出版社,2005年版,第73页。

点，提出互助合作道路来的吧？"[1]换句话说，在之前的叙述中，主人公、互助组的每一步行动固然有"深远"意义，但这意义要先融入对过程、反映的叙述，让读者"感觉"到，而不是直接把它"讲"出来让读者"懂得"。

在此意义上，第十六章的写法可以说是发生了一个转折和跳跃。这一章上来就写梁生宝目睹两兄弟为争遗产打架而心生厌恶，引出一大段内心议论：

> 私有财产——一切罪恶的源泉！使继父和他别扭，使这两弟兄不相亲，使有能力的郭振山没有积极性，使蛤蟆滩的土地不能尽量发挥作用。快！快！快！尽快地革掉这私有财产制度的命吧！共产党人是世界上最有人类自尊心的人，生宝要把这当做崇高的责任。[2]

这已经超出一个互助组带头人的认识，达到一个具备了"社会主义革命"自觉意识的共产党员的认知。随后，他与两位书记的见面谈话中先是"毫不费思索"讲出抑制自发势力抬头要靠互助合作扎稳，接着又表现出在组织互助合作的阶级路线理解上与中央立场不谋而合。问题是，在第一部所对应的历史节点上（1953年"农村社会主义改造"路线确定之前夕），围绕合作化的步骤、速度、阶级关系处理等问题正是中央与各部门、各级政府存在异议、产生争论的时期。梁生宝的"正确"认识来自农村社会主义改造路线已确定后的立场表述，是明显的追认，它大大超出人物所规定的认知界限，实际用来证明中央路线的正确性源于对基层现状和经验的洞察，同时，也要说明基层干部、群众只要

---

[1] 柳青：《柳青文集》第2卷，人民文学出版社，2005年版，第95页。
[2] 柳青：《柳青文集》第2卷，人民文学出版社，2005年版，第95页。

"一心一意为我们的事业奋斗",则必然能达成与中央方向的一致。换句话说,一个正确路线可以是自上而下(正确指导)与自下而上(群众创造)两个源头的结合。然而,当自上而下的路线越来越跑在前面、越来越带超前要求时,它也就要向地方干部、群众带头人索要越来越高的觉悟。这类认识水平的提高本来应经由各级干部的教育、引导来实现,但柳青这里试图呈现的是它可以基于主人公的责任心、基于实践的深入、基于遭遇困难时的自主思考、摸索来达成。也就是说,主人公作为一个庄稼人、一个农民带头人可以经过自主的锻炼成长,成为具有"无产阶级先锋战士"气质的社会主义新人。

严家炎对此提出的质疑是:一个农民出身的带头人得经历多少工作的锤炼才能成长为有无产阶级气质的新人,"灵敏的政治眼光与一定的理论水平,总是跟比较丰富的政治生活经验相联系的,它们只能是较长期的政治斗争的产物"[1]。言下之意,小说中所写梁生宝经历的"锻炼"尚限定在一个小互助组的一般生产、生活形态中,远远达不到"丰富的政治生活经验""较长期的政治斗争"的程度,哪怕是在小说中已露端倪的阶级矛盾中,梁生宝也很少正面介入,做"面对面的搏斗"。这意味着,在梁生宝的行动逻辑中,他更符合农民身份,是沿着庄稼人的生产、生活脉络展开他的行动,这规定了他的"锻炼"的界限,但在思想层面,他却越来越显露出"无产阶级先锋战士"的水平,其思想成长并不能从其"锻炼"过程中有说服力地予以说明,由此造成人物规定性的脱离。因此,在严家炎看来:

> 在许多地方,是作家把自己从生活中得来的对党的思想和政策的体会(这些体会,即使以柳青同志的水平,恐怕也是经年累月地

---

[1] 严家炎:《关于梁生宝形象》,西北大学中文系现代文学教研室编:《〈创业史〉评论集》,陕西人民出版社,1980年版,第265页。

观察和消化生活之后才得到的），加到了梁生宝的身上。梁生宝某些思想活动（从内容到思维的方式）之如此细微，也证明了它们终究在气质上不完全是属于农民的东西。[1]

柳青对此的解答是：梁生宝的超高认识水平、政治觉悟来自1952年的整党教育。这恐怕不那么有说服力。因为在小说文本中，整党教育或领导干部的谈话并没有作为一个有机内容融进人物逻辑。他对严家炎真正有力的反驳——但也是不能挑明的反驳——是严家炎窄化了对"政治性锻炼"的理解，仿佛只有"面对面斗争""长期政治生活"才构成"政治性锻炼"，才能培育政治主体的成长。而柳青在梁生宝身上要努力写出的主体成长不是在"政治生活"中，而是融汇于日常生产、生活状态中经受考验与磨炼，它是自我克服式的、高度自省的，也随时与旧的、落后的思想、习惯、惰性"斗争"。这里所谓的"斗争"更偏于争夺、较量，是通过不断克服集体的弱点使之强大来争取支持和争夺影响力。扩大讲，一切社会生活都有其政治性意涵，但"政治性"的养成却往往不是在可见的"政治性冲突""政治性关系"中。政治性矛盾的显现恰是社会矛盾发酵、集中的产物。因此，日常的、带政治性意味的实践（形式）的有效展开也不应局限于显豁的政治层面，而要深入社会生活矛盾的各种缝隙，在那些日常矛盾的焦点上用功夫。柳青看重王家斌"买稻种""进山"这些平凡事迹，正因为这些行动、实践是在解决具体问题的焦点上用心、用力[2]。它们的背后有社会矛盾构造、有政治意义，但这些不是王家斌一时能意识到的。柳青培养、推动他的方式就是让他

---

[1] 严家炎：《关于梁生宝形象》，西北大学中文系现代文学教研室编：《〈创业史〉评论集》，陕西人民出版社，1980年版，第265页。
[2] 参见收入散文集《皇甫村的三年》中记录了王家斌具体事迹的《灯塔，照耀着我们吧！》《王家斌》等篇（柳青：《柳青文集》第4卷，人民文学出版社，2005年版）。

能持续在互助合作的具体工作上下死力、投入，这样他自然就进入这一社会改造实践的中心环节，在其中受锻炼、受煎熬。如果他能受得住这些考验，他的能力会持续提高，与之配合的意识（去除私有观念等）也会随之确立，从而初步具备成为一个社会主义带头人的资格。柳青是以培养王家斌的实践经验为基础来塑造梁生宝的，他当然不能满足于把梁生宝写成只有政治原则表达和肤浅政治表现的人物。真正起决定作用的不在于他听取了多少革命教育，而在于是什么支撑他能自觉自愿地为互助组着想，能在关键时刻担起责任，能坦然牺牲个人利益。有了这些底色，有了进入矛盾缝隙的实践锻炼，他才有了吸收革命教育的条件，而不是相反。相比原型王家斌和人物梁生宝，柳青当然是在后者身上添加了不少"鲜明"的认识、细腻的体察，但梁生宝人物的出发点和基本逻辑总体上仍是与王家斌高度吻合的，也就是说，相比思想认识的成熟度，他更是一个在实践中，也只能借助实践来成长的新人。

不过，从十六章1959年初刊到1960年初版的修改中就能看出来，直接围绕政策原则的讨论在写作中被大大加强了。初刊中本来已把互助合作的阶级路线争论、合作化的工作方式直接端出来，给了互助组实践方向一个"定型"。初版本则更进一步围绕如何估计合作化阶段农民的两面性，尤其是怎样界定农民身上的革命性、保守性并存的"两种现实"做了大幅修订，并直接引用毛泽东著作来作结论[1]。这些都令小说叙述逐渐笼罩在政策阐发的框架中，也无形中使得主人公的意识状态向更自觉的政治认识方向发展。同时，哪怕在描写层面，配合这种意识的提升，对人物动作、言语、情绪、感情的刻画也开始趋于夸张、浓烈。像描写梁生宝到区委与王书记见面的场景：

"王书记在家吗？"生宝站在区委会院子里，带着战斗者的情绪，精神振奋地[初刊无"，带着战斗者的情绪，精神振奋地"。]

---

[1]初刊为："却不擦洋火点烟，只管说：'当然有两面性！要求改变贫困的状态，希望很快富足起来，这就是革命性嘛。所以我们依靠贫农，因为贫农最迫切要求富足起来嘛。三官庙区石桥村任明亮，就是这样：你不让我叫合作社？我叫土地集中互助组。反正我要革命！反正我不愿意贫困！当然这是先进的贫农，杰出的人物。一般贫农也有落后的一面，开头甚至于很落后，甚至于和中农一样只想发家；不过他们倒底因为贫困，觉悟起来快。我想情况大体上是这样。'。"(《延河》1959年6月号)初版本则改为：

"佐民！这个问题，我是这么看法——不能拿我们常说的民族资产阶级的两面性，来看农民的问题；应该具体地分析具体情况。农民嘛，是工人阶级的同盟军，是劳动的阶级嘛。民主革命阶段是同盟军，社会主义革命阶段还是同盟军嘛。工农联盟是永久的，不是临时的。但是，革命革到要对小农经济进行社会主义改造的阶段啦，农民小私有者和小生产者的一面，不是变成矛盾的一个方面了吗？不是应该引起大家的注意了吗？我想毛主席那句话的意思，就在这里。我们对革命的阶级，决不能强迫命令，或者你刚才说的那么讨账。我们坚持自愿原则，采取群众自己教育自己的方式方法：重点试办、典型示范、评比参观……逐步地引导农民克服小私有者和小生产者的一面。而且，我们这么做的时候，还主要地依靠贫农；因为贫农革命的要求更迫切，那点小小农经济的底子更薄。我看这没什么神秘，也不可怕。我们有办法的。佐民，你这里有'毛选'吗？有？把第一卷拿来！"

区委书记很兴奋地从书架上，抽出一本咖啡色书皮的精装书。县委副书记伸手接过来这本很大很大的书来，很熟练地翻到第三百一十一页上，用眼睛寻找着。

"这里！这里！你听！"杨书记非常快活地念道，"任何事物的内部都有其新旧两个方面的矛盾，形成为一系列的曲折的斗争。斗争的结果，新的方面由小变大，上升为支配的东西；旧的方面则由大变小，变成为逐步归于灭亡的东西。而一当新的方面对于旧的方面取得支配地位的时候，旧事物的性质就变化为新事物的性质。……"

"互助合作和小农经济的关系，就是这么样。"县委副书记把书还给区委书记的时候，肯定地说。"生宝同志，你听明白哩吧？"(柳青:《创业史》，中国青年出版社，1960年版，第244—245页)

喊叫。

听见从里头开门的声音。一只手从里头挑起了白布门帘。王书记胖胖的脸带着欢迎的笑容,站在门外的砖台阶上了。区委书记身量并不高大,但却敦实,离着多远就伸出胳膊,好象要把生宝拉进屋里去["好象要把生宝拉进屋里去"初刊(版)为"(要)和生宝拉手"。]:

"来来来……"

生宝带着兄弟看见亲哥似的情感,急走几步,把庄稼人粗硬的大手,交到党书记手里。[1]

无论是初刊的描写还是初版时增加的"带着战斗的情绪,精神振奋地喊叫""好像要把生宝拉进屋里去"都带着一种刻意的、说明式的夸张。这种要把情绪拉满,把意思说透,不留余地的倾向也产生出在第一部前半章节中本来很少出现的说明性交代:

如像某种物质的东西一样,这位中共预备党员的精神,立刻和中共区委书记的精神,溶在一起去了。弟兄之间,有时有这个现象,有时并不是这样而像中刘村那两兄弟一样。就是这位外表似乎很笨,而内心雪亮的区委书记,去冬在下堡乡重点试办整党,给生宝平凡的庄稼人身体,注入了伟大的精神力量。入党以后,生宝隐约觉得,生命似乎获得了新的意义。简直变了性质——即从直接为自己间接为社会的人,变成直接为社会间接为自己的人了。[2]

如果对比第一部前半部分那种沉稳、内蕴的写法,这里发生了一种

---

[1] 柳青:《柳青文集》第2卷,人民文学出版社,2005年版,第199页。
[2] 柳青:《柳青文集》第2卷,人民文学出版社,2005年版,第199页。

写作风格的转变。这个转变或许可以界定为"革命浪漫主义"因素的注入。如何按照一种"革命现实主义"与"革命浪漫主义"相结合的新要求来写作，如何将这种新风格嫁接到原有写作中，如何在提升的意识水平高度、情感高度和意义感上重新书写梁生宝们的实践过程，这正是重写"进山割竹"这一章要尽力尝试的。

从"进山割竹"到"深山一家人"

严家炎当年曾直言不讳地批评进山割竹一章写得不好：

> 这里只是对山里劳动生活摄下了一两个匆忙的镜头；除拴拴因偶然原因受伤外，和自然的斗争几乎被写得意外地顺利；跟书中其他出色的章节比较，这一曾被有些评论文章称为"充满诗情画意"的部分，其实却缺乏动人的生活光彩。[1]

其批评依据源于"两结合"对写矛盾冲突的要求："革命现实主义与革命浪漫主义的结合，在小说、戏剧领域中有一个很重要的要求，就是要作家在矛盾冲突……中写出英雄人物性格化的行动和内心生活，……英雄人物的高大和光彩，也总是在斗争尖端才更能充分地显示的。"[2] 而"进山割竹"有将梁生宝的活动"孤立化"，远离蛤蟆滩矛盾冲突之嫌。对此，柳青当然不能认可。将互助组进山扩大为村中困难户集体进山的"深远"意义在十六章已经两位书记之口挑明。况且，壮大互

---

[1] 严家炎：《关于梁生宝形象》，西北大学中文系现代文学教研室编：《〈创业史〉评论集》，陕西人民出版社，1980年版，第270页。

[2] 严家炎：《关于梁生宝形象》，西北大学中文系现代文学教研室编：《〈创业史〉评论集》，陕西人民出版社，1980年版，第269页。

助组自身力量本身就构成与自发势力的抗衡，这是第一部的贯穿性写法——蛤蟆滩的诸多矛盾发展都被设计成"隔空较量"模式：郭世富建房和梁生宝买稻种，郭振山投资砖窑和梁生宝分稻种，梁生禄消极和高增福主动入组，郭振山组织活跃借贷失败和梁生宝拉贫困户进山，姚士杰、郭世富买稻种和农技员帮助提高技术，等等。因此，柳青在反批评文章中质问："一方面梁生宝领导群众在山里集体割竹，另一方面郭振山在家里单干改旱地为稻地等等。……是应该将矛盾斗争典型化呢？还是应该将矛盾斗争庸俗化呢？"[1]

不过，放在第一部下卷前五章的展开脉络中，进山割竹直接对应的急迫挑战并不是郭振山的单干倾向，而是互助组自身的巩固。因此，在第十六章挑明进山割竹的"深远"政治意义之后，小说并未沿着其昂扬的调子发展，反在第十七章，借梁三老汉之口道出对互助组不稳的担忧：

> "对是对，互助组你们办不成功。不是我梁三老汉一个人挡事，旁的庄稼人都不实心……"
>
> "生宝组里谁不实心？"
>
> "俺哥和生禄，都不实心！他们名在互助组里头，心在互助组外头哩。要不是生荣在解放军里头在党，回回家信叫入互助组，依他父子俩的意思，早退出去哩！俺生宝傻，看不透人的心思……"
>
> "咦咦！你说的啥？生宝傻？你说的那是中农，贫农该都实心实意互助哩吧？"
>
> "贫农也有不实心的，我注意看他们的容颜举动哩。"
>
> "谁不实心？"

---

[1] 柳青：《提出几个问题来讨论》，蒙万夫等编：《柳青写作生涯》，百花文艺出版社，1985年版，第93页。

"你不走话?"

"你看!你寻我来,就应该信服我。"

梁三老汉鼓了鼓劲,决心向党支书揭露生宝互助组潜伏的矛盾。

"头一个王瞎子不实心!他因为拴拴地不够种,在互助组趁挣生禄家的工分哩。他家全看生禄家的脸色行事。生禄在组,他就在组;生禄出组,他就出组。王瞎子不想叫拴拴进山,又不愿耽误几十块钱。你看!又想吃大饼,又不愿累牙。拿咱看,他不愿叫拴拴进山,正好!少一个累赘,不担一份心。你知道,拴拴不是灵巧人。生宝小子好强,硬要全班人马走,强拉扯人家……"

"还有谁不实心?"卢明昌想了解得更清楚些。

"还有郭锁儿也不实心!他从下堡村搬过河来,犁没犁,牛没牛。他不入组,不能种地。我看他是有了牲畜农具,就出组的神气。我嘴里不说话,我拿眼睛看他们哩。光光有万、欢喜、老四……他们几个和生宝一心。旁的都含含糊糊……"

"冯有义怎样呢?"

"那是个老好人。互助组好好,他也好好。互助组闹问题儿,他也要变心……"[1]

这意味着,领导们看到的是互助组扩大、成熟后的长远意义,梁生宝他们要直接处理的却是互助组本身的脆弱(从这个角度讲,第十六章里梁生宝很有气魄的表态——"等咱互助合作的根扎稳,他们就张狂不起来了"——不免脱离人物沉稳、谨慎的性格设定)。由于互助组来源复杂、家庭状况参差、个人心思差异,再加上互助组完全遵循自

---

[1] 柳青:《柳青文集》第2卷,人民文学出版社,2005年版,第220页。

愿原则，退组没有任何限制，其维护难度远远大于后来制度化的合作社。这些条件、处境各异的农户处于村落错综的社会关系中，无论是生产变动、经济起伏还是人际矛盾都随时可能波及互助组。割竹前后的几章，主要线索就是村里自发势力、保守势力、敌对势力或直接或间接对互助组成员展开的"进攻"、拉拢，由此形成互助组的危机以及被迫重组。所以，下卷的开端是从"第一个不实心"的王瞎子写起，写其图小利放拴拴的媳妇素芳去姚士杰家帮佣，使得姚士杰得以侵占素芳，潜在打击拴拴；再写郭振山鼓励改霞考工厂，造成这个"新人"离开了蛤蟆滩；又写富裕中农郭世富憋着劲儿与互助组在生产上竞争；组内的"自发势力"梁大、梁生禄得了梁生荣的汇款开始考虑单干；组内留守的欢喜虽得到下乡农技员韩培生的支援，可也受着"组外自发势力""组内自发势力"的双重夹击。在这样一种情节框架下，"进山割竹"的作用、意义首先是切实解决互助组困难，以实利来帮各家渡难关，令互助组变得更富吸引力、凝聚力。然而，进山割竹是个有风险的行动[1]，半个村的贫雇农集体进山很考验带头人的组织力和大家的纪律性。如果进山顺利，不用说这是一个互助组得到成长，扩大影响力、号召力的过程。然而，基于主人公、互助组的成长要放置在一系列考验、挫折、锻炼中，因此，后面拴拴的受伤成为几乎必然出现的顿挫。而这一波折在情节上起着激化前面已预设矛盾的作用。因此，拴拴受伤直接导致王瞎子家退组，再加上梁大、梁生禄随之退组，使得进山割竹本身虽取得成绩，却

---

[1] 柳青在小说描写中特意对此有所交代："在终南山里，再没比割竹子苦了。爬坡的时候，低下用头巾保护的脑袋，拿两手在灌木丛中给自己开路。灌木刺和杜梨挂破衣裳，划破脸皮和手，这还能算损失和受伤吗？手里使用着雪亮的弯镰，脚底下布满了尖锐的刀子——割过的竹茬。人站在陡峭的山坡上，伸手可以摸着蓝天，低头是无底的深谷，可真叫人头昏眼花！割竹子的时候，你还要提高警惕，当心附近的密林里，有豹子和狗熊窥视。老虎不常有，野猪一般不伤人，但豹子和狗熊讨厌，一个过于凶恶，一个过于愚蠢，人得提防着……"（柳青：《柳青文集》第2卷，人民文学出版社，2005年版，第306页）

客观造成了互助组濒于解散。

如果我们看初刊本连载的几章,就能感觉到第二十二章的情节重点原本落在拴拴受伤上,前面的进山过程、劳动场面都写得颇简略。拴拴受伤除了有推动情节发展的功能外,真正撑开这段情节的"内容"是梁生宝因意外所遭受的打击、心理煎熬以及如何经由思想搏斗克服了一时的软弱,这使得进山过程几乎退化成梁生宝遭遇考验进而自主获得精神成长的一个背景。也就是说,成长性在这一章中全部落在梁生宝这个"英雄人物"身上,互助组其他人的活动仅起到零星陪衬的作用。而改写后的第二十二章,正如单独发表时的冠名——"深山一家人"——所显示的,大大加强了对割竹队伍这一"集体"的描绘。虽然发挥主导作用的仍是梁生宝,但小说叙述不断通过主人公的眼光来观察队伍的精神状态、协作关系,并引申出一系列思考、领悟,使得大家的行动反过来构成一种对带头人的启发和教育。这样一来,主人公的成长、成熟就显得不再孤立,而是必须融入群众的集体行动中方能获得。

此外,"一家人"更深一层的意义在于体现贫雇农团结起来后所能达到的理想状态。恰如之前分析过的,从合作化的阶级路线设定上看,无论发展互助合作或巩固政权都要依靠贫雇农,但现状是贫雇农无论从生产条件、经济状况、社会地位上均处劣势,如何能证明贫雇农通过团结、通过互助合作、通过集体行动,就可以取得对中农的生产、经济优势,显示自己的力量?所以,进山割竹这样的行动就具有了特别的象征意义:那就是展现贫雇农、贫困户单独组织起来能达到什么样的状态,能显示出多大的力量?

因此,进山割竹这一章是结构在两个交织脉络中:一个是互助组自身矛盾的解决与波折,梁生宝作为带头人在其中经受的考验,获得的成长;另一个是第十六章里挑明的,社会主义革命立场所关注的如何在运动低潮期推进以贫雇农为主体的互助合作重新出发,尤其是如何以此促

344

成阶级主体的凝聚和塑造。前者可以看成小说构思的蓝本、出发点，后者则是随着作品的修改越来越明确和提升出来的方向。这两者的交叉、移位和由此导致的写法、风格变化可以通过对第二十二章修改的细读得到"显影"。

队伍、安家与集体劳动的"洗礼"

在初刊本中，这一章的开头是一段风景描写：

> 终南山里头，春天比渭河平原上迟个把月哩。打毛裹缠、穿麻鞋走山路的人臃肿的双脚，踩着山岭上去年的枯草败叶，放眼望见脚底下的平原，今年的一片葱郁的田禾和浓荫的树丛，真有隔世之感呢！这里，漫山遍野的杜梨树、缠皮桃、杨树、桦树、椴树、葛藤……还有许许多多叫不起名儿的灌木丛，蓓蕾鼓胀起来了，准备发芽呢。这是阴历三月，阳历是四月了，天空过来一朵行云，海拔三千公尺的老爷岭上就飘起了雪花，使人感觉到这个地方与苍天为邻，而远离大地，真是虚幻缥缈的去处啊！[1]

改写后变成从写梁生宝的形象、气质和举止入手：

> 小腿上打着白布绑腿。脚上，厚厚的毛缠子外头，绑着麻鞋。头上是一大堆蓝布包头巾。嘿！好一个精干、敏捷、英武的小伙子吧！为了适宜于在深山丛林中活动，梁生宝恢复了解放前在山里逃抓兵的样子，把自己轻而易举地装扮成一个山民了。

---

[1]《延河》1959 年 8 月号。

他低头出了茅棚店，在枯草坪上向整个南碾盘沟吼叫：

"蛤蟆滩的乡亲们！集合哩！……"

"蛤蟆滩的乡亲们！集合哩！"南碾盘沟那面，高上青天的桦树山林，很轻浮地回声，好象故意学他的声调。[1]

初刊的写法中，进山队伍像是一幅巨大山水立轴中的渺小身影，自然环境的改变带来的奇异感占据着画面的中心。陈年的枯草败叶、漫山灌木、四月飞雪都带着浪漫而冷峻的色调，关联着行程、劳动的艰苦。而改写后的视点则聚焦于一个带着征服自然的英雄气概的人物身上，"精干、敏捷、英武"，仿佛一切困难都不在话下。"向整个南碾盘沟吼叫"意在显示主人公一股高昂的精神气势，山林"轻浮"的回声似乎是主动衬托他的饱满。

对比"梁生宝买稻种"那章，主人公的出场曾是很不相同的笔调：

春雨唰唰地下着。透过外面淌着雨水的玻璃车窗，看见秦岭西部太白山的远峰、松坡，渭河上游的平原、竹林、乡村和市镇，百里烟波，都笼罩在白茫茫的春雨中。

当潼关到宝鸡的列车进站的时候，暮色正向郭县车站和车站旁边同铁路垂直相对的小街合拢来。在两分钟里头，列车把一些下车的旅客，倒在被雨淋着的小站上，就只管自己顶着雨毫不迟疑地向西冲去了。

这时间，车站小街两边的店铺，已经点起了灯火，挂在门口的马灯照到泥泞的土街上来了。土街两头，就像在房脊后边似的，渭河春汛的鸣哨声，在人们不知不觉中，增高起来了。听着象是涨

---

[1] 柳青：《柳青文集》第 2 卷，人民文学出版社，2005 年版，第 295 页。

水,其实是夜静了。……小街上,霎时间,空寂无人。只有他——一个年轻庄稼人,头上顶着一条麻袋,背上披着一条麻袋,一只胳膊抱着用麻袋包着的被窝卷儿,黑幢幢地站在街边靠墙搭的一个破席棚底下。[1]

这里的写自然采用着舒缓、亲切、抒情的笔调,水彩画般润泽而略带朦胧,从暮色到黄昏日渐静寂的环境衬托出主人公孤单的身影。细腻描写带出梁生宝内敛、沉静、稳重,不张扬外露,言语少而动作稳,内心却充满波澜的特点。其内心活动也是不急不躁地慢慢铺展,从一层层地惦念逐步延展出梁生宝不同寻常的责任心、广阔的承担和坚定意志。整个"买稻种"一章有一个从舒缓、深沉到激情、高昂逐步递进的过程,而它的底色是起笔处自然描写所奠定的细腻、亲切,写梁生宝动作细节时的稳当、精准。因此,即便结尾对主人公身上"理想的热火"的赋予已经到了超凡脱俗的境地——"年轻的庄稼人啊,一旦燃起了这种内心的热火,他们就成为不顾一切的入迷人物。除了他们的理想,他们觉得人类其他的生活简直没有趣味。为了理想,他们忘记吃饭,没有瞌睡,对女性的温存淡漠,失掉吃苦的感觉,和娘老子闹翻,甚至生命本身,也不是那么值得吝惜的了。"[2]——但由于整章充分凝聚于一个人物的行动、精神和内心世界,其他环境都作为这个人物气质、品质的呼应、背景,因此,读者会感觉这是一个人物从内到外的整体呈现,其内在完整与环境衬托高度一体,并使得其展现过程几乎同时显露为一个"成长"过程,或者更准确地说是从具象的责任感向深层、内在的精神动力、激情递进的过程。这个人物在出场时是置身特定场景中一个有点儿孤单、彳亍的身影,到结尾时其形象却满含坚毅与(历史)使命感:

---

[1] 柳青:《柳青文集》第 2 卷,人民文学出版社,2005 年版,第 72 页。
[2] 柳青:《柳青文集》第 2 卷,人民文学出版社,2005 年版,第 78 页。

"一霎时以后，生宝走出郭县东关，就毫不畏难地投身在春雨茫茫的大平原上了。广阔无边的平原上，只有这一个黑点在道路上挪动。"[1] 这个行动的"英雄"形象看似是个人的，但心里饱含对乡亲们的责任，"党员"的身份又赋予这个个体归属集体事业的意义感与"进步"的激情。因此，作者在写这个个体时，是要带出方方面面塑造了以及正在决定其成长道路的因素。于是，写这个主体的单独行动意在更专注地聚焦其性格、行动、思虑的特质，再从中折射出这个主体是基于哪些要素来养成、成长的。

而到了进山割竹这一章，梁生宝已不只是一个独自经受考验的主体，他要再进步成一个集体的组织者、领导者，要带领尚不成熟的贫雇农一起经受考验。在这个考验开端的刻画笔法上，无论是梁生宝气势充沛的"吼"、山林的回响、其他进山贫农的赞赏眼光、蛤蟆滩进山人即刻的回应都令主人公几乎成为一个一呼百应的焦点形象。这个外化的英雄式亮相与"买稻种"时梁生宝低调、内敛、稳重的身影构成了反差。此时的梁生宝已经不是一个暗下决心、只身奋战、以自我牺牲精神来承担责任的群众带头人，而是一支"队伍"的领导者。接下来插入的一段同"山外同区庄稼人"的对话可以看成"队伍"的领导者与那些尚未组织起来的贫雇农群众之间的亲切互动。庄稼人对这个"彪小伙子"的赞赏和双方没有距离的熟稔意在营造一种贫雇一家以及梁生宝会自然地被更广泛群众认可的氛围。而蛤蟆滩进山人的行动反映看上去则颇像一支有纪律的部队的集合场景：

> 个个是山民装扮的蛤蟆滩进山人，有的从另外两家茅棚店钻出来了，有的从左近的杜梨丛里钻出来了。饭后游转的人们，听得

---

[1] 柳青：《柳青文集》第 2 卷，人民文学出版社，2005 年版，第 78 页。

生宝召集，谨慎地赶快到自己夜宿的茅棚店去，去取行李，然后向枯草坪上聚集。他们提着一清早打捆好的行李——被窝、衣物、镰刀、粮食、灶具，以及后备麻鞋等等，很象一群移民似的，认真地站在一块堆，等候头目人吩咐。没有一个人吊儿浪荡。[1]

问题是，刚刚进山的队伍本来由参差不齐的困难户们组成，如何能经过一天的行程就达到相当的组织性、纪律性？这个过程和条件作者并未去交代，反而直接点明："下堡乡第五村活跃借贷会失败的那晚上，在月光下包围梁生宝，要求他领导他们的时候，他们还是一些零散的穷庄稼人。现在，聚集在这里的，已经是一个引人注目的集体了。人数虽少，看来精神力量相当强大。"[2] 如此一来，这个"集体""队伍"成了一个现成的存在，从"零散庄稼人"到集体一员这个关键的转化似乎是通过"进山"自然达成的。当然，按照作品给出的语境，贫困户们在走投无路的情况下得到梁生宝的援手，自然怀抱一种感激、信赖以及不能添乱的心理，这或许是他们令行禁止的基础。但是这一过程的过于顺理成章还是让人感觉柳青在这里是将合作化、集体化之后那种高度组织化的集体生产的感觉（尤其是"大跃进"前后通过大搞农田水利建设所形成的集体劳动状态）带到了对1953年现实的描述中。后面有万开玩笑式地喊队列，虽然被任老四笑话他把大家当基干民兵了，大伙儿也嘻嘻哈哈不睬他，但这个玩笑场景与其说是纠正，不如说是平衡，使这个"集体"除了像"队伍"之外，还要充满人情味儿，更像"一家人"。

在改写中还有特别交代的一笔：

　　生宝一行十六人，只准备在这南碾盘沟的茅棚店里歇一宿。他

---
[1]柳青：《柳青文集》第2卷，人民文学出版社，2005年版，第295—296页。
[2]柳青：《柳青文集》第2卷，人民文学出版社，2005年版，第296页。

们要到竹子多的地方去，搭自己的茅棚。他们熟悉地理情况：北磨石岔一条小溪旁边，有一座茅棚的遗址，石头垒的四堵矮墙是现成的，并且有一个相当大的草坪，可以作熏竹子、缚扫帚的场子。他们已经打听清楚，这个情况没有变化。现在，他们聚集起来，就要向北磨石岔出发了。[1]

为什么他们不愿在茅棚店里多住，而要搭自己的茅棚？直白的原因是由于人多需要较大的住处，不像零散庄稼人可以借住，况且茅棚店也需要一夜两角钱的住宿费。不过从整体效果、立意看，自己搭茅棚更有一种"安家""扎根"的感觉。这种"安家"感与进山割竹作为一种脱离村庄日常生产的临时劳动之间构成反差。换句话说，如果仅仅是割竹，其劳动方式更像合伙的单干，是埋头各干各的，而合作搭茅棚则是为了"安家"而进行的集体协作。并且，这个临时的"共同家舍"属于大伙儿共有，非一家一户私有，甚至这个共享家舍中还剔除了一般家庭关系，只有基于单纯集体劳动关系所结成的伙伴，近于在共同劳动、互助基础上构成一种新的共同体。相比于割竹是为了卖钱解决贫困户和互助组收入问题，搭茅棚几乎具有一种"共产主义劳动"的属性。

于是，在初刊本中关于搭茅棚本来只有几句话的交代[2]，但到了改写本时，"搭茅棚"则从割竹过程中独立出来，发展为一个有特殊价值的大段落，对其过程的细致描写远远超出了对割竹的描写。由此，这章

---

[1]柳青:《柳青文集》第2卷，人民文学出版社，2005年版，第297页。
[2]初刊本搭茅棚店的描写是："生宝的拉扫帚队一行十六人，只在南碾盘沟的一家茅棚店里歇了一宿。他们第二天在北磨石岔一条小溪旁边的枯草坡上，搭自己的茅棚。生宝和有万两个干部，分头带领大伙砍树的砍树，拉葛藤的拉葛藤，割茅草的割茅草。任老四和冯有义两人留下来砌锅台。他们不光搭棚。生宝坚持要用树干和树枝绑一个大床架，上面垫着茅草睡觉。这样就比就地垫茅草睡觉少潮湿些。他知道：除了任老四带来一块破狗皮，谁都没有带什么铺衬。"(载《延河》1959年8月号）

的重心产生了某种翻转：之前，割竹作为解决互助组困难的一个环节是利用传统农民副业生产习惯来为互助合作搞积累的一种实事求是的"实干派"做法；而改写之后则突出集体劳动形式——尤其是不以私人受益为目的的集体劳动——本身是一种必要而有效的改造途径。一旦这种劳动形式被恰当地调动起来，一则农民能够自然地展开分工协作，二则能在自然地协作中克服私有劳动会产生的矛盾，变得"大公无私"、亲密无间起来。于是，这种改造成为所有集体劳动的底色和前提。这种重心的偏移（转移）正是合作化运动初期和提出"中国农村的社会主义高潮"后在指导思想上的差别。所以这部分改写特别体现出柳青如何将合作化"高潮"和集体化之后的社会主义改造路线附着、叠加在互助合作初期的现实描写中。

所以，柳青在写搭茅棚时特别渲染了大家搭帮干活儿时的自觉、投入、认真、其乐融融：

> 工作进行得异常简单而又寻常。没有人挑轻避重，嘴撅脸长。所有的人都表现出自觉的认真和努力。工作开始以后，领导人立刻变成普通劳动人，参加做活了。生宝看见，大伙对于修盖这十六个人的共同家舍，人人都是非常重视的。要是山外的村庄里，给任何私人盖棚，这种全体一致的精神，是看不到的。即使是贫雇农，没有共同利益和共同理想把他们的精神凝结在一块，他们仍然是庄稼人。谁用工资也换不来他们给自己做活的这种主人公态度！
>
> 那边，杨大海照料着几个人，把成堆无组织的茅草扎成小把。严肃认真的红脸汉子，倾心教给大家：怎样把茅草用绳子勒紧；怎样分出镰把粗细的一束茅草来，拧紧，拦腰一缠；怎样把缠束剩下的草梢，用镰刀塞进茅草把子里去。这时，有万干劲十足地挥舞着斧头，把带着银灰色树皮的杨木椽，砍成一般长，碎木屑到处四

溅。为了好看一点，他把大节楂也砍掉了。任老四和冯有义指拨着其余的人，老师傅似的张罗绑马架。梁生宝现在作为一个普通的劳动成员，任老四指挥他，冯有义也指挥他，叫他把成捆的葛条拉扯开，送到人们需要的地方。生宝很听话地做这个活。

大伙这种亲密无间，乐乐和和的情绪，深深地感动了年轻的领导人。生宝精神非常地振奋，并不是因为自动要求他领导的人对他服从，而是他又从这种现象获得了一个新的认识。以前，他以为要改造农民，好嘛，在近几十年内，准备着年年冬季开通夜会吧！现在，他看出一点意思来了，改造农民的主要方式，恐怕就是集体劳动吧？不能等改造好了才组织起来吧？要组织起来改造吧？[1]

盖房本是一种特别需要协作的劳动，村里盖房也不免需要乡亲们帮忙。像《创业史》第一章写郭世富家架梁就吸引了全村众多邻居来搭手——"多少人在这里帮忙！多少人在这里看热闹！"[2]——几乎使盖房成为村里的节日。但郭世富盖房是置私产，意味着立业发家，代表地位的上升，甚至不免炫耀的成分。而贫雇农所盖的"共同家舍"并非私产，是大家伙儿的临时庇护所，因此，干活儿时可以去除私欲和权力关系，达到一种朝向平等、一致的劳动——"要是山外的村庄里，给任何私人盖棚，这种全体一致的精神，是看不到的"。同时，这种劳动并不因其是自发的、集体的而出现偷懒取巧，反而比为自家劳动更负责、更投入。这当然有刻意的"理想化"成分，但它如此设定的前提也很明白：进山割竹是大家共同认可的、基于认同自觉的行动，不是被动组织起来的，加上行动中个人利益与集体利益高度一致，其组织状态又是平等而团结的，这就使得大家在彼此协作时特别体现出一种基于农民朴实

---

[1] 柳青：《柳青文集》第2卷，人民文学出版社，2005年版，第304页。
[2] 柳青：《柳青文集》第2卷，人民文学出版社，2005年版，第30页。

道德心的无私和不惜力。

事实上，在合作化、集体化劳动组织中，基于田间生产的复杂性和协作程度低，如何合理地分配工作、计算工分，怎样才能保持劳动积极性，使大家为集体劳动像为自己劳动一样卖力一直是老大难问题。为此，集体组织一方面要不断发明、完善各种评工计分制度，加强"管理"，一方面还得经常展开思想教育。而柳青在这里是用盖房的特殊劳动形态替换了田间劳动，构造出一幅理想的集体劳动情景。在这个劳动场面中无须借助防备私心的"管理""制度"，大家可以自然达成高效协作，并具有充沛的积极性。并且，恰是为了维护这个理想劳动的"纯洁"性，一些政治要素的必要性才凸显出来，比如，基于平等关系的团结和为了维护团结而警惕、克服特权。所以，文中要专门刻画梁生宝作为带头人有意识地不摆特殊："梁生宝现在作为一个普通的劳动成员，任老四指挥他，冯有义也指挥他，叫他把成捆的葛条拉扯开，送到人们需要的地方。生宝很听话地做这个活。"现场有指挥权的一律是那些经验丰富的老农："任老四和冯有义指拨着其余的人，老师傅似的张罗绑马架。"协作劳动中的服从与被服从关系依然存在，但它只是听从劳动本身的需要，而不屈从或引入别的权力关系，由此造成的一种新型的，其实也是原始的、合理的人与人的关系——"这部分人为啥这样甘愿听旁人指使？那部分人为啥理直气壮地指使旁人？人和人中间，这是一种啥关系？"准确地说，这近于一种没有被污染的劳动关系，仿佛回到原始劳动的天然协作、平等、共生状态中。这种未经污染的劳动被赋予一种"洗礼"的作用，它可以去除劳动中的私欲，乃至克服原有那些源于私欲、私有的恩怨：

> 多有趣！你看！王生茂和铁锁王三两人一块往二丈四尺的杨木檩上，用葛条绑交岔的椽子。他们面对面做活，一人抟住葛条的一

头，咬紧牙，使劲。看！绑紧以后，他们又互相笑着。看来，他们对集体劳动中对方的协作精神，彼此都相当地满意。但就是这两个人，就是生茂和铁锁，去年秋播时，为了地界争执，分头把全体村干部请到田地里头，两人吵得面红耳赤，谁也说不倒，只得让他们到乡政府评了一回理。他们走后，当时作为评理人之一的梁生宝，指着他们的背影说道："唉唉！生茂和铁锁！你两个这回算结下冤仇疙瘩了！分下些田地，倒把咱们相好的贫雇农也变成仇人了！这土地私有权是祸根子！庄稼人不管有啥毛病，全吃一个'私'字的亏！"但事隔几月，梁生宝却在这里看见生茂和铁锁，竟然非常相好，在集体劳动中表现出整党中所说的城市工人阶级的那种美德。这真是奇怪极了！[1]

这里展现着去除私欲的协作劳动过程本身有种潜移默化的"洗涤"功能，相比起那种灌输的、有生疏感的思想教育——"以前，他以为要改造农民，好嘛，在近几十年内，准备着年年冬季开通夜会吧！"——农民更适合通过回到他们熟悉的、最感自在的互助劳动中，实现自我克服与自我成长。

不过，这种关于农民意识改造的理想叙事背后隐含着一系列需要推敲、审查的前提和逻辑推导。比如，叙事中隐含的设定是贫雇农理应是"一家人"——"咱们相好的贫雇农"——因为他们有近似的经济社会地位，以劳动为本，而私有财产（包括分田到户助长的私有倾向）侵蚀了这种自然关系，使之彼此分裂。这种分裂是贯穿性的，从地富到中农、贫农的各层阶级关系中都表现出私有财产制度所滋生的分化与冲突。哪怕私有财产程度最低的贫雇农，也会沾染，甚至更难摆脱斤斤计

---

[1] 柳青：《柳青文集》第 2 卷，人民文学出版社，2005 年版，第 305 页。

较的恶习。于是，原本在政治上被寄予厚望的贫雇农——他们在生产关系上最接近无产阶级，最具革命性，可以成为农村的领导阶级，至少是农村政权的依靠阶级[1]——却受缚于私有观念而难以团结起来形成一股核心力量。不过与此同时，由于生产条件的不自足，他们更需要互助合作，于是，可以通过逐步去除私有要素、不断加强公有要素的互助劳动把他们结合起来，克服私欲，形成公有形态的生产核心，再去影响、联合中农，完成农村的社会主义改造，形成集体形态的新乡村共同体。这从农民的伦理眼光看意味着重回"一家人"的状态——《创业史》题记中之所以引用农村格言"家业使兄弟们分裂，劳动把一村人团结起来"，就意在表示社会主义远景与农民朴素理想之间的吻合。不过，从革命政治的眼光看，这意味着从小资产阶级、小农意识向无产阶级（革命领导阶级）的转化、提升，那它就不单是浪漫的回归，而是伴随着艰苦、曲折甚至严酷的历程。

事实上，这样一套农村社会主义改造的整体规划固然也诉诸劳动组织，促使农民在生产劳动中潜移默化地转变，但新的劳动组织原则贯彻于实践中会遭遇层出不穷的现实挑战，甚至现实反抗。而柳青通过写搭茅棚的场景给了这套理念一个理想的"对象化"图景。这个图景的基调是乐观、自然、充满信心的，同时也是高度理念化的，或者说是高度依据理论逻辑来构造的。这不单体现在梁生宝的判词上——"这土地私有权是祸根子！庄稼人不管有啥毛病，全吃一个'私'字的亏！"——更体现于情节构造和叙述语言上。如果对比来看，在《种谷记》中柳青也曾写过一对儿互助组里的冤家，那里的写法是更遵循"生活逻辑"来展开的：他们并没有因为参加了一个互助组而缓解彼此的关系，而是一根

---

[1] 小说中曾交代梁生宝在领悟到："这贫雇农是咱党在乡下依靠的阶级。"这句话初版中为："这贫雇农恐怕就是乡下的领导阶级吧？要不然你在乡下到哪里去寻工人阶级呢？"（柳青：《创业史》，中国青年出版社，1960年版，第354页）

筋地纠缠不清,作为互助组长的"模范"(王存起)对他们也束手无策,并奇怪"他们的脑筋似乎有种特别的构造"[1],只能连骗带哄地对付他们。可日后不知为什么两家又"狗脸亲家"般相好起来[2]。最初的势不两立和后来的彼此相好都不是能马上归于一套理论认识来解释的,或者说一旦归于一套总体框架就失去了生活层面的具体性。或许正是因为较多停留于生活逻辑的还原,《种谷记》的写法曾被批评为具有"自然主义"倾向。而在《深山一家人》中,柳青的写法显现出相反的状态,即过于以理念对象化的方式构造现实场景、统摄生活逻辑。于是,王生茂和铁锁王三不单"面对面做活",而且"互相笑着",还要"对集体劳动中对方的协作精神,彼此都相当地满意"。这些说明式的描写实际上是为了引出梁生宝的一番感慨,直接拉到点题的高度:"在集体劳动中表现出整党中所说的城市工人阶级的那种美德。"

　　这里面存在很突兀的跳跃:如何能从生茂和王三一时的协作劳动中就能看出他们表现出了工人阶级的美德?如前所述,不仅搭茅棚的劳动是特殊的,而且即便这种典型的协作劳动能够愉快地进行也基于许多特定条件,如果没有"队伍"的良好组织和风气,协作劳动未必不发生矛盾。而梁生宝的思索没有导向是哪些条件导致大家能在集体劳动中既投入又团结,而是直接从一个现象片段中"洞察""透视"出它的本质。为了给这个跳跃的"洞察"一个合理的解释,作者让主人公就其中的"教育意义"展开了一大段思考,核心是区委王书记在整党学习中的一

---

[1] 见《种谷记》第七章。作为互助组长的王存起对组里成员的意识状态有段述评:"他们顶你,驴推磨似的和你绕圈子,拉谈半天还停留在原处。模范常常奇怪:他们的脑筋似乎有种特别的构造,怪话、逗笑的话用不着寻思,自自然然从他们嘴里倾流出来,而正经的道理,你打破头盖,也无法填进他们脑里。心还都不宽,想住个什么永忘不了;眼光不放远看,只瞅住眼前。拉起旁人的事都会说,一到自己头上,那便纠缠不清了。"(柳青:《柳青文集》第1卷,人民文学出版社,2005年版,第73页)
[2] 柳青:《柳青文集》第1卷,人民文学出版社,2005年版,第149页。

段话：

>在解放战争的时候，翻了身的贫雇农，把一把屎一把尿拉扯大的儿子，送去参军，组织起解放军。又把自己家里种的粮食，送给前线上的解放军，又把受了伤的解放军抬下火线。为了解放自己，在共同的斗争中间，不管他们从前互相有过什么意见，都可以忘记。[1]

这实际是提供了另一种农民改造的路径解释，即不是通过日常劳动生产组织去私立公，而是通过面对生存挑战或敌我关系的"共同斗争"，在尖锐、特殊的革命化环境中克服痼疾，脱胎换骨。这也是柳青之前写《铜墙铁壁》时特别想赋形的，就是"人民"在革命战争中的迅速成熟，以及如何从战争的考验、锻炼中培育出"新人"[2]。对于进山割竹，柳青也有意识把它往"为了解放自己的共同斗争"的向度上去写。为了写出"斗争"感，不仅要渲染自然条件的艰苦，作者还着意刻画人与野兽的"争夺"：

>在左近的密林里，老虎、豹子、狗熊和野猪不高兴。它们瞪圆了炯炯的眼睛，透过各种乔木和灌木枝干间的缝隙，注视着这帮不速之客。当三个打前站的人，在这里做搭棚准备工作的时候，这些山中的英雄、好汉和鲁莽家伙，静悄悄地躺在密林里。它们眼里

---

[1] 柳青：《柳青文集》第2卷，人民文学出版社，2005年版，第305页。
[2]《铜墙铁壁》中的区委书记金树旺这样评价主人公石得富在战争中的成长："'战场上考验过的是不同，'……'我在边区党校学习的时光，听他们理论高深的同志说，列宁说过战争中间一年对一个干部的考验，胜过和平时期的几年。……一个同志在平时看起来是平平常常的，可是在严重关头上就特别容易表现出好坏来。……'"（柳青：《柳青文集》第1卷，人民文学出版社，2005年版，第249页）

根本瞧不起这三个人，甚至于可能还等待着，看看有没有机会对其中离群的一人，施展一下迅猛难防的威力。可是现在，野兽们明白人类的意图了。这不是三个过路人！这是相当强大的一群人，到这里不走了。它们开始很不乐意地离开这不安静的北磨石岔了……有一只野猪在茅草对面的桦树林和灌木丛里，一边离开，一边不断地回头看哩。你看它用白眼珠愚蠢地瞅着这帮进山人，有一股敌对情绪。[1]

在这个"敌对阵营"——"在深山里，野兽和人是两个敌对的阵营"——的争夺关系中，搭棚安家的语义指向发生了微妙的转移，从一种临时栖身变成带有向自然挑战性质的"扎根"："这不是三个过路人！这是相当强大的一群人，到这里不走了。"这种在深山扎根所连带的战天斗地意识以及通过置身艰苦环境锻炼获得超常成长的意识其实是"大跃进"激发出来的。柳青在为改写进山一章而走秦岭时曾去探访扎根深山开荒种地的知识青年，了解他们的处境[2]。那种诉诸扎根和争夺（斗争）的意识感觉无形中被柳青带入描写割竹队"安家"和集体劳动的笔调中，使得割竹队的劳动似乎可以和战争时期老百姓"为了解放自己的共同斗争"直接联通上，进而支持了通过（带斗争意味的）集体劳动可以克服私利、矛盾达到"工人阶级美德"的假设。

从"用心"到"炼心"

集体劳动场面固然给梁生宝带来这么多"启发"，但这些"启发"毕竟是人物的主观思索，换句话说，它很大程度上是主人公看到的可能

---

[1]柳青:《柳青文集》第2卷，人民文学出版社，2005年版，第302页。
[2]刘可风:《柳青传》，人民文学出版社，2016年版，第188页。

性，还不是直接的现实陈述。在这些场面描写中似乎存在两个并行的空间：一个是大家伙儿的集体行动、劳动（梁生宝也参与其中），另一个则是主人公的"观察与思考"。前者是按照一种"自然"的方式展开，行动中的人们无暇也无意多想，大家是按照庄稼人进山割竹、安家搭棚的常规去做。而主人公梁生宝一方面参与其中，另一方面他的意识又常"抽身"出来，化为一个观察、审视的视角，不断发现劳动过程中一些细节蕴含的"新生事物"的端倪，进而他还把观察、发现转化成启发、思考，深究背后的深义，就此展开大幅心理活动，自问自答，直到他确认这些细节能够印证之前学来的革命道理、领导指示，证明自己已能自主地认识、把握到这些原理、政策了，才获得充分的满足："他从日常的生活里，经常注意一些革命道理的实际例子；现在，他在这个深山丛林里走着，对革命的道路，又有了新的发现，脚步多么地带劲啊！生活着真有意思，他热爱生活！"[1]

于是，在新写部分（二十二章前半为主），梁生宝经常呈现为在行动者、观察者和思考者之间反复切换的状态。正是他的观察与思考给处于自然状态的行动赋予了超常的意义和价值。但因为这一意义的提升多完成于梁生宝的思想内部，所以整个行动的成长性其实不是在割竹队伍中彻底实现的，而是在主人公的"心路"中达成的。现实存在、人们的言行细节不断构成对梁生宝观察力、认识力和思考力的考验，他要随时经受一种知行往复的锻炼，不但在"行"上得以身作则、身先士卒，还得在"知""识"上时刻保持敏锐与深思。只是，这个"知"是有较为确定的内容和程度上的要求，一则要符合农村社会主义改造所期待的主体状态与认识水平，二则，梁生宝此时已非萌芽的新人，而是未来社会主义集体事业的带头人——这一变化到十六章时业已完成——因此其认

---

[1] 柳青：《柳青文集》第 2 卷，人民文学出版社，2005 年版，第 300 页。

识一定要达致运动指导者的水平，不仅要知其然还要知其所以然。但这种不断从小细节上体会出大意义所形成的落差最后大到让人怀疑到底是现实足以启发主人公的认识，还是主人公被赋予的"认识任务"反向塑造了生活细节。典型的例子是梁生宝从不经意听到的围观群众议论中——认为进山的是王书记办下的梁生禄互助组，"组长没进山来，打发他叔伯兄弟领进来了……"——发现农民意识中的阶级偏见和取消阶级等级的必要：

> 南碾盘沟那个只知其一、不知其二的庄稼人有趣！真有趣！看起来，那人还是相当重视共产党的领导，很正确地把组织贫雇农集体进山，归功于区委书记在蛤蟆滩整顿互助组。但那个多少有点夸夸其谈的老乡，却不正确地说：是富裕中农梁生禄他叔伯兄弟梁生宝，领着大伙进山来了。你看多么逗人笑！生宝想到这里，忍不住笑出声了……
>
> ············
>
> ……他并不因那个不认识他的庄稼人不重视他梁生宝，而纠缠在这个心思上头。不！这个年轻庄稼人决意学习那些具有远大精神目标的共产党人，胸怀宽广，把人们对自己重视不重视，看成与自己根本无关的事。他只觉得有趣。为什么呢？在整党学习时王书记说过嘛！小农经济的汪洋大海里头，富裕中农是受人敬重的人物。他们因为有一匹好马，或者因为有一个大家庭，或者有一个拿高薪的中学教员，就在周围的村庄里很有名气。王书记断定：将来到社会主义的社会里，私有财产制度消灭了，农村中这种可笑的现象，自然也就改变了。
>
> "呀！王书记说的对嘛！"生宝心中惊讶地想。他从日常的生活里，经常注意一些革命道理的实际例子；现在，他在这个深山丛

林里走着,对革命的道路,又有了新的发现,脚步多么地带劲啊!生活着真有意思,他热爱生活![1]

与后面写生茂与铁锁的协作劳动当场引发梁生宝感慨不同,对围观群众说法的掂量是一种事后回溯,是种放不下的琢磨。本来,围观群众的议论蛤蟆滩的人都听到了,有万还想纠正这种误解而被梁生宝拦下,因为他并不计较个人声誉,而看重党在群众中的威望,老乡们认识到互助组是王书记办下的就够了。这是他的第一层反应。接下来展开了一大段队伍启程进发的描写,特别写到枯燥的行进中,冯有义和任老四这类老农如何以庄稼人传统的方式拉闲话,打发时间:

> 冯有义和任老四,背着葛条和行李,在前边走着,交谈着山里山外气候的差别。这种交谈是庄稼人日常的精神生活中很重要的一部分。尽管是见天都要说的闲话,听起来淡而无味,但庄稼人在走路和做活的时候,还是有必要认真地交谈交谈。要不然,让他们说什么呢?关于朝鲜战争和关于五年计划之类的事情吗?四十几岁、五十岁的庄稼人暂时还知道得很有限很有限哩。而议论邻居的长短,那是婆婆妈妈的恶习,只有淡而无味的话题,年老的庄稼人说了几千年,也没有得罪下一个人。[2]

这里专门写了老农们对国家大事的隔膜。而梁生宝并不参与庄稼人这种没有意义感的闲谈,却独自展开对之前一幕的反思:"中共预备党员梁生宝,背着行李卷、葛条捆子、高增福的锅和有万的步枪,走在两个上辈庄稼人的后头。他既不参加他们的谈论,也不听他们的谈论。他

---

[1]柳青:《柳青文集》第2卷,人民文学出版社,2005年版,第300页。
[2]柳青:《柳青文集》第2卷,人民文学出版社,2005年版,第299页。

有他自己的心思。他越想越觉得有趣……"[1]而他琢磨的内容比最初反应又深了一层，直接联系到农村的阶级关系，想到富裕中农的阶级优势，体会出未来消灭私有制的必要。这种深思表现出一种完全超越了庄稼人意识的"中共预备党员"的政治敏感度、敏锐度。而且这种在日常生活的细节中不断发现有政治意味的现象端倪，并把它放在心中反复掂量、思考，进而得出可以印证革命道理的"正确结论"对他来说是一种极大的乐趣，能使寡淡、琐碎的生活充满意义和味道。

在严家炎看来，这是一种脱离了人物规定性——梁生宝毕竟只是个年轻庄稼人——的拔高。而柳青则强调这么写有人物性格基础，因为这个人物的主要性格特征之一就是"用心"：

> 小时用心思考父母的话，入党以后，他就用心琢磨党说的每一句话。生宝用心之处在于他联系思想、联系实际、联系党的方针、政策，用来衡量、判断、解释他身边发生的每一件事。从农民要争稻种的行为，他想到"党就是根据这一点，提出了互助合作道路来的吧！"走在渭河岸边，看到这里的河床窄而深时，他立即想到，上游地势高，水急，河床淘得深；下游地势平，水缓，淤起了很宽的沙滩。由此联想到，地势高，暖得晚，冷得早，稻子成熟期短，到了蛤蟆滩，地势不同了，气候不同了，会不会长呢？从梁三老汉和他闹别扭，从两兄弟不相亲，从郭振山不积极工作，从蛤蟆滩上的土地不能尽量发挥作用……联想到"私有财产……一切罪恶的根源。"从进山刈竹子的行动，联想到"积蓄着力量，准备推翻私有财产制度"的革命……都反映了梁生宝用心的这个特点。[2]

---

[1] 柳青：《柳青文集》第2卷，人民文学出版社，2005年版，第299页。
[2] 王维玲：《柳青与〈创业史〉》，蒙万夫等编：《柳青写作生涯》，百花文艺出版社，1985年版，第142—143页。

但如果仔细梳理《创业史》的文本，就会发现梁生宝"用心"的内容从前到后发生了微妙而决定性的变化。在"买稻种"一章中，体现梁生宝"用心"特点的是他随时关注、留意身边的自然环境特征——渭河上游的河床狭窄、地势高，土色浅、土性黏——经一番对比思索搞明白了为什么上游能产急稻子，又担心适宜黏土的稻种移植到汤河上是否适宜。[1] 在叙述中，作者特别点明："生宝觉得：把许多事情联系起来思量，很有意思。他有这个爱好。"[2] 梁生宝这时观察思考的兴趣、内容都紧贴庄稼人的生产生活，围绕着移植稻种能否成功，而非直接政治性的。因为在"买稻种"所对应的历史阶段中，增产增收被树立为互助合作的主要目标，互助合作在政治上的作用能否实现、发挥都以能否成功实现增产增收为前提。此时对带头人的要求首先是勇于挑起增产增收的担子，后者就是党的指令。所以区委王书记对梁生宝买稻种寄予厚望是特别基于对增产增收的期待："就说稻地麦一亩只收二百斤吧！全黄堡区五千亩稻地，要增产一百万斤小麦哩！生宝同志！"[3] 而到了十六章梁生宝见两兄弟为争遗产打架，其觉悟已提高到对私有制的厌恶。到进山割竹时——其实与买稻种从时间上是前后脚——他再想到王书记的教育、指示时，内容已一律变成社会主义前景、消灭私有制、贫雇农是农村政权的依靠阶级等"革命道理"了。而不断想起、印证王书记讲的这些"革命道理"，意味着梁生宝的意识状态已经近于一个"无产阶级先锋战士"了。

柳青后来在《提出几个问题来讨论》中承认："我的描写是有些气质不属于农民的东西，而属于无产阶级先锋战士的东西。这是因为在我

---

[1] 柳青：《柳青文集》第 2 卷，人民文学出版社，2005 年版，第 77 页。
[2] 柳青：《柳青文集》第 2 卷，人民文学出版社，2005 年版，第 77 页。
[3] 柳青：《柳青文集》第 2 卷，人民文学出版社，2005 年版，第 73 页。

看来，梁生宝这类人物在农民生活中长大并继续生活在他们中间，但思想意识却有别于一般农民群众了。"[1]这个话讲在1963年的语境中，是很难被反驳的。毕竟，"大跃进"之后、"两结合"提出后，对群众领袖、理想人物、英雄人物的塑造越来越被要求向"无产阶级先锋战士"靠拢，假如不充分写出带头人身上超出一般农民群众特点的要素会被批为不合格。然而，以柳青自己写作的现实主义原则看，以及他塑造梁生宝人物的出发点、历史规定性、现实规定性看，这种"无产阶级先锋战士"理想品质的注入是否是以牺牲人物和作品的现实主义品质为代价的？

就《深山一家人》这一章来看，作者对进山队伍其他人的塑造还是按照庄稼人本有的意识水平和行动逻辑来展开——包括老农们的扯闲话，杨大海的埋头实干，有万的莽撞和开玩笑，郭锁的贪心，拴拴的迟缓，任老四时常给梁生宝的畅想浇冷水等。而将大幅增写的梁生宝的观察与深思置于如此语境中，一方面显得超拔，一方面又会显得孤立。这与柳青塑造主人公时要贯彻的"无产阶级英雄史观"——"英雄人物是在历史向前发展的过程中产生的，在人民中成长，在人民中壮大，是群众斗争中涌现出来的代表人物。他的才智和主张、魄力和作为，全表现了他在听取、接受、集中了群众的意见、要求、愿望和利益上，他为这些而奋斗，并以他的思想、行为、主张，又把群众的认识提高了一步，从而推动历史的前进，这是无产阶级的英雄史观"[2]——不免产生不合拍。为此，作者常在梁生宝大段的思索后安排一些他与队员互动的小情节以弥补脱节感，同时，也不断提到他对大伙儿出色表现的感动、

---

[1]柳青:《提出几个问题来讨论》，蒙万夫等编:《柳青写作生涯》，百花文艺出版社，1985年版，第91页。
[2]王维玲:《柳青与〈创业史〉》，蒙万夫等编:《柳青写作生涯》，百花文艺出版社，1985年版，第141页。

满意:

> 你看！不是他本人渴望着建立什么功勋，活动起一帮人，而是大伙的迫切要求，把一个年轻人硬推到这领导地位上。生宝看见大伙自觉的集体观念、帮助领导人的主动精神，他心中满意极了。他对这帮人的力量充满了信任。[1]

> 大伙这种亲密无间，乐乐和和的情绪，深深地感动了年轻的领导人。[2]

不过，当这种感动用陈述语言讲出来，不免显得刻意。而且这种"满意"、信任显现出梁生宝已是居于一个"领导人"的位置来判断集体中的群众，来有意识地关注群众状态、与群众互动。这是一种已把自己提升到无产阶级先锋战士水平，从而产生出"密切联系"群众，受群众启发、向群众学习的心理自觉。这与本身从群众中来，在集体实践中与群众一起锻炼成长存在微妙的差异。前者更类似小资产阶级知识分子在革命实践中锻炼成长、改造主体的模式，后者则是群众带头人的成长模式。柳青写梁生宝的出发点是采取后一路径，更贴近人物原型（王家斌）的成长道路，但随着对"带头人"要求的不断提高——从群众带头人到具备社会主义觉悟的新人，再到无产阶级先锋战士——要写出"到位"的理想人物就变成必须参照"无产阶级先锋战士"的内涵、标准来塑造其思想意识的规定性与成熟度。而柳青所理想的"无产阶级先锋战士"一方面要具备思想成长的自主、自觉意识，要经过一种乐在其中的自我思想锤炼和考验——这使得梁生宝的意识构成越来越接近一个知识

---

[1] 柳青:《柳青文集》第2卷，人民文学出版社，2005年版，第303页。
[2] 柳青:《柳青文集》第2卷，人民文学出版社，2005年版，第304页。

分子干部,并且是那种高度自律和对提高认识能力有苛刻要求的知识分子干部[1];另一方面,这个战士必须时刻置身群众性的斗争生活,并不断从群众的表现中受到启发和鼓舞。这样看来,很大程度上是对战士主体的塑造需要反向决定了如何表现群众。

在《深山一家人》中群众有两个层次:一是处于旁观状态的进山庄稼人,整体基调是对割竹队伍充满羡慕和称赞[2];二是割竹队伍作为一个"集体"其内部的群众状态,相关描写充满了乐观主义、战斗精神和英雄主义气质:

"对嘛!"大伙一哇声同意。
"对嘛!"对面桦树山林回声,显得声势更加浩大。
"那么,咱就行动!"有万把步枪交给生宝,胳膊一扬说,"砍椽的人手,跟我走!"
"割茅草的人手,跟我来!"老大哥神气的杨大海严肃地说。[3]

人们解下包巾头,揩着头上和脖颈里的汗水,都高兴地笑着。所有的人都满意这个地方,满意搭茅棚的准备工作,满意烧好了开水。你看吧!满意得很哩!大伙纷纷看新盘的锅头、刚绑好的床

---

[1]柳青曾承认:"《创业史》也是我自身的经历,我把自己体验的一部分和我经历过的一部分,都写进去了。生宝的性格,以及他对党、对周围事物、对待各种各样人的态度,就有我自身的写照。"(王维玲:《柳青与〈创业史〉》,蒙万夫等编:《柳青写作生涯》,百花文艺出版社,1985年版,第140页)
[2]小说中通过茅棚店主人之口反映其他进山群众的看法:"我的天!一般贫雇农进山,来回五天,爬坡上岭割下来竹子,早晚在茅棚店里削好、熏好,缚成扫帚,捎出山在黄堡街上卖了,买得二斗玉米回家喝糊糊哩……满苦菜滩割竹子的穷庄稼人,没有不称赞你们下堡乡五村的互助合作搞得畅。他们一听你们这割扫帚队的收入,都惊得嘴巴张了碗大,半天闭不上嘴。……"(柳青:《柳青文集》第2卷,人民文学出版社,2005年版,第307—308页)
[3]柳青:《柳青文集》第2卷,人民文学出版社,2005年版,第298页。

架，嘻嘻哈哈，北磨石岔一片欢笑声。[1]

这种集体内部其乐融融、你帮我助、无私无欲、所有人都高兴、所有人都满意的状态也体现出刻意。初刊本中的进山割竹本是一种带着危险性的艰苦历程，扩大了的割竹队伍必然伴随更多隐患，包括人与人之间的矛盾冲突。而这一切到了改写本时都被一种天然的乐观、和谐取代了，似乎理想的集体劳动必然会消弭潜在的矛盾，"群众性的斗争生活"的内涵单纯指向了对自然的改造。这种理想的集体状态——"深山一家人"——反过来激发出梁生宝对社会主义的信心：庄稼人可以克服私心和内部矛盾而团结起来，融为一体。这种社会主义式的团结已不同于《种谷记》中王加扶所畅想的那种令不同品性、地位、立场的庄稼人可以各安其位、各得其所的包容式的团结[2]，而是以去除私有制为前提的、同质化的团结。

不过，群众、队员的表现已然如此理想，就意味着这支队伍的行动过程、相处关系必然是顺利的，那这种"无矛盾"状态很难对领导人形成真正的考验、锻炼。而"无产阶级先锋战士"是必须主动置身实践、矛盾中，在斗争中锻炼才能成长。于是，梁生宝作为"领导人"的意识培养特别体现为在集体行动中不断锤炼一种无微不至的责任心：

---

[1]柳青：《柳青文集》第2卷，人民文学出版社，2005年版，第302页。
[2]见《种谷记》第十五章所写王加扶对未来理想社会的畅想："几时咱们和公家人一样……一村就是一家，吃在一块，穿在一块，做在一块。种地的种地，念书的念书，木工是木工，石匠是石匠，管粮的把仓，管草的捉秤。六老汉照旧打钟。存恩老汉识几个字，要是他愿意，就让他给咱们写账，克俭哥给四福堂讨了半辈子租粟，对粮食有经验，给咱管仓库，他和存恩老叔对，在一块办事也相宜……咱也办上个俱乐部，识字、读报、开会全到那里去好了，……也办它个把托儿所，把娃娃们弄到一块，讲究卫生，……再说没娃娃拖累了，叫我那个死顽固婆姨也抽空儿住上一期训练，至少到延安参上一回观，看她有个转变也没？"（柳青：《柳青文集》第1卷，人民文学出版社，2005年版，第153页）

生宝自己包干照顾拴拴。他总走在拴拴后头，随时准备着帮助拴拴。要知道，这是王瞎子的独苗苗儿子，生宝一时一刻都不敢疏忽大意！别怪年轻人一处在负责任的地位，就显得老气横秋吧。你看：生宝的神气、言谈和情绪，不比实际年龄大十岁吗？[1]

生宝正在检查各人割下的竹子的质量，看看哪些不适宜缚扫帚的，拣出来烧火。他不知道大伙笑什么。他想：有万果真逗大伙乐乐，真好，山里的生活太寂寞了。为了调剂茅棚里的生活，生宝还建议任老四给大伙说说三国故事。快乐的铁锁王三，会学马、牛、鸡、犬的好几样叫声，学鸡叫最像了。生宝也鼓励他叫一叫，打破寂寞，提高人们的情绪，转移人们对家乡的思念。在大伙逗笑的时候，生宝独独一个人，检查缚好的扫帚，是不是合乎规格。[2]

这一系列描写是在初刊本里已存在的。也就是说，在原构思中，梁生宝的主体锻炼方式不会轻易诉诸斗争性，而集中于培养超常的责任意识。在改写中，这一点得到了加强——把初刊中有万向拴拴开玩笑改成梁生宝有意指示有万多"给咱逗大家笑一笑"以调剂劳动时的枯燥。[3]事实上，这种责任心常体现为对潜伏未发的危险、矛盾和危机的预判、预防。它也可以称之为一种斗争意识，不过斗争的对象是尚处于酝酿、发酵中的矛盾、危机，斗争方式是洞察先机，在问题尚属萌芽时就因势利导地防范、化解它。为了做到这一点，"领导人"有必要对现实抱有高强度关注，心思细密，能敏锐体察每个人的言行、心理状态以及集体的动向。这当然需要责任心、理解力、耐心以及意志的熔炼，或者准确

---

[1] 柳青:《柳青文集》第 2 卷，人民文学出版社，2005 年版，第 307 页。
[2] 柳青:《柳青文集》第 2 卷，人民文学出版社，2005 年版，第 309 页。
[3] 柳青:《柳青文集》第 2 卷，人民文学出版社，2005 年版，第 308—309 页。

地说，需要一种"心力"的培育。这种时时刻刻把注意力、责任心灌注在集体、他人身上的做法——"日夜煎熬着，提心吊胆在困难和危险中磨着过得很慢很慢的时光"——对梁生宝自己而言起着一种通向无产阶级"无我"状态的"炼心"的作用：

> 把人民大众的事包揽在自己身上，为集体的事业操心，伤脑筋（"为集体的事业操心，伤脑筋"初刊为"日夜煎熬着，提心吊胆在困难和危险中磨着过得很慢很慢的时光"），以至于完全没有时间和心情思念家庭和私事——这是上一代共产党人在二十年战争中赢得人民信赖的原因。生宝同县委杨副书记和区委王书记接触中，从他们的神气、言谈和情绪中，看出了这种精神。解放三年来，生宝注意到许多领导同志，都有这种精神，他就决定自己也这样过活。他也不懂得这是什么行为。在这艰苦奋斗中，他也没有一丝一毫个人目的。他既不想从集体的事业里捞点高于别人的利益，也不希望别人把他当作领导来恭敬。[1]

这里的"去私"还是从个人、家庭利益，从功利心和地位意识去界定的"私"。而"无我"恰是一种基于价值认定的、自我选择的"我"的状态——"他就决定自己也这样过活"。也就是说"无我"正是一种"成我"的途径。这个以"无我"方式成就的"我"通向一种理想的无产阶级主体状态。只是，柳青依然要给梁生宝的思想意识水平一个限定，因此说他还不能"懂得这是什么行为"，其所作所为是出于对接触过的"领导同志"的追摹。但单纯追摹并不能解释梁生宝在思想认识提高时会感到的"有趣"和"乐"。柳青之所以不断赋予梁生宝这种锻炼

---

[1] 柳青：《柳青文集》第 2 卷，人民文学出版社，2005 年版，第 307 页。

中的欣喜感，是要把主人公主体的成长置于其内在动力上。创集体大业、憧憬社会主义、对党员干部见贤思齐、对父老乡亲饱含责任，这些固然是引导其进步、成长的决定因素，但其内在根基更系于"心""我"的锤炼、蜕变上。并且，如果说"我"的蜕变、改造是知与行的往复，其中思想认识的提高，尤其是经由实践印证的"知"的成熟常能带来"喜"和"乐"，那"心"的锤炼则更需借助某种"煎熬"，某种不易克服的考验，"提心吊胆在困难和危险中磨着过得很慢很慢的时光"。但这种"炼心"尤其是一个"领导人"必经的一课，乃至必经的反复修炼。

事实上，比较改写前后的重心，改写后大幅增加的是梁生宝在思想认识能力上的提高，是围绕思想上能达到无产阶级水平而做的设计；而改写前的重心是落在拴拴受伤事件对梁生宝的考验，是从"炼心"角度写主人公的成长。在小说情节安排中，拴拴受伤差不多是"必然的意外"。如前所述，王瞎子一家作为互助组的隐患早晚会出事，非此不足以推动互助组内部矛盾的爆发，尤其下卷开头一系列对互助组的内外交攻都已集中在王瞎子家。因此，梁生宝对拴拴受伤的焦心来自预计它会引发连锁反应，冲击本来脆弱的互助组：

> 想到王瞎子，生宝心里毛乱！唉！这户人入他互助组的时候，他就有点勉强。光是拴拴，累死他也满心情愿，可恨的王瞎子心太奸了，在互助组中，总觉得人家在捉弄他儿子。无论你怎样关照拴拴，王瞎子总怀疑他家吃了亏，见面总是念叨："唉！宝娃！俺娃是傻傻！""俺娃傻啊……"好象肚里有一肚子的疑虑说不出口。生宝简直想说："王二爷不放心，你家退组好哩！"但记着王书记的指示，他一切都忍耐了。有一回，生宝听他妹子秀兰说，王瞎子竟然教给儿子使奸心，说："给旁人家做活儿，你卖那么大劲做啥？累下病，他家给你抓药哩？"唉唉！生宝听了，不由人不

发暴躁！原来老汉就这样给儿子传授聪明哩！他要找老汉说他几句，但是走到草棚屋外头，又改变了主意。他心想："他不会承认的。那个瞎老汉！理他做啥？还是听王书记的话吧……"他又退了回来。[1]

事实上，初期的互助组虽然规模小，但维护起来格外费心力。一是组员家底薄，生产上体现不出优势，中农会觉得吃亏，总想退组；二是入组、退组完全自愿，没有什么制度可约束。后来的初级社、高级社、人民公社因为不断提高退社门槛和政治压力，使得所谓自愿退社原则变得越来越形同虚设。加上大部分人入社一方面意味着条件好的户吃亏，但大量条件不好的农户会从中得益而形成一个较庞大的支持群体，而他们又在政治上占优势和有干部撑腰，这就使得合作社的维系有体制保障。更不必说人民公社实现政社合一后，如果被排除在社外可能连生存都难以维持。因此就组织性而言，初期互助组是最松散、脆弱的。所以，单从互助组优化的角度，梁生宝曾巴不得王瞎子一家退组："生宝曾经提议：在上下河沿挑选十户八户人家，而先不要王瞎子这样的农户参加，他敢保证搞好重点互助组。"[2] 但从党的角度看，互助不单为提高生产，而是新生事物在农村争夺影响力、领导权，为社会主义改造打前站。所以王书记笑话梁生宝没有站在党员的角度考虑问题："如果每个共产党员，都不愿带动自己周围的群众，大伙都到别处挑选自己的群众，那怎么能弄成呢？郭振山说：他弄不成互助组，就是因为官渠岸的群众落后。他说：'要是我和生宝一样，住在下河沿，你看郭振山常年互助组！'而你呢？你要在半个村里挑选，那么剩下的那些群众，譬如

---

[1] 柳青：《柳青文集》第 2 卷，人民文学出版社，2005 年版，第 313 页。
[2] 柳青：《柳青文集》第 2 卷，人民文学出版社，2005 年版，第 313 页。

王瞎子，让谁领导呢？让给富农姚士杰吗？"[1] 如此一来，接纳王瞎子一家难免带来层出不穷的麻烦，但它代表着从群众带头人向党员意识进化过程中必须心甘情愿担起的担子："群众里头落后的一部分人和一般群众落后的一面，是我们共产党员真正的负担。"[2] 在王书记那里，能否正视、不回避群众的落后性是衡量带头人是否有资格带领群众走向社会主义的关键所在——"要把落后的农民领到社会主义的路上，可得有耐心呀！不然，你就是革命革到十里堡，也进不了城哩唉！"

柳青曾讲，梁生宝的核心性格特征之一是有耐性：

> 苦难的生活对他的磨练，母亲的性格对他的影响，现实生活对他的教育，使生宝从小有耐性。他朴实内涵，谦虚持重，能忍让，不外露。有人讥笑他，有人为难他，他不憋气，不在乎。操劳着，忍让着，压力下不屈服，不附和。个人的恩怨得失决不计较，坚定沉着，宽厚正直，冷静出世，顾全大局，顽强地走社会主义道路，用他的话说："八根绳也拽不转。"这正是他从自发到自觉的革命耐性。[3]

梁生宝身上固然有一种来自生活教育、作为"社会意识特征"的有耐性和"毫不任性"，但作品中王书记的话要揭示的是，生活磨炼培育出的耐性必须经由政治觉悟、革命责任感的陶养才能真正上升为一种"自觉的革命耐性"，成为"无产阶级"品质的一个部分。就此而言，耐心、耐烦的锤炼既是"炼心"也是"炼志"。无产阶级主体意义上的

---

[1] 柳青：《柳青文集》第 2 卷，人民文学出版社，2005 年版，第 314 页。
[2] 柳青：《柳青文集》第 2 卷，人民文学出版社，2005 年版，第 314 页。
[3] 王维玲：《柳青与〈创业史〉》，蒙万夫等编：《柳青写作生涯》，百花文艺出版社，1985 年版，第 143 页。

"炼心""炼志"有别于传统士大夫心性之学的地方尤其在于他要特别诉诸对群众落后性和落后群众的历史责任感、阶级责任感。它丝毫不能是"独善"的,而必须是"兼济"的,是一种没有退路的锻炼。其"兼济"的范围从左邻右舍、亲戚朋友,逐步扩大到困难户、贫雇农,再拓展到中农、富户,涵盖整个乡村社会。在此过程中各方关系、矛盾、冲突日渐复杂,对带头人的考验、磨炼就越发升级,他们的"心""志""性"和"识""智""力"经此历练才能逐步提升。这是阶级意识的改造、转换,也是主体的成长。而这些带头人的成长、成熟度很大程度上决定着乡村社会重组、再造所能达致的水平、边界。尽管在后来的合作化、集体化运动中搭建新的制度架构、建立合理制度(改造生产关系)居于优先位置,但新集体、新组织能否良好运转,新的观念意识能否深入人心,新的社会风气能否确立起来,终将取决于各级带头人的成色、品质与能力。

梁生宝原本的"志"是创家业,在新社会的感召下变成创集体大业。对梁生宝天性所具有的"志气",小说中曾专做铺陈、刻画。一是在"序章"中渲染早年间他在买牛创家业一事上体现的不凡气魄和雄心,二是在二十九章开头写他少年时代如何"学成人的礼仪",如何以"义"待人[1]。这些溯源试图表明梁生宝这一人物在品性上一以贯之的底色是"有志气的穷人","学好——是梁生宝意志中永恒不变的一点"[2]。旧社会他"学过做旧式的好人",到了新社会,"自从他参加了一个强大的、有光荣斗争历史的伟大政党以后,他早就开始学做新式的好人

---

[1] 柳青:《创业史》,中国青年出版社,1960年版,第455页。值得注意的是,在初刊本和初版本中存在的二十九章开头对梁生宝少年事迹的讲述在后来的再版本和通行本中都被删去了。这或许与可能会引发的一种顾虑有关:如果凸显梁生宝曾"学过做旧式的好人",曾遵循传统"仁义"的底色,是否会削弱其"新人"色彩中被新道德决定、引导的一面。
[2] 柳青:《创业史》,中国青年出版社,1960年版,第456页。

了"[1]。之所以"做新式的好人"比"做旧式的好人"对梁生宝更有感召力,恰在于"新式好人"诉诸的"志"是更高层级上的"志"。这也构成他能进一步被社会主义理想感召的基础——其心志提升、向上的冲动需要更高远、更超越性目标的引导。只是,远景目标的引导固然有助于"立志",却尚不等于,更不能取代"炼志"。只待真正担起集体担子,遭遇难以回避的困难时,"炼志""炼心"才面临真正的挑战。其中的关键尤其在于如何克服挫折中的灰败情绪,如何将颓丧转化为昂扬:

> 生宝背着拴拴一边走,一边想:什么叫做艰难?"艰难"二字怎样讲?他明白了:鬼!当自己每时每刻都知道自己要达到什么目的的时候,世上就根本没有什么艰难了!整党的时候,红军长征,就是这样的。因为一天比一天离目的地近,所以艰难变成了快活。而且,每天一到宿营地,就有新的一次快活。他一想:对!庄稼人过光景,也是这样喀。他和继父租种吕老二的十八亩稻地那年,他一点也没觉得艰难,反而畅快;因为他一心想着发家创业。只在秋后发现创不了业的时候,回想起来,那年才变成可怕的艰难了。现在,他为了社会主义,背着拴拴走,他心里痛快![2]

这里凸显了树立"目的""目标"的作用——"目的""目标"会带来价值感和意义感,使得当下的艰难困苦成为一种必要的付出与牺牲。不过,最终目的地之所以能给当下的每时每刻带来价值,一方面取决于目标自身的远大、高尚与感召力,另一方面恰如长征行军这个比喻所显示的,当下的坚实努力与目标之间需要有一种结实、可见、确定的关联,目标和路径本身的可靠构成这种关联的确保。在确保革命总目标正

---

[1] 柳青:《创业史》,中国青年出版社,1960年版,第456页。
[2] 柳青:《柳青文集》第2卷,人民文学出版社,2005年版,第314页。

确的前提下，革命历程会被不断分解为一个个连续的、有价值的步骤和阶段，以此来牵引每时每刻的艰苦奋斗，使得一切为克服具体困难付出的心力、磨难都是值得的，甚至渗透着接近目标的喜悦。

但是作为远景的社会主义是克服困难的唯一动力吗？或者说，仅靠有意义的目标，仅靠为了理想而自我磨炼的意志就可以消弭工作、事业受挫时的灰败，重新充实、饱满吗？具体到梁生宝所遭遇的拴拴受伤事件中，安慰了梁生宝情绪的，使之更加心甘情愿背着拴拴下山的是拴拴这个老实农民的不忍心和歉疚心：

> 他们已经到了夕阳照不到的阴沟里。毛茸茸的山冈的阴影，笼罩着山谷，乌鸦呱呱地叫着，从他们头顶上空，唰唰地飞过去归巢。
>
> "生宝！"拴拴在脊背上叫。
>
> "怎了？"生宝怜惜地问。
>
> "息一息吧！"
>
> "难受吗？"
>
> "不。你累啊……"
>
> "不要紧的。天快黑了，还顾得息？"
>
> 又走了一节，在一个拐弯的地方，拴拴又叫：
>
> "生宝！"
>
> "你又怎了？"
>
> "息一息吧！你，头上，出汗了。"
>
> "庄稼人，出汗算啥？"
>
> "这阵路平哩，叫我，下来爬……"
>
> "啥话？伤口又流开血，可怎办呀？"
>
> 拴拴又不响了。生宝可以觉得出拴拴不安的心情；老实人有感

激的意思，却说不成词句。[1]

基于对王瞎子一家的了解，梁生宝原本对善良、懦弱的拴拴报有乡亲加阶级感情意义上的同情，而拴拴说不出口的不安、感激使得梁生宝彻底打消可能隐含的抱怨心，越加甘愿为之付出。后面当拴拴担心因受伤影响割竹收入会遭瞎爹骂时，梁生宝毫不犹豫地讲："你放心养伤！拴叔！""你不能上岭的这些日子，我割的算你的！"[2]这番舍己助人的表态大大感动了中农冯有义：

> 生宝的精神，感动得好心人冯有义瞪起眼睛看他。这个四十多岁的厚敦敦的庄稼人，是个完全可以自己耕作的普通中农。他入这个互助组，只是喜爱生宝这个人。他把入生宝互助组，当做一种对新事物的有意义的试验。要是失败了，他也不后悔。生宝的每一次自我牺牲精神，都使有义在互助组更加坚定，对互助组更加热心。[3]

对于冯有义这样的普通组员来说，参与互助组有吸引力的地方不在什么社会主义前景的感召，而系于他对梁生宝这个带头人的信任、敬佩，梁生宝就是这个"新事物"的代表、象征，也是凝聚力的来源。整个进山割竹立意是要写贫雇农团结、成长为互助合作核心力量的可能，也就是写农村社会主义改造依靠阶级如何在协作劳动中从自发走向自为。而其着落点最后踏实在队伍里唯一的中农冯有义坚定了跟梁生宝互助组走的意志，这就呈现出一个理想的互助集体如何形成对中农的感召

---

[1] 柳青：《柳青文集》第2卷，人民文学出版社，2005年版，第315页。
[2] 柳青：《柳青文集》第2卷，人民文学出版社，2005年版，第316页。
[3] 柳青：《柳青文集》第2卷，人民文学出版社，2005年版，第316页。

和吸引，由此呼应了梁生宝在第十六章面对两位书记陈述的互助合作组织原则：要确立贫雇的优势地位，再去团结中农。冯有义对互助组的信心、投入完全寄托于他对梁生宝的信赖，这看上去显得不够"自觉"，缺乏社会主义教育的色彩，但这恰是柳青在书写这段历史时遵循的现实规定性。换句话说，在第二十二章的书写和改写中，梁生宝的认识水平、思想活动固然大幅增加，但他并不是以自己的"思想""认识"来直接组织、团结队员，而是以觉悟所转化出的意志、耐心、责任感、牺牲精神、洞察力，通过融入具体的实践、劳动、生活、娱乐来潜移默化地感染、带动群众。他的队员们正是在这样的示范、感染、带动下也不断进步、成长，由此才能搭配、锻造出理想的集体、理想的"深山一家人"。

虽然第二十二章只是《创业史》矛盾铺展过程中的一个环节，理想的集体状态会随着后面矛盾的演化遭受新的冲击，但它确实具有相对独立性。柳青是要通过这章的重写较为完整地表现一个理想的、有凝聚力和战斗力的阶级集体是基于什么样的条件而成立的；更重要的是要写出社会主义革命所期待的带头人、群众英雄应具备的主体状态，显示这种主体状态要具备哪些面向，又要依靠什么样的思想锻炼以及"炼心""炼志"的意识锤炼和实践磨炼才能成熟起来。或许依据现实主义书写的规定性，梁生宝这个主体的状态（尤其在这一章中）显得过于成熟，但他毕竟不是纯粹"写实"意义上的现实主义人物，柳青是要通过这个"理想人物"写出在改造现实的意义上去重新认知现实的可能方向与实践潜力。所以对梁生宝的塑造也应被"当做一种对新事物的有意义的试验"，其认识价值并不能完全以现实成败来衡量。

李双双：从更深的土里"泼辣"出来
——试探20世纪五六十年代"新型妇女"的一种生成史[1]

◎李娜

一、"做人要做李双双"

李双双，最初酝酿于河南作家李准在"大跃进"背景下塑造妇女"新人"的自觉和激情。小说《李双双小传》发表于1960年3月的《人民文学》，开头就说，是"大跃进"把李双双这个名字，把这个曾经只被叫作"喜旺家""小菊她妈"的乡村媳妇，给"跃"了出来。公共食堂和托儿所，使得这个"年纪轻轻就拉巴了两三个孩子"的媳妇，走出了家庭，走入社会性劳动，变得更聪明、漂亮，带动着丈夫一起成为人民公社这个新集体的新人。小说中喜旺、双双的"先结婚后恋爱"，之

---

[1]本文的写作缘于"北京·当代史读书会"师友们对李准的共同研读，感谢贺照田、程凯、莫艾、刘卓、张炼红等师友的日常讨论和批评；感谢宋少鹏、宓瑞新老师鼓励我尝试从妇女角度出发观察和思考。题目中的"新型妇女"，出自李准1961年出版的小说集《李双双小传》的后记，"我在农村工作劳动中，遇到过不少这样的新型妇女，她们的风格是那样高……"（李准：《李双双小传》，作家出版社，1961年版）；当时提倡写"社会主义新人""新人"，本文除题目采用李准这一"新型妇女"指称，行文中使用妇女"新人"。

后更随着电影的传播，成为一代人表达时代变迁中的婚姻理想的亲昵语言。

"大跃进"紧接着的三年饥荒中，国民经济、人民公社以及相关文艺创作都进入"调整"期的1961年，小说经改编拍成了电影，去掉了办公共食堂的主线，改以"评工计分"为主线——李双双提议生产队认真"评工记分"后与干部多占工分、干活不讲质量等现象"斗争"的一连串故事；并增加了一个副线，被叫作"喜旺嫂子"的双双，帮助返乡姑娘桂英退掉父母想要包办的城里的婚姻，呵护她和二春"互相帮助"的恋爱；而这两条线的内核、推动着情节走向的，是丈夫喜旺为双双这些有悖乡村"老理儿"、不断得罪人的行为而发生的争吵、离家和归来的"轻喜剧"。由李准编剧、鲁韧导演，张瑞芳、孙喜旺主演，1962年春天上映的《李双双》，没有因"大跃进"失败而过时，而是红遍大江南北。转年，《李双双》获得《大众电影》举办的有十八万观众投票的第二届"百花奖"的四项大奖，郭沫若为最佳女主角张瑞芳题诗："天衣无缝气轩昂，集体精神赖发扬。三亿神州新姊妹，人人竞学李双双。"[1]

"学李双双"，学什么？从时代强音、最方便表达的层面，自然是题诗所说的"集体精神"：大公无私、敢想敢说。电影不仅在电影院公映，也被送往全国各地的农村，在《大众电影》《人民日报》与十几家地方报纸刊登的公社社员的座谈、热议中，人们纷纷举着身边或自己的例子来对照、赞美李双双维护集体利益的无私和"坚决"。在各种报道、评论和几十年后的回忆口述中，可知当时有了诸如"革命要学郭大娘，

---

[1]张瑞芳：《岁月有情——张瑞芳回忆录》，中央文献出版社，2005年版，第328页。

做人要学李双双"[1]"做人要做李双双，看戏要看孙喜旺"等流行语[2]。社员们的"观后感"和在不同语境中分合使用的流行语，所对应的现实与现实感受都有待进一步辨析，不过还是可以触摸、拎出一些具有共通性的历史心情：第一，人们喜爱李双双的心情里、要跟李双双"学"的，可能其实更是：李双双的"大公无私"，她敢想敢说是怎么做到、做好的？（座谈记录中不少人提及，身边有社员或自己也如此坚持原则，维护集体利益，却落得个招人恨，或"收不到好效果"……[3]）第二，"做人要做李双双，看戏要看孙喜旺"，两句话对照，有着有意味的缝隙。除了张瑞芳、仲星火等一众演员表演上的魅力，如果没有了与"落后的好人"喜旺在吵闹中更趋厚实、新鲜的恩爱，没有了作为"嫂子"对年轻人婚恋的呵护、对不会做农活的年轻媳妇的"不记仇"的帮助，在"大跃进"和人民公社激进化的惨痛后果犹在的1962、1963年，很难想象，为公社的几块木板、十几个工分、几十块钱而与乡亲、丈夫"坚决斗争"的李双双，会得到人们这样由衷的喜爱。

也就是说，与当时政府树立的女劳模的作用方式不同，李双双的感染力更来自与"大公无私"思想品格相映衬、相成就，让人们既熟悉又新鲜的一种"泼辣"性格；或者说，使得"大公无私"这一高标的"思想品格"获得一种可亲、可"学"的赋形的，是李双双和她的"泼辣"

---

[1] 本刊记者：《衷心的祝贺》，载《电影艺术》1963年第3期。郭大娘为同时期上映的电影《槐树庄》中的人物。

[2] "做人要做李双双，看戏要看孙喜旺"流传、引用更广，也可见于导演鲁韧和演员仲星火的回忆文章中。有时分开引用，如当年电影评论以《看戏要看孙喜旺》为题（倪平，《文汇报》1962年12月15日）；苏州评弹《补苗》中则用了"大家不要学孙有婆，做人要学李双双"（见张如君、刘韵若改编：《补苗 短篇评弹》，上海文化出版社，1964年版，第39页）。

[3] 可见于汪岁寒：《来自公社的反映》（原载《电影文学》1963年第3期）、《社员齐夸双双好 热爱集体品德高——山西省孝义县城关人民公社和白壁人民公社临水生产大队社员座谈影片〈李双双〉》（原载《山西日报》1962年12月15日）等文，收录于《李双双——从小说到电影》，中国电影出版社，1979年版。

闯出的有情有义、新旧不隔的生活世界。这使得在集体化挫折、人心疲惫的此刻，颂扬大公无私的李双双，却意外地具有了某种抚慰、护持并提振人心的作用；李双双式的"泼辣"，也庶几成了新中国妇女生命状态、妇女"主体"的一个理想性的凝聚和焕发，一颗"亮闪闪照得人眼里多明快"的"黑夜的星星"[1]。

这样的"泼辣"，自然来得不易。

张瑞芳在《扮演李双双的几点体会》开头说：

> 一九五八年，当我和李准同志还不熟识的时候，有人转告我，他想写一个农村的喜剧，其中有我可以演的角色，只是担心我能否"泼辣"得出来。[2]

可知，从最初的酝酿阶段，李准就将"泼辣"作为李双双最具基调性、整体性的性格。张瑞芳接受挑战，出色地"泼辣"出来了；电影中李双双的"泼辣"，融入张瑞芳（以及与她配戏的演喜旺的仲星火和电影拍摄团队）的经验、心性、艺术创造与时代感受。虽然此时来自上海的这些电影工作者对文艺如何表现劳动人民颇多顾忌，张瑞芳在表演上也很受束缚，但愈束缚愈用心，戴着镣铐跳舞的李双双的"泼辣"，鲜亮好看；同时，电影是在巩固人民公社、集体化架构的社会氛围的支持下拍出来的，这"泼辣"也有着相对单纯而明朗的形态。1963 年，河

---

[1]《社员齐夸双双好 热爱集体品德高——山西省孝义县城关人民公社和白壁人民公社临水生产大队社员座谈影片〈李双双〉》(原载《山西日报》1962 年 12 月 15 日)，《李双双：从小说到电影》，中国电影出版社，1979 年版，第 406 页。报道中说出这句话的城关公社女社员任巧英特别提出，李双双的好管闲事、泼辣大胆"和那种专门'在鸡蛋里挑骨头'的人大不一样。我看她主要是因为她有一副为大伙办事的热心肠。有了这副热心肠，才使她对集体的事情十分关心。她那种脾气、性格，就像黑夜的星星一样，亮闪闪地照得人眼里多明快啊！"

[2] 张瑞芳：《扮演李双双的几点体会》，载《人民日报》1963 年 4 月 21 日。

南豫剧三团的编导杨兰春、赵籍身与李准合作，依据电影剧本，改编、排演了豫剧《李双双》，故事时间被延后设定在1962年春，李双双也被更加放回到河南乡土的民风、民俗和语言中。这里，李双双的"泼辣"和所以"泼辣"有了更厚实、更可能被理解但也更为复杂的形态，这一厚实、复杂，既与豫剧特有的艺术形式、豫剧与民间生活更密切的关系有关，也与以《朝阳沟》闻名的导演、编剧杨兰春在现代戏探索中逐渐形成的、非常具启发性地把握文艺与政治的方式有关，也隐然与1958年之后的"三年灾荒"在乡土人心中的记忆和反应有关。

经由小说、电影、戏曲的持续打磨，李双双和她的"泼辣"日益饱满，而"大跃进"以来对"表现社会主义建设的现代戏"的大力提倡，更使得李双双经由地方戏曲深入到广泛的社会基层和乡村家庭中去（豫剧《李双双》被相当多——李准回忆是不下"五百个"——地方剧团搬演，也被改编成话剧乃至评弹等曲艺形式[1]）。至此，李双双的"泼辣"，蕴含着爽朗、能干、敢说敢为、不计利害、既灵透又"傻"的性格，蕴含着对平等、恩爱、既现代又传统的夫妻之情的要求，更蕴含着将"集体精神"与传统中国人有关"义""理""公道"等价值的有效连接，在此一亦新亦旧的义理的践行中细腻感通他人、以承担为乐的生命状态——由此生成的一种新中国妇女的精神风貌与价值形态，不会随着时代转换、"革命"被告别而消失，在某种意义上，可说进入或沉淀在了中国妇女的身心乃至具有基底性的情意结构中。或因此，作为"文化大革命"后最早获得平反、公映的电影之一[2]，在"大公无私"已随

---

[1] 李准：《晚年自述》，李准著、向继东编：《李准文学回忆录》，广东人民出版社，2021年版，第59页。

[2] "文化大革命"中《李双双小传》被批判为"中间人物论的创作标本"，见武汉大学中文系62级《延河公社》编《十七年百部小说批判》，湖北省文联红色造反团印，1968年，第35页。电影《李双双》被指宣扬了"阶级斗争熄灭论"，成了"毒草"；1973年3月，获得平反，见张瑞芳：《岁月有情——张瑞芳回忆录》，中央文献出版社，2005年版，第382—383页。

着"革命理想主义"黯淡退场之时,《李双双》和她的泼辣,依然动人心弦。即便在年轻人多已不曾听闻"李双双"的当下,直接或间接拥有李双双时代的记忆,也拥有更开阔的国际交往、比照视野的中国女性,或更能知觉几代人身心中葆有的这一度被历史伤痕和新的理论话语所淹埋的遗产:20世纪五六十年代的中国妇女的生命、精神状态及那时"男女平等"所具有的生活、生命、社会、文化意涵,并不能以窄化了的"铁姑娘""雄化"给简单打包了事。

二、李双双的户口:时代现实中最被需要的人

上节说到,电影《李双双》红遍全国之际,从各地报刊上公社社员的"观后感",可以感受到人们对电影由衷地喜爱之情,也可以感受到,这些"观后感"对应的现实和现实感受是复杂的、有待辨析的。1957年反右、1958年"大跃进"以来不断激进化的政策和人民公社"一大二公"的制度试验、道德要求,在乡村实际运作中造成的不只是诸多生产、管理问题,还有一种有压力的氛围,让普通农民也知道,什么是"进步话",什么是"落后话"。就发表而言,这些座谈记录当时也是经过择取的。我们保留如上意识,将这些"观后感"置于相应的社会历史脉络中,或可进一步探讨:李双双和她的"泼辣",是基于怎样的历史实际和作家的文学/政治自觉而"跃"出的。参加座谈的社员们,多举例自己身边也有李双双这样的人,"只是不那么全面","李双双这个人物确实很好,但是有点使人感觉她的性格是天生如此","还可以加强妇女队长在队委会中的领导作用"之类的问题和建议[1],这些话隐约透露着对李双双的现实可能性的"疑问"。事实上,这样的疑问,不仅来自

---

[1] 汪岁寒:《来自公社的反映》(原载《电影文学》1963年第3期)、《李双双——从小说到电影》,中国电影出版社,1979年版,第396页。

普通农民，也来自赵树理这样对集体化进程中农村、农民的境遇抱持忧虑的作家。据说赵树理曾问李准：《李双双》红遍全国，你真的在农村见过这种人吗？[1]

作为一个20世纪30年代即投身中国革命的作家，赵树理不同于与他有着相近读书、写作、革命轨迹的柳青、周立波等革命作家的地方，是他对中国乡土社会和农民有很深的理解。新中国成立后，同样致力于写合作化中的乡村与人，赵树理没有像周立波写《山乡巨变》那样放松、乐观，相信历史潮流会自然带动人的变化，也没有像柳青写《创业史》那样用文学主动构想政治、给出（而不只是反映）社会和人的进步路径的严肃的激情——赵树理坚持的"老百姓喜欢看，政治上起作用"，是一种特别立基于"现实"、立基于他对乡土社会的理解来检验政治政策的写作。这是他会对李准问出"你真见过李双双这样的人"的原因之一。他苦恼于"大跃进""人民公社"引发的重重问题，也看不到现实中李双双这样将泼辣、德性和斗争贯彻到底，且带领社员实现了丰收的人。

但无论对于李准，还是对于有了后见之明的我们来说，李双双的出现显然并不只是"真实不真实"的问题。李准在新中国开始写作，相较于赵树理、柳青、周立波，同样写合作化、同样在文艺为政治服务的意识下写作，他的生活资源和文学养成、他与革命／政治的关系，是很不同的。1928年生于河南洛阳县（现改属孟津县）下屯村的李准，出身于乡村教师兼小地主家庭。在乡上的初中只读了半年就不得不因饥荒、战乱等辍学的他，做过盐店的学徒，掌管过自家在镇上兼办邮政的杂货店，他在从村庄到麻屯镇的乡土生活、人情世态中历练，在新旧文学和戏曲中领略文艺之于人的意味。1953年开始在《河南日报》上发表描

---

[1] 孙荪：《风中之树——对一个杰出作家的探访》，人民文学出版社，2002年版，第253页。

摹新社会的新的婆媳关系（《婆婆与媳妇》）、新的社会风气（《卖西瓜的故事》）、旧人物的新状态（《我没有耽误选举》）等"生活小故事"之后，他以一篇有着精练、耐读情节，且敏锐抓住了时代脉搏的小说《不能走那条路》跃上文坛。《不能走那条路》写的是"新社会的新问题"，即农村土改后重新出现的土地买卖、贫富分化问题。从这篇起手就相当成熟的小说，我们可以看到李准的特别超卓之处，就是对乡土社会与人在历史变动中的心情、心思变化的把握如此敏锐，而对于如何调动乡土上既有伦理、情感资源，配合政治理想来应对、解决这样的新状态、新问题，又是如此富有灵感。可以说，李准20世纪五六十年代的小说，基本沿着政治政策或者说集体化进程带来的乡村变动中的"问题"和"新人新事"来展开，但也具有阶段性的特点。1953—1955年间，也即合作化运动高潮前，如研究者莫艾所说，时代政治相对"平缓"，李准"对乡村社会的感受、观察和相关意识，在某些方面更为从容、更为展开"[1]。此一阶段，李准写得篇幅相对较长的小说，特别展现了他内在于乡村和农民来回应时代要求的能力，在某种意义上，是一种新时代的"问题小说"，比如如何才能将"不好与人拉扯"的老农吸引加入合作社的《白杨树》（1954）、如何在既严厉又充分体谅中改造老婆婆偷社里饲料行为背后的"旧意识"的《孟广泰老头》（1954）、模范社如何处理与后进社的关系的《冰化雪消》（1955），等等。此一阶段，写新人新状态也常有动人的笔触，不过此时多数新人，比如《不能走那条路》中的村干部东山、《白杨树》中退伍返乡推动合作社的带头人进明等，往往有点生硬、概念化，倒是这两篇小说中作为配角出现的东山媳妇秀兰、小姑娘凤英等，笔墨不多，却很灵动。及至《农忙五月天》（1955），有了

---

[1] 莫艾：《"新与旧、公与私、理与时、情与势"中的人：试探李准1954—1955年（合作化高潮前）的小说创作》，载《妇女研究论丛》2022年第1期。该文对此一时期李准小说创作有充分展开的分析。

一个形象立体、层次丰富，让人有"解渴"之感的妇女"新人"：办农忙托儿所的姑娘东英。1956、1957年，在合作化进入"高潮"，而文艺创作领域经历"百花齐放"到反右的波折之间，李准写了一篇特别的小说《拉不满的弓》（1957，后收入文集时改名《冬天的故事》），讲五里台高级社的副社长进才精明、能干，却总是以不信任、防范之心"管"社员而使工作推行不下去……这篇小说透露了李准对于合作化运动应有的价值朝向的理解并不简单：如果从有文化、聪明、有经济管理才能的角度看，进才也是合作化所需的一个"新人"，但显然李准不满他过度从利益角度揣想人、"把人看小了"，结果导致人心的背离、集体的损害。

这些"问题"小说和"新人"小说的写作，为李双双的跃出提供了重要的演练。

"大跃进"开始的1958年、1959年，李准写了不少宣传小戏、曲艺、报告文学和人物特写，多为不及细致构思的简单宣教之作，但也写出了《小康人家》（1958，电影剧本）、《一串钥匙》（1959，小说）、《两代人》（1959，小说）这类有着鲜亮色彩的妇女"新人"的作品。一方面，"大跃进"运动得以发动的一个背景和逻辑，是对人的思想觉悟、主观意志的力量的过度想象，因此，要求文艺反映"轰轰烈烈的社会主义建设"，也特别突出了写"新人"；另一方面，其时大量男性劳动力去修渠、修水库、大炼钢铁，妇女开始被动员有组织地从事地里的生产劳动，也推动这一时期相当多的文学作品写参加甚至领导了生产劳动的、风风火火的女劳模、女队长、女拖拉机手、铁姑娘……

这些"大跃进"中的妇女新人形象，能在文学史上"立住"的不多。《李双双小传》的"立住"就尤为值得探究。1961年李准将这两年间写作的几篇小说结集为《李双双小传》出版时，在"后记"中说：

> 三面红旗正以史无前例的速度大大地改造和提高着人的思想，使人变得聪明智慧、成为高尚美丽的人。我在农村工作劳动中，遇到过不少这样的新型妇女，她们的风格是那样高，精神又是那样昂扬舒畅。比比从前，有时真使我感动得整夜睡不着觉；可是却总不能很好地在稿纸上将它们反映出来，在写这几篇小说时，我总觉得我倾倒感情的瓶口，是太小了。[1]

在 1998 年的《晚年自述》中，李准则（显然回应着其时从研究界到一般社会舆论对"前三十年"的"妇女解放"实则让妇女承担了家务与生产的双重任务，以及像男人一样干重体力活儿造成的身体伤害等问题的批评）说，"什么都是一分为二，'大跃进'时期妇女在精神上解放是真的，不是假的""妇女们想出去，在地里干活，千里风刮着，说着笑着骂着，谁都不想在家，所以写李双双不是凭空"。[2]

"大跃进"时期许多妇女因为从家庭中走出来到热闹的集体中而获得相当的精神解放感是切实存在的，而此时国家为鼓励妇女从事社会性生产劳动，对家务劳动有意无意地贬抑（与此同时又默认妇女从事家务劳动的性别分工），以及对托儿所、公共食堂、养老院等"家务劳动社会化"的愿景过于乐观，也是切实存在的，这造成了"大跃进"时期诸多妇女实则不得不兼顾生产和家务、生养职责的高强度负载，但也不能由之就完全否定李准所看到的许多妇女有过的精神解放感的存在。就是，一方面"写李双双不是凭空"，另一方面李准笔下的李双双，其实也内含对"大跃进"时期妇女承受生产和家庭双重压力的隐蔽回应。就是双双和喜旺被设置为核心小家庭，不见双方父母、亲戚关系。小说里

---

[1] 李准：《李双双小传》，作家出版社，1961 年版，第 168—169 页。
[2] 李准：《晚年自述》，李准著、向继东编：《李准文学回忆录》，广东人民出版社，2021 年版，第 58—59 页。

双双还更像那个时代的通常状况，是三个孩子的母亲，但已经是除了在双双修渠耽误了做饭时"孩子饿得哭"，以及托儿所的大娘早上来接孩子时孩子露了一下名儿，差不多是隐形了。到了电影里，双双就只有一个孩子小菊了。小说的开端，李双双的大字报，便是为了参加修渠而提议办公共食堂——"只要能把食堂办，妇女能顶半个天"。李准共享了政治政策对"家务劳动社会化"的乐观想象，但对双双、喜旺的家庭状态这种悄悄默默的"环境设置"，又透露他实则并不能无视这一现实中需要多方面条件配合才能解决的、要求妇女参加生产时的家务难题。这一矛盾在小说中姑且埋于文本内部，这悄悄默默的"埋"，是因为相对于此，小说有更重要的任务，在李准写李双双带动喜旺所反映的或许不够自觉的意识里，此时妇女精神上的解放不仅是妇女个人的"精神解放"问题，不仅是以参加生产、领导生产让妇女成了对社会主义事业有用的"人力资源"，妇女精神上的解放，也是能改善乃至重塑夫妻、邻里、集体化时代的村庄中人与人的关系的重要力量，进而，也是让公社能够更合情理地运转，成为劳动和伦理关系都更密切的乡村共同体的重要力量。

《李双双小传》开头，喜旺和双双为做饭一事吵架，是展现两人性格、关系的经典情节。在电影和豫剧的改编里，也都作为重头戏。双双去参加修渠，在门上留了言让先回来的喜旺"把火打开，添上锅，面和和"。结果中午回到家，小孩子饿得哭，喜旺却"直杠杠地躺在床上吸烟"。双双一边和面，一面念叨喜旺。不曾想：

> 喜旺这时却伸着两个指头说："哎！我就不能给你起这个头。做饭就是屋里人的事。我现在给你做饭，将来还得叫我给你洗尿布哩！"

> 双双一听这话，心里就窝着火。她说："那你也得看忙闲，我

忙成这样了,你就没有长眼!"

喜旺说:"那是你自找,我可养活不起你啦!谁叫你去劳动?"

双双正在切面,她把刀往案板上一拍说:"将来社里旱田变水田,打的粮食你不用吃!"喜旺说:"你说不叫我吃就行了?将来还得你给我做着吃。"

双双听他这样说,气得眼里直冒火星。她把切面刀哗地一撂说:"吃!你吃不成!"说罢气得坐在门槛上哭起来。

双双在一边哭着,喜旺却装得像个没事人一样。他躺了一会儿,腆着个脸爬起来到案板前看了看切好的那些面条说:"这就够我吃了,我自己也会下。"说着就往锅里下起面条来。面条下到锅里,他又找了两瓣蒜捣了捣,还加了点醋,打算吃捞面条。

双双在屋里越哭得痛,喜旺把蒜白越捣得咣咣当当直响。双双看他准备得那样自在,气得直咬牙。她想着:"我在这里哭,你在那里吃,你吃不成!"

············

接下来故事是双双捶了喜旺两拳,喜旺想还手,却猝不及防被双双推倒在院子里,眼泪还没干的双双忍不住大笑,又拖着喜旺找老支书"说理去",自知理亏的喜旺不敢去:

他急忙挣脱两只手,站在大门跟前故意气昂昂地说:

"你去吧!你前边走,我后边跟着!"

他话虽然这么说，自己却先溜了。出去把门反扣上。[1]

　　这场架的描写着实精彩，不但两个人的心理、性格、"思想水平"，以及喜旺刻意挑起、双双率性回应的吵闹中透露的亲密（不但平等，甚至开始往女强男弱的方向发展）的情感，都活灵活现，双双对"集体精神"的表达方式"将来社里旱田变水田，打的粮食你不用吃"，也自然、朴素而有力。当然，这场架还有更丰富的意涵。当喜旺说"我就不能给你起这个头。做饭就是屋里人的事"，他是悠然的，因为他认为理所当然。而双双对此的反应也不激烈，并不否认"做饭就是屋里人的事"，只是说："那你也得看忙闲……"这反映出在此时有关妇女解放的意识中，确实还在默认家务劳动的性别属性，而当双双接着说"我忙成这样了，你就没有长眼！"所诉诸的主要也是夫妻一起生活，应当互相扶持的理。这个"理"，在小说里发展出来的回应是，后来喜旺被选为食堂炊事员，双双在人群里挑着碗里的面条给喜旺示意，意谓"我也吃上你做的饭了"，从而通过做饭这一家务劳动的社会化，"化解"了问题。而在电影《李双双》里，后续发展则是，有一天双双替大凤收拾毛芽没打干净的花秋，回来晚了，喜旺已经做好了面条，正逗着闺女说爸爸做的面条好吃，又喜滋滋地要双双尝尝，端起饭碗就吃的双双虽然眉头一皱，嘴里却说："嗯，好吃！"

　　这是对前面双双不反对女人做饭、但诉诸夫妻"互相帮助"的理，做出的回应。看似非常平常的生活画面——也的确非常平常，在20世纪60年代、70年代出生的一代人的家庭生活里，父母应该很多都是

---

[1]这里的两段引用，依据1961年作家出版社《李双双小传》小说集中的初版本，比起1960年第3期《人民文学》上的初刊本，多了"气得眼里直冒火星"；第二段引用最后一句"出去把门反扣上"，则是1977年人民文学出版社《李双双小传》小说集中增加的，当是因为电影中这一神来之笔的表演而增加的。

"看忙闲"或一起做家务了，尤其是城市里的双职工家庭——这平常却是包含着一个风俗的重新育化的过程。这个平常的改变，还提示着我们理解20世纪五六十年代男女平等问题，应有的却没有被很好理论化的一个维度：政策、理论上没有正面处理家务的生理属性，但通过人的观念、情感、意识变化，还是可以打造出男人也做家务（男人做家务是进步的）的观念氛围，乃至风俗（当然，这样的转变和如上的平常画面，也主要发生在城市）。

在某种意义上，这也是刚才所说，李准通过李双双寄予的——妇女精神上的解放，也是能改善乃至重塑夫妻、邻里、集体化时代的村庄中人与人的关系的重要力量，进而，也是让公社能够更合情理地运转，成为劳动和伦理关系都更密切的乡村共同体的重要力量。说《李双双小传》中意涵这些，却又说李准并不见得对这一切足够自觉，是因为从《李双双小传》到最初的电影文学剧本《喜旺嫂子》，到拍成电影的《李双双》，再到豫剧《李双双》，我们可以看到在慢慢伸展——也是慢慢生长着的，对李双双这样一个妇女"新人"之于乡土社会、之于时代的多方面意义的理解。

正如李准《李双双小传·后记》和相关创作谈所说，他感于时代和妇女精神的新变，从1958年春即开始酝酿一个泼辣的李双双形象。这年他被安排到登封县马寺庄深入生活，同时也在河南各地乡村参观访问，"泼辣"的女性自然而然、越来越多地进入他的视野：一方面，不管是从传统文学中，还是在日常生活中，他非常喜欢、"简直是入迷"这样一种人物[1]，另一方面，这样一种天真、不计利害，过去在乡村社会里可能被认为缺心眼、"疯"的女性，在新中国成立后越来越多了，自在了，这是乡村妇女精神面貌的大变化，再有，这样的妇女，不是最

---

[1] 李准：《晚年自述》，李准著、向继东编：《李准文学回忆录》，广东人民出版社，2021年版，第59页。

适合于新形势、新工作的需要吗？

　　他积极感受、捕捉、积累自己所接触到的此类妇女的风貌、细节与思想情感。终于在1959年3月，他选择了办公共食堂作为让李双双从小家庭中"跃出"的背景与故事主线，但随着人民公社"共产风"、饥荒等问题逐渐显现，公共食堂没有运行很久就难以为继。细读《李双双小传》，对公共食堂的描写并非尽是脱离现实的颂扬。小说的前四节，围绕双双贴出的倡议建公共食堂的大字报，把双双和喜旺这对夫妻的身世变化交代出来，也把两个人的"性格"生动而鲜明地立住之后，开始着力写的是"李双双如何带动大家（从自己的丈夫喜旺开始）办好公共食堂"，涉及从食堂管理员的人选、卫生、口味、灶具改革，到管理员会出现的徇私、浪费等问题。在某种意义上，《李双双小传》既是"新人"小说，也是"问题"小说，是延续着他自1953年以来写"问题"、写"新人"的方式，而办食堂这一实则具有挑战性的新事物给了他将之进一步结合的契机。只不过，"大跃进"和人民公社的背后，是对现实的认识把握出了很大问题，反映在《李双双小传》中，就是当李准按照其时通行理解展开情节的部分，对焦是含糊的甚至失焦的。比如写公共食堂的"问题"，很多笔墨依据的是其时的阶级理解，写富裕中农孙有对公共食堂运行的破坏和对公社的"二心"；而对1959年秋天已经开始出现的粮食歉收不得不吃红薯的现实，是以因为大家不爱吃红薯导致浪费，双双发动妇女们"粗粮细作"这样的情节来曲折回避的。

　　《李双双小传》发表后，得到的评论和关注并不算多，尤其是和几个月后发表的《耕云记》获得的评论和关注比较来说，这一现象就更有意味。究其原因，或许是受了"公共食堂"的连累，不管读者是不是了解公共食堂此时在农村已弊端尽显，小说按照其时的阶级分析对公共食堂的有关描写的牵强，是不难看到的。茅盾在《1960年短篇小说漫评》评《李双双小传》，特别称赞小说的前四节，尤其第二、三节对双双提议办食堂的大字报的"回叙"——喜旺不愿意双双去参加修渠、故意不帮她做饭而引发夫妻俩那场经典的吵架，以及第四节选食堂管理员，双双"举贤不避亲"的描写，而"此后"就没什么好说的了：

> ……这两节（约五千字）和下一节（第四节，只有千把字），仅占整个篇幅的三分之一强，但是起的作用却不小，这六千来字，笔墨简炼而又精神饱满地表现了解放后李双双在家庭中和在社会上地位的变化（这是千百万妇女们相同的），并从此变化中刻划了双双的形象和性格（在这里却有李双双的个人遭遇），而且，同时也刻划了喜旺的形象和性格。我以为这两个人物的描写到此已达高峰，两个活人，已经赫然站在读者面前，此后关于他们的描写只是补充润色而已，在本质上已经不再增加什么。
>
> ……他们（双双和喜旺）比作者过去所创造的人物更加鲜明而有个性。[1]

"两个活人"，确实，人物是这样"赫然"地立住了，放在别的环境里就可以按照他们的性格来继续生活，转年李准将小说改编成电影剧本时，"公共食堂"取消了，但李准在极短时间内[2]，将故事主线改成了同样涉及新伦理建立的新事物——"评工计分"：仍然是和喜旺为修水渠耽误做饭吵架后，双双和彦方嫂、桂英等商议，为了让妇女们都能参加修水渠，写大字报建议认真评工计分（有工分，家人就不会反对妇女

---

[1] 茅盾：《评〈李双双小传〉——一九六〇年短篇小说漫评（摘录）》，卜忠康编：《中国当代文学研究资料·李准专集》，江苏人民出版社，1982年版，第289—290页。
[2] 1961年5月21日至6月12日，在北京召开的中共中央工作会议对草案进行修改，形成《农村人民公社工作条例（修正草案）》（简称农业工作六十条），规定取消分配上的供给制部分，停办公共食堂。李准改编的电影剧本最初名《喜旺嫂子》，自1961年7月开始在《奔流》杂志上连载。

出工了）。同时在工分"问题"线上，李准写出了诸如干活图快不讲质量、干部多占工分等伤害集体利益也伤害共同体伦理的问题。

由此，我们可以再推敲一下《李双双小传》写公共食堂的问题。"文化大革命"过后李准自选了一些小说以《李双双小传》为名出版，从一些有关《李双双小传》的评论中，可看到一种带着历史伤痛的复杂情绪：人们仍然喜欢、肯定双双和喜旺，同时以"人物典型、环境不典型"来或委婉、或直接地批评小说对公共食堂及其背后"大跃进"和人民公社激进化的讴歌；[1] 也有的以赵树理其时写的《套不住的手》《实干家潘永福》等人物报道做比对，提出写《李双双小传》《耕云记》的李准虽然深入了、熟悉了"生活"，却缺乏更熟悉农村的赵树理的冷静、清醒和责任感[2]。"文化大革命"后李准面对这些批评，对于20世纪五六十年代的写作，既有自省、自责，也有难言的委屈，委屈之中，也还有一些难以讲述但仍保有的自信。而他的自省、自责在真诚之外，特别受20世纪80年代文学批评思潮的影响，使得他的写作与他在历史中的感受、思考很有挖掘必要的关联，以及他以"速朽"的题材镌刻的人在曲折历史中的探索是不是仍然可以有意义，等等，变得难以讲述。

李准晚年自述，1960年全家到郑州东郊祭城公社插队，他担任副社长。当时看到农村"五风"严重，"地里粮食没人收，也没人种，都吃大锅饭"，不久之后情况更严重，吃食堂把人"饿坏了""想起来，我在小说里还写食堂，真是活该！饿死也活该"。[3] 李准自己得了浮肿和肝炎，也见过饿死的人。李准回忆，村干部领着一个老人来见李准，说他"吃着食堂还去挖地藜子，给共产党脸上抹黑"，没收了他挖草根的

---

[1] 吕萍：《重评〈李双双小传〉》，载《丽水师专学报》1984年第1期。
[2] 鲁非、会文：《写真与失真：谈〈李双双小传〉及〈耕云记〉的得失及教训》，载《教学与进修》1982第1期。
[3] 李准：《晚年自述》，李准著、向继东编：《李准文学回忆录》，广东人民出版社，2021年版，第61页。

篮子。李准说，"大爷，以后不要挖了。"老人说，"我要有啥我还挖？"转天，这个自己生活的老人就死了。

老人说的话（我要有啥我还挖？），李准说，他一辈子都不忘了，"一个快死的人，跟我的一次对话，把人的灵魂都折叠起来了"。[1]

这里缺乏更多材料对李准在20世纪50年代末60年代初历史的急骤变化中的经历、感受、认识做更细致的把握，但从如上回忆以及李准对《李双双小传》写作时间的标注，仍可以连缀出一个对我们理解有用的基本脉络。《李双双小传》酝酿于"大跃进"发起之初，发表于1960年3月的《人民文学》，文末注"1960年2月7日深夜，郑州"。也就是，在写完《李双双小传》之后，李准全家到祭城公社插队，亲历了饥荒。[2] 他晚年对此的回忆不多，也仅讲了这一惨痛历史中的人特别是老人、小孩带给自己的灵魂洗礼。虽然李准回忆时没有追问悲剧的责任，但这简短的回忆已经透露了一些与李双双故事演变相关的一些重要信息。其中就包括与灾难紧密相关的基层干部问题。

这一时期人民公社的"高指标""瞎指挥""共产风""浮夸风""大队与小队、社员与社员之间的平均主义"引发的各种问题与自然灾害交加为害，在这种状况下，集体和人能否应对困难、让情况不致更恶化，特别取决于基层干部的状况。尤其随着饥荒出现，基层干部的行事直接攸关人的生死。没收了老人篮子的村干部说，"吃着食堂还去挖地藜子，给共产党脸上抹黑"。可以想见，在这样逻辑下行事的村干部，也会造

---

[1] 李准：《晚年自述》，李准著、向继东编：《李准文学回忆录》，广东人民出版社，2021年版，第62页。

[2]《李双双小传》发表后，经过多次修改，收入四篇小说合集的初版本文后写"1960年8月23日四次修改"（李准：《李双双小传》，作家出版社，1961年版，第50页）。收入"文化大革命"后编选的小说集的版本，却特别写了当是小说最初动笔的"1959年3月"（李准：《李双双小传》，人民文学出版社，1977年版，第366页）。此后出版的《李准全集》中版本，也都写"1950年3月"（李准：《李准全集》第1卷，九州出版社，1998年版，第328页）这一特别标出的"1959年3月"，似也包含着作者某种委婉的声明。

成乡村伦理、道德、人性的极大伤害。对此，身在其中且担任副社长职务的李准当有深刻的经验：乡村集体化的过程中，当大的政策方面出现严重问题，村社内部又没有一种自下而上站出来的力量在公共事务中发挥监督作用，那么干部体系一旦出问题，就会导致"集体化"中的村庄出现严重的状况。转年，李准改编电影《李双双》，以"评工计分"展开故事和冲突，比起小说，多了小队长金樵和老支书的线，应该不是偶然的。虽然金樵被设计成不怎么正也不怎么坏的干部，和李准曾经看到的历史实际比，电影对干部问题的展现还是避重就轻的，但这个"轻"仍然提示了：像金樵这样的干部，看起来只是贪个轻巧，不干活就能靠职权多拿工分，但长期缺少制约就可能成为村社严重败坏性的力量，而如果在集体中形成一种既制约又帮助、关切的氛围，他又是可以被拉回正道来的。由这样的视野，更可见李双双的公正、泼辣对村社的意义是多么重要。

据此来看，面对小说、电影《李双双》中显然有悖1959、1960年更普遍实际年景的"大丰收"，可以追究这个"假"，从而对当时的历史和文艺再度作出批判，但也不能讳言，假如我们今天的目的还包括认识历史中没被我们之前的认识充分意识到的层面，那急着对《李双双》电影打假，显然又不如追究李双双的"情理不顺，我就要管"，她"敢给干部提意见"，能带动落后的人，让"小家"和"大家"在传统与现代、公与私之间捋顺关系，为什么会让当时的观众那么兴奋，更能帮助我们进入之前我们认识不够的那些历史层次。就是说，电影红了，是以回避了现实中很多尖锐问题为代价的，但"李双双"这个人——即便在现实的中国还没有户口，却是那个时代现实中最被需要的人。

由此我们似乎可以回应本节开头，赵树理对李准提出的问题：你真见过李双双这样的人吗？

赵树理对乡土社会和农民的理解是深厚的，他把他对乡土社会的理解，用来看国家推出的农村政策对不对，是不是损害了农民的生存。而对于新中国成立后才开始努力学习政治政策和理论且衷心服膺之的李准来说，党的政治设计应该是对的，他写作要做的，是看这样的政治政策要想在乡土社会很好地落下来，要面对什么样的问题，又有什么样的乡土文化、伦理资源可以调动——而此中尤为重要的，是对政治带来的历史变动中的人心起伏的敏感。在这个意义上，李准最好的小说，也是扎根乡土很深的小说，是能帮助政治政策做自我检验的，就是政治可以借李准的小说思考：如果李准努力从乡村社会寻找资源仍然不能支持政策在当时农村社会的可行性，那这个政治政策是不是应该认真修正乃至放弃；若李准认为经过特别努力才能为这政策的运行提供一个人心、情志的基础，那政治若不细心注意有关问题，是不是一定会出现政策落到现实达不成其预期目标的后果。

"哪有现成的李双双"——李准曾回忆当年电影在河南林县的村子里拍摄时，在村中找"李双双"式的人物接触、学习，大家就嘀咕这些人和李双双差很远啊。[1] 也就是，李准从眼见耳闻的乡村妇女的新风貌中捏合构思、从对时代的观察和思考中跃出的李双双，现实中不见得能直接找到这样的人，但这只是问题的一面，另一面则是李准对乡土内蕴资源、乡土女性的长期体察，让他相信，不仅仅是当时的时代现实需要李双双这样的人物，而且政治若足够耐心、敏锐，李双双这样的女性是可以成批从时代的乡土中长出来的。

三、《老家旧事》：两个"双双"与新旧不隔的妇女生命史

上节提到，从 1953 年在《河南日报》上发表的几篇"生活小故事"

---

[1] 李准：《农村中的新变化和新人物》，《李准全集》第 5 卷，九州出版社，1998 年版，第 230 页。

开始，李准的写作一直以新社会的"新人新事"和"新问题"为贯穿性的视角，而在这样的李准视角中，女性的形象无论是否为主角，无论笔墨多少，总是灵动的，有着自然的生活气息的。他的第一篇生活小故事《婆婆与媳妇》，写一个模范家庭，男主人公去区上当了干部，婆婆和媳妇如何相互疼惜：媳妇把地里、家里的重活全包了，婆婆只有抢着洗衣服；夜校开了识字班，婆婆为媳妇报了名，下雨的夜晚，去给媳妇送胶鞋。在这样的小故事中，李准显示了对乡村妇女"人心换人心""两好搁一好"的相处情理的特别兴味。他的成名作《不能走那条路》里，当村干部东山因为父亲宋老定执意买地而和父亲吵翻时，东山的媳妇秀兰两头劝慰，她做东山思想工作的一幕，有抑有扬，有退有进，有声有色。她先是故意逗东山："……他给老二买地就叫他买，你管他做啥哩！"这引出了东山对她的一番教育，从张栓的处境说到自己的愧疚、共产党员的责任，越说越动情，"亏你还是个青年团员！"

　　这倒引起秀兰的话来了。秀兰说："我问你，你在我跟前耍枪哩，在咱爹跟前你咋不说哩！你既然能说这些，为啥不在咱爹跟前说？"东山勉强地笑着说："我没说完他就走了，我有啥办法！"秀兰故意绷着脸说："我也得批评批评你。平时你见他连句话也不说，亲父子爷们没有坐到一块说过话。你饭一端，上街了；衣裳一披，上乡政府了。你当你的党员，他当他的农民，遇住事你叫他照你的话办，他当然和你吵架了！东山笑着说："你倒给我上起课了。"不过他心里可挺服气。[1]

　　秀兰在整个故事里出场不多，集中说话也就这一段，却是点醒了东

---

[1]李准：《不能走那条路》，《李准全集》第1卷，九州出版社，1998年版，第5页。

山解决父亲"问题"的关键：从一般的共产党员干部的工作方法说，是要密切联系群众；从一个村庄的共产党员干部来说，因为共产党要推动新的"理"（不能让穷人过不下去卖地；有了钱的人也不应该买地），对宋老定这样传统价值上的好农民的"理"（勤谨、善良，以为子女儿孙留下土地、过好日子为生活的意义），既是挑战，也并非没有相通的路径（穷人、乡亲相互扶助的共情），而这就要求东山要充分体谅、把握宋老定的"理"和"情"，并认识到新的"理"经由情的浸润和引导，可以结实地抵达父亲的心。此后，在李准的"问题"小说中，心眼灵透的媳妇、姑娘即便身处故事的边缘，却总是具有这样四两拨千斤的能耐。[1]在上节所举《拉不满的弓》这篇小说中，进才的媳妇玉梅，在公开的会上从具体事务给进才提意见，回到家里则提醒进才不要总是从防着社员占公家便宜来管理社，"不要把人看得太小了"[2]——问题更关键，意思更严厉，说话的空间、方式却让进才更有回旋、反思的余地。到了《农忙五月天》，年轻的东英成了主角，独立承担工作，办农忙托儿所，一方面她具有聪明的年轻姑娘特有的"气性儿"，敏感于所接触的各色人等的冷热态度、大小心思，一方面这敏感和"气性儿"为做成事的责任感所约束、引导，让她的敏感用于发现、护持他人向好、向有利于工作的那一面，其结果是工作打开局面的同时，每个卷进来的人也都有新体验和成就感，从而让开始不重视或不情愿甚至故意冷待的人们自然地改变，并实际预示着之后人们在面对新事物时，只要找到合宜的方法，人们总是能开放心灵接纳的。这些具有"新人"风貌的媳妇、姑娘的共通性，除了积极接受当时国家在乡村推动的新事物外，就是"灵透"：对乡土社会中的人心、人情变化既敏感又体谅。李准像是在通过

---

[1]关于李准笔下的女性"新人"与集体化"新义理"的建构的关系，程凯：《再使风俗淳：从李双双出发的集体化再认识》（载《文艺理论与批评》2020年第5期）有精彩阐述。
[2]李准：《冬天的故事》，《李准全集》第1卷，九州出版社，1998年版，第184页。

这些小说告诉我们，在农村合作化带来的新工作、新问题中，这种灵透既有助于她们发现问题关键所在，又能以细致、耐心、灵活和多样的情感互动方式（可能是秀兰式的贤明与慧黠，或玉梅式的照顾男人自尊心的嗔怪，或东英式的"姑娘气"和成长——从开始对人对事直接反应的生气、伤心，到有能力体察、劝慰嫂子们的心事），也就是在物质资源等条件有限的情况下，更从人的改变解决问题。

　　从李准小说中多姿多彩的妇女角色可以看到，从土改、合作化到公社化的变迁中，有众多乡村妇女，尤其是中青年妇女，被召唤、改变，被委以责任，与同时期的乡村"男子汉"相比，她们更善于用一种有原则也有容让的、知心的方式来推动工作，这无疑对追求既有明确的政治、经济、社会、文化理念的要求，又努力让个人在这样的要求中不被压抑生机，而能得到生活、生命的滋养的集体的形成，是非常重要的。李双双便是这样一个理想集体中的富有魅力的理想个人。难怪当年日本的评论家、妇女活动家松冈洋子看了电影《李双双》很激动，说通过李双双能看到中国妇女和中国社会解放的程度。

　　那么，这些妇女"新人"、这样的李双双，到底是怎么生长出来的？对20世纪五六十年代中国农村妇女的研究，从新中国的政治制度、观念推动、土改、合作化运动中经济地位、劳动空间的变化，以及婚姻法的实施、接受教育等方面，都有许多积累。而就合作化运动中涌现相当数量的女干部、女劳模的现象，有研究讲到，由于过去妇女在乡村公共空间中缺少位置，相应利益牵连、思想顾虑少，这是在乡村推动妇女工作中，妇女干部、"新人"得到特别发掘和培养的原因之一。李准笔下的妇女"新人"则为我们提示了另一些值得探究的维度：一方面，他自己在创作谈中强调的是，妇女走出家庭参加社会性生产劳动和政治生活，"接触人多了工作多了就变聪明"——这无疑是重要的；另一方面，他笔下的这些既平凡也不平凡的乡村媳妇、姑娘透露着，她们的"聪明"也有着深厚的心性基础,是从她们"过去"的生活中长出来的。

就是说,新中国的政治政策、妇女解放的观念、识字、生活、生产劳动空间的打开——这些力量如何作用于乡土女性的身心、生活日常?这些妇女"新人"是在情况不同的"旧社会"(李准最为熟悉的河南乡土,洛阳邙山脚下的村庄,是1948年解放的新区)度过她们的童年到青年时光的,塑造了她们的身心、行为和意识的"过去的生活",与她们的"新"究竟是怎样的关系呢?李准20世纪五六十年代写合作化的小说都是短篇,笔下的妇女"新人",往往上来就是"新"的,看不到她是如何"新"的。《两代人》中写母女两代女干部,比较像人物速写,对母亲的婚姻过往有所交代,也是简单的。《李双双小传》看起来好些,既名"传",就特别要交代李双双的身世:

> 双双娘家在解放前是个赤贫农户,她在十七岁那年,就嫁给了喜旺。才过门那几年,双双是个黄毛丫头,什么事也不懂,可没断挨喜旺的打。到土改时候,政府又贯彻婚姻法,喜旺才不敢老打了。一则是日子也像样了,害怕双双和他离婚;二则是双双也有了小孩,脾气也大起来。有时候喜旺打她,她就拼着还手打喜旺。喜旺认真地惹了她两次,可是到底也没惹下。村里干部又评他个没理,后来也就干脆把拳头收了起来。可是家里里里外外的事情,还是他一个人当着家。合作化以后,实行男女同工同酬,双双虽然做活少,可也有人家一份。喜旺这时候办个什么事,也得和她商量商量。不过双双孩子多,很少开会,也很少下地。喜旺也乐意自己多做一点。照他自己看法是,这也少找许多麻烦(少生闲气)。[1]

---

[1]李准:《李双双小传》,载《人民文学》1960年第3期。初刊本上没有"少生闲气"一句,之后修改的版本都有。

但稍稍推究，就可知，李准的这段李双双身世交代，基本是按照妇女解放的经典叙事来写的，土地改革、婚姻法是重要的制度背景，同时交织了一点李双双"个人的"性格因素，"双双也有了小孩，脾气也大起来。有时候喜旺打她，她就拼着还手打喜旺"，是这样的双双，才让喜旺在"村里干部又评他个没理"的外力约束下，收起了拳头。此后的叙述，则循着"大跃进"时期动员妇女"下地"的逻辑，强调有"酬劳"的劳动对于妇女地位的重要性。至于双双"很少下地"、妇女在家的劳作意味着什么，则是略过的。但小说的下一段落，其实提到了双双"做得一手好针线，干起活来快当利落。前几年纺棉花，粗拉拉的线一天能纺半斤，织起布来一天能织一丈三四。就是这年孩子多了，喜旺也没断过新鞋穿。秋风凉的时候，孩子们总是能换上干干净净的棉衣服"，[1]这样的劳动，这样的能力，对于一个农村家庭的意义，对于双双在喜旺的感觉中，在村庄里的风评、地位，以及对于双双自身的生活感觉来说，究竟意味着什么呢？这些，显然在《李双双小传》所循的妇女解放叙述逻辑里，是很难被正面讲述的。不过，当小说改编成剧本、拍成电影时，在农村的日常生活图景里，女人纺织劳动的多重意味，就自然地出来了：电影开头，下工的喜旺边走边和村人闲聊，抬脚炫耀着自己"就没有穿过旧鞋"；当他和双双生气、第二次出门赶车回来，看到做了妇女队长的双双带着妇女们挑丰收粮、人人昂扬舒畅的样子，又惊讶又惭愧，卸车后坐地下默默吸烟、不知怎么回家时，给了他的脚一个醒目的镜头——"鞋破了、鞋底穿了"……这新鞋子和破鞋子的呼应既巧思又生活化，同时让人感受到妇女的这一家务劳动中绵密交织着的生活、尊严和情感的分量。电影里、豫剧里晚上出镜/出场的双双，不论是和喜旺说话、还是守着睡着了的女儿，手里总是拿着等着上领子的衣

---

[1] 李准：《李双双小传》，载《人民文学》1960年第3期。

服、等着上鞋帮的鞋。小队长金樵被双双挡下了救济工分,负气和喜旺出门赶车,双双去看正在独自抹泪的金樵妻子大凤,发现她桌上有一双小小的虎头鞋,欣喜地赞赏"手多巧啊"。由此不但是自然推动出了双双知道大凤怀孕、要大凤别担心、有她这个嫂子照顾她、大凤感动和解的情节;而且,这虎头鞋还说明了,之前大凤不下地,并不就是懒,下地了的大凤花杈打不干净,是这项农活她还没掌握,这些又铺垫了后面双双教大凤打花杈、妇女们在田间协作中建立了更亲密关系的情节(历史实践证明,照顾棉田,妇女们的绣花手和缜密心思,比男人厉害得多;当时的女劳模和文学中的妇女"新人",不少都是"种棉英雄")。总之,多打粮食、种棉花的任务和压力,使得号召妇女走出家庭参加生产劳动的政策忽略甚至贬低了家务活儿,电影里,李准也让双双的大字报上写"地里劳力不够用,家里妇女享清闲",但电影里捕捉、表现的这些乡村生活自然而然的细节,又亲切地呼应了人们真实的生活感觉。由此或也可以理解,电影《李双双》虽然在大的政策架构、逻辑上与农民的生活感觉有裂隙,却并不妨碍人们对这些人物和她们的生活故事的喜爱。

李准按照妇女解放的一般叙事写双双的"身世",实不方便正面呈现妇女生活"旧"与"新"的关系,反而是电影中增加的金樵这条线连着的大凤形象里,透露了一些妇女从"家里"走到"地里",新旧生活之间的牵系以及对妇女精神面貌改变的细腻过程。与此同时,虽然说李准写妇女"新人"的故事,通常见"新"不见"旧",但这些与乡村社会中的生机、变化有着浑然一体感的女性形象——特别是在与柳青、周立波这些很早就离开乡村、参加革命的作家如何写合作化中的女性(如《创业史》中的改霞、素芳、淑良,《山乡巨变》中的盛淑君、盛佳秀等)的比照下,可以看到,李准对乡村女性过去和当下的生命状态,确乎有种不同寻常的感受和把握,使得他更能敏感知觉,一个女性置身于一个事件、一个空间中，会在什么样的条件、什么样的触动和契机下生长开花。

在李准的有关创作论中，洋溢着"我喜爱农村新人"的情感，对于女性生命状态和精神面貌的变化，更是"比比从前，有时真使我感动得整夜睡不着觉"[1]，但"从前"如何？时代氛围让他使用一种通行的阶级的、反封建的叙述模式讲双双的身世，这种模式与语言其实让他无法正面、展开地整理自己对"从前"乡村妇女生活、情感和精神的把握。好在李准没能讲出来的，却在多年后，在他的妻子董冰写的一本奇书——《老家旧事》中，有了诸多可以领悟、追踪的线索。

董冰与李准是邻村人，本来叫董双，李准说，因为写李双双用了她的名字，她只好改名叫董冰了。[2] 17岁嫁给李准之前不识字、为他生养了六个孩子的董冰，始终是个围着灶台和丈夫、孩子转的家庭主妇，这么看，好像双双仅是借用她的名字而已。但《老家旧事》——这原本是家庭围炉夜话时，讲给儿子儿媳、孙女们听的"老家的事"，终在儿孙的鼓励下写成的书，记叙她从一个记事儿的小闺女开始，在洛阳县邙山脚下的小村庄的生活，也是一个北方普通乡村妇女从20世纪30年代到80年代的生命史，尤其是时间最远，却记忆最鲜明、细腻的20世纪三四十年代的生命史——这本书让我们具体地感受到，董冰和她身体里的乡土妇女生命经验，对于李准能够在20世纪五六十年代写出那样多姿多彩、充满生命力的妇女"新人"，无疑有重要的意义。

在中国现代文学作品和革命叙述中讲述妇女的"苦"，通常集中于婚姻不幸和阶级压迫，为这本书写序的舒乙说，"但中国农村妇女生活本身的苦却不曾被细致地描绘过，这和中国现代作家的出身、经历和生

---

[1] 李准：《李双双小传》，作家出版社，1961年版，第169页。
[2] 李准：《糟糠之妻不下堂》，李准著、向继东编：《李准文学回忆录》，广东人民出版社，2021年版，第135页。

活环境不无关系"。[1] 确实，乡村妇女的劳作、忧欢、精神创痛，在董冰我手写我心的记述中，有一种平实而入微的生命质感，这种质感，不只是在柳青、周立波那里没有，在新文学出身的女作家包括努力走向乡村寻找人民的丁玲那里也看不到。舒乙说，"知者不会，会者不知"（知道的人没有写的能力，能写的人不知道）。董冰嫁给李准后的一些生活际遇，包括她在纺花织布、喂孩子的同时学会的识字，从读课本到读文学书籍，成就了《老家旧事》这本书，但更成就这本书的其实是她从乡土生活中生成的"灵透"。

一个乡村姑娘对生活、生命本身的苦的感悟可以是怎么发生的呢？董冰的母亲是勤劳的乡村妇女中尤为勤劳的一个，她不断生育，终年忙碌，照顾老小，纺花织布，难得带着活计跟邻里聊天时也"一针都不肯少纳"。正月十五大家都去场上看社火，母亲嫌耽误干活，舍不得去。因年龄太小也不让去的董冰，站在旁边看母亲干活儿：

> 看她缝缝这儿，缭缭那儿，又挖个领弯儿，上了条领子。我看着做件衣服千针万线那么难，那我将来怎么能学会？越看越发愁，最后我眼泪滚下来哭了起来。我妈说：哎，你哭啥？妈去里屋拿了两个柿饼哄哄我，我仍在掉泪，我开始感到人生真难。[2]

董冰记下了她从一个乡下小女孩到长大出嫁，做了数不清的家务劳作。家贫，董冰从四岁就开始在收了麦子的场上赶鸡赶猪。稍大些就抱弟妹、磨面、纺花。冬日放羊的时候母亲给带上一堆布让她缝草包，地里有人扫墓吹响器（唢呐），别的放羊孩子跑去看，她像母亲一样"舍不得去"，"因那个包快缝完了。想着赶快做完，再去看心里踏实。就坐

---

[1] 舒乙：《序》，董冰：《老家旧事》，学林出版社，2005年版，第4页。
[2] 董冰：《老家旧事》，学林出版社，2005年版，第8页。

在地上，越是急着做，越是手冻做不成。等做成了，人家也祭完了。吹唢呐的也走了"。[1]董冰字里行间都透露着这是一个"死心眼干活"的姑娘。但这死心眼姑娘年纪小小从缝衣的母亲的手，感到了"人生真难"；对做过的每一种劳作的技艺、细节和从中生出的忧欢苦乐，都如斯鲜活地记取在心里。

董冰记述乡村妇女生育与养育之苦。写出那时的生育究竟是怎样的鬼门关，不仅是缺乏现代医疗卫生问题，还有少年夫妻在家庭、风俗、迷信搭成的结构中的蒙昧之苦。养育之苦的层次同样多：生下的孩子不容易活；好容易养到十几岁，送出门去读书、学手艺，死于盗匪、肺结核也是防不胜防的。1936—1937年的八个月里，董冰家里死了四个孩子：靠着母亲纺花织布供着读了书、送出门做学徒的大哥、二哥，先后得了肺结核返家，在父母家人无力回天的看护下，眼睁睁过世。两个小的，一弟一妹，不过一两岁，是更普遍常见的"养不大"。董冰说"母亲一下子傻了，成了仰着脸儿坐着不做活了……"[2]在一家人想艰难地要通过搬家、重挖窑院等方式振作的日子里，得到了邻舍亲友的帮助，也受到了歧视（认为他们遭灾带有不祥之气），其中，来自房东老太太的无端的骂尤为惊心："她还骂我母亲说：'整天仰着脸不做活，笔挺样的小儿子都死了，怀里还抱个血儿子（小闺女），还不惦住腿摔死了，要她干啥！'其他的事，母亲都能忍受，这几句话，母亲太伤心了。"[3]书中多处提到，在生养之苦中挣扎的女性，最懂女人的伤痛，但有心性被扭曲的，最会以此来刺激、攻击别的女性，以为"娱乐""宣泄"甚至"创作"……也有许多妇女因此"迷信"，寻求安慰，但迷信也带来更多物质、精神上的困窘、扰攘和伤害。

---

[1]董冰：《老家旧事》，学林出版社，2005年版，第49页。
[2]董冰：《老家旧事》，学林出版社，2005年版，第22页。
[3]董冰：《老家旧事》，学林出版社，2005年版，第25页。

20世纪三四十年代的河南北方的乡土上，疾病与意外太多，家人动辄死亡，不断地出殡埋人，带给人极端无告的精神苦痛。对此，董冰不只写出了乡土生活的这些"苦"如何伤害甚至扭曲了一些妇女的心性与精神，也写出了在这些苦中妇女的灵性和韧性的生成。她的讲述慢慢呈现了一个女孩子如何感通生命的蕴藏和苦乐——不管是父母兄弟姊妹，还是家里养了三十年、去大部分亲戚家的路都熟悉的大灰驴，还是那在哥哥结婚的日子里预感到自己的命运而惶惶不安的小猪。她在日复一日、常常是重复性的劳作中，在至爱亲人连绵不断地生老病死的承受中，在"闺女最没理了（不能往人前站、不能像男孩子一样自由地去镇上、去邻村看戏）"的委屈中，会从父亲带着去赶会买的一盘水煎包子，从病中兄长喜爱惦念的一双时新的牛皮底黑棉鞋，从一场意外看到的好戏，领会生死的无常和劳作的恒常，领会人心的相互承担和依恋。

"黄油焦皮"的水煎包子真好看，但董冰吃完却不知滋味，因为父亲不肯吃，"他的意思是，孩子们长这么大没赶过会，今天来赶会不叫我们吃点什么，他心里非常过不去。可他钱又不多，只能买这一盘，他直嫌水煎包子少，嫌我们不够吃"。[1] 终于偷偷买下了那双鞋、"试完就赶紧脱下来，用绳子捆住挂在门头下边——放到地下怕潮"的大哥，[2] 还是死了，妈妈把他心爱的棉鞋拿下来，烧给了他。而那台由村子里的国民党驻兵请的"六蓝儿的曲子戏"，有父亲耐心讲解、小心带领（因为有兵）终于看上了的《曹保山中状元》《牛郎织女》，第三天晚上不唱了，董冰难得表达了强烈的不舍，"听到这个消息，我的心里真难受，真想坐着哭两天。这么好的戏，不叫我再看一次"。[3] 这个瘦小的乡村姑娘常常默不作声，但她的眼睛里一直有别人哪怕细小微澜的苦乐；她

---

[1] 董冰：《老家旧事》，学林出版社，2005年版，第12页。
[2] 董冰：《老家旧事》，学林出版社，2005年版，第17页。
[3] 董冰：《老家旧事》，学林出版社，2005年版，第69页。

的生活世界是小的，却因对生命的感通而有无尽的蕴藏；也因此，董冰的讲述让人在共生的语境，而不是对立的语境中，同时更深理解乡村男性和乡村家庭。

《老家旧事》平实而具极深感受力的记述，内含着或能够引动这样的思考：在一个变动的社会历史结构中，如何真正地看见别人、如何通达人的心性，如何作为可能救赎苦，反之，会让苦变成十倍、百倍、千倍。显然，李准从妻子、母亲和婶子们身上感受和理解到的，对他在新中国成立后的乡村变迁中体察女性的变化，为什么能变化，什么样的女性可以怎么变化，妇女"新人"的行事作为之于一个家庭、一个集体的意义，都极为重要。

也正是对包括母亲、妻子在内的诸多女性的体察给李准的底气，让李准从容写出了女性在不断展开的劳动、社会交往空间中，如何"聪明"起来，并且比男性更少旧意识的负担，更能在时代创造的新的空间中生发新的面貌。与之相应，对"落后"的乡村女性，他则有特别的包容。董冰笔下的乡村生活，一个家庭里，妻子/媳妇会不会持家，并不比一个丈夫会不会赚钱不重要：没有一个好女人，"这家就过不下去"。无衣无褐，日子没法过；不知道俭省调摆，也没法过。一些中老年妇女的克己、小气，乃至某些状况下的偷窃行为，都和这种生存处境有关。有这样的乡村生活理解，才有李准在写《孟广泰老头》一家时，让无论是进步的孟广泰老头还是儿子天祥，对于孟广泰老伴偷饲料等落后行为和意识，可以以那样的包容、照顾她的自尊的方式，一点点贴着心地去改变她。李准的笔致，在这些地方别有一种耐心，这种耐心对于其时想穿透旧乡村生活的新政治，无疑特别重要。

应当说，《老家旧事》不仅对于理解李准小说中的妇女、对于探访新中国妇女的精神史——当然，更对理解"李双双"的生成，都有特别的认识价值。李准在多处访谈、回忆中提到李双双的写作和爱人董冰的关系。李准说，双双和喜旺的"先结婚后恋爱"，也是他们夫妇真实的体会。董冰识字的时候，也曾像李双双一样写下许多小字条，"我真想学文化，就是没时间""裤子的裤，左边是衣字，右边是水库的库"。[1]"不但李双双有我爱人的影子，而且连名字也是她的啊！我起了好多个名字，评论家冯牧都说不好，最后写上了我爱人双双的名字，冯牧说好，打那以后，她只好改为现在的名字董冰。"[2]

但显然，这两个"双双"之间，还有一些没有讲出的关联。是身边的双双，让李准对"大跃进"时期妇女的生命状态的把握不简单。

作为一个家庭妇女，董冰的《老家旧事》难得出现参加家庭外劳动的场景，1952年她随李准进城之后的回忆，几乎都是围绕孩子在展开，这之间，有一段不起眼的"参加劳动"的记述。1959年春天，街道上组织人去挖河，趁着李准母亲来了，董冰把孩子留给母亲，跟一个邻居阿姨一起去挖河。

> 到了工地我高兴极了，俗话说的好像得了荆州。总算能为国家出点力了。我专捡重活干，先是抬泥，一条麻袋绑住两个角，装一兜泥，两个人用大杠子抬上大坡。直抬到中午休息，吃罢午饭还抬，到下午三四点钟时才觉得有点累了，还是坚持抬到下工。第二天才觉得浑身疼得很。后来想想我那时也不知是怎么想的。[3]

是怎么想的呢？这段时间，李准主要在登封县马寺庄工作、体验生活，在那里开始写作《李双双小传》。有一次回到郑州，他跟董冰说：

---

[1] 李准：《晚年自述》，李准著、向继东编：《李准文学回忆录》，广东人民出版社，2021年版，第69页。
[2]《李准和他的"双双"》，载《新闻爱好者》1988年第2期。
[3] 董冰：《老家旧事》，学林出版社，2005年版，第184页。

"现在都提倡大集体，反对小自由了。"

我说："我早就反对小自由了，你让我也出去找个工作吧。"说到这里他就不答应了。他怕我出去工作，这一大家子没人管是不行的。[1]

虽然六个孩子的压力让她最后只能"闷在家里"，但《老家旧事》写到的这些已经让我们知道：她提供的的确不只是"双双"这个名字，也是这一"新人"生成的心性、精神的底色。

董冰和李准刚结婚的几年，这个十七岁的不爱作声的小媳妇，为了"读书人家"的规矩大，为了做二十几口人的饭——那大铁锅她一个人都端不下来，也为了妯娌之间的心思麻缠，总是不免"发愁"，李准就会劝慰她：

有时候，我在他们家很发愁，他经常劝我，记得有一次，他跟我说："你发什么愁，将来妇女是会解放的，外国都有三八妇女节，再过几年中国也实行了妇女解放，也有你们的节日，到那时候你们都自由了。"

我听了觉着是笑话，什么时候还会有我们的节日，不敢相信……[2]

十几年后，李准拿了董冰的名字写出了《李双双》，或许也可以看作对当年画的饼的"还愿"吧。虽然，时代对"解放"和"自由"的认识已经远远超过他们当年的想象。而1959年春天，要"为国家出点力"

---

[1] 董冰：《老家旧事》，学林出版社，2005年版，第86页。
[2] 董冰：《老家旧事》，学林出版社，2005年版，第86页。

的董冰，因孩子等家事不能不很快回到家庭，拉扯六个孩子的生活既甘甜，又不甘。这些当能帮助理解李准写李双双"昂扬舒畅"的同时，悄悄默默在小说、电影中为双双"去家务"的心情。在这个意义上，李双双，或许真是李准献给——为家庭、为集体、为社会护持一个有情有义、新旧不隔的生活世界的中国妇女们的"节日"。

四、"货郎翻箱"："泼辣"的顺承与改造

上节说到，李准笔下的妇女"新人"都"灵透"，李双双的出场，同样强调她的"灵透"，但是和"嘴太快，爱在街上管闲事、说闲话"的性格联系着的：这是双双"前年冬天"上民校之前的事，那时候为了她管闲事跟人吵嘴，喜旺总"出面给人赔不是"，就会恨恨地想："哎，这女人心眼太灵透了，她少个心眼倒安分了！"后来双双上了民校一心一意学文化，和人吵架事情少了。但学了文化以后，"又听广播，又看报纸，倒是越发要闹起'事儿'来了"。[1]

就是，"大跃进"来了，学了文化看了报纸，对社会主义、对"大家伙的日子"满怀热情的双双，不但要参加修渠，还为此闹了本文第二节分析过的"家务改革"，贴出办公共食堂的大字报了。

小说中这些有李双双生活小史意味的叙述，也透露了她的"泼辣"的前史，虽然李准没有具体说她那时爱管的是什么"闲事"，但可以想象，当不脱电影里她管桂英父母包办婚姻这样的"闲事"："情理不顺我就要管。"

但是，什么才是情理顺，就变得不那么好说了。"大跃进"和人民公社对人的精神状态、道德状态、集体认同都提出了新要求，灵透又

---

[1] 李准：《李双双小传》，载《人民文学》1960年第3期。

泼辣的双双围绕"评工计分",与丈夫、金樵夫妇、孙有夫妇等乡亲发生了一连串既是"大吵大嚷"也是春风化雨的故事,这个过程,含有对乡村社会的公与私、情与理的内涵与边界的重新厘定,而这对于乡村既有的公私意识、人情义理,有重要的对接、转承,也有很大的挑战。而双双的"泼辣",正是在这一将"集体精神"与传统中国人有关"义""理""公道"价值连接的过程中,生出了新的意涵和光彩。

电影《李双双》有个村里演戏的场景,演的是二夹弦小戏《货郎翻箱》[1]:货郎调戏来买银坠子和布的姑娘,问她是不是买嫁妆?"你那新郎长得怎样,跟俺比谁体面?"姑娘又羞又气,这时姑娘的嫂子来了,两手一叉腰地教训货郎:不好好做生意,把你的货箱折翻!货郎送官粉道歉,嫂子把粉摔了他一脸,意谓还是不正经。货郎担起箱来想开溜,姑娘和嫂子一起,揪住货郎,掀翻了货箱。

在一场座谈会上,北京南苑红星人民公社的一位社员说:"电影里看河南戏的段落太长,如果把这一段少拍一点,而增加一些李双双是怎样成长起来的场面就更好了。"[2]

其实这位观众不知,这个看戏的段落是很有功能性的,和"双双是怎样成长起来的"也不无关系。镜头在舞台上的姑娘、货郎、嫂子,和台下的桂英、二春、双双、喜旺、桂英父母、小王、金樵之间很细腻很有耐心地切换。台下是:之前,因为二春鲁莽地责怪桂英作为团员却没能批评帮助她多占工分的爹,桂英生了气,说"我落后你别沾我好了",所以这晚二春无心看戏,在人群里东张西望找桂英,找到了又不敢过去;双双夫妻看戏,喜旺看得入迷,双双则一直关切着二春和桂英的闹

---

[1] 二夹弦是个历史悠久的地方剧种,如今已成"非物质文化遗产",在20世纪五六十年代的河南乡村很受欢迎。

[2]《〈李双双〉给我们带来了什么?——北京南苑红星人民公社社员谈〈李双双〉》,载《人民日报》1962年11月29日。

别扭。接下来，二春看到桂英父母在人群后面，正相女婿：城里的司机小王。台上戏与台下戏相映成趣，铺垫了后来的情节：双双帮助桂英，挡下了来相亲的小王，也因此惹得孙有夫妇吵上门来，刚刚带着一肚子惦念心酸回到家的喜旺迫于乡亲目光的压力（孙有婆说：你这个媳妇也太厉害了），再次出走……

这里还有一种巧妙的双关。小戏透露了河南乡村有这样一种女性"泼辣"的传统，嫂子的泼辣有一种呵护姑娘、带动姑娘的示范性，与台下的双双和桂英构成了一组对照。而双双的"嘴快"、好管闲事，未尝不是对乡村里"泼辣的嫂子"的一种顺承。

但是，戏中嫂子所内涵的传统形态是这样的：一是她的泼辣指向的是不属于村庄的货郎，如果是对村庄里的人，恐怕不好这么翻箱；二是，教训调戏姑娘的货郎，这一泼辣是符合乡村的伦理和价值观的，不构成对它的挑战。而双双的泼辣面对的是本村人，且是为了"公社"这一尚未在村庄形成一种共同意识的新事物，要与一个偷了公社几块木板的年长妇女当街吵架，要到公社去"告"干活图轻快多拿工分的小队长，还有自己的丈夫……这样的"泼辣"，承载了新中国社会生活的变化、承载了集体化要求的新的公私情理，对乡村原有的情理乃至长幼、夫妇伦理，都是极大的挑战。所以，在《李双双小传》里没有，在电影剧本里增加了的这条"桂英、二春"的副线，将双双的"泼辣"中的时代政治和日常生活结合了起来，帮助着观众理解、接受她。就是，一方面将李双双更加置于乡村里热心的嫂子角色中，另一方面，在这日常生活、传统角色里，李双双越过了多重的传统规则（管了"人家父母管的事"，以及孙有婆眼里的"拆人婚姻"），如此她的"泼辣"既旧又新，扩展到评工分这些集体的新事物上，就好理解了——她的"热心肠"，对人，对集体，是统一的。

电影公映后，张瑞芳和李准在通信中讨论得失，李准特别赞叹张瑞芳在表演上的一些创造：

> 喜旺头次回家，孙有夫妇吵上门来，双双说："情理不顺我就要管，你们桂英也亲自找我，要我管。她跟二春好，你们真的不知道？！"那一节，那股理直气壮的劲，从心里吐出来的话那股劲（在旧社会这叫拆人婚姻呀）完全把所有的人征服了。从这里我又看到你性格和人物性格水乳交融之处。[1]

在这个故事里，双双的泼辣对观众的征服，应该说，既来自李准如上所分析的张瑞芳的表演，也来自新的婚姻法、婚恋观的加持：年轻人的自由恋爱不再是父母的私事。在另一些有关公私情理的故事里，双双的泼辣是更难掌握分寸的。那就是和孙有婆为偷拿公社的桶板（豫剧里改为孙有婆的猪拱了公社地里的红薯苗）吵架。

电影《李双双》和豫剧《李双双》有相似结构的开场：喜旺跟二春正夸着双双从不让自己断了新鞋穿，"当个男子汉降不住老婆还成"，就要为双双与孙有婆的吵架闹心了。电影里，是双双和孙有婆站在街上对着吵，中间是几块木板。两人吵时，双双的帮腔是彦方嫂，孙有婆那边是大凤。电影的这场吵架，要突出双双的"泼辣又天真"，当孙有婆否认偷东西：

> "一街两巷打听打听，看我是那一号人不是！他谁敢说我一个不字。"
>
> 双双："嗯！你人缘老好！就是见公家东西手长一点，见劳动手短一点！"她因为说得开心，说得爽快，忍不住咯咯地笑起

---

[1] 张瑞芳：《岁月有情——张瑞芳回忆录》，中央文献出版社，2005年版，第334页。

来。[1]

孙有婆带出了乡村妇女的另一种"泼辣",往往是跟生存资源的争夺有关,为个人、为小家,用敢嚷嚷、不讲理、豁出去的方式达到目的。这种妇女的泼辣一般人是不敢惹或不愿惹的,如孙有婆说的"他谁敢说我一个不字"。双双和孙有婆的吵架,具有把这一在乡村生活中为个体、家庭争夺资源、损害集体利益的"泼辣"予以揭示、破除的功能。但孙有婆这种"泼辣"在乡村生活里遭到的评价不一定都是负面的。1952年冬,李准在洛阳市企业职工学校教"速成写作实验班",辅导班上一个警卫员出身的学员写作并发表了一篇小文章《割毛豆》,里面讲到家乡一个外号"母老虎"的女人,"好跑个腿、说个事、嘴又能上得来"。这样的女人,不管是在"旧社会"还是"新社会",都会被认为有其可佩服、可同情之处。《割毛豆》里的"母老虎",就被写成是村中地主不敢惹的人。[2]

电影中孙有婆的形象则除了吵架嚷嚷,还集中了小偷小摸、不愿劳动的负面品质,比较概念化,好像只是为了做双双斗争的对立面,是比较单薄的。这也使得电影最后她忽然就笑呵呵地出现在收秋大劳动的场面中,有点莫名其妙。到了杨兰春与李准共同改编的豫剧《李双双》里,在孙有婆的形象上花了功夫,让她在乡土生活里的脉络更实在了。

豫剧里双双和孙有婆吵架,起于双双和彦方嫂、桂英来红薯地补苗,看到孙有家的猪把地拱得乱七八糟,双双抽出扁担打猪,孙有婆就在猪的号叫声中上场了。她的形象是,"左手掂个草垫子,右手拿着针

---

[1]《李双双》(电影剧本),李准:《春笋集》,河南人民出版社,1962年版,第464页。
[2]张德功:《割毛豆》,载《河南日报》1953年1月20日。

线、鞋底,腋下夹着个放羊鞭子"。[1]

于是开始了一场很有层次也很好看的吵架,也是两种泼辣的较量,孙有婆主攻、双双迎战、彦方嫂助阵,桂英介入劝妈妈,每个人物的唱词都见出风貌特点,孙有婆气势凶、嘴巴利,还会借着劝她"说话要讲理"的女儿桂英来"指桑骂槐"。

谁叫你丫头管闲事,
多嘴多舌找是非!
黄蒿叶你算哪盘菜?
狗肉也想上筵席。
就你长着一张嘴,
摆来摆去你啥东西!
也怨我平日惯坏了你,
你今天敢把老娘欺![2]

双双的吵则节制得多,上来先劝"大婶子你别着急,咱是隔壁老邻居。有事咱都讲当面,何必这样动脾气!"然后耐心讲道理,直到孙有婆撒泼到让她拿刀把猪肚子剥开,看看有没有红薯苗,没有怎么说?才激起了她的气性,"剥开就剥开,要是没有,把我那口猪赔你!"喜旺赶来劝架,孙有婆语锋一转:"孙喜旺你真算是个好命,你媳妇本事大谁不闻名。又拿里又拿外积极出众,到明年带上你进进北京。"[3]

---

[1]李准、赵籍身(执笔)、杨兰春:《李双双》(七场豫剧),河南人民出版社,1979年版,第10页。
[2]李准、赵籍身(执笔)、杨兰春:《李双双》(七场豫剧),河南人民出版社,1979年版,第11页。
[3]李准、赵籍身(执笔)、杨兰春:《李双双》(七场豫剧),河南人民出版社,1979年版,第13页。

从本文开头所引各地社员对电影《李双双》的回应里，其实可以体会，这"积极出众"的嘲讽在当时的村社氛围中，具有怎样的压力。在普遍的"不积极"的情况下，对此一时期基层干部常常以强迫方式推动政策、工作又反感又害怕的氛围下，双双为集体的事情与人吵架，更可能是"光荣孤立"的。

转机在哪里呢？这样的孙有婆，戏中给了她另一个特质：她非常勤谨，能劳动，会劳动。从她上场的形象就看到了。她不愿意出队里的工，到自留地干活，她习惯性地为自家抢占生存资源（放猪去拱社里的地），但她不再是电影里偷木板偷扫帚、一劳动就肚子疼的富农家属。这样的孙有婆的"泼辣"，是不是可以改变的？可以转化、引导到"大家好小家才好"？戏里正是沿着这场架，双双提出了"记工分"，因为记工分，而且是要"公道地评出等级"地记工分，让好好干的、能干的人的劳动价值有体现，所以这样的孙有婆，有可能被改变，这样的"泼辣"，有可能被改造。在历史实际中，此时要求生产队认真"评工计分"意图面对的，确是《农村人民公社工作条例（修正草案）》（简称《农业六十条》）出来了、贯彻了，依然普遍存在的"出工不积极"问题[1]。豫剧《李双双》对孙有婆的形象的再塑造，一方面，使得李双双的"泼辣"与乡村社会代表着"私"的意识的"泼辣"之间，有了更贴着落后者的处境和她身上的好（孙有婆也是勤劳妇女）的对话，从而使其有了改变的可能性（即使不能具有像双双那样的公心，也会因自己被肯定的劳动和增强了的集体感，而小心不做损害集体的事）；另一方面，孙有

---

[1] 可参照邓子恢《关于农业问题的报告（节录）》（1962年7月11日）："……贯彻了'六十条'，以小队为基本核算单位以后，还有积极性不高是什么道理呢？原因在于：（1）所有制不固定……今年这样，谁知道明年怎么样，孙猴子七十二变。五八年房子也给拆了，随便让人家搬家，鸡、猪也都调来了，这还有什么所有制呢……所以农民打小算盘，不做长期打算。（2）……（3）口粮分配上的平均主义……因此大家出工不积极，马马糊糊。"参见《农业集体化重要文件汇编》下册（1958—1981），中共中央党校出版社，1982年版，第577—578页。

婆的这一形象再塑造，比电影《李双双》更顾及现实情况和普遍人心，也提示着，要让双双的"泼辣"对集体的运行更好地发挥作用，政治上需要给予她怎样的支持。

五、从春花到双双：从更深的土里泼辣出来

与乡村社会中"旧"的、不同形态的"泼辣"之间的顺承或对照，可以帮助我们理解李双双能"泼辣"出来的一种生活土壤；如果把李双双的"泼辣"与20世纪五六十年代其他作家笔下类似性格的乡村妇女比照，当能帮助我们进一步认识，李双双的"泼辣"作为一种与集体化理想相关的价值形态，要在当时政治想要建构的世道人心中扎根，文学/文艺需要怎样翻动政治、社会、文化的土壤。

20世纪50年代初，河南文联的《河南文艺》杂志（后改为《奔流》）编辑郭力，在当时报刊倡导的"通讯员"制度下，曾以手把手教查字典、亲自到乡村帮助观察对象、分析素材的方式，培养出来一位生活在"黄泛区"的农民作家——河南周口市扶沟县的冯金堂。[1]冯金堂和李准在1954年的河南青年作家会议上相识，两人都是当时被看重的善写农村人物的新作家。冯金堂也写了不少乡村妇女，和李准一样，他感受到、也非常喜欢土改以来，农村妇女在精神、情感乃至性格上的变化。有意思的是，冯金堂作为一个只上过四年小学的农民，是在三十多岁时，在新中国培养工农作家的文艺制度的帮助下，差不多是从"识字不够"的状态进入创作的。他确乎有一种被激发、引导的天分，对乡村语言的使用、对人的情态的传达，对身边应写、可写之人与事的捕捉，异常生动和灵敏。这是一种更"土"、更接近"原生态"的语言；而他

---

[1]许桂云：《冯金堂与郭力的一段交往》，中国人民政治协商会议扶沟县委员会编：《扶沟县文史资料第五辑》，2002年。

笔下的妇女，也往往更是现实中的妇女，他笔下的"问题"，也往往更是"问题"最难解决的样子——当他努力想从政治政策的角度，往理想的方向推动人物、解决问题时，其努力往往是简单的。但也因此，他的创作在今天具有一种特别的认识价值。

约在1955、1956年，冯金堂写了一篇小说《春花》，心直口快、劳动好、维护合作社的利益而与周遭村民形成冲突的春花，与李双双的故事正可形成有意味的对照。

"她各样都好，就是性子有点暴躁，遇见不合理的事情，一时也不能容忍，不管你能不能接受，她要批评个痛快，可是说过去了，也不和人记仇。因她自己勤谨，见有人做的活不够恰当了，不由得就要说说。"但其他人"认为她又不是干部，真是多管闲事"。别人收拾庄稼不干净，她去收拾，也不落好。"反正她积极。"春花的丈夫张和，别人叫他"老好好"，春花叫他"两面光"，总是为春花得罪人担心，偷偷替她去赔不是。结果，选组长，选不上她；评工分，她这个劳动好的反被组长玉桂和几个妇女给评了个三等。小说就围绕这个不公平的评工展开。"少数服从多数"，说起来是民主制度，但心眼不那么正的妇女们抱团一轰隆，就把"正直能干"的春花选下去了。

春花的被孤立，怎么才能打破呢？小说最后写道，一次割麦，很会干活的春花教玉桂她们怎么用镰刀，又在别人发懒时自己收拾麦场，结果她们生产队因为割得又快又干净，被检查委员会奖励了500分。大家都信服了春花。[1]

冯金堂在一次创作谈里讲，这篇小说是观察着自己对门的妇女谢爱花写的，实际上，那次检查割麦，谢爱花所在的队因为割麦割得不好被

---

[1]冯金堂：《春花》，河南省文联编：《河南省青年文学创作选集·小说、散文选集》，河南人民出版社，1956年版，第22页。

扣了500分。[1]

把李准的李双双和冯金堂的春花放在一起看，他们在乡村合作化运动中看到不少这样泼辣能干、又有公心的妇女，觉知到这样的妇女对集体化中的乡村的意义，但这样的女性，却不必然能成为李双双这样的"新人"。春花和她的"光荣孤立"被冯金堂看到了，"少数服从多数"在某种形势下反而成为压制好人的"民主"，也被他看到了，他还看到了春花自己身上阻碍她的"公心"发挥作用的东西：春花嘴巴很厉害，甚至是不太干净，批评起女人的缺点来又准又狠，让人更加不喜她的"爱说"。也就是说，冯金堂在描写过程中发展出各种各样的紧张，但最终没能真正实现对这种紧张的突破，只能寄予美好期望地用多得500分的文字简单翻转了一个事实（被扣500分）。把《春花》和《李双双》对照来看，或许，其一，1955、1956年的春花，虽然开始因其和乡村秩序的冲突，而成为村庄人意识的焦点，但还没有像1958年的"大跃进"、人民公社的发展这样，政治运动的更强"需求"让这种"性格"成为现实和文艺都瞩目的焦点。其二，冯金堂感受到这样的妇女和乡村之间的紧张关系，但找不到日常政治的路向来突破这个紧张关系，就此而言，这也正是李准不同于冯金堂的地方，是李双双的形象成功的原因。如果做更细的区分的话，《李双双小传》其实并没有真的面对这个紧张，而是依托"大跃进"的激情和逻辑（包括阶级斗争）绕过了，但成功地塑造了双双和喜旺这对夫妻的性格和形象，比春花和张和夫妇的关系更鲜明、更有戏。电影《李双双》的应对，则调用了李准熟悉的多方面的文学与乡土资源。如前面所分析，不管是渲染双双的"泼辣"内含天真，有"水晶一样的心"，还是增加表现她作为"嫂子"的戏，把她的泼辣与乡村传统的"热心肠"、急公好义的价值连接起来。但是就

---

[1]冯金堂：《创作道路上的一些体会》，《工农作者谈写作》，河南人民出版社，1959年版，第9—10页。

双双在乡村实际上可能遇到的像春花那样的难度，电影整体上是依靠一个大的政治氛围（认定多数农民都真心热爱公社）来解决的。就是说，冯金堂写春花依她的本性，不计较，不往心里去，出于看不下去教玉桂割麦，结果感化了她，而在现实中，这么做却不一定有效。电影里的双双为了大凤打不干净花杈、不同意给她上四分工分，吵完架，自己留下来帮她"再收拾一遍"，这个细节，因为张瑞芳表演得浑朴天真，透出了双双泼辣性格里的纯真色彩，特别有感染力，但同样很难说这一做法一定有效。

由此回看公社社员观看《李双双》的反应，要求多些"党支部书记对她的教育""还可以加强妇女队长在队委会中的领导作用"，[1]就很有意味了。李双双是集体化农村需要的人，但她若要真的发挥作用，除了双双自身的性格和品格，是需要她有职有权的，或被有职有权者支持。

不知是否回应着社员们的这些关切，豫剧《李双双》的改编，把春花/双双的这一光荣被孤立的难题，重新提了出来。戏开头，双双和孙有婆吵架时，孙有婆嘲讽她"积极出众"，之后社员开会时，面对双双"满面春风"打招呼，孙有婆的反应不冷不热，还话里有话地说："老年人常说，能盼邻家买个驴，不盼邻家科个举。"[2]（邻居买个驴还能借来使使，做了官却可能欺负人）

豫剧《李双双》在突破这一难题上做的探寻，特别可以从两个维度观察：一是丰富了"支书"的形象和作为，提示政治上可以也应该给予双双什么样的支持；二是双双自己在妇女队长的职责上成长。

当年茅盾评论小说《李双双小传》时，曾特别提及"老支书"没有

---

[1] 汪岁寒：《来自公社的反映》，（原载《电影文学》1963年第3期），《李双双：从小说到电影》，中国电影出版社，1979年版，第396页。
[2] 李准、赵籍身（执笔）、杨兰春：《李双双》（七场豫剧），河南人民出版社，1979年版，第32页。

写好：

> ……很可惜，作者没有把这篇小说的第三个人物写好。这就是每逢故事发展的关键性场面必然出现的老支书。这位老年持重的支部书记的性格有一般化的毛病，小说中安排这样一个人物出现好像只是为了让故事发展的方便，也为了不能不写党的领导。支书或党委写不好（所谓写不好，主要是把应当是各有个性的支书或党委写成一般化），是相当普遍的现象，其原因之一恐怕是作家们下笔不免矜持太过，而又一原因大概是作家们总以为不能不把支书或党委放在解决问题的关口，因而支书或党委出场时，除了讲一番道理或打通思想或做决定，此外就没有行动了。[1]

确实，如何写老支书是个普遍的难题，除了茅盾说的原因，在20世纪50年代末60年代初经历的"大跃进"、人民公社的激进化、挫折、调整的剧烈变动中，村干部问题本身很难把握，当也是老支书难写的原因。电影《李双双》依托巩固集体化的政治、社会氛围，不强调现实中双双更可能"光荣孤立"的难题，老支书以有智慧的大家长、蔼蔼长者的老农形象，在喜旺负气离家的时候来做亲切地指点，似乎就可以了。而1963年把故事内容从1958年春改为1962年春的豫剧《李双双》，则特别要借老支书的作为，来回应农村的现实和李双双的处境，就不能不正面面对"支书"——这一代表国家政治意识在村庄的存在——问题。

戏中，双双贴了提议"评工计分"的大字报后，在老支书主持下，社员们在田间开"选记分员"的会，在电影里这是很欢乐的一场戏，焦点在于大家选能写字、能给牲口开药方的喜旺，喜旺"拿糖"，说"不

---

[1]茅盾：《评〈李双双小传〉——1960年短篇小说漫评》（摘录），《李准专集》，江苏人民出版社，1982年版，第290—291页。

读哪家书不识哪家字。现在兴的这号洋码字，我就不会写"，结果被双双爽朗地揭发他会，"我会写还是他教我的""我就见不得这号牵着不走，打着倒退的人"，众人大笑。豫剧里，这个情节和喜剧性都在，但喜剧之前，加了让人鼻酸眼热的一场戏。

开会了，陆续来的人，手里不是纳着鞋底，做着小孩衣裳，就是拧着蒿绳。孙有婆也低头纳着鞋底。队长金樵唱：

咱孙庄五四年就把社办，
社员们劳动好干劲冲天。
从前咱也曾把工记，
记来记去很麻缠。
今天有人又提意见，
说劳力不够用，
说妇女真清闲，
说记工太马虎，
说干部怕麻烦。
这意见可真不简单。
今天请大家来讨论，
（咳嗽）咳，咳，
都要按原则来发言。

【大家有的沉默不言，有的悄悄私议。

【双双很恼火，她欠欠身子，想站起来，喜旺瞪了瞪她。她咽了口气又坐下了。

老支书 咋都不吭气？我说两句。

（唱）金樵讲的都听见没听见？

众　人（高低不一）听见啦！

老支书 （唱）大家确实是好社员。
　　　　只因为咱搞的是集体生产，
　　　　没有个规矩难成方圆。
　　　　锅里有米，碗里就有饭，
　　　　大河里没水小河里干。
　　　　有的人干队里活赤心忠胆，
　　　　把太阳从东山背到西山。
　　　　个别人私心重光耍嘴片，
　　　　说的是干一天不顶半天。
　　　　不讲质不讲量挑拣耍懒，
　　　　锄一行秫秫要吸三袋烟。
　　　　不分好，不分坏，不分长短，
　　　　到时候还一样领粮领钱。
　　　　想一想为什么这样混乱，
　　　　评工记分太不严。
　　　　从今后还按制度办，
　　　　咱选个公公道道的记工员。

老　头 （站起来跑到老支书跟前）
　　　　（唱）老兄弟还是你有眼，
　　　　句句话说到我心窝里边。

中　年 （唱）到底还是庄稼汉，
　　　　来龙去脉摸得全。

孙有婆 （把线绳往鞋底上一缠）
　　　　（唱）老进哥你要真能这样办，

谁还能躺在家里不动弹。[1]

这段"加戏"里的信息是丰富的。第一，1962年国家对"评工记分"的强调，主要还是从集体经济管理、如何调动社员积极性的角度讲的；老支书对大家劳动情况的描述，知根知底，是"有眼"的，话里透露的是：记工分制度的恢复，除了管理上的意义，更是还人心一个"公道"，把冷了的心焐热。第二，这还人心一个"公道"，又不只在恢复"记工分"。金樵开场的唱词，都用简短语句，谱的曲应该是一种冷腔冷调，因为里面暗含了一种威胁："咳，咳！都要按原则来发言。"这样的氛围想必由来已久，所以老支书要先把这个压抑打开：干部不民主、特权的问题，怕比评工记分的混乱更伤了人心，或者说，二者是紧密交织、共同作用的。还人心公道，也要从这里还。第三，金樵的话，让众人"沉默不言"，连双双都"泼辣"不起来，被喜旺一瞪，"咽了口气又坐下"。也就是说，双双要"泼辣"得出来，老支书的支持何等重要！

老支书是编导们对"纠偏的党"的形象化。他不但纠正政治上的激进、制度上的错误，还纠正对人心的伤害。在戏的第二幕，老支书读大字报时，孙有来和他招呼"嘿，嘿！支书，你回来啦？"他说，"算啦，算啦，支书、支书的这也不是个啥官，老挂在嘴上。老兄老弟不好？"他还有点像自言自语（喟叹）地说："我这几年在县上，好像情况都不

---

[1] 李准、赵籍身（执笔）、杨兰春：《李双双》（七场豫剧），河南人民出版社，1979年版，第33—35页。

摸底了。"[1]像是编导杨兰春在按捺不住地说：亲人一样的党回来了。[2]

这是豫剧中的老支书"老进叔"比电影里的"老进叔"多出来的东西，也是双双蕴含集体化理想的"泼辣"要成为一种为人心信赖、敢信赖的价值形态，必须有的支持。集体需要的"政治"的内涵，通过双双和老进叔，被赋予了更多与现实人心相关的内容。

突破双双的"泼辣"的"光荣孤立"的另一个方向，是双双自己在妇女队长职责上的成长。

双双是直杠子干部，心直口快，与农村的旧情理的很多层次都形成矛盾，政治力量必须给这个直杠子以支撑、护持，因为这个时候需要这样的直杠子。但要在村庄转成的集体中发挥更大的作用，仅仅靠"直杠子""热心肠"是不够的。就是，在老支书强力支持下的双双，自己要发挥更大的作用，就必须在妇女队长职责的要求上成长。对此，豫剧《李双双》也给出了比电影更具体的展现。双双没当妇女干部前，对孙有婆的猪拱红薯苗的应对方式是，你不去补苗，我替你补；双双刚当了妇女队长，对大凤打不干净花杈的解决方式，也还是和电影里一样，记四分可以，你再去收拾一遍，你不去，我替你去。就是说，这里的双双和春花一样，是顺着自己的本性去做的。等到双双当了妇女队长，就领导生产这一工作来说，光队长自己好不行，必须得能推动人、组织人，只顺着自己"你不干，我替你去干"的心性，就不够了。

豫剧的第六场，金樵和孙有、喜旺外出跑副业，老支书和双双领导

---

[1] 李准、赵籍身（执笔）、杨兰春：《李双双》（七场豫剧），河南人民出版社，1979年版，第27页。

[2] 从豫剧《李双双》更正面回应双双的"光荣孤立"、回应时代现实的如上改编细节，可以看到这个戏的导演、应当也是改编核心的杨兰春的心情和目光。这个武安落子戏班出身、1937年参加八路军、新中国成立后培养出来的文艺工作者，在现代戏变革中，成功摸索出一种以"老百姓喜欢看的戏"来沟通政治和人心的道路。即便反右、"大跃进"以后，现代戏直接回应现实问题有种种顾忌，杨兰春的耿介性格和一种革命干部的内在感（与党荣辱共担）、责任心，仍然让他不能不在回应现实问题（特别是涉及党和人民的关系）方面特别努力。

生产队，秋后迎来了丰收。双双屋里大囤满小囤流，在夜里赶着给喜旺做鞋，这时来了两个人：

> 双双：恁俩呀？
> 彦方嫂：会计叫俺顺路问问你，那几亩芝麻秆咋办？
> 双双：是呀，大家啥意见？叫大家说吧。
> 大凤：有的人说，谁家也不等着烧锅，那一点东西，撂那儿算了。
> 双双：看看，这有吃有烧啦，就拿着东西不当东西！跟会计说，明个大伙儿开个会，商量一下吧！[1]

这个小细节，从"配合政治"最直接的层面看，反映了1962年人民公社"整社整风"中强调的"民主"和"勤俭"问题；从舞台上双双性格的发展来说，它表现的是双双从春到秋成长为一个成熟的妇女队长，经过怎样的共同劳动团结住了妇女们。

经过了一个季节的劳动，彦方嫂和大凤一起来找双双商量生产队的事——这意味着，双双建立了不只是跟自己的闺蜜彦方嫂、进步的团员桂英的联盟。再看双双怎么处理"芝麻秆"的事，虽然舞台表现得简单，但还是透露了双双这几个月在领导生产中的成长：芝麻秆怎么处理，她心里有决定，但先不说，大家的东西，大家的事，大家说吧！也正是因为这样的"心回肠转"，双双才能让"集体思想"不再是自己一个人的"积极"，才能让大凤、孙有婆这些妇女们，在生活、劳动能力、"思想"上都得到充分尊重的共同劳动中重构情谊。

"恁俩呀？"这句话想着就是笑眯眯讲出来的话，背后当有着极为

---
[1] 李准、赵籍身（执笔）、杨兰春：《李双双》（七场豫剧），河南人民出版社，1979年版，第66页。

不易的历程。

妇女们重构基于共同劳动的情谊,这可能带来对男人们基于哥们(金樵和喜旺),基于利益(孙有和金樵)的结合的制约。孙有婆因为自己的劳动价值得到了体现和集体的承认,敢于说孙有"办的丢人事"!大凤也不再让干啥干啥,反过来教育金樵。这两部分的戏都显得生硬,一方面,对这两对夫妻关系塑造的不够,另一方面,在现实中这样的夫妻关系显然是很难如此突转的。不管怎样,从意识上,做了妇女队长的双双需要更讲究工作方法,心回肠转,建立更广泛的女性情谊,打破现实中常见的因性格、利益同异的抱团、对立,甚或孤立"积极分子",这对于集体的氛围、风气的转变,无疑是重要的。而一种富有解放意涵的女性情谊的构造,蕴含着产生更多李双双的可能。

如上,豫剧里的李双双,提供了如何从更深的土里"泼辣"出来的重要思考。我们通常的认识,李准的小说是扎根乡土的,但他使用的文学形式,包括他自觉进行的一些文体、结构探索,有多方面的新文学的资源和影响,这使得他笔下的乡土具有一种普遍性,与真实的更地方的乡土之间,常有着微妙的距离。这点,当《李双双》被改编成豫剧时,就能够看到。豫剧更方便展现和乡土、地域文化的关系,从而使得人物更立体。豫剧把故事还原到乡土民俗中,在随着政治政策的调整而产生的新问题中,帮助我们再度观察、处理他小说中提出的问题:李双双内含着新的公私意识、新的情理的"泼辣",要从更深的土里"泼辣"出来,还需要哪些政治、文化意识上的配合?

也就是,从乡土民俗、文化传统看乡村妇女的"泼辣",是可以往几个方向发展的:《货郎翻箱》中的姑嫂,更鲜明也更戏曲化了的孙有婆,还有冯金堂笔下的春花,在不同历史时期、不同社会条件、文化意识下可以有不同的意义走向。一个泼辣能干、心性纯朴的妇女,是扎根乡土的,但并不必然往"新人"的方向发展。扎根乡土的春花、双双也告诉我们，集体在中国是有很深基础的，但不必然往新中国政治想要构造的集体的方向发展。而这就涉及集体要成为饱含理想性的"经济组织也是社会、文化组织"，政治、文化到底要如何引导、开展问题？双双们要成为承担责任、发挥作用的"新人"，就要从更深的土里"泼辣"出来，才有可能有助于村庄通往更好的世道人心。这提示着我们，怎么去扶持、转化我们土地上的资源，也提示着，日常政治在这一过程中承担什么样的责任。从这里看，从小说到电影、戏曲，李双双和她的"泼辣"不断演进，其间所提供的文学和政治之间的对话，所提示的社会、文化资源，是丰厚的。对此，我们要面对的认知挑战就是，如何把对象掌握住，把对象所包含的热和力量释放出来，并以之为能量、契机、构型力量，思考与想象我们可以怎么更好、更扎根我们现实基础地构造我们今天的社会。

六、结语

本文以小说《李双双小传》、电影《李双双》、豫剧《李双双》和社会对李双双的接受为文本基础，将李双双放回1958—1963年社会历史变动的土壤和李准写"新人新事""问题"小说的脉络中，从李准对时代现实中的问题的敏感，调动乡土文化、伦理资源来回应政治政策的能力，以及对乡村妇女的生活、生命史的理解等层面，探讨李双双和她的"泼辣"的生成史及其历史、政治、文化、思想意涵。经由这些探访，我们看到，经过新中国文艺工作者的接力、努力，没有户口的李双双，最终在中国人的身心与情意结构中有了户口。小说、电影、豫剧对李双双"泼辣"的塑造，蕴含着爽朗、能干、敢说敢为、不计利害、既灵透又"傻"的性格，蕴含着对平等、恩爱、既现代又传统的夫妻之情的要求，更蕴含着——将时代要求的"集体精神"与传统中国人有关

"义""理""公道"等价值进行有效连接，然后在此一亦新亦旧的义理的践行中通过细腻感通他人、以承担为乐的生命状态，以生成一种新中国妇女的精神风貌与价值形态——这些具有重要思想、实践意义和有高度洞察的思考，并没有随着时代转换消失其意义，而有待关心中国妇女现实与未来的人们认真重访。

在某种意义上，李双双和"自己找婆家"的乡村姑娘刘巧儿（评剧《刘巧儿》，同名电影1956年上映）、"扎根农村"的女学生银环（豫剧《朝阳沟》，同名电影1963年上映）一样，都是深刻烙印了20世纪五六十年代妇女生命状态的变迁、在时代中产生过重要影响的艺术形象。这些形象的生成、演变与接受的历史，既正面彰显着新中国意图建构的政治、文化意识与相关价值形态，也因妇女维度的特别性和艺术家们的责任心、敏感、才能而格外富有张力地内蕴着——新的政治、文化意识与相关价值形态，需经由怎样的努力才能扎根一个时代的世道和人心——其间有诸多于今日思考何为更贴合中国人生命、身心需求的现代社会依然有意义的经验和资源。就此而言，本文对李双双和她的"泼辣"的"生成史"的探索，也还只是一个刚起步的工作。

在社会、历史、文学的
互为镜像中反思

"断裂"与"超越"

——写在"20世纪中国革命和中国现当代文学学术研讨会"圆桌讨论之后

◎ 薛毅

熟悉中国现当代文学研究领域的学者可能都知道北京读书会，它的全称是"北京·当代中国史读书会"，是以中国社科院文学研究所的中青年学者为核心、众多高校师生参加的学术研究团队，成立至今已有十多年了。这个团队的特色很明显，一群文学专业出身的人不拘泥于学科，重新讨论中国革命历史的进程，力图返回一个个政治和社会实践的现场，以重新认识和理解中国革命的经验。阅读他们的研究成果，我总想起沟口雄三所说的"赤手空拳地进入历史"，也就是放弃既有的认识标准和方法，放弃所有的先入之见，将研究主体相对化，虚怀若谷、谨慎小心地进入历史，从而让历史议题呈现出来，看到以前的定见控制下所看不到的具体的丰富的动态的经验。严格意义上的北京读书会大概就是这样的从事"读史"的团队，但是，同一群人，也在从事"社会史视野下的中国现当代文学研究"，讨论了丁玲、赵树理、柳青、李准、周立波等重要的作家，也基于当代社会和文化环境讨论人文知识思想和理想主义问题。这三个方面的工作有着紧密联系,也使读书会有了更多的吸引力,参与进来的师生越来越多。我本人也多次参与北京读书会的活动,我很喜欢读书会散发出来的坦诚、友好、开放的气息,也热衷于和他们交流、争论。这次"20世纪中国革命和中国现当代文学学术研讨会"虽不是以读书会的名义主办的,但其成员都没缺席,是专题发言的主力。

在圆桌讨论开始时,作为主持人,我讲了一年前周立波讨论会的故事。那次会议出现了很多很好看的论文,估计是受周立波作品文学性魅力激发的缘故。而不少与会者对柳青的重要性有很多见识。所以我在会下饭桌前逢人便问对方究竟更喜欢《山乡巨变》还是《创业史》,并首先表态我自己更喜欢《山乡巨变》。询问的结果,我概括为北方人喜欢柳青更多一点,而南方人比较喜欢周立波。这样的概括当然带有玩笑性质,地域肯定不是决定性因素。我记得一位北京学者很严肃地告诉我,在大学文学史课程上,有没有《创业史》大不一样,如果不讲《创业史》,那中文系的学生恐怕根本不知道合作化这段历史。确实,20世纪80年代以来的文学视野里,已经没有了《创业史》的位置,它几乎是政治压倒文学、阶级性压倒个性的典型。相比之下,《山乡巨变》尚有一席之地,人们看到的是它的非革命性的一面,乡村日常生活习俗、田园风格等。针对这种状况,更多地肯定《创业史》是非常必要的。而且在新的文学视野下,将政治和阶级性引入文学作品中,是《创业史》的贡献而不是局限。我更感兴趣的是,如何从内在于中国革命进程、内在于当代文学进程的角度,讨论这两部作品的关系。如果以《创业史》为基准,新的文学视野很容易看到《山乡巨变》的不足,比如它的日常田园风格冲淡了政治,它的喜剧性化解了"巨变"本来应该有的艰难和悲剧性。但是,如果以《山乡巨变》为基准,我们应该也可以看到《创业史》的不足,比如它对人物的阶级性把握过于直接,缺乏层次。这两种看法都不应该绝对化，因为事实上不能互为基准衡量彼此。但我们应该看到在《创业史》和《山乡巨变》之间，存在着一种有意义的张力，一种能体现当代文学内在矛盾性质的差异，把握和阐释它们，也许能适当调整正在形成中的新的文学视野。

我把这个故事说给圆桌倒不是为了"引战"，没想让大家就此话题进一步争论，而是希望圆桌讨论能多谈一些差异性的东西。这次会议主办方对圆桌引言人的配置大概有一定目的。其中有长期从事"十七年"文学研究的洪子诚老师，他对自己的研究对象持严肃的批判态度。有长期从事现代文学诗学研究的吴晓东，他有坚定的审美立场，在圆桌上自嘲是革命的同路人。这两位学者进入圆桌，也就切实地把差异性带入了现场。有效的讨论往往产生于知道彼此的立场、观点不同，但认真倾听，与之对话。而对于"20世纪中国革命和中国现当代文学"这个议题而言，如何将学术界已有的貌似外在于"革命"的批判态度、审美问题通过转换机制，引入议题内部，研究者理应认真思考。周立波与柳青这个话题，得到了洪子诚老师的回应，他说如果非要站队不可，他站在周立波那一边，因为周立波小说有更多的"中间环节"。郭春林则称自己是《创业史》派，它写出了从新民主主义向社会主义过渡的艰难曲折的惊心动魄的过程，而《山乡巨变》的"变"非常迅速、平滑，没有太多的挫折，没有太多升级到灵魂、情感层面。蔡翔老师觉得周立波最大的意义是"让这个国家政治变得愉悦"——这个说法很有意思，我理解是指周立波笔下拓展出了政治对于老百姓可接近、可亲近的面向。蔡翔接着说，周立波创造了很多被柳青等作家排除的意象，他能把传统的阴柔的文学意象转换到社会主义政治上。这个小小的讨论给我带来了启发，在坚持总体化思考当代文学进程时，有必要梳理出政治的多种层面，不同类型的文学在何种状态下能显现活力。

冷霜的发言集中讨论了文学研究中的"断裂论"。他认为新时期以来一度存在将20世纪50—70年代文学视为20世纪中国文学的"歧途"或"例外"的倾向,强调它与此前此后文学的断裂性。冷霜认为在近二十年的时间里,这种倾向得到了相当程度的反思和克服,但诗歌研究界这种观念还有广泛的影响,对五六十年代的诗歌实践缺乏足够认真的审视,便急着强调其负面因素,而对像骆一禾那样明确体现当代诗歌与中国革命及文艺实践的另一种联系的诗人,也不从与革命关系的视角对之作认真阐释。我特别关注冷霜发言指出的两个事实:一个事实是,自20世纪80年代重建的以个性主义、人道主义为价值观的文学视野里,从延安到20世纪70年代的文学实践遭到整体性否定,填补空白的只有地下文学,或者如冷霜所说干脆拉同一时期的台港文学来补缺。第二个事实是,20世纪90年代中期以后,敏感于所谓全球化时代的中国位置,敏感于中国社会的结构性调整,一些人文学者努力重建了对资本主义的批判态度,在这个基础上,人们对中国左翼文学,对延安和新中国文学有了不同于20世纪80年代的认识。近二十年里,对中国现当代文学研究的范式产生全面冲击的就是对延安和新中国文学的重新研究,这方面北京读书会也有很大贡献。但是,与其说"断裂论"被克服了,在我看来不如说它被转化和深化了。从外在形态上看,新视野下的延安和新中国文学,仍然与此前此后的文学截然不同,从价值上看,"歧途"和"例外"被翻转为"超越"。有学者将延安和新中国文学定义为当代文学,此前为现代文学,而奇特的是,20世纪80年代的文学又被理解为回到了现代文学。这种看法是对20世纪80年代文学视野的彻底翻转,而沿着超越现代的当代文学逻辑,《山乡巨变》这样的小说又被归置在现代文学传统中。也就是说,"超越论"可以看作"断裂论"的新形态,它是有意义的,同时让人产生疑问。

洪子诚老师的发言给"超越论"打上了问号。洪子诚说,20世纪50年代中国当代文学受苏联文学影响很大,社会主义现实主义的理念已经内在化于当代文学之中。但是，中国当代文学一开始就试图建立自身的独特性，事实上延安文学和苏联文学存在内在分歧。苏联文学在观念和制度上崇尚专业和精英，中国当代文学自 1958 年后有一个去精英化、专业化倾向，提倡群众写作，拒绝俄苏文学的人性、人道主义传统。中苏文学都有"成为世界文学"的冲动和实践，但具体路径和策略却有不同。苏联将西方和本土的现代主义排除出去，确立了从普希金到高尔基的"文学正典"传统，作为建构社会主义现实主义的基础和"前史"。中国当代文学采取的是一种彻底剥离的"纯洁化"措施，将古典、西方和苏联文学都排除出去。洪子诚认为，中国当代文学从 20 世纪 50 年代到 70 年代在不断走向衰败，当代文学试图割裂人类文化遗产，追求纯洁，而这种割裂反过来只能损害甚至摧毁自己。这就是当代文学的"自我损害"。这个图景与"超越论"截然相反。

如果我们把前三十年的社会主义进程分为社会主义革命和建设以及"继续革命"两个阶段，我们大致可以看出洪子诚老师所说的彻底剥离的"纯洁化"产生于第二个阶段。在第一个阶段却同样有着确立社会主义时代"文学正典"传统的努力。在中国古典文学中建立了"人民性"的评价体系，在中国现代文学中拉出一条从文学革命到革命文学、左翼文学、延安文学的红线，在西方文学中从古希腊、文艺复兴到启蒙主义到批判现实主义，那些构成马克思、恩格斯文学观基础的作家作品得到了特别高的评价。20 世纪 50 年代曾是中国翻译文学出版的高峰，无论数量和广度都是现代文学时期无法比拟的。在当今的翻译文学史著作看来，这个时期重视 19 世纪批判现实主义、积极浪漫主义，而轻视、拒绝翻译现代主义作家作品是其局限。相似的情况也存在于当今古典文学学术史的看法，比如这个时期宋词方面推崇豪放派、轻视婉约派也是其局限。但在我看来，所谓的局限显示的正是这个时期的独特眼光。社会主义中国构建的世界文学图景，其独特性、活力和意义有待人们重新发现。几乎没有一个时代和国家，拥有像社会主义中国那样极为广泛的非专业读者。即便是在被作为"封资修"成为禁书的第二阶段，普通青年也会在地下传递这些作品，获得精神养料。文学爱好者也许更愿意阅读"封资修"作品，完全超越对行进中的当代文学的热情。但它们与当代文学并非没有联系。就像当时的翻译作品在序言中常常会指出的那样：作者同情民众，揭露了资本主义社会的矛盾，但找不到根本解决矛盾的方法，它们只有在社会主义时代才能得到解决。这正是它们作为"前史"的意义所在。而那些形式主义的、颓废的、现代主义的作品，也因为"回避"了资本主义矛盾而被清除出去。在这个意义上，社会主义文学提供了解决现代、前现代"难题"的想象空间。也就是说，社会主义当代文学内在地包含着超越现代文学的欲求，但它真正超越的可能性体现在与现代文学难题的纠缠程度上，如果难题被切割掉，那么超越只能是一厢情愿的"想象"了。衰败和"自我损害"也就在超越的路途上发生了。

"超越论"看到了社会主义当代文学的内在欲求，并找到了当代文学生长的内在逻辑。现代作家郭沫若、茅盾等初读赵树理作品所发现的新颖性质，绝对不是仅仅因为从中发现了在抗战背景下发动群众、启蒙群众的作为时代权变的文学途径，而是在他们的认识中，赵树理的新颖性体现着对现代文学的超越。但是，随着"继续革命"时代的到来，赵树理同样被"超越"了，沿着当代文学的内在逻辑，人们大概可以做出《艳阳天》的浩然超越赵树理的论文。同样，如果说戏曲改革出现了一大批地方戏——群众文艺，是对传统地方文艺的超越，那么，样板戏肯定也是对20世纪50年代地方戏的超越。这容易将内在欲求过于直接地当作价值尺度，而且不能解答"自我损害"发生的缘由。但我根本不想否定"超越论"，"超越论"在文学史论上第一次真正从正面描述了社会主义当代文学的内在欲求，看到了当代文学的可能性和潜在可能性，这个贡献是巨大的。我愿意把"超越论"解读为"超越假定":先不考虑社会主义进程本身遭遇到的难题,不考虑"自我损害"问题,专注于思考相对于现代文学,当代文学提供了哪些新颖性,把这类文章做足,从而在最大程度上激活当代文学的内在可能。这样的专注有其合理性:如果把历史上的某个时间段作为当代文学的衰败性后果,以此入题反推导致后果的缘由,那思考的方式很可能会被拉回到20世纪80年代的文学视野中去。

我从"超越假定"出发,重读北京读书会,切实体会到北京读书会思考的重要意义。就本次会议何浩、刘卓的论文而言,我的赞同远多于疑问。何浩谈道:"西方现实主义小说理论发展到20世纪,焦虑之一是总体性和个别性的矛盾。卢卡奇在20世纪20年代的主要困惑和工作重心即在回答这一问题。而《讲话》对文艺提出的挑战之一在于,在个别和总体之间,要加入'政治'作为中介。"这使文艺的内在的观念认知和组织结构发生了剧烈的突破和发展。政治在实践中通过"社会"打造群众的具体形态,这个社会不能被理解为"地方社会",它也不是作为等待被客观呈现的对象,而是一个在政治实践中可被切实改变和调整的对象。"社会"是政治搅动起来的,处于变动之中的。何浩说:"真实性是第一位,但真实性不是直接面对客观世界,客观世界我们看不到,是物自体,我们能够看到的是被政治打造后的社会,或社会生活,真实性的运转平台是政治—社会—历史,这是《讲话》后的现实主义与之前现实主义的区别,也是现代文学与当代文学的关键区别。"在何浩的论述中,政治作为一个结构性的要素彻底内在于现实主义创作方法之中。而刘卓的论文把"深入群众"作为延安美学原则之一,同样把貌似外在于文学的实践内化为文学的核心。在刘卓的论述中,柳青在《讲话》前后的创作方法的变化是,之前是搜集材料,之后是深入群众,区别在于前者是旁观,后者则要结合一道工作和斗争。"需要略为辨析的是他与群众的关系，既不是在原有的地方文化的社会关系中，也不是小资产阶级意义上的同情。柳青的下乡不是个人的道德驱动外化，而是要放在根据地边区的党群关系的社会变革中来理解。……表现在创作领域，我们不能把他与农民之间'情感上打成一片'这一点，理解为与理性认识相区隔的情感动员或情感纽带，它恰恰是建立在一个集体性的政治性思考和组织建设的基础之上的。"

何浩和刘卓的论文似乎体现了北京读书会的新的探索。一般而言，西方概念上的从传统知识分子到有机知识分子的变化，可以从思想史、社会史角度阐释，从旁观者到参与者、实践者，从与大众隔离的书斋到置身于民众之中，从政治的被动者到高度参与政治运动，似乎都是外在于文学创作的，而何浩和刘卓把论述的重心对准了创作方法和美学原则。吴晓东在圆桌发言中说这次会议的核心方法论仍然是"社会史视野下中国现当代文学"的研究视野，而这种视野如何面对十七年文学的主导面向，"文学与政治、与现实的自我同一性，发展到极端，文学和政治就构成了逻辑层面的同义反复"，而思考十七年文学的困难之处，在于如何从这种同义反复中"剥离出真正的文学的力量"。吴晓东从何浩的观点中得到启示，"建构文学、政治和社会的三维坐标"，用吴晓东自己的语言来说则是"建构文学与政治互为参照的视野"。我觉得可以补充的是，应该区分作家所置身的外部的政治环境和作为政治参与者、实践者的主体所理解和把握的政治，丧失这种主体性，就只能被动地依照命令写作。而外部的政治环境和内在的政治理解之间，需要互为参照。比如柳青对合作化运动的理解和把握，与工业化战略下对农村合作化的极速推进，两者之间并不一致。仔细分析也许会看到，周立波有着对日常政治的独特理解。而如何更细致描述内在于文学之中的政治在文学创作中的作用、在文学形式上的体现，是很令人兴奋的课题，我从何浩和刘卓的论文中看到了这种可能。我很认同朱羽的会议论文所引用的汪晖的观点："形式上的每一次创新都与创生新的政治有着密切的关系。反过来说，离开了对于文化革命的形式的探究，也不能真正理解文化革命本身。"期待一种崭新意义上的诗学研究在不远的将来出现。

把中国革命理解为文学的外部环境，而文学只是环境中的受动体，这固然是问题的一个方面，而另一方面，是文学主动参与到革命中，进而变革文学的样态。对后者而言，革命内在于文学。姜涛的圆桌发言讨论到了如何更有效、更内在地将革命视野引入新诗史的研究中。姜涛说，20世纪40年代闻一多、朱自清在讨论抗战时期兴起的朗诵诗时认为，不同于印刷的、供读者玩味的新诗，朗诵诗这样的形式"活在行动中，在行动中完整，在行动中完成"，是一种"新诗中的新诗"。朱自清进一步将之看作是"新诗现代化"的一条路径。闻一多、朱自清在20世纪30年代、40年代都需要面对与自己的创作完全不同的革命文学，如果说在30年代他们与革命文学之间呈"断裂"关系的话，那么，到了40年代，他们积极正视革命的同时，也使以前的断裂关系重新接续了起来：通过重新思考"五四新文学"的方式和意义，把40年代文学的目标——让文艺回到群众中去，作为"五四新文学"本身没有完成的任务来把握。张武军的圆桌发言提到姜涛在大会发言的一个假设："路翎如果没有像胡风那样的包袱，有可能他会是从国统区走向社会主义革命的一个典范的革命作家，也就是说，路翎原本会带来和延安不同的革命文学传统。"这个假设有助于我们从断裂处看到接续的可能。何吉贤的圆桌发言以丁玲为例，把"热情"阐发为20世纪中国文学的基本情感动力，他说，"热情既是推动个人投身文学，以一种情感性的叙事或抒情的文学形式表达自我，同时也是建构个人与社会、与民族、与国家，建构自我与他者关系的方法或桥梁。"使得何吉贤思考这一基本的情感动力的缘由，就在于丁玲这样一个拥有大起大落生命历程的作家，其多次转折和变化中的不变，可以帮助我们很好地思考20世纪中国文学贯穿前后的连续性的动力问题。他的问题关怀也意味着，我们需要在被切成好多段的20世纪中国文学历史中，重新探讨能贯穿前后的基本动力与理解线索问题。

　　蔡翔老师的圆桌发言讨论了前三十年文学和新时期文学断裂处的逻辑关联。蔡翔认为，延安文艺以后的现实主义的核心，不再是像鲁迅所说的"揭出病苦，引起疗救的注意"，而是"解决问题"的小说。到了20世纪60年代，经历了大饥荒，这种现实主义如何解决问题面临障碍。这个问题一直延续到80年代的改革文学，它找到了新的解决问题的办法，而在创作方法上是延安文艺以后的现实主义脉络的自然延续。另一方面，在20世纪60年代成长的知识青年一代，现实主义无法安放他们，取代它的是浪漫主义，这重新点燃了知识青年的激情，直接打开了1966年的大门。20世纪70年代浪漫主义退潮，80年代知识青年从浪漫主义中走出来，但并没有走向现实主义，而是走向现代主义。与通常的将现代主义看作西方影响中国的产物不同，蔡翔认为20世纪80年代的现代主义的血脉，在于60年代。蔡翔最后说："中国是一个独特的经验，它始终是不稳定的，充满了一种内在的悖论，从来就没有一个固定的东西，任何一种理论的出现，都会遭遇另一种理论的反驳，它们共生于共和国的结构之中。"沿着蔡翔的思路，我想，这里面的关键应该是如何把握这种充满内在悖论性质的动态结构吧。在这里，"解决问题"的现实主义可以是对"揭出病苦"的超越，也可以由于切断与病苦的真实联系而走向空洞化。在"继续革命"氛围下形成的"浪漫主义"，可以将"解决问题"的思路重新问题化，从而开启了新一种可能，也可以在不断追求纯洁的路途中走向自我损害。从内在悖论看，社会主义可以被理解为对资本主义问题的解决和超越，也可以被理解为现代化的另一种方案，就后者而言，它与西方现代有着千丝万缕的联系，同样不可避免遭遇自身的难题。而深刻把握当代中国的结构性难题，一定有助于我们深切认知看起来差异甚大的"十七年""十年"与"新时期"之间的逻辑联系。

2022 年 2 月 4 日

当代文学的"自我损害"

◎洪子诚

刚才薛毅说到《创业史》和《山乡巨变》究竟哪部更好的比较，现在好像是要站队。薛毅说北方人多站在柳青一边，南方人则相反，更喜欢《山乡巨变》。如果非要站队不可，两者中必须选一，我虽然在北方，但我站在周立波一边。其实我籍贯是广东，"北方人"是冒充的。另外我非常同意倪伟的那个看法，他好像说有更多的"中间环节""中间项"的作品最好。我不喜欢很简单的、直奔主题的作品。不大认同"十七年"中，在创作和文艺学上很流行的"主题提炼"重要性的说法。不过这个不是我今天要讨论的问题。

下面主要讲一下当代文学和外国文学的关系。这个问题我今年5月，在上海华东师大的会上谈过。那次会主要是讨论贺桂梅的新书《书写"中国气派"》。我这里说的"关系"，不仅是指外国文学对中国当代文学的影响，或者中外文学交流，而且是说"当代文学"在建构自身的时候，怎样想象自己，定位自身，这个想象是在"世界文学"的视野中进行的。贺桂梅的这本书差十五页就六百页了，前后写了十年，它有一个副标题叫"当代文学与民族形式建构"。书里通过对当代的几部重要作品:《三里湾》《山乡巨变》《红旗谱》《创业史》,还有"革命通俗小说"和毛泽东诗词,来讨论当代文学在建立"中国经验"上取得什么样的成就,存在哪些难题。在这本书的绪论里头,提出一种有关当代文学的新的分期方法。她把从延安时期开始到20世纪70年代的中国文学,划分为几个时期。说40年代是民族化时期——当然,这里指的是根据地和解放区文学——50年代是苏联化时期和去苏联化时期,然后把60年代前期叫作中国化时期;大概从"文化大革命"开始是世界化时期。我对这个分期法很感兴趣。不过,我觉得这个分期方法不是"实体性"的,而是以世界文学视野来观察"中国经验"的分析方法,是一种"分析工具"。但是这个说法打开了我们的思路,对我们认识"当代文学"的性质、经验和问题,提供了一个重要的切入点。当然,因为她还没有很好地展开,更具体的情况我们还是不大清楚。这种分期依据的事实、做出的判断,概念的形成和使用,还有很多疑问。我们期待贺桂梅以后做出更多的说明。

从20世纪50年代开始,当代文学确实受苏联影响很大,社会主义现实主义对当代文学来说,是一个纲领性的东西,是一个准则,在一个时期几乎是一个"律法"。它的影响是全方位的,包括文学理论、文学制度、创作经验、艺术形式等各个方面。从体裁、文类上说,小说、诗、戏剧,以至绘画美术,都留下深刻的印痕。文学批评使用的概念,评价的标准,许多都来自社会主义现实主义理论系统。社会主义现实主义理念,已经相当程度地内化于当代文学之中。柳青在当代文学上自然是有创造性的,他的《创业史》提供了新的东西。但是从另一方面说,没有托尔斯泰、没有肖洛霍夫的《静静的顿河》《被开垦的处女地》,也不会有柳青的《创业史》。我们都知道柳青很敬仰肖洛霍夫,家里还挂着他的相片。所以,贺桂梅的这本书里谈到柳青,用的是"社会主义现实主义的中国化实践"的标题。其实,这个标题也适用于对《红旗谱》

《山乡巨变》的分析。

虽然当代文学受苏联文学和其他的外国文学影响很大，但是，当代文学一开始就试图建立自身的独特性，形成自己的"中国经验"。当代文学既有"走向世界文学"的强烈诉求，同时也有"成为世界文学"的强烈愿望。"走向世界文学"这个声音，印象里最响亮、呼应最热烈是在20世纪80年代，当时曾小逸主编了一部名字叫《走向世界文学》的书。事实上，这个诉求贯穿整个20世纪中国文学，只不过各个时期，对所要"走向"的"世界文学"，有不同的想象。在50年代初，当代文学心目中的"世界文学"，就是社会主义现实主义的苏联文学。我们要是去读读50年代初郭沫若、茅盾、丁玲、周扬写的有关苏联文学的文章，读他们访问苏联之后的旅行记，可以看到他们在苏联和苏联文学面前的恭敬、谦卑和敬仰。歌剧《白毛女》和小说《太阳照在桑干河上》《暴风骤雨》获得斯大林文艺奖金引起的热烈反响，是"症候性"事件。周扬、丁玲当时都说过，我们的文学还不是社会主义现实主义，还有很长的路要走。

把苏联文学当作方向和崇拜对象，在1957年十月革命四十周年纪念的时候达到高潮。随着国际共运内部矛盾、分裂加剧，以及事实上延安文学和苏联文学存在的内在分歧，"去苏联化"的进程在20世纪50年代后期加速。重要征象有：新民歌运动的开展，革命现实主义和革命浪漫主义结合方法的提出，周扬的建立中国自己马克思文艺理论体系的命题……苏联文艺在观念和制度上，是崇尚专业、精英化的，20世纪50年代开启的当代文学，也学习苏联的精英化、专业化。最近读郭小川的日记，里面写到1958年他去莫斯科商谈亚非作家会议筹备，苏联作协领导人就反对中国当时作家下乡劳动的措施。1958年张天翼先生在北大"蹲点"，当时我读大三。他跟我们闲谈时说到，1958提出"二革"相结合的创作方法，苏联方面很有意见，问是不是要取代社会主义现实主义。我们可以看到，像 1958 年"大跃进"，还有"文化大革命"的激进时期，文艺都有一个去精英化、专业化的趋向。如提倡文艺工作者上山下乡，艺术剧院、歌剧院、京剧院的"院"都改为"团"，推广"乌兰牧骑"的经验，也提倡群众、工农兵写作，全民写诗，等等。在思想观念方面，当代"去苏联化"特别表现在对俄苏文学那种深厚的人性、人道主义传统的拒绝和批判上。从 20 世纪 60 年代到"文化大革命"，对苏联"新浪潮"电影的批判，对肖洛霍夫《一个人的遭遇》《静静的顿河》的批判，都说明了这个指向。

确实，苏联文学和中国当代文学都有一个"世界化"的诉求，也就是各自的独特经验成为具有"世界性"意义的普遍经验。我想，在由国家、执政党主导国家文艺的社会主义大国，大概都会有这样的诉求。苏联 20 世纪 30 年代确立社会主义现实主义的"原则"，不仅在国内实施、展开，也向世界推广；凭借着它在国际共运的主导地位，在西方左翼作家和二战之后的社会主义阵营各国，都有深刻影响，在许多共产党执政的国家，也被确立为一种纲领、原则性的准则。中国"文化大革命"期间的"激进派"也有这样的抱负，以创作"革命样板戏"为代表的所谓"真正的无产阶级文艺"，开拓"无产阶级文艺新纪元"，等等，都是在展示他们的雄心。"去苏联化"其实就是要取代苏联，为世界的无产阶级文艺树立榜样，提供普遍性经验。这个阶段，也就是贺桂梅书里所说的"世界化时期"。尽管调子极高，成效却很可怜。是否"成为世界文学"且不说，"真正的无产阶级文艺"在本土也很快夭折，难以为继。

虽然都有"成为世界文学"的冲动和实践，但是中国当代文学和苏联文学的具体路径、采取的策略却有不同。苏联文学是先有剥离、批判，20 世纪 30 年代在批判"形式主义"的旗号下，将西方和"本土"的现代派、先锋派文艺排除出去，但是他们也确立了从普希金开始到高尔基的"文学正典"的传统，作为建构社会主义现实主义的基础、"前史"。中国当代文学采取的是一种彻底剥离的"纯洁化"措施,在"封资修"的名目下,想将古典、西方和苏联的都排除出去。很有名的一句话就是,无产阶级文艺从《国际歌》到革命样板戏,这中间是一百年的空白。

2002年我有一本书叫《问题与方法》。这本书是我据临退休时在北大给研究生讲"当代文学史研究"的课堂录音整理的。全部录音和整理都是贺桂梅做的。她常常主意很大,第一堂课我看到讲台放着录音机,事先也没跟我说过。没有她的自作主张,就没有这本书。这本书的最后一讲,我提出了当代文学——当然指的是20世纪50到70年代——在不断走向衰败,在根源上用了"自我损害"的说法。我说,当代文学一方面有一种试图割断与人类优秀文化遗产联系的"纯洁性"追求,要剥离一切被称为"封资修"的东西来证明自己的独特性;另一方面,这个剥离注定反过来只能损害甚至摧毁自己。他们的这种类乎苏联20世纪20年代"无产阶级文化派"的理念,让自身走进死胡同。所以,我在书里用了"宿命"这个带着唯心色彩的词来描述这个困境。

记得对这个论述,当时贺桂梅表示了她的不同意见,说这只是从当代文学内部看问题,没有从世界视野来观察这一现象。她当时还是学生,博士还没毕业,没有严厉批评,只是委婉表示。我因为"师道尊严"的心理障碍作祟,没有跟她仔细询问和讨论。读了她的《书写"中国气派"》,我明白了她的思路。当然,我对当代文学走向衰败和"自我损害"的观点现在也没有改变。

现在,当代文学与外国文学关系的研究存在一些误区和盲点。现代文学与外国文学关系的研究开展得很深入、充分,但当代文学,特别是"十七年"和"文化大革命"部分,开展得很不理想。不知道为什么会忽略这个问题。也有一些论文写到这方面的情况,资料上也有一些整理,如上海陈建华教授组织编撰的中国当代文学与俄国、苏联文学关系的资料，很扎实全面。但是整体上还很薄弱。前些年我写了篇文章，叫《死亡与重生？》，讨论马雅科夫斯基这个诗人在当代中国的接受、影响，对当代政治诗建构起的重要作用，还有他在当代文学界地位起伏的状况。文章投到《文学评论》，被退稿，理由一个是它"不是论文，是随笔"，另一个说它是外国文学。第一个理由可能有道理，我近些年的许多文章确实不像"学术论文"，包括"材料与注释"，有时候是故意要"不像论文"。但说它是外国文学不是当代文学，就有点牵强，有点奇怪了。文章后来在《文艺研究》发表，收入"人大复印资料"的时候，也被放在"外国文学"里头。其实不仅仅涉及外国文学，中国古代文学的一些与当代文学密切相关的事件、现象，也被做了这样的处理。两年前我的讨论1958年北大学生集体编写《中国文学史》的文章《红黄蓝：色彩的政治学》，讨论的这个事件，现在只会在古代文学的学科史里涉及，而当代文学界一般认为是属于古代文学研究的范围。其实，在20世纪50年代，像周扬、邵荃麟他们都不会认为这只是古代文学研究。1959年北京和上海分别召开对北大和复旦学生集体编写的两部中国文学史的讨论会，规模都很大。北京的四次讨论会在全国文联小礼堂举行，由文学所所长何其芳和中国作协副主席邵荃麟轮流主持。当时的理解是，这就是当代文学问题。因为他们认识到，当代文学的建构，一个重要问题就是如何处理与古代文学的关系，如何选择、遴选建构的思想艺术资源。五六十年代对李煜、对王维、对陶渊明的讨论，20世纪60年代初对山水诗和"中间性作品"的讨论，都和当代文学有密切关系。但是现在，这些好像都排除在当代文学研究之外了。

而这些不是从历史出发的认识与做法，无疑是有碍于我们对当代文学历史展开充分认识与有关学术研究深化的。

20世纪60年代现实主义遭遇的困难和浪漫主义的再现

◎蔡翔

我发言的题目是"20世纪60年代现实主义遭遇的困难和浪漫主义的再现"。这个话题和20世纪80年代也多少有些关系。"延安文艺"以后的现实主义,从实际的写作情况来看,有一个核心,这个核心就是所谓的"问题"。但不是我们通常讲的"引起疗救的注意"的问题,而是要"解决问题",所以完整地说,应该是"解决问题的小说"。后来被人诟病的大团圆的结尾,也都跟这个"解决问题"有一定的关系。但是到了20世纪60年代,我觉得这个"解决问题"的现实主义的写法遭遇了两方面的困难:一是怎样去解决农民有饭吃和有钱花的问题,这是赵树理提出来的问题。因为赵树理当时提出来一个难题,就是合作化终止了阶级分化,不过赵树理说还要有另外一面,就是让农民有饭吃、有钱花。但是到了20世纪60年代,你怎么去解决这个问题?这个跟大饥荒的经历有关系,这个问题在60年代,我觉得它遭遇了"解决问题"写作上的障碍。我之所以提出这一点,是因为这个问题一直延伸到20世纪80年代的改革文学,包括当年的乡村文学。所以在这个意义上,80

年代的改革文学恰恰是在这一脉络中的自然延伸，因为它找到了一个新的解决问题的办法，就是土地承包。这个问题因为时间来不及，我就暂时不展开了。

我要说的是这个"解决问题"写作方法遭遇的另外一个方面的困难，就是它如何面对20世纪60年代崛起的一个新的城市青年群体。这个群体我们可以暂时命名为"知识青年"。我们讲到20世纪50年代，都会提到"识字运动"。但是如果继续讨论的话，就要面对"识字以后怎么样？有了文化以后怎么样"这些问题。因为这个"识字以后"，包括中等教育在中国城市的逐渐普及，在中国催生出了一个新的群体——知识青年。这个群体的产生，持续影响了后来几十年的中国的政治和文化。这个群体的出现，在某种意义上重构了个人和世界的关系，因为发现个人永远是和发现世界结合在一起的，不然我们就无法理解高加林为什么到县城里面一定要去看《参考消息》。这样一种个人和世界关系的重构，带来的是这个群体上的一个总体性特征，说得通俗一点，就是不安分。我们很难用"小资产阶级"，也很难用什么概念去概括，我还是用"知识青年"，这是中国独有的一个现象（详后）。这样一来的话，如何安放这样一个刚刚产生的不安分的知识青年群体，恰恰是当时，不管是政治还是文化都要面对的一个问题。

实际上文艺在这方面做出了非常迅速的回应，我们比较熟悉的有《千万不要忘记》。《千万不要忘记》里面通过现实主义的写法，通过季友良这样一个正面形象，通过季友良试图通过平凡的工作来达到一种忘我的境界，来回应知识青年问题。但问题是，通过工作来达到忘我的境界，能不能安放这样一个群体？因为季友良太忘我了，最后连谈恋爱都不会。所以这样一来，这种解决实际上遭遇了一个蛮大的困难。丛深很敏锐，应该意识到了这个问题，所以在叙述上显得很犹豫。这样，现实主义的写作通过"解决问题"的写法，就面临了一个很大的挑战。对此，我觉得我们可以通过另外一部话剧《年轻的一代》，做一些相关的讨论。

在这个文本中，"远方"的概念再度出现了。而伴同"远方"的则是"远行"。这样一种写作方式多少具有了一些浪漫主义的特征。这个方式就是再度点燃一种激情，通过另外一种方式达到"忘我"。"远方"的概念再度出现，重新结构了一种世界图景。这方面的写作构成了20世纪60年代的基本特征之一，比如边疆文艺的出现。浪漫主义的再度崛起，暂时缓解了现实主义在遭遇知识青年这个群体所碰到的困难。

那么，我们怎么来看待20世纪60年代重新崛起的浪漫主义？这种写法影响了一代青年。通过浪漫主义的写作，直接打开了1966年的大门。20世纪70年代浪漫主义退潮，对我们这代人来说，就是"远方"这个概念开始消失。到了20世纪80年代，这一代知识青年从浪漫主义中走出来，试图回到现实主义，比如韩少功，但是现实主义是无法安放这一代青年的。因为我们实际上仍然残留着浪漫主义的气质，就是始终有一个"远方"的概念，有一种不安分、一种叛逆的性格，所以这一代人实际上是挣扎在现实主义和浪漫主义之间。唯一的一个例外，可能是张承志，但是我们可以看到张承志最关键的不在于他的"远方"——所以我说20世纪60年代的浪漫主义不同于当年德国的浪漫主义——他更接近鲁迅说的无穷的远方和无数的人们。张承志重要的是他在不断寻找远方和人群。所谓20世纪60年代的精神也就是一种浪漫主义的精神，所以说在这个意义上面、在这个脉络里面，我们会看到，这一代知识青年为什么最后没有走向改革文学，就是解决问题的那种现实主义，但是也无法重新走向浪漫主义，最后剩下的唯一的可能性恰恰就是现代主义的可能性，在虚无中挣扎，在试图寻找一个新大陆，这就是20世纪80年代以后文学发展的脉络。这个脉络我们往前推，他的血脉在于20世纪60年代，是和知识青年这个群体的产生有关系的。所以我说中国是一个独特的经验，它始终是不稳定的，充满着一种内在的悖论，从来就没有一个固定的东西，任何一种理论的出现，都会遭遇另一种理论的反驳，它们共生于共和国的结构之中。伯林在讨论德国浪漫主义的时候，说德国的浪漫主义打开了通向现代主义的大门，但是在中国可能是20世纪60年代的浪漫主义通过中间十年各个曲折的环节走向了现代主义，但是现代主义的终结又意味着什么？可能就是另外一个话题了。

时间到了，我就说到这里，非常简单，也非常粗糙，谢谢大家。

"热情"与20世纪中国文学的基本情感动力

◎何吉贤

谢谢大会的邀请。被安排在洪老师和蔡老师这两位我非常尊敬的老师后面发言，我压力很大。

本来想试着谈另一个题目。因为想到我们这个会议的题目是"20世纪中国革命与中国现当代文学"，但会议进行到现在已经接近尾声了，从会议递交的论文和各位的发言来看，我们的讨论中还没有充分讨论诸如"如何理解作为革命世纪的20世纪中国？""从革命世纪的角度理解20世纪中国文学，它包含了哪些基本的命题？赋予了20世纪中国文学怎样的特质？"等等，这些是基本的也是重要的问题。现在的研究中，处理的问题越来越具体、琐碎，虽然就研究而言，细读和个案深入、透彻的研究都是必要的，但缺乏对更具整体性的、基本的重要问题的兴趣和关注，这样的研究也必然如一盘散沙，不能让人满意。

本次会议推动的"20世纪中国革命与中国现当代文学"，可以说是一个新的研究视野。在这个新的视野下，一些新的议题出现了，一些封闭性的材料和文本被激活，一些边缘性的或已经走进"死胡同"的话题也重新变得重要或有了重新讨论的可能。如通过"社会史视野"对一些作品和作家重新解读；政治和政策性的文献、地方文献也被有机地结合到文学研究中。当然，讨论"20世纪中国革命与中国现当代文学"，最近几年还有其他重要的尝试努力，比如，刚才洪老师谈的问题，在全球革命的视野下，20世纪中国文学与世界文学的关系又有了重新考察的可能，并且在现在的研究格局中，变得重要了起来。但视野的扩展在带来新的议题和激活新的材料的同时，并不一定带来新的整体性的视野。新的整体性视野还有待于研究者的进一步努力。

今天早上开会前，我曾跟萨支山聊了一下我关于"20世纪"的理解，以及关于"20世纪中国文学基本问题"的一些想法，萨支山说你谈的问题太复杂了，那么大的问题在短短的十五分钟内很难说清楚。所以最初的想法就否定了。上午会议茶歇的时候，我也请教了蔡翔老师在圆桌会议上想谈的题目，蔡老师说他想谈"20世纪60年代和浪漫主义"的问题。我就临时改变了主意，改了一下我的题目，想谈一谈"热情"作为20世纪文学中的基本情感动力的问题。我谈的问题与蔡翔老师刚刚谈的问题比较相关，他讲了20世纪60年代的浪漫主义问题，他说浪漫主义的写作方式是要再度点燃激情的可能性。这次会议吴宝林递交的论文也谈了胡风在讨论爱伦·坡观点时涉及的关于激情的问题。我有一个基本的观点，即在20世纪中国文学中，激情——在中国文学的自我表述中，是"热情"。当然，"激情"（passion）与"热情"是有区别的，我这里不再展开——是一种基本的情感动力。这种情感动力既是个人性的，又是社会性的。也就是说，"热情"既是推动个人投身文学，以一种情感性的叙事或抒情的文学形式表达自我，同时也是建构个人与社会、与民族、与国家，建构自我与他者关系的方法或桥梁。在我看来，"热情"不仅是20世纪中国文学的基本情感动力，同时也是一种认识论的方法，是文学的基本伦理价值。

我最近正在写一篇文章，这篇文章是想讨论"热情"作为文学的基本动力、作为 20 世纪中国文学的一个基本动力的问题。我的文章将主要围绕丁玲的创作和文学生涯展开，这里，我简单介绍一下我讨论这一问题的起点问题。

我先读一段冯雪峰的短诗，是冯雪峰《湖畔诗集》里面的一首诗，写于 1921 年，诗名是《伊在》，冯雪峰这样写：

> 人们泪越流得多，
> 天公雪便越落得大。
> 我和伊去玩雪，想做个雪人，
> 但雪经我们的一走，
> 便如火烧般地融消了。
> 我们真热呵！

全诗就这么几句。我们现在一般都只把冯雪峰当作一个文学理论家，往往忘记了他还是"湖畔诗人"。而"湖畔诗人"则是"五四"催生出来的典型的"新青年"。读了这首诗以后，我就特别想到了 1946 年夏天，丁玲从延安来到了河北，在张家口的时候，她收到了冯雪峰的来信，这是经过十年的战火阻隔、人生动荡之后，两位文学上互相信任的挚友第一次恢复通信，丁玲收到了她最信任的文学挚友冯雪峰的回信。在信中——丁玲的去信现在找不到了，冯雪峰的回信则找出来了——冯雪峰向丁玲交代了一些生活上的事情之后，就特别突兀地讨论起一个严肃的问题，即关于"平静和热情"的问题。冯雪峰说，读了丁玲关于自己这八九年来的生活经历的介绍，他感到了"丁玲的性格并没有变化，只是心情可能有些不同了，但这不能不说是一种进步"。然后他就接着说："'平静'是和'热情'一样需要，无论写文、无论做别的事情，我们所要注意的。大抵'平静'须是见到深广，沉着而坚毅地工作的意思，所以这是'热情'之最高级的表现。否则。'平静'往往是开始枯萎和停滞，对革命或创作的探求力、冲动性减退了的表现，那也是不好的。它的不好并不下于小资产阶级的任性。"冯雪峰写这封信的时候，正准备要写一篇总结丁玲在十五六年间创作和精神的变化，也就是冯雪峰所称的"心的经历"的大文章。他当时也正在系统地阅读丁玲十多年来创作的作品，替丁玲编一本作品集。在这封信里，冯雪峰给丁玲建议说，你工作了这么多年，生活了这么多年，斗争了，也被斗争了这么多年，是时候了，你要写一个概括性的、一个大的作品。正是在冯雪峰的建议和鼓励下，丁玲燃起了写一个大的作品的雄心和热情，投入《太阳照在桑干河上》的创作。我从这个信里，反过去看冯雪峰更早时候写的评论丁玲的一些文章，发现了"热情"也是冯雪峰一直以来在评论丁玲的时候经常出现的一个关键词。前面提到的冯雪峰正在写的那篇评论丁玲的"大文章"，就是写于1947年10月的对丁玲此前小说创作进行总结的评论《从〈梦珂〉到〈夜〉——〈丁玲文集〉后记》。我统计了一下，在这篇五千二百多字的评论当中，"热情"这个词出现了不下十五次。在冯雪峰的理解里，"热情"是作为一种内在的基本动力，贯注了丁玲的创作生涯：从五四运动所唤起的青年追求恋爱自由的热情，到将这种朦胧的热情和当时人民大众的解放要求连在一起，把他们的热情向着当时另一些青年的革命热情的方向发展，从概念的向往、站在岸上似的兴奋的热情和赞颂，到实际卷入人民大众的苦难的斗争，生活的真实的肉搏，以诚恳的热情，不仅作为一个参与实际工作的实践者，并且作为一个艺术家，在长期艰苦而曲折的斗争中改造和生长，在新的对象世界中长期生活，用新的世界的意识和心灵，用感动力，而不是用概念和公式的说教去感服读者，使他们也走进新的世界。显然按冯雪峰的理解，"热情"对于丁玲，不仅是她从一个追求自由的少女投身文学创作，成为反抗性的文学青年的基本动力，"热情"也是她从一个文学青年跑到前进的社会中去，使自己得到生活的光和力的"热力的桥梁"……"热力的桥梁"是冯雪峰提出的一个概念。我认为用"热情"来概括丁玲的情感动力非常有启发。

再举一个例子，就是瞿秋白对丁玲的评价。大家都知道，20世纪80年代初的时候，丁玲在一篇回忆文章中说，瞿秋白曾说过："冰之是飞蛾扑火，非死不止。"那么怎么理解这句话？丁玲本人在晚年回忆瞿秋白的一篇文章中解释了这句话。她说："他——指瞿秋白——指的是我在22年去上海平民女校寻求真理之火，然而飞开了；23年我转入上海大学寻求文学真谛，24年又飞开了；30年我参加"左联"，31年我主编《北斗》，32年我入党，飞蛾又飞来扑火。"然后丁玲又接下去强调说："是的，我就是这样离不开火。"并且补充说，"他还不知道，后来，33年我已几濒于死，但仍然飞向保安；50年代被划为右派，60年代又被打成反革命，但仍是振翅飞翔……我还要以我的余生，振翅翱翔，继续在火中追求真理，为讴歌真理之火而死。"[1] 丁玲借此梳理了自己一生"飞蛾扑火"的生命轨迹。在她的解释中，引导她不停地振翅赴火的动力，是对真理的追求。

循着丁玲的问题，我们可以继续追问：这种几起几落，仍然追求不止的背后的动力是什么？昨天张炼红老师在评论姚丹老师的文章时说过，在丁玲的创作和生命历程中——其实不止丁玲——有贯穿性的东西在。我自己觉得这个贯穿性的东西是值得从她的文本当中、她的生命经验当中去寻找的。而且不仅要寻找到某种概念的东西，还要寻找到它的物质性基础何在。我找到的这个东西是"热情"！"热情"是一种独特的个性吗？比如在丁玲这里，它是不是属于丁玲的一种独有的个性呢？还是如丁玲自己在解释瞿秋白的说法时提到的，是跟信仰，跟寻求"真

---

[1]丁玲：《我所认识的瞿秋白同志》，《丁玲文集》第6卷，河北人民出版社，2001年版，第58页。

理之火"有关系呢？我觉得这两种解释都可能只是答案的某些部分，而不是答案的全部。因为如果是作为个性的话，个性有不稳定性，一定程度上个性可以解释一个人的行事风格，但很难完整解释一个人的整个生命历程，我们说"性格决定命运"，也只是从总体方向上说的。另一种解释，即从信仰角度解释，这是丁玲的自我解释中比较强调的因素，但是信仰本身是一个过程，而并不是一开始就存在的，或者是一种贯穿性、持续性和直接的动力，信仰本身也不是一种固定的状态，虽然它一旦形成，可能有一定的稳定性。信仰从最初的形成，到成熟、完善，历经各种考验，还需要某些外在的推动力，而且，它在不同的历史情境下还会表现为不同的形态。具体说，信仰并不能解释丁玲早期为何投身文学、并推动她向左翼转变。也就是说，如何解释丁玲在信仰形成以前，以及在信仰遇到挫折时候的情感动力问题呢？这就需要我们去寻找丁玲文学和生命背后贯穿性的、持续性的情感动力问题。这里，我觉得冯雪峰提出的这个"热情"的问题，也许是更加基础性的、也是更加具有说服力的因素。

如果要展开谈这个问题，我想我们首先要结合丁玲的创作和生命历程的不同阶段，阐释"热情"所展示的不同形态。

在丁玲早期的创作中，我们可以用丁玲自己使用的一个说法，即"热情的针毡"，来概括"热情"在这一阶段所展示的形态。作为一个"后五四"时代的文学青年，丁玲说自己像坐在一个热情的针毡当中一样，"反过去也刺着，翻过来也刺着，似乎我又是在油锅里听到那油沸的响声，感到浑身的灼热……"我们都知道，在这一阶段，丁玲在思想上与无政府主义有较深的关联，所以，我觉得需要注意的是，在早期的这个阶段，"热情"作为推动她走上文学道路的基本情感动力，我觉得它的体现方式，是以一种特别的、否定的面目出现的，是以某种自我批判和自我毁灭的方式来呈现的。然后到了她的创作和生命中的另一个阶段，也就是她的"左转"的阶段，在这个转化的过程中，"热情"也是她的基本的情感动力和支撑。在这个过程中，原来那种否定性的情感力量由于突破了个人的限制，走向了一个集体性的主体认同，获得了某种方向感，所以在突破个人限制后，与具体的人、具体的"关系"发生了关联，这种否定性的力量就发生了翻转。在这个过程中，"热情"与行动的关系是一个需要讨论的重要问题。然后是到了延安之后，一直到后来的20世纪50年代上半期主持中国作协工作，举办文学讲习所这一时期，丁玲一直在强调"深入生活"的问题，我认为丁玲关于"深入生活"的提倡是20世纪中国作家中最为独特的，也是较为系统的。甚至可以认为是一种基于创作主体立场的"创作论"，而在这一作为"创作论"的"深入生活"的方法中，"热情"是克服作家与经验对象、克服不同人群的隔阂、克服工作与创作、克服知识与实践的最有力的工具，是一切行动的"热力的桥梁"。

我这里所谈的"热情"当然与海外中国文学研究中所谈的"抒情传统"问题是两码事。从理论上梳理的话，倒是与政治哲学中所谈论的"激情"问题有较为密切的关系。我们都知道，passion（激情）是支撑宗教信仰的最基本、最重要的情感基础，到了启蒙运动之后，上帝被拉下神坛，进入世俗社会之后，passion（激情）的问题发生了怎样的变化？或者换一种说法，在世俗社会中，个人与公共性事务发生关联的情感基础是什么？更具体地说，在世俗社会中，个人跟政治发生关联的情感方式是怎样的？它的情感基础是什么？我们去考察20世纪的历史，无论是在革命政治动员、革命政治里边，还是在选举民主政治里边，都离不开激情的推动。在20世纪中国文学中，从"五四"开始，从鲁迅、郭沫若，从我们上面提到的作为"五四新人"的"湖畔诗人"那里，到巴金，到我这里具体分析的贯穿丁玲一生的创作和生命历程，甚至到20世纪80年代的"新时期文学"，作为为20世纪历史巨变提供基本价值观和情感动力的现代文学，"热情"都是其背后最为重要的情感和伦理的动力。

最后，当然还有一个问题，就是刚才蔡翔老师所说的，其实也跟他所勾勒的20世纪60年代的浪漫主义怎样最后走向现代主义的这个过程是有关系的，就是说由热情所构成的，将其作为基本动力的一种文学的实践的方式，它所带来的限度是什么？我觉得这里面能讨论的问题还是比较多的，比如就丁玲的写作来说，长篇小说她就写了《太阳照在桑干河上》，到了生命的晚期，她一直还在努力，但并没有成功。我觉得她创作上比较成功的还是在塑造人物上。刚才蔡老师也说到了，在这样的一个脉络里边，现实主义的道路带来了很多限制性的东西，我觉得这个也是构成丁玲自己创作内部的一个重要的限制性因素。具体地说，就是"热情"的持续性问题、"热情"与"冷静"的理性的龃龉问题、"热情"与真实的问题，等等，这些都构成了不断的挑战。但是丁玲在塑造人物上，我觉得就像冯雪峰所说的，因为有"热情"作为一个"热力的桥梁"，给她提供了很多特别的、别的作者没有的一些便利和变化。所以，在丁玲这里，我们可以说，"热情"既是有力的工具，也可能是一种限制性的条件。

时间到了，我就说这些，谢谢大家！

在社会史语境和文本情境中理解"文学"

◎吴晓东

这次的"20 世纪中国革命与中国现当代文学"会议的核心方法论，我认为仍然是社会史的研究视野；但另一方面，我们也很欣喜地看到这次大会表现出了足够的开放性，表现出照田兄想更多吸收革命的同路人的总体设计。因此按照姜涛先生的说法，比如姜涛本人、冷霜以及像我这一类面目相对模糊的同路人也被拉进革命队伍，当然姜涛和冷霜的面目可能比我要清楚一些；而对我来说，则终于有了找到组织的感觉。不管怎样，还是要再次感谢照田兄以及何浩兄的不弃。

我特别欣喜的是，这次会议的论文都是精耕细作的大文章，既精耕细作，同时又有大关怀，而且大部分文章都跟文本的具体解读，以及美学、文学议题相关，或者把文学、作家和作品纳入更宏阔的视野和语境进行讨论，都是我本人感兴趣的话题领域。

我今天的想法，要从董丽敏老师的论文开始谈，但董老师不在场，所以对她只能缺席表扬。我觉得就论文写作的境界而言，董老师的大作堪称典范，问题意识特别鲜明突出，论述的层次和思辨的肌理，还有文本分析的恰如其分，都堪称典范。如果一定要说有问题，就是你找不到吹毛求疵的缝隙，不留丝毫破绽，所以你的问题就只能从董老师文章的内部视野和内在逻辑中生长出来。我特别欣赏的是她的文章中对"文学"的讨论，其实在评议阶段，大家已经关注到她的文章中"文学"这个议题。因为在小说中指涉"文学"，尤其是集中地思考文学，把文学作为一个有征候性的象征物进行讨论，《组织部新来的青年人》的确是不可多得的范本，也的确是我们讨论十七年文学文本中关于文学认知的最具有征候性的小说。

我的问题是，董老师揭示了或者说还原了王蒙小说中对文学理解的某种复杂性，甚至是那个时代所特有的悖论性。一方面小说里的两个人物——刘世吾和林震，也包括林震背后的王蒙，的确将文学定位为"一种单纯的、美妙的、透明的生活"想象；但另一方面，董丽敏老师又认为在林震及其背后的王蒙的视野中，"文学与现实在政治层面上被看作是具有内在同一性的，因而是以理想方式介入现实的，就会被认为是社会主义理所当然的努力方向"。也因此，文学的功能在这个小说中，或者在董老师的判断中就呈现为两种向度：一是现实政治的介入性；二是寄寓了理想和理想主义的超越性，超然于日常生活，有透明的、美妙的、单纯的特质。在我看来，这两个向度之间构成的就是某种悖论的关系，在小说中呈现出来的是分裂的内在图景，而不是一种统一性。但换一个文学时代，文学的介入性和超越性之间可能就不会呈现出这种分裂的关系或者是悖论的图景。也正是在这个意义上，王蒙的这篇小说对于我们理解十七年文学作品中关于"文学"本身的理解，是相当具有征候性的。这也是董老师大作对我的一个启示。她提供了我们理解十七年文学以及文学和政治、文学和社会治理之间关系的一个具有方法论意义的思考图式。

而十七年文学的一个更为主导的面向，可能就是这种文学与政治、与现实的自我同一性，发展到极端，文学和政治就构成了逻辑层面的同义反复。而思考十七年文学的一个困难之处，正在于如何从文学与政治的这种同义反复中剥离出真正的文学的力量，文学作为乌托邦式的参照，以及理想主义的激情，也包括刚才何吉贤先生讨论到的一种文学的热情……这样的一些维度如何存在？又以何种方式存在于十七年的文学文本中？这就是社会史视野致力于解答的问题之一，而且做出了卓有成效的工作，尤其是在今天下午我听到的中国社科院几位同人发表的精彩的文章中，这个工作真的是卓有成效。

而文学和现实在政治层面上的这种内在同一性，也同时启示我们，对延安到十七年文学的理解必然要建构文学与政治互为参照的视野。或者像何浩那样建构文学、政治和社会的三维坐标，才能够更合理、更有效地安置十七年的文学图景。

但王蒙这篇《组织部新来的青年人》更内在的悖论性在于，文学作为"梦想一种单纯的、美妙的、透明的生活"途径，在小说中实际上是被压抑的，文学的超越性，理想主义，以及乌托邦特征，可能难以构成文学内部的结构性参照。而文学的超越性被压抑的结果，就使文学更容易成为与政治自我同一的表达。因此，在文学的内部理解文学的超越性，可能就会像鲁迅所说，是拔着自己的头发想飞离地球的努力。因此，如何建立审视"文学"的超越性机制，就是一种从文学内部难以自我生成的维度。

那我们如何在外部或者是在更高的层次上去建构更高层级的描述呢？也许洪老师刚才的发言，包括这几年他研究当代文学中的外国文学视野，类似这样的努力方向会提供某种结构性的契机。就像王蒙《组织部新来的青年人》中林震所携带的那本小说《拖拉机站站长和总农艺师》作为文本内的一个征候性象征物一样。

最后我想说的是，姜涛兄所欣赏的这次照田兄把我们这些同路人也拉进会议的壮举，或许也是为革命文学和社会主义文学建立一些他者的眼光的举措。

我就说这些，谢谢。

怎样重新领会"革命诗歌"的传统

◎姜涛

　　这次会议的论文主要是集中讨论小说，没有涉及诗歌。因此，照田提前布置了任务，嘱托冷霜和我在"圆桌"上专门谈谈诗歌，这是一次"命题"发言。后来我和冷霜商量了一下，做了一下分工：我来谈现代诗歌的部分，一会儿冷霜会谈当代诗歌。

　　这些年，我虽然一直在做新诗方面的研究和批评，但回头想来，对于左翼革命诗歌的脉络，自己的了解其实相当有限，大致只有一些轮廓性的甚至印象式的把握。这不完全是个人的问题，一定程度上也反映了当下诗歌研究的状况。洪子诚老师在《中国当代新诗史》中讨论过，在回溯新诗的历史脉络时，20世纪50年代的批评家曾提出一种"主流"与"逆流"的分别：所谓"主流"，就是郭沫若、艾青、臧克家、田间代表的革命的、进步的诗歌传统；"逆流"则是胡适、徐志摩、戴望舒代表的资产阶级或小资产阶级的诗歌脉络。当然，这样的等级秩序在20世纪80年代之后，被颠倒过来了，原来被看作"逆流"或"支流"的象征派、现代派、九叶派的诗歌，反而被认为具有更高的审美价值，更能体现新诗现代性追求的向度。这里，对所谓"现代性"的理解，更多是以现代主义的文学趣味、以现代主义提供的个体和历史的关系模式为前提的，而且在相当程度上塑造、制约了我们对20世纪新诗史的认知。对于这一"颠倒"带来的新的不均衡，孙玉石老师在20世纪90年代中期就有过反省。大家知道，孙玉石老师长期以来致力于新诗中现代主义诗潮的挖掘、整理，在他的带动下，当时很多年轻的新诗研究者都投身于这方面的研究。孙老师提醒，关注现代主义诗潮的同时，不应忽略现实主义这一诗歌脉络，不能顾此失彼。然而，二十多年过去了，"不均衡"的状况在新诗史研究中并没有得到根本性的改观。

当然，怎样研究革命的现实主义诗歌传统，怎样在新诗研究中整合"革命的现代性"和"审美的现代性"，具有很大的挑战性，需要某种更整体性的思考框架，甚至要以当代中国前三十年和后四十年关系的内在理解为前提。如果只是在文学潮流的意义上来讨论现代主义、现实主义或二者的关系，效果未必就很好，也很容易重新落入文学与政治、艺术的独立性与社会的功利性、纯诗化与大众化这样一些二元框架，并不能突破革命与后革命之历史断裂形成的观念板结。如何更有效、更内在地将"革命视野"引入新诗史研究中，这是一个特别需要考虑的问题。我觉得，20世纪40年代闻一多、朱自清等在讨论抗战时期兴起的朗诵诗、战斗的诗时所提出的一个说法，或许还有一定的参照意义。他们认为像朗诵诗这样的新形式，不同于印刷的、供读者玩味诵读的新诗，而是"活在行动里，在行动里完整，在行动里完成"，是一种"新诗中的新诗"。这个提法的意义在于，不是在流派的层面，而是在新诗自身的历史脉络中，去把握战时救亡、革命诗歌的独特位置，凸显其对原有新诗"体制"的突破，诸如在社会位置、传播媒介、与大众的关系，乃至接受方式方面的突破。朱自清进一步将这种"突破"看作"新诗现代化"的一条路径，这和袁可嘉20世纪40年代后期阐发的"新诗现代化"非常不同：后者是以对现代人复杂内面经验的理解为前提，重点在强调社会内在差异性、矛盾性的包容协调；朱自清所构想的"现代化"，重点则在固有文化体制的打破、普通民众的文化政治参与，以及由此形成的一种全新的文化公共性。

事实上，在革命文学研究新思路、新方法的带动下，近年来一些年轻研究者已在"新诗中的新诗"这个向度上做出了有益的尝试，比如讨论左翼大众化诗歌中的节奏、声音和劳动者身体的关系问题；从"作为生产的艺术"的角度，考察延安及解放区的诗歌实践，像艾青的长诗《吴满有》与边区"劳模运动"的关系；再比如在新中国成立后社会主义建设的背景中，重新探讨"新民歌运动"的意义。这些研究都很有新意，拓宽了新诗研究的格局，但相对而言，我觉得一些看似更为传统的诗学问题，涉及文学感受力和认知方式的问题，同样值得在"革命视野"中重新讨论。刚才，何吉贤说到"热情"对于革命人的重要性，"热情"是和"抒情"联系在一起的，这就是理解革命诗歌的一个特别重要的线索。在革命文学的传统中，谈论"抒情"会有某种争议性，"抒情"往往会让人联想到小资产阶级的习性，对应于某种感伤、不成熟的主体状态。尽管有这样那样的争议，好的、饱满的抒情对于塑造革命人宽广深厚的胸怀，激发工作、生活和战斗的热情，无疑是非常重要的，这也是左翼革命诗歌中最有感染力的部分。说实在的，像艾青《吴满有》这样的作品，在配合革命政治实践、塑造农民的主体位置、突破新文艺的固有体制方面，都有相当的研究价值。但作为读者，我们可能还是喜欢读艾青20世纪40年代那些阔大深沉、盘旋低吟的抒情之作。可以说，革命之"抒情"对20世纪中国人精神生活的影响非常深远，像不断寻求"远方"的精神动力、为了崇高事业"献身"的激情、对于更广大人群的关切等，包括其内在限度、可能的负面影响，都值得梳理和再检讨。

事实上，从新诗、新文学的起点看，"抒情"并非只是内面发现的结果，一开始就和鲁迅思考的民族"心声"问题、晚清以降仁人志士对于"心之力"的强调，以及"五四新文学"对于情感的普遍性、真挚性的理解联系在一起。换句话说，新诗、新文学中的"抒情"，从起点上就具有某种整体感和社会性，和20世纪的"时代精神"有很强的内在同构和共鸣。说到20世纪的"时代精神"，就不能不提到闻一多1923年对于郭沫若《女神》的经典解读。在《〈女神〉之时代精神》这篇文章中，闻一多开宗明义地讲：若讲新诗，郭沫若的诗才是真正的新诗，不独艺术上他的作品和旧诗词相去甚远，最紧要的是他的精神完全是"20世纪底时代精神"。"时代精神"的说法大家耳熟能详，似乎没什么了不得的，可在闻一多的时代，它还是一个全新的概念，并非指向一种静态的客观存在，而是一种很抽象的、正在生成的东西，需要诗人或思想家敏锐地感知到并表述出来。闻一多是怎么阐释"20世纪底时代精神"呢？他拉拉杂杂说了几条，什么动的精神、反抗的精神，什么科学的成分、世界大同的色彩、挣扎抖擞的动作感等，好像也没太说清楚。因为对他而言，"时代精神"并非确定的、实体化的存在，不能直接被民主、科学一类标签所涵盖，它可以被强烈感受却不可被简单归纳，更多是一种时代潮流的激荡之感，一种在历史内部涌动的能量。在浪漫主义的观念中，诗人往往会被想象为一架风中的竖琴，为四方的气息所吹拂，发出美妙的乐音。依照某种解释，所谓"时代精神"恰恰与"风"和"琴"的隐喻有相当的关联，"时代精神"就如同田野里吹刮的风，可以被感知，却不可能被整体把握。作为抒情主体、同时也作为历史主体的诗人，就如同一架竖琴，沉浸在风中，感知并共鸣于这变幻无形的"时代精神"。后来在革命文学论争中，郭沫若曾呼吁文艺青年"当一个留声机器"，去表现大地深处的雷鸣。程凯、王璞都对此有过精彩的分析，指出这个"留声机器"的隐喻就是浪漫主义诗学"风中之琴"的延伸、变体，只不过"历史之风"已转换为大地深处"猛烈的雷鸣"，转换为革命的历史观或总体性的革命政治。

　　在后来革命文艺的展开中,"留声机器"的隐喻似乎更强势一些,也更具一种历史的规定性和必然性,但那种不确定的、转徙流通的"风"的气息也一直保留了下来。特别是在一些优秀的抒情作品中,比如我们读艾青的诗、何其芳的诗、郭小川的诗,总会读到某种个体和历史、革命与日常生活、自我和他人之间那种情感灌注、气息舒展的感觉。借用宝林兄的说法,好的左翼革命诗歌既有"世界观"也有"世界感":人在革命进程之中,置身于斗争与生活的世界之中,热情洋溢的同时,也会有一种自然和自在。比如,何其芳在延安时期所作的《夜歌》,就写得非常舒展、自在,"我"好像是在诗中与周边的同志、朋友聊天,谈生活、谈工作、谈友谊,检讨自己的缺点,回溯大历史中个人的成长。这样一种根植于生活和工作的现场,能与他人交流的饱满热情、一种共同体内部的亲密舒放的感受,在新诗史上乃至中国传统的诗文学当中,都是全新的。再比如,艾青抗战时期的诗歌,常常会写到旷野、草原、山地、河流等广大的自然意象。这些自然意象是高度符号化、象征化的,代表了战时中国的形象、在苦难中默默承受的民族形象。但如果只是这样写,艾青的感染力不会这么大,他诗中最独特的部分是,即便在严酷的环境中,他也会特别写出人在自然中的沉浸感,写出人和大自然之间气息、能量的交换。像《吹号者》这首名作,写一个号手站在黎明的蓝天下,他先是将原野里的清新气息吸入身体里,然后再吹送到号角里,用嘹亮的号音来回馈原野,去唤醒自然万物、唤醒战斗的人群,而这号音中还夹杂着他身体内纤细的血丝。这一段写得极其精彩,特别有那种"风"的感觉,在人和自然的气息、能量交换中,在缕缕的纤细血丝带来的肉身痛感中,写出了战士的形象,也写出了人在历史中的主体位置。当时年轻的诗人穆旦是艾青的粉丝,他对于这一段就赞叹不已,评论说"这岂是感情贫弱的人写出的"。这种写法也体现了穆旦所说的"情绪和意象健美的揉和",即一种可以将历史肉身化的能力。

对于革命诗歌的一个常见批评是,过于宏大、观念化的抒情,会脱离个体的身心感受,沦为一种口号式的抽象表达。实际上,当人置身于历史,为革命政治所激荡,为"时代精神"所吹拂,对于世界的感受和对生活的理解,也会一层一层饱满地绽开。穆旦在艾青的诗中,就读到了这一点,并将其直观地命名为"新的抒情"。他概括了几条"新的抒情"的特征,比如与时代的大协和、宏大强劲的调子、历史的方向感等,同时也注意到了艾青诗中的"气息",说"在他的任何一种生活的刻画里,我们都可以嗅到同一'土地的气息'。这一种气息正散发着芳香和温暖在他的诗里"。艾青自己也在诗中写道:"我永远是田野气息的爱好者啊……"在这里,两位诗人提到的"田野气息""土地的气息",不仅是一种自然感觉,同时也是一种历史感觉,这正是"新的抒情"非常隐微又极其核心的特征。

相比于一般的新诗,革命诗歌还有一个特点:胸怀广大,往往能俯瞰山河大地,包揽世界,甚至直通宇宙,纵贯历史和未来。这种宏大的空间构造,也会带来一些问题,如果缺少丰富的、缺少倪伟老师强调的"浑浊"的中间层次,"大"与"小"、广阔世界和个我经验之间的衔接,会比较生硬、简单,导致诗中的"世界观"非常饱满,但"世界感"很是稀薄。但像刚才提到的,好的、饱满的革命诗歌不存在这样的问题。比如在郭小川的有些作品中,宏阔的空间意识、宇宙意识和历史中的具体感受并不脱节,能够酣畅贯通,自然又自在。这也是由革命者、建设者在大历史之中的位置感和信念感所决定的。大概是在十多年前,诗人西川和王敖围绕浪漫主义的评价问题,有过一场论辩,相关文章发表在北大新诗研究所主办的《新诗评论》上。其中,王敖的《怎样给奔跑的诗人们对表》是非常重要的收获,这篇长文全面回溯了浪漫主义在英美

20世纪诗歌和批评中的复兴，也辨析了中国诗人、批评家"对表"西方的心态。让人有些意外的是，在长文的结尾部分，王敖突然谈起了郭小川，谈起他的组诗《乡村大道》。这组诗写于20世纪60年代初期，当时社会主义建设遭遇到了困难，国内外局势也很严峻，这组诗却洋溢着一种革命浪漫主义的乌托邦激情，以"乡村大道"来比拟革命及社会主义建设的征程，条条大道像"金光四射的丝缕"，将城市、乡村、山地、平原交错相连，把"锦绣江山缔造"。王敖是一位影响很大的当代先锋诗人，在美国读完博士后留下了任教，他是作古典文学研究的，对于欧美现代诗歌非常熟悉，也喜欢摇滚乐。按理说，他的文学趣味应该与郭小川时代的文学经验有很大的距离，但他对《乡村大道》中宏阔舒畅的空间秩序、层层展开的铺陈手法非常欣赏，并援引大赋的传统与汉唐的帝国意识来说明。当然，他也讲到自己并不一定赞同郭小川的意识形态立场，但认为诗歌可以像《乡村大道》那样积极参与政治话语的缔造，而正是因为参与了一种主流价值、一种国家形象的构建，这样宏阔的时空感觉才能被激发出来。

我觉得，王敖从当代先锋诗歌的立场出发，注意到了一个关键问题，也就是郭春林老师的论文在讨论柳青时提到的"正面描写"的问题。这个问题好像是小说家要面对的，其实对于诗人而言，选择"正面"还是"侧面"同样重要。柳青不喜欢"侧面"描写，很多现代作家，特别是现代的诗人，却是喜欢甚或习惯于侧面描写的。诗人陈敬容在20世纪40年代说过，我们要写现实，一定要写现实的侧面、内面、背面，这样才能获得对现实的完整把握。这个说法很有名，大部分当代诗人肯定会支持她的观点。书写现实的内面、侧面、背面，的确很重要，可需要注意的是，也不能就因此忽略了那个"正面"。如果不去处理"正面"，只着眼于周边和侧面，或者说回避与重大问题的接触，回避生活主要潮流的激荡，你的感受也可能会逐渐疲弱甚至干瘪，也无法在"内面""侧面"和"背面"之间形成整体感。我们能看到一些当代文学（包括当代诗）的状况，与这种站在一边儿或背过身去的姿态，不无关联。冷霜和我有一位诗人朋友，他说过，相对于很多当代诗人习惯的"稍息一边"，希望自己写诗能"以主流自任"。这个说法很有意思，"以主流自任"并不是说要站在中心，垄断话语权，而是要正面去处理、回应有意义的思想和生活命题，用他自己的话来说，尽量做到"合乎时宜"。"稍息一边"也是很有意思的说法，"稍息"自然是和"立正"相区别的，像郭小川这样的革命诗人，肯定是采取立正、致敬的姿态来写作的，但先锋的诗人确实大多喜欢"稍息一边"，不端起架子，好像在边缘位置上保持放松，甚至跷上二郎腿，会更自在、更自如一些。然而，"稍息一边"的时间长了，看来不端架子的姿态，也就成了一个新的架子，看似很多元自由的写作也会落入新的窠臼之中。这也是蔡翔老师讲到的，没有套路的文学，反而会固化为一种套路。在这个意义上，要破除当代诸多"隐隐然"已不可动摇的感知和认识结构，包括"正面描写"在内的"革命诗歌"传统，确实需要当代的诗人和批评者去重新领会。

"后革命"语境与当代诗歌研究的"断裂"

◎冷霜

近些年来,在中国现当代文学的研究中,对内在于中国革命的这一部分文学实践的研究有了很多新的突破,在认识方式和研究方法上,越来越有力地从过去一个时期受"告别革命"氛围影响的学术话语和"思想无意识"[1]中摆脱出来,一些新的研究成果让我们看到,对这部分文学实践的深入有效理解,不仅关系到我们对 20 世纪中国文学图景的整体性的认识,而且也涉及我们对中国现当代文学的独特性的把握。

就我阅读所及,这种研究上的突破在不同文类的研究中并非齐头并进的,相对于小说、戏剧、戏曲等领域的进展,新诗研究领域的变化有所不同。具体来说,对早期新诗中的左翼诗歌和延安及解放区诗歌的研究与同一时期其他文类的研究态势大体上还呈现出同步性,在某些方面甚至出现了小的热点,比如对左翼朗诵诗、左翼文艺的声音、听觉经验方面的研究。但是在这些年突破最为显著的五六十年代文艺实践的研究中,我们不难看到,突破较多集中在小说、戏剧、戏曲领域,一些研究

---

[1] 这一概念借自贺照田韩文版论文集《当代中国的思想无意识》,任佑卿译,首尔:创作与批评出版社,2018 年版。

者通过内在地理解这一时期的政治、经济、社会、伦理、文化实践，并将文学领域的实践视为共和国建立初期整体实践中高度有机的一部分，从而对这一时期重要的作家作品和文学现象做出了更贴近对象本身的解读，这种情况在诗歌研究中还不多见。

当然，学术研究的视角、观念和方法的变动，都是从一个个具体的论题、从局部开始的，未必总是同时发生于一个学科的各个分支领域。不过，诗歌研究的这种状况，大概还是有其特别的原因。诗歌文体本身是一个因素，比如运用社会史视野观照现当代文学的研究方法，小说等叙事性文体显然比诗歌更有优势。但可能还有些更深层的原因。比如，从某种类似于知识社会学的角度来看，当代从事诗歌研究和批评的群体，与从事小说或戏剧的研究者存在一定差异，前者往往都有从事诗歌写作的经历，对所研究对象也有更多的情感和价值投入。在近三四十年里，诗歌创作、批评和研究之间的联动或许比其他文类更为紧密，彼此也大致分享了共同的观念、话语和认识前提。因此，新时期以来，尤其是 20 世纪 90 年代以后，绝大多数当代诗人基于文学自主性观念对五六十年代主流诗歌形态均持批判乃至否定的态度，在诗歌研究中，就体现为研究者（特别是新生代的研究者）对五六十年代诗歌普遍缺乏关注的兴趣，更不用说问题意识的深化或研究方法的更新。

如果说新时期以来的现当代文学研究一度存在将 20 世纪 50—70 年代文学视为 20 世纪中国文学的"歧途"或"例外"的倾向，更强调它与此前此后文学之间的断裂性，那么，在最近二十年左右的时间里，当代文学研究逐渐反思和克服了过往研究范式中这种"断裂论"意识，从不同方面让我们认识到这一时期文学实践与前后文学发展之间的关联性，但在诗歌研究中，这种"断裂论"的观念还有着广泛的影响。尽管学界对于食指、白洋淀诗群和今天派诗人的诗歌与五六十年代诗歌之间的思想和艺术联系已经有了不少论述，但这些关于"起源"的研究也常

475

常服务于一种新时期以来当代诗歌艺术的进化论式叙事。对于五六十年代诗歌本身是否有重新认识的必要和可能？有哪些有助于我们重新认识的视角和方法？这些问题一直以来似乎很少被讨论。

这样的受"断裂论"观念影响的认识和研究状况，在长时段的诗集编选中有时会呈现出它的某种症候，就是对于这一历史"断裂带"的诗歌创作实绩，除了食指、白洋淀诗群的"地下诗歌"，穆旦、曾卓、绿原、牛汉等七月派老诗人的"抽屉诗歌"，[1] 编选者倾向于较多编入同一时期台港诗歌作品，这固然是基于审美观念、艺术标准的一致性，因而有其合理性，但从另一方面来说，其中也有以台港诗歌来填补这一时期诗歌"空白"的考虑。这一症候或许意味着，如何看待不限于"地下诗歌""抽屉诗歌"的大陆五六十年代诗歌，已构成当代诗歌研究中的一个难题。这并不是说，我们认为诗歌史的每一时期都有着同等的价值，应该得到同样的"份额"，也不是说，我们需要找到一种重新评价五六十年代诗歌的方式，而是说，如何面对当代诗歌前后两个历史时期在认识和研究中仍然存在的断裂，这个问题本身需要被更自觉和深入地思考。它的难题性在于，相对于其他文类，当代诗歌也许把如何认识中国革命与中国现当代文学之间的关系所涉及的文学观念、艺术评价等问题的张力与复杂性显露得尤为突出。

这是问题的一个方面。另一方面，诗歌研究者对五六十年代诗歌缺乏关注兴趣，对中国革命与现当代文学和诗歌之间的关系缺少足够细致的认识与理解，也影响到我们对20世纪80年代以来或者说"后革命"

---

[1] "抽屉诗歌"显然不是一个严格的学术概念，这里是用来和"地下诗歌"做出必要的区分，即前者是在新时期以后才陆续得到发表，在此之前并不被更多人知晓，而后者在"文化大革命"期间已得到小范围阅读和传播并形成了影响。这两部分诗歌目前都得到了更多的发掘，前者如老诗人朱英诞20世纪50年代以后的诗歌创作，后者包括陈建华代表的上海"地下诗歌"创作、成都"野草诗群"的诗歌创作等。对于前者，学界通常使用陈思和教授提出的"潜在写作"概念，但其所涉范围更为宽泛一些。

语境下的当代诗歌与中国革命之间存在的种种联系的认识与研究。如前面所言，学界对这种联系通常只讲到"朦胧诗"为止，对"朦胧诗"之后的各种诗歌流脉，则会更多讨论它们与域外诗歌潮流、艺术观念的渊源关系[1]，或者写作与时代现实语境之间的关系。"断裂论"的鸿沟在这里显得格外幽深，在很长一段时间里也妨碍了研究者从某些更内在的维度去认识当代诗歌的展开。近年有研究者注意到"后朦胧诗"一些代表诗人在语言观念和思维方式的深层与五六十年代诗歌之间的联系，并予以具体分析[2]，相对于以往研究已经有所突破。不过，这种联系的发现或许仍然隐含着"断裂论"观念的某些印记，总体上更强调五六十年代诗歌实践的负面因素，警惕这些因素对当下诗歌可能造成或仍然遗留有待肃清的影响。不必否认，革命文艺实践有其值得反思的教训，但若止步于此，就不易注意到并且有效解释"新时期"以后当代诗歌与中国革命及其相关文艺实践之间存在的另一些联系，就像诗人骆一禾曾经写到的那样："处在长征的影响之中 / 不等于了解长征。"

骆一禾的诗歌就内含了这样的联系。在他英年早逝之后，他的诗歌与诗学长时间得不到应有的理解，这与他的好友——诗人海子带来的遮蔽性影响有部分关系，很多时候研究者将他们等而观之、合而论之，而未注意到骆一禾的独特性。但即使今天已有越来越多的人意识到两者之间差异的情况下，如何理解他的独特性仍然是一个问题。他诗歌中的文明视野，他的诗观与浪漫主义诗学之间的关联被越来越多地讨论，但他的另一些面向，而且是和前述这些面向内在交织在一起的面向，在

---

[1]这种情况并不限于诗歌研究领域，但在诗歌研究和批评中更为突出，持续的时间也更久。另一方面，学界对于五六十年代文学与域外文学的相关性却又注意得不够，洪子诚先生近些年的一些研究正是着眼于此。

[2]参见敬文东的《从唯一之词到任意一词——欧阳江河与新诗的词语问题》（载《东吴学术》2018年第3—4期）和《从超验语气到与诗无关——西川与新诗的语气问题研究》（载《中国现代文学研究丛刊》2018年第10期）。

"断裂论"的认识方式下却无从被解读。比如20世纪80年代后期,骆一禾在诗歌中表达了对中国革命的强烈肯定和赞颂,视之为"一条伟大的道路／一种新生",同时也对20世纪80年代中期以后影响日盛的否定中国革命的部分知识人发出了尖锐的批判,"给革命擦皮鞋的奴才们／最喜欢诋毁英雄""和平磨损了那些人的想象力／他们在和平里呆腻了／就想用诟骂成名／而且自命为铁幕受害者／或者吹捧名家自抬身价的／'民众的喇叭'"。这些表达与"新启蒙"思潮拉开了明显的距离,或许与他此时在诗歌观念上与"第三代诗歌"的主潮拉开距离也存在着内在的相关性。而他在20世纪80年代后期诗歌中展现出来的宏大的文明想象与他从革命中国顺承而来的世界眼光之间的关系,和他对浪漫主义诗学的倾心与五六十年代诗歌的艺术资源以及革命中国遗留的精神能量之间的关系,也都值得进一步探讨。实际上,从情感结构、观念资源的维度,从精神史的维度认识"后革命"语境下当代诗歌与中国革命及其文艺实践之间的关联,骆一禾并非唯一的个案。

如果我们把问题的视线拉远一些,放在20世纪中国文学的视野中来看,就会发现,从晚清"五四"以来的种种革命与新诗自身展开的关系相当密切,无论是文化革新、社会革命还是政治变革,都会看到新诗人活跃的身影,甚至于有些时刻新诗就是革命风暴来临前最早扇动的那一对蝴蝶翅膀。从语言、文化到社会、政治的革命对人的情感能量的召唤与释放,在新诗中有很充分的表现。很有意思的是,在"后革命"语境中,革命和新诗的认识和接受处境也颇有相似乃至同命之处。在中国革命逐渐被质疑、被漠视、被他者化理解的一个时期,当代诗也正在经历类似的被质疑、被漠视的状况,而且不是在普通读者中,在很多知识分子包括文学知识分子那里也是如此。当然,不用说,很多当代诗人对于中国革命同样持有质疑、漠视和他者化理解的态度,另一方面,那些有意重新阐扬中国革命及其文艺实践价值的人们对"朦胧诗"以后当代诗的态度也以质疑、漠视和否定为主。这是一组很值得深思的关系。这种双向的缺乏深入理解彼此的意愿的认识状况，使得相关的讨论似乎总是反复弹落在一些文学观念和艺术评价问题的表层而无法进展。如果缺少观念的信仰化带来的自信，人们难免感到左右犹疑：文学的自主性是绝对的吗？或者，立足于现实的文学只有一种正确的样态吗？……

把问题归结起来也就是，对于研究者而言，同时建立起对20世纪中国革命和百年新诗历程的内在理解是可能的吗？既能充分理解和开掘它们在各自实践中积累的有价值的经验，也能细心辨识它们在各自展开过程中形成的多层面、多类型的联系，而且也能耐心把握它们那些极具认知挑战性的面向，无论是革命的"血污"还是新诗的"晦涩"？

当然，这个问题首先是提给从事新诗研究的我自己的。

国家与革命：中国现代文学的历史观照

◎ 张武军

非常感谢贺老师、何浩兄的邀请。我其实是这次与会者中最紧张的一个，当初看到这次会议议题，我就有些忐忑和犹豫。会议主题是回顾和整理 20 世纪革命中的文学经验，但其实正如邀请函中所强调的那样，本次会议是要考察中国共产党如何在 20 世纪通过努力回应中国近代以来所遭遇的各种时代课题，这也是读书会十几年以来一直坚持做的课题，在此再次表达我对于贺照田老师、程凯兄、何浩兄和读书会同人的敬意。我的确一直很关注读书会各位的成果，近些年来读书会的各种活动我都积极参加，但我自己对于中国革命尤其是 50—70 年代的革命所涉不够广，这是我当初忐忑、此刻仍然紧张的缘由。和何浩兄交流后，他说我可以谈谈这之外的革命经验，以及与之相关的革命文学命题，这是我这几年特别留意和用心的地方。

我先从姜涛兄昨天发言的一个假设说起，他说路翎如果没有像胡风那样的包袱，有可能他会是从国统区走向社会主义革命的一个典范的革命作家，也就是说，路翎原本会带来和延安不同的革命文学传统，但事实上，路翎不仅仅因为胡风问题这一包袱的影响，其实，他和诸多所谓

"国统区"的作家一样,只能汇入作为主流的延安文艺,或者被主流所遮蔽,或在主流的检视下,他的"革命性"终归是要受质疑的。这就得从我们现代文学学科的创设和文学史的建构说起,从文学史背后的革命史观说起。

自胡适叙述新文学发生的《五十年来中国之文学》算起,以"新文学史""现代文学史"为名的著述,为数并不少。但正如李怡老师所说,"严格的学科意义上的'中国现当代文学'并不是在1949年以前的民国时期建立的,尽管那时已经出现了'中国现代文学'的大学教育,也诞生了为数可观的'中国现代文学史'著作,但是主要还是讲授者(如朱自清)、著作者的个人选择,体系化的完整的知识格局和教育格局尚不完整。"[1]顺便补充一句,民国时期的"新文学史""现代文学史"著述,主要关注的焦点是新文学如何发生,即传统中国文学的现代转换如何完成。1949年10月1日,中华人民共和国成立,历史揭开了新的篇章,新的学科、新的教程、新的文学史编纂,也水到渠成,且迫在眉睫。1951年7月,由老舍、蔡仪、王瑶、李何林署名的《〈中国新文学史〉教学大纲(初稿)》(以下简称《大纲》)正式公布,《大纲》"绪论"部分,明确规定了新文学发展阶段的划分,"一、五四前后——新文学的倡导时期(一九一七——一九二一),二、新文学的扩展时期(一九二一——一九二七),三、'左联'成立前后十年(一九二七——一九三七),四、由'七七'到延安文艺座谈会讲话(一九三七——一九四二),五、由'座谈会讲话'到'全国文代大会'(一九四二——一九四九)"。[2]毫无疑问,这样的章节目录,这样的分期和体例编排,

---

[1]李怡:《中国现代文学史研究中的"民国文学"概念——在美国普林斯顿大学的演讲》,载《文艺争鸣》2017年第2期。
[2]老舍、蔡仪、王瑶、李何林:《〈中国新文学史〉教学大纲(初稿)》,李何林等:《中国新文学史研究》,新建设杂志社,1951年版,第4页。

与毛泽东的《新民主主义论》有关新文化的论述基本吻合，也凸显了毛泽东《在延安文艺座谈会上的讲话》（下文简称《讲话》）的重要性。

《大纲》对20世纪50年代以后的文学史书写，产生了深远影响，《大纲》所遵循的新民主主义革命史观，成为诸多文学史教程和现代文学研究的指导方针。就在教育部组织制定新文学史教学大纲的同时，《大纲》编写者之一的王瑶，完成了上下两册的《中国新文学史稿》。这是第一部贯穿新文学三十余年的文学史著作，也是一部对后来产生深远影响的新文学史著作，和《大纲》基本一致，王瑶同样以新民主主义革命史观为指导。不过，王瑶的文学史很快就因"不够革命"而受到诸多批判，此后的文学史"急遽政治化"，像丁易的《中国现代文学史略》，"第一次鲜明地以中国革命史为纲，把新文学史作为革命史的一个部分来写"[1]。毫无疑问，从《〈中国新文学史〉教学大纲（初稿）》开始，到王瑶的《中国新文学史稿》，再到高度政治化的丁易的《中国现代文学史略》，包括其后的刘绶松的《中国新文学史初稿》，以及始于20世纪60年代由唐弢领衔主编的《中国现代文学史》，等等，这些文学史都以毛泽东的《新民主主义论》和《讲话》为理论指导，建构了"五四文学革命"——"左联"十年的革命文学——延安文艺的主流叙事。

新时期以来，现代文学史开启新一轮的编史热，并最终形成了颇为壮观的重写文学史浪潮，直至今日，重写文学史的构想（反思）和实践仍在继续。从新时期初就开始酝酿的重写文学史，其形成的最早的系统性成果当属钱理群、黄子平、陈平原积极倡导的"20世纪中国文学"，而钱理群等人写作的《中国现代文学三十年》则是重写文学史具有标志性意义的成果。就像洪子诚老师所指出的，"把《三十年》和王瑶、唐弢先生的现代文学史放在一起，可以看到'现代文学'这一概念

---

[1] 黄修己：《中国新文学史编纂史》，北京大学出版社，2007年版，第99页。

的含义已发生了很大变化。这种变化具有编写者个人的因素，更重要的是反映了现代文学史理念的时期变迁"。[1] 的确，不论是20世纪中国文学整体观的提出，还是《中国现代文学三十年》的编撰，都体现了文学评判从政治标准向文学标准的转变，文学史书写从革命史观到现代性史观的转型。"'20世纪中国文学'这一概念首先意味着文学史从社会政治史的简单比附中独立出来，意味着把文学自身发生发展的阶段完整性作为研究的主要对象。"[2] 钱理群也承认说："《中国现代文学三十年》一书就因为我的关系，而与'20世纪中国文学'的概念有了某种联系。"[3] 作为深受20世纪文学观影响的"中国现代文学三十年"，其编排体系和分期也用时间概念来区隔，如第一编为"第一个十年（一九一七——一九二七）"，第二编为"第二个十年（一九二八——一九三七年六月）"，第三编为"第三个十年（一九三七年七月——一九四九年九月）"[4]。这三个十年的划分，相比五六十年代的现代文学史书写，淡化了以往文学史有关革命意义的标示，和20世纪中国文学对整体时间意义的强调一样，"时间"概念背后都被赋予了一系列的现代性指向，有关这一点，学界已有不少论述。《中国现代文学三十年》之后的现代文学研究，在去政治的"文学性"和"现代性"言说方面走得更远，诸多没有"明确"政治姿态的作家，成为新的学术焦点。大家对文学的内外之别也越来越自觉，政治性等因素作为文学之外的内容，越来越被排斥。过去那些被称之为"主流"的革命文学、左翼文学、延安文学等，因为曾经和政治的密切关系，逐渐被冷落。

---

[1] 洪子诚：《〈中国现代文学三十年〉的"现代文学"》，载《文学评论》1999年第1期。
[2] 黄子平、陈平原、钱理群：《二十世纪中国文学三人谈》，人民文学出版社，1988年版，第25页。
[3] 钱理群：《矛盾与困惑的写作》，载《文学评论》1999年第1期。
[4] 参见《中国现代文学三十年》的目录和各编标题部分，钱理群、吴福辉、温儒敏、王超冰：《中国现代文学三十年》，上海文艺出版社，1987年版，第1页。

时至今日，重写文学史已开展了近四十年，《中国现代文学三十年》也几经修订再版。回过头来，我们重新审视这一系列的文学史著述，它们力图摆脱革命史观的叙述范式，强化现代性史观的表述，重视中国现代文学自身发展的内在经验，成为大家的主要诉求。但必须承认，尽管《中国现代文学三十年》及其之后的诸多文学史写作，和此前相比已有很大突破，然而，从整体的阐述框架上，从分期的时间点上，新民主主义革命史观的痕迹仍然很明显。这也说明，现代文学的发生发展始终与中国革命紧紧嵌在一起。其实，就连"告别革命"论者也不得不承认，"影响二十世纪中国命运和决定其整体面貌的最重要的事件就是革命"[1]。

因此重新回到中国革命的历史语境，正视中国革命和革命文学发展的曲折与艰难，打开中国革命历史进程中不同时期的细微褶皱，探寻和总结属于中国革命和革命文学自身的历史经验，体现了"革命"这一关键词之于中国现代文学研究的"螺旋式"的回归，也昭示着新一轮重写文学史的可能与可行。正如程凯所提出的那样，"无论对革命性进程，还是对文学实践，以及它们的'结合'与相关性，都需要经历一个破除、深入、再结合的往返过程"。[2] 在这个意义上，我认为当代中国史读书会的一系列努力，很有针对性的"社会史视野下的中国现当代文学研究"的提法，以及我们这次会议"20世纪中国革命与中国现当代文学"的召开，都会在学术史上留下重要的位置。

我们这次会议和圆桌讨论的议题是"20世纪中国革命"，但就我这两天听到的和看到的，各位师友所言说的"20世纪中国革命"，基本上

---

[1] 李泽厚、刘再复：《告别革命——回望二十世纪中国》，香港天地图书有限公司，2004年版，"序"第24页。
[2] 程凯：《〈社会史视野下的中国现当代文学研究〉的针对性》，载《文学评论》2015年第6期。

是社会主义革命，或者以此来回看新民主主义革命走向社会主义革命道路的历史过程，或者是对这个历史道路上的困境和挫折的一些讨论。我其实想由此继续展开，即思考如何更加历史化地去处理20世纪中国革命，以及它与文学的关系。贺照田老师在《启蒙与革命的双重变奏》的开头就有一段论述，我印象特别深刻。他说："历史地看，中国共产主义运动是从新文化运动这一历史母体中脱胎出的，是新文化运动中众多思想光谱中的一支。"[1]他把中国的共产主义运动和革命看作是从新文化运动母体孕育而来的，我这几年也常在思考五四运动、新文化运动和20世纪中国革命的关系，在此我简单汇报一些我粗浅的看法。

长期以来，新旧文化之别主导着我们有关五四运动和新文化运动的历史叙述，认为提出新文化、新文学的老师影响了学生，从而有了新文化运动和五四运动，是"新文化"传播逐步演化而成的运动。然而我考察发现，真正领导和发动"五四"的却是坚持使用文言拒斥"文学革命"的《国民》杂志社同人，这在我的论文《五四新文化的"运动"逻辑》有详细论述。由《国民》杂志来切入，我们看到了一幅不一样的新的"运动"图景。"五四"是个"意外"的日期，"新文化"也并非当时的焦点语词，向外的"国民运动"才是五四运动和新文化运动中的关键所在和共同之处。从"运动"的逻辑来看，五四运动是由学生主导的走出校园的国民运动，目的是唤醒和再造国民，五四运动也的确是使中华民国"名实相近"的一场国民运动。新文化运动则是在国民运动基础上，坚持向外运动方向而非回到学术和思想文化层面，继续社会和国家改造运动的"真正的革命"。"改造"和"革命"，都意味着重新再造一个国家的指向，正是在"五四"国民运动的基础上，经由作为革命方法和革命内容的新文化运动，再造民国这一伟大的国民革命才得

---

[1]贺照田：《启蒙与革命的双重变奏》，载《读书》2016年第2期。

以展开。正如毛泽东所评价:"没有五四运动,第一次大革命是没有可能的。五四运动的的确确给第一次大革命准备了舆论,准备了人心,准备了思想,准备了干部。"[1]台湾学者吕芳上也用"革命之再起"[2]来概括"五四"新文化运动的这一时段。因此,历史地看,我们更应该在社会革命的脉络中而非简单的思想层面来关照新文化运动。贺老师关注的是中国共产主义运动在新文化运动众多思潮中的独异性,而我更想探究新文化运动之前和之后的众"革"喧哗,中国现代文学是怎样被这种众"革"喧哗所激发、所激荡出来的。当然,我并非只是要强调和复原20世纪中国革命的多维性、复杂性,这只是讨论20世纪中国革命与文学最基本的一个层面,当然,就这一基本层面而言,相关研究还很不够。正如我前面讲到的作为国民运动的"五四"和导向国民革命的新文化运动,即展现出"五四"前后众"革"喧哗的情形,但背后的革命观和革命逻辑,绝非新民主主义所能涵括,而是以建造、再造新的国家所导引。也就是说,国家与革命,是中国现代文学最无法绕开的两个重要关键词,在此基础上,我想打通创造民国的辛亥革命、再造民国的国民革命和建立新中国的新民主主义革命,在20世纪中国革命的延长线上来探讨作家们的言行与创作。

例如长期以来我们是在新民主主义革命的框架中阐释鲁迅,自20世纪80年代,大家开始反思此前政治的过多介入,因此,作为思想家和文学家的鲁迅获得重视,作为学者的鲁迅也备受关注。与此同时,伴随着"去政治化"和"告别革命"论的兴起,作为"革命家"的鲁迅则日趋冷落。可是,离开了鲁迅生前积极介入的一系列政治革命活动,如

---

[1]毛泽东:《一二九运动的伟大意义》,《毛泽东文集》第2卷,人民出版社,1993年版,第250—258页。
[2]吕芳上:《革命之再起——中国国民党改组前后对新思潮的回应》,台湾"中央研究院"近代史研究所,1989年版。"革命之再起"确实为经典之概括,不过与其说此概括是"对新思潮的回应",毋宁说是对"国民运动"的回应。

辛亥革命、国民革命、左翼无产阶级革命，我们其实很难对鲁迅有深入而系统的把握。尤其是前面两个——辛亥革命、国民革命和鲁迅思想及创作的关系，近几年大家又开始重新关注，但仍有很多议题可以进一步深入，辛亥革命、民国之于鲁迅的原点意义，鲁迅南下广州与新旧民国的革命与反革命之争，这些都不能简单放在左翼革命或者新民主主义革命的逻辑链中来理解。鲁迅 1927 年南下到广州，然后又离开广州，我们过去都会在左翼革命的脉络里，认为反革命政变和"清党"促使鲁迅离开，促使鲁迅"左转"，转向左翼无产阶级革命文学。那为何"四一五"广州清党之后鲁迅还滞留在广州，长达五六个月的时间里他都做了什么？他的活动究竟意味着什么？他的那些对于革命的表态，有哪些可以值得我们重新去清理和挖掘的东西？根据我的考察，鲁迅从中山大学辞职以及待在广东，主要是因为顾颉刚而非"清党"，"清党"作为鲁迅 1927 年的重要事件，是因为有人借"清党"来说事，所以，鲁迅自己一再否定涉共的传言。鲁迅痛恨的恰恰是顾颉刚和现代评论派的南下，在他看来，这表征国民革命的变质。我在我的文章《1927：鲁迅的演讲、风度与革命及国家之关系》对这些有详细的论述，我这里简单说一下要点。1927 年鲁迅在广东，积极介入再造民国的国民革命，仿佛又回到了辛亥之际的绍兴，他的兴奋与热烈，他的"野心"与干劲，他的失望与愤懑，广州的咸与革命和绍兴的咸与维新，鲁迅把这一切都融进了有关魏晋文人的演讲。魏晋孔融、嵇康、阮籍，辛亥时期的范爱农，1927 年的鲁迅，他们之间完全可以互换串演，他们都处在"行将易代"的时刻。鲁迅的"落伍"和"激进"，都可由新旧民国易代这一视角来烛照，这是鲁迅自己对革命的"痛苦的经验"和"深刻的观察"，是属于鲁迅自己的"宝贵的革命传统"。这就是我这几年特别强调国民革命之于鲁迅、之于现代文学意义的原因。当然，我并不是要单独拎出这一段历史，以此来割裂鲁迅和之前之后的革命，恰恰相反，我正是从国家和革命两个维度，从辛亥革命到国民革命、再到左翼革命的革命延长线上来探讨鲁迅。所以，我也有多篇文章细致考察鲁迅晚年和民族话语的关系，以及鲁迅逝世和民族国家的关系，因为时间关系，我就不在此展开了。总之，"国家与革命，才是理解鲁迅的支点所在"[1]，由此才能有力把握住鲁迅和政治革命的关系。

最后我抓紧时间补充几点我有关革命和文学的思考：

第一，辛亥之后其实在文坛上最具力量的是南社，那革命的南社为什么会被在革命政治立场上相对并没有南社那么激进的《新青年》社团所取代，并形成了文学革命？《新青年》同人的文学革命和南社的革命文学究竟是一个什么关系？这是我考察20世纪中国革命与文学的非常重要的、第一个很关键的点。

第二，后"五四"时代革命的分化和中国现代文化、现代文学的关系。比如少年中国学会、中国青年党，以他们的视角切入，思考中国革命文学的源流，重绘革命文学的历史谱系。

第三，左翼和中国共产党内部相对处于边缘的革命资源和革命文学传统。比方说我们谈到革命文学论争的时候都会谈到上海左翼的中心性，我最近这两年在思考上非常关注的一个重要话题，是20世纪30年代中共中央北方局和北方左翼文化的历史经验，考察被忽略其实对后来影响很大的北方左翼群体。比如，20世纪30年代北方有一个非常活跃的左翼作家澎岛，胡风敏锐察觉到他创作的价值，撰写《"京派"看不到的世界》，向文坛推介澎岛，挖掘和阐述被遮蔽却更为普遍的北方文学图景和北方世界。然而，在后来的文学史和文学研究中，澎岛却完全消失了，成为"京派"研究和上海左翼研究视域下看不到的人。消失的澎岛只是一个缩影，是北方革命文学历史被遮蔽的缩影，打捞被人遗忘

---

[1]张武军：《1927：鲁迅的演讲、风度与革命及国家之关系》，载《东岳论丛》2021年第7期。

的澎岛，是希望由此来探寻和重构那被遗落的北方左翼群体。我们需要在京派"看不到的世界"里去挖寻，还需要在上海左翼的视野之外，讲述那不能被替代的北方革命文学的独特历史。还有像中共中央南方局和以重庆为中心的大后方左翼之间的关系，等等。就像昨天姜涛老师说的，这里面是否意味着在走向共和国、以延安主导的文学里面其他的声音就没有了，其他的实践就没有了？这里面有很多内容，很多有价值的东西，我觉得都需要一个历史化、在地化，和重新地挖掘。我就简单说这些。

我能理解贺老师、何浩兄让我来的原因，我这些年其实没有沿着正统的革命主线走，但我并不是为了只是呈现所谓的革命和革命文学的含混与复杂，的确最初我写过不少类似倾向的文章，但后来我自然不满足于此，总想着从中抽离出一些更具有内在规定性、建构性意义的内容。我目前仍然在探索，仍然在思考从国家与革命看似两分实则合一的角度来关照中国现代文学和现代作家，我特别重视国民革命的缘由正基于此，它上连辛亥，下接共产党人建造新中国的新民主主义革命。这是我的一个简单的汇报，谢谢大家。

后　　记

一

为了对中国现当代文学研究界在中国新民主主义革命、社会主义革命文学领域取得的诸多进展与突破进行阶段性总结与反思，为了更好地推动相关研究领域接下来更具认识论、方法论自觉的研究发展，2021年9月25—26日，由中国社会科学院文哲学部主办、中国社会科学院文学研究所承办在北京召开了为期两天的"20世纪中国革命与中国现当代文学"学术研讨会。

研讨会分为开幕、主题演讲、论文发表与评议、圆桌四个部分。本论文集就是通过这次会议作出的特别努力所收获的成果。

二

这是一次酝酿、准备了很久的会议。从2020年初夏开始，我们作为这次会议的具体操办者——中国社会科学院文学研究所"20世纪中国革命与中国文学"创新工程团队，就在中国社会科学院文哲学部副主任、学部委员刘跃进的直接领导下，文学所科研处的具体推动下，多次酝酿如何努力才能把这次会议开成一个具有重要学术史意义的会议。

经过多次讨论，我们确定了如下认识意识，作为我们设计这次会议的认识指导：

> 在 20 世纪，中国共产党的革命通过努力回应中国近代以来所遭遇的各种时代课题，不断尝试和探索形塑人心、改造社会的新方法、新途径，以不断克服各种时代课题和推动中国向着革命者们期待的方向发展。在这一过程中，既有诸多创造性成就也有很多沉痛经验。如何既深进革命实践者的精神历程，贴近历史展开的内在逻辑，又能通过探索内在于中国社会的历史可能性来省观革命的实际历史展开，在更平衡、展开、准确的知识思想和理解的努力的基础上思考其成就与问题，使之成为我们今天的知识思想资源，显然是今天知识人应该担负起来的重要时代课题。

在如上意义上，对深度参与 20 世纪中国革命的那部分现当代文学经验进行整理，不仅对于认知、省思 20 世纪中国文学很重要，而且对理解、省思中国共产党的革命更加重要。正如学界所熟知的，"五四"以后新文学逐渐形成自身的新传统，不过在中国共产党的重要文献《在延安文艺座谈会上的讲话》发表以后，《讲话》及其强力推动的文学理解与实践不仅极大程度上改变了中国现代文学的走向，也为 1949 年后的中国当代文学提供着重要开端。更关键的是，革命不只是外在于现当代文学的塑造力量，它还在诸多内在构成因素上锻造着中国现当代文学的面貌。可以说，《讲话》所内含的逻辑及其在历史中的展开，既促发和催生了现代文学、当代文学的新面貌，也对现代文学、特别是当代文学的诸多层面造成了新的压力，站在 21 世纪的今天，如何在历史内在脉络中细致深入检讨这些结果，是我们不能回避的课题。

因此，要深入整理重要且复杂的20世纪中国革命与文学实践经验，要求今天的现当代文学研究必须以更加审慎的态度，反复打量、描摹和体味有关历史和这历史中的文学，寻求更为内在的、既充分打开又深入检讨的革命与文学经验把握，既从历史经验中充分汲取可被今天知识、思想转换的资源，更充分体贴、把握、释放20世纪革命文学所具有的多方面历史认知，又为将来进一步探究中国现当代文学如何在中国社会的发展中所应该具有的知识思想位置作切实的准备，这也是本次会议努力的方向。

三

因为文学研究所的大力支持，因为具体操办这次会议的"20世纪中国革命与中国文学"创新工程团队的高度认真，更因为洪子诚、蔡翔、刘跃进老师等三十余位会议开幕致辞人、主题演讲人、论文发表人、评议人、圆桌引言人、主持人的努力与贡献，虽然由于疫情的影响我们关于这次会议的一些设想未能实现，但从把很大的会议室坐得满满的与会者的反响来看，这次会议无疑是一次激动了很多与会者、非常成功的会议。

在会议第一个上午结束后午饭、午休时，已有几位与会者觉得这是一次有着不同寻常质量的会议，认为这样质量的会议应该编辑出版；这样的看法随着会议的进一步展开，在几次会间休息、第二天的午饭、午休，两天的晚饭和晚饭后的扎堆交流中，不断地被我们这些会议具体操办者了解，使我和何浩、李超三个——从始至终贯穿会议酝酿、设计、与学者们沟通、具体带领学生和文学所行政落实会务的人，觉得我们有义务把这次会议的成果编辑成书，才算不辜负诸位与会者的热情投入、高质量贡献与诚挚肯定。

四

感谢文学研究所大力支持我们编辑会议论文集，感谢刘跃进老师把他的会议致辞发展成本书序言，感谢文学所副所长安德明研究员特别和河北教育出版社沟通，帮助安排本论文集的出版。

当然，更要感谢洪子诚、蔡翔老师等主题演讲人和圆桌引言人把会务同学整理出的文字稿精心修改，更要感谢会议论文发表人把他们的论文按我们的编辑需求精心修改成定稿。

也当然，本论文集能在给文学研究界留下深刻印象的河北教育出版社高质量地及时出版，要特别感谢河北教育出版社的领导和相关编辑。

盼大家喜欢我们这本论文集！盼大家认真阅读后，认为它确实是一本有着学术史节点意义的论文集，如此才不枉我们前后为这本书直接看上去近两年，追究其所依赖的认识之形成其实超过十年的时间、心血投入。

贺照田　何浩　李超
于 2022 年清明节假期